W0210701

BASTEI LÜBBE

Kenneth Bulmer

RYDER HOOK – DER NOVA-MANN

BASTEI LÜBBE

BASTEI-LÜBBE-TASCHENBUCH
Science Fiction Abenteuer
Band 23 072

Erste Auflage: November 1987

Deutsche Lizenzausgabe 1987
Bastei-Verlag Gustav H. Lübbe GmbH & Co., Bergisch Gladbach
Originaltitel: WHIRLPOOL OF STARS, THE BOOSTED MAN, STAR CITY, THE VIRILITY GENE
Ins Deutsche übertragen von Rosemarie Hundertmarck
Lektorat: Michael Schönenbröcher
Titelillustration: Louis Royo/Norma Agency, Barcelona
Umschlaggestaltung: Quadro-Grafik, Bensberg
Druck und Verarbeitung:
Clausen & Bosse, Leck
Printed in Germany
ISBN 3-404-23072-8

Der Preis dieses Bandes versteht sich einschließlich
der gesetzlichen Mehrwertsteuer.

Inhalt

ERSTES BUCH
Der Nova-Mann

I

Nie hatte Hook die Gnadenlosigkeit der Galaxis, die da draußen wirbelte und glitzerte, stärker empfunden als in dem Augenblick, als die Maschinen des Sternenschiffes in Fetzen auseinanderflogen. Ein mikroskopisch kleines Materieteilchen durchschlug die Panzerung. Aus dem Loch vom Umfang eines Moleküls schoß ein Blitz tödlich harter Strahlung der Länge nach durch das Schiff. Es dauerte eine Zehntelsekunde. In dieser Zeit wurde das Schiff vollständig zerstört.

Ein großer, dicker Mann, der in Gemütsruhe seine Zigarre rauchte, unterhielt sich gerade mit Hook, als das Unglück passierte. Im nächsten Augenblick raste die Strahlung im Zickzack durch seinen Körper, und er brach auf dem Deck zusammen. Er war in ein Dutzend Stücke zerschnitten worden.

Hook trat zur Seite und verfluchte die Crew des Maschinenraums. Ein Haufen von Nichtskönnern waren sie! Dafür war die Katastrophe der unwiderlegliche Beweis. Untüchtigkeit jeder Art brachte Ryder Hook in Wut, und diesmal würde Ryder Hook wahrscheinlich wegen der Nachlässigkeit irgendeines Hosenscheißers sterben müssen.

Aus den Lautsprechern dröhnte es: »Alle Passagiere auf Deck C! Alle Passa...« Damit endete die Durchsage ein für allemal.

Die künstliche Schwerkraft des Schiffes, die normalerweise ein angenehmes Achtel g vom Bug bis zum Heck aufrechterhielt, spielte verrückt. Hooks Füße hoben sich vom Boden ab, und er schwebte im freien Fall davon. Mit einem Ruck, der seine Zähne zusammenklappen ließ, wurde er auf das Deck zurückgeschmettert. Seiner Schätzung nach mußte die künstliche Schwerkraft auf 6 g geklettert sein. Überall fielen und schrien Leute. Sie klebten fest am Boden. Hook spurtete auf den Ausgang zu Deck C los, wo die Rettungskapseln lagen.

Die Schwerkraft stieg weiter an. Die Passagiere mühten sich, voranzukriechen. Kein einzelner Mann konnte ihnen allen hinaushelfen, bevor das Schiff sich dem luftleeren Weltraum öffnete. Teile des Vorderdecks bröckelten ab, als der Druck sich verstärkte. Von der Decke stürzte ein zerfetztes Metallstück. Hook wich ihm aus und rannte genau in ein zweites, das pfeifend durch die Luft sauste und ihn flach auf den Rücken warf. Er schlug hart mit dem Hinterkopf auf.

Einen Augenblick blieb er bewegungslos liegen. Er verfluchte von ganzem Herzen alle unfähigen, hirnlosen, mit zwei linken Händen ausgestatteten Antriebsingenieure der Schöpfung. Wenn er die Rettungskapseln nicht innerhalb der nächsten Minuten erreichte, brauchte er sich über nichts mehr Sorgen zu machen.

In seiner Nähe schrie eine hohe Stimme vor Angst und Schmerzen. Es war eins der bepelzten Wesen von Cailiang, eine kleine Frau. Ihre Gesichtshaare waren in Orange und Indigo eingefärbt. Ihre grünen Schlitzaugen hatte sie vor Entsetzen weit aufgerissen. Die Trümmer waren auf ihre Beine gefallen und hatten sie eingeklemmt. Hook wälzte sich auf die Seite, sagte: »Halt mal die Luft an, Süße«, und zog. Ohne Rücksicht auf ihr Kreischen zerrte er sie ins Freie. Die letzten sechs Zentimeter ihres Schwanzes blieben hängen und wurde von einer scharfen Kante abrasiert.

»Besser ein Stückchen vom Schwanz als das Ganze«, bemerkte Ryder Hook und gab ihr einen kräftigen Stoß in Richtung des Ausgangs zum C-Deck. Dann legte er beide Hände unter das Metallstück, das auf seinen Oberschenkeln lastete.

In diesem Augenblick stieg die Schwerkraft mit einem Ruck nochmals an, als liege das sterbende Schiff in Zuckungen. Die Nadel schoß über den höchsten Wert der Skalenscheibe hinaus. Mit seinem eiskalten Verstand, der sich durch nichts in Verwirrung bringen ließ, schätzte Hook, daß jetzt mindestens zwölf g erreicht waren. Unter der unerträglichen Gewalt löste sich eine dicke Strebe von der Decke. Die solide Metallstange krachte nach unten.

Sie traf ihn quer über beide Beine, und der Schlag hätte ausgereicht, um Panzerstahl zu zerschmettern.

Dann sprang sie wieder hoch.

Ryder Hook grunzte und machte einen neuen Versuch, die Platte, unter der er lag, anzuheben. Da setzte die künstliche Schwerkraft ganz aus, und die Platte segelte durch den Korridor davon.

Hook stellte sich auf die Füße. In seinen Beinen spürte er den Schmerz, den der Aufprall der Strebe verursacht hatte, aber er ignorierte ihn. Er stieß sich ab und segelte in einem langen, niedrigen Bogen wie ein Vogel genau auf den Ausgang zu.

Als er an der kleinen Pelzfrau von Cailiang vorbeikam, riß er sie mit sich.

Seine Reisen durch die ganze Galaxis hatten ihn noch nie zu ihrem Planeten geführt. Er hatte jedoch gehört, dort werde eine Inhalationsdroge hergestellt, die einen vor Vergnügen sterben ließ. Das Schiff rollte. Die Stromversorgung und die Ersatzaggregate hatten längst versagt, und jetzt ging die Notbeleuchtung an, die mit ihrem kränklichen gelbgrünen Schein alle Gesichter wie die von Wasserleichen aussehen ließ.

Auf Deck C war die Hölle los. Das Schreien und Rufen wurde von dem ohrenzerreißenden Heulen der Alarmsirenen übertönt, was Hooks Meinung nach die Panik nur noch verstärkte. Die Luft im Schiff wurde von dem Gestank nach schmorendem Isoliermaterial verpestet. Es roch gerade so, als würden alte Stiefel in einem Holzfeuer verbrannt. Viele Passagiere hatten die Rettungskapseln bereits erreicht, und die ersten drei Boote hatten das Schiff verlassen.

Dieses Schiff der Hardman Galactic Lines war die *Iquique*, nach der alten chilenischen Stadt benannt, denn auf der Erde wie überall in der Galaxis hielt man die antiken Namen in Ehren. Allerdings mußte man jetzt sagen, sie war die *Iquique* gewesen. Es konnte nur noch Sekunden dauern, bis sie ganz zerbrach und sich in Form von Stäubchen im Raum verteilte. Bis dahin mußten alle, die ihr

Leben retten wollten, sie verlassen haben. Bleiben würden nur die Toten.

Vier weitere Rettungskapseln zündeten die Düsen. Männer und Frauen drängten und stießen sich vor den Schotten aus Legierungsstahl, die die Startbuchten von den zwei nächsten abriegelten. Mit einem schnellen Blick erfaßte Hook die Leuchtanzeigen über ihren Köpfen. Nur noch wenige kostbare Kapseln waren übrig. Die Luft pfiff an seinem Gesicht vorbei.

Er fuhr herum. Hinter seinem Rücken zischte die Schleusentür zu. Jetzt war das Rettungsdeck vom übrigen Schiff getrennt. Wer nicht schon da war, fand keinen Zutritt mehr. Wieder stießen sich zwei Kapseln ab.

Hook wandte sich einer Kapsel zu, die noch grünes Licht zeigte, was bedeutet, daß sie noch nicht voll besetzt war. Das Pelzfrauchen schrie und wollte hinter ihm her, und die Bewegung ihrer Beine schleuderte sie in der Schwerelosigkeit wie einen Ball an die Decke. Hook hatte keinen speziellen Grund, sich um ihr Wohlergehen zu kümmern. Sie war ihm völlig fremd. Aber er hatte sie unter dem Metallstück hervorgezogen, das sie an das Deck festnagelte, und er hatte sie zum Ausgang befördert. Eine eilige und doch genaue Rechnung sagte ihm, daß noch Zeit genug war. Nun hatte er ihr einmal das Leben gerettet, und da wollte er sie nicht umkommen lassen. Ryder Hook war gelegentlich gezwungen gewesen, Aufgaben unerledigt liegenzulassen, aber mit seinem Willen war das nie geschehen, und es ärgerte ihn immer, wenn er etwas, das er angefangen hatte, nicht auch zu Ende führen konnte.

Die fünf Sekunden, die er brauchte, um zu ihr zu springen, sie zu packen, ihre zappelnden Arme und Beine festzuhalten und sie sich unter den Arm zu klemmen, waren alles, was ihm noch an Zeit zur Verfügung stand. Er stieß sich mit einem Fuß ab und sauste auf die Tür der Rettungskapsel zu. Sie war die letzte. Eine Gruppe von Leuten – Menschen, Humanoide, Extraterrestrier und Nichtmenschen – wälzte sich in einem von Panik erfüllten Knäuel hinein. Ein großer, muskelbepackter Krif-Mann bahnte sich mit gesenktem Kopf, brüllend und um sich schlagend, einen Weg zum Eingang. Hook kannte die Krif-Männer von jeher gut. Sie waren eine Rasse, die sich ihrer Zähigkeit, ihrer kämpferischen Eigenschaften und ihrer spartanischen Haltung überall in der Galaxis rühmten. Ein guter Krif-Mann war ein guter Freund; ein schlechter Krif-Mann bedeutete allerorten eine schlechte Neuigkeit. Dieser Krif-Mann trug eng geschnittene Kleidung aus Metallgewebe in Rot und Grün, und das Visier an seiner Kappe hatte er nach unten geklappt – ein unmißverständliches Zeichen dafür, daß er bereit war, Stunk zu machen.

Das Mädchen, das er wegstieß, schrie. Sie versuchte, sich zum Eingang zurückzukämpfen. Hook warf einen kurzen Blick auf sie. Sie hatte kurzes dunkles Haar und lange, schlanke Beine, die deutlich sichtbar waren, weil ihr einst elegantes Abendkleid in Fetzen hing. Dann richtete er seine Augen auf den Krif-Mann.

»Aus dem Weg, du Erdenschlampe!« röhrte der Krif-Mann. Er boxte dem Mädchen in den Magen. Sie krümmte sich zusammen und würgte. Der Stoß trieb sie davon.

Der große Mann bückte sich, um sich durch die Tür zu hangeln.

Hook setzte seine Füße fest auf den Boden. Ein neues Alarmzeichen schrillte durch das versiegelte Abteil. Der Luftdruck war bis auf den Gefahrenpunkt gesunken. Die undichte Hülle bot keinen Schutz mehr vor dem Vakuum.

Hook packte die Schulter des Krif-Mannes mit seiner Rechten und zog.

Er war im Vorteil, denn er stand, und der andere war im freien Fall. Der Krif-Mann wurde herumgewirbelt. Hook schleuderte die Cailiang-Frau mit dem Kopf voran in die Rettungskapsel. Sie schlug in der Luft einen Purzelbaum. Ihre Pluderhosen blähten sich, und ihr gestutzter Schwanz vollführte einige Kapriolen auf eigene Rechnung.

Man konnte kaum noch atmen.

Der Krif-Mann fiel auf den Boden, stieß sich sofort wieder ab und stürzte auf Hook los.

»Terranisches Milchgesicht! Verschwinde!«

»Sie da«, redete Hook das Mädchen an. »Rein mit Ihnen. Schnell!«

Sie öffnete den Mund, als wolle sie etwas sagen. Hook streckte eine Hand aus, faßte ihr kurzes Haar und riß daran.

Das Mädchen schrie und flog an ihm vorbei in die Rettungskapsel.

Hook richtete sich auf und hob einen Fuß. Sein Stiefel traf den Krif-Mann an der Stelle, wo ein Tritt bei einem Erdenmann den meisten Schaden angerichtet hätte. Krif-Männer waren ebenso gebaut.

Das Brüllen des Krif-Mannes wurde dünner. Sein Gesicht zeigte nichts als Wut und Bosheit. Für ein Gefühl wie Angst hatte er noch keine Zeit gehabt. Er krümmte seine Hand. Damit hatte Hook gerechnet. Eine kleine Schußwaffe rutschte aus dem Ärmel. Mehr konnte Hook nicht sehen, denn die Tür der Rettungskapsel glitt zu und rastete ein. Das laute Klicken war ein äußerst beruhigendes Geräusch. Hook, der seine Augen auf die Tür gerichtet hielt, sah, wie sich auf der Innenseite aus dem Metall eine apfelgroße Beule vorwölbte. Einen Sekundenbruchteil später, und der Schuß hätte ihm den Brustkorb zerfetzt.

Die Düsen der Kapsel wurden gezündet. Es gab einen Ruck, der die Passagiere durcheinanderwarf, und sie hatten sich von der *Iquique* gelöst.

Hook ließ seinen Blick die Reihen der einfachen Sitze entlang bis zum Kontrollabteil wandern. Hinter dem Schirm konnte er eine Offiziersmütze erkennen. Wenigstens war die Kapsel in Händen, die sie steuern konnten.

Das Erdenmädchen versuchte, den zerrissenen Träger ihres Kleides über die Schulter zu ziehen. Mit großen blauen Augen starrte sie Hook an. Ihre Hände hörten auf zu fummeln. Über ihr Gesicht liefen verschmierte Streifen kosmetischen Puders, aber das verbarg die Tatsache nicht, daß ihre Haut viel weißer war als die der meisten anderen Menschen, deren goldene Bräune von der allgemeinen Vermischung sämtlicher irdischer Rassen herstammte.

»Danke«, flüsterte sie. Sie holte tief Atem, und ihre

Stimme wurde kräftiger. »Dieser brutale Kerl – es tut mir leid, daß er sterben mußte, aber ...«

Hook wies mit dem Daumen auf das Zählwerk über der Tür.

Jedes rote Lämpchen war an.

»Das Boot ist voll. Er war überzählig.«

»Oh.«

Sie setzten sich nebeneinander auf die letzte Bank. Dort hatte auch das bepelzte Frauchen Platz gefunden. Sie schluchzte vor Erschöpfung. Eine Frau, die sich zwei Reihen vor ihnen befand, beklagte sich mit lauter, schriller Stimme.

»Alle meine Sachen! Mein Gepäck, meine Pelze, meine Juwelen – alles weg!«

Hook bemerkte, daß sie eine fünffache Kette aus Feuerperlen unter ihrem dreifachen Kinn um den Hals trug. Diese drei Kinne waren kein Rassenmerkmal, sie rührten von zu vielem Essen her, denn die Frau war menschlicher Abstammung. Ihr kunstvoll bemaltes Gesicht und ihre komplizierte Frisur sprachen von ihrem Reichtum. »Meine Sammlung von Schmetterlingsjade – weg! Es ist grauenhaft! Sobald wir landen, werde ich H.G.L. auf Schadenersatz verklagen!«

Das Mädchen neben Hook lachte.

Er selbst, überlegte Hook, hatte von den hundertfünfundzwanzig Leuten in der Rettungskapsel vermutlich am wenigsten Grund zu lachen. Er preßte die dünnen Lippen zusammen. In letzter Zeit war er ständig in Bewegung gewesen, ohne sich einmal ausruhen zu können. An Bord des Bootes befand sich kein Projektmann. Ihm wäre es zustatten gekommen, wenn ein Projektmann in diesen letzten hektischen Augenblicken auf der *Iquique* in seiner Nähe gewesen wäre. Nein! Ein kalter Schauder überlief ihn. Hölle und Teufel! Wenn ein Projektmann wüßte, daß Ryder Hook an Bord war – dann wäre es das Ende für Ryder Hook gewesen.

Das Lachen des Mädchens verstummte. Sie begann erneut, an dem zerrissenen Träger ihres Glitzerkleides zu zupfen. Ihre blauen Augen betrachteten Hook nachdenklich. Das Summen der Stromversorgung, der elektronischen Geräte und der Klimaanlage erfüllten die Rettungskapsel.

Dazwischen klangen immer wieder einmal die Stimmen der Passagiere auf.

»Was wird als nächstes geschehen, Taynor?« fragte sie. Die gelbliche Beleuchtung ließ ihn erkennen, daß ihre vollen Lippen zitterten.

»Wir finden einen Planeten und gehen in eine Umlaufbahn, Tayniss«, antwortete Hook.

Sie mochte in irgendeinem der hunderttausend Sternensysteme geboren sein, aber sie war offensichtlich terranischer Abstammung. Hook wußte, daß man auch ihm deutlich ansah, falls er sich nicht gerade verkleidete, wo seine Vorfahren zu Hause gewesen waren. Trotzdem hatte sie ihn nicht mit »Mister« angesprochen. Sie hatte die höfliche Anrede benutzt, wie sie in diesem Teil der Galaxis gegenüber jedem beliebigen intelligenten Lebewesen üblich war, und er hatte dementsprechend erwidert.

»Sie haben mich – ich meine ...« Sie wies mit der Hand in den Innenraum der Rettungskapsel. »Ich hoffe nur, daß wir sicher auf einem Planeten landen werden.«

»Das werden wir bestimmt«, beruhigte er sie. Er behielt es für sich, daß die Schwierigkeiten dann erst richtig anfangen würden.

Hook hatte schon früher Schiffbrüche im Raum erlebt. Es war durchaus möglich, daß sie auf einen Planeten gerieten, dessen Lebensbedingungen kaum über dem Minimum auf der Bio-Skala standen und der menschlichen Wesen nichts anderes bot, als daß sie knapp überleben konnten. Außerdem gab es Dschungel, Wüsten, polare Eiskappen, feindliche Eingeborene. Sie konnten in Schrecken geraten, die das menschliche Gehirn nicht zu fassen imstande ist. Die mit dem Computer der Rettungskapsel verbundenen Sensoren konnten eine Welt herausschnüffeln, die Leben im irdischen Sinn tolerierte. Mehr aber auch nicht. Sie würden keine Ahnung haben, welcher Art die Bevölkerung des ausgewählten Planeten war und wie sie dort zurechtkommen konnten.

»Ich heiße Pera Sotherton«, stellte sie sich vor. Sie erschauerte. »Wir werden doch wohl noch einmal davon kommen, Taynor?«

»Die Galaxis bietet viele Möglichkeiten.« Und weil dem so war, setzte er hinzu: »Ich bin Ryder Hook. Ich bin überzeugt, daß wir irgendwo sicher landen werden.«

Unter den Passagieren der H.G.L. Sternenschiff *Iquique* war sie ihm bisher nicht aufgefallen. Das war nicht weiter überraschend, wenn man in Betracht zog, daß sich an Bord so um die dreitausend Personen befunden hatten. Andererseits war es insofern bemerkenswert, weil Pera eine Schönheit war und Hook ein Auge für hübsche Mädchen hatte.

»Ich war unterwegs nach Albeira«, erzählte sie ihm. Offenbar hatte sie das Bedürfnis zu sprechen. »Mein Chef wurde in schrecklicher Eile dorthin gerufen, und ich folge ihm – ich folgte ihm.«

Bei Hook kam es selten vor, daß er freiwillig Informationen über seine eigene Person zum besten gab. Name: Ryder Hook. – Organisationszugehörigkeit: Er stand gelegentlich mit der einen oder anderen Organisation in Verbindung, oder er konnte, wenn es darauf ankam, mit dieser oder jener Kontakt aufnehmen. Jedenfalls meistens. – Freunde: Keine – keine – keine – ausgenommen vielleicht Shaeel. Shaeel stammte von Pertan Major, einem der Hermaphroditen-Planeten, und es war im Grunde ein Glück, daß er nicht an Bord der *Iquique* gewesen war, als die Katastrophe geschah. Shaeel war, ebenso wie Hook, ein galaktischer Einzelgänger. – Heimat: Wo er sich gerade schlafen legte. – Familie: Tja, das war eine Preisfrage. – Decknamen: Viele und sehr unterschiedliche, und der am meisten berüchtigte war wahrscheinlich Jack Kinch, unerreichter galaktischer Attentäter. – Absichten: In erster Linie und vor allem, am Leben zu bleiben und sich von den Projektmännern nicht erwischen zu lassen. Erst danach kam sein Wunsch, aus seinem Leben das Bestmögliche herauszuholen.

Es war eine nichtssagende, eine unbedeutende, eine verächtliche Beschreibung für einen Mann aus dem 101. Jahrhundert – nach der Zeitrechnung der alten Erde –, und doch hatte es ihm diese Bedeutungslosigkeit erlaubt, bis heute dem Tod zu entrinnen und weiter aktiv zu sein.

Die nur für eine bestimmte Zeitdauer funktionierenden Togossen-Maschinen sprangen an. Daraus ließ sich schließen, daß die Sensoren der Rettungskapsel einen zum Überleben geeigneten Planeten ausfindig gemacht hatten.

Hook schoß es durch den Kopf, daß er vielleicht glücklicher daran wäre, wenn er den Kampf schon längst aufgegeben und den Tod als Lösung aller seiner Probleme akzeptiert hätte. Aber so etwas lag eben nicht in seiner Natur. Solange noch ein Fünkchen von Leben in ihm flackerte, solange würde er weiter gegen den blinden Wahnsinn des Todes und der Gedankenlosigkeit Krieg führen. Und wenn die ganze verdammte Galaxis gegen ihn stand – Ryder Hook kapitulierte nicht.

Er fühlte Peras blaue Augen auf sich gerichtet, und es kam ihm zu Bewußtsein, daß er ihr irgendeine Antwort geben mußte, wenn er keinen sehr merkwürdigen Eindruck machen wollte.

»Ich war unterwegs nach Kaltenhafen.« Diese Behauptung war in ihrer jetzigen Situation nichts mehr, worauf man ihn festnageln konnte. »Dort wartete eine Stellung als Kundenberater für elektronische Geräte auf mich.«

»Das tut mir leid für Sie, Taynor Hook. Ich hoffe, man hält die Stellung für Sie frei, bis wir gerettet werden.« Pera Sothertons Aussprache war anzumerken, daß sie eine gute Erziehung genossen hatte.

Das unregelmäßige Arbeiten der Togossen-Maschinen ließ die Rettungskapsel schaukeln. Hook konnte hören, daß Nummer drei mit den übrigen Maschinen nicht in Phase war. Seine Unduldsamkeit gegenüber Nachlässigkeit und Untüchtigkeit mußte sich auf seinem Gesicht gezeigt haben, denn Pera Sotherton fragte:

»Was ist denn?«

»Die Maschinen«, antwortete Hook. »Diese Heinis, die

sich bei H.G.L. Ingenieure schimpfen, sollten sich ihr Schulgeld zurückgeben lassen. Die müßte sich mal jemand ordentlich vorknöpfen.«

»Sie machen ein Gesicht, als wollten Sie sie fressen.«

»Das würde ich nicht tun, Tayniss Sotherton. Ich bin ein friedlicher Mensch. Ich würde ganz freundlich mit ihnen reden.«

»Trotzdem möchte ich in dem Fall kein H.G.L.-Ingenieur sein.«

Pera Sotherton hatte damit nur ihre ehrliche Meinung ausgesprochen. Wenn sie sich den Fremden an ihrer Seite so ansah, konnte sie sich lebhaft vorstellen, wie gefährlich es sein mochte, ihn zum Feind zu haben. Und doch wirkte er auf sie nicht unsympathisch.

Die beiden sprachen sich zwar formell mit »Taynor« und »Tayniss« an, aber trotzdem war er ein Erdenmann, und sie war eine Erdenfrau. Für einen Erdenmann war er mit seinen etwa zwei Metern nicht übermäßig groß, aber er war athletisch gebaut. Seine Schultern waren breit, sein Brustkorb von beträchtlichem Umfang, und um die Mitte herum war er schlank. Pera war nicht so jung und so töricht, daß sie in Tagträume versank, wie diese muskulösen Arme sie umschlangen und an diese massive Brust drückten. Es ließ sich jedoch nicht leugnen, daß die Vorstellung etwas für sich hatte. Augen und Haare des Mannes waren braun. Sein Gesicht trug die unmißverständlichen Spuren eines rauhen und harten Lebens. Die Lippen waren schmal, die Nase gebogen, das Kinn herausfordernd. Er mußte ein harter Kämpfer sein. Pera fragte sich, ob es in seinem Leben irgendwen gab, den er seinen Freund nannte, und sie hatte das Gefühl, daß sich diese Person, wer und was sie auch sein mochte, glücklich schätzen könne. Klug, wie sie war, hatte sie ihn bereits eingestuft als eine faszinierende Bekanntschaft, einen gefährlichen Freund und, aller Wahrscheinlichkeit nach, einen katastrophalen Partner.

Diesen Mann würde sie mit solcher Vorsicht behandeln, als habe sie einen Atommeiler zu bedienen.

Pera hatte sich auf die Reise gefreut. Das Leben an Bord

war eine angenehme Abwechslung vom beruflichen Alltag. Man traf interessante Menschen und Nichtmenschen, es gab Gelegenheit zu kleinen Flirts, und wenn sich der Richtige gefunden hätte, wäre Pera auch einem Abenteuer nicht abgeneigt gewesen. Einen Mann wie Ryder Hook hatte sie sich dabei nicht vorgestellt.

Von der Erde aus hatte sie schon eine weite Strecke zurückgelegt. Bis Albeira, wo ihr Chef auf sie wartete, waren es etwa hundertundachtzig Lichtjahre, und als das Unglück passierte, war es bis zum Ziel nicht mehr weit gewesen. Kaltenhafen, wohin dieser seltsame Mensch Ryder Hook wollte, lag näher, aber auch noch viele Parseks entfernt. Über die Frage, wo die Rettungskapsel sie absetzen würde, machte Pera sich weniger Gedanken als darüber, was ihr Chef sagen würde, wenn sie nicht auf Albeira eintraf. Und immer wieder ertappte sie sich bei Überlegungen, was Hook wohl tun würde, wenn sie einmal gelandet waren. Sie merkte, daß ihre Stirn feucht wurde, und sie war recht böse auf sich selbst.

Mit voller Kraft ihrer Togossen-Maschinen durchquerte die Rettungskapsel den Raum, und durch die Leere steuerte sie auf ein bestimmtes Sternensystem zu. Es war nicht das dem Wrack nächstgelegene System, aber das nächste System, das einen Planeten enthielt, auf dem menschliches und menschenähnliches Leben möglich war. Die *Iquique* war ein Schiff mit Einheitsbedingungen gewesen. Sie hatte keine besonderen Abteile für intelligente Lebewesen aus solchen Rassen besessen, die andere Atemluft und Temperatur als die Menschen benötigten.

Wie ein winziges Eisenkügelchen tanzte die Kapsel über die elektromagnetischen Felder, die das System durchzogen, und wurde von dem zentralen Magneten angezogen.

Die Automatik brachte sie in eine stabile Umlaufbahn um den ausgewählten Planeten.

Das Geräusch der Togossens verstummte. Nur das Metall vibrierte noch eine Zeitlang. Die Passagiere begannen, aufgeregt miteinander zu reden und sich von ihren Plätzen zu erheben. Hook blieb sitzen.

Er war ein Mann, der es sich anerzogen hatte, die Ruhe zu bewahren.

Oft hatte er in Käfigen gehaltene Tiere beobachtet – Tiger, Wildkatzen, Rafils, Strackani, Adler –, und er hatte volles Verständnis dafür gehabt, wie sie litten und wie die Wildheit in ihnen brannte. Aber ein Mann, der den Weltraum durchreiste, mußte es lernen, seine Impulse, seien sie auch noch so wild und barbarisch, unter Kontrolle zu halten und in dem engen Kokon aus Stahllegierungen, Luft und elektronischen Anlagen Disziplin zu bewahren. Daher saß Ryder Hook jetzt unauffällig auf seinem Platz und wartete ruhig darauf, daß eine Raumfähre anlegen und ihn aus der Rettungskapsel befreien würde.

Ein Zolltender startete von der Oberfläche des Planeten. Er ging auf die gleiche Umlaufbahn und Geschwindigkeit und vollführte das Rendezvous-Manöver mit Hilfe von Magnetstrahlen. Die weiche Berührung der beiden Fahrzeuge verriet die Geschicklichkeit des Piloten. Die Schleusen wurden aneinander verankert, die Türen zischten auf. Männer traten hindurch.

Der Offizier von der *Iquique,* der an den Kontrollen der Rettungskapsel gesessen hatte, verließ sein Abteil und kam den Mittelgang hinunter nach achtern, um die Ankömmlinge in Empfang zu nehmen. Er war ein anonymer kleiner Deckoffizier, der wahrscheinlich gerade das aufregendste Kommando niederlegte, das ihm in seiner Karriere jemals beschert werden würde. Er erblickte die Abgesandten des Planeten, und seine Stirn zog sich in Falten. Er war jung und unerfahren und nervös. Eine blonde Haarsträhne lugte unter seiner Uniformmütze hervor. Aber er kannte die Vorschriften.

»Wir sind vom H.G.L.-Sternenschiff *Iquique«*, meldete er, und es gelang ihm, seine Stimme fest und entschlossen klingen zu lassen. »Wir verlangen die in Fällen von Raumschiffbruch übliche Hilfe und Unterstützung.«

»Halt den Mund, Gonil.«

Der Mann, der die Zollbeamten anführte, trug einen gol denen Overall. Auf Kragen und Ärmeln flammten Rangabzeichen. Seine rechte Hand ruhte nachlässig auf dem Kolben seiner im Holster steckenden Waffe. Es war eine Tonota Achtzig. Ein Detail dieser Art entging Ryder Hook nie. Er sprach nicht den jungen Offizier, sondern die Gesamtheit der Passagiere an.

»Sie befinden sich in einer Umlaufbahn um Lerdun. Wir sind eine freie Welt.«

Die Passagiere reckten alle den Hals, um sich ja nichts entgehen zu lassen. Eine ganze Reihe von ihnen stieß Freudenschreie aus. Hook jedoch mußte Zorn und Haß unterdrücken, die in ihm aufstiegen.

»Die Hardman Galactic Lines sind auf Lerdun vertreten.« Der Zollbeamte sprach kurz und abgehackt und zeigte damit deutlich, wie eingenommen er von sich selbst war. »Alle Angestellten und Mitglieder von H.G.L. werden unverzüglich auf die Oberfläche gebracht und können alle Dienstleistungen in Anspruch nehmen, die ihnen ihr Kredit-Status erlaubt.«

Die Frau mit den fünf Feuerperlenketten und den drei Kinnen kreischte: »Und was ist mit den anderen? Ich gehöre zu Trans-Gal ...«

»Trans-Gal? Nie gehört.«

»Oh!«

Ein borstenhaariger Riffianer sprang von seinem Sitz auf. Sein roter Schulterumhang flatterte, die Hörbrille, die auf seinem Nasensattel saß, glitzerte. »Ich verlange ...«

»Du hast überhaupt nichts zu verlangen, Gonil!« Der Zollbeamte wies auf den Ausgang. »Alle H.G.L.-Leute bitte vortreten.«

Miss Pera Sotherton schluckte. »Was soll denn aus uns werden?«

Der Zollbeamte maß sie mit einem vernichtenden Blick. Die flammenden Rangabzeichen auf dem goldenen Overall funkelten.

»Sie warten. Wenn Sie wollen, können Sie zum nächsten Sternensystem weiterreisen. Das liegt ganz bei Ihnen.«

Der junge Deckoffizier von der *Iquique* protestierte. »Sie wissen genau, daß das mit einer Rettungskapsel nicht möglich ist. Sie hat nur Togossen-Maschinen. Innerhalb von sechs Stunden werden sämtliche Systeme aufhören zu funktionieren. Sie sind verpflichtet, die Kapsel vorher zu evakuieren. Und Sie …«

»Alle H.G.L-Leute raus!« unterbrach ihn der Zollbeamte und schob ihn brutal zur Seite. Er vollzog nur seine Befehle, aber Hook bemerkte, welchen Spaß es ihm machte, sie mit Nachdruck durchzusetzen. Hook prägte sich sein Gesicht gut ein.

Alle Personen, die Angestellte oder Mitglieder der Hardman Galactic Lines waren, drängten sich aus den Sitzreihen und strömten auf die Schleuse zu. Passagiere, die zu anderen Wirtschaftsorganisationen gehörten, wurden zurückgeschubst. Wie es bei einem H.G.L.-Schiff zu erwarten war, reiste die Mehrheit mit einem Fahrzeug des eigenen Konglomerats.

Als sie alle in den Zolltender übergewechselt waren, blieben nur noch zwanzig Leute übrig.

Pera Sotherton erklärte: »Ich arbeite für Pattens. Mein Chef hatte es so eilig damit, daß ich ihm nachkomme. Aber ich hätte nie an Bord eines H.G.L.-Schiffes gehen sollen!«

Der Zollbeamte kehrte zurück. Ein Grinsen spielte um seine Mundwinkel. Hook wußte genau, was sie jetzt hören würden.

»Alle diejenigen, die für die Beförderung zur Planetenoberfläche bezahlen können, sollen jetzt bezahlen und in den Tender hinübergehen.«

Mit drei wackelnden Kinnen rollte die reiche Frau auf die Schleuse zu. In beiden Händen hielt sie Metallgeld. Hook ließ seinen Blick von ihr zu Pera Sotherton wandern. Das Mädchen zählte fieberhaft ein paar Münzen, die sie aus der Gürteltasche ihres Glitzerkleides genommen hatte. Sie zählte sie zum zweitenmal. Als könne sie es nicht glauben, zählte sie sie zum drittenmal.

»Fünf! Das wird nicht genug sein.« Sie machte Anstalten aufzustehen.

Hook informierte sie: »Dieser goldfarbene Bastard berechnet zweitausend, Miss Sotherton.«

»Aber ich hatte mein Geld im Safe des Schiffes deponiert!«

»Das ist ein Jammer.«

»Und Sie?« Die blauen Augen ruhten voller Entsetzen auf ihm.

Hook öffnete eine Tasche seiner unauffälligen Jacke. »Ein Zehner und ein Fünfer.«

»Dann können wir ja – wir können die Kapsel nicht verlassen.«

»Sie werden schon kommen und uns holen, wenn sie Lust dazu haben. Wenn einer nicht zu einer Wirtschaftsorganisation gehört, die sie anerkennen, und nicht bezahlen kann ...«

»Ich bin nicht so schwer von Begriff, daß ich das mittlerweile nicht verstanden hätte!«

Alle hatten sie es verstanden. So waren nun einmal die Spielregeln in der Galaxis des 101. Jahrhunderts.

Der Offizier der *Iquique* kam zurück. Er sah krank aus. Für einen Verwaltungsmann hielt er sich außerordentlich gut, dachte Hook. Der Junge hatte Mumm.

»Ich bedauere diese Entwicklung außerordentlich, Taynors und Taynisses. Aber sobald ich mich mit einem H.G.L.-Büro in Verbindung gesetzt habe, werde ich ...«

Der bostenhaarige Riffianer brüllte: »Können Sie die gottverdammte Kapsel nicht nach unten bringen, Junge? Haben Sie nicht die Pflicht, das zu tun?«

Der junge Offizier spreizte die Hände. »Ich bin kein Pilot, Sir. Es ist möglich, mit einer Rettungskapsel auf der Oberfläche eines Planeten zu landen, aber leicht ist es nicht. Es ist in der Tat sehr gefährlich. Am besten wird es sein, Sie warten ...«

»Zum Teufel mit Ihnen! Zum Teufel mit den H.G.L.!«

Nun waren alle verschwunden, die eine Kreditkarte bei H.G.L. oder einer auf Lerdun vertretenen Wirtschaftsorganisation hatten oder in Metallgeld bezahlen konnten. Pera sank auf ihren Sitz zusammen. Schweißtropfen glänzten auf ihrer Stirn. »Uns bleibt wirklich nichts anderes übrig, als zu warten. Wenn nun aber die Klimaanlage versagt?

Ehe wir verhungert sind, werden wir längst erstickt oder erfroren sein!«

Hook stand auf. »Ich muß sagen«, verkündete Ryder Hook, »ich habe keine Lust zu warten.«

II

Die Rettungskapsel des H.G.L.-Sternenschiffes *Iquique* kreiste weiter um den Planeten Lerdun. Lerdun war eine freie Welt. Wie Ryder Hook aus Erfahrung wußte, konnte das alles mögliche bedeuten, angefangen von einem für Verbrecher offenen Planeten bis zu einer von den engstirnigsten religiösen Fanatikern beherrschten Gesellschaft. In dieser weiten Galaxis mit ihrer Unzahl von bewohnten Welten gab es keine Normen. Aber Ryder Hook hatte auch schon sogenannte freie Welten kennengelernt, die der angenehmste Aufenthaltsort waren, den man sich nur vorstellen konnte. Ein einziger Blick auf den Zollbeamten in seinem goldenen Overall hatte ihn überzeugt, daß Lerdun nicht zu diesen Planeten gehörte.

Pera Sotherton sagte: »Aber – wir werden warten müssen, Mr. Hook.«

Also waren sie jetzt auf der »Mister« und »Miss«-Ebene angelangt. Wie nett.

»Unser Boot war das letzte, das die *Iquique* verließ«, antwortete Hook. Er sprach ruhig, doch er ließ sich nicht aufhalten, weiter den Mittelgang hinunter, vorbei an den leeren Sitzreihen und auf das Kontrollabteil hinter dem Schirm zuzugehen. »Uns hat die Automatik nach Lerdun transportiert. Ich bin der Meinung, daß die anderen Rettungskapseln sich näher gelegene bewohnbare Welten ausgesucht haben. Wir sind hier ganz auf uns allein angewiesen.«

Er setzte nicht hinzu, daß ihm die Situation, ganz allein auf sich angewiesen zu sein, durchaus vertraut war.

Pera stand auf und ging ihm nach. Unter den übriggebliebenen Passagieren waren verschiedene Reaktionen festzustellen.

Ein pelzbedecktes, kugelförmiges Wesen mit einem schwammartigen Haarschopf und Greifschwanz hatte sich auf einem kristallenen Dreifuß zusammengerollt und sang mit durchdringender Stimme verwickelte Tra'ailin-Tonfolgen vor sich hin. Das war seine Art, mit der Situation fertig zu werden. Ein Mensch mit rotem Haar und verquollenen Augen hämmerte methodisch mit der Faust auf die Armstütze seines Sitzes. Seinen Lippen entströmte eine lange, ununterbrochene Reihe der phantasievollsten Obszönitäten, die von hundert Planeten mit eigenen Kulturen stammten. Das Frauchen von Cailiang war nicht mehr da. Sie gehörte zu Interstell-Imp, und diese Wirtschaftsorganisation hatte auf Lerdun eine Agentur. Pera folgte Hook, und der borstenhaarige Riffianer, dessen Name Giffler war, folgte Pera.

Alle Personen, die sich noch in der Rettungskapsel befanden, waren sich der ihnen drohenden Gefahr nur zu bewußt. Von ihren eigenen Organisationen, die auf Lerdun nicht vertreten waren, konnten sie keinen Schutz bekommen, und sie hatten nicht genug Metallgeld bei sich, um den Transport auf die Planetenoberfläche zu bezahlen. Keinem von ihnen nützte es jetzt etwas, wenn er Metallgeld im Safe der *Iquique* deponiert hatte. Ohne Kreditkarte am Handgelenk und ohne Metallgeld war man in der Galaxis nichts.

Ryder Hook, zuweilen auch unter dem Namen Jack Kinch bekannt geworden, besaß überhaupt keine Kreditkarte irgendeiner Art.

»Können Sie ...?« fragte Pera zögernd und hielt inne.

»Ja«, antwortete Ryder Hook.

Der rothaarige Terraner blickte zu ihnen hoch und hörte auf, mit seiner Faust auf die Armlehne zu hämmern. Er drehte den Kopf und sah ihnen nach. Dann sprang er auf und eilte den Mittelgang entlang. Bei der geringen künstlichen Schwerkraft, die den mit Plastiksprossen belegten

Fußboden unten hielt, kam er schnell voran. Er drängte sich an Giffler, dem Riffianer, vorbei.

»He! Was haben Sie denn vor?«

Hook machte sich nicht die Mühe, ihm zu antworten. Er schob die Tür zum Kontrollabteil auf und trat ein. Es sah darin ungefähr so aus, wie er es sich vorgestellt hatte. Diese Rettungskapseln wurden so billig wie möglich hergestellt. Sobald sie die einzige Aufgabe, für die sie bestimmt waren, erfüllt hatten, ließ man sie, wo sie gerade waren. Und jeder wünschte sich von Herzen, daß gar nicht erst die Notwendigkeit eintrat, sie diese Aufgabe erfüllen zu lassen.

Hook nahm auf dem erhöhten Sitz des Piloten Platz, zog sich ein Programmierungsgerät heran und legte es sich auf die Knie. Er studierte sorgfältig die Anordung.

Ohne weiter darauf zu achten, hörte er Pera Sotherton sagen: »Er wird uns nach unten bringen, Taynor Dittrich.«

»Hölle und Teufel, das wird er nicht tun!«

Der rothaarige Terraner, der Dittrich zu heißen schien, schob Pera zur Seite und drängte seinen umfangreichen Körper in das Kontrollabteil. Offenbar war er eher zu Tode geängstigt als wütend.

»He, Sie da!« brüllte er. »Wer hat Ihnen gesagt, Sie sollten diese Kapsel landen?«

Hook sah nicht auf. Er konzentrierte sich völlig darauf, ein Programm zum Checken der Flugtauglichkeit einzugeben. Alles war leicht und billig gebaut, und das hatte die Folge, daß das Ding verdammt schwer zu fliegen war. Trotzdem glaubte er, daß er die Kapsel mit ein bißchen Glück nach unten bringen konnte, ohne daß sie beim Eintritt in die Atmosphäre verbrannte.

Eine schwere Hand fiel auf seine Schulter und krallte sich durch das dunkelblaue Material seiner Jacke in sein Fleisch.

»Hör zu, Gonil! Du wirst mein Leben nicht bei einem Brennschluß riskieren! Laß die Finger von den Kontrollen!«

Pera versuchte sich einzumischen, aber Dittrich schob sie zurück. Im Hintergrund beschäftigte Giffler sich sehr bemüht mit Nichtstun.

Schon oft in seinem Leben hatte Ryder Hook auf seiner

Schulter die Hand der Autorität gefühlt. Wenn es nichts gab, was er dagegen tun konnte, hatte er sich still verhalten. Aber später hatte schon mancher zu seinem Nachteil erfahren, daß Ryder Hook ein sehr gutes Gedächtnis hatte. Ganz anders lag der Fall jedoch, wenn ein Mann wie Dittrich sich das Recht anmaßte, ihm Befehle zu erteilen. Dann pflegte Hook sofort etwas dagegen zu unternehmen. Seine Würde ließ er nicht ungestraft antasten.

Er hob die linke Hand, faßte Dittrichs Arm, riß den Mann zu sich herunter, drehte seinen Kopf zur Seite und drückte seinen Zeigefinger leicht hinter das Ohr des rothaarigen Terraners. Sofort verlor Dittrich das Bewußtsein. Hook ließ ihn auf den Boden gleiten und sagte: »Lassen Sie sich von Giffler helfen, ihn wieder nach hinten zu bringen, Pera.« Er hatte nur das Minimum an notwendiger Bewegung eingesetzt, und seine Stimme klang so ruhig und unbewegt wie die eines Mannes, der einen Video-Führer liest.

Pera hatte eine Hand zum Mund geführt und die Augen weit aufgerissen. Sie glaubte nicht mehr recht an die Geschichte von dem Elektronik-Fachmann, und doch wußte sie immer noch nicht, was sie von diesem Mann halten sollte.

Giffler lachte vor sich hin.

»Kommen Sie, Tayniss Sotherton. Am besten ist, wir tun, was dieser wilde Mann von uns verlangt.«

Sie nahmen Dittrich zwischen sich und zerrten ihn aus dem Kontrollabteil.

Hook wandte seine Aufmerksamkeit wieder den Instrumenten zu.

Der wilde Mann. Zum Teufel. Wieviel von dem, was sich hinter seiner undurchdringlichen Maske verbarg, hatte der Riffianer erraten?

Ryder Hook unterdrückte den Strudel von Emotionen, der in seinem Inneren aufquoll. Schon seit langer Zeit tat er das wieder und wieder, und er hatte den festen Vorsatz, die ihm angeborene barbarische Wildheit in seinem Charakter weiter zu verleugnen. Bisher hatte er immer Erfolg damit gehabt, nach außen hin ruhig und gelassen zu erscheinen. Aber jetzt mußte er sich eingestehen, daß der Riffianer ihn durchschaut hatte. Dieser alte, bürstenhaarige Typ erkannte durch die Hörbrille, die er auf der Nase trug, weitaus mehr, als Hook ihm zugetraut hätte. Fremdrassige Lebewesen ... Das einzige, womit man bei ihnen rechnen konnte, war, daß sie unberechenbar waren.

In dem großen Passagierabteil der Rettungskapsel taten Giffler und Pera ihr Bestes, um die übrigen Reisenden zu beruhigen. Welche Gefahren mit der Landung einer Rettungskapsel verbunden war, wußte keiner von ihnen so richtig. Die Kapseln waren dazu gebaut, Überlebende eines Schiffsbruchs aufzunehmen und so schnell wie möglich zum nächsten bewohnbaren Planeten zu befördern. Sobald sie in einer Umlaufbahn waren, kamen für gewöhnlich Raumfähren nach oben und brachten die Passagiere in Sicherheit. Unter bestimmten Umständen wurde auch ein Materietransmitter mit begrenzter Reichweite angedockt, und dann konnten die Passagiere im Handumdrehen die Oberfläche betreten und brauchten sich nicht erst durchschütteln zu lassen. Im Falle, daß der ausgewählte bewohnbare Planet nicht über intelligente Bewohner verfügte, mußte der Pilot der Rettungskapsel zusehen, wie er sie selbst nach unten brachte. Möglich war es. Aber niemand würde sich je um diese Aufgabe reißen. Es gab gute Gründe, daß auch erfahrene Piloten sich davor scheuten.

Die Gründe, die Ryder Hook dazu bewogen, es trotzdem zu wagen, bestanden aus nichts anderem als seinem Widerwillen dagegen, sich herumstoßen zu lassen, und seiner Überzeugung, die mit ihm in der Kapsel zurückgebliebenen Überlebenden würden von den Zollbeamten erst kurz vor dem Ende herausgeholt werden, wenn alle Bordsysteme schon vor dem Versagen standen. Die Bewohner von Lerdun taten das nicht aus purer Grausamkeit, sondern aus Habgier. Sie würden ihnen den letzten Pfennig abnehmen, und danach waren sie Freiwild für jeden räuberischen Beamten, der sich hinter dem Gesetz verschanzen konnte. Hook war zwar noch nie auf Lerdun gewesen, aber er hatte andernorts seine Erfahrungen gemacht.

Als Giffler seine mit der Hörbrille geschmückte Nase wieder in das Kontrollabteil steckte, war Hook fertig mit seinen Vorbereitungen.

»Sie können ...«, begann Giffler und unterbrach sich. Er mochte alt sein und schwächer als in jüngeren Jahren, aber Giffler vom Planeten Riffia – und dessen Bewohner waren in der Galaxis als dickköpfig bekannt – wußte eine ganze Menge über Leute terranischer Abstammung. Jetzt wußte er zum Beispiel, wenn es eine Person gab, die sie sicher auf den Planeten hinunterbringen konnte, dann war es dieser Mann Ryder Hook. Giffler konnte sich lebhaft vorstellen, welche Leiden auf sie warteten, wenn sie im Orbit blieben, und welche Katastrophe es für sie bedeutete, wenn ihnen die Lerduner das Fell über die Ohren zogen.

Ryder Hook blickte auf.

»Alle sollen sich anschnallen. Es wird ein ziemlich holperiger Flug werden.«

Pera Sotherton schüttelte über sich selbst den Kopf. Sie verstand nicht, warum sie in einer Situation, bei der ihr vor Angst die Haare zu Berge stehen müßten, so ruhig blieb. Gedankenverloren richtete sie die blauen Augen auf Ryder Hook. Wie kam es nur, daß dieser Mann ihr solche Zuversicht einflößte?

Hook setzte sich zurecht, prüfte die Anzeigen und führte die letzten Checks durch. Er suchte sich auf dem Planeten ein Gebiet aus, das die Bio-Abtaster als akzeptabel bezeichneten. Mitten in einer Wüste oder einem Ozean wollte er nicht gern landen. Schließlich, als alle Vorbereitungen abgeschlossen waren, drückte er den Knopf für den Eintritt in die Atmosphäre. Sogleich fühlte er sein Rückgrat unter der negativen Beschleunigung erbeben.

»Der reine Beschiß ist das«, sagte er laut. Er konnte unbesorgt mit sich selbst sprechen, denn die auf mündlichen Befehl reagierenden Kontrollen – es waren mindestens ein halbes Dutzend – waren abgeschaltet. Seine Bemerkung war an die nicht anwesenden Hexenmeister der Finanzierung gerichtet, denen die Konstruktion und die Ausrüstung der Rettungskapsel zu verdanken waren. Die leichte

Abbremsung dauerte an, und das Boot neigte die Nase aus der Umlaufbahn. Hook dachte über die angenehme Aussicht nach, es durch die Atmosphäre bis auf sicheren Boden zu bringen. Es war mit Raketen ausgestattet. Der Plastikfesttreibstoff war fest versiegelt gewesen und mußte demzufolge noch in einwandfreiem Zustand sein. Aber eine mühelose Verständigung mit einer Bodenkontrolle und eine punktgenaue Landung mittels eines Repulsionsfeldes war nur mit den Maschinen eines Sternenschiffes möglich, Maschinen, die die feste Struktur der Raumzeit zerrissen und überlichtschnelles Reisen von Stern zu Stern zur Selbstverständlichkeit machten.

Wenn es wie bei der *Iquique* zu einer Katastrophe kam, blieb von den Errungenschaften des 101. Jahrhunderts nicht mehr viel übrig.

Die Rettungskapsel tauchte in die Atmosphäre ein.

Hook thronte unbeweglich auf seinem erhöhten Sitz und behielt die Anzeige im Auge. Thermoelektrische Elemente gerieten in Erregung. Hook hoffte nur, die überschlauen Erbauer der Rettungskapsel hätten nicht bei der Isolierung der Hülle geknausert. Sobald die atmosphärische Reibung versuchte, den Eindringling aus dem Himmel zu brennen, konnte der ganze Schamott auseinanderfliegen.

Die Kapsel hielt weiter auf die Planetenoberfläche zu. Hook hatte nicht die Absicht, kurz in die Luftschicht einzutauchen und wieder hinaus ins Vakuum zu ziehen, um die Geschwindigkeit herabzusetzen. So hatte man es in den alten Zeiten gemacht, bevor die Maschinen für die interstellare Raumfahrt erfunden und der ganze Blödsinn mit raketen und atmosphärischer Reibung und geschätzter Annäherungsrate überflüssig wurden. Besonders groß war seine Geschwindigkeit nämlich gar nicht, und deshalb entschloß er sich zu einer direkten Landung. In voller Konzentration hielt er seine braunen Augen auf die Anzeigen gerichtet. Seine Hände schwebten über den Kontrollen. Er konnte spüren, wie die anfangs geringe negative Beschleunigung stärker und stärker wurde …

Abtaster erforschten die Oberfläche, und Hook las die

Angaben über die topographische Struktur von dem Monitor auf der Konsole ab. Schon bevor sie mit dem Abstieg begonnen hatten, war ihm ein Gebiet als besonders geeignet erschienen, das flach wie ein Tisch wirkte – jedenfalls soweit man es von oben beurteilen konnte.

Die Raumkapsel fing an zu vibrieren. Sie waren in der ersten, noch ziemlich dünnen Atmosphäreschicht. Thermoelemente und Druckmesser meldeten ein Ansteigen des Widerstandes, der Reibung und der Temperatur. Hook ließ seine Sinne in die Kapsel fließen und mit ihr verschmelzen, so daß er zu einem lebenden Bestandteil des ganzen Mechanismus wurde.

Das Bremsmanöver drückte ihn tief in den Pilotensitz. Einmal war er aufgefordert worden, an einem Projekt teilzunehmen, und von diesem besonderen Projekt rührten alle seine Leiden auf seinen Irrfahrten durch die Galaxis her. Aber im Augenblick hatte er einen Vorteil davon. In einer Situation, bei der es einem normalen Menschen schwergefallen wäre, auch nur den Kopf zu heben, konnte Hook völlig entspannt dasitzen und seinen Körper ebenso mühelos bewegen, als habe er nicht mehr als ein g auszuhalten.

Aus dem Lautsprecher der Bordsprechanlage krächzte eine Stimme.

»Sie – da vorn – alles – in Ordnung?«

»Vollkommen. Dank für die Nachfrage, Taynor Giffler. Darf ich vorschlagen, daß Sie Ihre Kräfte schonen?«

»Sie – dürfen.«

Hook lächelte selten. In seinem Leben geschah auch kaum einmal etwas, worüber man lächeln konnte. Aber er liebte ein befreiendes, von Herzen kommendes Lachen. Jetzt amüsierte er sich königlich darüber, daß seine höflichen Worte bei Giffler sein Image als »wilder Mann« erschüttert haben mußten.

Die Rettungskapsel schoß laut kreischend durch die Luft. Die Hülle erhitzte sich immer mehr, die Isolierungsschicht rauchte und qualmte und loderte in Flammen auf. Sie stiegen eingehüllt in einen Feuerball auf die Oberfläche hinab und zogen einen feurigen Kometenschweif hinter sich her.

Hook warf einen Blick auf die Treibstoffanzeigen und sagte erneut: »Diese pfennigfuchserischen Bastarde!«

Der Treibstoff langte genau für einen einzigen Anflug. Gelang ihm die Landung nicht beim erstenmal, hatte er keine Chance, die Kapsel davor zu bewahren, am Boden zerschmettert zu werden. Entzückend. Hook war schon so oft in seinem Leben in verzweifelten Lagen gewesen, daß er sich nicht weiter darüber aufregte. Aber es tat gut, die H.G.L.-Mogule, die diese Blechkiste als gut genug für ihre Passagiere angesehen hatten, kräftig zu verfluchen.

Die Rettungskapsel hatte in etwa die Form eines Schuhs. Sie war mit zwei Stummelflügeln ausgestattet, die Hook vor dem Eintritt in die Atmosphäre ausgefahren hatte. Er spürte die zerreißenden Vibrationen und das wahnsinnige Rollen. Seine Hände flogen über die Kontrollen. Er opferte geringe Treibstoffmengen für Korrekturmanöver. Er zog die noch übrige Tragfläche ein. Die andere war glatt durchgebrannt und hatte sich wie schmelzende Bonbonmasse vom Rumpf gelöst. Die Kapsel bockte und schlingerte. Starke Hitzewellen fluteten durch den Innenraum. Hook gelang es, mit schnellen, präzisen Manövern und unter Verringerung des Treibstoffs bis fast auf die Gefahrenlinie das Ding wieder auf Kurs zu bringen.

Eine Tragfläche hatte er verloren, die andere war eingezogen. Er ließ die Kapsel durch die Atmosphäre wie einen Stein über eine Wasseroberfläche hüpfen. Eine schöne Sauerei war das.

Die Hitze stieg an. Der Schweiß lief ihm in Strömen über die Brust. Die Kapsel spielte verrückt, und die Anzeigen sagten es ihm überdeutlich. Wie sollte er ohne Tragflächen durch die Atmosphäre kommen? Ohne irgendeine aerodynamische Unterstützung konnte eine Kapsel nicht landen. Hook fühlte, wie sich sein Gesicht zu einer Grimasse verzog. Er brauchte keinen Spiegel, um zu wissen, daß er jetzt das erschreckende Grinsen zeigte, das eine barbarisch wilde Herausforderung an alle gottverlassenen Naturgesetze und die kaltherzigen Herren des Universums war. Er verfluchte die Gesetze der Astrophysik!

Er würde diese Kapsel nach unten bringen, und wenn es ihn umbrachte.

Er verlangsamte den Absturz, so gut es ging. Die Passagiere mußten inzwischen alle Hoffnung aufgegeben haben. Sie würden schwitzen und beten und schreien. Er konnte ihnen diese Qualen nicht ersparen, wenn er ihnen allen das Leben retten wollte. Erst wenn die Geschwindigkeit genügend herabgesetzt war, konnte man weitersehen. Jetzt mußte er das verdammte Ding in der Atmosphäre *fliegen!*

Kein Mann, dessen Knochen und Muskeln nicht der tiefgreifenden Konditionierung unterzogen worden waren, die Hook als junger Freiwilliger bei jenem Projekt des Interstellaren Raketen-Konsortiums über sich hatte ergehen lassen müssen, hätte tun können, was Ryder Hook jetzt vollbrachte. Während die Kapsel von Flammen umlodert auf die Oberfläche von Lerdun zustürzte, die akustischen Warnsignale schrillten und die Abtaster mögliche Landeplätze aussuchten, war er imstande, die Kontrollen zu handhaben und die Rettungskapsel zu fliegen, als reite er auf einem sich auflösenden Kometen.

Jeden Ruck und jeden Schock spürte er an dem Sitz seiner Hosen. Stücke der Isolierschicht fielen von der Decke. Irgendwo schmorten Kabel, und der stinkende blaue Qualm wirbelte auf das gefräßige Maul der Klimaanlage zu. Die Rettungskapsel erbebte. Sie tanzte und schlitterte durch die Luft.

Bis sie dichtere Atmosphäreschichten erreichten, war der größte Teil des Bugs zerschmolzen und davongeflossen. Wie lange der Hitzeschild halten würde, konnte Hook nur raten. Wenn auch der noch dahin war, konnte keine übermenschliche Anstrengung ihn mehr davor bewahren, gebraten zu werden.

Wenn die vorderen Staurohre ebenfalls verglühten – dann konnte niemand an Bord mehr die geringste Hoffnung hegen.

Sie würden einfach abstürzen und in den Boden einschlagen wie ein flammender Meteor. Sie würden ein Loch aufreißen, in das man einen ganzen Häuserblock versenken konnte, und nicht einmal die Fernsehantennen auf den Dächern würden darüber hinausragen.

Die Hitze, die sich in der Rückenlehne des Pilotensitzes sammelte, ließ Hooks ganzen Körper schmerzen und pulsieren. Er war in Schweiß gebadet. Er leckte sich die trockenen Lippen. Er verfluchte die gewissenlosen Bastarde der Hardman Galactic Lines und die raubgierigen Bullen von Lerdun. Wären die nicht so auf ihren Profit versessen gewesen, hätte er sich und den anderen das Ganze ersparen können.

Hook bemerkte, wie die Flammen das winzige Beobachtungsfenster über seinem Kopf umzüngelten. Dunklere Streifen mischten sich in das Feuer, als wieder ein Stück des Bugs zerschmolz und sich auflöste.

Der Innenraum der Rettungskapsel war noch genügend geschützt, daß man darin überleben konnte. Allerdings würde er es nicht mehr lange bleiben.

Hook mußte den Zeitpunkt zum Zünden der Bremsraketen aufs genaueste berechnen. Hatte er sie einmal abgefeuert, war kein Treibstoff mehr übrig. Aber wenn er das Manöver durchführte, solange sie noch zu hoch waren, würde die Geschwindigkeit bis zum Erreichen der Planetenoberfläche wieder zu stark ansteigen, und wartete er zu lange, trat die Bremswirkung zu spät ein.

Er studierte den Schirm, der sich vor ihm befand. Bisher funktionierten die Kameras noch, auch wenn die Flammen sie umzüngelten und das Bild verschleiert war.

Hook konnte Wolken erkennen und das Glitzern eines Flusses und vereinzelte Berge, die hinter ihm zurückblieben. Seine Schätzung der Höhe stimmte mit der Anzeige des Höhenmessers überein. Hook verließ sich in solchen Dingen eher auf das Gefühl an seinen Fußsohlen und benutzte die Instrumente nur, um eine Bestätigung zu erhalten.

Die Rettungskapsel zog einen weißglühenden Feuerstreifen über den Himmel.

Hook zündete die Bremsraketen, und ihre Flammen fügten dem Inferno neue Glut hinzu.

Die Kapsel bebte in allen Fugen. Eine Reihe von Anzeigen löste sich in dicken Qualm auf. Jetzt wurde das Rettungsfahrzeug zu einem lebenden Wesen, das ums Überleben kämpfte. Es wollte zurück in den Raum, weg von dem harten Boden Lerduns, und es zuckte und sprang und tanzte. Hook gelang es, das Boot unter Kontrolle zu halten. Er zwang es, den Anflug auf das ausgewählte Landegebiet fortzusetzten.

Die Raumkapsel zerbrach.

Ein ungeheurer Fuß schoß nach oben und trat Ryder Hook in den Rücken. Er fluchte laut, aber er gab nicht auf.

Die Kapsel – oder was von ihr übrig war – schlitterte über eine staubige Ebene. Sie verstreute Trümmer und Fetzen nach allen Seiten, sie legte Bäume um, sie ließ an Felsen und Rinnen Metallstücke zurück. Immer weiter raste sie, zerstörte, was sich ihr in den Weg stellte, und zerlegte sich in ihre eigenen Bestandteile. Endlich blieb sie als ein qualmender Haufen von Wrackteilen liegen.

Die Kapsel brannte, und der stinkende Rauch stieg hoch in den Himmel hinauf.

Hook löste die Sicherheitsgurte und stieg mühsam von dem Pilotensitz.

Zum Teufel mit allen Mogulen des Raums! Er hatte die Landung fertiggebracht.

Sie waren unten.

III

»Sie werden uns im Visier behalten haben«, sagte Ryder Hook. »Sie wissen, daß wir hier sind. Lange werden sie nicht mehr auf sich warten lassen.«

Es war schon ein Wunder, daß bei dieser harten Landung niemand getötet worden war. Giffler rang keuchend nach

Atem, und Dittrich war anzumerken, daß er Hook am liebsten vor den Bauch getreten hätte. Die anderen Passagiere fühlten nichts als Erleichterung, weil sie in einem Stück auf die Oberfläche gelangt waren.

Pera Sotherton ließ ihre Blicke über den Himmel wandern. Zwei Stunden waren vergangen, und sie hatten sich einigermaßen wieder erholt. Natürlich rechneten sie und Hook in terranischen Stunden. Die Zeitmessung der anderen menschlichen und nichtmenschlichen Wesen, die von Planeten mit höchst unterschiedlicher Rotationsdauer stammten, konnte ganz anders sein. Jetzt wies Pera nach oben.

»Da sind sie.«

Die Kabinenhaube eines noch weit entfernten Fliegers hatte einen Sonnenstrahl reflektiert. Hook betrachtete die Umgebung. Rings um sie erstreckte sich die staubige Ebene. Am nördlichen Horizont erhoben sich einige Hügel. Eine solide gebaute Straße lief von Osten nach Westen. Im Süden fügte die Andeutung eines Waldes einen erfreulichen grünen Flecken dem vorherrschenden Grau und Braun hinzu. Hook hatte den Landeplatz gut ausgesucht.

Der Flieger zog eine Runde und setzte dann zur Landung an.

Die Überlebenden, die alle benommen und zerzaust und angeschlagen waren, blieben stehen und sahen den sich nähernden Männern von Lerdun entgegen.

Ryder Hook hatte die Fähigkeit, eine Situation in wenigen Augenblicken gründlich und in allen Aspekten zu überdenken. Aber das Leben, das er jetzt führte, das Leben, zu dem ihn diese Frankensteins vom Interstellaren Raketen-Konsortium und ihre verdammten Projektmänner gezwungen hatten, erlaubte es ihm selten, in Gedanken zu versinken. Er mußte immer und überall wachsam sein. Während die Zollbeamten von Lerdun in ihren goldenen Overalls aus dem Flieger stiegen und auf sie zumarschierten, stieg eine ganze Reihe von höchst plastischen Vorstellungen in ihm auf. Er konnte die von beiden Parteien ausgehenden Ströme des Hasses, der Furcht und des Zorns wie ein Muster aus Energielinien sehen. Da stand er in lokkerer Haltung, die Arme hingen ruhig herab, und doch war er bereit, augenblicklich in Aktion zu treten und sich wie eine kämpfende Wildkatze zu bewegen.

Viele Männer und Frauen und fremdrassige Lebewesen hatten schon versucht, Ryder Hook hereinzulegen, und die meisten hatten in ihrem Leben noch Gelegenheit gefunden, es zu bereuen.

»Wir dachten, ihr würdet es nicht schaffen«, sagte der Zollmensch.

Es war derselbe.

Im Sonnenschein verschossen seine Insignien an Kragen und Ärmeln Strahlen. Er hatte eine hohe Meinung von sich selbst, soviel stand fest.

»Wir brauchen Hilfe ...«, fing Dittrich an. Er trat einen Schritt vor und streckte seine Hand aus.

»Natürlich, natürlich«, versicherte der Beamte. »Aber wir haben Sie nicht eingeladen, auf unserem Planeten zu landen.«

»Welche andere Wahl hätten wir denn gehabt?« Dittrichs Hände zitterten.

»Es war Ihr eigener Entschluß, die Umlaufbahn zu verlassen und hier zu landen. Wir hätten Sie schon noch geholt.«

»Sicher«, warf Giffler ein. Er rückte seine Hörbrille zurecht und kam näher. »Sobald es Ihnen gepaßt hätte. Wenn wir schon ...«

»Ich denke, es ist genug geschwatzt worden.« Der Sprecher bewegte sich auf eine geschmeidig gleitende Art, die Hook verhaßt war. Er trug eine dunkle Uniformjacke und Breeches, so daß er sich von den anderen in ihren goldenen Overalls deutlich abhob. Sein Haar trug er sorgfältig nach außen gebürstet. Es umgab seinen Kopf wie ein weißer Heiligenschein. Weißes Haar deutete entweder auf einen genetischen Defekt oder auf Affektiertheit hin. Heutzutage hielten die Menschen ihr Haar gesund und bewahrten die natürliche Farbe bis ins achtzigste Lebensjahr oder länger. Das Gesicht des Mannes zeigte ein Lächeln, wie Hook es einmal bei dem Anführer eines Schwarms von Barrakudas gesehen hatte, als er grinsend auf ein Stück blutiges Fleisch zuschoß.

Dieser Mann hier war Ryder Hook fremd, aber dem Typ war er schon oft begegnet. Er wußte, daß die Überlebenden für den dunkle Uniformierten nichts anderes waren als blutige Fleischstücke, eigens dazu bestimmt, seinen Appetit zu stillen.

Gerade als Hook überlegte, welche Gebete dieser Mensch wohl am Knie seiner Mutter gelernt hatte, fragte Pera mit versagender Stimme: »Aber was wollen Sie denn *tun?*«

Die sechs Männer in den goldenen Overalls, deren Abzeichen je nach Dienstgrad mehr oder weniger blitzten, zogen sich auseinander und bildeten vor den Überlebenden einen Halbkreis. Der Zollmensch und der Mann in Schwarz blieben auf der Mitte der Linie stehen. Da hatte Pera die Antwort auf ihre Frage.

Einer der Reisenden von der *Iquique*, ein fremdrassiges Lebewesen aus dem Joyfarlan-Haufen, stieß mit hoher, entsetzter Stimme hervor: »Was ...?«

Der Mann in Schwarz verkündete: »Ich bin Goton Telander. Sie sind aus eigenem Antrieb, ohne dazu eingeladen worden zu sein und ohne von irgendeiner Agentur hier vertreten zu werden, auf unserem Planeten gelandet. Es gibt bestimmte Formalitäten, die dabei beachtet werden müssen.«

»Formalitäten!« quiekte der Joyfarlaner, ein Wesen mit einem Rumpf wie ein Bierfaß, das sechs dürftige Fäden als Haare, sechs dünne Fäden als Arme und sechs zerbrechliche Fäden als Beine hatte. »Formalitäten! Uns stehen wie jedem Schiffbrüchigen Rechte zu, und ...«

»Nein.« Goton Telanders Stimme war leise, aber schneidend und so kalt wie ein Gletscher. »Nein, Sie haben keinerlei Rechte. Sie müssen Landegebühren, Liegegebühren, Fremdensteuern und das Stempelgeld für die Aufenthaltserlaubnis bezahlen. Wenn Sie den vollen Betrag nicht aufbringen können, werden Sie die Summen abarbeiten müssen.«

Hook hatte das alles schon mehr als einmal gehört.

»Aber unser Geld ist im Wrack der *Iquique* zurückgeblieben«, wandte Pera ein. Ihr war elend zumute. Am liebsten hätte sie sich an Hooks Arm festgeklammert, aber in seinem Blick lag etwas, das ihn von allen Menschen weit entfernte, und so wagte sie es nicht.

»Das ist für die Behörden von Lerdun ohne Belang. Sie müssen zahlen oder sich schriftlich zur Rückerstattung des Ihnen gewährten Kredits verpflichten.«

»Kredit?«

»Für die Landung auf Lerdun müssen Sie bezahlen. Wir sind eine offene Welt. Wenn Sie nicht bezahlen können, leihen wir Ihnen Metallgeld, das Sie rückerstatten müssen. Die einzige Möglichkeit, die Sie dazu haben, ist, daß Sie sich als Vertragsarbeiter eintragen …«

Hook unterbrach: »Sie meinen Sklave, nicht wahr?«

Goton Telander reagierte darauf mit der selbstverständlichen Würde eines Mannes in einer Machtposition, der sich einem widersetzlichen Untergebenen gegenübersieht. Er wandte Hook seinen schmalen Kopf zu und starrte ihn von oben herab an. Es war klar, daß er sich Hooks Gesicht gut einprägte.

»Wir sind ein zivilisierter Planet, Taynor. Wir beschäftigen keine Sklaven. Wir bedauern, daß es in der Galaxis überhaupt Sklavenwirtschaft gibt. Sie tragen sich lediglich als Vertragsarbeiter ein und arbeiten den Kredit ab, der Ihnen gewährt worden ist.«

»Den Kredit haben wir also schon bekommen?«

»Natürlich. Sie sind doch hier, oder nicht? Stehen Sie nicht ohne dazu aufgefordert zu sein, auf dem heiligen Boden von Lerdun?«

Darauf gab es keine Antwort.

Es konnte nicht zum erstenmal sein, daß die Zollbeamten und Goton Telander, ihr Vorgesetzter vom Staatsdienst, eine illegal gelandete Gruppe in Empfang nahmen. Sie hatten ihre Vorschriften und ihre Gesetze, und sie würden deren Befolgung erzwingen. Die sechs Männer in den goldenen Overalls, die sprungbereit warteten, waren die Vollstrecker. Der Planet hatte eine eigene Regierung, und da es sich um einen offenen Planeten handelte, würde die Regierung stark sein und nicht durch Rücksichten auf die Multisystem-Konglomerate und Wirtschaftsorganisationen geschwächt. Hier, auf Lerdun, taten die Konglomerate nach außen hin, was die Regierung wollte. Natürlich würden sie insgeheim Regierungsangehörige bestechen und so dafür sorgen, daß es letzten Endes doch nach ihrem Willen ging.

Das Unglück für die restlichen Überlebenden der *Iquique* war, daß die Organisationen, denen sie angehörten, nicht auf Lerdun vertreten waren.

Ryder Hook gehörte überhaupt keiner Organisation an.

»Steigen Sie in den Flieger ein.« Der Zollmensch trieb das Häuflein voran wie ein goldener Schäferhund eine Schafherde.

Nur ganz kurz richtete Hook seine Augen auf die Ebene, die sich bis zum Horizont erstreckte. Für eine Notlandung mit einer in Stücke zerfallenden Rettungskapsel war es ein großartiger Platz, aber er war äußerst unwirtlich. Er duckte sich und stieg ins Flugzeug. Es hatte wenig Sinn, diesen Mann hier draußen anzugreifen.

Als alle Überlebenden drinnen waren, herrschte ziemliche Überfüllung in der kleinen Maschine, aber niemand achtete sonderlich darauf. Der Flug nach Lacan, der bedeutendsten Stadt in diesem Gebiet, dauerte nicht lange. Sie wurden in einem Innenhof ausgeladen. Er hatte einen Steinboden und war rings von Plastikwänden umgeben, und er war Teil des hiesigen Zollamtes. Hier sollten ihre Personalien aufgenommen werden. Dann würde man sie zwingen, sich als Vertragsarbeiter einzutragen. Selbstverständlich würde ihnen alles abgenommen werden, was sie an Geld und Wertsachen bei sich trugen.

Sklaven.

Hook verspürte nicht die geringste Lust dazu, ein Sklave zu werden.

Immer noch konnte man Idioten begegnen, die die Sklaverei für eine gute Einrichtung hielten. Hook jedoch, der geradezu fanatisch in seinem Streben nach Perfektion und Leistung war, hatte zu seiner eigenen Zufriedenheit nachgewiesen, daß sich die Sklavenwirtschaft ökonomisch gesehen nicht auszahlte.

Sollte jetzt er, Ryder Hook, dazu gezwungen werden, die Sklaverei zu einer wirtschaftlich vertretbaren Institution zu machen? Hm ... das konnte sich als Herausforderung erweisen.

»Vorwärts! Vorwärts!« Weitere Männer in goldenen Overalls tauchten auf. Die Überlebenden mußten sich in Reihen anstellen, und die »Formalitäten« konnten erledigt werden.

Wie Hook es sich gedacht hatte, bestanden die Formalitäten zunächst einmal darin, daß ihnen alle Habseligkeiten, die in etwa von Wert waren, abgenommen wurden. Die Dauer der Vertragsarbeitszeit, zu der sie sich verpflichten mußten, hing davon ab, wieviel an dem angeblich geschuldeten Betrag noch fehlte.

Dittrich protestierte.

»Das können Sie mit mir nicht machen! Ich gehöre zu Sieur-Stel! Das ist ein großes Konglomerat – es kontrolliert mehr als hundert Planetensysteme, und es hat in der ganzen Galaxis Agenturen ...«

»Nicht auf Lerdun, Gonil. Werden Sie hier nur nicht frech.« Der Zollmensch schlenderte auf Dittrich zu. Er hatte die Hände in den Gürtel gehakt und beaufsichtigte seine Leute bei ihren Arbeiten.

»Aber ich gehöre zum Stab! Ich verlange, daß Sie die nächste Sieur-Stel-Agentur anrufen ...«

Der Zollmensch schlug Dittrich quer über das Gesicht. Er schlug mit dem Handrücken zu, als wolle er gleichzeitig seine Verachtung für terranische Wichtigtuerei und seinen Abscheu davor, seine Hand zu beschmutzen, zum Ausdruck bringen. Dittrich taumelte zurück und fiel hin. Er fuchtelte voller Zorn mit den Händen. Von seiner Unterlippe sickerte ein Blutfaden.

»Sie Schuft! Ich durchschaue Ihre Absichten! Sie brauchen Sklaven – es ist Ihnen gleichgültig, ob ...«

Der Zollmensch gab Dittrich einen leichten Tritt. Dittrich schimpfte trotzdem weiter.

»Stellt diesen Hurensohn auf die Füße und erledigt die Formalitäten. Dann schafft ihn mir aus den Augen«, befahl der Zollmensch.

Seine Leute beeilten sich, dem Befehl zu gehorchen.

Pera flüsterte: »Oh! Der arme Mann!«

Hook hatte für Dittrich nur wenig Mitgefühl.

»Vorwärts!« brüllten die Wachen in den goldenen Overalls.

Ein Überlebender nach dem anderen rückte vor. Links und rechts von einem Seiteneingang war je ein Tisch aufgestellt worden, und auf den grünen Plastikplatten lagen wie bei allen Behörden Stempel, Mikroleser, Infra- und Ultra-Detektoren. Gerade steckte Giffler einen dünnen Arm in den Mikroleser und drehte das Handgelenk, um seine Kreditkarte zu zeigen.

»Halten Sie mich nicht auf!« schnauzte der Beamte. Seine Augen zeigten Müdigkeit, und er kaute ununterbrochen Stim-Gummi. Sein goldener Overall trug Schmutzflecken von Speiseresten.

»Geben Sie Ihr Geld her!«

»Ich habe nur diese drei Münzen«, antwortete Giffler. Seine Hörbrille fing die letzten Sonnenstrahlen auf, die sich über die Plastikwände verirrten, und warfen sie spiegelnd zurück. »Ich bin überzeugt, Sie brauchen nur die riffianische Botschaft auf Shatterway anzurufen, und man wird ...«

»Halten Sie mich nicht auf, habe ich gesagt!« Der Unterbeamte sah zu dem Zollmenschen hinüber, und dieser verließ seinen Standort an dem anderen Tisch und trat näher. Der laut schreiende Dittrich wurde weggezerrt.

»Shatterway?« fragte der Zollmensch. Er lächelte. »Die Leute von Shatterway kann ich sowieso nicht leiden.« Shatterway war der letzte Hafen gewesen, in dem das H.G.L.-Sternenschiff *Iquique* gelandet war. Er betrachtete die Hörbrille, die Giffler auf der Nase trug. »Nehmen Sie dies Gerät ab!«

Giffler geriet in Panik.

»Nein! Nein, das können Sie nicht machen! Dann bin ich ja blind und taub – ohne meine Hörbrille bin ich hilflos –, Sie können sie mir nicht wegnehmen!«

»Ich kann nicht? Es gibt nichts, was ich mit Ihnen nicht machen kann!«

Griffler führte eine Hand ans Gesicht und hielt die Hörbrille fest. Er zitterte und bebte ebenso heftig wie die Rettungskapsel, als sie in die dichteren Schichten der Atmosphäre geriet.

Die Sache ging Hook überhaupt nichts an.

Warum er trotzdem seine Nase hineinsteckte, wußte er selber nicht genau.

»Wenn Sie ihm die Hörbrille wegnehmen, wird er blind und taub und folglich als Vertragsarbeiter nutzlos sein«, hörte Hook sich sagen und dachte, daß er ein Narr war, sich einzumischen.

Der Zollmensch drehte sich nicht einmal um. Nur sein Arm schoß in die Höhe. Er wollte diesen vorlauten Terraner ebenso wie Dittrich mit dem Handrücken ins Gesicht schlagen.

Hook beugte sich zur Seite, und der Schlag ging in die leere Luft.

»Sehen Sie mal«, fuhr Ryder Hook mit ruhiger Stimme fort, »lassen Sie uns doch vernünftig darüber reden.«

Es war ihm klar, daß er sich aufführte wie ein Junge, der noch nie von seinem hinterwäldlerischen Heimatplaneten weggekommen ist. Aber er hatte nun einmal angefangen, und dieser Hanswurst in seinem goldenen Overall, der in dieser Minute alle Macht in seinen Händen hielt, sollte ihn nicht zum Schweigen bringen.

Ein Wachtposten kam herüber und faßte nach der Hörbrille. Giffler schrie auf. Der Zollmensch hatte sich von seiner Verblüffung über soviel Unverschämtheit wieder erholt. Während seine Untergebenen mit Whartons Modell Neunzig Drei bewaffnet waren, trug er eine Tonota Achtzig, die den Kopf eines Menschen auf eine Entfernung von sechshundert Metern zu Staub zerblasen konnte. Er zog mit der Geschwindigkeit eines zum Angriff ansetzenden brünstigen Strooka.

Großes Durcheinander entstand. Gifflers scharlachroter Schulterumhang flackerte auf und verschwnad in lodernden Flammen. Der Wachtposten sprang zurück. Seine Faust traf Hook, der ihm im Weg stand, am Kopf.

Hook ging zu Boden. Sein Schädel dröhnte. Die Männer in den goldenen Overall rannten, was sie konnten.

Und Giffler ...

Irgendwer hatte eine Delling auf ihn abgefeuert.

Pera Sotherton bedeckte das Gesicht mit den Händen und schrie und schrie ...

Giffler zerschmolz.

Sein Körper verlor die feste Form und begann zu tropfen. Sein Kopf zerfloß und verging. Immer noch auf den Füßen stehend, schmolz und schrumpfte er zu einer formlosen Masse, die schließlich auf dem Steinboden eine zusammenlaufende Pfütze von Schaum bildete.

Hook kam langsam wieder in die Höhe.

Goton Telander, der Mann in Schwarz, spazierte gerade aus dem Haupteingang des Zollamtes. Die Delling hielt er noch in der Hand. Mit einer gezierten Bewegung krümmte er die Finger, und die mit den Nervenbahnen verbundene Elektronik beförderte die Waffe wieder in seinen Ärmel. Alles hatte sich so erschreckend langsam und doch so erschreckend schnell abgespielt.

Giffler war ausgelöscht.

Hook legte eine Hand beruhigend auf Peras Schulter. Sie hörte auf zu schreien. Sie keuchte, und dann begann sie zu schluchzen.

Ein Robot-Reinigungsgerät rollte auf Gummibändern herbei, sagte den Schaum auf und säuberte die Stelle, wo Giffler gestorben war.

IV

Lacan als Stadt hatte Hook nach dem bißchen, das er vom Flieger aus hatte sehen können, nicht beeindruckt. Sie war funktional angelegt, die Häuser standen in ordentlichen Blocks, die Flieger überzogen sie auf vorgeschriebenen Luftstraßen, und die Einwohner bewegten sich auf Gleitbürgersteigen. Die Stadt hatte Parks und Teiche, und hier und da war sie mit Bäumen und Liebessträuchern, diesen wunderschönen Büschen von Ronan IV, geschmückt. Aber sie wollte sich nicht zu einem lebenden Ganzen zusammenfügen. Hook war allerdings nicht in der Lage, ein endgültiges Urteil zu fällen. Er war zwischen den Plastikwänden des Innenhofes gefangen und mußte zusehen, wie ein Robot-Reinigungsgerät mit den letzten Atomen, die von Giffler übriggeblieben waren, davonrollte.

Pera kam als nächste an die Reihe.

Hook gab ihr einen kleinen, aufmunternden Schubs. Er konnte es sich selten erlauben, Mitleid zu empfinden. Sein Leben bestand aus Szenen des Schreckens und Entsetzens mit dem Hintergrund einer persönlichen Tragödie. Er war kein Supermann. Das mußte er sich ständig vor Augen halten. Nun ja, diese Heinis vom Interstellaren Raketen-Konsortium hatten mit den Atomen und Molekülen seiner Zellen herumgespielt, hatten seinen Proteinen eine metallische Grundlage gegeben und seine Knochen in halbmetallische Gebilde verwandelt, die titanischen g-Kräften widerstehen konnten. Das hatte sich als sehr nützlich erwiesen, als die *Iquique* sich in ihre Bestandteile auflöste. Man hatte organische Synapsen in seinen Schädel eingepflanzt, die es ihm durch einfache wissenschaftliche und elektronische Mittel erlaubten, sich über viele Parseks hinweg in das interstellare Kommunikationsnetz einzuschalten. Er konnte vieles tun, was einem normalen Menschen unmöglich war, aber ein Supermann war er ganz bestimmt nicht.

Wenn er ein Supermann gewesen wäre – oder wenn sich zufällig ein Projektmann in der Nähe befunden hätte –, dann hätte Ryder Hook sich vermutlich anders verhalten, als er es tat.

Vor seiner Reise mit der *Iquique* hatte er nicht einmal gewußt, daß es eine Person namens Giffler gab. Er hatte nie darüber nachgedacht, ob sich irgendwo im Strudel der Galaxis ein Mädchen wie Pera Sotherton befand. Er war nicht so dumm, daß er mit dem Gedanken spielte, ob er sich in sie verlieben könne. Liebe war etwas, das ihm vorenthalten blieb.

In dem Hof hielten sich zehn Zollbeamte auf. Zwei weitere saßen hinter den beiden Tischen. Der Stim-Gummi-Kauer hatte seinen Tisch wieder zurechtgerückt und seine Utensilien neu geordnet. Jetzt erwartete er Petra Sotherton. Die Wachtposten gingen hin und her, die linke Hand auf dem Griff der Waffe.

Goton Telander beobachtete das Schauspiel mit dem versonnenen, selbstzufriedenen Gesichtsausdruck, den Hook bei Werkler-Katzen nach dem Verspeisen von Werkler-Mäusen gesehen hatte.

Es konnte ebensogut jetzt wie später geschehen.

Der Mann hinter dem zweiten Schreibtisch rief: »Sie da! Den großen Affen meine ich! Vorwärts! Kommen Sie hierher!«

Gehorsam trat Hook an den Tisch. Der Schreiber, ein dikker Kerl mit einem Hängebauch, der von einem Stasis-Gürtel gehalten wurde, grunzte und zeigte mit dem Finger auf Hook.

»Metallgeld auf den Tisch, Gonil! Zeigen Sie mir Ihre Kreditkarte!«

Hook legte seinen Fünfer und seinen Zehner auf den Tisch.

»Ich habe keine Kreditkarte.«

Der Schreiber blickte nicht auf. Seine Stimme sank um eine Terz.

»Lassen Sie den Blödsinn. Zeigen Sie her.« Er faßte nach Hooks linkem Handgelenk. Es war ihm so gut wie unmöglich, sich einen Menschen vorzustellen, der mit einem Sternenschiff reisen konnte und doch keine Kreditkarte besaß und nicht zu einem der galaxisweiten Konglomerate oder einer anderen Organisation gehörte.

»Hier«, sagte Ryder Hook. »Sehen Sie.«

Sein linker Arm schoß vor.

Die Hand des Schreibers verfehlte ihr Ziel. Hooks Finger krümmten sich und ballten sich zur Faust, zu einer außerordentlichen harten Faust. Diese Faust fuhr in das Gesicht des Schreibers und brach ihm die Nase. Ehe er noch Zeit hatte zu schreien oder zurückzuweichen, war Hook mit einem Satz über den Tisch gesprungen, hatte dem Schreiber die Waffe aus dem Gürtel gezogen und sich an die Wand gedrückt. Die Wharton Modell Neunzig Drei verschoß Mikronadeln, die einen Menschen lähmen oder töten konnten. Sie war auf Lähmung eingestellt, und die Ladung reichte für sämtliche anwesenden Zollbeamten. Nur die beiden letzten kamen noch selbst zum Schluß, aber sie verfehlten Hook, der sich hütete, an einer Stelle stehenzubleiben, und sich in ständiger Bewegung befand.

Goton Telander war verschwunden.

Das Ganze war die Sache eines Augenblicks gewesen.

»Sie können gehen, wohin Sie wollen«, sagte Hook zu den wie erstarrt dastehenden Überlebenden der *Iquique*. »Aber an Ihrer Stelle würde ich mich hüten, das Zollamt zu betreten. Wenn Sie gern Sklaven werden wollen, können Sie auch hierbleiben.«

Er bückte sich, nahm dem ranghöchsten Zollmenschen mit den funkelnden Abzeichen seine Tonota Achtzig ab und rannte auf das Tor zu.

Pera Sotherton schrie auf und lief ihm nach. Sie holte ihn ein, als er das Tor öffnete.

»Ich komme mit! Sie können mich nicht zurücklassen.«

Hook streifte sie mit einem flüchtigen Blick.

»Ich kann. Geben Sie sich nur keiner Täuschung hin. Wenn Sie mit mir kommen, tun Sie das auf eigene Verantwortung.«

»Ja doch, ja! Um des Großen Erlösers willen, lassen Sie uns hier verschwinden!«

Hook schob die Torflügel nur so weit auseinander, daß

sie beide hindurchschlüpfen konnten. Dann nahmen sie die Beine in die Hand.

Die Straßen waren durch hohe Torbogen erhellt, die ein frostiges Licht verstrahlten.

Wenige Leute waren unterwegs, und wenige elektrisch betriebene Fahrzeuge zogen geräuschlos durch die Straßen. Hook nahm an, daß in etwa einer Stunde mehr Betrieb herrschen würde. Im Augenblick waren alle Einwohner zu Hause und aßen zu Abend. Die Stadt war klein und funktional genug, daß sich in ihr eine beinahe dörfliche Kultur entwickelt hatte.

»Wohin gehen wir, Mr. Hook?«

Er machte sich nicht die Mühe, ihr zu antworten.

Auch wenn er es selbst gewußt hätte, würde er seinen Atem nicht verschwendet haben.

Er schritt zügig weiter. Die Waffen steckte er in das Gurtband seiner Hose. Die dunkelblaue Jacke wurde überall in der Galaxis getragen und fiel daher nicht auf.

Aber Peras silbernes Glitzerkleid in seinem zerrissenen und beschmutzten Zustand würde aller Augen auf sich ziehen.

»Wenn Sie mit mir zusammenbleiben wollen, müssen Sie sich weniger spektakuläre Kleidung besorgen«, sagte er.

Ohne auf eine Antwort zu warten, setzte er seinen Weg fort.

An einer Ecke kamen sie an einem Antigravschacht vorbei, der zu einem Teil der unterirdischen Versorgungseinrichtungen der Stadt führte. Mit einem kühlen Blick, der die dort auf sie lauernden Gefahren abschätzte, betrachtete Hook die schwarze Mündung mit ihrem Kreis trüber Glühbirnen. Er hatte nicht die Absicht, in den Schacht einzusteigen. Der erste Ort, wo die Bullen von Lerdun nach ihnen suchen würden, waren bestimmt die Versorgungskanäle und unterirdischen Tunnels. Hinter ihnen zerriß das Heulen einer Alarmsirene den Himmel – ein nervenzerfetzendes Geräusch, das darauf angelegt war, durch Mark und Bein zu dringen.

»Das ist das Signal«, japste Pera, die nur unter größter

Anstrengung mit Hook Schritt halten konnte. »Sie wissen, daß wir geflohen sind.«

»Dann wollen wir hoffen, daß sie die anderen verfolgen.«

»Sie sind ein eiskalter, gefühlloser Mensch!«

»Nein. Ich bin Realist.«

Er begann, in einer Diagonale die Straße zu überqueren, indem er von einem Gleitband aufs andere sprang.

»Da drüben ist ein Laden«, bemerkte er.

»Was nützt uns ein Laden?« Vor dem Schaufenster holte sie ihn wieder ein. Sie starrte auf die Kleider hinter der Panzerglasscheibe. »Wir haben doch kein Geld.«

Hook hob die große Tonota Achtzig und zerschmolz das Panzerglas. Die Alarmanlage schrillte los.

»Schnappen Sie sich eine Jacke und eine Hose in gedeckten Farben. Ja nichts Elegantes. Schnell!«

Pera holte tief Luft, um das flatternde Gefühl in der Magengegend zu unterdrücken. Bei der Gelassenheit, mit der dieser häßliche, brutale Mensch einen Einbruch beging, wurde ihr ganz kalt. Aber sie mußte zugeben, daß er übermenschliche Kräfte und einen primitiven Charme besaß. Eilig griff sie sich ein paar Kleidungsstücke, die ungefähr das waren, was er verlangt hatte. Nie hätte sie sich träumen lassen, daß sie einmal in Gesellschaft eines solchen Mannes derartige Dinge tun würde!

Hook blieb nicht verborgen, was in ihr vorging. »Pera, wir müssen damit rechnen, daß jeder Mann, jede Frau und jeder Humanoide gegen uns ist«, erklärte er. »So etwas ist nicht schön; ich habe auch keine Freude am Zerstören. Aber ich denke nicht daran, mich einiger Skrupel wegen töten oder versklaven zu lassen.«

Pera streifte ihr Abendkleid ab, rollte es zu einem Bündel zusammen und sah sich dann hilflos um. Wohin damit? Sie trug flammendrote Höschen und Büstenschalen. Hook nahm das Glitzergewand und stieß es in die Auslage.

Als Pera mit einem Bein in ihre neue Hose fuhr, verbrannte Hook den Laden mit zwei schnellen Feuerstößen aus der Tonota. Sofort loderten die Flammen empor.

»Vielleicht macht ihnen das ein bißchen Kopfschmerzen«, meinte Ryder Hook.

Er gehörte nicht zu den Leuten, die sich durch mutwillige Zerstörung Befriedigung verschaffen. Aber jetzt würde die hiesige Spurensicherung Mühe haben, Haut- und Haar-Partikel, die er und Pera hier verloren hatten, einzusammeln und mit ihren Detektoren ihren Körpergeruch auszuschnüffeln. Bis man damit fertig war, würden sie schon weit weg sein. Wenn das Mädchen bei ihm bleiben wollte, war es gut. Ihm war eingefallen, wie sie ihnen beiden aus der Klemme helfen konnte. Später wollte er ganz nebenbei ein Stichwort fallen und sie den Vorschlag selbst machen lassen.

Hook fragte sich, wie lange es dauern würde, bis ihr die offensichtliche Lösung ihrer Probleme in die Augen sprang.

Pera war ein nettes, aufgewecktes Kind. Sie mußte eine gutbezahlte Stellung haben, wenn sie auf der *Iquique* hatte Erster Klasse reisen können. Hook hatte sich oft, sehr oft in der Touristenklasse von einem Stern zum anderen befördern lassen müssen, eingefroren wie eine Rinderhälfte. Er liebte das gar nicht. Das tat niemand. Das Risiko, aus dem Tiefkühlschlaf nie mehr herauszukommen, war größer als eine Fehlleitung über einen Materietransmitter.

»Hook, was sollen wir bloß tun?«

»In Deckung gehen. Übrigens bin ich hungrig. Die Notrationen, die wir in der Rettungskapsel bekommen haben, hat mein Magen nicht als vollwertiges Essen anerkannt.«

»Ihr Magen! Wie können Sie in diesem Augenblick an Ihren Magen denken?«

»Daran lasse ich mich durch nichts hindern. Der Magen ist von großer Wichtigkeit.«

Pera erschauerte, als ihr die Frage durch den Kopf schoß, wie Ryder Hook wohl an Geld oder Nahrungsmittel zu kommen bedachte, um die Forderungen seines Magens zu befriedigen. Sie war in ihrer Stelle als Sekretärin des alten Posten an ein ruhiges Leben gewöhnt, das aus Schreibtischen und Kommunikationsanlagen und Terminkalendern und Routinearbeiten und Kaffeepausen bestand, und alles hatte innhalb des ziemlich bedeutenden Multisystem-Konglomerat Pattens einen festen Platz. Wie oft hatte sie das Gefühl gehabt, die glitzernde Galaxis winke ihr zu, und sie hatte sich hinausgesehnt in ein abwechslungsreiches Leben voller Abenteuer. Jetzt fürchtete sie, es werde ihr nie mehr gelingen, zu einem Zustand der Sicherheit und Normalität zurückzufinden. Ryder Hook, davon war sie überzeugt, war nicht normal.

Aber Normalität war in einer Situation wie dieser, wo alle Welt gegen sie stand, von geringem Nutzen.

Ein Mann wie Ryder Hook war eine Garantie für das Überleben.

Die große Tonota Achtzig wanderte wieder in Hooks Gurtband. Seine Jacke verdeckte den Kolben, aber zu verstecken war die klobige Waffe nicht. Viele Menschen und Fremde zogen es vor, eine solche Kanone in der Hand zu fühlen statt eine der kleinen elektronischen Erfindungen, die an die Nervenbahnen angeschlossen waren und die man schneller aus dem Ärmel rutschen lassen konnte, als ein anderer zu ziehen vermochte. Hook war es gleichgültig, welche Waffe er benutzte. Ihm kam es nur darauf an, daß er den Gegner zuerst erwischte und selbst am Leben blieb.

Das nervenzerreißende Heulen der Sirenen erfüllte die ganze Stadt. Hook kam zu dem Schluß, daß dies Lacan genannte Provinznest ihm nicht im geringsten gefiel. Eine größere, modernere Stadt hätte zudem den Vorteil, daß er Pera dazu bringen konnte, das, was so klar auf der Hand lag, von sich aus vorzuschlagen.

Sie traten auf ein Gleitband und wurden in schnellem Schrittempo weiterbefördert. Einige andere Menschen tauchten jetzt auf, und dazu ein Fremder – ein vergnügtes Wesen von Narses, dessen leuchtendgelbes Gesicht ein Schnurrbart von einem halben Meter Länge zierte. Er starrte sie auf seine drollige Art an. Hook rückte zu Pera auf und legte ihr einen Arm um die Taille.

Er verzog seine Lippen zu etwas, das man mit einigem

guten Willen für ein Lächeln halten konnte, und nickte dem Narsianer zu.

Der lange Schnurrbart hob sich, als der fröhliche Fremde zurücklächelte, und dann trottete er davon. Sein buschiger Schwanz wackelte.

»Man wird uns bald finden, Hook, und dann werden wir ...«

»Seien Sie ruhig, und machen Sie sich nicht so steif. Wenn ich mich nicht ganz irre, ist in dieser verdammten Stadt jetzt die Zeit des Abendspaziergangs.«

»Sie mögen andere Leute nicht. Stimmt's, Hook? Und trotzdem, als die Zollbeamten Giffler die Hörbrille wegnehmen wollten ...«

»Was ich tue und nicht tue, ist meine Angelegenheit. Giffler hat mir nichts bedeutet. Ich habe gute Gründe dafür, andere Leute nicht zu mögen. Hat mir von denen schon mal jemand etwas Gutes getan?«

»Sie sind ein richtiges Ekel!«

»Na klar«, stimmte Hook zu. In seinem Leben war er mit so vielen Schimpfnamen belegt worden, daß er ein Lexikon darüber hätte herausgeben sollen, um das Wissen der Schulkinder zu bereichern.

Pera versuchte, sich seinem Arm zu entwinden, doch Hook hielt sie fest.

»Was wissen Sie über diesen lausigen Planeten und diese Stadt, Pera?«

Sie stellte ihr Gezappel ein und fauchte ärgerlich. »Sie sind ...« Dann beantwortete sie seine Frage. »Nicht viel. Wie Sie so richtig sagen, ist es ein lausiger Planet. Wir haben keine Agentur hier. Was Mr. Porten dazu meinen würde, weiß ich nicht.«

»Porten, der große Boß?«

»Mister Porten ist bei Pattens ein wichtiger Mann. Er ist Zehnter Vizepräsident und Leiter der System-Kontrolle.«

»So, ist er das?«

Hook hatte das Für und Wider abgewogen, ob er sich in irgendein Kontrollnetz einschalten sollte. Die in seinen Schädel eingepflanzten organischen Synapsen hätten es ihm ermöglicht, darin lag keine Schwierigkeit. Aber er hatte den unbehaglichen Verdacht, daß die Projektmänner ihm in letzter Zeit dicht auf den Fersen waren. Nein, er mußte Pera den Vorschlag machen lassen. Wenn es zu lange dauerte, bis sie darauf kam, würde er sie mit der Nase darauf stoßen. Und warum bat er sie nicht einfach und geradeheraus darum? Irgendwie hatte er das dunkle Gefühl, dann würde sie einen Trick dahinter vermuten und sich weigern. Sie hatte den Schock über alles, was in so kurzer Zeit geschehen war, immer noch nicht ganz überwunden. Hook merkte ihr deutlich an, daß diese Art von Erfahrungen völlig außerhalb ihres gewohnten Lebensstils lag. Welche Chancen hätte sie gehabt, wenn man sie zu Vertragsarbeiterin – zur Sklavin gemacht hätte?

»Was wissen Sie sonst noch? Gibt es irgendwelche modernen Städte?«

»Natürlich. Lerdun ist ein Primärplanet, der seine eigene Kultur entwickelt hat und nicht kolonisiert worden ist. Ich habe so eine vage Erinnerung, daß die Hauptstadt weiter südlich liegt – oh, Hook! Warum rufen wir nicht einfach von einer Telefonzelle aus die Auskunft an?«

Hook stellte mit Vergnügen fest, daß die Aufregung sie dazu getrieben hatte, ihn mit seinem Namen anzureden. Es wäre unter anderen Umständen ein ganz normales Vorgehen gewesen, die Auskunft anzurufen, aber jetzt, wo sie verfolgt wurden ... Nun, es konnte trotzdem gelingen. Wenn er schnell genug war.

»Gut, Pera. Genau das werden wir tun.«

Die Telefonzelle, die er für sein Vorhaben aussuchte, stand dicht an einer orangefarbenen Plastikwand, hinter der sich ein Kaufhaus mit seinen Robotern und seinen auf einer Drehbühne angeordneten Auslagen befand. Das Ganze lag unter einem Sportpalast mit Arena. Die Restaurants und Bars weiter oben hatten ihre abendliche Beleuchtung eingeschaltet und füllten sich langsam. Bald würde die übliche Jagd nach dem Vergnügen beginnen. Das war in der einen oder anderen Form eine der mächtigsten Triebkräfte in der Galaxis. Und das war auch ganz in Ordnung so, dachte Hook mit einem Seufzer, von dem er selbst nicht recht wußte, was ihn ausgelöst haben mochte.

»Oh!« entfuhr es Pera, als die mit Druckluft betriebene Tür der Telefonzelle hinter ihnen zuzischte. Verzweiflung lag in diesem Ausruf. »Wir haben ja kein Geld!«

»Sie werden sich an den Gedanken gewöhnen müssen, Pera, daß man sich davon nicht ernstlich behindern lassen darf.«

»Aber wie wählen wir denn ohne Münzen und ohne Kreditkarten?«

»Das werden Sie gleich sehen.«

In Hooks Hand tauchte ein Messer auf. Er schraubte damit die Deckplatte der Kontrollkonsole auf und nahm sie ab. Einen Augenblick lang sah er sich das komplizierte Innere an. Ein zehntklassiger Elektronikfachmann, der sich die Stromkreise einer Telefonkonsole nicht innerhalb von dreißig Sekunden einprägen konnte, würde in hohem Bogen aus der Innung fliegen. Hook langte hinein und begann, Anschlüsse zu verändern. Er war nicht zehntklassig – zumindest war das seine eigene Meinung –, und obwohl er in der Galaxis ein Hansdampf in allen Gassen war, bedeutete das noch lange nicht, daß er auf jedem Gebiet nur Amateurarbeit leisten konnte. Dazu war noch viel zuviel Stolz in ihm.

Der Schirm erhellte sich, und eine wohltönende Stimme fragte: »Bitte, womit kann ich Ihnen dienen?«

»Planetare Information, bitte.«

Draußen auf der Straße raste ein schwarzer Patrouillenwagen mit Sirene und Lichthupe vorbei. Die kleinen elektrischen Gefährte wichen nach allen Seiten aus. Das orangefarbene Blinken wirkte wie das Auge eines Zyklopen, der einen schweren nervösen Tick hat.

»Planetarische Information«, meldete sich eine zweite liebenswürdige Stimme. Auch das war eine vorbereitete Bandaufnahme, die mit dem Zentralcomputer verbunden war. Hook war es mit seiner Bastelei gelungen, die Verbindung herzustellen, aber er wußte ganz genau, daß er höchstens dreißig Sekunden hatte, um das, was er an Daten brauchte, zu erfahren.

»Geben Sie mir eine Liste der modernen Städte.«

Die Liste erschien auf dem Bildschirm. Lacan befand sich im letzten Drittel.

»Das ist die Hauptstadt!« Pera zeigte auf den ersten Namen.

Hook wählte einen Namen, der ungefähr am Ende des ersten Drittels stand, und sagte: »Cantacle.«

Sofort wurde eine Straßenkarte eingeblendet und darunter eine Aufzählung der Luft- und Bodenverbindungen. Hook grunzte und verstaute die Informationen in seinem Gedächtnis. Dann nannte er aufs Geratewohl vier weitere Namen und ließ sich auch für diese Städte Straßennetz und Verbindungen zeigen.

»Das wär's«, erklärte er schließlich. Und, zu Pera gewandt: »Los, Mädchen. Wir müssen rennen!«

Sie stürzten aus der Telefonzelle, sprangen auf die Straße und entfernten sich so weit wie möglich von der orangefarbenen Plastikwand. An der nächsten Ecke blieb Hook stehen und blickte zurück. Fünfundvierzig Sekunden waren vergangen. Auf Lerdun waren die Bullen recht langsam. In gemäßigtem Tempo setzte er seinen Weg fort. Als er um den Pfeiler einer Überführung bog, hörte er das Donnern der Explosion.

Die Telefonzelle verwandelte sich in einen halbflüssigen Brei aus Plastik und Metall. Rachsüchtig kehrte der Flieger zurück und feuerte noch eine Garbe in die unkenntliche Masse, nur um sicherzugehen.

»Zu spät, ihr Bastarde«, stellte Ryder Hook fest – und lachte vor sich hin.

V

Vor den Metalltoren des privaten Flugplatzes blieb Pera Sotherton zögernd stehen. In ihrem Gesicht hatten sich Linien eingegraben, die dort nichts zu suchen hatten. »Hier werden homotropische Wachanlagen sein, Hook.«

»Natürlich.« Er sah sie mitleidig an. Armes Ding, sie war an derartige Situationen einfach nicht gewöhnt. »Sie hätten uns schon längst ausgeschnüffelt, wenn ich nicht ...« Er unterbrach sich. Warum sollte er ihr erzählen, daß er zusätzlich zu den anderen Geräten in seinem Schädel einen kleinen, aber wirksamen Apparat trug, der homotropische Anlagen verwirrte? Er fuhr fort: »Glücklicherweise habe ich einmal vom alten Filker Fredericks – na, Sie kennen ihn ja doch nicht – einen homotropischen Doppelüberlagerer gekauft. Beten Sie, daß er auch weiterhin funktioniert.«

»Das werde ich.« Sie ließ seine Arm los, als er nach der Tonota Achtzig langte. Ein Feuerstoß zerschmolz das Schloß des Eingangstors.

»Im Handumdrehen werden irgendwelche Leute hier auftauchen. Laufen Sie, Pera.«

Ein Flugplatz würde ebenso selbstverständlich mit homotropischen Anlagen ausgerüstet sein wie alle Orte, an denen Diebe oder Vandalen oder einfach Verrückte einbrechen und Schaden stiften konnten. Ihre elektronischen Sensoren hefteten sich an Gehirnwellenmuster und individuelle Schweißzusammensetzungen und Atem- und Herzrhythmen, und sie nahmen menschliches – beziehungsweise nichtmenschliches – Leben schon aus weiter Entfernung wahr. Je mehr einer für seine homotropische Anlage bezahlen konnte, desto ausgeklügelter und weitreichender war sie.

Die Wachanlage eines Flugplatzes sollten imstande sein, eine herumstreunende Gestalt in einer halben Meile Entfernung zu entdecken. Hook schob Pera durch das Tor und auf den Flieger zu, den er sich ausgesucht hatte. Der Flugplatz war nur zur Hälfte besetzt, und es konnten jeden

Augenblick weitere Maschinen eintreffen. Es waren alle Fabrikate und Größen zu sehen, darunter eine Menge von anderen Planeten importierter Modelle, woraus zu schließen war, daß Lerdun eine reiche Welt war. Hooks Auge war auf eine schmucke, viersitzige DM-Tornado in leuchtendem Blau gefallen. Er öffnete die Kabinenhaube mit der Klinge seines Messerss. Die zerbrochene Arretierung glitzerte im Licht der Leuchtbogen.

Sofort heulte die Alarmsirene los, an die jeder Sicherheitsverschluß auf dem Flugplatz angeschlossen war.

»O verflucht!« keuchte Pera.

Hook dachte, die Sirene habe sie in Schrecken versetzt. »Ehe die hier reagieren, sind wir längst weg.«

»Das meine ich nicht, Sie Knallkopf! Ich bin mit meiner Hose hängengeblieben!«

Hook bückte sich und zerrte sie hoch. Er faßte sie unter die Arme. Sie quiekte. Man hörte, wie etwas zerriß. Das große Loch in der gestohlenen Hose enthüllte ein beträchtliches Stück von Peras feuerrotem Unterhöschen.

Hook mußte lachen. Er amüsierte sich. »Ich wette, Sie sind mit dem in Ihrem Budget für Kleidung festgesetzten Betrag nie ausgekommen.«

Pera schnaubte. »Ich pflege sonst auch keine Flugzeuge zu stehlen.«

Für Hook war es eine Kleinigkeit, die Tornado kurzzuschließen. Bald erhob sie sich mühelos auf ihren Antigravfeldern.

Hook hatte die Absicht, steil nach oben und dann sofort wieder nach unten zu ziehen.

Pera hielt den Atem an, als der Flieger knapp über den Köpfen der Fußgänger und den Dächern der Bodenfahrzeuge auf den ost-westlichen Boulevard zuschoß. Beinahe hätte sie in diesem Augenblick die Automatik des Flugplatzes erwischt. Sie fühlten die Hitze in ihrem Rücken. Hook riß an den Kontrollen, und der Flieger sauste über die Häuser von Lacan davon. In wenigen Sekunden war die Stadt hinter dem Horizont verschwunden.

»Und einen besseren Platz kann es für sie auch gar nicht

geben«, bemerkte Ryder-Hook. »Jetzt können wir vielleicht weitermachen mit dem, was wir eigentlich vorhatten.«

»Ich hatte vor, nach Albeira zu reisen«, erwiderte Pera.

Hook freute sich über ihre Reaktion. Allmählich benahm sie sich mehr wie ein Mensch aus Fleisch und Blut als wie ein Robotmädchen.

Sie flogen durch die dunkle Nacht, und als die künstlichen Lichter hinter ihnen zurückblieben, strahlten die Sterne der Galaxis um so heller auf. Für die Leute des 101. Jahrhunderts waren die Sterne nicht nur funkelnde Lichtpünktchen am nächtlichen Himmel, sondern Ziele, die man erreichen konnte.

Einmal hatte Hook einen schrecklichen Alptraum gehabt. Er träumte, er lebe in einem Zeitalter, das die interstellare Raumfahrt noch nicht entwickelt hatte, und die Zivilisation, zu der er gehörte, sei somit auf das eigene Planetensystem beschränkt. Für einen Mann wie Hook war das eine Vorstellung, die Klaustrophobie der schlimmsten Art erzeugte.

Er mußte weg von Lerdun, auch wenn er kein Geld, keine Kreditkarte, keine Unterstützung von irgendeiner Seite hatte – abgesehen von der Hilfe, die Pera Sotherton ihm gewähren konnte, wenn er sie dazu überreden konnte.

Die Situation war nichts grundsätzlich Neues für ihn, und bei dem Leben, das er führte, geriet er sicher noch öfters in derartige Schwierigkeiten. Er würde es schaffen, von Lerdun wegzukommen. Wenigstens verfügte der Planet über die technischen Möglichkeiten dazu. Überall gab es hier Raumhäfen, in denen Schiffe auf Passagiere warteten. Für einen galaktischen Abenteurer war es der entsetzlichste Gedanke, einmal auf einem Planeten zu stranden, wo es keine Sternenschiffe gab, Fahrzeuge, die die festgefügte Raum-Zeit-Struktur zerreißen, die tiefen Abgründe des Raums überqueren und der dem Menschen zugemessenen Lebensspanne einen Sinn geben konnten.

»Glauben Sie, die Polizei läßt sich dadurch in die Irre führen, daß wir auch Informationen über andere Städte verlangt haben?«

»Nein«, antwortete Hook. »Aber nach uns suchen werden sie in allen Fällen. Dadurch gewinnen wir etwas Zeit.«

Ryder Hook schwor sich, wenn sie jetzt fragen würde: »Zeit für das?« dann würde er den Flieger auf Automatik stellen, sie sich übers Knie legen und ihr das feuerrot bekleidete Hinterteil versohlen. Sie mußte bald darauf kommen, was doch so offensichtlich war. Die Zeit wurde verdammt knapp.

Aber er blieb bei seinem einmal gefaßten Beschluß und drängte sie nicht. Schließlich mußte es ihr doch geradezu in die Augen springen ...

Der Planet Lerdun war eine offene Welt. Er hatte eine kleine Zentralregierung, die über eine schlagkräftige Exekutive verfügte, und sie hieß Agenturen der vielen Multisystem-Konglomeraten willkommen. Hier hatte alles seinen Preis. Lerdun war eine reiche Welt, und wer zu denjenigen gehörte, die über die richtigen Verbindungen verfügten oder skrupellos genug waren, sich zu nehmen, was sie wollten, kurz, zu den Klugen, der konnte hier ein Vermögen machen. Für ihn war diese Welt ein Paradies.

Für den Einzelgänger war es eine Todesfalle.

Ryder Hook war ein Einzelgänger. Wenn er in eine Todesfalle geraten war, dann würden eine Menge anderer sterben müssen, ehe er selbst an die Reihe kam.

Lerdun stand den Agenturen aller Wirtschaftsorganisationen offen, aber eine, die bisher noch nicht hier vertreten war, würde es schwer finden, jetzt, wo der Kuchen praktisch verteilt war, einen Fuß auf den Boden zu bekommen. Pattens, das Konglomerat, für das Pera arbeitete, hatte auf Lerdun nicht die geringste Chance.

Das heißt, solange die Machtverhältnisse blieben, wie sie augenblicklich waren.

»In weniger als einer Stunde werden wir in Cantacle sein, Hook.«

»Hoffen wir, daß es wirklich eine moderne Stadt ist, Pera.«

»Auf dieser Liste wurde auch Lacan als modern bezeichnet.«

»Dann müssen Sie sich mit dem Hoffen etwas mehr anstrengen.«

Der Ausdruck »modern« bezeichnete auf den verschiedenen Planeten völlig verschiedene Dinge. Auf einem Planeten, der gerade erst besiedelt wurde und nur über Plastikkuppeln und Holzhütten verfügte, war schon ein metallenes Bio-Haus modern. In einer Kultur, deren Transportmittel aus von Pferden gezogenen Wagen bestanden, war ein elektrisches Bodenfahrzeug modern. Hier auf Lerdun mußten wenigstens einige der in der galaktischen Zivilisation selbstverständlichen wissenschaftlichen Errungenschaften vorhanden sein.

Die Entwicklung auf Welten, wo die Agenturen der vielen Wirtschaftsorganisationen die Macht in Händen hielten, verlief so, wie es den Zwecken dieser Organisationen am besten entsprach. Auf einer offenen Welt – und von denen gab es eine überraschend große Zahl – konnte der Stand der Zivilisation von Ort zu Ort stark varriieren. Über dem Horizont erschien Cantacle, und Hook ließ den Flieger nach unten gleiten. Die Radarstationen hatten sie bestimmt schon erfaßt. Wenn er sich verdächtig benahm, würde er ohne Vorwarnung aus der Luft geschossen werden, gerade so, wie die Polizei die Telefonzelle zerstört hatte.

Folglich nahm Hook den Flieger nach unten.

In dieser schimmernden blauen Hülle fühlte er sich zu verwundbar. Er öffnete die Kabinenhaube und sprang auf den Boden. Die Metallstraße lag nur fünfhundert Meter entfernt, und er konnte die Scheinwerfer der Wagen sehen, die in ununterbrochener Folge vorbeifuhren. Die Sterne spendeten genügend Licht. Hook hatte keine Ahnung, ob Lerdun einen Mond oder eine Reihe von Satelliten besaß. Er half Pera aus dem Flieger und begann, auf die Straße zuzugehen.

Sie stolperten in der Dunkelheit über ein Stoppelfeld, und Pera schimpfte, als sie in einen Abzugsgraben trat. Hook stellte sie wieder auf die Füße. Jetzt ließ er seinen Arm um ihre Taille liegen. Sie fühlte sich angenehm weich und geschmeidig an.

Als sie die Straße beinahe erreicht hatten, blieben sie stehen, ehe sie von den vorbeihuschenden Scheinwerfern erfaßt wurden.

Hook wartete, bis der Strom der Fahrzeuge abriß und die Straße nach Cantacle leer war. Ein einzelner Wagen näherte sich. Er fuhr mit mäßiger Geschwindigkeit auf die Stadt zu. Hook zielte sorgfältig und schoß das ihm zugekehrte Hinterrad ab.

Der Wagen wurde langsamer, kreischte, bremste und blieb schließlich quer über der Fahrbahn stehen.

Hook rannte hin.

Gerade stieg ein Mann aus. Er schüttelte den Kopf und schrie dabei wie ein wahnsinnig gewordener Mummmer.

Hook schlug ihm über den Kopf, ließ ihn zu Boden fallen, richtete die Tonota Achtzig in den Wagen und befahl dem humanoiden Mädchen mit dem blauen Haar und den kirschroten Augen, das sich ängstlich in eine Ecke drückte: »Steigen Sie aus, meine Dame, und es wird Ihnen gar nichts passieren.«

Sie war so dumm, daß sie zu kreischen begann.

Hook packte sie und zog sie aus dem Wagen.

»O nein!« rief Pera. »Sie werden sie doch nicht ...?«

»Diesmal nicht«, gab Hook zurück. »Machen Sie sich nur ja keine falschen Vorstellungen davon, was ich tun werde, wenn ich muß.« Warum, zum Teufel, dachte er, fühlte ich mich verpflichtet, diesem Mädchen Pera Sotherton Erklärungen abzugeben? Ich habe gar keine Zeit für Geschwätz. Er drückte den Knöchel seines Zeigefingers unter das Ohr der Fremden, und sie sackte lautlos zusammen.

Sie trug ein smaragdgrünes Glitzerkleid, und sie hatte eine auch nach menschlichen Begriffen ausgezeichnete Figur. Hook wußte nicht, welcher Planet ihre Heimat war. Aber er konnte den Mann verstehen, der sie zu einer Fahrt in die Stadt eingeladen hatte.

Hook zog beide Insassen des Wagens von der Straße herunter und ließ sie dort liegen. Er trat zurück, und dann fiel ihm etwas ein. Er legte den Mann und das fremde Mädchen nebeneinander und arrangierte ihre Arme und Beine.

Der Kerl müßte mir dankbar sein, wenn er wieder aufwacht, sagte er zu sich selbst.

Dann ging er auf die Fahrbahn, faßte den Wagen an der Stoßstange und zog ihn genau in die Mitte.

Wenige Augenblicke später tauchte das nächste elektrische Fahrzeug auf. Angesichts des Hindernisses ließ der Fahrer die Hupe aufgellen, daß es sich wie das Geschrei eines Banshee anhörte. Aber vorbei konnte er nicht. Er hielt an, stieg aus und ging auf das Wrack zu. Seine Schultern waren breit und muskelbepackt, und er hatte den Kopf zwischen sie gezogen.

Er war ein Krif-Mann.

Krif-Männer waren zähe Burschen. Sie sonnten sich in ihrem Ruhm, die Raufbolde der Galaxis zu sein. Dies Exemplar hier trug ein wallendes Gewand in dunkler Farbe. Hook war sich trotzdem im klaren darüber, daß er darunter Kleidung aus Metallgewebe und eine verdammt große Kanone im Gürtel und eine kleine Delling oder eine andere Scheußlichkeit im Ärmel hatte. Hook trat näher auf ihn zu, und der Krif-Mann wirbelte herum. Hook stieß mit dem rechten Knie zu und schlug ihn den Kolben der Tonota auf den harten, runden Schädel.

Der Krif-Mann fiel um.

Nur um sicherzugehen, verpaßte Hook ihm einen zweiten Schlag über das Ohr.

Der Wagen war leer.

»Steigen Sie ein, Pera.«

Pera tat, wie ihr geheißen war. Sie hatte das Gefühl, von einem Alptraum in den anderen zu geraten. Mit einem Seufzer ließ sie sich in die Polster sinken. Sie war müde. Ein Wunder war das nicht.

Hook filzte geschickt die Kleidung des Krif-Mannes.

In der Brieftasche befand sich genug Metallgeld, so daß das Leben von jetzt an ein wenig leichter werden würde. Wie er erwartet hatte, steckte eine Handfeuerwaffe in dem um die umfangreiche Mitte geschlungenen Gürtel. Hook zog sie heraus. Im Ärmel trug der Fremde eine bösartige kleine Gel-Mix. Hook hatte keine Zeit, auch die an sich zu nehmen, weil er dazu die Anschlüsse hätte lösen müssen. Hook entfernte den Wagen, dessen Rad er zerschossen hatte, von der Fahrbahn. Ein letzter Schubs beförderte ihn in den Graben.

Er stieg in den Wagen des Krif-Mannes ein und ließ den Elektro-Motor an. Während er mit der einen Hand schaltete, berührte er mit der anderen Peras Knie und riet ihr: »Sehen Sie zu, daß Sie etwas Schlaf bekommen.«

Pera Sotherton bereitete Ryder Hook eine Überraschung. Mit fester Stimme erklärte sie: »Mister Hook, wenn wir nun einmal zusammen in dieser schrecklichen Lage steckten, will ich auch Bescheid wissen. Also: Wieviel Geld haben Sie erbeutet?«

Hook lachte. »Eintausend in Rollen und etwas Kleingeld.«

Nach der Kreditkarte, die der Krif-Mann am Handgelenk trug, fragte Pera natürlich nicht erst. Nur noch selten wurden gewöhnliche Kreditkarten benutzt. Die meisten Leute ließen ihre Kreditkarten mit den Nervenbahnen des linken Handgelenks verbinden. Auf diese Weise wurden sie zu einem Bestandteil des Körpers. Wenn man die Kreditkarte wegnehmen wollte, mußte man die ganze Hand entfernen. Aber dann hätte die Karte auch ihre Gültigkeit verloren.

»Schlafen Sie.«

»Gut. Aber wecken Sie mich auf, wenn wir Cantacle erreicht haben. Ich werde wohl den Polizisten schöne Augen machen müssen, damit sie uns durchlassen.«

»Vielleicht. Wenn wir einfach durchbrechen, wird es nicht nötig sein.«

»Das bedeutet, Sie rechnen damit, daß man schon auf uns wartet.« Pera gähnte und reckte sich. Mit undeutlicher Stimme, aus der solche Müdigkeit sprach, daß es Hook beunruhigte, nuschelte sie: »Das werden Sie nicht schaffen. Man wird uns abschießen.«

»Dann lassen Sie mich nachdenken. Und Sie schlafen jetzt.«

»Sicher, Sie altes Ekel. Ich werde schlafen.«

Auch bei dem langsamen Tempo, mit dem Hook den

Wagen fuhr, würden sie in weniger als einer Stunde in Cantacle sein. Hook beachtete genau jede Vorschrift im Straßenverkehr. Andere Wagen flitzten an ihm vorbei und in die Ausfahrten. Pera hatte die Augen geschlossen und schlief. Sehr müde fühlte Hook sich eigentlich noch nicht, nur ein bißchen hungrig, wie er gesagt hatte, aber er konnte noch geraume Zeit durchhalten, ohne schlafen zu müssen.

Cantacle kam in Sicht. Es war eine Stadt, die mit unzähligen bunten Lichtern protzte, eine Stadt des leichtfertigen Vergnügens und der Torheiten, wo müde Männer sich erholen und kluge Mädchen ein Vermögen gewinnen konnten. Die Straße verbreiterte sich und mündete in einen hell erleuchteten Boulevard ein. Der Verkehr wurde dichter. Nirgendwo konnte Hook eine Straßensperre entdekken. Vielleicht war der Zentralcomputer auf Lerdun nicht so schnell, daß die Fahndungsmeldung schon bis hierher gelangt war. Dann hätten sie außerordentliches Glück gehabt.

Der kleine Bildschirm, der in der Mitte des Stirnbretts montiert war, erwachte zum Leben. Eine Tonbandstimme sprach: »Willkommen in Cantacle. Wir wünschen Ihnen einen angenehmen Aufenthalt. Wollen Sie bitte Ihre Kontrollen auf Automatik schalten. Für Sie und Ihr Fahrzeug wird gut gesorgt werden.«

Wenn Hook den Schalter nicht drehte, der die Steuerung und Geschwindigkeit des Wagens dem Verkehrscomputer im Stadtzentrum übertrug, dann würde ein Verkehrspolizist – welche Abart dieser Spezies man auch auf Lerdun beschäftigen mochte – aus dem Himmel auf das Dach seines Gefährts fallen, das Ganze mitsamt seinen Insassen in die Höhe heben und im Gefängnis von Cantacle wieder absetzen.

Seit vielen Tausenden von Jahren waren die Verkehrspolizisten auf allen zivilisierten Planeten dafür bekannt, daß sie den Finger schnell am Drücker hatten. Sie waren eine Tatsache, mit der man sich abzufinden hatte, wenn man zivilisierte Teile der Galaxis aufsuchte.

Hook nahm es als gutes Omen, daß er routinemäßig wie jeder andere Fahrer behandelt wurde. Er drehte den Schalter, und die Tonbandstimme fuhr fort: »Danke. Wohin wünschen Sie sich in Cantacle zu begeben?«

»Plaza Hotel.«

»Einen Augenblick, bitte.« Es klickte und summte, dann: »Es tut mir leid, Sir, ein Plaza-Hotel gibt es in Cantacle nicht. Dürfen wir Ihnen das Mars-Venus-Hotel empfehlen?«

Also war er bereits als Terraner identifiziert worden. Verflucht und zugenäht. Wenn sie die Körpermerkmale eines jeden, der in die Stadt einfuhr, aufnahmen, konnte es nicht mehr lange dauern, bis sie herausgefunden hatten, daß sein Schweiß und seine Haarfollikel oder was es sonst war mit den Proben übereinstimmten, die die Polizei bei dem Einbruch in das Geschäft in Lacan eingesammelt hatte. »Das Mars-Venus-Hotel wäre mir sehr angenehm«, antwortete Hook.

»Danke, Sir. Wir wünschen Ihnen viel Vergnügen bei Ihrem Besuch in Cantacle.«

Der Bildschirm wurde dunkel, das lächelnde Gesicht verschwand. Diese Computer! Hook sah zu Pera hinüber. Dann stubste er sie mit dem Ellenbogen in die Seite. Er hatte die Hände vom Steuer genommen. Der Wagen flitzte mit absoluter Sicherheit die Straßen entlang, vorbei an anderen Fahrzeugen, hinein in Tunnels, hinaus auf Brükkenstraßen, und die ganze Zeit über wurde er von der Verkehrszentrale aus gesteuert.

»He, Pera. Wir sind da.«

»Gehen Sie weg«, murmelte sie.

Hook stubste sie noch einmal.

»Cantacle. Mars-Venus-Hotel. Ich hoffe nur, daß es dort fließendes warmes und kaltes Wasser gibt, mehr will ich gar nicht.«

Der Wagen hielt unter einem Vordach, und die Tür öffnete sich zischend.

VI

In der Galaxis des 101. Jahrhunderts war man Angehöriger eines Multisystem-Konglomerats, Mitglied einer Innung, Angestellter einer Weltregierung und manchmal auch Soldat in einer bewaffneten Truppe. In diesem glücklichen Fall vertraten die Wirtschaftsorganisation, die Innung, die Regierung oder die Truppe die Stelle der Eltern, schützten und kümmerten sich um einen.

Der Einzelgänger, die Person außerhalb des Systems, genoß keinerlei Schutz.

Ryder Hook war ein Einzelgäner. Er hatte keine Kreditkarte. Aber er hatte jetzt Metallgeld in einigen dicken Rollen und eine Handvoll loser Münzen, und solange das reichte, konnte er für das, was er brauchte, bezahlen. Und das, was er für seine Münzen bekam, würde das Geld auch wert sein. Wenn er seinen Vorrat erschöpft hatte ...

»Zum Teufel damit«, sagte Ryder Hook, nahm Pera Sothertons Arm und marschierte durch das Foyer des Hotels auf den Empfangsroboter zu. Er tastete seine Bestellungen ein.

Pera machte: »Oh!«

»Ein Doppelzimmer, Pera.«

»Es muß wohl sein«, gab sie nach.

Der Roboter klickte. Lichter blitzten auf, und eine Tonbandstimme ließ sich hören: »Wir heißen Sie im Mars-Venus-Hotel herzlich willkommen. Wir verfügen über allen außenweltlichen Luxus, der Sie in die Atmosphäre des terranischen Solarsystems versetzen wird. Das Zufriedenstellen von Erdbewohnern ist unsere Spezialität. Sie haben Zimmer neun fünf drei. Ihr Gepäck wird besorgt. Danke.«

Der Aufzug war ein richtiger Aufzug mit einer elektrischen Winde und Kabeln und einer Kabine. Offensichtlich gab das Mars-Venus-Hotel sich viel Mühe, daß Besucher von der Erde sich ganz wie zu Hause fühlten. Es bot die Einrichtungen der Alten Welt. Ein Antigravschacht hätte hier wie ein Anachronismus gewirkt.

Das Zimmer war geschmackvoll im Stil der späten Marsianischen Dynamik von vor zweitausend Jahren eingerichtet. Hook warf sich auf eins der Hängebetten. »Ich schätze, es wird nicht mehr allzulange dauern, bis man uns gefunden hat. Schlafen Sie bis dahin, Pera.« Er wählte ein leichtes Fleischgericht mit Salat und eine Flasche Weißwein – was das Planetensystem betraf, aus dem der Wein stammte, war er nicht wählerisch.

In Anbetracht ihres Hungers war es bewundernswert, mit welcher damenhaften Zurückhaltung Pera aß. Hook dagegen schlang.

Pera schlief ein.

Hook legte sich hin, stand wieder auf, wanderte im Zimmer hin und her, legte sich erneut hin. Er wünschte, er hätte ein Spürgerät bei sich. Dann hätte er gewußt, wann die Bullen eintrafen. Seine Meinung von dem Zentralcomputer des Planeten Lerdun war nicht allzu hoch, und er hatte sich ausgerechnet, daß sie einige Chancen hatten – wenn das nicht reines Wunschdenken war.

Er sah sich Pera an, die schlafend auf dem Bett lag. Durch den Riß in ihrer Hose leuchtete es feuerrot. Er war nicht weiter an ihr interessiert, als daß sie für ihn ein Mittel darstellte, den Planeten verlassen zu können. Aber ihr Leben in Gefahr bringen wollte er um keinen Preis.

Als der Morgen graute, weckte er sie. Er bestellte das Frühstück. Sie tranken Orangensaft und aßen Speck mit Eiern. Es waren natürliche, auf Lerdun gewachsene Lebensmittel und keine synthetische Nahrung. Zum Abschluß tranken sie beide vier Tassen Tee. Wie jeder zivilisierte Mensch verabscheute Hook Kaffee.

Nachdenklich beäugte er Pera.

»Etwas Elegantes, denke ich«, verkündete er schließlich. »Aber so, daß es zu einer berufstätigen Frau paßt.«

Pera verzog das Gesicht und setzte ihre Teetasse ab. »Solche Kleider trage ich alle Tage, Hook.«

»Sicher. Deshalb sollen Sie sie ja heute auch tragen.« Er zeigte auf den Wähl-Monitor. »Bestellen Sie sich Sachen, wie Sie sie zu einer geschäftlichen Konferenz anziehen würden, und die gleichzeitig den Direktoren die Augen aus dem Kopf quellen lassen.«

»Gut. Aber ich sehe nicht ein, warum ...«

»Machen Sie schon!«

Pera suchte sich einen wassergrünen Rock aus, der sehr sittsam wirkte, bis sie die Beine übereinanderschlug und zeigte, bis wohin er geschlitzt war, und ein gleichfarbiges Bolero, das über einer dunkelgrünen Bluse zu tragen war. Das bedeutete, daß sie auch grüne Büstenschalen brauchte, und sie wählte solche, die die Brustwarzen freiließen. Dazu kamen dunkelgrüne Schuhe mit hohen Absätzen. Mit ein paar Accessoires aus Korallen und Elfenbein sah sie ganz so aus wie eine Sekretärin, die die Fähigkeit besitzt, ihren Chef in seiner Konzentration zu stören. Hook lachte vor sich hin. In der letzten Zeit lachte er ziemlich viel, und er fragte sich, warum das so war.

»Sie sehen ganz prima aus. Nicht zuviel Make-up! Denken Sie daran, Sie sind eine tüchtige Sekretärin, und der Sex ist nur ein unglückliches Nebenprodukt.«

»Besten Dank!« fauchte Pera.

Jetzt mußten sie noch die Rechnung bezahlen. Kreditkarten hätten ihnen die Entwürdigung erspart, kalte, harte Münzen aufzuzählen. Die meisten Menschen auf modernen Planeten faßten von der Geburt bis zum Tod niemals Geld an, ja, sie sahen es kaum einmal.

Sie traten aus der Eingangstür, und eine Robotstimme fragte: »Wünschen Sie Ihren Wagen, Sir?«

»Nein.« Über den Wagen machte Hook sich keine Gedanken mehr. Er faßte Peras Ellenbogen, und sie wanderten hinaus in den Morgensonnenschein von Cantacle.

Peras neue Schuhe erzeugte auf dem Metallstreifen ein blödes Klick-Klack.

Sie waren ein Fehlgriff gewesen.

Hooks eigene schwarze Stiefel waren geräuschlos.

Wenn sich Hook, was in seinem abenteuerlichen Leben oft geschah, einem Problem gegenübersah, hatte er die Gewohnheit, es sich von vorn und von allen Seiten zu betrachten, das Für und Wider zu erwägen, sich seine

Chancen auszurechnen und dann hindurchzubrechen, wie er es, falls es notwendig gewesen wäre, gestern abend bei ihrer Einfahrt nach Cantacle vorgehabt hatte. Es muß jedoch hinzugefügt werden, daß Hook auch flexibel genug war, seine Pläne mit Überlichtgeschwindigkeit zu ändern. Das auffällige Klappern von Peras hohen Absätzen mochte bei der Aufgabe, die er für sie bereithielt, noch durchgehen. Wenn sie danach bei ihm bleiben wollte, würde sie aus eigenem freiem Willen auf bloßen Füßen laufen müssen, ob sie nun bluteten oder nicht.

Der Morgen versprach einen schönen Tag mit viel Sonnenschein und einigen kleinen Schauern im Laufe des Vormittags, die nur dazu dienten, alles wieder ein bißchen aufzufrischen. Hook strebte zügig voran. Ihm entging nichts. Er wußte genau, daß er jede Gefahr so rechtzeitig erkennen mußte, daß sie ihn nicht überraschen konnte.

In Cantacle spielte sich das Geschäftsleben so ab wie in jeder anderen Großstadt, und die Leute gingen ihrem Tagewerk nach. Banken öffneten, aus den Geschäften schallten Durchsagen, die wunderbare Einkaufsgelegenheiten ankündigten, und das Schaugewerbe wies mit kleinen Attraktionen vor den Etablissements auf die wirklichen Angebote des Abends hin. In einem kleinen Park sprossen Blumen unter den Sprinklern, und Robotgärtner rollten hin und her und schnippelten und fegten.

»Wieviel hat Ihre Fahrkarte nach Albeira Pattens gekostet, Pera?«

»Ich habe keine Ahnung. Mr. Porten hat das erledigt. Er hat eine Reisesekretärin, die sich um derartige Einzelheiten kümmert.«

Hook ließ sich sein Staunen nicht anmerken. Im Getriebe von Pattens mußte Pera ein größeres Rad darstellen, als er sich vorgestellt hatte.

»Raten Sie mal.«

Sie verzog das Gesicht. »Zehntausend?«

»So ungefähr. Auf jeden Fall haben wir nicht soviel Metallgeld, daß wir eine interstellare Reise bezahlen könnten. Selbst für die Touristenklasse in gefrorenem Zustand würden wir mehr brauchen, als wir von dem, was in der Brieftasche des Krif-Mannes war, noch übrig haben.«

Hook mußte schon wieder lachen. Für das Geld des Krif-Mannes hatten sie sich eine Nacht in einem Hotel, ein Abendessen und ein Frühstück sowie Peras neue Ausstattung leisten können, und nun blieb ihnen noch ein wenig, womit sie sich die Sehenswürdigkeiten anschauen konnten. Und ungefähr das hatte der Mann, dessen Wagen sie genommen hatten, wohl für das kleine humanoide Mädchen mit dem blauen Haar und den kirschroten Augen im Sinn gehabt. Als er das Geld einsteckte, hatte er bestimmt nicht mit einkalkuliert, daß er auch noch Fahrkarten für ein Sternenschiff würde kaufen müssen.

»Also können wir uns keine Fahrkarten kaufen.« Pera sprach nicht weiter. Sie ging nicht weiter. Sie blieb stehen und wandte ihr Gesicht Hook zu. Ihre Augen funkelten ihn an, und er erkannte daraus, daß ihr endlich die richtige Idee gekommen war.

Was sie dann sagte, erschütterte ihn, denn er hatte nicht daran gedacht – was er hätte tun sollen! –, daß ihre Gedanken längst denselben Weg genommen hatten wie die seinen, daß sie nach sorgfältiger Überlegung den Plan verworfen und sich nur nicht die Mühe gemacht hatte, ihm das zu erzählen, weil sie stillschweigend voraussetzte, er habe genügend Verstand, um sich selbst zu sagen, daß es nicht funktionieren würde.

Offenbar war das nicht der Fall.

»Wenn Sie glauben, ich würde Pattens beziehungsweise Mr. Porten anrufen und ihn bitten, mir Metallgeld zu überweisen – also wirklich, Hook, Sie sind nicht nur ein Ekel, Sie sind auch ein Schwachkopf.«

Er mußte es aussprechen.

»Warum wollen Sie es nicht tun?«

Sie fuchtelte gefährlich mit ihren Armen unter seiner Nase herum.

Er packte ihren Ellenbogen und zerrte sie eilig weiter. Für solche Darbietungen in aller Öffentlichkeit war es noch zu früh am Morgen, und er hatte nicht die Absicht, die Aufmerksamkeit auf sich zu lenken. Leute, die sich exzentrisch benahmen, waren erst später auf Cantacles Straßen zu erwarten, und dann fiel wahrscheinlich überhaupt nichts mehr auf.

»Warum nicht?« sprudelte sie hervor. »Sie großer Affe! Pattens hat hier keine Agentur. Niemand auf Lerdun wird Pattens Geschäfte besorgen, wenn die Bezahlung nicht so groß ist, daß er es für der Mühe wert hält.«

»Glauben Sie, Ihr Porten würde nicht dafür bezahlen, Sie zurückzubekommen?« Hook sah sie mit wohlberechnetem Hohn an. »Er muß von Ihnen die gleiche Meinung haben wie ich.«

Sie versuchte, nach ihm zu treten, er gab ihr einen Klaps auf die Kehrseite, und sie gingen in unheilverkündendem Schweigen ein Stück weiter.

Hook schäumte innerlich. Wenn er das Mädchen für nichts und wieder nichts mitgenommen hatte, hatte er nur seine Zeit verschwendet. Und Zeitverschwendung war etwas, das Hook von Herzen verabscheute.

Als er das Wort an Pera richtete, klang seine Stimme so kalt, daß sie zusammenfuhr, ihn mit ihren großen blauen Augen entsetzt anstarrte und dann eiligst den Kopf wegdrehte. Hook wußte, daß sein Gesicht kein erfreulicher Anblick war.

»Sie werden diesen Porten anrufen. Sie werden ihm mitteilen, daß sie hier auf Lerdun festsitzen und daß Sie zur Fortsetzung Ihrer Reise Bargeld benötigen. Für zwei Fahrkarten. Wenn Sie versuchen, mir einen Streich zu spielen und nur eine Passage verlangen – nun, Pera Sotherton, dann werde nicht ich es sein, der hier bei diesen Gonils zurückbleibt.«

»Das glaube ich, Hook! Sie tun alles, um Ihre eigene Haut zu retten, und die anderen kann der Teufel holen.«

»So ist es.«

»Ekel.«

»Wir werden ins Computer-Haus gehen. Spart Zeit. Und zaubern Sie ein Lächeln auf Ihre hübsche Fratze.«

»Sie!« Pera zitterte vor ohnmächtigem Zorn, und das

machte sie nur noch wütender. »Sie meinen wohl, ich täte alles, was Sie mir befehlen?«

»Jawohl.«

»Ich werde es nicht tun!«

»Falls Sie nicht lächeln und entzückend aussehen, wenn wir das Computer-Haus betreten, werde ich Ihnen gleich in der Eingangshalle den Hintern versohlen.«

»Das würden Sie nicht wagen!«

»Seien Sie nicht kindisch.«

Pera ging weiter. Dieser Mann, dieses Ekel, dieser große Affe Hook ließ ihr brennende Kälteschauer das Rückgrat hinunterlaufen. Sie war sich im klaren darüber, daß er sie tatsächlich verhauen würde. Wenn sie ihm nicht gehorchte, würde er sie vor allen Leuten übers Knie legen. Was war das bloß für ein Mann? War er überhaupt ein Mann? Vielleicht war er ein Androide, ein täuschend menschenähnliches Gebilde aus Metall und Plastik mit Muskeln aus Stahlfedern, das einen Atomreaktor anstelle eines Herzens und einen Computer als Gehirn hatte. Möglich war es.

Es war verdammt gut möglich.

Er hatte nicht das geringste sexuelle Interesse an ihr gezeigt, nicht einmal, als sie sich das neue Kleid angezogen hatte.

Und Pera hatte doch zu ihrer Zufriedenheit oft genug festgestellt, daß ihr Gesicht und ihre Figur für viele Männer aufregend waren, für bedeutende Männer sogar. Aber das lag plötzlich in der Vergangenheit.

Vielleicht war der berühmte Ryder Hook nichts weiter als ein Roboter.

Sie traten auf ein Gleitband und wurden weiterbefördert. Rings um sie summte Cantacle voller Geschäftigkeit. Das Computer-Haus erwies sich als ein imposantes Gebäude mit fünfzig Stockwerken, von denen aus sich Fußgängerbrücken durch die Luft zu Nachbargebäuden schwangen. Auf dem Dach befand sich kein Landeplatz. Statt dessen hatten die Behörden eine Flugabwehr-Batterie installiert, die jeden Flieger, der nicht ordnungsgemäß auf den Identifizierungskode antworten konnte, sofort vom Himmel pusten würde.

Der Eingang war aus einem einzigen Ancara-Kristall ausgehauen, der glitzerte und schimmerte und bei der seltsamen grünlichen Beleuchtung den Eindruck erweckte, man sei mitten in ein Unterwasser-Märchenland versetzt worden. Hook führte Pera mit festem Griff direkt auf die erste freie Zelle in der langen Reihe rechts vom Eingang zu. Im Augenblick herrschte hier noch nicht allzuviel Betrieb. Ein menschlicher Bediensteter staubte müßig einen Robot-Bediensteten ab. Nur wenige Zellen waren besetzt. Hook schob Pera hinein, drückte sie energisch auf den Sitz und begann mit der Magie der modernen Wissenschaft den tief unter dem Gebäude verborgenen Computer zu beschwören.

Als er den Meister am Apparat hatte, lehnte er sich zurück und sagte zu Pera: »Jetzt lassen Sie sich mit Ihrem Chef verbinden und sprechen mit ihm. Denken Sie daran: Zwei Fahrkarten.«

»Ich werde es versuchen.«

»Erzählen Sie ihm, wahrscheinlich gäbe es hier ein Geschäft für ihn. Ich nehme an, Sie werden verschlüsselt sprechen?«

»Natürlich.« Pera kam es in ihrem Zorn sehr zustatten, daß sie einen Grund fand, ihn anzufahren. Welcher Schwachsinnige würde bei Vermittlung durch einen öffentlichen Computer Klartext sprechen, wenn die ganze Galaxis die Ohren spitzte, um zuzuhören?

Signale rasten durch Kabel und hinaus in den Raum, wo sie das Raum-Zeit-Gefüge zwischen den Sternen durchbohrten. Eine Adaption der verschiedenen Antriebe, die die Metallhüllen von Raumschiffen mit Überlichtgeschwindigkeit beförderten, konnte einfach binäre Signale mit akzeptabler zeitlicher Verzögerung übermitteln.

Pera drückte das Rufzeichen, das das Bild ihres Gesichts und den Klang ihrer Stimme über die Lichtjahre betragende Entfernung hinweg nach Albeira tragen würde.

Niemand, der diese Einrichtungen benutzte, brauchte zu

wissen, wie sie funktionierten. Wie viele Leute konnten schon ein Sternenschiff steuern? Und wie viele Leute konnten in den alten Zeiten ein Flugzeug oder eine Lokomotive führen?

Und doch benutzten alle diese Verkehrsmittel mit der größten Selbstverständlichkeit. Wie viele Leute konnten einen elektronischen Sprechschreiber reparieren?

Pera sagte: »Es ist sehr wichtig. Bitte richten Sie Mr. Porten aus, Miss Sotherton müsse ihn sprechen.«

Hook grunzte. Er verstand vollkommen, warum Pera »Mister« und »Miss« benutzte. Es zeigte dem Subalternen, mit dem sie verbunden worden war, daß Porten und sie in einem vertrauteren Verhältnis standen, als die Anredeform »Taynor« und »Tayniss« impliziert hätte. Das war von großem Nutzen.

Nachdem eine Prozession von undeutlichen Gesichtern vorbeigehuscht war, verzerrte sich das Bild auf dem Schirm, als sei es durch einen nicht fachgemäß angebrachten Zerhacker gegangen. Hook behielt die tickende Gebührenanzeige im Auge. Das Metallgeld wurde in rasender Eile verschluckt. Andauernd mußte er den gefräßigen Schlitz füttern, und immer verlangte er noch mehr. Wenn Pera nicht bis zu Porten durchdrang, bevor ihm die Münzen ausgingen – dann, überlegte Hook mit grimmiger Entschlossenheit, würde ein weiterer armer Teufel in Cantacle seiner Brieftasche beraubt werden.

In der Situation, mit der er im Augenblick fertig zu werden hatte, konnte Hook es sich beim besten Willen nicht leisten, auf irgend jemanden Rücksicht zu nehmen, und doch hatte er jetzt, während er auf das Zustandekommen der Verbindung wartete, Mitleid mit seinen zukünftigen Opfern. Wenn man es recht bedachte, war sein Herz für dies harte Leben viel zu weich.

»Pera?«

Hook blickte über Peras Schulter auf den Schirm.

»Mr. Porten! Dem Großen Erlöser sei Dank! Ich bin in furchtbaren Schwierigkeiten, Mr. Porten ...« Hook fürchtete, sie werde in Tränen ausbrechen.

»Nun, nun, Pera. Es wird ja alles wieder gut. Ich war schon recht besorgt um Sie. Was ist denn geschehen?«

Mr. Porten war kein Mensch.

Um ganz genau zu sein – und Hook hatte eine Leidenschaft für Genauigkeit, die bei einem Mann mit seinem bizarren Lebensstil ein Laster war, das er sich eigentlich nicht leisten konnte –, stammte Mr. Porten von Kircher.

Das bedeutete, er sah wie ein etwas lose geflochtener Weidenkorb aus, dessen Zwischenräume mit schimmernden Juwelen gefüllt waren und von dem in allen Richtungen Haare sprossen. Irgendwo unter den Haaren und zwischen den lichtsprühenden Edelsteinen hatte er vier Arme und zwei Beine und Sinnesorgane und ein Nervensystem. Sehen tat er mit einer Unzahl von winzigen Augen, die an den Spitzen eines Teils der Haare saßen, und er konnte auch hören und Hitze empfinden. Kurz, er hatte die gleichen fünf Sinne wie der Homo sapiens. Es war nicht richtig, ihn als nichtmenschlich zu bezeichnen. In der grundlegenden Bedeutung des Wortes war er ein Mensch. Aber ein Terraner war er offensichtlich nicht.

Pera sprudelte eine lange Wortfolge hervor. Hook hoffte nur, sie würden die alle Gespräche abhörenden Roboter nicht alarmieren und sie veranlassen, ihre Aufzeichnungsgeräte einzuschalten. Bei einer späteren Analyse konnte jeder Sprechkode, wie Pera ihn benutzte, geknackt werden, es sei denn, die beiden Partner hatten ihn für ihren eigenen Gebrauch und auf der Basis von Informationen, die sie allein besaßen, erfunden.

Mit einem Auge auf der Gebührenanzeige gab er Pera einen Rippenstoß.

»Beeilen Sie sich, Pera. Ich habe schon fast keine Münzen mehr.«

»Wirklich, ich hoffe, Ihre dritte, fünfte und siebente Frau machen Ihnen Ehre, Mr. Porten, und Ihre Freude an Ihrer zweiten und Ihrer vierten Frau ist vollständig.«

»Unzweifelhaft, meine bezaubernde Miss Sotherton, und ich bin davon überzeugt, Sie werden an Ihrer nächsten Liaison außerordentliches Vergnügen haben.«

Der Schirm wurde dunkel, und Hook rief aus: »Jetzt steckt eine Münze im Schlitz, die noch nicht verbraucht war! Warum hab ich das verdammte Dinge nur eingeworfen?«

Pera lachte.

»Mir paßt es nicht, wenn ich für etwas bezahlen muß, das ich nicht bekomme«, beschwerte sich Ryder Hook.

»Weinen Sie der einen Münze nicht nach. Wir bekommen die Fahrkarten. Mr. Porten kann sie uns durch Interstell-Imp besorgen lassen, und er überweist uns genug Geld, daß wir Erster Klasse reisen können.«

Hook fiel das bepelzte Cailiang-Frauchen aus der jetzt als Wrack im Raum treibenden *Iquique* ein. Sie hatte zu Interstell-Imp gehört. Im Geist hörte er schon das musikalische Klimpern von Metallgeld, und der Gedanke heiterte ihn auf. Vielleicht konnten sie den Planeten Lerdun verlassen, ohne daß es notwendig war, weitere Gewalttaten zu begehen. Hook sehnte sich nach nichts so sehr wie nach einem ruhigen Leben. Das Problem war nur – daß es immer wieder Probleme gab.

Die Gewohnheiten langer Jahre ließen sich nicht ohne weiteres ablegen, und so blieb Hook im Eingang stehen und blickte nach links und nach rechts, ob auf der Straße irgendwelche Gefahren auf sie lauerten. Dann drehte er sich noch einmal um und prüfte nach, ob ihm im Foyer irgendein verdächtiger Geruch in die Nase stieg. Doch anscheinend war die Luft rein. Er nahm Peras Arm und schritt mit ihr hinaus in den Sonnenschein.

Auf ihrem Weg zur Interstell-Imp-Agentur in Cantacle genoß Hook den Sonnenschein. Die alte Sonne war es zwar nicht, die auf sie herabschien, aber ein galaktischer Abenteurer gewöhnte sich schnell daran, die verschiedensten Zentralgestirne als Sonne zu akzeptieren.

An der Robot-Ausgabe lag schon alles für sie bereit. Pera griff nach dem Päckchen, und sofort schloß sich Hooks braune Hand um ihre schlanken Finger. Er drückte zu, sie schnappte nach Luft und ließ die Brieftasche fallen. Er nahm sie auf und öffnete sie. Zwei Einzelfahrkarten Erster

Klasse von Lerdun nach Albeira. Und fünftausend in Metallgeld. Geizig war Porten durchaus nicht, aber einen Verschwender konnte man ihn auch nicht nennen.

»Kommen Sie, Hook, gehen wir zum Raumhafen.«

Eine Antwort war überflüssig. Hook bestellte ein Taxi, das sie auf einer unsichtbaren Straße über die Dächer der Stadt schnell zum nächsten Raumhafen brachte. Dieser lag nur wenige Kilometer von der Stadtgrenze entfernt. Auch das war für Hook ein Grund gewesen, Cantacle auszuwählen und nicht eine der anderen Städte, die ihren Raumhafen mit allen anderen Gemeinden der Umgebung teilen mußten.

»Die Polizei hat uns bisher nicht entdeckt, und gleich sind wir am Raumhafen«, frohlockte Pera. »Ich hatte damit gerechnet, sie hätten unseren möglichen Aufenthalt in Cantacle in den Computer eingespeist, aber offensichtlich haben sie das nicht getan.«

»Das ist reines Wunschdenken, Pera.«

»Sie glauben immer noch, es sei nicht so einfach für Pattens, ein Abkommen mit Interstell-Imp zu schließen, nicht wahr? Wenn es da Schwierigkeiten gegeben hat, werden wir es bald erfahren.«

Einem zufälligen Beobachter mochten Hook und Pera wie zwei ganz normale Leute vorkommen, die in den sonnenerfüllten Straßen von Cantacle spazierengingen, sich ein Taxi nahmen und in aller Gemütsruhe miteinander sprachen und lachten. Die Tatsache, daß sie Verfolgte waren, von der Polizei wegen Verbrechen gegen den Staat gesucht, machte mit ihrer Bedrohlichkeit das Licht und die Farben und den Glanz nur noch heller und leuchtender.

Hook hatte nie dem Zeitvertreib gehuldigt, sich Wünsche auszumalen, die nie erfüllt werden konnten. Doch im Augenblick wünschte er sich, seine Jack-Kinch-Synapsen würden es ihm erlauben, sich in das hiesige Kommunikationsnetz der Polizei einzuschalten. Es lag Ironie darin, daß es ihm keine Schwierigkeiten machte, sich an Systeme anzuschließen, die jeder möglichen Wirtschaftsorganisation oder Systemregierung gehörten und sich über einen weiten Teil der Galaxis verteilten, ob sie nun dem privaten Gebrauch oder amtlichen Mitteilungen dienten. Aber was der kleine Polizeichef auf diesem kleinen Planeten seinen Männern und Robotern mitteilte, konnte er nicht mithören. Ironie konnte manchmal sehr bitter schmecken.

Das Taxi setzte sie am Eingang ab, und eine Gleitbahn brachte sie ohne Aufenthalt in das Empfangsgebäude des Raumhafens.

Die Wände waren mit großartigen Bildern zum dem Versdrama »Amphite und Leon« geschmückt, das Proctor Beavis zugeschrieben wurde, der um etwa achttausend herum nach terranischer Zeitrechnung gelebt haben sollte. Allerdings hielten einige Fachgelehrte den Riffianer Haffler, einen wenig bekannt gewordenen Poeten, der ein halbes Dutzend Jahrhunderte später gelebt hatte, für den Autor. Wer auch das Versdrama verfaßt haben mochte, die Bilder waren wunderschön, und Hook sah sie sich voller Bewunderung an.

Das kurze Aufblinken einer Spionlinse, die sehr geschickt so montiert war, daß sie wie ein Teil des Wandgemäldes wirkte, konnte ihm gar nicht entgehen. Sie drehte sich hin und her und hatte die weite Halle des Empfangsgebäudes unter ständiger Beobachtung. Hook ging mit Pera ruhig weiter und steuerte den Komplex der Warteräume an. Vor einer Theke blieb er stehen. Unter der Perspex-Abdeckung lagen alle möglichen Kosmetika, die auf Vorzeigen der richtigen Kreditkarte oder nach Einwurf von Metallgeld heraussprangen. Er wählte verschiedene Artikel, für die er Verwendung hatte.

»Warum gehen wir nicht an Bord, Hook? Flug Nummer fünfzig geht nach Albeira, und der Start ist schon in ungefähr einer Stunde.«

»Zu Flug Nummer fünfzig kommen wir noch bequem zurecht, Pera. Halten Sie jetzt den Mund und setzten Sie die Füße in Bewegung.« Er führte sie in eine Ruhekabine und schloß die Tür, indem er sie auf Handbetrieb umstellte.

Mit kritischen Augen betrachtete er sie. Er zog die braune Perücke, die er gekauft hatte, aus ihrer Plastikhülle. »Man wird hier Informationen über uns haben und recht gute Beschreibungen. Aber niemand weiß, daß wir Geld und Fahrkarten haben. Wenn wir nun wie zwei ganz andere Personen aussehen ...«

»Wenn wir das nur wären!«

»... gibt es keinen Grund, uns wegen unserer Fahrkarten Fragen zu stellen. Daher werde ich Sie in ein anderes Mädchen verwandeln.« Er packte die Kosmetika aus. »Jedes beliebige andere Mädchen wäre eine Verbesserung.«

»Etwas so Ungalantes hat mir noch niemand gesagt!«

»Ruhig, oder Sie bekommen Gesichtsgel in den Mund.«

Mit der Geschicklichkeit eines professionellen Maskenbildners gestaltete Hook Kinn- und Kieferlinien, verdickte die Nase, vergrößerte die Wangen. Das Spray-Gel verfestigte sich sofort zu einer geschmeidigen, hautähnlichen Schicht. Er zauberte Linien auf die Stirn und ließ den Ansatz der Perücke verschwinden. Die blauen Augen blieben, wie sie waren. Blaue Augen kamen häufig genug vor, und eine Ausrüstung zum Färben der Retina hatte er nicht gekauft.

Als er mit dem Färben und Abschattieren fertig war, hatte er Pera um dreißig Jahre älter gemacht. Sie sah ihr Gesicht im Spiegel und funkelte ihn wütend an.

»Jetzt nehmen Sie Ihre Brustschalen ab und ...«

»Was?«

»Nehmen Sie Ihre Brustschalen ab. Binden Sie sich diesen Schal um, damit Sie einen flachen Busen bekommen. Sie sind jetzt eine ältere Dame, also denken Sie daran, daß der Schlitz in Ihrem Rock sich nicht öffnen darf. Und knöpfen Sie das Bolero zu. In dem eleganten Kleid sehen Sie aus wie die Sekretärin eines kleineren Abteilungsleiters innerhalb einer Wirtschaftsorganisation, die den Stil ihrer jüngeren Kolleginnen nachäfft. Sie sind die alte Fachkraft, die den ganzen Laden schmeißt. Verstanden?«

»Sie sind ein Ekel, Hook, und der ungalanteste Mensch der Galaxis und ein großer Affe, und mir fällt noch eine Menge mehr ein. Sie sind ...«

»Sicher«, sagte Ryder Hook. Er streckte eine Hand aus

und begann, die dunkelgrüne Bluse aufzuknöpfen. »Entweder nehmen Sie die Brustschalen ab – oder ich tue es.«

In diesem Augenblick fuhr ein Teufel in Pera Sotherton. Die Ruhekabine mit Dusche und Toilette, mit Heißluftgebläsen und einer Reihe von Automaten für verschiedene Gebrauchsartikel mochte eine streng funktionale, sterile Umgebung sein, aber trotz aller Hygiene war es dem Teufel gelungen, sich Pera Sothertons zu bemächtigen, und jetzt wollte er nicht wieder weggehen.

Sie sah Hook an.

»Gut, Hook. Tun Sie es.«

Pera rechnete sich aus, daß dieser große Affe endlich seine eiskalte Selbstbeherrschung verlieren würde. Sie bereitete sich darauf vor, ihn mit Hohn zu übergießen.

Hook zog ihr das Bolero über die Schultern und öffnete die Bluse. Er löste die linke Brustschale und warf sie auf den mit weichen Plastikfliesen belegten Fußboden. Er löste die rechte Brustschale und traf mit ihr die linke. Er nahm den Schal in die eine Hand, faßte mit der anderen unter die Bluse um ihren Oberkörper und zog den Schal ringsherum. In jeder Hand ein Ende des Schals, zog er fest an. Pera taumelte gegen ihn. Ihr Gesicht verriet, daß sie ihn vor Wut am liebsten angespuckt hätte. Aber sie tat es nicht. Sie starrte Hook an und erschauerte, und dann verlor sie jedes Interesse an dem Teufel, der in ihr tobte.

»Ich werden Schal verdammt fest zubinden, Pera. Möchten Sie es nicht doch lieber selbst tun?«

Beinahe hätte sie aufgeschluchzt, aber sie beherrschte sich, um ihm keine Gelegenheit zum Triumph zu geben. Sie faßte die Enden des Schals und band sie zusammen. Ihre blühenden jungen Brüste lagen nun flach am Körper.

»Ist das jetzt so, wie Sie es haben wollen, Sie Bastard?«

Hook nickte. Er begann, sein eigenes Gesicht zu bearbeiten. Als Pera nach einiger Zeit zu ihm hinsah, keuchte sie auf vor Verwunderung.

Der Hook, den sie kannte, war vor ihren Augen verschwunden.

Das hier und da geschickt versprühte Gesichtsgel hatte

die Flächen seines Gesichts verändert, die selbstbewußten, herrischen Linien geglättet, das Vorspringen von Kinn und Nase gemildert und die Augen in Fleisch eingebettet. Er kämmte sich das braune Haar zurück, zog es glatt und bedeckte den Haaransatz, so daß er eine Stirnglatze bekam. Er überprüfte das Aussehen von ihnen beiden, bei Pera, indem er unsanft ihren Kopf hin- und herdrehte, und bei sich selbst, indem er sich in dem Spiegel über dem Waschbecken betrachtete.

»Gut. Sie sind Dorothea Brooking. Ich bin Alan Hardacre. Auf den Fahrkarten stehen keine Namen, wie ich es verlangt hatte. Kein Mensch wird uns Fragen stellen. Ich bin Ihr Chef. Wenn jemand meine Kreditkarte zu sehen verlangt, habe ich eine Geschichte bereit, die ihr Fehlen erklärt.« Hook setzte nicht hinzu, daß er mit dieser Geschichte nur herausrücken würde, falls es unbedingt notwendig wurde.

Sie verließen das Gebiet der Warteräume und gingen auf die Sperre zu.

»Sie sollen wie eine kleine, alte Dame gehen, Sie Dummkopf!« zischte Hook ihr zu.

»Scheusal!«

Pera gab sich trotzdem redliche Mühe, kürzere Schritte zu nehmen und ihren athletischen Hüftschwung in die steife Haltung eines reiferen Alters zu verwandeln. Hook schlurfte mit den Füßen, schnüffelte, äugte hierhin und dahin und murmelte mit sich selbst.

An dem Ausgang, der zu dem Transporter zu Flug fünfzig führte, kontrollierte ein Roboter Fahrkarten und Kreditkarten. Neben ihm, eine Hand auf seiner Tonota Achtzig, stand ein Zollbeamter in einem goldenen Overall. Er betrachtete die Reisenden mit dem Ausdruck eines Mannes, den seine Arbeit unendlich langweilt und der nichts heißer herbeisehnt als den Feierabend.

»Nichts als weg von diesem gottverlassenen Planeten«, sagte Pera.

»Nur noch ein paar Minuten, und dann sind auf dem Transporter und unterwegs zu dem Sternenschiff. Benehmen Sie sich wie ein liebes altes Tantchen, um Dirty Berti Bashtis willen!«

Das Paar vor ihnen ließ seine Kreditkarten aufblitzen und zeigte die Fahrkarten vor. Der Mann – es war ein kleiner, verschrumpelter – sagte etwas zu dem Zollbeamten. Dieser fuhr aus seiner nachlässigen Haltung hoch und gab eine Antwort, die es in sich haben mußte, denn die Frau an der Seite des Zwerges hob ihre ihre Hand und beschimpfte den Zollbeamten wild. Hook verstand, was sie sagte. »Wissen Sie, was Sie sind? Eine Schande für den Planeten Lerdun sind Sie, jawohl! Sie lahmarschiger Einfaltspinsel!«

Das Paar ging weiter auf den Transporter zu, und der Zollbeamte legte beide Hände auf seinen schwarzen Gürtel und sah ihnen mit lauerndem Blick nach. Hook schob die Fahrkarten in den Kontrollschlitz des Roboters. Es klickte und rumpelte, und die Karten kamen bis auf das abgezwackte Stück zurück. Hook nahm sie wieder an sich. Der Roboter verkündete: »Die Einschiffungsgebühren, Sir. Ihre Kreditkarte, bitte.«

»Ich werde in bar bezahlen«, mümmelte Hook.

Der Zollbeamte drehte sich um. Er sah gemein aus.

»Wo ist Ihre Kreditkarte, Sir?«

»Ich bezahle bar.«

Pera warf ein: »Interstell-Imp wird für meine Kreditkarte bürgen, Taynor.«

Der Wachtposten zog die Tonota Achtzig. Seine Mundwinkel hoben sich. Er war ein fleischiger, gut genährter Mann mit glänzenden Lippen, und der Ausdruck der Befriedigung, der aus seinem Gesicht strahlte, ließ sich nicht unterdrücken.

»Also gehören Sie zu keiner Wirtschaftsorganisation, Opa?«

»Im Augenblick nicht. Ich werde eben mal die Einschiffungsgebühr bezahlen, und dann werden wir ...«

»Nicht so schnell. Dann sind Sie ein Einzelgänger, Opa?«

»Ja.«

»Sieh an, sieh an. So etwas brauche ich ab und zu, damit mein Diensteifer nicht erlahmt.« Er musterte Hook. »Es wird also niemand kommen und nach dir suchen, Gonil. Du hast keinen Schutz.«

»Ich kann bezahlen.«

»Sicher, Teiggesicht. Natürlich kannst du bezahlen. Du kannst mich bezahlen. Gib mir deine Geldrolle.«

»Was ...?« hauchte Pera.

Hook zögerte nicht lange. Er händigte dem Beamten die Geldrolle aus. »Können wir jetzt an Bord gehen?«

»An Bord? Erst bezahlst du dem Roboter die Einschiffungsgebühr, dann kannst du an Bord gehen, Gonil.«

»Sie sind ein Regierungsbeamter von Lerdin«, erwiderte Hook. »Sie haben soeben mein gesamtes Metallgeld bekommen. Womit soll ich denn jetzt den Roboter bezahlen?«

»Das ist dein Problem, Gonil. Macht den Eingang frei, ihr beiden! Andere Leute warten darauf, den Transporter besteigen zu können.«

Ein halbes Dutzend Einwohner von Lerdun wartete. Sie grinsten, weil ein Einzelgänger von einem Regierungsbeamten fertiggemacht wurde.

»Bitte ...«, flehte Pera. »Das ist doch nicht gerecht!«

»Wer keine Kreditkarte hat, die ihn beschützt, kann auch keine Gerechtigkeit verlangen«, erklärte eine Frau in der Menge. Sie lachte. »Lassen Sie uns durch.«

Pera blieb wie angewurzelt stehen.

Hook rang mit sich selbst, und das sah ihm überhaupt nicht ähnlich.

Das Ganze war so ruhig, so unbemerkt, so ohne jedes Theater passiert, und doch blitzschnell und mit tödlicher Präzision. Es hatte keine Schlägerei gegeben, kein Schuß war gefallen, kein Blut vergossen worden. Lerdun war für sie immer noch die Todesfalle, die es vor dem Kontakt von Pattens gewesen war.

»Laßt mich durch!« schrie Pera. Sie hatte völlig die Fassung verloren. Sie schlug um sich und wollte auf den Transporter zustürzen. Der Zollbeamte streckte einen Fuß aus. Pera stolperte, flog durch die Luft und landete auf dem Betonboden. Alle Anwesenden lachten, nur Hook nicht.

Zerzaust, zerkratzt und außer sich vor Wut rappelte Pera sich hoch. Ihre Perücke rutschte.

Über den Tumult erhob sich eine Stimme: »Was geht da vor? Machen Sie Platz!«

Der Zollbeamte packte Pera und stellte sie auf die Füße. Er schleuderte sie gegen Hook. Man merkte, daß es ihm Spaß machte.

»Verschwinde, und nimm diese Schlampe mit. Wenn ich euch noch einmal dabei erwische, wie ihr illegal an Bord gehen wollt, lasse ich euch einsperren.«

Ihm war es ebenso klar wie allen anderen, daß diese Drohung ein Nichts gegen das war, was er bereits getan hatte.

Von neuem ließ sich die harte, autoritäre Stimme hören: »Stehenbleiben! Sie da! Kommen Sie hierher!«

Hook, der sein Benehmen instinktiv seiner Verkleidung anpaßte, drehte sich schwerfällig um. Sein Gesichtsausdruck verriet äußerste Furcht, und damit maskierte er den Haß, der in ihm brodelte und an die Oberfläche steigen wollte. Jetzt bereute er, keine Rolle gewählt zu haben, die es ihm erlaubt hätte, die erbeuteten Waffen bei sich zu tragen.

Verächtlich schob Goton Telander die Umstehenden beiseite. Die schwarze Uniform war Ausdruck seiner Macht und seiner Gefährlichkeit. Die sorgfältig nach allen Seiten gebürsteten weißen Haare umstanden seinen Kopf wie ein Heiligenschein. In seinem Gesicht malten sich die ersten Zeichen seines Triumphes ab.

VII

Hook stand Lerdun bis zum Hals.

Die Leute von Lerdun wollten ihn nicht in Frieden abreisen lassen, und an allem, was er ihnen Böses zugefügt hatte, waren sie selbst schuld. Ryder Hook war ein Mann, der an eine Gerechtigkeit glaubte, die höher stand als die

Gesetze einer Regierung oder eines Planeten. Man wollte ihn nicht weglassen. Also gut. Dann mußte er das tun, was er, wie er mit einem Seufzen feststellte, gleich zu Anfang dieser dummen Geschichte hätte tun sollen. Er würde einfach ein paar Schädel einschlagen, sich nehmen, was diese Welt ihm schuldete, und im Raum verschwinden. Für einen ruhigen Menschen mit der Sehnsucht nach einem friedlichen Leben war Ryder Hook reichlich oft gezwungen, gewalttätig und bösartig zu sein.

Er legte den Zollbeamten flach. Er riß ihm die Tonota weg, nahm sie fest in beide Hände und richtete die Mündung auf die grinsenden Schaulustigen.

Sie kreischten vor Schreck. Einige rannten davon, andere warfen sich zu Boden, und schreien taten sie alle.

Genau wie damals im Hof des Zollamtes machte Goton Telander sich rar, als eine Schießerei zu befürchten war. Er verdrückte sich in einen Seitengang und feuerte zum Abschied aus seiner Delling einen Schuß auf den Zollbeamten ab. Der Mann zerschmolz. Er floß dahin und löste sich zu einem abscheulichen Brei auf, der auf dem Boden eine schleimige Pfütze bildete.

»Oh, Hook! Jetzt können wir an Bord gehen!«

Hook packte sie am Arm.

»Benehmen Sie sich Ihrem Alter entsprechend, Pera! Wenn wir an Bord gehen, wissen sie, wo wir sind, und wir sitzen in der Falle. Wir müssen weg von hier, als sei der Teufel hinter uns her, und wieder ganz von vorn beginnen.«

»O nein!«

»O doch! Kommen Sie!«

Hook hatte die Tonota nicht abgefeuert. Er hielt die große, ungefüge Waffe in der Hand, während sie durch das Empfangsgebäude rannten. Die Leute wichen ihm eilig aus. Hook wußte, daß ihnen draußen auf der Straße nur wenige Sekunden für eine Flucht blieben. Er riß Pera über die Stufen hinunter, bohrte die Tonota einem rundlichen Tenebrianer in den Bauch – einem Mann mit dem Gesicht eines runzligen Affen und dem Temperament einer

Maus – und befahl ihm, ihnen zu dem Wagen voranzugehen, den er gerade verlassen hatte. Der Lärm und der Tumult, den die in Panik geratene Menschenmenge hinter ihnen anstellte, verliehen seinen Worten zusätzlichen Nachdruck.

»Einsteigen, Gonil.«

»Aber – aber ...«, stammelte der Tenebrianer.

»Hinein!« Hook stopfte den Fremden in den Wagen und sagte zu Pera: »Ziehen Sie sich einen von Ihren verdammten Absatzschuhen aus, und wenn der Junge hier auch nur einen Pieps von sich gibt, schlagen Sie ihm über den Schädel.« Er ließ den Motor an und raste weg von dem Raumhafengebiet. Entsetzte Passanten sprangen zur Seite. Hook war in einer höchst unerfreulichen Stimmung. Diese Idioten, aus denen die Regierung von Lerdun bestand! Zur Hölle mit ihnen!

»Wohin fahren wir, Hook?«

Mit einem erstickten Aufheulen des übersteuerten elektrischen Motors zischte der Wagen über den Boulevard. Hook beugte sich über die Kontrollen. Aus einer Seitenstraße schoß ein Polizeifahrzeug und versuchte, sich quer über die Fahrbahn zu stellen, um den Weg zu blockieren und Hook zum Halten zu zwingen. Hook fuhr genau auf den Polizeiwagen zu. Der Bug stieß breitseits dagegen. Metall zerriß mit einem kreischenden Geräusch, ein Schauer von Funken flog auf, und der Polizeiwagen schlitterte über das Pflaster. Hook ging auf Höchstgeschwindigkeit. Aus einem Augenwinkel sah er, daß ein Mann in der Uniform der Polizei von Lerdun aus dem von der Fahrbahn abgekommenen Wagen sprang und mit einer Waffe herumfuchtelte. Mit der Präzision eines Scharfschützen zielte Hook durch das Fenster und schoß das Polizeifahrzeug in Brand. Der Schuß, den der bereits ausgestiegene Bulle noch abfeuerte, war zu hoch gezielt. Er versengte nur das Dach des Fluchtwagens. Danach hatte der Schütze alle Hände voll zu tun, seinem Kollegen hinter dem Steuer hervorzuhelfen.

Eine dicke schwarze Qualmwolke wälzte sich durch die Straße und drang durch das Fenster, das Hooks Tonota Achtzig in Dampf aufgelöst hatte.

»Oh, Hook«, wimmerte Pera.

»Halten Sie den Kopf unten.«

An der nächsten Straßenecke bog Hook um die Kurve.

Beinahe hätte er es nicht mehr geschafft.

Aus der Ladenfront des gegenüberliegenden Gebäudes brachen plötzlich Feuer und Rauch. Mauern krachten zusammen. Der aus dem Eingang abgefeuerte Schuß hatte sie nur um Haaresbreite verfehlt. Jetzt fuhren sie im rechten Winkel zu Richtung in die Stadt. Es dauerte nur kurze Zeit, und sie hatten die letzten Häuser hinter sich. Rings um sie breiteten sich Obstgärten und Gemüsefarmen aus. Die Landschaft war grün und frisch und schien Parseks von toten Zollbeamten und brennenden Polizeiwagen entfernt zu sein. Hook blickte durch das Perspex-Dach nach oben.

Ein Flieger kreiste über ihnen.

»Diese gottverdammten Bastarde von Lerdun!« fluchte Hook. Auf zwei Reifen beschrieb er eine Kurve und raste hinein in einen Garten voller Birnbäume. Die Stämme waren weit genug voneinander entfernt, um den Wagen durchzulassen, und die Zweige schützten sie davor, von oben gesichtet zu werden. Hook hoffte nur, daß die Infrarot-Detektoren in dem Flieger nicht allzu gut waren. Wenn die Verfolger sich von dem immer noch laufenden Motor ablenken ließen, hatten sie eine Chance.

Er sprang aus dem Wagen und zerrte den Tenebrianer hinter sich her. Ein ängstliches, schnurrbärtiges Gesicht blinzelte zu ihm auf. In den weit aufgerissenen Augen standen Tränen.

»Sie haben eine Menge Ärger gemacht, Gonil«, schnauzte Hook. »Tut es Ihnen wenigsens leid, was Sie angestellt haben?«

»Ja, Taynor, ja, Sir, es tut mir leid!«

»Vergessen Sie es bloß nicht!«

Wieder packte Hook Peras Arm – in diesen Arm mußten bald unauslöschliche Fingermale eingedrückt sein – und rannte los. Wenn sie die Straße auf der anderen Seite des Obstgartens erreichten, würde es ihnen nicht mehr lange an einem Transportmittel fehlen. Voraussetzung war, daß der Flieger zunächst einmal den Wagen untersuchte.

Pera keuchte stolpernd hinter ihm her. Allmählich empfand Hook die Kette von Mißerfolgen auf Lerdun als Schande. Er hatte nicht so gehandelt, wie Ryder Hook es normalerweise tat. Lag es vielleicht daran, daß er dieses Mädchen mitgeschleppt hatte? Nein, das konnte es nicht sein. Vielleicht war er zu weich geworden. Er haßte es, jemanden töten zu müssen, aber wenn ihm keine andere Wahl blieb und es nur die Alternative gab, zu töten oder sich töten zu lassen, dann blieb ihm eben nichts anderes übrig.

Zum Beispiel dieser jämmerliche Tenebrianer. Was hatte er getan? Nichts – abgesehen davon, daß er ein Teil der galaktischen Zivilisation war, die es Ryder Hook verwehrte, ein normales Leben zu führen. Nach der Kreditkarte an seinem Handgelenk war er nur einer von denen, die aus Ryder Hook einen Ausgestoßenen gemacht hatten.

Die Straße auf der anderen Seite des Obstgartens erwies sich als ein staubiger Feldweg, der nur der Bewirtschaftung diente. Über den Bäumen tauchte der Flieger auf und brummte nach unten.

Hook hob die Tonota und verwandelte die Perspex-Nase der Maschine in lodernde Flammen.

Der Flieger kreiselte wie verrückt, aber trotzdem gelang ihm eine Art von Landung auf dem Feldweg. Hook wartete die weitere Entwicklung der Dinge nicht erst ab. Er stürzte sich in den gegenüberliegenden Obstgarten und zerrte Pera hinter sich her.

Die Rinde des Baums vor ihm kräuselte sich. Der Stamm wurde schwarz, die Blätter verdorrten. Dann ging der Baum in Flammen auf.

Hook schleuderte Pera zu Boden und ließ sich ebenfalls fallen. Er kroch auf dem Bauch eine Strecke weiter und hob die Tonota.

Vier Männer rannten, unablässig feuernd, auf sie zu und

verwandelten die Luft in einen Schmelzkessel. Bei Hooks erstem Schuß gingen sie in Deckung.

Nun, wenn ein Mann in Deckung geht, gibt es nur eines zu tun. Man muß die Dinge in Brand schießen, die sich unter oder über ihm befinden und ihm Schutz bieten. Die Gegner benutzten Marker Burners, Handfeuerwaffen, die nicht die disintegrierende Kraft der Tonota hatten. Und langsamer waren sie auch. Hook zielte auf eine Bodenwelle, hinter der der erste der Schützen steckte. Es klickte. Die Tonota war leer.

»Himmel, Arsch und Wolkenbruch!« murmelte Ryder Hook.

Der Mann stand auf. Ein Stück hinter ihm erhoben sich seine drei Kollegen. Die Mündungen ihrer Waffen wanderten in die Richtung, wo Hook am Boden lag.

Die Bäume hinter Hook begannen zu brennen. Das Feuer knatterte, aromatischer Rauch wurde von einem leichten Lüftchen vorbeigetrieben.

»Verdammter Außenweltler!« brüllte der vorderste der Gegner. »Wir kriegen dich schon noch!«

Es wäre lächerlich gewesen, Drohungen zurückzuschreien. Der Mann feuerte nicht mehr. Er trug eine rostfarbene Jacke und eine gelbe Hose. Eine Uniform war das ganz bestimmt nicht. Von der Stelle aus, wo er jetzt stand, mußte er Hook und Pera deutlich sehen können.

Warum erschoß er sie nicht einfach?

Hatte er vielleicht die Absicht, sie ein wenig zu foltern?

Sollte er es ruhig machen ... Ryder Hook stand auf und hob die Hände.

»Ich sollte Sie auf der Stelle verbrennen, alle beide!« Der Mann hatte glasige Augen. Seine Lippen zitterten, und Speichel rann ihm aus den Mundwinkeln. Hook fragte sich, ob der Mann sich auch dann noch hätte beherrschen können, wenn sie nichtmenschliche Lebewesen gewesen wären. »Vorwärts, ihr Gonils! Und wenn ihr mich zwingt zu schießen, brenne ich euch die Füße ab! Also, ihr wißt Bescheid!«

Ein zweiter Flieger landete. Jetzt, wo Hook Zeit gehabt

hätte, sich die Maschinen genauer anzusehen, erkannte er, daß die Verfolgungsjagd keine Sache der Polizei sein konnte. Sie stiegen ein. Menschen und Nichtmenschen umdrängten sie. Der Flieger erhob sich mit einem Schnellstart in die Lüfte, wie er für Sportmaschinen typisch war, und flog nach Cantacle zurück.

Der Mann, der Hook und Pera gefangengenommen hatte, zog ein Päckchen Stim-Gummi hervor, wickelte es aus und bot seinen Gefährten davon an. Alle kauten sie wie die Kühe, bis der Flieger auf dem Dach eines Gebäudes landete. Es war die planetare Agentur einer Wirtschaftsorganisation.

Das Dach war mit schweren Luftabwehrgeschützen gespickt.

Hier oben befanden sich zwei Landeplätze. Der eine – er war der größere – diente offensichtlich der allgemeinen täglichen Benutzung durch die Kunden. Ein aus aufblitzenden Funken gebildetes Leuchtzeichen verriet allen, die lesen konnten, den Namen des Multisystem-Konglomerats, das hier seine Agentur auf Lerdun hatte.

Interstell-Imp.

Vor kurzer Zeit hatten sie in diesem Gebäude an der Robotausgabe im Erdgeschoß ihre Fahrkarten und die fünftausend abgeholt.

Der zweite Landeplatz war kleiner und privat, und auf diesem setzten sie auf. Sie wurden hinaus- und in einen Antigravschacht geschoben. Die Männer hatten keinerlei Hemmungen, ihre Marker Burners offen in der Hand zu halten. Hook konnte sich an den fünf Fingern abzählen, welche Gründe ihre Gefangennahme hatte, und er vermutete, Pera konnte es auch, denn schließlich arbeitete sie für Pattens, und eine Wirtschaftsorganisation war ebenso schlimm wie die andere.

»Mein Angebot gilt noch, falls Sie zu rennen versuchen«, erklärte der Anführer.

»Ich brauche meine Füße beide«, erwiderte Hook.

Unterhalb des Daches gerieten sie in eine völlig andere Welt.

Draußen lag die Stadt Cantacle, hell und funktional, gefüllt mit Leuten, die ihrer täglichen Arbeit nachgingen und auf den Abend warteten, wenn es losging mit Spaß und Spielen. Innerhalb des Interstell-Imp-Gebäudes hatten sie den Eindruck, sie könnten in die Kulissen zu einer extravaganten Fernsehschau unter dem Motto »Tausendundeine Nacht« geraten sein. Sie verließen den Antigravschacht und wanderten durch juwelenbesetzte Grotten, in denen sie parfümierte Luft umfächelte, durch prunkvoll ausgestattete Restaurants, durch Ruheräume und Sportanlagen, vorbei an Schwimmbecken, die in Stasisfeldern aufgehängt waren, von denen jedes zwischen marmornen Wänden eintausend Tonnen Wasser hielt. Wer zum erstenmal hierherkam, mußte über soviel Luxus, über eine solche verschwenderische Zurschaustellung des Reichtums Mund und Nase aufsperren. Farben, Lichter, sprühende Funken, wertvolle Steine und Pelze und Federn und Leder – alle Erzeugnisse von hunderttausend Welten in der weiten Galaxis waren sorgfältig gesichtet worden, um dies juwelenstrotzende Wunderland mit den herrlichsten von allen auszustatten.

Pera rümpfte die Nase.

»Mit Pattens verglichen ist das hier nur Tinnef.«

»Immerhin«, gab Hook zu bedenken. »Hedonismus, Luxus, barbarischer Stil. Alles wirkt zusammen. Interstell-Imp sorgt für die Seinen.«

»Was den Luxus betrifft, stimme ich Ihnen zu. Jawohl, überall Plüsch – wie ordinär.«

Ryder Hook hatte nicht den geringsten Grund, sich um das seelische Wohlbefinden dieses Mädchens, das vor kurzem für ihn noch eine völlig Unbekannte gewesen war, Gedanken zu machen. Der harte Bursche, für den er allgemein gehalten wurde, hätte jetzt, wo sie ihren Zweck erfüllt hatte, darauf gesehen, sie schleunigst loszuwerden. Aber er war froh darüber, daß Pera ihre Niedergeschlagenheit überwand und neuen Mut faßte, und der Grund dafür war, daß die sie umgebende Pracht etwas Vertrautes für sie hatte. Angestellte von Wirtschaftsorganisationen waren daran gewöhnt, an ihrem Arbeitsplatz von Luxus umgeben zu sein. Auch wenn man sie gegen ihren Willen hergeschleppt hatte, mußte Pera sich in diesen Räumen irgendwie zu Hause fühlen.

Die Galaxis war weit, und wenn es auch einerseits stimmte, daß bei der Entwicklung der vielen sie bewohnenden Rassen die Natur typische Konstruktionsmerkmale ständig wiederholt hatte, so war die Vielfältigkeit doch groß genug, um einen Eklektiker zu befriedigen. Die meisten Rassen in der Galaxis verfügten über einen Kopf mit unterschiedlich geformten Sinnesorganen darin. Die meisten hatten zwei Arme und zwei Beine, geschmackvoll links und rechts von einem Rumpf angeordnet. Viele hatten Schwänze. Die Außenschicht des Körper konnte man bei einigen nicht als »Haut« bezeichnen. Von jedem Grundtyp gab es die entzückendsten Variationen. Hook und Pera erblickten viele merkwürdige Kreaturen, die an ihnen vorbeigingen. Um für sie eine passende Umgebung und Möglichkeiten zur Freizeitgestaltung zu schaffen, hatten auch nichtmenschliche Vorstellungen von Schönheit und Zweckmäßigkeit und Vergnügen bei der Gestaltung des Agentur-Gebäudes eine Rolle gespielt.

Überall funkelte, glühte und summte es vor Energie.

Sie kamen in einen kleinen Raum, der ganz in sanften Grüntonen gehalten war. Die Wände zeigten unten eine tiefe Smaragdfarbe und wurden nach oben hin immer heller bis zu einem blassen Blattgrün. Eine Frau in einer weißen Schürze erwartete sie. Sie sah hart und kompetent aus, und ihr Haar war zu einem strengen, schwarz lackierten Helm zurechtgestutzt. Die Männer, die Hook und Pera hereingebracht hatten, blieben stehen.

»Bringen Sie den Mann hinauf in Suite Acht-Neun-Anton, Stokes. Das Mädchen geht mit mir.«

»Aber ...«, begann Pera.

Ein Pistolenlauf wurde Hook ins Kreuz gestoßen. Hook mochte so verrückt sein, gelegentlich Nasen einzuschlagen, auch wenn er eine kaum nennenswerte Chance hatte, aber so verrückt war er wieder nicht, daß er jetzt nicht genau wußte, jeder Widerstand würde nur dazu führen, daß ihm sein Rückgrat durch den Magen hinausgeblasen wurde.

Pera wurde fortgeführt. Die Frau mit der weißen Schürze hielt ihren Arm mit einem festen professionellen Griff. Hook dachte, eigentlich müsse die Frau in Peras Arm die Spuren fühlen, die seine eigenen Finger dort hinterlassen hatten.

»Los, Gonil.« Stokes winkte mit der Mündung der Waffe, und im Augenblick konnte Hook ihm darauf keine Antwort geben.

»*Hook!*« schrie Pera. Sie versuchte, sich von ihrer Wärterin loszureißen und fiel hin, und ihre Perücke saß ganz schief. Ihre blauen Augen flehten.

»Das ist nicht die Polizei von Lerdun, Pera. Wir werden herausfinden, um was es hier eigentlich geht, und ...«

Stokes, der Mann mit der rostfarbenen Jacke und der gelben Hose, schlug Hook mit der Waffe über das Ohr. »Setz dich in Bewegung, Gonil! Du brauchst mir nur eine Gelegenheit dazu zu geben, und ich versenge dir die Füße. *Vorwärts!*«

Hook gehorchte, denn was blieb ihm anderes übrig? Die schreiende Pera wurde hinausgezerrt. Hook hatte es schon öfters erlebt, daß schreiende Mädchen weggezerrt wurden. Und wenn er auch für Pera keine Verantwortung trug, so bekümmerte es ihn doch, daß ausgerechnet sie von diesem Schicksal ereilt wurde.

Die Gorillas der Organisation brachten Hook zu einer Hängezelle innerhalb eines größeren Raums, der sich tief in den Eingeweiden des Gebäudes befand. Uneingeschränkter Reichtum konnte beinahe uneingeschränkt technische Raffinesse kaufen, und Interstell-Imp hatte bei der Ausstattung dieser Agentur nicht geknausert. Die Wände der Zelle waren unsichtbar. Sie bestanden aus Energiefeldern, die schwerer zu durchbrechen waren als eine Stahlegierung. Die ganze Zelle schwebte in einem Antigravschacht, und es sah so aus, als hinge sie innerhalb des größeren Raums mitten in der Luft. In einer Ecke befand sich eine Bad-Dusche-

Toiletten-Kombination, die an ein Beseitigungsgerät angeschlossen war. Ein Couchbett vervollständigte die Einrichtung. Hook wurde nackt ausgezogen und nach oben durch die Öffnung, die er nicht als solche erkennen konnte, geschleudert. Ein Schalter wurde gekippt, und er war eingeschlossen.

Philosophisch legte er sich auf die Couch und schlief ein.

Wenn er genug Zeit und einen ausreichenden Ansporn für einen Ausbruch gehabt hätte, wäre es ihm zweifellos gelungen, aus dieser Art von Zelle zu entfliehen. Aber er war sich nicht sicher, wieviel Zeit ihm zur Verfügung stand, und einen Ansporn hatte er überhaupt nicht. Ihn interessierte es weitaus mehr, herauszufinden, was Interstell-Imp eigentlich mit ihm vorhatte.

Als er aufwachte, befahl eine Stimme, die aus einem über dem Toilettenkomplex montierten Lautsprecher dröhnte: »Waschen Sie Ihren ganzen Körper gründlich und desinfizieren Sie sich. Entfernen Sie die alberne Verkleidung und ziehen Sie Ihre eigenen Sachen an.«

Hook tat, was von ihm verlangt wurde. Er war überzeugt, daß seine Kleidung gründlich gefilzt worden war. Nur gab es darin nichts zu finden. Obwohl er manchmal die elektronischen Wunder dieser Galaxis benutzte, trug Hook die Werkzeuge, die ihm schon aus manchen Schwierigkeiten herausgeholfen hatten, in seinen Schädel eingebettet. Ohne sich aufzuregen, zog er die dunkelblaue Jacke, die Hose und die schwarzen Stiefel an. Vermutlich hatte man auch seine gesamte Anatomie einer gründlichen elektronischen Durchsuchung unterzogen. Das machte gar nichts. Die organischen Synapsen waren von der Gehirnstruktur nicht zu unterscheiden, und Metall oder Plastik hatte er nicht im Kopf. Wenn sie wissen wollten, was sich in seinem Schädel befand, mußten sie schon ein Loch hineinbohren.

»Springen Sie!« kommandierte die Stimme.

Hook sprang durch die Öffnung. Unten nahm ihn Stokes mit auf seinen Magen gerichteter Waffe in Empfang. Diesmal war es keine Marker Burner, sondern eine Wharton

Modell Neunzig Drei, die Mikronadeln verschoß. Mit einer Waffe dieser Art hatte Hook die Zollbeamten in Lacan kampfunfähig gemacht. Sie konnte lähmen oder auf höchst schmerzvolle Weise töten, und sie wurde für gewöhnlich im Inneren von Gebäuden benutzt, wo eine Marker oder eine Tonota den ganzen Platz in Schutt und Asche verwandelt hätte.

Stokes führte ihn durch einen wahren Irrgarten von Gängen. Mit Stokes hätte Hook es jederzeit aufgenommen. Er hätte ihm mit Leichtigkeit die Pistole wegnehmen und sich auf die Suche nach einem Ausgang machen können. Er hatte den Eindruck, daß Stokes sich geradezu wünschte, er möge es versuchen. Aber wenn Hook herausfinden wollte, was hier vorging, war die beste Möglichkeit für ihn, mit der Person zu sprechen, die mit ihm zu sprechen wünschte. Sie betraten ein Vorzimmer, wo ein gepanzerter Roboter sie überprüfte. Er nahm Stokes' Waffe an sich und band Metallkabel um Hooks Arme und Hals. Die Füße fesselte er ihm mit einem Abstand von zwanzig Zentimetern, so daß Hook trippeln mußte wie ein altes Freudenmädchen, das vor der endgültigen Pensionierung einen letzten beruflichen Spaziergang unternimmt.

Stokes ergriff einen bösartigen kleinen Plastik-Knüppel. »Hier drin befindet sich Paralyse-Gummi, Hook. Wenn Sie irgendwelche Dummheiten machen, bekommen Sie einen Schlag ab. Kapiert?«

Hook verzichtete darauf, ihm zu antworten oder sonstwie zu reagieren, und sie gingen durch die scharlachroten, mit Edelsteinen besetzten Falttüren.

VIII

Jedgar Kaston saß in seinem Energiefeld-Kokon und dachte über die Daten nach, die über den Bildschirm vor ihm liefen. Jedgar Kaston, der planetare Manger von Interstell-

Imp auf dieser offenen Welt Lerdun fühlte sich zu Großem berufen. Er hatte Cantacle zum Sitz seines Hauptquartiers gewählt, weil er darin einen Akt der Herausforderung gegenüber den moralinsauren Regierungsstellen sah. Jedgar Kaston war ein Mann, der Macht ausstrahlte, der viele andere Lebewesen beherrschte und der nach noch mehr Macht hungerte. Er war ein Mann, dessen Ehrgeiz sich mit nichts Geringerem zufriedengab als der vollständigen Herrschaft über ein Multisystem-Konglomerat.

Und auch dann, so dachte Kaston bei sich selbst, würde er noch längst nicht haltmachen.

Jedgar Kaston gehörte nicht der Rasse des Homo sapiens an.

Er hatte sein Leben als völlig normaler Mal begonnen. Die Mals waren eine alte Rasse in der Galaxis. Schon früh hatte er außergewöhnliche Talente gezeigt, und in der Hierarchie von Interstell-Imp, der Wirtschaftsorganisation, in die er durch seine Familie hineingeboren worden war, hatte er einen kometenhaften Aufstieg genommen.

Wie es viele intelligente Lebewesen taten, hatte er sich entschlossen, ein Dynamann zu werden. Ganz freiwillig – und zu beträchtlichen Kosten – hatte er seine Beine amputieren und durch ein tadellos funktionierendes Antigravsystem ersetzen lassen. Anstelle der Arme trug er heute ein Paar schwerer Greifschaufeln sowie ein Paar empfindlicher Tentakel. Mit letzteren konnte ein Dynamann ebensogut fühlen wie jedes normale Wesen, und das konnte eine ganze Reihe von geschmeidigen Mädchen in Jedgar Kastons Büro bezeugen. Sein Rumpf war in dem Kokon komfortabel abgestützt, und so saß er da, selbstbewußt, selbstzufrieden, eine Maschine, die von einem lebenden Geschöpf dirigiert wurde. Nur sehr wenige Dynamänner hatten sich jemals beschwert, sie hätten bei dem Handel den kürzeren gezogen.

In der Agentur beschäftigte er vorzugsweise Mals. Mit ihren plumpen Körpern und Köpfen, den finsteren, grimmigen Gesichtern, den hohen Backenknochen und den schrägen Augen, dem struppigen Haar und den röhrenför migen Ohren erinnerten sie ihn an zu Hause. Aber einen Besuch im Jertling-System, wo die Mals beheimatet waren, würde er wohl nie mehr machen, es sei denn, die Reise müßte eines profitablen Geschäfts wegen unternommen werden.

Er hatte die Informationen studiert, die ihm aus einigen legitimen und einer ganzen Reihe nicht legitimer Quellen zugeflossen waren, und jetzt verglich er das Gesamtergebnis mit dem, was die Interstell-Imp-Zentrale über diesen Mann Ryder Hook zu berichten hatten. Der Bursche war eine Landplage, soviel stand fest. Nur über eins war sich Kaston noch nicht im klaren: Welche Absichten hatte das Interstellare Raketen-Konsortium eigentlich verfolgt? Nun, dieser häßliche Terraner würde ihm helfen, es herauszufinden.

Interstell-Imp hatte weniger Grund, das Interstellare Raketen-Konsortium zu lieben als beinahe alle anderen Multisystem-Konglomerate. Alle Wirtschaftsorganisationen fühlten sich von sämtlichen anderen Wirtschaftsorganisationen bedroht, das war ganz natürlich. Doch zuweilen schlossen sie Abkommen miteinander. Pattens hatte ihm mit dem Auftrag, der Pattens-Angestellten Pera Sotherton und ihrem Begleiter Fahrkarten und Metallgeld zu übermitteln, einen großen Gefallen getan.

Die grundlegende Regel für jedes Mitglied einer Wirtschaftsorganisation war einfach, direkt und in ihrer Einhaltung außerordentlich brutal.

Für den Angestellten einer Wirtschaftsorganisation stand die Loyalität zu seinem Multisystem-Konglomerat über allen anderen Rücksichten, über den Verpflichtungen gegenüber seiner Rasse, seinem Planetensystem oder seiner Religion. Es spielte gar keine Rolle, welche Gestalt man hatte oder welchen Gott man anbetete oder welchen Planeten man als Heimat betrachtete. Auf nichts anderes kam es an als die vollkommene Hingabe an die Wirtschaftsorganisation, der man angehörte.

Jedgar Kaston räkelte sich zufrieden in seinem schimmernden Kokon. Sein Schreibtisch mit den vielen elektronischen Ein- und Ausgaben befand sich in bequemer Nähe. Schweigend beobachtete er, wie Stokes seinen Gefangenen hereinführte. Hook humpelte näher. Wie es seine Gewohnheit war, musterte Kaston das vor ihm stehende Individuum eingehend und bildete sich sofort in Ausdrücken, die ihm verständlich waren, eine Meinung. Hook war gefährlich. Er war zäh. Er bildete eine Bedrohung für jede ordentlich geleitete Wirtschaftsorganisation. Sobald er von ihm Gebrauch gemacht hatte – und es war seine Absicht, ihn in der GCC-Sache einzusetzen, falls er zu dem Schluß kam, daß Hook die nötigen Fähigkeiten dazu hatte – mußte Ryder Hook ein für allemal aus dem Weg geräumt werden.

»Wissen Sie, wer ich bin, Taynor Hook?«

Hook sah sich das Büro an, den Schreibtisch, den Dynamann dahinter. Blitzschnell überlegte er, welche Folgerungen aus dem Gebrauch der höflichen Anrede »Taynor« zu ziehen waren. Er stand in ungezwungener Haltung da, trotz seiner Fesseln, die seine Bereitschaft maskierten, mit einem Satz auf den schimmernden Kokon zuzuspringen und die Hände um den Hals des Dynamanns zu legen. Der Kerl sah wie ein Mal aus, und eine Begegnung mit einem Mal war für einen Menschen nie etwas Erfreuliches.

Aber wer dieser spezielle Mal-Dynamann war, wußte Hook nicht. Er antwortete deshalb schlicht: »Nein.«

»Sie täten gut daran, mich mit Sir anzureden.«

Hook hüllte sich in Schweigen. Stokes hob die Plastik-Keule, doch Kaston winkte ihm mit einem Tentakel ab. Der Dynamann schaltete seinen Bildschirm ein. Erneut rollten die Informationen ab, und Kaston begann, laut vorzulesen.

»Ryder Hook, geboren auf der Erde als sogenannter Homo sapiens am Laubtag Sechstausendundfünfundachtzig ...«

»Das ist Ihre Zeitrechnung«, unterbrach Hook.« Nach dem Kalender der alten Erde wurde ich am ersten Januar des Jahres Einhundert-Null-Eins geboren.«

»Zehntausendundeins.« Kaston hatte bis zum heutigen Tag durch seine Tätigkeit bei Interstell-Imp so viel Macht an sich gerafft, daß er sich über seine Toleranz oft selbst wunderte und sich fragte, ob es wirklich nichts anderes als ein Katz- und-Maus-Spiel war. »Ein Jammer, daß ihr Terraner eure Zeit in der Galaxis nicht besser genutzt habt.«

Hook blickte ihm ruhig ins Gesicht und sammelte Eindrücke. Der Mann stand auf der Höhe des Lebens. Er hatte den Entschluß gefaßt, ein Dynamann zu werden, weil ihm die metallenen Arme eine ungeheure Kraft und das die Beine ersetzende Antigrav-System eine nicht zu ermüdende Schnelligkeit gaben. Folglich war dieser Mann gefährlich.

»Ich habe hier ein Dossier über Sie, Hook. Sie sind meinem Konglomerat wohlbekannt. Sie waren Angestellter des Interstellaren Raketen-Konsortiums. Sie meldeten sich freiwillig für ein gewisses Projekt der IRK. Soviel ich weiß, sollten damit schwächliche menschliche Wesen wie Sie für Arbeiten auf Planeten mit hoher Schwerkraft umgestaltet werden.«

»Das ist richtig.« Hook erinnerte sich nur zu gut daran, wie man ihn zur Teilnahme an dem Projekt gezwungen hatte. Er war beim Interstellaren Raketen-Konsortium nicht so vorangekommen, wie es seiner Meinung nach hätte sein müssen. Er war ebenso klug, so wendig und so aufmerksam gewesen wie jeder beliebige andere unter seinen Kameraden, und trotzdem waren seine Freunde in gute Stellungen aufgerückt, und er hatte weiter zusammen mit den Anfängern die untergeordneten Arbeiten im Elektronik-Büro tun müssen. »Allerdings überrascht es mich, daß Sie es wissen. Ich hatte angenommen, es sei streng geheim gehalten worden.«

Kaston lachte hämisch. »Geheimsachen haben ihren Preis wie alles andere auch. Ihr Vater war Elektronik-Fachmann auf Raumhäfen. Ihre Mutter war vor ihrer Heirat Schauspielerin.« Kaston nickte in Richtung des Schirms, der ihm die Daten übermittelte. »Hier heißt es, sie sei eine vielversprechende junge Schauspielerin gewesen.«

»So wurde mir auch gesagt.«

»Sie haben einen Bruder und eine Schwester, beide jünger als Sie. Ihr Vater kam bei einem Unfall auf seinem Raumhafen ums Leben. Darüber liegt nur wenig an Information vor.«

»Das ist weiter nicht verwunderlich.« In Hook stieg die Erinnerung an die langen, qualvollen Tage auf, als er herumgelaufen war und überall Fragen gestellt hatte und nichts als höfliche Ausflüchte erfuhr. Mit dem Tod seines Vaters war irgendein Geheimnis verbunden, über das nicht gesprochen werden durfte. Aber – sein Vater war tot. »Der Unfall wurde vertuscht.«

Kaston richtete seine Augen wieder auf den Schirm. »Wie ich hier lese, wurden Sie aus dem IRK-Projekt hinausgeworfen.« Die dunklen Augen wanderten zu Hook zurück und durchbohrten ihn. Jedgar Kaston sah in seinem Kokon aus wie ein von Lampen beleuchteter Buddha in einem goldenen Alkoven. »Aus welchem Grund?«

Hook versagte sich ein Achselzucken. Aber diese Geste wäre eine gute Antwort auf die Frage gewesen. »Ich habe keine Ahnung. An mir wurden die üblichen Eingriffe vorgenommen – ich nehme an, die Einzelheiten über die mit dem Projekt verbundenen Maßnahmen liegen Ihnen vor –, und dann sagte man mir, es seien unerwünschte Nebeneffekte aufgetreten, und entließ mich.«

»Sie waren ein Fehlschlag.«

»Offenbar war das die Meinung des IRK.«

»Sie traten in die Armee der Erde ein. Es hat einige Schwierigkeiten bereitet, über diesen Abschnitt Ihres Lebens Informationen zu bekommen. Jedenfalls beendeten Sie Ihre Ausbildung und nahmen während des Bendola-Aufstands an Kampfhandlungen teil.«

»Ja.«

Diesem Mal war es gelungen, Hooks Aufmerksamkeit völlig zu fesseln. Er wußte eine Menge. Hook fragte sich, wieviel er darüber wußte, was in der Armee der Erde mit ihm geschehen war. Kannte der Dynamann Jack Kinch?

Jedgar Kaston war nun zum Schluß der wesentlichen Informationen gekommen, die er über Ryder Hook besaß. Er war jedoch ein Mann, für den bei jeder Tätigkeit Bluff und Intrigen eine Notwendigkeit waren. Deshalb fuhr er mit großer Sicherheit fort: »Danach wurden Sie zu einem Ärgernis. Sie hatten Schwierigkeiten mit verschiedenen Konglomeraten. Keinem haben Sie jemals angehört. Deshalb tragen Sie auch keine Kreditkarte am Handgelenk. Sie haben überhaupt keine Kreditkarte irgendeiner Art. Und als Einzelgänger haben Sie einen Haß auf diejenigen, die Sie verschmäht haben, entwickelt.«

»Ich hasse niemanden«, stellte Ryder Hook fest.

»Sie sind auf diesen Planeten gekommen, weil Sie Unruhe stiften wollten.«

»Ich kam als Überlebender eines Schiffsbruchs. Diese Halunken der Regierung von Lerdun behandelten uns …«

»Sie behandelten Sie ganz den gesetzlichen Vorschriften entsprechend. Ich habe es zu meinem persönlichen Anliegen gemacht, mich über alles auf dem laufenden zu halten, was auf Lerdun vorgeht, Taynor Hook. Es hat mich beeindruckt, wie Sie die Rettungskapsel gelandet haben. Jedoch hinterher haben Sie sich mit unglaublicher Naivität benommen.«

»Sind Sie schon einmal ein Vertragsarbeiter – ein Sklave gewesen?«

Auf diese Frage hin hob Stokes erneut seine Keule, und wieder winkte Kaston ihm ab.

Stokes ließ deutlich erkennen, daß er nur zu gern zugeschlagen hätte.

»Warum erlauben Sie mir nicht, ihm etwas Respekt für Sie einzubleuen, Manager Kaston, Sir?«

Hook merkte sich das gut.

»Taynor Hook empfindet bereits großen Respekt für mich, Stokes, und auch für die Macht, die ich in Händen halte. Er weiß, daß ich ihn da, wo er steht, rösten kann.«

Hook war nicht entgangen, daß sich unter dem Rand des transparenten Kokon-Deckels eine Anzahl von Mündungen befand. Ohne sich lange mit Überlegungen aufzuhalten, aus welcher Öffnung was abgefeuert werden konnte und welche Waffen dort eingebaut waren, hatte er sich bereits genau zurechtgelegt, wie er sie unterlaufen konnte, wenn es sich als notwendig erweisen sollte, diesem Manager Kaston die Hände um die Kehle zu legen.

»Wie Sie sehen, bin ich ein Dynamann. Kommen wir zurück auf das IRK-Projekt. Ich stelle mir vor, daß das Endprodukt der Eingriffe ebenfalls eine Art von Dynamann werden sollte. Kann es sein, daß Sie die Behandlung nicht zu beenden wünschten?«

»So ist es«, antwortete Hook, und wieder log er. »Wer möchte denn schon ohne Arme und Beine herumlaufen?«

Hook, der Kaston genau beobachtete, mußte dem Dynamann einen Punkt gutschreiben. Der planetare Manager reagierte nicht einmal mit einem Wimperzucken auf die Verhöhnung. Er beugte sich nur vor und legte mit seinem linken Tentakel zwei Schalter auf seiner orange-braunen Konsole um. Das Filmbild, das die ganze Zeit auf der Wand geflimmert hatte, die im rechten Winkel zu den mit Vorhängen verdunkelten Fenstern stand, wurde langsam ausgeblendet. Hook hatte sich die ohne Ton ablaufende Szene angesehen. Sie zeigte einen sich hoch und schroff vor dem Himmel erhebenden Vulkan kurz vor der Explosion.

Jetzt verschwand der Vulkan der Feuer und Lava ausspie, kurz innehielt, von neuem begann und immer so weitermachen würde. Offensichtlich stand dieser Vulkan von dem mit einem prunkvollen Bilderrahmen eingefaßten Schirm, und an seiner Stelle erschien ein tanzendes Schaschmir-Mädchen. Sie bestand ganz aus langen weißen Beinen und unmöglichen Brüsten und Hüften. An den Fußknöcheln trug sie Glöckchen, die, als Kaston den Ton einschaltete, ein zartes Klingeln von sich gaben. Die Tänzerin drehte und wand ihren Körper auf laszive Weise. Hook mochte Frauen lieber, die so gebaut waren, wie es auf der alten Erde üblich war. Er richtete den Blick wieder auf Kaston.

»Sie bemitleiden mich, Ryder Hook?«

»Ich bemitleide niemanden.«

Im Gesprächston erklärte Kaston: »Der Energieschirm, der zwei Meter vor diesem Schreibtisch angebracht ist, hält ein Geschoß oder einen menschlichen Körper nicht nur auf, Hook. Er zerstört sie. Das nur zu Ihrer Information.«

Hook gab keine Antwort darauf. Er hatte die Erfahrung gemacht, daß Schweigen sich oft besser auszahlte als das Heraussprudeln unüberlegter Worte.

Kaston stellte die Musik lauter. Fremdartige Saiteninstrumente näselten eine stark erotisch gefärbte Begleitung zu den sich windenden Gliedern und den hüpfenden Brüsten des tanzenden Mädchens. Ein Paneel der am anderen Ende des Raums liegenden Wand glitt zur Seite, und ein Schaschmir-Mädchen glitt herein. Sie sah wie die Zwillingsschwester der Tänzerin auf dem Bildschirm aus.

»Tanz, Shirie«, befahl Jedgar Kaston lächelnd.

Das Mädchen tanzte. Hooks Interesse war nur gering. Er hatte sich nie für so übertrieben proportionierte Frauen erwärmen können. Daß diese Shirie tanzen konnte, stand außer Frage. Sie spitzte ihre üppigen, weichen Lippen in Richtung Kastons und äugelte mit Hook, als sie sich an ihm vorbeischlängelte. Auf ein Tentakel-Fingerschnippen Kastons hin glitt sie näher an den planetaren Manager heran. Sie nahm ihren Weg durch ein Paar roter Pfeile auf dem Fußboden. Hook betrachtete diese Pfeile. Während Shirie Kaston umtanzte, ihre Nase an seinem Gesicht rieb und vor ihm paradierte, verkündete Kaston, dem Hooks Blick nicht entgangen war: »Ich hatte den Schirm gesenkt. Sie würden gebraten werden, wenn Sie versuchten durchzugehen.«

Jetzt machte sich Shirie an die Arbeit. Ihre Zunge war sehr geschäftig, ihr üppiger Körper war innerhalb des schützenden Kokons eng an Kastons Torso gepreßt. Kaston öffnete die Abschirmung vorn. Stokes, der neben Hook stand, wischte sich die Stirn ab, und dann fuhr er mit einem Finger innen um den Kragen seiner rostfarbenen Jacke.

Kastons Tentakel streichelten das Mädchen. Seine intimen Berührungen entlockten ihr lustvolle Seufzer – ob sie echt oder vorgetäuscht waren, wußte Hook nicht, und es interessierte ihn auch nicht. Er verstand, was Kaston im Sinn hatte, und wenn sein Verlangen danach, dieser Kreatur auf den Kopf zu hauen und wie der Blitz hier zu verschwinden, nicht so übermächtig gewesen wäre, hätte er den Dynamann seiner Unverschämtheit wegen bewundern können.

»Nun, Ryder Hook, bemitleiden Sie mich noch immer?«

Hook beherrschte den in ihm aufsteigenden Zorn. Zorn war ein zu leichter Ausweg und zu verräterisch.

»Ich habe Ihnen bereits gesagt, daß ich niemanden bemitleide.«

»Ich finde doch, Sie sollten mich Sir nenne. Stokes! Bringen Sie ihn in die Disziplinierungszelle. Und Hook, hören Sie zu. Ich habe Ihnen einen Vorschlag zu machen, der Ihnen Gelegenheit bietet, sich selbst zu helfen, indem Sie mir helfen. Wenn man Sie zu mir zurückbringt, werden Sie in einer ... empfänglicheren Stimmung dafür sein.«

»Raus«, kommandierte Stokes und berührte Hook leicht mit der Keule. Ein wenig von dem Paralyse-Gummi biß in seinen linken Arm, und das Glied hing nutzlos herab. »Raus, Terraner!«

Hook drehte sich zu Kaston um. Der Dynamann hatte Shiries goldene Brustschalen gelöst, und seine Tentakel vermittelten ihm offenbar alle Empfindungen, die ein normaler Mal mit seinen sechs Fingern spüren konnte. Mit einem seiner Metallarme hob er Shirie hoch, und sie schmiegte sich an ihn und kicherte. Als sich die Falttüren schlossen, sah Hook, daß Jedgar Kaston – zumindest in dieser Beziehung – tatsächlich kein Mitleid brauchte.

Ryder Hook wußte, was eine Disziplinierungszelle war.

Stokes führte ihn zu dem gepanzerten Roboter, der die Matallkabel löste. Hook rieb sich die Beine mit der rechten Hand. Das Zurückkehren der Blutzirkulation bereitete ihm Schmerzen, die er nicht verbarg. Sein linker Arm hing herab, als gehöre er gar nicht zu seinem Körper. Stokes lachte. »Hältst du das schon für Schmerzen, Gonil? Warte mal ab, wie dir die Disziplinierungszelle schmecken wird. Haha!«

Hook ließ sich nicht provozieren, bis sie vor der Disziplinierungszelle standen. Er wollte den richtigen Augenblick abpassen.

Der Eingang war aus Schädeln errichtet worden. Dieser Einfall konnte Hook nicht schrecken. Symbole haben nur dann Macht, wenn sie verstanden werden, und selbst in diesem Fall muß dazukommen, daß ein ängstliches Gehirn dem Verstehen erlaubt, sich einzufressen und festzusetzen. Hinter dem Eingang lag die Zelle unter rubinroter Beleuchtung, völlig leer, wartend, lebend.

Hook trat Stokes gegen den Knöchel.

Stokes bewies, daß seine Reflexe ausgezeichnet funktionierten, indem er Hook über den Hinterkopf schlug, ohne lange nachzudenken.

Hook fiel bewußtlos auf den rubinrot angestrahlten Fußboden.

Ochram Koltner schürzte die Lippen und machte: »Ts, ts, ts.«

Wie Kaston, sein Vorgesetzter, war Ochram Koltner ein Mal. Er besaß die hohen, schrägen Backenknochen, die weit auseinanderstanden, in den äußeren Winkeln nach oben gezogenen Augen eines Hexenmeisters, die borstigen Haare und die röhrenförmigen Ohren. Sein plumper Körper war in einen aus einem Stück bestehenden, rubinroten Anzug aus Metallgewebe gekleidet. Von dem schwarzen Gürtel um die umfangreiche Leibesmitte pendelten eine große Zahl der verschiedenartigsten Instrumente, die Wunder der Wissenschaft waren und höchst grausamen Zwekken dienten.

»Sie sind ein rechter Dummkopf, Stokes. Wie kann die Zelle diesen Affen disziplinieren, wenn er so weg ist wie ein betrunkener Raummatrose in einem Bordell? Glauben Sie, Manager Kaston wird Sie für diese Heldentat befördern?«

Stokes' Mund war plötzlich trocken geworden.

»Er hat mich angesprungen! Sie haben es gesehen. Ich mußte ihn schlagen, sonst ...«

»Er hat Sie herausgefordert, ihn zu schlagen.« Ochram Koltner rollte eins seiner röhrenförmigen Ohren zwischen den Fingern, eine Geste, die für Mals charakteristisch war. »Das ist ein schlauer Hund. Aber es wird ihm nichts nützen. Er soll zu Manager Kaston zurückgebracht werden, wenn er diszipliniert worden ist. Ich kann warten.« Er berührte Hooks bewegungslosen Körper mit einem Plastikschuh. Dann trat er zu. Er grunzte. Jetzt hatte er seinen Gefühlen Luft gemacht.

Nachdem Koltner etwa drei Stunden gewartet hatte, erwachte Hook und fand sich allein und nackt in der Mitte des rubinroten Fußbodens sitzen. Er hatte Schmerzen. Aber er konnte seine Arme und Beine fühlen und außerdem das Dröhnen seines Kopfes, was eine Gratiszugabe zu dem Schlag mit dem Paralyse-Knüppel war. Hook fluchte. Entweder war er zu schlau oder Stokes zu dumm gewesen. Er hatte damit gerechnet, der Gorilla würde seinen anderen Arm lähmen oder ein Bein, so daß er einen kleinen Vorteil hatte, wenn er der Disziplinierung unterzogen wurden.

Aber der Blödmann hatte ihn bewußtlos geschlagen.

Und jetzt war er hier, nackt wie am Tag seiner Geburt auf der weit entfernten Erde, und fürchtete sich vor dem, was ihm bevorstand.

Ohne Vorwarnung begann die Folter.

IX

Durch Ryder Hooks Kopf brauste die Stimme des Instrukteurs, den er als junger Mann gehabt hatte. »Natürlich ist die Wissenschaft nur ein Werkzeug, aber es muß mit Intelligenz benutzt werden. Denn wie man sich an einem Messer schneiden kann, kann sich auch die Wissenschaft gegen den Mann wenden, der sie als Werkzeug in die Hand nimmt.«

»Oder in den Tentakel, Sir!« zirpte der junge Tearik und fuchtelte mit seinen eigenen sechs Tentakeln ärgerlich in der warmen Luft des Unterrichtsraums herum.

»Das Interstellare Raketen-Konsortium, bei dem wir alle unser Heil suchen, hat Ihnen viel Gutes getan, Tearik der

Jüngere«, mahnte der Instrukteur vorwurfsvoll. »Wir wissen ebensogut wie Sie, daß Werkzeuge auch dann ausrutschen können, wenn sie von sechs Tentakeln festgehalten werden.«

Daraufhin brach die Klasse zu Teariks Mißvergnügen in wieherndes Gelächter aus.

Ryder Hook schwebte friedlich auf einer azurblauen Wolke. Unter ihm lag die Zukunft und über ihm die Vergangenheit und zu beiden Seiten die unbekannte Galaxis.

Warum hatte er im IRK nicht ebensolchen Erfolg gehabt wie seine Klassenkameraden? Warum bekam er immer die langweiligen Routinearbeiten, bei denen kein Ruhm zu gewinnen war? Der kleine Tearik zum Beispiel war heute schon als Berater für planetare Bodenschätze halb durch den heimatlichen Spiralarm gereist. »Sie werden sich zu dem Projekt melden, Ryder Hook!« Und diesem Befehl waren Monate der Plage und der Schmerzen gefolgt. Die medizinischen Wissenschaftler des IRK änderten seine Körperzellen, und seine Knochen und Muskeln nahmen die Eigenschaften lebenden Stahls an. »Sie werden sich zur Spezialausbildung melden, Sergeant Jack Kinch!« Darauf war er monatelang immer wieder auf den Operationstisch gekommen, und man hatte ihm die organischen Synapsen in den Schädel gepflanzt, die auch die besten elektronischen Sonden von der Gehirnstruktur nicht unterscheiden konnten.

Die Armee der Erde verlangte von ihm eine ebenso große Loyalität, wie eine zivile Wirtschaftsorganisation sie bei ihren Mitgliedern und Angestellten voraussetzte. Eine Agententätigkeit für die Erde galt als eine große und heilige Mission. Nur hatte er noch nicht entdeckt, wo dabei die Herrlichkeit verborgen war.

Ryder Hook schrie.

Er war nicht auf der Erde, er war nicht im Kampfgebiet des Bendola-Aufstands. Sein Verstand war ein eigenständiges Lebewesen, das durch Szenen und Ereignisse seines früheren Lebens gejagt wurde. Jack Kinch? Ein berüchtigter Meuchelmörder, Sir, der am Galgen baumeln sollte! Jack

Kinch? Ein gefährlicher Mensch, Sir – falls er überhaupt ein Mensch ist. Man sollte ihn kurzweg erschießen.

Ryder Hook schrie.

Viele planetare Manager zitterten, wenn der Name Jack Kinch fiel. Viele Spitzenleute von Multisystem-Regierungen hätten sich am liebsten verkrochen, wenn sie hörten, Jack Kinch solle auf einem ihrer Planeten gelandet sein. Jack Kinch? Jack Kinch war nicht Ryder Hook. Das war ganz ausgeschlossen. Ryder Hook war ein Versager, ein Mann, der von den Projektmännern gejagt wurde, ein Mann, über den das Todesurteil bereits gesprochen war. Ryder Hook war ein galaktischer Abenteurer. Jack Kinch war ein berühmter galaktischer Attentäter.

»Nein!« schrie Ryder Hook, als der Schmerz immer stärker wurde und sein eigenes Gehirn sich gegen ihn wandte und ihn mit Reue und Verzweiflung folterte und mit Auflösung bedrohte.

Kurz bevor das Stadium erreicht war, in dem das Entsetzen über sich selbst die Persönlichkeit ausgelöscht hätte, ließ die Disziplinierungszelle, die sich in den Eingeweiden der Interstell-Imp-Agentur auf Lerdun befand, von Ryder Hook ab. Die das Gehirn beeinflussenden Stromkreise erstarben. Ryder Hook konnte seine überströmenden Augen öffnen und aus den grauenhaften Tiefen nach oben an das Licht und die geistige Gesundheit schwimmen.

»Hat's Spaß gemacht, Terraner?«

Ochram Koltner lachte und rollte seine Ohrröhre zwischen den Fingern.

»Wenn nicht mir, dann doch dir, du Bastard!«

»Das kann ich wohl sagen«, gackerte Koltner. »Das kann ich wohl sagen.«

Der rubinrote Fußboden wurde rotbraun und verdunkelte sich dann ganz. Stokes schlich auf leisen Sohlen näher und zog Hook aus der Zelle. Hook fühlte sich, als seien alle seine Knochen gebrochen und sein Blut habe sich in einen schwarzen Pudding verwandelt. Er taumelte hinter dem Gorilla her, und ihm folgte der Operateur der Disziplinierungszelle. Er hatte sich trefflich unterhalten, und er bedauerte nur, daß ihm dieser Erdenmann nun aus den sechsfingrigen Händen genommen war.

Was Hook in jener Zelle erlitten hatte, konnte nur er selbst wissen, denn alles, was ihn gequält und gefoltert hatte, war durch die pervertierte Anwendung von wissenschaftlichen Methoden seinem eigenen Unterbewußtsein entlockt und ihm in peinigender Weise vor Augen geführt worden. Ein dummer Fehler, den er als Junge gemacht hatte, ein schmerzhafter Unfall, eine strenge Bestrafung – alle diese häßlichen Erinnerungen waren normalerweise tief unter der bewußten Schicht des Denkens vergraben. Diese verdammte Disziplinierungszelle ließ sie reihenweise auferstehen und sich von neuem abspielen, als geschehe das alles hier und jetzt. Reue, Schmerz, Scham und Qual überfluteten das Gehirn. Es war kein Wunder, daß Ochram Koltner oft schreiende Wracks aus der Zelle zog, deren Gehirne die Folter nicht länger hatten aushalten können und die dem Wahnsinn verfallen waren.

»Dieser Terraner scheint zäh zu sein«, sagte Koltner nachdenklich zu Stokes. »Ich hätte ihn gern ein bißchen länger in der Zelle gehabt. Meine Disziplin hätte ihn zerbrochen.«

»Ihre Disziplin, Koltner?« Stokes hatte anfangs gezittert, sein unüberlegtes Handeln, als er Hook über den Kopf schlug, könne böse Folgen für ihn selbst haben. Jetzt hatte er seine Angst überwunden. Er hatte sich gesagt, Manager Kaston sei ja in der Zwischenzeit beschäftigt gewesen und die Verzögerung habe nichts ausgemacht. Jetzt dachte er nur daran, seinen prahlerischen Mal-Kollegen ein wenig zu dämpfen.

»Es ist nicht Ihre Disziplin, Koltner. Die Zelle macht das allein. Sie ist lebendig.«

»Das ist schon richtig«, stimmte Koltner zu. Er war auf seine Disziplinierungszelle so stolz, daß Stokes es gar nicht fertigbrachte, ihn zu kränken. »Übrigens bin ich froh, daß ich nicht weiß, was es war, das diesen Burschen zum Schreien gebracht hat.«

»Ich möchte es lieber auch nicht wissen«, erwiderte Stokes und gab Hook einen Tritt, um ihn zu schnellerem Gehen anzuspornen.

Hook war schon einmal in einer Disziplinierungszelle gefoltert worden, und theoretisch wußte er sehr gut, wie man die Nachwirkungen überwinden konnte. Das Problem war, die Theorien in die Praxis umzusetzen. Er atmete tief durch, bewegte seine Muskeln und zwang sich, einigen der Dinge, die er da drin durchgemacht – wieder durchgemacht – hatte, fest ins Auge zu blicken und sie auf diese Weise ins tiefste Unterbewußtsein zurückzustoßen, wo sie hingehörten.

Als sie den langen Gang hinter sich hatten, fühlte er sich einigermaßen wieder als sein wirkliches Selbst, als Ryder Hook. Koltner blieb an der Ecke stehen und sagte zu Stokes: »Jetzt gehört er ganz Ihnen, Stokes. Wenn Manager Kaston beschließt, ihn zu mir zurückzuschicken, dann ...«

Er beendete den Satz nicht.

Hooks nackter Fuß traf ihn in die Lenden. Noch bevor er einen Entsetzensschrei ausstoßen konnte, wirbelte Hook herum und boxte Stokes in den Unterleib. Beide Angriffe hatte er gut berechnet. Stokes und Koltner krümmten sich, aber sie fielen nicht zu Boden. Sie waren immer noch fähig, weitere Schläge entgegenzunehmen, und Hook versorgte sie damit. Wieder und wieder schlug er zu. Und doch tat er es nicht, weil es ihm Freude machte. Hook war kein Heiliger, und er wußte, was Haß war. So ein gesunder, ehrlicher Haß war gut. Aber die Freude daran, anderen Lebewesen Schmerz zuzufügen, war verkehrt, und er fühlte nichts dergleichen. Nein, er verabscheute den Schmerz, ob er ihn nun erlitt oder selbst austeilte. In der modernen Galaxis hatte Gewalttätigkeit etwas Obszönes. Wenn Hook trotzdem auf Stokes und Koltner einschlug, dann nur aus dem Grund, daß kein Mensch und kein Mal Ryder Hook unter die Füße treten sollte, ohne belehrt zu werden, daß das eine Dummheit gewesen war.

Kurz bevor Ochram Koltner das Bewußtsein verlor, beugte Hook sich zu seinem blutigen, zerschlagenen Körper nieder und flüsterte in eins der Röhrenohren. »Ich fürchte mich nicht mehr vor deiner Disziplinierungszelle, du stinkender Hurensohn. Alles, was sie mir antun kann, hat sie mir bereits angetan.«

Dann wischte er das Blut von Stokes' Ohr und teilte ihm leise mit: »Das nächste Mal, Stokes, werde ich dich vielleicht töten und dich von deiner Jämmerlichkeit befreien.«

Er ging durch den Korridor davon.

Er machte sich nicht einmal die Mühe, Stokes' Paralyseknüppel mitzunehmen. Diese letzte Bemerkung war keine Drohung gewesen. Hook hatte schon vor langer Zeit erkannt, daß man durch Drohungen für gewöhnlich das Gegenteil seiner Absichten erreichte. Sofortiges Handeln war viel besser. Aber diese Worte waren so eine Art Marmelade auf das Brot gewesen.

Gemächlich spazierte er weiter bis zu dem gepanzerten Roboter. Das Ding wurde wach, und ein rotes Licht begann wie wild zu flackern. Es streckte seine Tentakel aus, in denen es die metallenen Kabel hielt. Hook ergriff sie. So schnell, daß sich die Fesseln in Fäden gesponnenen Lichts verwandelten, warf er sie über die Tentakel des Roboters und verschlang sie fest. Seine Faust fuhr auf das rote Licht nieder. Der Roboter quiekte und versuchte zu sagen: »Dafür werden Sie diszipliniert ...« Dann ging es weiter: »Diszipliniert – krrr – krrr – quiek ...« Hook hatte nämlich die Abdeckplatte weggerissen, tauchte mit den Händen in das Innere der Maschine und riß ein wirres Knäuel von Drähten heraus. Er warf es auf den Fußboden. Wie hoch mochte der Schaden in Metallgeld sein, den er soeben gestiftet hatte? Er wußte es nicht, und er dachte auch nicht weiter darüber nach.

Er trat durch die scharlachroten, mit Edelsteinen besetzten Falttüren.

In dem silbrigen Energiefeld-Kokon hockte eine dreidimensionale Projektion von Jedgar Kaston. Abgesehen von Hook selbst befand sich kein lebendes Wesen in dem Raum.

»Sehr eindrucksvoll, Taynor Hook. Es freut mich, daß Sie Koltner nicht getötet haben. Er ist ein Mal. Was Stokes betrifft – eine Zeit als Vertragsarbeiter wird ihn vielleicht anspornen, sich hinterher mehr Mühe zu geben.«

»Spreche ich mit diesem Ding?« erkundigte sich Hook und wies auf die Projektion. »Oder haben Sie Angst, sich in Person zu zeigen?«

»Hohn prallt von mir ab, Taynor Hook. Ich bemerke, daß Sie mich immer noch nicht mit Sir anreden.«

Hook ignorierte die Bemerkung und nahm das Gespräch an der Stelle wieder auf, wo Kaston es vorher unterbrochen hatte.

»Sie erwähnten ein Angebot.«

Kaston, der sich unten in seinen Räumen im Herzen des Agenturgebäudes aufhielt, ließ ein Lächeln über sein Gesicht huschen, und die Projektion gab den Ausdruck getreulich wieder. Seine Räume waren so vulgär und protzig eingerichtet, daß er sich manchmal fragte, ob er nicht lieber seine Ohren stutzen und ein Mönch werden solle. Ein halbnacktes Erdenmädchen zupfte Beeren von einer Weintraube und stopfte sie mit ihren rosigen Fingern in die Rattenfalle, die Kaston als Mund diente.

»Angebot?« fragte er. »Sie sind nicht in einer Lage, die es Ihnen erlauben würde, einen Handel irgendeiner Art abzuschließen. Ihnen bleibt gar nichts anderes übrig, als unverzüglich in eine meiner Gefängniszellen zu marschieren.«

»Man müßte mich hineintragen.«

»Ich glaube, das ließe sich machen.«

Hook faßte das als leere Drohung auf. Der Dynamann hatte irgend etwas mit ihm vor. Bestimmt gab es eine Arbeit zu tun, für die er keinen Angestellten von Interstell-Imp einsetzen wollte.

Jedgar Kaston überlegte noch. Zu neunundneunzig Prozent war er überzeugt, daß er richtig handelte, wenn er diesen wilden Erdenmann einspannte. War die Aufgabe, die er ihm übertragen wollte, überhaupt zu lösen, dann würde Ryder Hook es fertigbringen.

Er sagte es mit einfachen Worten.

»Ich habe da ein kleines, aber lästiges Problem mit GCC, und ich weiß eine Möglichkeit, wie ich die Leute vertreiben und ihren Kredit, ihre Kunden und ihr Absatzgebiet auf diesem Planeten übernehmen kann.«

»Na klar«, antwortete Hook. Er saß auf einem einbeinigen Stuhl, der für sein Gewicht und seine Gestalt geeignet war und sich automatisch so einstellte, daß er ihm die größte Bequemlichkeit lieferte. »So geht es immerzu. Die eine Wirtschaftsorganisation frißt die andere.«

»Natürlich. Sie werden bei GCC eindringen und gewisse Details ihrer planetaren Aktionen an sich nehmen. Mit Hilfe dieser Informationen kann ich GCC erledigen. Es versteht sich von selbst, daß Sie eine gute Belohnung erhalten werden.«

»Indem eine Tonota in meinem Rücken abgefeuert wird?«

»Sie haben mein Wort als Mal.«

Hook durchschaute ihn. Er wußte sehr gut, was das Wort eines Mal wert war – ungefähr soviel wie ein aerodynamisches Flugzeug im Weltraum. Aber er hatte sich eine Meinung darüber gebildet, wie weit er mit diesem Scheusal gehen konnte.

»Wenn man Sie erwischt, Hook, was durchaus möglich ist, wird es nichts geben, was Sie mit Interstell-Imp in Verbindung bringt. Nichts. Sie werden verstehen, daß es ein Unding ist, einen meiner eigenen Mals zu schicken. Und wenn ich einen Außenstehenden anheuere, bin ich dem skrupellosen Killer, der die Aufgabe übernimmt, auf Gnade und Ungnade ausgeliefert.«

»Ich brauche also nichts weiter zu tun, als bestimmte Unterlagen zu fotografieren?«

»So ist es, so ist es. Wenn Ihnen jedoch zufällig Nellinger über den Weg laufen sollte, erwarte ich natürlich, daß Sie – äh – mich von ihm ein für allemal befreien. Das liegt ja auf der Hand.«

Hook hörte auf zu lächeln. Das war eine Arbeit für Jack Kinch.

»Ganz klar. Nun, auf jeden Fall war es mir eine Ehre, daß Sie mir dies Angebot gemacht haben.«

»Ich glaube, Sie können es sich nicht leisten, dies Angebot, wie Sie es nennen, abzulehnen, Hook. Dann müßte ich Sie nämlich zum Schweigen bringen. Meine Disziplinierungszelle haben Sie schon kennengelernt. Ich habe auch noch andere Möglichkeiten, einen langsamen, qualvollen Tod herbeizuführen.«

»Das bezweifele ich nicht. Es paßt zu Ihnen.«

Ironie hatte auf Jedgar Kaston keine Wirkung. Er erläuterte, welche Maßnahmen ergriffen werden müßten, um Hook zu verkleiden, ihn mit einer tadellos gefälschten Kreditkarte auszurüsten und ihn bei GCC einzuschleusen. Die Agentur der Wirtschaftsorganisation befand sich in Pearlhampton, der Hauptstadt von Lerdun.

»Noch etwas, Mr. Hook ...«

»Taynor«, korrigierte Hook, ohne nachzudenken.

Dieses eine einzige Mal hatte Hook das sichere Gefühl, er habe sich gegen den planetaren Manager durchsetzen können.

»Noch etwas, Taynor Hook. Ich möchte Sie darauf aufmerksam machen, daß sich Tayniss Pera Sotherton während der Zeit, in der Sie meinen Auftrag ausführen, meiner Gastfreundschaft erfreut. Sollten Sie mich enttäuschen, werde ich mich ihrer mit besonderer Sorgfalt annehmen.« Kaston schnippte mit einem Tentakel. In seinem Gemach glitt Shirie von einem Lotterbett und erschien als zweite dreidimensionale Projektion neben dem Dynamann. Kaston begann, sie mit seinen Tentakeln zu befingern. »Ich bin überzeugt, daß ich nicht noch deutlicher zu werden brauche.«

Hook hielt die Lippen fest verschlossen. Diesem Schurken mit Bitten oder Vorstellungen zu kommen, war nicht nur sinnlos, es war lächerlich. Und wenn er zu bluffen versuchte und antwortete: »Mir ist verdammt egal, was Sie mit dem Mädchen anstellen«, dann mochte er Kaston dazu treiben, seine Wut an Pera auszulassen. Im Augenblick hatte der Dynamann keinen Grund, Pera anders als mit seiner falschen Höflichkeit zu behandeln.

»Gut. Ich sehe, Sie fassen die Angelegenheit als Geschäftsmann auf, Taynor Hook«, lächelte Kaston.

»Gott verhüte, daß ich jemals ein Geschäftsmann werde!«

»Vielleicht ist das der Grund, warum Sie ein galaktischer Versager sind.«

X

Abel Klark, Elektronik-Techniker vierter Klasse – ein galaktischer Versager, wenn auch im Augenblick ein Pseudo-Angestellter von GCC –, ließ sich von dem stadteinwärts führenden Gleitband voran tragen. Er dachte darüber nach, wie schön es wäre, wenn er Shaeel jetzt bei sich in Pearlhampton hätte. Der Hermaphrodit war bei mehreren höchst illegalen und aufregenden Exkursionen mit ihm zusammen gewesen, und er hatte stets behauptet, so etwas mache ihm Spaß. Allerdings war Shaeel ebenso unberechenbar wie alle Mitglieder seiner Rasse, und er konnte zuweilen ein rechter Nervtöter sein.

Aber bei alledem war er ein ausgezeichneter Kundschafter, und Hook – den die an seinem Handgelenk befestigte beinahe perfekte Kreditkarte mit einer nagelneuen Identität als Abel Klark ausgestattet hatte – fühlte sich ohne ihn einsam. Nein, das konnte nicht sein. Er, der überzeugte Einzelgänger der Galaxis, konnte unmöglich Sehnsucht nach der Gesellschaft eines anderen Lebewesens haben. Es war wohl nur so, daß Ryder Hook bei einem gefährlichen Unternehmen fachmännische Hilfe zu schätzen wußte.

Hook ging auf dem Gleitband weiter und kam an anderen Menschen und Nichtmenschen vorbei, die einfach dastanden und sich transportieren ließen. Die Sonne schien, wenn es auch nicht die gute alte irdische Sonne war. Die Luft noch frisch und sauber. Auf den Fahrstraßen herrschte dichter Verkehr, aber die elektrischen Motoren waren nahezu geräuschlos und völlig frei von giftigen Abgasen. Überall erhoben sich hohe Gebäude, und zwischen ihnen schwangen sich Brückenstraßen und Gleitbänder durch die Luft. Das unterirdische Tunnelsystem, das jede große, moderne Stadt braucht, funktionierte reibungslos. Hook sah sich die Stadt mit Vergnügen an.

Kaston hatte ihn mit einem etwas klobigen Ohr-Lautsprecher und einem Kehlkopfmikrofon – einem nicht chirurgisch eingepflanzten, aber innerhalb des Halses getragenen – ausgerüstet, und Hook stand in ununterbrochener Verbindung mit der Interstell-Imp-Kontrolle in Cantacle. Ein Mal-Mädchen namens Elva saß augenblicklich am Funkgerät. Ihre Stimme verriet ebensoviel Härte und Tüchtigkeit wie bei jedem Mal. Hook hatte sich jedoch Mühe gegeben, sie mit einigen sarkastischen Bemerkungen zu erfreuen.

»Hook, Sie Idiot! Sie dürfen keine Aufmerksamkeit auf sich ziehen!«

Mit Hilfe eines Spionauges, das als ziemlich großer Knopf am Aufschlag seines Overalls festgemacht war, konnte sie sehen, wohin er ging. Verglichen mit den komplizierten organischen Implantationen, die ihm während seiner Zeit bei der Armee der Erde in den Schädel eingesetzt worden waren, befanden sich die ihm von Kaston gelieferten elektronischen Geräte auf dem Niveau von Hebel und Schraube. Aber sie würden genügen, solange er nicht in eine Situation geriet, bei der er durchsucht werden würde. Das zu vermeiden, lag bei ihm.

»Ich soll doch einen glücklichen, sorglosen Eindruck hervorrufen, Elva.«

Elva sprach zu ihm von Cantacle aus, und das war einen halben Planetenumfang von Pearlhampton entfernt. In der Hauptstadt sollte er Unterstützung von einem gewissen Churferen bekommen, einem Kollegen von Stokes. Churferen verfügte über einen Flieger und ein kleines Laboratorium, aber er mußte im Hintergrund bleiben.

»Sie werden noch so sorglos werden, daß Sie alles verderben.«

»Sind Sie besorgt um mich, Elva? Sie können Kaston melden, seine Investition sei noch nicht in Gefahr.«

Er blieb an einem Eckladen stehen, der von zwei Hauptstraßen aus zugänglich war und auf Antigravstützen schwebte. In aller Gemütsruhe kaufte Hook ein Plätzchen Stim-Gummi. Er wollte es nicht selbst kauen, doch es konnte sich auszahlen, wenn man ein Päckchen zur Hand hatte.

Elvas Gezeter knatterte gegen sein Trommelfell.

»Wagen Sie es nicht, Ihre Kreditkarte zu benutzen, Hook! Sie ist nicht durch ein Konto gedeckt. Die Polizei wird Sie auf der Stelle festnehmen. Machen Sie keinen Unsinn!«

Er bezahlte für das Stim-Gummi mit Metallmünzen und erntete einen argwöhnischen Blick von dem Mädchen, das die Ausgaberoboter kontrollierte.

»Nicht traurig sein, Süße«, riet er ihr im Weggehen. »Ich habe mit meiner Kreditkarte drei Ehefrauen zu unterhalten, und ich kann keine vierte brauchen.«

Dem Ladenmädchen blieb der Mund offenstehen, und Elvas Stimmte gellte in sein Ohr: »Schwachkopf! Idiot! Terranischer Hanswurst!«

»Und wenn ich jetzt mallische Schlampe sagen würde, wären Sie beleidigt, Elva. Sind Sie etwa schon beleidigt? Ihr Schweigen klingt auf einmal so ganz anders.«

Elva brauchte einige Zeit, bis sie sich wieder gefaßt hatte. Schließlich befahl sie: »Machen Sie mit Ihrer Arbeit weiter, Hook. Manager Kaston wird sich in die Verbindung einschalten, sobald Sie innerhalb des Gebäudes sind.«

»Dann sollten Sie die Verbindung inzwischen lieber nicht abreißen lassen, nicht wahr?«

»Verfluchter Erdenmensch«, erklärte sie mit essigsaurer Stimme.

Hook lachte nur. Vor ihm lag eine Arbeit, auf die er sich verstand, er war um Pera Sotherton nicht ernsthaft besorgt, er war fest entschlossen, sich nicht erwischen zu lassen – kurz gesagt, er fühlte sich wohl und genoß das Leben.

Hook wußte sehr genau, daß Kaston ihn hereinzulegen gedachte. Dies Scheusal war ganz sicher, daß er sich wieder bei Interstell-Imp einfinden werde, denn schließlich hatte er ja Pera Sotherton als Geisel. Nun, Hook hatte die Absicht, weder sich noch Pera abmurksen zu lassen. Manager Kaston würde noch einsehen, daß er Ryder Hook unterschätzt hatte.

War das eine Bande von Hampelmännern bei Interstell-Imp! Sie hatten ihm diese Kreditkarte gegeben, die zwar gefälscht war und einer genauen Nachprüfung nicht standhalten würde, aber vollauf genügte, um ihn mit heiler Haut durch die Gefahren dieses Tages zu bringen. Außerdem hatten sie ihm eine ausgezeichnete Verkleidung verschafft. Sie war weitaus besser als die Maske, die er in der Ruhekabine auf dem Raumhafen in Cantacle in aller Eile angelegt hatte. Er hatte schwarzes Haar, das in der bei qualifizierten Technikern üblichen modischen Art geschnitten war. Sein Teint war gelblich eingefärbt. Sein Gesicht wirkte lang und schmal und traurig. Er trug einen schicken limonengrünen Overall mit dem GCC-Emblem in Smaragdgrün und Knallrot auf dem Aufschlag, das das Spionauge verbarg. O ja, Interstell-Imp hatte ihn fein ausstaffiert.

In diesem Aufzug hätte er jederzeit an Bord eines Raumschiffes gehen können. Allerdings hatte er einen leisen Zweifel daran, ob die Kreditkarte auch die Kassier-Roboter eines Sternenschiffes täuschen konnte. Sie waren berüchtigt für ihre Gründlichkeit.

An einem langen Riemen über der linken Schulter trug er seine Werkzeugtasche. Kaston hatte sich dem Vorschlag widersetzt, ihm eine Ärmelwaffe – zum Beispiel eine Delling oder eine Parkat – zu geben. Er hatte die Meinung vertreten, eine große, alte, mit übermäßigem Zierat versehene Zag würde zu einem Techniker vierter Klasse am besten passen, und Hook hatte zugestimmt. Eine Zag, ganz gleich, welches Modell, feuerte ein Projektil ab, das nach modernen Begriffen in der Tat groß war, so etwa zwei Komma fünf Millimeter. Der auffällige Kolben und die Gravierungen auf den Seitenplatten, die lauter sich krümmende Drachen und Adler und Ungeheuer aus der Tiefe zeigten, entsprachen dem Geschmack eines Elektronik-Mannes, der sich eine Energiewaffe nicht leisten konnte.

Natürlich brauchte man heutzutage keine Waffe bei sich zu tragen. Doch wenn man es wollte, konnte man es tun. Hook würde nie vergessen, was sein Vater zu ihm gesagt hatte: »Junge, wenn du einmal erwachsen bist und eine Waffe bei dir trägst, sorge dafür, daß du damit auch umzugehen verstehst, halte sie sauber und sieh zu, daß du, solltest du sie einmal benutzen müssen, den anderen Kerl zuerst triffst. Willst du dir das merken?«

Hook hatte es sich gemerkt. Es war ein weiser Rat.

Die Versuchung war für Hook so etwas wie ein giftiges Reptil von einem fremden Planeten. Man mußte es beobachten und studieren und ging besser nicht zu nahe heran. Diese Sache durfte man weder auf die leichte Schulter nehmen, noch brauchte man Angst davor zu haben. Hook machte sich absolut nichts aus dem Spielen, dem Rauchen und dem Kauen von Stim-Gummi. Ab und zu trank er mal, aber seitdem er gesehen hatte, wie Ginger Lewis, ein alter Kamerad aus der Armee der Erde, in sinnlos betrunkenem Zustand zusammengeschossen wurde, auf blutigen Kniestümpfen über den Boden eines fremden Planeten kroch und seine Eingeweide hinter sich herschleppte, trank er niemals mehr auch nur einen Schluck zuviel. In benebeltem Zustand konnte man nicht einhundertundeinprozentig leistungsfähig sein, wie der Instrukteur für die Ausbildung in der Sondereinheit so richtig gesagt hatte.

Allerdings gestattete es ihm sein umgewandelter Metabolismus, die meisten Leute unter den Tisch zu trinken, eine ganze Nacht lang zu singen, zu grölen und zu spielen, zu rauchen wie ein Schornstein, Stim-Gummi zu kauen, bis sich ihm die Haare kräuselten, dabei auf jedem Knie ein Mädchen zu halten und am Morgen mit klarem Kopf hinauszugehen und die gerade anstehenden Probleme zu lösen.

So etwas brachte nur Ryder Hook fertig. Er bildete sich nichts darauf ein.

Als er auf der anderen Seite das Museum der Hauptstadt erblickte, konnte er nicht widerstehen und änderte seine bisher eingehaltene Richtung. Er betrat die Rolltreppe, die in das Gebäude hochführte. In den vollklimatisierten Räumen hing die ihm so vertraute leichte Muffigkeit. Er seufzte tief auf.

»Was ist los, Hook?« plärrte Elvas Stimme in seinem Ohr.

Der Lautsprecher hatte zwar nur die Größe eines Stecknadelkopfes, aber er gab einen gewaltigen Lärm von sich.

»Ich will mich hier nur einmal kurz umsehen.«

»Machen Sie, daß Sie wieder nach draußen kommen! Manager Kaston erwartet, daß Sie bis Mittag im GCC-Gebäude sind. Dann will er sich in die Verbindung einschalten.«

»Interessant«, sagte Hook. Er richtete das Spionauge innerhalb des GCC-Emblems auf das Skelett, das am hinteren Ende des Raums seine gebleichten Knochen in gewaltige Höhen streckte. Seine Länge war die von zwei Fliegern hintereinander. »Lassen Sie den Unsinn, Hook! Gehören Sie etwa zu den Schwachköpfen, die verrückt auf Museumsbesuche sind?«

»Ja«, antwortete Ryder Hook.

Museen stellten für ihn eine Versuchung dar, der er selten widerstehen konnte.

»Blöder Terraner! Manager Kaston wird sich gleich einschalten!«

»Na und? Dann bekommt er höchst fesselnde Dinge zu sehen. Zum Beispiel hier in diesem Schaukasten.« Hook trat näher heran und schob seine Werkzeugtasche zur Seite. »Dies Geschöpf ist vielleicht der Ureinwohner von Lerdun gewesen. Natürlich war das zu einer Zeit, als der Planet noch nicht so hieß und als noch niemand davon wußte, daß er existierte. Ungestört kreiste er damals um seine Sonne. Vielleicht hätte das Wesen hier sich zu einer Art von Menschen entwickelt, wenn …«

»Ich lebe hier, Hook. Das ist mein Planet.«

»Sicher, Elva. Gerade entdeckte ich ein Schild mit einer Erklärung. Da steht, daß das Geschöpf sich nicht an eine Eiszeit anpassen konnte, die vor etwa einer Million Jahren stattfand. Zu traurig.«

»Ich werde dafür sorgen, daß Sie traurig werden. Haben Sie schon mal ein Überlagerungswinseln im Ohr gehabt?«

»Versuchen Sie's, Elva, und bei Dirty Berti Bashtis Hosen werde ich dann den Lautsprecher aus meinem Ohr reißen und auch alle übrigen Geräte, mit denen Sie mich überwachen, wegwerfen. Haben Sie mich verstanden?«

Sie schäumte. Aber sie wußte genau, daß Hook seine Drohung wahrmachen würde.

Hook verbrachte drei angenehme Stunden in dem Museum. Für ihn war es das schönste Vergnügen, an einem solchen Ort ziellos herumzuwandern und seine Gedanken frei schweifen zu lassen, ohne nach einem bestimmten Ausstellungsstück zu suchen. An allem, was er sah, hatte er seine Freude. Sicher, dachte er, ich habe viele Laster. Ich bringe es nicht fertig, einen Schlag ruhig einzustecken. Ich kann sehr nachtragend sein, wenn ich mir nicht viel Mühe gebe, die mir zugefügte Beleidigung zu rationalisieren. Und ein weiteres Laster ist, daß ich keinem Museum widerstehen kann. Verglichen mit allem anderen ist das recht harmlos. Warum soll ich mir den Spaß nicht gönnen?

Pünktlich zur Mittagszeit war er wieder in der Eingangshalle.

Wie Elva mehrfach angekündigt hatte, schaltete Jedgar Kaston sich in die Verbindung ein. Das Mal-Mädchen schien ganz klein zu werden, als sie ihren Bericht abgab. Kastons Worte tropften in Hooks Ohr wie Eisklumpen.

»Taynor Hook. Darf ich Sie daran erinnern, daß Sie jetzt für mich arbeiten und daß ich Ergebnisse erwarte? Denken Sie an Tayniss Sotherton. Ich habe viel zu tun, und ...«

»Selbstverständlich haben Sie viel zu tun«, erwiderte Hook. Er richtete das Spionauge erneut auf das gewaltige Skelett des Dinosauriers. »Sehen Sie sich dies nette Tierchen mal an, Kaston. Es hatte seinerzeit auch viel zu tun. Und stellen Sie sich vor, in zweihundert Jährchen werden Sie genauso aussehen.«

Kaston antwortete nicht.

Hook lachte vor sich hin und spazierte hinaus in den mittäglichen Sonnenschein. Ohne Hast setzte er seinen Weg zum Gebäude der GCC-Agentur fort.

Hook glättete seine gerunzelte Stirn, als er das GCC-Gebäude durch einen Seiteneingang betrat.

Vor ihm lagen ganze Morgen eines aus synthetischem Marmor bestehenden Fußbodens, Eisenbahnstränge von Arbeitstischen, an denen es von Transaktionen und Abschlüssen, in die tausend Planeten einbezogen waren, summte. Es wimmelte von tüchtigen Robotern und hübschen Mädchen, die die augenblicklich beim GCC-Personal modernen kurzen Röcke und Umhänge trugen, von aufmerksamen Wachtposten, Gorillas mit ausdruckslosen Gesichtern, die alles und jedes kontrollierten. Das geschäftige Treiben erinnerte Hook an das sinnlose Hin- und Herhasten von Tieren in Käfigen. Er hatte all dem freiwillig den Rücken gekehrt und war dadurch ein Ausgestoßener, ein Paria, ein Einzelgänger in der Galaxis geworden.

Er war nicht der einzige. Es gab andere Wesen, Menschen und Nichtmenschen, die lieber keiner Wirtschaftsorganisation und keiner Systemregierung angehören wollten.

Der limonengrüne Overall mit dem stolz zur Schau getrtagenen Emblem ermöglichte es ihm, über den Marmorfußboden, vorbei an den langen Reihen der Tische und weiter in die hinteren Raume zu gehen, wo die Buchhaltungs- und Verwaltungsabteilungen lagen. Hook ließ den mit Samt besetzten Ärmel seines Overalls zurückgleiten, damit die an seinem Handgelenk befestigte Kreditkarte sichtbar wurde, und schlenderte ohne allzu großen Eifer dahin, wie es jeder Handwerker tun würde, der zur Ausführung einer Reparatur bestellt worden ist, sein Stim-Gummi kaut und auf den Feierabend wartet, wo er sich nach getaner Arbeit in die Vergnügungen der Großstadt stürzen kann.

Er hatte nichts im Mund, aber er kaute wie eine Kuh in dem Rhythmus, der dem Süchtigen schon gar nicht mehr bewußt ist.

Er bot das Päckchen dem Mädchen mit dem kurzen Rock und dem wallenden Umhang an, das an dem letzten Schreibtisch vor dem nach hinten führenden Gang saß.

»Welch ein Tag«, seufzte Hook. Er gähnte hinter vorgehaltener Hand. »Stock Dreißig-fünf. Irgendein Idiot hat es fertiggebracht, seinen Anschluß kaputtzukriegen.« Er betrachtete das Mädchen, ihr in Locken gelegtes blondes Haar und die Kurven unter der Wachsblumenbluse. »He, Schöne. Haben Sie heute abend schon etwas vor? Ich weiß ein Lokal, das ist ...«

»Aufzug Dreißig, Knallkopf.« Aber sie lächelte ihn an, und in ihrer Stimme klang Bedauern mit, als sie hinzufügte: »Ich bin schon verabredet – tut mir leid.«

»Der glückliche Bursche.« Ryder Hook meinte es beinahe ernst. Er schlenderte den Korridor hinunter. Aufzug Dreißig, ein Antigravschacht, brachte ihn schnell und geräuschlos ins Stockwerk Dreißig-fünf. Immer noch kauend, stand Hook in dem menschenleeren Gang und blickte nach links und nach rechts.

»Dieser Teil des Gebäudes wird nicht bewacht, Hook«, ertönte Kastons Stimme. »Ich habe die Konferenzen bei GCC abgehört, bis man mir auf die Schliche kam. Sie müssen weiter nach Stockwerk Sechzig.«

»Geht in Ordnung. Ich werde den Antigrav für Lieferanten nehmen. Das wird man von einem Elektronik-Mann vierter Klasse erwarten, oder?«

»Machen Sie weiter und hören Sie mit dem Geschwätz auf.«

Der Antigravschacht für Lieferanten hatte senkrecht nach oben und unten führende weiße Plastikwände.

Hook trat in die leere Luft und wurde nach oben getragen. Im sechzigsten Stockwerk stieg er mühelos wieder auf festen Boden – und sah in die Mündung einer Tonota Vierzig.

»Ja?« fragte der Gorilla. Er hatte ein blaues Kinn und blaue Augen und blaue Lippen. Er war kein Mensch. Er hatte vier Arme, die einen Brustkorb umschlingen und ohne Anstrengung zerquetschen konnten. Er trug einen limonengrünen Overall und das GCC-Emblem, und das war für Hook eine Beruhigung.

»Zum Zweiten Sekretär«, gab er Auskunft. »Sagt, sein Anschluß funktioniert nicht. Ich weiß nicht, wie die Büroleute das fertigbringen. Und dabei sind sie diejenigen, die die großen Gehälter kriegen.«

Der Gorilla steckte die Waffe weg. »Leute wie Sie und ich sind eben die Dummen. Da entlang. Melden Sie sich beim Empfang, ehe sie hineingehen. Andernfalls wird man Sie niederbrennen.«

»Das müssen die, wenn sie ihre Pflicht tun wollen. Die verdienen sich ihren Kredit auch durch harte Arbeit.«

»So ist es, und mir geht es genauso.«

Voller Gemütsruhe trottete Hook weiter. Er sagte: »Wenn dieser Nellinger mit Ihnen die geringste Ähnlichkeit hat, Kaston, verschanzt er sich hinter meterdickem Panzerstahl.«

»Besorgen Sie die Berichte. Wenn Sie die Chance bekommen, zuzuschlagen – dann schlagen Sie zu.«

Die Geräte, die Interstell-Imp ihm mitgegeben hatte – der Ohrlautsprecher, das Kehlkopfmikrofon und das Spionauge am Aufschlag – waren natürlich GCC-Artikel. Hook bemerkte: »Wahrscheinlich werden sie doch ihre eigenen Wellenlängen abhören. Wie können Sie sicher sein, daß nicht auch unser Gespräch mitgeschnitten wird? Ich glaube, Sie sind jetzt besser ruhig, Kaston.«

»Diese Wellenlängen werden sie nicht abhören, Hook. Machen Sie weiter.«

Hook ging den Korridor hinunter. Kastons Antwort löste bei ihm einige Überlegungen aus. Um seiner Rolle gerecht zu werden, blieb Hook einmal stehen und blickte zwei vorbeigehenden Sekretärinnen nach. Sie kicherten und eilten davon. Das warf die Frage auf, ob er sich im richtigen Stockwerk befand. Er hatte hier höhere Dienstgrade erwartet, zum Beispiel junge Damen auf dem Niveau von Pera Sotherton.

Er kam zum Empfang. Der Angestellte hinter dem Schreibtisch bemerkte ihn gar nicht. Seine Aufmerksamkeit war gänzlich auf den heimlich unter die Tischplatte geschmuggelten Fernsehapparat gerichtet, auf dem er das Finish des Mittagsrennens verfolgte. Für Hook war das eine wertvolle Beobachtung. Das Büro des Zweiten Sekretärs war durch ein Schild an der Tür deutlich gekennzeichnet. Hook polterte hinein, ohne anzuklopfen, und klapperte mit seinem Handwerkszeug.

Ein Mädchen mit säuerlichem Gesicht sah von ihrem Computer-Terminal hoch. Sie trug eine tief ausgeschnittene Bluse, die sich sich besser verkniffen hätte, und sie machte den Eindruck, als könne sie ihm Ärger bereiten.

»Ja?« fragte sie. »Lassen Sie das infernalische Klappern!«

»Jawohl, Madam. Ich soll einen Anschluß reparieren.« Hook blieb bei seiner Geschichte. »Ist es der hier?« Er näherte sich einem zweiten Computer-Terminal, das im Augenblick nicht in Betrieb war. Das Mädchen war offensichtlich erstaunt.

»Taynor Hoffder hat ihn gerade eben noch benutzt. Ich bin selbst so beschäftigt, daß ich nichts von einer Störung bemerkt habe.«

»Arbeiten Sie ruhig weiter. Ich werde im Nu fertig sein.«

Wenn sich das Gerät jetzt einschaltete, wenn Informationen auf dem Schirm erschienen und Bänder über den Schreibtisch gespuckt wurden, dann würde sich das Mädchen sicher erkundigen, was, zum Teufel, sein Eindringen hier zu bedeuten habe.

Schnell kippte Hook den »Aus«-Schalter, und die Gefahr war gebannt. »Wird Taynor Hoffder bald zurückkommen?« fragte er beiläufig.

»Ja, er wollte nur eben mal austreten. Da ist er schon.«

Die Tür öffnete sich, und ein Krif-Mann trat ein.

Hook seufzte.

Warum mußte es auch diesmal wieder ein Krif-Mann sein?

Dieser hier trug eine limonengrüne Jacke mit sehr viel Silber und eng geschnittene, blaß purpurfarbene Hosen, und er war zu jung, um der Zweite Sekretär sein zu können. Sein Gesicht zeigte die ganze Härte der Autorität, die Krif-

Männer überall in der Galaxis ihren Profit aus den Anstrengungen anderer Leute ziehen ließ.

»Ja?« fragte er. »Was gibt's?«

»Computer-Terminal funktioniert nicht. Ist tot wie eine ausgebrannte Glühbirne.«

»Das ist merkwürdig. Ich habe doch gerade – Haben Sie den Service angerufen, Tayniss Gertrud?«

»Nein, Sir. Sie ...«

Der Krif-Mann trug eine Ärmelwaffe. Hook wollte es gar nicht erst dazu kommen lassen, daß er sie zog. Er erklärte eilends:

»Jedenfalls funktioniert es nicht, aber ich werde für die Reparatur nicht lange brauchen.«

Er löste die Arretierung und klappte den Deckel zurück. Die Eingeweide des Terminals lagen vor seinen Augen. Natürlich waren sie völlig sauber und frei von Staub, denn dem Staub wurde hier kein Zutritt gestattet. Hook suchte in seiner Werkzeugtasche und förderte einen Leuchtschraubenzieher zutage. Er beugte sich über die dunkle Höhle und hielt den Schraubenzieher hoch. In diesem Augenblick sprach Hoffder, der Krif-Mann, ihn an. »Sie sollten lieber ...« Hook fuhr zusammen und ließ den Schraubenzieher in das Innere des Apparates fallen. Er sah, wie sich das Werkzeug in einer interessanten Zusammenstellung gedruckter Schaltungen verkeilte.

»Daran sind Sie schuld!« fuhr er den Krif-Mann an. »Sehen Sie sich das an! Nun haben wir einen schönen Kurzschluß!«

»Mir reicht's jetzt!« Der Krif-Mann zog die Waffe – oder vielmehr, die an die Nervenbahnen angeschlossene Elektronik ließ sie in seine Hand gleiten. Hook ging auf Tauchstation. Für einen Mann in leitender Stellung wie Hoffder war es eine ganz normale Reaktion auf ein verdächtiges Eindringen. Hook bekam einen der Stiefel des Krif-Mannes zu fassen und zog kräftig daran. Hoffder kippte nach hinten um. Gertrud schrie, das Gel-Mix spritzte gegen eine Vase mit Plastikblumen, und Hook verpaßte Hoffder noch einen Kinnhaken. Der Krif-Mann war vorläufig außer

Gefecht gesetzt. Hook drehte sich zu dem Mädchen um und sagte: »Bleiben Sie ganz ruhig, Tayniss ...«

Er erstarrte.

Tayniss Gertrud hatte ihre Handtasche geöffnet und einen niedlichen kleinen Bauchaufschlitzer herausgezogen. Ihr Finger wurde weiß am Abzug.

Die winzige Mündung zielte genau auf Hooks Unterleib.

Tayniss Gertrud drückte ab.

XI

Der Bauchaufschlitzer mochte ein zierliches Instrument für die Handtasche einer Dame sein, aber er erfüllte genau den Zweck, den sein Name andeutete. Aus der kleinen Mündung schoß eine gekrümmte Klinge, die sich während des Flugs um sich selbst drehte und ungeheuerlich ausdehnte. Sie konnte einem Mann den Bauch aufschlitzen und ihm Arme und Beine und den Kopf absäbeln, wenn er so dumm war, sich zu ducken. Hook warf sich flach auf den Boden und rollte zur Seite. Die wirbelnde Klinge fetzte ein Stück von der Schulterklappe seines Overalls ab, und limonengrüne Fragmente prasselten gegen die Wand wie Schrotkörner.

Im Magazin waren noch zwei weitere Klingen.

Hook sprang vorwärts, als Tayniss Gertrud zum zweitenmal abdrückte.

Er schlug den Bauchaufschlitzer nach oben. Die wirbelnde Klinge schnitt einen Kreis mit einem Durchmesser von zwei Metern aus der Decke, bis sie von der Panzerstahlplatte des darüberliegenden Stockwerks aufgehalten wurde.

Hook riß das Mädchen grob zur Seite. Die Klinge fiel von der Decke und umtanzte sie in einem vielfältig verschlungenen Todeskreis.

Er nahm den Bauchaufschlitzer an sich und richtete ihn auf Gertrud.

»Sie haben Verschiedenes, was sich absäbeln ließe, Ger ...«

Tayniss Gertrud öffnete den Mund und begann zu schreien.

Kastons Stimme dröhnte in Hooks Ohr.

»Töten Sie sie, Hook!«

»Ich glaube nicht, daß das notwenig ist«, antwortete Hook.

Er faßte mit der Hand nach ihrem Kopf, drückte ihr einen Fingerknöchel hinter das Ohr, und der Schrei brach ab. Sie sank in sich zusammen. Hook ließ sie auf den Teppich fallen. So sehr Gentleman, daß er sie aufgefangen hätte, war er wieder nicht.

Mit sechs Schritten war er an der Tür. Er stellte das Schloß auf »Zu« und drehte den Schalter für das Schild, das er unter der ganzen Sammlung für das geeignetste hielt. UNBESCHRÄNKTE ABWESENHEIT.

Wie lange konnte wohl ein Zweiter Sekretär abwesend sein, ohne den Zorn des Ersten Sekretärs hervorzurufen?

Ein Zweiter Sekretär stand ziemlich hoch in der Hierarchie. Eine ganze Wand war von Bildschirmen besetzt, auf denen die verschiedenen Büros zu sehen waren, die zum Sekretariat gehörten. Überall wurde eifrig und ohne aufzusehen gearbeitet, und bei der Mittagspause wechselten sich die Angestellten ab. Das war das Königreich, das der Zweite Sekretär überwachte. Taynor Hoffder war der Herrscher eines hübschen kleinen Teils des Agentur-Gebäudes. Hook richtete sein Spionauge auf das noch funktionierende Terminal.

»Geben Sie die Kodeworte durch, Kaston«, forderte er. »Und dann werden wir gleich sehen, ob dieser Bursche hoch genug steht, um Geheimdaten abrufen zu können.«

»Er müßte es können«, erklang Kastons Stimme. »Ich habe reich bezahlt, um die entsprechenden Personen herauszufinden.«

Hook verdeckte das Geschnatter, das aus dem Terminal

drang, und legte es in den Nebenschluß. Er wußte über das GCC-Computersystem Bescheid – er kannte die meisten, wenn auch nicht alle in der Galaxis benutzten Computersysteme –, und es machte ihm keine Schwierigkeiten, die einleitenden Fragen aufzusetzen. Kaston nannte ihm die Kodeworte, und Hook gab sie ein. Seine kraftvollen Hände flogen schneller über die Tasten, als es die meisten erstklassigen Sekretärinnen fertigbrachten.

Der Computer rülpste, und ein rotes Licht ging an.

»Haha!« kommentierte Hook. »Die Daten sind durch eine Sicherheitssperre geschützt.«

»Versuchen Sie es mit folgenden Schlüsselworten, Hook.« Kaston las eine neue Serie vor. Diesmal ging das rote Licht nicht an, und der Computer räumte mürrisch ein, er sei bereit, sich abfragen zu lassen. Hooks in dem GCC-Emblem verstecktes Spionauge war auf den Drucker gerichtet. Hook gab die letzten Befehle ein, und der Drukker begann, Zahlengruppen herunterzurasseln. Ebenso schnell, wie sie ausgedruckt wurden, würden sie in Jedgar Kastons Büro aufgenommen werden. Über Industriespionage dieser Art wußte Hook einiges, und ebenso hatte jeder Angestellte höheren Rangs in jeder beliebigen Wirtschaftsorganisation darin Erfahrung. Langsam wurde Hook die Sache langweilig. Er stellte auf »Stop«, löste das Spionauge vom Aufschlag und balancierte das Ding so aus, daß es die Daten auch ohne ihn aufnehmen konnte. Dann ließ er das Terminal weiterlaufen.

Indessen spazierte er im Büro umher.

Er sah auf Hoffder und Gertrud hinab. Hegten sie zarte Gefühle füreinander, die nie eine Gelegenheit bekommen hatten, sich zu entwickeln? Vielleicht. Hook zog Hoffder über den Fußboden und lehnte ihn in bequemer Stellung mit dem Rücken gegen die Wand. Er drapierte Gertrud künstlerisch über seinen Schoß und verflocht ihre Arme miteinander. Sie boten ein sehr hübsches Bild.

Dann sah er sich weiter um.

Andere Leute, die für die Situation, in der sie sich befanden, die Galaxis, ihren Planeten, dessen Bewohner, die

Umstände, das Schicksal, das Pech oder die ihnen vorenthaltene höhere Schulbildung, nur nicht sich selbst verantwortlich zu machen pflegten, hätten sich in diesem Augenblick wahrscheinlich die Haare gerauft und sich verzweifelt gefragt, was sie eigentlich in diesem Büro täten. Der Schauplatz war auch ganz gewiß für eine tiefschürfende Selbstanalyse mit unheilschwangeren Obertönen bestens geeignet. Hook dagegen ließ seine Augen aufmerksam umherschweifen und suchte nach seiner großen Chance.

Da oben in der Decke befand sich eine Panzerstahlplatte. Hook zweifelte nicht daran, daß er sie mit den Geräten aus seiner Werkzeugtasche durchbrechen könne. Aber wenn er dann ins nächste Stockwerk hinaufkletterte, mochte er von einer Schar Gorillas empfangen werden, die der Lärm herbeigelockt hatte und die nur darauf warteten, daß irgendein Dummkopf aus dem Loch auftauchte.

Aber irgendwie mußte er aus seiner Situation einen Vorteil herausschinden können. Es mußte ihm nur das Richtige einfallen.

Er stocherte in den Innereien des zweiten Terminals herum und fischte den Schraubenzieher heraus. Dann stellte er den Schalter auf »An« und fütterte aufs Geratewohl ein paar einfache Befehle ein. Das Terminal antwortete eilfertig. Der Computer selbst brauchte sich natürlich nicht im Keller des GCC-Gebäudes zu befinden. Er konnte Parseks weit entfernt auf einem Planeten sein, den GCC in einen einzigen, gewaltigen Computer-Komplex umgewandelt hatte. Doch das war einerlei. Hook kam zu Bewußtsein, daß er, der sich vor sich selbst immer mit seiner Bereitschaft zu schnellem Handeln brüstete, jetzt herumtrödelte. Er warf einen Blick auf das andere Terminal. Es spuckte immer noch Informationen aus. Kaston bekam wirklich etwas für sein Geld.

Hook dachte weiter nach.

Dann steckte er einen Finger in den Hals und riß das winzige Mikrofon heraus. Er entfernte den stecknadelkopfgroßen Lautsprecher aus seinem Ohr und steckte beide Geräte in einen Plastik-Umschlag. Primitive Konstruktionen waren das. Sie bestanden völlig aus anorganischem Material.

Das letzte, was er von Kaston hörte, während er den Lautsprecher entfernte, war: »Die Daten kommen tadellos hier an, Hook. Aber ich erwarte noch eine Menge mehr davon.«

Ryder Hook versuchte, kein rachsüchtiger Mann zu sein. Als er über das zweite Terminal Verbindung mit dem Computer aufnahm und die einleitenden Befehle eingab, wußte er ganz genau, daß er ein ganzes Rudel von Wachtposten alarmieren mochte, weil es auffallen konnte, daß er nicht vorschriftsmäßig vorging. Aber er war bereit, das Risiko einzugehen. Er arbeitete emsig und kam seinem Ziel, den Computer zu knacken, immer näher. Schließlich war es soweit, daß er die Forderung stellen konnte: »Alle vorhandenden Einzelheiten über Jedgar Kaston, planetarer Manager von Interstell-Imp für Lerdun.«

Jawohl, Hook versuchte, kein rachsüchtiger Mann zu sein.

Der Drucker hämmerte los, Zeile um Zeile an Informationen. Hook schaltete einen Mikro-Rekorder dazu und ließ die kleine Maschine alle Daten auf ein Hologramm, nicht größer als der Ohrlautsprecher, übertragen. Den Drucker brauchte er jetzt nicht mehr. Er schaltete ihn aus. Dann trat er einen Schritt zurück. Unwillkürlich verzogen sich seine dünnen Lippen zu einem Lächeln. Es war ein Glück, daß er sein Gesicht nicht im Spiegel sehen konnte, aber er wußte selbst, daß sich sein Lächeln nur als erschreckend bezeichnen ließ.

Der Computer gab alles von sich, was über Jedgar Kaston und Interstell-Imp in ihm gespeichert war, und er war damit ungefähr zu gleichen Zeit fertig wie das andere Terminal, vor dessen Drucker das Spionauge saß. Kaston hatte erhalten, was er über GCC zu wissen wünschte. Hook hatte erhalten, was GCC ihm über Kaston und Interstell-Imp erzählen konnte.

Interessant.

Jetzt mußte er wohl langsam an den Aufbruch denken.

Die Hand des Krif-Mannes war herabgesunken und ruhte in recht kompromittierender Weise auf Gertruds Körper. Hook machte beiden eine höfliche Verbeugung. Die Seiten mit den ausgedruckten Informationen über Kaston warf er in den Papierschlucker. Hook öffnete die Tür und stellte sie auf automatischen Verschluß ein.

»Schlaft gut, ihr Liebenden«, sagte er und knallte die Tür hinter sich zu.

Das Hologramm wanderte in das Schraubenloch im Kolben der Zag, und darüber drehte er die Schraube wieder hinein. Pfeifend schlenderte Hook durch den Gang zurück.

Zweifellos starrten Kaston und Elva in Cantacle auf einen leeren Schirm, denn das Spionauge zeigte nun nichts anderes mehr als das Taschenfutter in dem limonengrünen Overall. Sie mußten es längst aufgegeben haben, ihn zu rufen, denn alles, was sie sagten, würde in dem Plastikbeutel herumsurren und durch das Kehlkopfmikrofon auf sie zurückdonnern. Hook amüsierte sich über diese Vorstellung.

Es mußte ein diabolisches Geräusch sein.

Der Mann am Empfang löste seine Augen nur unwillig vom Finish des Zwei-Uhr-Rennens, aber er tat es doch und grunzte Hook zu.

»Fertig? Jetzt wird der Zweite Sekretär sicher gleich nach mir brüllen.«

»Oh, er ist im Augenblick sehr beschäftigt«, antwortete Hook fröhlich. »Er und seine Sekretärin. Aber der Anschluß ist wieder in Ordnung.«

Doch schon zog das Rennen wieder die Aufmerksamkeit des Mannes auf sich, und Hook ging pfeifend weiter.

Ein Techniker in einem Overall mit dem richtigen Emblem darauf kann ganz ungehindert in sämtlichen Büros herumwandern. Als sei er vom Tag seiner Geburt an ein Teil von GCC gewesen, betrat Hook einen Raum, plauderte mit einigen der Mädchen – nur eine davon war Terranerin, und sie war ziemlich häßlich – und machte es sich hinter einem Leseschirm bequem. Sobald er mit Kopf und Schultern innerhalb der Haube war, konnte er unbeobachtet das

Hologramm aus der Zag herausholen. Er projizierte die Informationen auf den Schirm. Sie waren außerordentlich interessant. Hook war so gefesselt, daß er die Nase kraus zog und sich das Kinn rieb. Wenn Kaston wüßte, was GCC alles über ihn zusammengetragen hatte, würde er toben vor Wut – und vor Angst. Da waren Einzelheiten über Interstell-Imps illegalen Handel mit menschlichen Sklaven – GCC würde natürlich nie etwas dagegen unternehmen, denn diese Wirtschaftsorganisation war in der gleichen Branche tätig, und nur auf diese Weise war sie zu den Berichten gekommen. Hook hatte eine ganze Reihe von Sicherheitssperren umgangen, indem er den Computer vom Büro des Zweiten Sekretärs aus befragte. Hoffder stand nur drei Stufen unter dem Mann, für den sämtliche Daten frei zugänglich waren. Je länger Hook las, desto aufgeregter wurde er. Das war Dynamit. Mit diesen Informationen konnte jedes beliebige andere Multisystem-Konglomerat auf Lerdun Fuß fassen, sowohl GCC als auch Interstell-Imp verjagen und ihre Absatzgebiete, ihre Kontakte und ihre Kunden übernehmen. Aber Ryder Hook war ein Einzelgänger.

Als er genug gelesen hatte, um zu wissen, daß er ein Vermögen in Händen hielt, verstaute er das Hologramm wieder im Schraubenloch der Zag.

Sollte Jedgar Kaston sich einbilden, daß Ryder Hook nun hingehen und Nellinger über den Haufen schießen würde, dann war Jedgar Kaston ein Idiot der Klasse A.

Nur zu dem Zweck, eine Geschichte bereit zu haben, falls er eine brauchen sollte, machte er beim Empfang dieses Stockwerks – es war das siebenundvierzigste – noch einmal Halt und benutzte das Haustelefon.

»Manager Nellinger?« sagte der Roboter in Beantwortung seiner Frage. »Er ist schon den ganzen Vormittag außer Haus, aber er wird jeden Augenblick zurückerwartet.«

»Damit bin ich außer Obligo«, stellte Hook fest und unterbrach die Verbindung.

Er hatte nichts weiter mehr zu tun, als mit Churferens

Flieger zu Interstell-Imp zurückzukehren und Pera abzuholen. Er würde das Metallgeld in Empfang nehmen, das Kaston ihm zusätzlich zu einer Fahrkarte, mit der er den Planeten verlassen konnte, versprochen hatte. Alles war in bester Ordnung.

So wie Ryder Hook nun einmal war, entschied er sich, vorher noch eine verdammt gute Mahlzeit im GCC-Gebäude einzunehmen.

Andere an seiner Stelle wären mit qualmenden Absätzen zum Ausgang gestürzt und hätten nicht eher wieder frei geatmet, bis sie einen Häuserblock zwischen sich und das GCC-Gebäude gelegt hatten. Hook schlenderte hinunter in die Techniker-Kantine im zwanzigsten Stockwerk. Erwartungsvoll leckte er sich die Lippen.

Die Kantine war alle achtundzwanzig Stunden des Tages von Lerdun in Betrieb. Hmm! Die Auswahl umfaßte erstaunlich viele und verschiedenartige Gerichte. Man brauchte nur zu wählen zwischen den Delikatessen von hunderttausenden Planeten, dem Besten aus den Küchen ebenso vieler Planetensysteme. Es hatte nichts zu sagen, daß Speisen, die nicht von Lerdun stammten, auf synthetische Weise hergestellt waren. Synthetische Nahrung – aus Algen, aus Gräsern, aus Bäumen – hatte die alte Erde während Perioden der Bevölkerungsexplosion mehr als einmal vor dem Hungertod gerettet. Sobald es gelungen war, Energie aus der Kernfusion zu gewinnen, und später, als die Energie der Sterne selbst angezapft wurde, waren alle Versorgungsprobleme gelöst. Hook suchte sich ein Forvash-Steak mit Zwiebeln und Beilagen aus, und das Wissen, daß es noch Sekunden, bevor es im Ausgabeschlitz erschien, Bestandteil eines großen Kessels mit Grundsubstanzen gewesen war, aus denen jedes dieser mehr als hunderttausend Gerichte fabriziert werden konnte, störte ihn nicht im geringsten. Das Steak schmeckte köstlich, und es enthielt alle Proteine und Vitamine, die er brauchte.

Der rote Wein, den er als Getränk gewählt hatte, stammte aus einem großen Faß mit Alkohol, und während die Flasche, die für ihn abgefüllt worden war, im Antigravschacht nach oben stieg, war der Wein gereift und hatte sein köstliches Aroma entwickelt.

Hook genoß sein wohlverdientes Mittagessen ebenso wie damals das Frühstück aus richtigem Fleisch und richtigen Eiern. Auf einem Planeten, wo es keine Hühner gab – in dieser erstaunlichen Galaxis kam auch das vor –, wurden die Eier synthetisch hergestellt, und niemand konnte den Unterschied zu einem Ei, das am selben Morgen frisch gelegt worden war, herausschmecken.

Zur Herstellung von Eiweißstoffen waren nicht einmal organische Substanzen notwendig, denn die Polymere konnten aus Meerwasser und Dreck und Steinen gesponnen werden, und für eine Entwicklung, zu der die Natur Jahrmillionen gebraucht hatte, waren nur ein paar Sekunden notwendig.

Hook wischte sich den Mund mit der Serviette ab, legte sie neben den Teller und fühlte sich mit der Galaxis weit mehr in Frieden als vor dem Essen.

Hoffder und Gertrud würden jetzt bald aufwachen. Wenn Hook jemanden schlafen legte, wußte er bis auf Minuten genau, wie lange die Betäubung dauerte. Er hoffte, es würde ihnen, bevor sie sich entwirrten, zum Bewußtsein kommen, daß dies der Beginn einer schönen Freundschaft war. Er sollte sich jetzt lieber auf die Socken machen. Die Mahlzeit war sehr gut gewesen. Hooks Magen war zufriedengestellt, aber das bedeutete nicht, daß sein Gehirn schläfrig wurde. Er war immer noch wachsam und sprungbereit.

Wie er da so ruhig am Tisch saß, lief plötzlich ein Vibrieren durch seine organo-metallischen Knochen wie ein elektrischer Strom.

Seine Muskeln spannten sich an, seine Nervenenden empfingen Milliarden von Botschaften, sein Gehirn begann mit fast übermenschlicher Geschwindigkeit zu arbeiten. Wie er dieses Gefühl, das ihn mit Haut und Haaren ergriff, fürchtete! Wie er nach diesem Gefühl hungerte, wie er es entbehrt hatte!

Ein Projektmann war in dem Bereich gegenseitigen Einflusses erschienen.

Ein Projektmann war ganz in der Nähe!

Hook stand vom Tisch auf. Er konnte jetzt, da die Nähe des Projektmannes ihn beeinflußte, in einem Tempo zum Ausgang gehen, das sein eigener Körper als gemächlich empfand, während er dabei doch Obacht geben mußte, daß sein limonengrüner Overall durch die Reibung nicht in Flammen aufging. Und die Leute in der Kantine würden scheinbar leblos dasitzen. Sie würden ihn nicht einmal bemerken und ihre Existenz auf einer Ebene fortsetzen, wo jede Bewegung sehr viel langsamer erfolgte, als es nun für Hook normal war. Sein Gehirn raste. Nur wenige Computer hätten mit der Schnelligkeit seiner Gedanken Schritt halten können. Ein Projektmann! Er erkannte sofort, daß dieser Projektmann kein anderer sein konnte als Nellinger, der planetare Manager von GCC.

Jetzt sah die Sache ganz anders aus.

Jetzt war Hook in unmittelbarer Lebensgefahr.

Vielleicht wußten die Projektmänner von Ryder Hooks Existenz, vielleicht auch nicht. Darüber hatte Hook keine Gewißheit. Fest stand nur, sie wußten, er war der erste Freiwillige für das Projekt des Interstellaren Raketen-Konsortiums gewesen und schimpflich daraus entlassen worden. Sie hatten sich der Behandlung nach ihm unterzogen und waren bis zum Ende dabeigeblieben, und sie waren dadurch in etwas verwandelt worden, das man nicht länger mehr »Mensch« nennen konnte.

Hook war auf halbem Wege zum Ziele steckengeblieben.

Die Körper der Projektmänner waren vollständig umgestaltet worden. O ja, sie sahen äußerlich immer noch wie menschliche Wesen aus, aber ihre Skelette bestanden fast vollständig aus Metall, und ihre Muskeln und ihre Körperfunktionen waren auf ein übermenschliches Leistungsniveau hinaufgetrieben worden. Sie waren eine Rasse für sich geworden, diese Projektmänner, und sie hatten das Interstellare Raketen-Konsortium übernommen, und Hook wußte, sie hatten die Absicht, in der Galaxis alles und jedes zu übernehmen, was sie nur konnten.

An Hook war die Prozedur ausprobiert worden, er war das Meerschweinchen gewesen, an dem man experimentiert hatte, um festzustellen, ob das Projekt durchführbar war. Nicht einmal er selbst hatte herausgefunden, welche Nebenwirkungen dabei auftraten. Aber er war hinausgeworfen worden. Er wußte, daß er blitzschnelle Reflexe besaß und daß sein Gehirn mit phänomenaler Geschwindigkeit arbeitete. Trotzdem war er kein Supermann. Er war ein normaler Mensch geblieben, nur war er ein besonders zäher und entschlossener, ein tollkühner, besessener, geschickter und gewitzter Mensch.

Die speziellen Fähigkeiten, die ihm die Nähe eines Projektmannes vermittelte, hatte Ryder Hook sonst nicht. Sie erwachten nur bei Gelegenheiten wie dieser zum Leben, als Nellinger – es mußte Nellinger sein! – die kritische Grenze überschritten hatte. Es war so ähnlich wie mit zwei aufeinander abgestimmten Kristallen, die zu vibrieren beginnen, wenn man sie zusammenführt. Sobald Hook in die Nähe eines Projektmannes geriet, wurde er selbst zu einem Projektmann. Es war ein Gefühl, das er fürchtete und liebte, was er verabscheute und nach dem er lechzte.

Prometheus, der aus den Flammen in die Flammen geworfen wurde!

Tantalus, der in alle Ewigkeit nach Kräften strebte, die aus ihm einen Teufel oder einen Gott machen würden!

Alles, was ein Projektmann konnte, konnte Hook auch. Er konnte mit unglaublicher Geschwindigkeit komplizierte Überlegungen anstellen, er konnte sich mit so rasender Schnelligkeit bewegen, daß normale Menschen ihn nicht einmal wahrnahmen, er verfügte über ungeheuerliche Körperkräfte, sein Wahrnehmungsvermögen erhielt eine übermenschliche Schärfe und Reichweite – aber immer nur dann, wenn er in die Nähe eines dieser Projektmänner geriet. Und jeder einzelne dieser neuen Menschenrasse war von fanatischem Haß gegen ihn und sein Ziel, das er in kleinen Einzelaktionen zu erreichen versuchte, erfüllt.

Das bedeutete, daß Ryder Hook, sobald er Kräfte erlangte, die ihn für normale Menschen unverwundbar machten, in höchster Lebensgefahr durch die Projektmänner war. Er konnte das berauschende Gefühl niemals auskosten. Er war zu sofortigem Handeln gezwungen.

Zur Hölle mit den Projektmännern! Sie hatten ein Dutzend Planeten im Z'dorangia-System ruiniert. Eine Milliarde intelligenter, fühlender Lebewesen war auf Sterkness und auf Janitra vernichtet worden. Wohin die Projektmänner auch kamen, brachten sie Tod und Verderben mit sich. Sie verfügten über eine Armee von Sklaven, die nur noch seelenlose Zombies waren, so sehr hatte ihnen die Furcht jede Würde und jeden eigenen Willen genommen. Hook wußte viel über das Leid, das die Projektmänner vom Tag ihrer Schöpfung an über die Galaxis gebracht hatten – und er, Ryder Hook, war ihr Vorläufer! Aber – er war eben nur zur Hälfte ein Projektmann. Mit aller Demut erkannte er, daß er mindestens zur Hälfte noch menschlich war.

Er ging ganz langsam und vorsichtig aus der Techniker-Kantine. Er konnte spüren, in welcher Richtung der Projektmann sich befand. Diese Richtung schlug er ein. Sein Weg führte durch ein Foyer und vorbei an Antigravschächten, Korridore hinunter, die von dem grünlichen Licht erfüllt waren, das die Beleuchtungsexperten hierzulande bevorzugten, vorbei an Lagerräumen, von Stockwerk zu Stockwerk, höher und höher. Er folgte dem Magneten, von dem jedes Atom seines umgewandelten Selbst angezogen wurde.

Als das Interstellare Raketen-Konsortium die Projektmänner schuf, hatte niemand unter den leitenden Beamten und den Wissenschaftlern Phantasie genug gehabt, um sich vorzustellen, wozu sie fähig sein würden. Die Projektmänner hatten sich mit ebensolcher Unausweichlichkeit an die Stelle der bisherigen Führungsspitze gesetzt, wie der Tag der Nacht folgt. Nein, Hook mußte das Bild korrigieren, auch wenn er das IRK, das durch seine Dummheit alles Unheil heraufbeschworen hatte, noch so sehr haßte.

Die Ära der Projektmänner war hereingebrochen, wie die Nacht dem Tag folgt.

Jetzt war ein Projektmann hier auf Lerdun, und er war der hiesige planetare Manager von GCC. Das konnte nur eins bedeuten. GCC bereitete einen Angriff auf Interstell-Imp und alle anderen Multisystem-Konglomerate vor, die auf Lerdun Fuß gefaßt hatten – zum höheren Ruhm der Projektmänner und ihrer dunklen Ziele, aber nicht für das arme, auf der Strecke gebliebene IRK. Und dabei hatte es einmal zu den stolzesten Wirtschaftorganisationen der Galaxis gehört.

Hook war bekannt, daß die Projektmänner sich selbst gern die Nova-Männer nannten.

In einem kurzen Gang zwischen Arkaden mit Läden auf der einen und einem zum Freizeit-Komplex gehörenden Swimming-pool auf der anderen Seite kam Hook endlich ein Mensch entgegen. Es mußte unbedingt ein Homo sapiens sein. Hook wäre es zuwider gewesen, sich als Krif-Mann zu verkleiden oder als Mal mit Plastik-Röhrenohren und einem bis zum geht nicht mehr in die Länge gezogenen Gesicht. Das einfachste war wirklich, er suchte sich einen Homo sapiens terranischer Abstammung.

Er packte den Mann am Arm.

»Was wollen Sie von mir, Sie Lümmel?« konnte der Mann noch fragen. Schon hatte Hook ihm den Fingerknöchel hinter das Ohr gedrückt. Er zog ihn in einen Waschraum. Drinnen machte sich Hook sofort an die Arbeit. Normalerweise, wenn er nicht über die Fähigkeiten eines Projektmannes verfügte, hätte er vielleicht zehn Sekunden zum Überlegen gebraucht. Jetzt war sein Plan fix und fertig, ehe eine meßbare Zeitspanne vergangen war.

Seine Werkzeugtasche beherbergte auch eine Schachtel mit Gesichtsgel, falschen Haaren und Kosmetika. Auch diesmal machte er sich nicht die Mühe, seine Augenfarbe zu ändern. Er ließ sie bei ihrem natürlichen strahlenden Braun. Ansonsten verwandelte er sich in eine passable Imitation des Mannes, der bewußtlos vor ihm auf dem Boden lag. Hook zog seinen limonengrünen Overall aus und verstaute den Inhalt seiner Taschen in der ausgestellten, aus limonengrünem Metallgewebe bestehenden Jacke des Mannes. Limonengrüne Hose wurden in Hooks eigene schwarze Stiefel gestopft. Er sah sich das Abzeichen des Mannes an. Es mußte einen höheren Rang als den eines Technikers bezeichnen, denn es war viel prächtiger als sein eigenes. Die Kreditkarte, die fest mit dem Handgelenk verbunden war, konnte er natürlich nicht an sich nehmen, aber sie verriet ihm, daß der Mann ein Abteilungsleiter war und sich mit dem Verkauf von Farben und Chemikalien befaßte. Die Geschwindigkeit, mit der Hook sich nun, da er zum Projektmann geworden war, bewegte, erlaubte es ihm, die Delling vom rechten Arm seines Opfers zu entfernen und die elektronischen Anschlüsse mit seinen eigenen Nervenbahnen zu verbinden. Er probierte seine Waffe dreimal aus, und jedesmal glitt sie mit größter Präzision schußfertig in seine Hand, der Abzug nur um Haaresbreite vom Finger entfernt.

Es war verständlich, daß der Bursche eine Gel-Mix-Waffe benutzte, denn er trug Kleidung aus Metallgewebe, und das schützte den Träger davor, von dieser grauenhaften kleinen Pistole zerschmolzen zu werden. Nur sein Gesicht und seine Hände waren ungeschützt. Vermutlich hing der Hut des Mannes auf seinem gewöhnlichen Haken, und das bewies allen, die nach ihm suchen mochten, daß er das GCC-Gebäude nicht verlassen hatte. Aber das konnte Hook gleichgültig sein. Er nahm alles aus seiner Werkzeugtasche, was er eventuell brauchen würde, und verstaute die Tasche selbst oben auf einer Toilettenkabine. Den Mann band er auf dem Sitz fest, und an der Tür stellte er das »Besetzt«-Zeichen ein.

Als Hook wieder auf den kurzen Gang hinaustrat, wäre es jedem zufälligen Beobachter so vorgekommen, als sei er sofort nach dem Betreten des Waschraums wieder umgekehrt.

Hook zupfte sich die breiten Aufschläge der Jacke zurecht und wandte sich entschlossen dem Aufzug für leitende Angestellte zu.

Er mußte einen gewissen Nellinger einen Besuch abstatten – Nellinger, einem Projektmann.

XII

Das Metallgewebe seines neuen Anzugs verbrannte auch bei der Geschwindigkeit, mit der Hook sich jetzt bewegte, nicht. Er mußte Nellinger töten, wenn er sein eigenes Leben retten wollte. Das war der einzige Grund, den er hatte, abgesehen von der natürlichen Reaktion angesichts eines Ungeheuers, das alles vernichtete, was ihm in den Weg kam.

Ganz ohne sein eigenes Zutun verwandelte er sich in Jack Kinch. Jack Kinch hatte nur wenige Attentate in der ganzen Galaxis ausgeführt, und doch war sein Name zu einem Synonym für das Unmögliche geworden. Hook verabscheute die bloße Vorstellung des Mordes. Aber Köpfe, die zu jener Zeit klüger gewesen waren als sein eigener, hatten ihn überzeugt, daß es zum allgemeinen Wohl manchmal notwendig sein konnte, einen einzelnen zu beseitigen, und daß ein politisches Attentat kein Mord sei. Hooks Einwand, man beseitige dadurch doch nur das eine Übel, um ein anderes an seine Stelle treten zu lassen, war mit der Behauptung widerlegt worden, es genüge vollauf, wenn das nächste Übel ein kleineres als das vorhergehende darstelle.

»So lange, bis niemand mehr übrig ist?« hatte Hook mit berechtigtem Sarkasmus gefragt.

»Soll das heißen, Sie glauben nicht daran, daß es in der Galaxis auch rechtschaffene Männer gibt?« hatte die Gegenfrage gelautet.

Nun, Hook hatte darüber seine eigene Meinung.

Er stieg so langsam, wie es ihm möglich war, in einen Kabinenaufzug. Ein Riffianer fragte: »Wer sind sie, Taynor?« und öffnete schon den Mund, um Alarm zu geben.

Mit einer Geschwindigkeit, die ihn für alle normalen Augen unsichtbar machte, drückte Hook jedem der sieben Leute im Aufzug den Finger hinter das Ohr, und sie fielen bewußtlos um. Im Sicherheitsstockwerk stieg er schnell aus.

Alle Personen im Aufzug wären zu Tode erschrocken gewesen, wenn sie gewußt hätten, daß sich Jack Kinch unter ihnen befunden hatte.

Das Sicherheitstockwerk schützte die darüberliegenden Etagen, wo Nellinger residierte.

Hook sauste hindurch, ohne auch nur gesehen zu werden.

Am Ende des Korridors schlug er den Glasdeckel über der Alarmkontrolle ein und stellte den Alarm ab. Die Gorillas, die hier herumsaßen und ihre Waffen polierten und die Bildschirm-Nachrichten lasen und sich auf ihren Fernsehgeräten die Rennen ansahen, konnten natürlich sehen, daß das Glas zersplitterte und die Scherben zu Boden fielen. Doch bis sie es wahrgenommen hatten und die Wahrnehmung bis in ihr Gehirn gelangt war, würde Hook entweder längst als Sieger zurückgekommen und an ihnen vorbei sein – oder er würde niemals mehr zurückkommen. Dann hatte der Projektmann ihn getötet.

Es gab nur einen einzigen Menschen, der ihn jetzt noch aufhalten konnte – Nellinger, der Nova-Mann.

Die alte ironische Tatsache galt auch hier: Der eine Mann, der ihn aufhalten konnte, war der eine Mann, der sein Ziel war. Niemand sonst zählte.

Hook raste durch sybaritischen Luxus. Er sah Menschen und Nichtmenschen, die der Entspannung und dem Vergnügen nachgingen und für seine Augen zur Bewegungslosigkeit erstarrt waren. Wie ein Sternenschiff mit Überlichtgeschwindigkeit auf seinem Weg die Sterne zurückläßt, schoß Hook an ihnen vorüber.

Es war ein kleines Risiko dabei, daß er den Alarm ausgeschaltet hatte. Ein Projektmann – und Hook war jetzt durch und durch ein Projektmann, obwohl er sich selbst niemals einen Nova-Mann nennen würde – hätte das gar nicht nötig gehabt. Er konnte an den Wachtposten vorbeigehen, erledigen, was er sich vorgenommen hatte, und wieder zurück sein, bevor der Alarm ausgelöst wurde und zu schrillen begann.

Aber Hook hatte seine Gründe.

Er hatte verschiedene Pläne parat, und welchen er ausführen würde, hing davon ab, bei welcher Tätigkeit er Nellinger antraf. Der planetare Manager konnte hundert verschiedene Dinge tun. Vielleicht war er gerade mit etwas so Alltäglichem wie dem Unterschreiben seiner Post beschäftigt, vielleicht wälzte er sich mit einer hübschen Sekretärin im Bett herum.

Natürlich bewegte sich Nellinger, wenn Hook auf ihn traf, im normalem Zeitmaß, und deshalb mußte Hook auch rechtzeitig langsamer werden, um ihn nicht zu alarmieren. Denn im Gegensatz zu allen anderen Menschen würde Nellinger mit seinem überscharfen Wahrnehmungsvermögen einen zweiten Projektmann, der sich mit Höchstgeschwindigkeit näherte, erkennen. Dies Problem wurde in Hooks Gehirn in Mikrosekunden aufgeworfen, bedacht und gelöst.

Die letzte Tür vor dem Allerheiligsten war eine Gleittür, die durch ein Elektronenauge betrieben wurde. Wäre Hook einfach durch den Strahl gerannt, dann wäre er eher an die geschlossene Tür gestoßen, als diese sich öffnen konnte. Deshalb setzte er seine Geschwindigkeit herab. Er passierte den Strahl, und die Tür begann, zur Seite zu gleiten.

Der Wachtposten – ein Krif-Mann mit einer gebrochenen Nase, die er stolz wie ein Ehrenzeichen trug – glotzte ihn an.

»Wo kommen Sie denn her?« fragte er fassungslos.

Hook schaltete ihn aus, ging wieder auf volle Geschwindigkeit und raste durch die Tür.

Wenn er weiterhin so schnell blieb wie augenblicklich, würde die Tür für ihn lange, lange Zeit aufbleiben.

Giftiges Ungeziefer trat man tot, und ebenso mußte man einen Projektmann behandeln, ein böses Wesen, das in der Galaxis alles zerstörte, was gut und voller Leben war. Hook hatte nicht den geringsten Zweifel daran, was die Projektmänner mit ihm tun würden, wenn sie ihn erwischten.

Hook kam an eine neue Tür. Sie wurde von drei Gestalten bewacht. Der erste Wachtposten war ein Homo sapiens, der zweite ein Krif-Mann, der dritte ein La'chorit.

Hook ging wieder langsam.

Drei Waffen erschienen – die erste in einer fünffingrigen menschlichen Hand, die zweite in der fünffingrigen Tatze eines Krif-Mannes, die dritte im Griff eines Tentakels. Hook behielt sie alle drei im Auge. In dem Sekundenbruchteil, als die Abzüge beinahe – beinahe – durchgedrückt waren und gleich der Kontakt hergestellt sein mußte, beschleunigte er. Langsam näherten sich ihm ein Feuerstrahl aus einer Tonota Vierzig und – mit deutlichem Abstand – einer aus einer Marker Burner. Denn wenn die Tonota auch nur ein Modell Vierzig war und deshalb nur die Quadratwurzel an Feuerkraft einer Tonota Achtzig hatte, so saß doch immer noch ein ungeheurer Druck dahinter. Die dritte Waffe spuckte Energie-Impulse aus, die für Hooks Augen wie eine Kette von bleiernen Würstchen wirkten. Aber komisch fand er den Anblick gar nicht. Eines dieser bleiernen Würstchen konnte ein lebendes Wesen einhüllen und sofort jedes Wassermolekül aus seinem Körpergewebe saugen. Es fiel dann als ausgetocknete Hülle zu Boden und löste sich in davonwirbelnden Staub auf.

Hook drückte seinen Fingerknöchel dem Menschen und dem Krif-Mann hinter das Ohr, dem La'choriten ins Kreuz. Sie blieben, bereits ohne Bewußtsein, mitten in der Luft hängen. Für Hooks augenblickliches Zeitempfinden würde es noch Ewigkeiten dauern, bis sie auf dem Fußboden landeten. Er nahm die Tonota Vierzig an sich.

Hook verlangsamte, die Tür öffnete sich, und er ging in normalem Schrittempo hindurch.

Die Roboter, der sich ihm jetzt in den Weg stellte, summte fragend.

Hook feuerte die Tonota Vierzig ab und zerlegte den Roboter in Schrauben und Bolzen, Transistoren, gedruckte Schaltungen und geschmolzene Plastik.

Das verdammte Ding hätte jedes Wort, das er sagte, aufgenommen und die individuellen Schwingungen seiner Stimme, sein Bild, sein Gehirnwellenmuster, seinen Herzrhythmus, die Struktur seiner Haarzellen, die Zusammensetzung seines Schweißes gespeichert und für eine spätere Verwendung verwahrt. Eine Zusammenfassung der Ergebnisse hätte der Roboter auf Nellingers Schirm geleitet, so daß der Projektmann genau gewußt hätte, wer der ungebetene Besucher war.

Hook ging an den Überresten des Roboters vorbei.

Kein normaler Mensch hätte jemals fertiggebracht, was Hook tun konnte, wenn er mit fanatischer Entschlossenheit auf sein Ziel losging.

Das Projekt des Interstellaren Raketen-Konsortiums hatte den Menschen verbessern wollen, nicht die Werkzeuge oder Waffen oder Geräte des Menschen. Das bedeutete nicht, daß ein Projektmann auf Waffen verzichtete. Hook war überzeugt, daß jeder Mann in Nellingers Position eine großkalibrige Energie-Pistole in seinem Büro haben würde, eine Waffe, die Wände durchschlug und das ganze Gebäude zerfetzen und in ein Inferno verwandeln konnte. Davor schreckte ein Projektmann, der sein eigenes Leben bedroht sah, nicht zurück – und wahrscheinlich würden sich auch die meisten normalen Männer in einer solchen Situation keine Gedanken darüber machen, welche Zerstörungen sie anrichteten.

Die Feuerstöße aus der Tonota Vierzig und der Marker Burner waren, ohne großen Schaden zu verursachen, von den gepanzerten Wänden zurückgeworfen worden, aber Nellinger würde gar keine Skrupel haben, innerhalb eines geschlossenen Gebäudes eine Tonota Achtzig oder vielleicht eine Martian Mega zu benutzen. Für Hook kam es nur darauf an, zuerst zu schießen, denn auch ein Projektmann, der sich mit der größten ihm möglichen Schnelligkeit bewegte, konnte die Lichtgeschwindigkeit nicht erreichen.

Auf einem Fensterbrett bemerkte Hook eine entzückende Ph'ian-Keramikschüssel, die mit Vergißmeinnicht gefüllt war. Bei Gott! Es waren wirklich und wahrhaftig terranische Vergißmeinnicht. Sie blühten dort in rührender Schönheit, und sie versetzten Ryder Hook einen Stich durchs Herz. Aber im Augenblick hatten die Vergißmeinnicht nicht die Kraft, sein Herz zu erweichen.

Er wünschte sich, sie hätten es gekonnt.

Vor ihm war das Lachen eines Mädchens zu hören. Es klang fröhlich, sorglos und natürlich. Hook schüttelte den Kopf.

»Guter alter Dirty Berti Bashti!« murmelte er. »Er hat ein Mädchen bei sich.«

Da er Ryder Hook war, schloß er die Augen nicht. Und doch wäre es angesichts soviel überwältigendem Luxus eine ganz normale Reaktion gewesen. Luxus – darum drehte es sich letzten Endes. Hook hatte die Erfahrung gemacht, daß Menschen für Geld und für das Erlangen von Macht alles taten. Aber wenn man das Konzentrat des Ganzen nahm und das perverse Vergnügen an der Ausübung von Macht über andere Lebewesen, das manchen Menschen eigentümlich war, davon abzog, dann blieb die Erkenntnis übrig, daß die Menschen es für den Luxus getan hatten.

Die Zeitspannen, in denen er sich, seit er das Alarmsystem passierte, langsam bewegt hatte, summierten sich allmählich zu einem ganz hübschen Betrag. Hook wußte bis auf die Mikrosekunde genau, wieviel Zeit ihm noch übrigblieb.

Sobald diese beiden Projektmänner sich gegenüberstanden, würde keine Zeit mehr vertan werden. In diese privaten Räume hatte niemand Zutritt, es sei denn, Nellinger habe nach ihm geschickt. Nichts von langem Gerede, bei dem jeder seine Position klarzumachen, vielleicht einen Handel abzuschließen versuchte, kein Erstaunen, kein Kampf. In dem Moment, wo Nellinger Hook erblickte, würde er schießen.

Ohne jede Verzögerung.

Das Gehör eines Projektmannes war phänomenal. Hook konnte das Lachen des Mädchens deutlich vernehmen, obwohl noch mehrere Räume dazwischenlagen. Außerdem hörte er, daß zwei Personen umhergingen. Sie bewegten sich mit normaler Geschwindigkeit. Hook – nun, er bewegte sich wie ein Wilder, völlig lautlos. Diese Fähigkeit hatte Ryder Hook nicht dem IRK-Projekt zu verdanken, sondern allein Ryder Hook. Er konnte bis auf sechs Meter an Nellinger herankommen, bevor dieser sein Atmen vernahm, das Rascheln seiner Kleidung und das unvermeidliche leise Geräusch, das seine Stiefel verursachten. Natürlich hätte Hook einfach alles, was ihm im Weg lag, niederbrennen können, die Tonota Vierzig auf volle Leistung stellen und feuern, feuern, feuern. Es wäre kein Problem für ihn gewesen, aus der Zimmerflucht zu entkommen, bevor alles in Flammen stand. aber er war sich nicht sicher, ob diese Methode den Erfolg garantierte.

Ryder Hook war kein Mann, der leichtfertig Selbstmord beging.

Sobald Nellinger starb, starben Ryder Hooks Projektmann-Fähigkeiten mit ihm. Es gab dann keinen resonierenden Kristall mehr, der sein Gegenstück zum Vibrieren brachte. Hook würde aufhören, ein Projektmann zu sein. Er verfügte dann nur noch über einen normalen menschlichen Körper. Welche Chance hatte er dann, lebend aus diesem Schlangennest zu entkommen?

Keine.

Vorsichtig schritt er weiter.

Er war sich seines Widerstrebens bewußt, Nellinger zu töten und sich auf diese Weise der Kräfte zu berauben, die auf ihn wirkten wie eine Droge. Er konnte sehr gut verstehen, wie die Projektmänner dem Wahnsinn verfallen waren. Es war ganz gut möglich, daß auch er sich ihnen beigesellt hätte, wenn er ständig über diese besonderen Fähigkeiten hätte verfügen können. Ein Nova-Mann wurde nach der stärksten Droge süchtig, die es jemals gegeben hatte.

Er hörte, daß sich die Schritte des Mädchens ihm näherten. Also kam die Beute zu ihm.

Das Mädchen betrat das Zimmer. Sie lachte immer noch.

Sie war schön. In der einen Hand hielt sie ein Glas, und mit der anderen streifte sie leicht über die Tische und Sessel. Sie fuhr mit den Fingerspitzen über eine elfenbeinerne Artemis von Joinver, sie blätterte in einem Buch – es war eine handgedruckte Ausgabe des Uoi'jo'luor, des heiligen Buches der Joilupri, eine Sekte, die nur zwei Sonnensysteme besaß und mit ihnen zufrieden war –, und sie klingelte mit den goldenen Glöckchen eines Halpey-Schreins. Die Kosten der Einrichtung und der Kunstgegenstände in diesem Raum hätten so manche mittelgroße Firma in den Konkurs getrieben. Das Mädchen lachte und wickelte einen hauchzarten Schleier von ihrem Hals, und ihr weißer Körper schimmerte im Licht der verborgenen rosigen Lampen. Hook hob die Tonota Vierzig. Die Häßlichkeit des Metalls sandte ihm einen Schauder durch seine halbmetallischen Knochen.

»Liri! Kätzchen!« Das war Nellingers Stimme, undeutlich vor Leidenschaft und vom Trinken. Vermutlich kamen sie gerade von einem ausgezeichneten Mittagessen, an irgendeinem romantischem Ort auf der weiten Oberfläche von Lerdun.

»Ich bin hier, Ray.«

Ray. Sein Vorname war Ray.

Er kam dem Mädchen nach, aber sein Lachen war nicht ganz echt. Allmählich wurde er ärgerlich darüber, daß Liri auf eigene Faust einen Spaziergang unternahm. Er trug eine Robe aus Seidenbrokat, die aus dem C'tang-System jenseits der Wege stammte, und auch er hielt ein Glas in der Hand. Sein Gesicht war geprägt von totaler Macht und totaler Autorität. Daß er ein Projektmann war, konnte man ihm nicht ansehen, nur die in Hooks Körper und Geist hervorgerufene Reaktion bewies es. Er langte nach dem Mädchen, und Hook sprang hinter ihn und schlug ihm mit dem Kolben der Tonota Vierzig auf den Kopf.

Nellinger brach auf dem unschätzbaren Teppich zusammen.

Das Mädchen schrie nicht.

Sie sah Hook ernst an, die veilchenblauen Augen weit

aufgerissen, der Mund halb offen und glitzernd von ihrem Drink.

»Sie sind ein toter Mann«, sagte sie. »Sie wissen das.«

Hook streckte die Hand aus, schob einen ihrer runden weißen Arme zur Seite und drückte seinen Knöchel hinter ihr Ohr. Sie fiel auf Nellinger.

Hook war froh, daß er nicht gezwungen gewesen war, sie zu töten. Dann beschimpfte er sich selbst wegen seiner Schwäche. Was bedeutete schon das Leben eines einzigen törichten, schönen Mädchens im Vergleich zu der Möglichkeit, die Galaxis von einem Projektmann zu befreien?

Nichts.

Sie hatte bestimmt angenommen, Nellinger sei tot. Hook hatte mit einer Wucht zugeschlagen, die den Schädel jedes anderen Menschen zermalmt hätte. Doch Hook wußte, was der Kopf eines Projektmannes aushielt. Um diese metallverstärkte Kuppel einzuschlagen, brauchte man einen Schmiedehammer. Im Augenblick machte Nellinger ein paar ziellose Bewegungen und atmete unregelmäßig, aber er erholte sich schon wieder. Es konnte nicht mehr lange dauern, bis er aufwachte.

Hook trat den unschätzbaren Teppich zur Seite und legte eine Ecke des mit Teak und Ebenholz eingelegten Fußbodens frei. Die Panzerstahlplatte, die sich darunter befand, machte es unmöglich, von unten in dies Stockwerk einzudringen. Dann rollte er Nellinger in eine Lage, daß sein rechter Arm auf den Holzfußboden zu liegen kam. Der Ärmel von Nellingers kostbarer Robe schob sich nach oben und enthüllte seine Waffe. Es war keine Delling. Hook war sehr erstaunt darüber, daß er die Marke nicht kannte. Das beunruhigte ihn ein wenig, aber er zögerte nicht.

In dem Augenblick, in dem Nellinger volles Bewußtsein erlangte, würde er die kleine Waffe in seine Hand gleiten lassen und Hook damit niederzuschießen versuchen.

Hook stellte die Tonota Vierzig auf niedrige Leistung und trennte die Hand des Nova-Mannes oberhalb des Gelenks ab. Der Fußboden fing an zu brennen, und erstickender schwarzer Rauch stieg auf. Aber der Energiestoß sprang in einem stumpfen Winkel von der Panzerstahlplatte ab. Das Feuer löschte Hook, indem er die züngelnden Flammen mit seinen kostbaren Stiefeln austrat.

Der unschätzbare Teppich war nicht versehrt worden.

Wenn Nellinger starb, saß Hook in der Falle. Kein Weg führte daran vorbei.

Bisher hatte Hook noch keinen Gebrauch von den organischen Schaltkreisen machen müssen, die in seinen Schädel eingepflanzt waren. Er hätte sich damit in das Kommunikationsnetz von GCC einschalten können. Aber wozu? Bei dem, was er vorhatte, nützte es ihm nichts. Eines Tages würde diese seine Fähigkeit sowieso entdeckt werden, und dann hatte er wieder einen Teil seiner Hilfsmittel und seiner Persönlichkeit verloren.

Mit voller Geschwindigkeit ging er von Zimmer zu Zimmer. Er bewunderte die Schönheit der einzelnen Gegenstände, aber er rümpfte die Nase über Nellingers Vorliebe für überladenen Prunk. Die Antigrav-Geräte fand er in einer Truhe, die kunstvoll nach der Art der Hactkchk geschnitzt war – ein unaussprechlicher Name für einen begnadeten nichtmenschlichen Künstler. Er nahm einen der Apparate heraus. Als er zurückkam, war Liri noch bewußtlos. Nellinger hatte wieder begonnen, schwer zu atmen. Hook verpaßte ihm einen dritten Schlag. Dann zog er die Antigrav-Ausrüstung an. Sie war wie eine Weste zu tragen und mit einem Reißverschluß zu schließen. Diese Ausrüstung war sehr groß und unhandlich im Vergleich zu denen, an die Hook gewöhnt war. Sie hatten die Form eines Päckchens, waren nicht größer als eine Männerhand und wurden einfach umgeschnallt. Trotzdem konnte man damit rund um die Welt fliegen.

Er blieb in der Projektmann-Geschwindigkeit und wuchtete Nellinger hoch.

Er ging ans Fenster. Das hier war das achtzigste Stockwerk, und bis unten war es eine weite Strecke. Der Feuerstrahl der Tonota Vierzig sprang von dem Panzerglas ab. Hook fluchte. Ihm blieb nichts anderes übrig, als noch einmal und sorgfältiger nach der großen Energiewaffe zu suchen, die der Nova-Mann ganz bestimmt irgendwo versteckt hatte.

Er sah sich um – und mit seinem verstärkten Wahrnehmungsvermögen entdeckte er, daß die Spiegelplatte auf der Cocktail-Bar um einen Millimeter schief lag. Er fegte die unzähligen Flaschen und Gläser auf den Fußboden. Dann zerschoß er die Platte.

Der Rahmen wölbte sich, schrumpfte, fiel. Darunter – neue Bewunderung entlockte Hook einen Pfiff –, unter der verborgenen Glasplatte, lag eine Kammer, die dich an dicht mit Waffen gefüllt war. Hook hätte sie sich gern einige Zeit angesehen. Aber Nellinger stöhnte wieder, und deshalb mußte er ihn noch einmal betäuben. Hook wählte eine Martian Mega. Er zog sie einer Tonota vor. Mit der Waffe in der Faust und Nellinger über der Schulter ging er erneut auf das Fenster zu – und blieb stehen.

Blitzartig schossen ihm von allen seinen Ideen die Folgen bis in ihre feinsten Verästelungen hinab durch den Kopf. Es war, als spiele er Schach und könne vom Eröffnungszug bis zu der ruhigen Feststellung »Schachmatt« alle möglichen Züge mit einem Blick übersehen.

Er behielt Nellinger auf seiner Schulter und stopfte die Martian Mega unter die limonengrüne Jacke. Die Mikrosekunden tickten vorbei, doch er hatte immer noch Zeit.

Dem planetaren Manager stand ein mit allen möglichen Zusatzgeräten ausgestattetes Computer-Terminal zur Verfügung. Schnell tastete Hook eine interstellare Verbindung an. Er rieb sich nachdenklich das Kinn. Um dem Computer eine Chance zu geben, mußte er noch einmal auf Normalzeit heruntergehen.

Was der Computer sich dabei denken mochte, daß er über eine Schaltstelle der Regierung von Lerdun eine Verbindung mit Albeira herstellen mußte, kümmerte Hook nicht, wenn er auch die Möglichkeit einräumte, daß Computer sich über ihre eigene Arbeit so ihre Gedanken machten. Hook verlangte eine Person-zu-Person-Verbindung mit Taynor Porten, Zehnter Vizepräsident, Leiter der Systemkontrolle. Für Hook dauerte es eine Unendlichkeit, bis der Computer »fertig« meldete. Er drückte den Knopf für Sprechverbindung.

Porten erschien auf dem Schirm. Man konnte sich kaum vorstellen, daß er Lichtjahre entfernt war. Seine ersten Worte waren:

»Sie haben mir also ein Geschäft vorzuschlagen, Nellinger? Wenn das Ihre Vorstellung von Geheimhaltung ist – meine ist es nicht …«

Dann sah er Hook.

»Pera Sotherton«, sagte Hook. Er sprach schnell, aber er befand sich immer noch in der Normalzeit. »Wir sind nicht von dem Planeten weggekommen. Die Regierungsbeamten haben uns Fahrkarten und Geld weggenommen. Ich bin Ryder Hook. Ich habe Ihnen einen Vorschlag zu machen. Aber Sie müssen schnell sein. Sie wissen, wo ich mich im Augenblick befinde, und daß diese Leitung ungefähr so dicht ist wie ein Waschsieb in einem Zementmixer.«

»Sprechen Sie.«

»Sie kommen nach Lerdun und holen Pera. Es wird sich für Sie auszahlen. Sie sind in der Systemkontrolle, Sie werden erraten, um was es geht.«

»Sie sind …« Porten betrachtete ihn. Zumindest hatte Hook diesen Eindruck, weil sich die Haarmassen, die dem mit Edelsteinen gefüllten Weidenkorb entsprossen, lebhafter bewegten. »Sie sind ein Homo sapiens wie Pera. Ich komme mit Erdenmenschen gut aus. Aber – was haben Sie mir anzubieten?«

Hook seufzte. »Sie wissen, wo ich bin. Genügt Ihnen das nicht als Garantie?«

»Ich brauche zwei Tage – nach unserer Zeitrechnung hier –, um alles für die Dauer meiner Abwesenheit zu regeln. Dann reise ich sofort ab.« Porten mußte einen seiner von Haaren verdeckten Arme benutzt haben, um eine Auskunft einspeisen zu lassen, denn er fuhr fort: »Pattens Sternenschiff *Venezia.*«

Hook nickte. Wie das IRK stammte auch Pattens ursprünglich von der Erde. »Ich erwarte Sie.« Dann setzte er hinzu, um den Dingen, die sie halb ausgesprochen und halb dem Erraten überlassen hatten, einen Nachdruck zu geben: »Falls ich noch am Leben bin.« Er unterbrach die Verbindung, trat einen Schritt zurück und besprühte das Terminal mit der Tonota Vierzig. Die automatischen Sprinkler schalteten sich ein und löschten das Feuer – aber das Terminal und seine Aufzeichnungen waren zerstört.

Endlich konnte er weitermachen.

Hook ließ seinen Blick zum letztenmal durch den Raum wandern. Der zurückgeschobene Teppich, Liris bewußtlose Gestalt, die zerstörte Cocktailbar konnte er von hier aus nicht sehen, nur den Prunk und den Luxus. Hook seufzte.

Mit vier Schüssen aus der Martian Mega war das Fensterglas zerstört, aber man mußte schon sagen, daß hier solide gebaut war. Vor den GCC-Sicherheitskräften verbergen ließ sich der Schaden nicht. Sie würden bald mit Waffen in den Händen angerannt kommen.

Hook stellte sich auf Fensterbrüstung. Rings um ihn wallte die Hitze von dem zerschmolzenen Panzerglas. Der Tag draußen war immer noch schön, und die Sonne schien unverdrossen. Achtzig Stockwerke bedeuteten einen langen Weg bis nach unten.

Unter ihm lag wie eine herausgerissene Seite aus einem altmodischen Buch ein offenes Gebiet mit Grasflächen, Bäumen und einem Zierteich, der in der Sonne glitzerte. Es befand sich außerhalb des gesicherten GCC-Komplexes. Von der Brüstung aus warf sich Hook in die Luft. Er ließ sich fallen, ohne die Antigrav-Weste zu aktivieren. Nellinger stöhnte, und Hook schloß die Finger seiner linken Hand um die Kehle des Nova-Mannes – und drückte zu.

Der Boden schoß nach oben.

Hook, der mit der beschleunigten Bewegung des Projektmannes abgesprungen war, kehrte nun in die Normalzeit zurück. Das Antigrav-Gerät konnte nur innerhalb der Grenzen arbeiten, für die es konstruiert worden war. Ganz normale Sekunden tickten vorüber, während Hook fiel. Für einen Projektmann war ein normaler Zeitablauf ein verlangsamter Zeitablauf. Für die Wachtposten war es eine reichlich bemessene Spanne, um in Nellingers Zimmerflucht zu stürzen, Liri bewußtlos auf dem Teppich liegen zu sehen und das zerschmolzene Fenster zu bemerken. Sie liefen ans Fenster und sahen hinaus und hinunter und entdeckten Hook, der in die Tiefe sauste. Es war eine ganze Menge Zeit.

Durch ihre Gehirne mochte ungläubige Verwunderung zucken, aber sie reagierten mit der Schnelligkeit, die für Gorillas einer Wirtschaftsorganisation typisch war. Waffen reckten sich aus dem leeren Fensterrahmen.

Wenn sie aber glaubten, sie brauchten jetzt nur zu zielen und auf den Abzug oder Knopf zu drücken, um den fallenden Mann zu erledigen, dann waren sie in einem traurigen Irrtum befangen. Daß sie schießen würden, wußte Hook. Sie konnten kaum wissen, daß das bewegungslose Bündel über seiner Schulter der mächtige planetare Manager Nellinger war.

Hook hob die Martian Mega und feuerte.

Eine ganze Menge Mauerwerk rings um das zerstörte Fenster brodelte auf und zischte als Strudel superheißer Gase und freier Elektronen davon. Die Wachtposten verschwanden in diesem ungeheuren Energieausbruch. Hook stürzte im freien Fall weiter auf den Boden zu.

Niemand steckte mehr den Kopf aus diesem Fenster, um auf ihn zu schießen.

Hook schätzte genau die Entfernung und die ihm verbleibende Zeit ab, und im richtigen Moment aktivierte er die Antigrav-Weste.

Der Fall wurde abgebremst. Er schwebte in der Luft, und er blickte nach oben, nur für den Fall, daß ein tollkühner Wachtposten noch einmal auf ihn schoß. Sein verstärktes Sehvermögen konnte alle Einzelheiten des zerstörten und der benachbarten Fenster erfassen. Niemand ließ sich blicken.

Er begann mit einem langsamen Abstieg, und plötzlich fühlte er, wie ihn ein heftiger Schlag im Rücken traf. Nur weil er in diesem Augenblick gesunken war, hatte der von unten kommende Schuß ihn nicht getötet. Hook sah hinab, und sofort merkte er, daß der Boden sich ihm viel zu schnell näherte.

Er faßte nach den Kontrollen des Antigravgeräts und stellte sie auf volle Leistung. Trotzdem stürzte er weiter ab. Der Schuß, der ihn im Rücken gestreift hatte, hatte den Antigrav-Mechanismus zerstört.

Hilflos fiel er aus einer Höhe von mindestens dreißig Metern. Es schien keine Rettung mehr für ihn zu geben.

Sein gesteigertes Wahrnehmungsvermögen trug nur noch zu der Todesangst dieses Augenblicks bei.

Sobald er auf dem Boden aufschlug, war es aus mit Ryder Hook, seinerzeit galaktischer Abenteurer.

XIII

Der Boden raste auf ihn zu, der Wind pfiff an ihm vorbei, blähte seine Hosen auf und zerzauste sein Haar. Es war nur noch sehr wenig Zeit.

Ryder Hook war immer noch ein Projektmann.

Er lockerte den gnadenlos festen Griff um Nellingers Kehle. Zweimal schlug er dem Mann hart gegen das Kinn. Er packte den Nova-Mann vorn an der Robe und drückte den bewußtlosen Körper nach unten. Hook krümmte sich zusammen und schlang beide Füße um Nellingers Hals. Die Sohlen seiner schwarzen Stiefel ruhten auf Nellingers Schultern. Er drückte die Füße zusammen.

Wie ein verbogener Pfeil stürzten die beiden Männer durch die leere Luft.

Hook mäßigte den Druck seiner Füße ein wenig, gerade soviel, daß Nellinger Luft in die Lungen bekommen konnte, aber nicht soviel, daß der Nova-Mann ihm wegrutschte.

Durch das Pfeifen des Windes hörte Hook Nellingers Ächzen. Trotz der schlechten Behandlung, die ihm widerfahren war, trotz der beiden letzten K.o.-Schläge gewann der Nova-Mann das Bewußtsein zurück. Hook, der auf ihm hockte, faßte mit der linken Hand in das Haar des Projektmannes und steuerte ihn nach unten wie ein Kamikaze seinen Atomraketensprengkopf.

»Nellinger!« brüllte Hook. »Projektmann! Du wirst gleich unten aufschlagen!«

Nellinger sah nach unten.

Hook hatte seine Reaktion genau richtig vorhergesehen.

Der Projektmann sah den Boden auf sich zuschießen. Er krümmte sich und stieß mit den Beinen aus – und in dem Bruchteil der Mikrosekunde, als sie unten ankamen, stand Ryder Hook aufrecht auf den Schultern des Projektmannes – und sprang.

Er stieß sich mit den beiden grausamen Füßen kräftig ab und sprang gerade in die Höhe.

Nellingers Füße trafen den Boden, seine Beine wurden zusammengestaucht, brachen aus den Hüftgelenken und bohrten sich in seinen Körper. Sein Rückgrat bog sich und brach in Stücke. Sein Kopf sank ihm zwischen die Schulterblätter. Er zerschmetterte.

Hooks im letzten Mikrosekundenbruchteil durchgeführter Sprung trug seinen Körper um eine Winzigkeit nach oben. Mit seiner ganzen gewaltigen Stärke suchte er die unwiderstehlichen Kräfte auszugleichen, die ihn nach unten rissen und ihn zwingen wollten, Nellinger in den Tod zu folgen. Er warf sich nach vorn, zog den Kopf ein und rollte. Wie ein verrückt gewordener Zirkusclown überschlug er sich achtmal, und dann schlug er gegen die niedrige Mauer, die den Park begrenzte.

Er hatte keine Luft in den Lungen, sein Körper fühlte sich an, als sei er über einem Wagenrad ausgepeitscht worden, und seine Eingeweide mußten alle lose sein.

Er war unendlich erleichtert, daß er noch am Leben war, und trotzdem fühlte er, daß genau in dem Augenblick, als Ray Nelinger, planetarer Manager, Projektmann, aus dem Leben schied, die Fähigkeiten seines Körpers, die auch Ryder Hook zum Projektmann machten, dahinstarben. Hook brachte es fertig, über die interessante Tatsache nachzudenken, daß der Zustand nicht, wie er erwartet hatte, beim Tod Nellingers mit einem Schlag beendet war, sondern daß seine ins Übermenschliche gesteigerten Kräfte langsam aus ihm herausströmten. Er fühlte sich wunderbar beglückt und gleichzeitig schrecklich deprimiert.

Ein Projektmann zu sein!

Unheilige Freude und unheiliges Entsetzen!

Als er sich aufsetzte und ganz automatisch zur Seite warf, bewegte er sich wieder in normaler Zeit.

Der Schuß riß ein Stück von der Größe eines Grabsteins aus der niedrigen Mauer. Die Martian Mega bellte einmal auf, und der Mann, der auf ihn geschossen hatte, die Steinmauer hinter und der Baum neben ihm brannten, verdampften und schmolzen.

Hook rannte in entgegengesetzter Richtung davon. Er rannte und sprang, rannte und sprang, ohne aufzuhören. Bis er den Park hinter sich hatte, wurde nicht mehr auf ihn geschossen. Er geriet auf eine breite Straße, mäßigte seinen Lauf zu einem schnellen Gehen und legte weiteren Abstand zwischen sich und das GCC-Gebäude. Er merkte, daß einige Passanten argwöhnische Blicke auf seinen Rükken warfen, wo der Schuß ihn gestreift und die Antigrav-Weste zerrissen hatte. Am ersten öffentlichen Müllschlukker zog er sie aus und warf sie weg. Das Ding sah aus, als hätte es ein Tiger mit seinen Zähnen zerrissen, und der hochempfindliche Mechanismus lag offen und war geschwärzt und verdreht wie Bäume nach einem Waldbrand. Hook atmete auf, als er die Weste los war.

Bei GCC organisierte man jetzt sicher eine systematische Suche. Zunächst einmal würde man sich fragen, was aus Manager Nellinger geworden sei, und die Entdeckung mochte den Eifer, den Eindringling zu verfolgen, ein wenig dämpfen. Sobald die grauenhaften Überreste im Park positiv identifiziert waren, würde der Rangnächste bei GCC Nellingers Posten übernehmen.

Ryder Hook war in zuversichtlicher Stimmung. Jetzt ist es an der Zeit, sagte er zu sich selbst, zu Interstell-Imp und Manager Kaston zurückzukehren.

Er fischte den Plastik-Umschlag mit dem Lautsprecher und dem Mikrofon aus der Tasche und setzte die Geräte wieder in das Ohr beziehungsweise den Hals ein.

Sofort dröhnte es los: »Sie gottverdammter terranischer Affe! Hook, Sie Bastard!«

Hook befestigte das Spionauge am Aufschlag der limonengrünen Jacke.

»Sie sind also auf der Straße! Was ist geschehen?« röhrte Kastons Stimme.

»Wenn ich Churferen erreicht habe und der Flieger unterwegs ist, werde ich Ihnen einen vollständigen Bericht durchgeben.«

»Ich hoffe für Sie, daß es ein zufriedenstellender Bericht ist! Wenn Sie versuchen sollten, mich ...«

»Aber Kaston, glauben Sie wirklich, so etwas würde ich tun, wo sich doch Tayniss Sotherton Ihrer Gastfreundschaft erfreut?«

»Gut, daß Sie das noch nicht vergessen haben.«

In der nächsten Viertelstunde verschwendete Hook noch mehr von seiner kostbaren Zeit, indem er das Spionauge, den Lautsprecher und das Mikrofon erneut abnahm und selbstbewußt in ein Satelliten-Postamt schritt. Selbstverständlich war das eine Einrichtung der Regierung von Lerdun, aber Hook benutzte das Metallgeld, das er zu seiner freudigen Überraschung in den Taschen der limonengrünen Jacke gefunden hatte. Er deponierte das perlengroße Hologramm in der Sicherheit eines Safes, der sich nur öffnen würde, wenn er seinen Daumen gegen die Plastikscheibe drückte. Dann schlenderte er pfeifend hinaus, legte Kastons Geräte wieder an und machte sich auf den Weg zu Churferen.

Während des Fluges verschwanden die Schmerzen, die er im ganzen Körper gefühlt hatte, und als er wiederum dem planetaren Manager Jedgar Kaston gegenüberstand, hatte er seine gewohnte einhundertundeinprozentige Leistungsfähigkeit zuruckgewonnen. Diesmal sprach er mit einem Mal aus Fleisch und Blut – Fleisch und Blut und all den komplizierten pseudo-lebendigen Zusatzgeräten, die einen Dynamann ausmachten.

»Sie haben mir die Daten übermittelt, die ich brauche, Hook. Wir werden gegen GCC vorgehen – schon bald.« Kastons Gesicht verriet keinerlei Empfindung. Natürlich war Hook durchsucht worden, bevor man ihm den Zutritt in diesen Raum gestattete. Die kleine Delling befand sich noch an seinem Arm. Man hätte die Anschlüsse nicht gelöst, sondern sie einfach mit einer Klemme versehen, die gewährleistete, daß die Waffe, sollte er sie abfeuern, explodierte und das Gel-Mix Hooks eigenen Arm auflöste. Die Martian Mega und die Zag hatte man ihm abgenommen.

Hook sagte das, was Kaston zu hören erwartete.

»In unserem Handel habe ich meine Verpflichtungen erfüllt – und obendrein sind Sie Nellinger los. Das sollte eine Extra-Prämie wert sein.«

»Nichts ist eine Extra-Prämie wert, wenn ich sie bezahlen soll. Sie haben das getan, womit Sie beauftragt waren.« Der Torso des Dynamannes beugte sich in seinem Kokon vor. »Es interessiert mich, *wie* Sie es getan haben.«

»Wie geplant. Ich mußte Ihre elektronischen Geräte herausnehmen, weil ich überzeugt war, daß wir abgehört wurden.«

»Falls dem so war«, antwortete Kaston, und auf seinem Mal-Gesicht erschien auf einmal ein Ausdruck der Verachtung, »dann hat es Ihre Geschwindigkeit nicht herabgesetzt.«

»Nein«, stimmte Ryer Hook, ehemaliger Nova-Mann, zu. »Nein, ich kann nicht behaupten, daß es meine Geschwindigkeit herabgesetzt hätte.«

Pera Sotherton wurde von der Frau mit der weißen Schürze hereingeführt. Die Waffe der Frau steckte im Holster, aber die Schnellverschlußklamme stand offen, und ihre Hand blieb immer in der Nähe des Kolbens.

»Oh, Hook! Sie leben noch!«

»Eine liebe Gewohnheit von mir. Sind Sie okay?«

»Ja. Ich habe gewartet und gewartet und mich gefragt ...«

»Später«, unterbrach Hook sie. Es ging alles zu leicht. Irgendwo mußte ein Haken sein.

»Sie sind ein sehr gefährlicher Mann, Ryder Hook«, stellte Kaston fest. »Ich kann es wirklich nicht zulassen, daß Sie nach eigenem Belieben frei in der Galaxis herumlaufen.« Er schnippte mit einem Tentakel. Vier Gorillas erschienen in der Tür. »Würden Sie die Güte haben, mir in allen Einzelheiten zu berichten, wie sich das Ganze abgespielt hat ...«

»Wie ich bereits erwähnte«, antwortete Hook liebenswürdig, »haben Sie den Plan gemacht, und ich habe ihn ausgeführt. Mehr gibt es doch nicht zu sagen.« Er ließ sich nicht aus der Ruhe bringen.

»O doch.« Kaston seufzte. »Eine ganze Menge. Ich würde es gern hören. Aber ich bin sehr beschäftigt – die Maßnahmen gegen GCC erfordern meine ganze Zeit und Konzentration. Und ich traue Ihnen nicht. Sie werden gehen müssen.«

»Dem Großen Erlöser sei Dank«, stieß Pera hervor.

Hook sagte nichts. Sie wurden hinausgeführt. Wenn Pera merkte, was Kaston wirklich für sie geplant hatte, bevor er, Hook, Zeit fand, dem Plan eine andere Richtung zu geben, behinderte sie ihn nur. Verdammt, wie war es eigentlich gekommen, daß er sie ins Schlepptau genommen hatte? Und wenn er es recht bedachte: Welcher Teufel hatte ihn geritten, daß er zu Interstell-Imp zurückgekehrt war? Um Pera herauszuholen? Er wurde allmählich weich, das war es. Eine andere Erklärung gab es nicht.

Eins mußte Hook anerkennen. Jedgar Kaston hatte den Befehl gegeben, ihnen einen leichten und schnellen Tod zu bereiten, und darauf verzichtet, sie auf qualvolle Art durch Folter zu erledigen. Vielleicht steckte in dem Mal doch eine Spur von Menschlichkeit.

Sie wurden hinuntergeführt in eine leere, weißgeflieste Zelle. Dort verließ die Frau sie. Auf dem ganzen Weg hatte sie kein Wort gesprochen. Die vier Gorillas zogen ihre Waffen. Es waren Nichtmenschen aus der Spica-Gegend mit ausdruckslosen Gesichtern, zäh und skrupellos und schnell. Traurig für sie war nur, daß Ryder Hook beträchtlich zäher, skrupelloser und schneller war als sie.

Er ließ Pera auf die Tür in der gegenüberliegenden Wand zugehen – jene Tür, von der schon so viele Leute gedacht hatten, sie führe hinaus in die Freiheit. An dieser Tür waren sie dann niedergemäht worden. Hook blieb stehen.

»Willst du hier nicht raus, Gonil?«

»Natürlich möchte ich hier raus!« erwiderte Hook und fügte eine sehr fragwürdige und unhöfliche Bemerkung hinzu. »Aber ich muß zuerst noch auf die Toilette.«

Seine linke Hand hatte ununterbrochen an der der Delling aufgesetzten Klemme gearbeitet. Das technische Problem war einfach zu lösen. Schwierig war nur, die Klemme so herauszuziehen, daß sie nicht zu Boden fiel und ihn verriet. Er krümmte seine Finger darum, lockerte sie, und sie hob sich um einen Millimeter.

»Da, wo du hingehst, brauchst du keine Toilette mehr, Gonil«, schnauzte ein anderer der Spicaner.

»Ich verlasse ein Haus nicht gern, ehe ich alles sauber erledigt habe«, gab Hook zurück, hob seine rechte Hand und bog die Finger. Die Delling lag in seinem Griff, und er feuerte. Er feuerte dreimal, und dann blieb er ruhig stehen. Auf dem glänzend weißen Plastik-Fußboden zerrannen drei widerwärtige, schleimige halbflüssige Haufen.

»Hook!«

»Nehmen Sie sich zusammen, Pera! Sehen Sie sich die drei an!«

Er hatte auf die Gesichter gezielt, und so war die Kleidung aus Metallgewebe kein Schutz für die drei Spicaner gewesen. Die leeren, tropfenden Anzüge lagen jetzt auf dem Boden, und die drei Waffen lagen daneben. Hook dachte nicht daran, eine davon aufzuheben. Sie waren mit Gel-Mix bedeckt.

»Sie wollten uns erschießen, Hook! Oh!« Pera schwankte.

Hook hatte weder Zeit noch Lust, ihr einen stützenden Arm um die Taille zu legen. Er war zu emsig mit der Tür beschäftigt. Als er sie aufgebracht hatte, gingen sie hinaus, und Pera klammerte sich an seinen linken Arm. Sie kamen in einen Flur, der zu einem Wachraum führte, und dort gab es kurze Zeit später nichts anderes mehr zu sehen als eine schleimige Masse, die von Stühlen und Kojen tropfte. Hook suchte sich eine Tonota Achtzig aus – der Wachraum konnte sich keiner Martian Mega rühmen – und beseitigte die Tür. Sie rannten durch Rauch und Flammen und eine Außentreppe hinunter, und dann standen sie auf einem der gepflegten, von abendlichen Spaziergängern gefüllten Boulevards Cantacles. Die Sonne war untergegangen, weiche Dämmerung lag über der von bunten Lichtern gleißenden Stadt.

Seite an Seite gingen sie die Straße hinunter. Hook sah aufmerksam zurück, ob sie vielleicht verfolgt würden, und so konnte er sich diesmal die Mühe nicht ersparen, seinen Arm um Pera zu legen. Niemand kümmerte sich um sie.

»Wir müssen uns irgendwo verstecken, Pera. Wir brauchen neue Kleidung und neue Masken. Dann sehen wir zu, daß wir irgendwie nach Pearlhampton kommen. Hoffentlich treffen wir Porten dort.«

»Taynor Porten wird sein Wort halten.«

»Nun, das glaube ich auch. Er ist unsere einzige Chance, und er ist der Joker in dem Spiel.«

»Er mag kein Homo sapiens sein, Hook, aber ein Gentleman ist er trotzdem.«

»Gut für ihn«, meinte Hook. »Ich bin keiner, und ich tue auch nicht so, als ob ich einer wäre.«

»Das ist kein Geheimnis«, stellte Pera Sotherton fest und hob ihre Nase in die Luft.

Hook war daran gewöhnt, sich in der Galaxis allein durchzuschlagen. Daß er jetzt ein Mädchen bei sich hatte, war ihm keine Hilfe. Später am Abend trat er hinter einen vorbeikommenden Gorilla der Regierung von Lerdun – sie hatten die Frechheit, diese Kerle hier die planetare Polizei zu nennen – und schlug ihn nieder. Der Polizist fiel bewußtlos zu Boden. Hook nahm seine Brieftasche und das lose Geld an sich. Im ganzen tat er das dreimal, und dann hatten sie genug Geld, um sich ein Zimmer in einem Stadtviertel zu mieten, wo die Ausgestoßenen der Gesellschaft hausten. Auch in der Galaxis des 101. Jahrhunderts gab es Asoziale, und Hook kannte sich unter ihnen gut aus. Es waren Angehörige aller Rassen, Leute in allen möglichen Größen und Gestalten, denen es nicht gelungen war, im Leben Erfolg zu haben. Wer einmal aus seiner Wirtschaftsorganisation verbannt war, mußte schon sehr viel Glück haben, wenn ihn eine andere aufnahm. Schließlich konnte das ja ein Spion sein – oder nicht?

Endlich konnte Hook Pera mitteilen: »Pattens Sternenschiff *Venezia* kommt morgen in Pearlhampton an.«

Sie hatten neue Kleider, neue Gesichter, neue Identitäten. Sie hatten Metallgeld, das einmal die Taschen von Regierungspolizisten gewärmt hatte.

»Die Regierung von Lerdun hat mich durch ihre Sturheit in diese Patsche gebracht«, erklärte Hook. »Ich sorge nur dafür, daß das Konto ein wenig ausgeglichen wird – und das in ganz bescheidenem Maß.« Er dachte an Giffler.

Porten von Pattens hatte mit der Agentur der Hardman Galactic Lines auf Lerdun ein Abkommen über sicheres Geleit für das Pattens-Schiff *Venezia* getroffen. Abkommen und Handelsgeschäfte waren das Lebensblut der Galaxis. Alle Wirtschaftsorganisationen wußten, daß Porten irgend etwas vorhaben mußte, aber sie fühlten sich völlig sicher. Denn kein Multisystem-Konglomerat hatte eine nennenswerte Chance, auf einem Planeten Fuß zu fassen, den die anderen schon so schön unter sich aufgeteilt hatten. Daher konnte Porten mit HGL eine Vereinbarung treffen und auf Lerdun landen. Vielleicht wollte er hier Ferien machen.

Hook und Pera warteten unauffällig auf Pearlhamptons zweitem Raumhafen. Der erste war für die wichtigsten Raumschiffe reserviert, und obwohl HGL eine wichtige Wirtschaftsorganisation war, handelte es sich doch nur um ein Schiff von Pattens, das aufgrund einer besonderen Vereinbarung Lerdun besuchte. Die Sonne schien durch das transparente Dach des Foyers. Viele Leute waren anwesend, um Ankömmlinge von Hunderten von Planeten zu begrüßen. Raumschiffe starteten und landeten, und die glatte Abwicklung war wirklich bewundernswert. Hook spendierte Pera ein Eis, und sie lutschte es mit Genuß. Für Ryder Hook bedeutete das Eis eine hübsche kleine Ergänzung zu ihrer Tarnung.

Eine wohlklingende Stimme kündigte über die Lautsprecher an: »Pattens Sternenschiff *Venezia* ist soeben gelandet. Die Reisenden werden sogleich durch Ausgang B-Blau kommen.« Niemand achtete sonderlich darauf. Keiner der Anwesenden hatte etwas mit Pattens zu tun.

Hook und Pera schritten vorwärts. Der Transporter hielt vor der blauen Tür, und die Reisenden gingen hindurch. Da außer Hook und Pera niemand da war, um sie in Empfang zu nehmen, hatte sich ein freier Raum gebildet. Hook runzelte die Stirn. Er erkannte Portens Weidenkorb-Gestalt, die auf unsichtbaren Beinen dahinglitt, und er sah ein halbes Dutzend anderer Kirchers, die ihren Kircher-Chef begleiteten. In Portens Gesellschaft gingen oder glitten oder hüpften eine ganze Reihe von nichtmenschlichen Wesen, doch die meisten waren Krif-Männer oder Menschen. Auch ein Mal-Dynamann schwebte auf seinem Antigravsystem vorbei, und Hook dachte bei sich, daß das ein kluger Schachzug von Porten war, bei einer Aktion, die sich gegen den Dynamann Kaston richtete, einen eigenen Dynamann, noch dazu einen Mal, mitgebracht zu haben.

Pera rannte mit ausgebreiteten Armen auf Porten zu, und Hook fragte sich, was für eine besondere Beziehung zwischen dem schönen Erdenmädchen und den von Haaren eingehüllten wandelnden Weidenkorb bestehen mochte. Aber um was es sich auch handelte, es gehörte mit zu dem Leben im Sternenstrudel der Galaxis, mit zu dem Zeitalter, in dem Überlichtgeschwindigkeit eine Selbstverständlichkeit geworden war.

Ein Mann in schwarzer Uniform näherte sich Hook. Die rechte Hand des Mannes ruhte auf dem Kolben seiner Waffe. Sein Gesicht zeigte den Ausdruck absoluten Triumphes, den Ryder Hook so gut kannte, und es war von einem Kranz weißer Haare wie von einem Heiligenschein umgeben. In der linken Hand hielt er ein kleines Spurgerat, und das war die Ursache für seine Sicherheit, diesmal könne ihm seine Beute nicht entgehen.

Hook, dessen Gesicht unter der maskierenden Gelschicht unkenntlich war, ließ sich nichts anmerken. Der schwarz Uniformierte blieb vor ihm stehen. Er grinste genüßlich.

»Ryder Hook, nehme ich an?«

»Stimmt«, antwortete Hook, zog seine Waffe und schoß Goton Telander nieder.

Panik und Aufruhr, ein Chaos von Schreien und Rennen versetzte das ganze Empfangsgebiet in ein wildes Durcheinander. Hook sprintete auf Porten zu, und unterwegs schlug er noch drei von Telanders Begleitern nieder, die versuchten, auf ihn zu schießen. Er faßte Pera um die Taille.

»Taynor Porten! Bringen Sie Ihre Leute von hier weg! Schnell!«

»Aber Sie sind nicht der Mann, mit dem ich ...«, begann Porten.

»Doch, er ist Ryder Hook«, fiel Pera ein. »Wer sonst könnte einen solchen Aufruhr stiften?«

Sie liefen zu den von HGL bereitgestellten Wagen und rasten in Richtung der Stadt Pearlhampton davon.

Hook arbeitete fieberhaft daran, seine Verkleidung zu ändern, und verwandelte sich in einen alten Mann mit gekräuseltem Haar. Mit Gesichtsgel gestaltete er seine Schädelform neu. »Geben Sie mir den Anzug von dem Jungen im Fond, Pera«, forderte er.

Der Taynor, ein fetter, ältlicher Mann, der einen metallenen Aktenkoffer umklammerte, protestierte wütend: »Ich bin Sechzehnter Vizepräsident! Sie werden meinen Anzug nicht bekommen!«

»Tun Sie, was Ryder Hook Ihnen sagt!« befahl Pera mit einer Stimme, die alle außer Ryder Hook zusammenfahren ließ.

Am Satelliten-Postamt wurde Hook abgesetzt. In den Sachen des Sechzehnten Vizepräsidenten mit gebeugtem Rücken und einem aus einem Wagenkissen bestehenden

Bauch schlurfte Hook die Stufen hoch. Sein Daumenabdruck war allerdings immer noch sein eigener, und der Safe rutschte gehorsam aus dem Ausgabeschacht in seine geöffneten Handflächen.

Draußen auf dem sonnenbeschienenen Boulevard versuchten lerdunische Polizisten, die in den Wagen sitzende Gesellschaft von Pattens zu schikanieren. Hook blieb stehen und sah sich das an. Pattens war keine so leichte Beute wie ein galaktischer Einzelgänger. Und die Hardman Galactic Lines würden Porten Rückdeckung geben, denn für sie hing ein großes Geschäft davon ab. Die Polizisten konnten nicht beweisen, daß Porten und seine Begleiter irgend etwas mit dem Vorfall am Raumhafen zu tun hatten. »Wir sind weggefahren, weil wir nicht den Wunsch hatten, hineinverwickelt zu werden«, war alles, was sie zu hören bekamen. Die Polizisten mußten die Wagen unbehindert weiterfahren lassen. »Sie können mir glauben, Officer, daß Ihre Vorgesetzten Ihr Verhalten zu würdigen wissen werden«, hörte Hook Porten noch sagen.

Hook lachte vor sich hin. Er mochte den alten Porten – und so etwas kam bei ihm selten vor. Er spazierte zum Hotel, und einige von Portens Leuten schmuggelten ihn hinein. Dann war nichts mehr zu tun als zu warten. Hook wußte, daß die Regierung von Lerdun anhand des Beweismaterials über Interstell-Imp und speziell über Jedgar Kaston, das in dem perlengroßen Hologramm gespeichert war, gezwungen sein würde, Maßnahmen zu ergreifen. Hardmann Galactic Lines und auch GCC würden davon profitieren, bis sie selbst einmal an die Reihe kamen.

Schließlich lief es auf folgendes hinaus, wie Hook erfuhr, während er auf einem bequemen Hotelbett lag und Champagner trank: Jedgar Kaston konnte seinen Coup gegen GCC noch erfolgreich durchführen, aber sich seines Sieges nicht lange freuen. Porten übernahm Kastons Interstell-Imp-Agentur und vereinnahmte damit gleichzeitig GCC.

Alle sagten, es sei ein Tag des Triumphes. Sie setzten jedesmal hinzu, es sei deswegen so leicht gegangen, weil der planetare Manager Ray Nellinger so unglücklich zu

Tode gestürzt war. Der Sechzehnte Vizepräsident, jetzt wieder in seinem eigenen Anzug, war sogar so großzügig, seiner Meinung Ausdruck zu verleihen, ohne Ryder Hooks geschicktes Vorgehen hätten sie es wohl kaum geschafft.

Hook schwenkte sein Champagnerglas.

»Nicht der Rede wert.«

Seine eigenen Worte ernüchterten ihn. Bald schon würde das, was er getan hatte, nicht mehr der Rede wert sein, jedenfalls nicht für diese Leute. Pera erklärte eifrig: »Ich bin überzeugt, Mr. Porten wird Sie auffordern, Pattens beizutreten, Hook. Dann werden Sie eine richtige Kreditkarte bekommen.«

Da Ryder Hook so war, wie er war, antwortete er nicht: »Großartig.« Aber er fühlte sich großartig.

»Ich glaube nicht, daß ich annehmen werde, Pera. Dann wäre ich gebunden, wäre in meiner Freiheit beschränkt.«

»Aber Sie wären sicher!«

»Vielleicht. Nur würde mir die Sicherheit nicht allzu gut bekommen.«

Pera setzte sich im Bett hoch. Ihr dunkles Haar war zerzaust. Sie sah wunderschön aus. »Ich finde, du bist ein Ekel und ein Dummkopf und ein großer Affe und ich weiß nicht, was sonst noch alles.«

»Und du bist ein Mädchen, das von mir all das verlangen würde, was ich dir nie geben könnte.« Er kniff sie ins Ohrläppchen. »Und ich bin mir nicht einmal im klaren darüber, ob ich es dir geben würde, wenn ich es könnte.«

»Das heißt mit anderen Worten, du willst wieder fort, hinaus in den Raum, auf Wanderung durch die Galaxis.«

»Ich glaube schon. Übrigens habe ich das Gefühl, daß es an der Zeit ist, mich nach Shaeel umzusehen. Er ist ein prima – na ja, ›Kerl‹ kann man in seinem Fall schlecht sagen.« Im Gedanken an den Hermaphroditen lachte er vor sich hin. »Shaeel kann ein ›H‹ ebensogut aussprechen wie du oder ich. Und trotzdem nennt er mich immer 'ook. Dabei bleibt er. 'ook.«

»Ich werde es dir zeigen, 'ook«, versprach Tayniss Sotherton und sprang ihn an. Hook lachte, rollte sich weg und packte sie, und hinterher hätte er, wenn er in der Stimmung dazu gewesen wäre, einen sehr guten Grund finden können, Pattens beizutreten.

Er tat es nicht.

Ryder Hook war ein Einzelgänger in diesem magischen, glänzenden, gnadenlosen Sternenstrudel.

Porten rüstete ihn mit neuer Kleidung, einer schwellenden Börse voller Metallgeld, das ihn viele Parseks weit bringen würde, und einer Fahrkarte für das HGL Sternenschiff *Maquinchao* aus. Pera begleitete ihn zum Raumhafen, um dort von ihm Abschied zu nehmen. Da diesmal Pattens und HGL unsichtbar schützend über ihnen schwebten, gab es keine Schikanen seitens der lerdunischen Regierung. Für alle Fälle hatte Hook sich so hergerichtet, daß er wie ein älterer Vizepräsident mit ergrauendem Haar aussah. Er ließ die Laderoboter sein Gepäck transportieren. Alle Koffer waren neu und teuer und vollgestopft mit Leckereien, die Pera ihm aufgedrängt hatte.

»Hook ...!« Plötzlich bemerkte sie den pfiffigen Blick in seinen braunen Augen, und ihr Kinn ging nach oben. »Pattens hat die hiesigen Agenturen übernommen. Alles ist wieder in Ordnung gekommen. Aber du drehst uns den Rücken und verschwindest in der Galaxis, du Dummkopf!«

»Du bist auch sehr süß«, gab Hook zurück, küßte sie und ging davon.

Auch jetzt war er sich nicht sicher, ob nicht nur ein Übel das andere Übel ersetzt hatte – aber –, schlimmer als ein Projektmann konnte nichts sein. An diesen Glauben mußte Ryder Hook sich halten, als er sich in die Weiten der Galaxis aufmachte.

ENDE DES ERSTEN BUCHES

ZWEITES BUCH
Die Hypno-Falle

I

Ryder Hook sprang die letzten drei Stufen der Gangway hinunter, die an den Ausstieg der Raumfähre gerollt worden war. Endlich hatte er wieder den festen Boden eines Planeten unter den Füßen! Sein Gepäck war gefüllt mit kostbarer Kleidung und dem Schnickschnack der Reichen, sein Geldgürtel strotzte von Metallmünzen, eine Delling schmiegte sich an sein rechtes Handgelenk, und er war fest entschlossen, sich ausgiebig zu amüsieren.

Ein gräßliches, unartikuliertes Geschrei zerriß die warme Nachmittagsluft von Mergone. Die Passagiere, die vor Hook über den Zementboden gingen, blieben abrupt stehen. Über ihre Köpfe hinweg sah er einen wirren Haufen von Männern und Frauen und Nichtmenschen aus der Tür der Zollabfertigung hervorstürzen. Die eben gelandeten Passagiere schrien auf und drängten sich in wilder Hast zurück zur Gangway und zur Raumfähre.

Hook warf erst noch einen Blick auf den Mob, der sich, aller Vernunft beraubt, auf das Fahrzeug zuwälzte. Die Leute sahen grauenerregend aus. In ihrer Pein hatten sie sich die Kleider heruntergerissen, und von ihren Gesichtern und den nackten Körpern tropften schwammartige Auswüchse. Sie lösten sich allmählich auf. Ununterbrochen kreischten sie. Hook bemerkte einen Mann, dem ein Auge fehlte. Während er weiterrannte, löste sich auch das andere Auge aus seiner Höhle. Der Mann fiel und wurde sofort niedergetrampelt.

»Laßt mich vorbei!« brüllte ein kreidebleicher Jahnier neben Hook. Er rempelte einen Krif-Mann an, der ihm den Weg versperrte. »Sie sind verseucht! Sie werden uns alle anstecken!«

Der Krif-Mann, ein Klotz von einem Kerl, reagierte mit der Behendigkeit, die für seine Rasse charakteristisch war. Seine Handfeuerwaffe, deren Elektronik mit den Nervenbahnen seiner Hand verbunden war, rutschte augenblick aus seinem Ärmel. Er schoß in die Luft. Überall erzeugte die Panik Zusammenstöße. Hook trat zur Seite. Todesangst schüttelte die Passagiere. Eben noch waren sie in bester Stimmung auf das Zollhaus zumarschiert und hatten den ersten Blick auf diese Welt Mergone getan. Jetzt kämpften sie wie wilde Tiere darum, in die Fähre zurückzugelangen, die sie aus dem im Orbit befindlichen Sternenschiff *Talcahhuano* der Hardman Galactic Lines heruntergebracht hatte.

Von der Zollabfertigung her schoß jemand auf die sich prügelnden Passagiere. Ein Feuerstrahl zischte durch die Menge. Hook sah, wie die tödliche Energieladung die Stewardeß traf, die entsetzt in der Schleuse der Fähre stand. Sie war eine nette, tüchtige Stewardeß gewesen, beinahe genauso wie ein irdisches Mädchen gebaut, aber keine Terranerin. Ihre Schönheit hatte jeden Mann irdischer Abstammung ansprechen müssen, der Blut und kein Wasser in den Adern hatte. Ryder Hook schauderte es bei dieser sinnlosen Verschwendung.

»Weg da!«

»Laßt mich durch!«

Im wirren Durcheinander stolperten die Passagiere die Stufen hoch, sprangen und schlugen um sich, fielen und krochen.

Sie dachten an nichts anderes mehr, als zurück in die Raumfähre zu gelangen. Der friedliche Nachmittag ertrank in Flammen und Entsetzen.

Die verseuchten Planetenbewohner kämpften untereinander. Mergone war nur dünn bevölkert, wie Hook wußte, und er vermutete, die Krankheit habe keinen einzigen der Bürger dieser Welt verschont. Niemand, der hier unten blieb, würde überleben. Jeder schlug sich um einen Platz in dem Raumfahrzeug.

Noch einmal wurde vom Zollhaus her geschossen, und diesmal mähte der Feuerstrahl eine Lücke in die Menge der kranken Einwohner.

Wenn die Leute von Mergone erst einmal die Fähre in ihre verseuchten Hände bekommen hatten, würden sie abheben, das HGL-Sternenschiff *Talcahhuano* übernehmen und die Krankheit, vor deren Quelle sie flohen, zweifellos über den ganzen Sektor der Galaxis ausbreiten. Jeder einzelne dachte nur noch an sein eigenes Entrinnen.

Es schien ein Gifthauch in der Luft zu liegen – aber es schien nur so, denn Hook konnte die frische, süße Luft riechen und nur ahnen, daß sie tödliche Sporen enthielt.

Als der Schütze zum dritten Mal feuerte, entdeckte Hook ihn. Ehe er noch selbst ziehen und schießen konnte, taumelte der Mann schreiend ins Freie. Er war kein Terraner, aber von beinahe humanoider Gestalt. Jedenfalls hatte er zwei Augen, und sie rutschten ihm aus den Höhlen. Der Mann stürzte.

Hook erreichte die unterste Stufe der Gangway. Er stieg hinauf. Einer fetten, hysterischen Frau von Stortons Planet gab er einen Schubs, der sie durch das lärmende Menschenknäuel vor der Schleuse schleuderte. Hook setzte ihr nach.

»Schnell! Schnell!« Der Pilot der Fähre stand neben der Schleusentür.

Er zitterte vor Entsetzen, er gestikulierte, aber seine Waffe steckte noch im Holster.

Er war ein junger Bursche von Haeyfuong, einem Planeten des Smaragdaugenhaufens, wo die Lebensbedingungen so gut waren, wie sie in der Galaxis nur sein konnten, und besser als in diesem Sektor. Hook erkannte, daß der Junge keine Ahnung hatte, was er tun sollte. Seine Besorgnis um seine Passagiere war lobenswert. Aber Ryder Hook hatte nicht die Absicht, der Unfähigkeit des Piloten wegen sein Leben aufs Spiel zu setzen.

Ein Gelmix-Klumpen traf das Geländer. Die Passagiere duckten sich in wilder Hast. Einige, die noch unten am Boden waren, wurden getroffen, und diejenigen, die keine Kleidung aus Metallgewebe trugen, lösten sich auf und sanken zu Häufchen wabbelnder Masse zusammen. Hook hatte genug. Jetzt nahm er fünf Stufen auf einmal, schob Leute vor sich her, trieb sie zusammen, faßte sie beim Kragen, trat ihnen in den Hintern. Vor der Schleuse blieb er stehen.

»Grauenhaft!« japste der Pilot.

»Sie sagen es, mein Sohn. Machen Sie, daß Sie hineinkommen und die Kiste starten.«

»Aber es sind noch ...«

»Ich weiß. Sie sind bereits tot. *Beeilung!*«

Über den Zementboden wälzte sich die Masse monströser, verseuchter Kreaturen auf die Raumfähre zu. Ihr Geschrei war ohrenzerreißend. Vor den Augen Hooks und des Piloten lösten sie sich auf, als sei ein supertödliches Gelmix über sie versprüht worden. Der junge Pilot war wie erstarrt vor Ekel.

Hook packte ihn und schob ihn hinein.

Er sprang hinterher. Auf der Schwelle drehte er sich noch einmal um und verschoß einen reinigenden Feuerstrahl aus seiner Tonota Achtzig. Hände, die sich ankrallten, fielen hinab, grotesk verrenkte Körper wurden zurückgeschleudert. Für einen Augenblick war die Gangway frei.

»Starten Sie, Blödmann!« brüllte Hook dem Piloten zu.

Der Junge hatte sich über dem goldenen Teppich auf dem Metalldeck erbrochen. Die Passagiere im Inneren der Fähre reagierten auf mannigfaltige Weise, von denen für Hook keine überraschend war. Die Lichter schienen auf aufgerissene Münder, stierende Augen und fuchtelnde Hände.

Tosendes Stimmengewirr erfüllte die Kabine.

Hook schloß die Schleuse. Weitere verunstaltete Geschöpfe dieser zum Tode verurteilten Welt Mergone quollen aus dem Zollhaus hervor. Gelmix spritzte auf die Gangway. Ein Schuß sprang von der sich schließenden Schleuse ab. Wenn irgendwer da draußen eine Tonota Achtzig oder eine Martian Mega abfeuerte, konnte er, wenn er genug Ausdauer hatte, ein Loch in die Hülle der Raumfähre bohren. Es war höchste Zeit, die Düsen zünden zu lassen.

Es gab keine Stewardeß mehr, die die Passagiere beruhigen konnte.

Hook bahnte sich einen Weg bis zu dem Piloten und schüttelte ihn heftig. Aber der junge Mann war am Ende seiner Kräfte. Hook ließ ihn los und rannte zu den Kontrollen. Diese Fähre war wie eine Million anderer ihrer Art. Sie beförderten Passagiere zu und von den riesigen, luxuriösen Sternenschiffen, die um die Planeten dieser Galaxis kreisten. Hook schnallte sich an, checkte das Kontrollbord, erhielt überall grünes Licht und gab das Programm für den Start ein. Augenblicke später konnte er den Befehl zum Abheben geben. Die Fähre raste von dem infizierten Boden Mergones in die Höhe.

Hook hoffte, ein paar weitere der armen, zum Tode verurteilten Teufel seien von dem Ausstoß der Düsen barmherzigerweise zu Nichts zerblasen worden.

Er zerrte den Piloten ins Cockpit. Das Gesicht des Jungen war graugrün wie monatelang im Kühlschrank vergessener Käse. »Sadie«, flüsterte er. Seine Lippen bluteten, so hatte er sich daraufgebissen, um das Schreien zu unterdrücken. »Haben Sie es gesehen? Sadie ist ...«

»Sie war ein nettes Mädchen«, fiel Ryder Hook ein. »Und wenn Sie ihr Schicksal nicht teilen wollen, sollten Sie diese Kiste zurück zur *Talcahhuano* bringen.«

»Ja.« Der Junge zog sich auf den erhöhten Pilotensitz. »Sie ...«

»Ich bin Ryder Hook, mein Sohn. Wenn Sie es nicht fertigbringen – ich kann es.«

»Ich bin – ich bin Lieutenant O'Steele. Ich schaffe es schon.«

O'Steele hielt Wort. Hook war darüber nicht besonders erstaunt. Die meisten Sternschiff-Linien beschäftigten junge Männer – entweder Terraner oder aus einer anderen raumfahrenden Rasse – als Deckoffiziere, und sie trafen eine gute Auswahl. O'Steeles Reaktion war nur der Tatsache zuzuschreiben, daß das Entsetzen so plötzlich über sie alle hereingebrochen war. Zudem hatte er erleben müssen, wie sich Sadie, die schöne Stewardeß, vor seinen Augen in Nichts auflöste.

Hook fühlte kein Mitleid mit ihm, aber auch keine Verachtung.

Die Fähre erhob sich über Mergones Atmosphäre. O'Steele fütterte seinen Bordcomputer mit ordentlichen

Berechnungen, und der Computer spuckte ordentliche Antworten aus. Die Fähre brauchte dem Sternenschiff auf seinem Orbit nicht allzuweit nachzujagen. O'Steele schaltete den Bildschirm ein.

»Fähre ruft *Talcahhuano*«, sagte er mit bemerkenswert fester Stimme.

Auf dem Bildschirm erschien das Gesicht des Offiziers vom Dienst. Es war ein Krif-Mann, zäh, selbstbewußt, kompromißlos. Eine Führernatur. Er starrte den jungen O'Steele äußerst unfreundlich an.

»Sie melden sich verdächtig früh wieder zurück, Leutenant. Wie können Sie die Ausschiffung jetzt schon beendet haben?«

»Habe ich ja nicht! Seuche – entsetzlich – Aussatz – Sadie ist tot – wurde erschossen! Da unten sind sie alle tot!«

»Sie dreidoppelter Idiot!« brüllte Hook. Seine linke Hand schleuderte den Jungen vom Sitz, mit der rechten unterbrach er die Verbindung. Das Gesicht des Krif-Mannes auf dem Schirm verblaßte.

»Was ist denn?« Vom Fußboden aus sah ihn O'Steele hilflos und erschüttert an.

Hook beherrschte sich.

»Vielleicht bin ich im Irrtum, O'Steele. Hoffen wir es! Stellen Sie die Verbindung wieder her und berichten Sie einfach, Sie hätten nicht landen können. Geben Sie keine Gründe dafür an.«

»Ich sehe nicht ein, warum ...«, begann O'Steele verdrossen.

Hook beugte sich zu ihm herab. Sein Gesicht war häßlich vor Zorn.

»Was Sie einsehen und was Sie nicht einsehen, spielt überhaupt keine Rolle! Tun Sie es!«

»Ich bin der kommandierende Offizier!«

Hook zog O'Steele an dem schmucken, goldbesetzten Kragen hoch und schüttelte ihn. »Tun Sie es!«

O'Steele rief das Sternenschiff von neuem. Als der Krif-Mann auf dem Schirm erschien, meldete er, es sei ihm unmöglich gewesen zu landen. Ein zweites Gesicht tauchte auf. Es gehörte dem Kapitän des HGL-Sternenschiffs *Talcahhuano*. Copatec war sein Name. Er hatte das übermäßig rosige Gesicht eines Mannes, der sein Schläfchen zwischen zwei Wachen – und während der Wache – schon immer geliebt und jetzt, als Kapitän vom Wacheschieben entbunden, die tropfenweisen Entspannungspausen zu einem ständigen Strom hatte werden lassen.

»Was hat das alles zu bedeuten, Lieutenant?«

O'Steele streifte Hook mit einem Blick, schluckte und erklärte: »Ich konnte nicht landen, Sir. Es sprachen – bestimmte – Umstände dagegen. Wir müssen wieder an Bord kommen, Sir.«

Copatecs blühende Farben deuteten auf einen Gesundheitszustand hin, der ihm höchstens noch zwanzig Jahre Leben gestatten würde – eine kurze Zeit in dieser Galaxis –, falls er nicht ganz schnell abnahm. Der Krif-Offizier sagte dem Kapitän leise etwas ins Ohr.

Copatec schreckte zusammen wie elektrisiert.

»Seuche? Wir haben Meldungen vorliegen, daß drei Systeme infiziert worden sind. Wenn das verdammte Zeug hier angekommen ist ...«

Hook fluchte. Es hatte Gerüchte über diese Seuche gegeben, die sich in rasender Geschwindigkeit verbreitete und, wenn sie einmal einen Planeten erfaßt hatte, die gesamte Bevölkerung vernichtete. In diesem Solarsystem von Tannenbar gab es vierzehn Planeten, aber nur Mergone, um den die *Talcahhuano* gerade kreiste, war für menschliches Leben geeignet. Der nächstäußere Planet – Merfalla – konnte nach dem interstellaren Allmanach notfalls bewohnt werden, war es aber nicht. Die übrigen Planeten waren wie ihre Gegenstücke in anderen Sonnensystemen entweder gefrorene Gasbälle oder glühendheißer Schlamm.

Kapitän Copatec hatte seinen Entschluß gefaßt. Er tat so etwas nicht gern, aber er trug die Verantwortung.

»Ich habe dreitausend Leute an Bord meines Schiffes, Lieutenant. Ich kann Ihretwegen ihr Leben nicht aufs Spiel setzen, so hart das auch sein mag. Es tut mir leid. Ich kann Sie nicht an Bord nehmen. Es ist mehr als wahrscheinlich, daß Keime der Seuche in die Fähre geraten sind.«

»Das könnten Sie nicht tun!« schrie O'Steele. An einen solchen Ausgang hatte er nicht gedacht. »Sie können uns nicht aussetzen! Eine Landung ist der sichere Tod!«

»Es tut mir leid, O'Steele. Sie sind ein Offizier der HGL-Raumlinie. Sie wissen, was Ihre Pflicht ist und was die Loyalität gegenüber Ihrer Wirtschaftsorganisation von Ihnen fordert.«

»Aber das ist keine Loyalität! Das ist Mord!«

»Seien Sie vernünftig, Junge. Es wäre Mord, wenn ich Sie und Ihre infizierten Passagiere an Bord ließe. Das müssen Sie einsehen.«

O'Steele brachte Argumente und Bitten vor, doch Hook wußte, die Entscheidung des Kapitäns war nicht mehr zu ändern. So unmenschlich sie auch erscheinen mochte, es war der einzige Kurs, den Kapitän Copatec innerhalb dieses gnadenlosen Sternenstrudels einschlagen konnte, wenn er seinem Eid als Sternenschiff-Kommandant treu bleiben wollte.

Einige der Passagiere in der Raumfähre hatten sich von ihrem Schock so weit erholt, daß sie den Schirm, der das Cockpit von den Passagierkabinen abteilte, zur Seite schoben. Sie hatten von dem Gespräch zwischen Sternenschiff und Fähre genug mitgehört, um zu verstehen, was ihr Los sein würde. Eine brüllende Menge versuchte, das Cockpit zu stürmen. Die Furcht der Leute war jetzt eine Million mal größer als vorhin. Über das Toben des Aufruhrs hinweg fuhr Lieutenant O'Steele fort, seinen Kapitän zu beschwören.

»Es hat keinen Sinn, Lieutenant. Wir werden Meldung erstatten, und schon bald wird medizinische Hilfe auf Mergone eintreffen.«

»Bis dahin sind wir alle tot!«

»Mehr kann ich beim besten Willen nicht tun.«

Die Verbindung wurde unterbrochen.

Das Innere der Fähre verwandelte sich in ein Tollhaus.

Alles kreischte durcheinander. Die Passagiere wußten, daß sie dem kalten Weltraum auf Gnade und Ungnade ausgeliefert worden waren.

Hook schob den Piloten ohne jede Förmlichkeit von seinem Thron.

»In die Fähre ist kein einziger Krankheitskeim gelangt, Sie Schwachkopf! Aber Sie haben uns alle durch Ihr idiotisches Gebrabbel zum Tode verurteilt!«

II

In diesen Augenblicken, als der Tod ihr unentrinnbares Schicksal zu sein schien, war Ryder Hook der wütendste Mann in der ganzen Galaxis. Aber war das nicht sein gutes Recht? Waren nicht alle außer ihm an dieser sinnlosen Katastrophe schuld? Und wenn schon – was war so Besonderes daran? Sein ganzes Leben lang hatte er wegen anderer Leute Fehler, anderer Leute Feindseligkeit, anderer Leute Intrigen kämpfen müssen. Er war kein Paranoiker. Er war kein Supermann. Trotzdem explodierte er fast vor Wut.

Und da er Ryder Hook war, konnte er diese Wut absolut unter Kontrolle halten. Er zeigte der Galaxis eine harte, kalte Maske, die keine Provokation und keine Versuchung durchbrechen konnte.

»Wir müssen sofort wieder landen!« schrie der Krif-Mann. Wie alle Vertreter seiner Rasse war er hart und zäh und verfügte über ein ungeheuer aufgeblähtes Ego. Hook war jedoch klar, daß er über die Eigenschaften, die er zur Schau stellte, in beträchtlichem Ausmaß tatsächich verfügte. Der Krif-Mann zog den Piloten hoch und funkelte Hook an.

»Ich weiß nicht, wer Sie sind, Gonil. Aber behandeln Sie ja den Piloten gut. Er ist der Mann, der uns zurückbringen wird.«

»Wenn Sie umkehren, wird die Seuche Sie fressen«, begann Hook mit ruhiger Stimme. Das Röhren des Krif-Mannes schnitt ihm das Wort ab.

»Nicht unbedingt! Es muß auf Mergone Gebiete geben, die die Seuche noch nicht erreicht hat. Dort sind wir sicher, bis die medizinischen Teams kommen.«

Hook schüttelte den Kopf.

»Ich bestehe darauf! Wir landen wieder. Diesmal woanders. Oben in der Polarregion. Das ist sicherer.«

Ryder Hook hatte darüber nachgedacht, daß dies eine Situation war, in der ein Mann seinen Weg in die Sicherheit nicht durch Schießen, Treten, Boxen oder Ringen erkämpfen konnte. Er würde diese Methoden anwenden, wenn er es mußte. Wenn sein Leben dadurch gerettet werden konnte, machte es ihm gar nichts aus, einem Mann auf den Schädel zu schlagen. Allerdings zog er es vor, ein Problem durch gedankliche Anstrengung zu lösen, und in diesem Fall schien es sowieso die einzige Möglichkeit zu sein.

Der Galaxis kann man keinen Kinnhaken versetzen.

Und jetzt erzählte ihm dieser Krif-Mann mit großem Stimmaufwand, was er zu tun habe.

Es konnte vorkommen und es war schon vorgekommen, daß jemand Ryder Hook erzählte, was er zu tun habe. Für gewöhnlich hatte dieser Jemand dann aber eine Waffe in der Hand oder Rückendeckung durch irgendeine überdimensionale Macht.

Das Gebabbel im Passagierteil verstummte nicht, sondern polarisierte sich um diese beiden, die ganz vorn standen, den stämmigen Krif-Mann in seinen Kleidern aus Metallgewebe, seinem dicken, groben, verzerrten Gesicht und seiner brüllenden Stimme, und Ryder Hook in seinem einfachen Anzug und einem Gesicht, das durch die Gesichtsgel-Maske, mit der er sich unkenntlich gemacht hatte, noch häßlicher wirkte als von Natur aus.

»Wir landen!«

»Nein! Das können wir nicht wagen!«

Hook ignorierte die verschiedenen Argumente. Er schob O'Steele aus dem Abteil. Als der Krif-Mann versuchte, ihn daran zu hindern, sah Hook ihn nur an. Er sprach ruhig, aber das Funkeln des Wahnsinns in seinen Augen ernüchterte den Krif-Mann auf der Stelle.

»Wir fliegen mit der Fähre nach Merfalla. Der Almanach sagt, Leben sei dort möglich. Leicht wird es nicht sein – vielleicht zu schwer für Sie, Freundchen.«

Der Krif-Mann blähte sich auf.

»Wir Krif-Männer sind in der Galaxis einzigartig! Kein elender Erdenmann darf ...«

»Schon gut, sparen Sie sich das. Wenn Sie nochmals auf Mergone landen wollen, müssen Sie mich erschießen – und ich glaube, meine Delling wird Sie eher erwischen, als Sie Ihre niedliche kleine Gelmix-Waffe aus dem Ärmel bekommen.« Hook brach eine Grundregel. »Wenn Sie es versuchen wollen – bitte!«

Die prahlerische Art des Krif-Mannes verbarg großen Mut, große Stärke, große Fähigkeiten.

Wenn er auf die Herausforderung einging und die mit seinen Nervenbahnen verbundene kleine Waffe hervorgleiten ließ, mußte Hook ihm zuvorkommen.

Der Krif-Mann funkelte Hook an, leckte sich die Lippen und sagte: »Das Risiko ist zu groß. Wir könnten unschuldige Passagiere töten. Aber – eines Tages, Gonil ...«

Hook nahm auf dem Pilotensitz Platz.

Er hätte ohne Zögern gezogen und geschossen, wenn es umgekehrt gewesen wäre und der Krif-Mann ihn herausgefordert hätte. Vielleicht wären unschuldige Zuschauer verletzt worden, vielleicht auch nicht. Darauf hätte Hook es ankommen lassen, wenn sein eigenes Leben auf dem Spiel stand.

»Raumfähren sind zu einem bestimmten Zweck gebaut. Wir wollen hoffen, daß diese hier zusammenhält, bis wir am Ziel sind. Gehen Sie nach hinten und sagen Sie den Leuten, sie sollen den Mund halten und stillsitzen. Das spart Sauerstoff. Allzu lange werden wir nicht brauchen. Aber Sie, Krif-Mann, haben die Aufgabe, mir die unschuldigen Passagiere vom Nacken zu halten.«

Wenn ein Sternenschiff aus der Überlichtgeschwindigkeit kam und in einen Orbit um den Planeten eines Sonnensystems ging, war es üblich, Passagiere und Fracht mit einer Raumfähre an ihren Bestimmungsort zu bringen. Deshalb konnte eine Raumfähre im interplanetaren Raum eine beträchtliche Strecke zurücklegen. Natürlich konnte sie ebensowenig wie eine Rettungskapsel interstellare Entfernungen bewältigen. Von Mergone bis Merfalla mußte dies Fahrzeug es schaffen können. Es war ein Standard-Modell, ausgerüstet mit IP-Maschinen, die von der Krif-Technik entwickelt und von HGL hergestellt waren. Das ermöglichte es der Fähre, sich auf Vektoren zu bewegen, die ohne Berücksichtigung der Umlaufbahnen um das Zentralgestirn berechnet waren. Eine Gerade konnte selbstverständlich nicht eingehalten werden, denn selbst im hundertsten Jahrhundert wurde die Bewegung eines Körpers durch den Raum noch durch die astrophysikalischen Gesetze bestimmt. Aber auf dem Flug von Mergone nach Merfalla konnte diese Raumfähre bei einer relativ niedrigen Unterlichtgeschwindigkeit an eine Gerade doch ziemlich nahe herankommen.

Es würde keine lange Fahrt werden. Hook rief O'Steele.

»Überprüfen Sie die Sauerstoffversorgung. Vielleicht wissen Sie, wie Ihr verdammter Kapitän diese Fähre hat ausrüsten lassen; ich weiß es nicht. Ich möchte eine gründliche Kontrolle aller Versorgungsanlagen. Hopp!«

»Aber ...«

Hook streckte einen bestiefelten Fuß aus und trat zu.

»Hopp!«

Lieutenant O'Steele hopste.

Als er zurückkam und Meldung erstattete, führte Hook die einfache Berechnung im Kopf aus. Dann ließ er sich ausführlich über die Vorfahren sowie die Lebens-, Eß- und sexuellen Gewohnheiten Kapitän Copatecs aus.

»Dieser raffgierige und geizige Leuteschinder! Zu pfennigfuchserisch, um auch nur die kleinste Reserve an Bord zu geben! Wir werden Merfalla mit der höchstmöglichen Geschwindigkeit ansteuern. Mal sehen, ob wir es mit diesen gottverdammten Krif-Maschinen in acht terranischen Stunden schaffen.«

»Wir haben einen Luftvorrat für sieben Stunden.«

»Dann müssen wir ihn strecken!«

Der Krif-Mann erschien wieder, sowohl wütend als auch mißtrauisch. Sein Name war Rafflans, wie er mit einem Stolz verkündet hatte, der unter diesen Umständen lächerlich wirkte. »Ich bin kein Astronaut. Erklären Sie, was Sie vorhaben, Pakasch.«

Hook ließ ihm die Beleidigung durchgehen.

»Die Fähre kann 0,02 C erreichen. Richtig? Bis Merfalla sind es auf dem Kurs, den wir einhalten müssen, rund hundert Millionen Meilen – terranische Meilen. Nehmen wir die 0,02 C als Durchschnittsgeschwindigkeit an und berücksichtigen wir Beschleunigung, Wenden und Bremsmanöver, brauchen wir acht oder achteinhalb Stunden. Rechnen Sie es nach, Querkopf.«

»Ich werde Ihnen Arme und Beine ausreißen, Hook, sobald ...«

»Halten Sie Ihren häßlichen Mund, Rafflans, und sorgen Sie lieber dafür, daß die Frau da hinten mit dem hysterischen Anfall ruhig wird. Sie verbraucht mehr Sauerstoff, als ihr von Rechts wegen zusteht. Schlagen Sie sie k.o., wenn es sein muß. Aber bringen Sie sie zum Schweigen!«

Rafflans funkelte ihn an, aber Hook funkelte zurück, und der Krif-Mann verzog sich.

»Gut, O'Steele. Das Programm ist eingegeben, wir sind unterwegs, und wenn die verdammten Maschinen explodieren, dann heißt es: Lebewohl, Galaxis. Halten Sie die Kiste nur immer hübsch auf Kurs.«

Hook stieg von dem Thron herunter.

»Was wollen Sie tun?« fragte der Pilot.

Hook drehte sich zu ihm um.

»Was ich tun werde, geht Sie nichts an, Söhnchen. Sie halten diesen Eimer auf Kurs nach Merfalla und beten zu Ihren schimmeligen Heidengöttern, daß er in einem Stück dort ankommt.«

O'Steele schrumpfte auf seinem Pilotensitz zusammen.

Hook machte es keinen Spaß, den Jungen einzuschüchtern. Aber der Lieutenant war schon einmal zusammengebrochen, und das konnte jederzeit wieder passieren. Es durften aber unterwegs keine Sekunde und keine Meile verschwendet werden.

Hook steckte den Kopf in das Passagierabteil.

Rafflans beugte sich über eine nichtmenschliche Frau. Sie sah einer Iggutaierin ähnlich, hatte aber schwerere Kiefer- und Stirnknochen und keinen Schwanz. Die anderen Passagiere saßen oder lagen, einige sprachen miteinander, andere beteten, und eine Gruppe von fünf spielte im Mittelgang seelenruhig Karten. Die dünnen Plastikscheiben flogen mit unglaublicher Geschwindigkeit hin und her. Hook lachte vor sich hin. Hier war ein Haifisch am Werk. Wenigstens hatte er einen harten Kern von Schurken, die er, wenn notwendig, einspannen konnte.

Er ging zurück ins Astrogationsabteil. Das Funkgerät gehörte zur Standardausrüstung der HGL-Raumfähren und hatte interplanetarische Reichweite. Das war ganz normal. Ihn interessierte nur, ob genug Ersatzteile der richtigen Art dabei waren, damit er es für interstellare Kommunikation umbauen konnte.

Hook liebte solche Basteleien.

Er machte sich daran, den Schrank mit den Ersatzteilen aufzubrechen, suchte nach Werkzeugen, ließ sein ganzes Wissen über Elektronik von seinem Gehirn in seine Finger fließen, baute Schaltkreise um und dachte vergnügt, daß er das hier existierende Kommunikationsnetz schon austricksen würde. Im allgemeinen schaltete er sich nie in ein Netz ein, es sei denn, es handelte sich um einen wirklichen Notfall. Und das war hier ein Notfall. Aber bis jetzt wurde er noch damit fertig.

Mit der ihm eigenen Konzentration legte er eine fünfdimensionale Schaltung an. Viele Elektronik- und Kommunikationsfachleute hätten tun können, was er da gerade tat. Bei einem bestimmten Maß an Vorkenntnissen war es keine Hexerei. Aber wer von diesen vielen Leuten hätte auch nur ein Viertel von all den anderen Dingen tun können, die

Hook fertigbrachte? Ryder Hook war ein Hansdampf in allen Gassen. Allerdings beging einer, der voraussetzte, deswegen sei er auf keinem Gebiet Meister, einen Fehler – einen selbstmörderischen Fehler.

Irgendwo auf einer nahe gelegenen Welt im Raum, bestimmt innerhalb eines Umkreises von zehn Parsek oder so ähnlich, würde ein Kontrollapparat stehen, der dieser oder jener Wirtschaftsorganisation oder Systemregierung gehörte. In Ryder Hooks Gehirn waren raffinierte, nicht zu entdeckende Synapsen eingepflanzt, mit denen er sich in das Netz einschalten konnte. Sie waren ihm von der Armee der Erde eingepflanzt worden, und Hook war – wenn auch aus keinem anderen Grund, so doch aus diesem – dankbar dafür, daß er einmal dazugehört hatte. Das war jedoch lange her. Er war Jack Kinch gewesen, der bekannteste Attentäter der Galaxis. Jetzt war er Ryder Hook, was sein richtiger, ehrlicher Name war, und nichts weiter als ein galaktischer Abenteurer, ein Einzelgänger zwischen den allgegenwärtigen Multi-System-Konglomeraten. Hook zog es vor, allein zu sein.

Er stellte den letzten Anschluß her und lehnte sich zurück. Das Ding war ungeheuer groß geworden. Mußte es auch sein, nach der verrückten Art, in der er es zusammengestöpselt hatte. Es war beinahe so groß wie seine Handfläche. Man stelle sich vor – ein Funkgerät, dessen Reichweite bloße fünf Lichtjahre im interstellaren Raum zu betragen brauchte, war so groß wie seine Handfläche! Doch wenn es auch klobig und sperrig war, es würde funktionieren. Ryder Hook hatte an angefertigt, und wenn Ryder Hook etwas in die Finger nahm, wurde es keine Pfuscharbeit.

Er war von jenem furchtbaren und lebenstrotzenden kleinen Planeten aus an Bord des HGL-Sternenschiffes *Talcahhuano* gegangen, den seine Bewohner Pantakles, die meisten anderen Leute aber »die Raumfahrerfalle« nannten. Man konnte sich dort ausgiebig amüsieren, und Hook hatte es auch getan. Aber wie es der Zufall wollte, war ein Projektmann gelandet und infolge ihres Zusammentreffens ums Leben gekommen. Deshalb schien es Zeit zu sein, sich aus dem Staub zu machen. Hooks dünne Lippen zogen sich zurück, als er daran dachte, welch eine herrliche Zeit er auf Mergone hatte verbringen wollen. Die Seuche hatte ihm einen gründlichen Strich durch die Rechnung gemacht.

Nun, Panktakles konnte er mit seinem verrückten Apparat leicht erreichen.

Er ließ den Ruf hinausgehen. Das Überlichtgeschwindigkeitsnetz verband ihn automatisch mit der HGL-Zentrale.

»Welchen Service wünschen Sie, Taynor?«

»Kommunikation.«

Sofort: »HGL-Kommunikation, Taynor.«

»Ich möchte ein Person-zu-Person-Gespräch mit Taynor Shaeel.«

»Taynor« war im Grunde ein Witz.

Sein Freund Shaeel, der Hermaphrodit, hatte oft durchzusetzen versucht, mit dem Titel angeredet zu werden, den seine Mitbürger von Pertan Major bevorzugten. Aber niemand in der Galaxis konnte sich daran gewöhnen, statt einer Anrede, die das männliche oder weibliche Geschlecht kennzeichnete, ein Neutrum zu benutzen. Wenn Hook ein Gespräch mit Tayniss Shaeel angemeldet hätte, wäre das ebenso richtig gewesen.

»Taynor Shaeel hat das Imperial-Centre-Hotel verlassen.«

»Wohin ist er gegangen, um Old Dirty Berti Bashtis willen?«

»Er ist auf Reisen, Taynor. Seine Nachsendeadresse lautet ...«

Hook wurde durch eine Folge von Erschütterungen und Schreien gestört, die aus dem Passagierabteil der Raumfähre drangen. Er fluchte.

»Schicken Sie eine Nachricht an Taynor Shaeel. Teilen Sie ihm mit, Ryder Hook befinde sich auf Merfalla, und er solle mit Kavallerie, Infanterie und Artillerie nachkommen. Verstanden?«

»Nachricht verstanden, Taynor.«

Hook unterbrach die Verbindung – eine der Leitungen

schmorte sowieso schon durch – und stürzte in das Passagierabteil.

Rafflans, der Krif-Mann, lag auf dem Boden. Der kreidegesichtige Jahnier, den Rafflans auf der Gangway angerempelt hatte, als die von der Seuche erfaßten Planetenbewohner die Raumfähre stürmen wollten, stand jetzt über ihm. Er hielt eine häßliche, bedrohliche Energiewaffe in der Hand und zielte damit auf Rafflans Bauch.

»Ihr verdammten, eingebildeten Krif-Männer!« Der Jahnier war rasend vor Wut. »Ihr glaubt, ihr seid ein Geschenk für die Galaxis! Du wirst dich ganz anders fühlen, wenn ich dich auseinanderpuste!«

Der Finger, den der Jahnier um den Abzug krümmte, wurde weiß.

Wenn er den Abzug tatsächlich drückte, wenn er auf den Krif-Mann schoß, würde der Energiestrahl ein sauberes Loch in die Hülle der Raumfähre schneiden. Alles, was an Luft da war, würde durch dieses Loch strömen. Lange bevor irgendwer nach einem Dichtungskissen springen konnte, würden alle Insassen der Fähre längst Vakuum einatmen.

III

In der Reihe direkt hinter dem Kontrollabteil auf dem Platz am Mittelgang saß ein junges Mädchen mit einem grell leuchtenden Gesicht. Sie trug ein leuchtend gelbes Hemd und purpurfarbene Hosen. Um die Schultern hatte sie eine Glitzerschärpe drapiert. Unter der Deckenbeleuchtung schimmerte ihr Haar in einem satten Purpurton.

Hook bückte sich und hob ihr Bein an. Er bewegte sich mit einer so fließenden Gelenkigkeit, daß keine Zeit blieb, ihn aufzuhalten oder nach seinen Gründen zu fragen. Er zog dem Mädchen den Schuh aus. Das Ding war ein kristallenes Kunstwerk mit Plastikriemchen und Smaragdabsätzen, sehr modisch. Er warf den Schuh gegen die Hand des Jahniers und folgte seinem Wurfgeschoß sofort.

Der Schuh traf die Hand mit der Waffe. Der Jahnier schrie auf. Er sah hoch – und Hook hatte ihn. Seine linke Hand schloß sich um das Handgelenk des Jahniers. Seine rechte hackte auf seinen Nacken hinunter. Das Kreidegesicht fiel bewußtlos um. Abdrücken hatte er nicht mehr können. Hook hätte ihm eher die Hand gebrochen, als ihm die Möglichkeit gegeben, den Finger noch eine Spur fester um den Abzug zu krümmen.

»Ihr Idioten!« sagte Hook. »Wie, zum Teufel, ist er an eine Energiewaffe gekommen?«

Rafflans sah aus, als sei ihm übel. Er richtete sich auf die Ellbogen hoch und sah Hook an. »Hat sie aus seinem Gepäck geholt, der Gonil.«

Weder der Krif-Mann noch der Erdenmann erwähnten, daß einer das Leben des anderen gerettet hatte. Nicht einmal die Unterlassung erwähnten sie. Das Leben aller Passagiere war gerettet worden.

»Früher einmal wurden alle Energiewaffen im Safe eines Sternenschiffs verschlossen«, bemerkte Hook. »Gefährliche Dinger, wenn man im Raum damit herumfuchtelt.«

»Ja«, pflichtete Rafflans ihm bei. Er stand auf. Er war wieder in seiner gewohnten Bulldozer-Form und bewies das, indem er die Passagiere anschnauzte, sie sollten sich hinsetzen. Hätte an Hooks Stelle der Offizier eines Raumschiffs gestanden, so hätte er von Rafflans die ganze Geschichte zu hören verlangt. Aber Hook hatte keine Zeit für blödsinnige Beschuldigungen. Sie lebten alle noch – und das allein zählte in dieser Galaxis.

Er ging zurück in das Kontrollabteil. Das Mädchen mit dem Purpurhaar hielt ihn an. Sie lächelte.

Hook gefiel dieses Lächeln.

»Mein Schuh bitte, Taynor Hook.«

Auch wenn Ryder Hook das Lächeln eines hübschen Mädchens gefiel, veranlaßte ihn das nicht, etwas für ihn Uncharakteristisches zu tun.

»Sie müssen ihn sich schon selbst holen, Tayniss.«

»Du meine Güte! Sind Sie aber ein Grobian!«

Sofort verlor Hook jedes Interesse an ihr. Eine dumme, hohlköpfige Person, sonst nichts. Er wollte sich gerade abwenden, da sah er ein Mädchen durch den Mittelgang kommen, das ihm bereits früher aufgefallen war. Er hatte sich vorgenommen, zu einem günstigeren Zeitpunkt mit besonderem Eifer ihre Bekanntschaft zu suchen. Sie trug den Kristallschuh in der Hand. Sie lächelte nicht. Sie händigte den Schuh dem Mädchen mit dem Pupurhaar aus.

»Hier, Myza. Hör auf herumzualbern und laß Taynor Hook mit seinem Job weitermachen.« Mit ihren großen Augen sah sie Hook gerade an und setzte hinzu: »Danke. Wieder haben Sie uns allen das Leben gerettet.«

Unter anderen Umständen wäre diese offene, ehrliche Annäherung nicht nach Hooks Geschmack gewesen. Aber er erfaßte, daß dies Mädchen genau das war, was sie zu sein schien. Sie spielte kein Theater.

Er erwiderte: »Ich glaube, dieser Jahnier muß versorgt werden. Würde es Ihnen etwas ausmachen, Tayniss ...«

»Tayniss Elterich«, stellte sie sich vor. »Ja, ich werde mich um ihn kümmern.«

Hook vermutete, sobald sie sich einmal nicht mehr so förmlich mit »Taynor« und Tayniss« anredeten, läge er wohl richtig, wenn er sie nicht Miss, sondern Fräulein nannte. Seine harten Züge verzogen sich zu einer Art Lächeln. Das Gesichtsgel war dem nicht gerade dienlich, und er dachte bei sich, daß er wahrscheinlich grinste wie ein Schwachsinniger.

Das Mädchen Myza rutschte auf ihrem Sitz herum und zog ihren Schuh wieder an. Hook sah Fräulein Elterich, die zu ihrem Platz zurückging, einen Augenblick nach. Sie trug eine einfache Jacke und Hosen in Hellblau, und der Anblick war interessanter als alles andere, was es hier und jetzt zu sehen gab. Hook wollte wieder ins Cockpit gehen, als Myza ihm nachrief: »Bilden Sie sich bloß nicht ein, Sie hätten eine Chance, Sie Grobian.«

Myza war zweifellos ein Mädchen, von dem man sich am besten fernhielt, entschied Ryder Hook.

Lieutenant O'Steele hielt die Raumfähre auf Kurs. Hook kehrte wieder um und überprüfte die Luftversorgung. Wenn Myza sein Gesicht hätte sehen können, wäre ihr das Mark in den Knochen zu Eis erstarrt.

»Sieben gottverdammte Stunden, und wir sind acht Stunden unterwegs«, sagte er. Es lag nicht in seiner Art, dramatische Gesten zu machen. Deshalb schlug er weder mit der Faust auf die Konsole, noch legte er eine Hand auf die Stirn. Aber wenn er es getan hätte, wären damit genau seine Gefühle ausgedrückt worden.

Er sah sich die Energiewaffe an, die er den gelähmten Fingern des Jahniers entwunden hatte. Es war eine Krif-Waffe Modell K-Zwölf. Manche behaupteten, diese Waffe sei ebensogut wie eine Tonoto Achtzig. Wie dem auch sei, beide verwandelten ihr Ziel zu Brei. Er steckte das Ding in seine Hüfttasche. Seine eigene Tonota Achtzig trug er in einem tiefhängenden Holster.

Schön wäre es, in einer Galaxis zu leben, wo man keine Schußwaffen benötigte. Aber da es nun einmal nicht so war, hatte Hook lieber eine dabei. Viele Milliarden guter, ehrliche Bürger liefen Tag für Tag umher, ohne je in ihrem Leben eine Schußwaffe anzufassen. Die wurden aber auch von ihren Multisystem-Konglomeraten geschützt und lebten friedlich auf zivilisierten Weltern. Das Leben draußen in der Galaxis zwischen verschiedenen Interessenphären war etwas ganz anderes.

Hook checkte noch einmal die Luft. Er faßte einen Entschluß, schlug die Plastikglasscheibe ein, faßte nach den Kontrollventilen. Er reduzierte die Zufuhr. Die Wiederbereitung konnte weitergehen wie bisher, aber ohne Atmosphäre-Pflanzen an Bord würde der ganze Sauerstoff schließlich von ihren Körpern verbrannt werden.

»Jetzt werden sie dahinten etwas ruhiger werden«, sagte er mit seinem grimmigen Humor zu sich selbst.

Er griff sich die kleine, orangefarbene Sauerstoffflasche, die für den Notfall reserviert war, und stellte sich neben den Pilotensitz. Er bewegte sich so lautlos, daß O'Steele, der nur Zentimeter von ihm entfernt war, ihn nicht hörte.

Hook beugte sich vor und verstaute die orangefarbene Flasche unter dem Sitz.

Er richtete sich wieder auf. »Das machen Sie gut, Junge«, bemerkte er. »Aber bleiben Sie wach. Die Sauerstoffzufuhr ist gedrosselt.«

O'Steele fuhr zusammen, als plötzlich neben ihm Hooks Stimme ertönte.

»Ich hatte Sie nicht bemerkt – gedrosselt? Wird der Sauerstoff reichen?«

»Falls nicht, mein Sohn, werden Sie ebenso tot sein wie wir alle.«

Rafflans tauchte hinter dem Schirm auf.

Sein entwürdigendes und furchterregendes Erlebnis hatte er längst überwunden.

»Die Leute beklagen sich, daß sie Hunger haben, Taynor Hook.«

»Ich habe auch Hunger. Sie werden zu essen bekommen, wenn wir Merfalla erreicht haben.«

Da die Raumfähre nur dafür gedacht war, Passagiere von einem Sternenschiff zu einem Planeten zu befördern, waren keine Lebensmittel an Bord. Der eine oder andere mochte aber noch ein paar Kekse, einen Schokoladenriegel, eine Lutschstange oder einen Apfel bei sich haben. Wenn es dahinten Streit gab ...

»Sorgen Sie dafür, Rafflans, daß es im Passagierabteil zu keinen Kraftübungen kommt. Wenn einer komisch wird, hauen Sie ihm auf den Kopf und schicken Sie ihn schlafen. Dann verbraucht er weniger Sauerstoff. Wenn ich jede einzelne Person bewußtlos schlagen muß, um Sauerstoff zu sparen, werde ich es tun. Auch Sie, Taynor Rafflans.«

»Das sähe Ihnen ähnlich, Sie terranischer Bastard.«

Rafflans ging wieder. Hook sagte: »Ich übernehme jetzt, O'Steele. Sie gehen ins Passagierabteil und helfen Rafflans.«

»Aber ...«

»Hopp! Und atmen Sie flach.«

O'Steele hopste. Und atmete flach.

Die Stunden vergingen, während die Fähre einen Megakilometer nach dem anderen durch die Leere des Raums zog. Außerhalb dieser Hülle flammten und glitzerten die Sterne. Hook kannte die Herzlosigkeit dieser Galaxis. Er hätte im Augenblick gern ein beträchtliches Stück davon gegen gute, frische, atembare Luft eingetauscht.

Er fühlte sich benommen.

Er stellte das Schiff auf Automatik und begab sich noch einmal ins Passagierabteil.

Die meisten Leute waren still. Sie saßen oder lagen. Die Köpfe waren ihnen auf die Brust gesunken. Einige waren bereits bewußtlos. Die Luft schmeckte auf der Zunge dick, metallisch, scheußlich.

»Wie lange noch, Hook?« fragte Rafflans mühsam.

»Wir schaffen es, Sie Krif-Bastard, keine Bange.«

»Denken Sie daran, wenn wir es schaffen, reiße ich Sie auseinander.«

»Na klar. Halten Sie jetzt den Mund, damit Sie Sauerstoff sparen.«

Hooks Kopf schmerzte. Von Zeit zu Zeit fuhr ihm eine weißglühende Stricknadel zwischen den Augen ins Gehirn. Diese teuren, ausgetüftelten organischen Apparate, die er in seinem Schädel trug, klangen jetzt wie ein Campanile mit den allerbesten Bronzeglocken. Aber was machte das schon? Er würde einen langen Spaziergang am Kanal entlang machen und sehen, ob – was?

Er schüttelte den Kopf. Die Benommenheit blieb. Beinahe wäre er geistig weggetreten. Er war wieder ein Junge auf der Erde gewesen und am Kanalufer entlanggewandert, in der Hoffnung, ein oder zwei Peks – die kleinste Metallmünze – zu verdienen, indem er den Touristen in ihren Vergnügungsbooten durch die Schleuse half.

Hook faßte unter den Thron und holte die orangefarbene Flasche hervor. Er riß das Siegel ab und drückte auf den Kolben. Ein Wölkchen Sauerstoff zischte heraus. Das Gas war bis zur Verfestigung komprimiert; er richtete die Öffnung zur Seite und sog die entweichende eisige Kühle ein. Sofort fühlte er sich besser. Der Zylinder bestand zum größten Teil aus Isoliermaterial. Voll aufgedreht würde der

Vorrat eine halbe Stunde reichen. Er verstaute die Flasche wieder. Eine verdammte Art zu leben. Er hatte sich auf die Erholung auf Mergone gefreut. Verdammte Seuche! Er hoffte nur, Shaeel bewies einmal Verstand genug, kein Durcheinander anzurichten, sondern unverzüglich nach Merfalla zu brausen. Der Hermaphrodit war so unberechenbar. Hook mußte lachen. Er wußte, daß er selbst eine Masse von Widersprüchen war ...

Er ließ wieder ein bißchen Sauerstoff ab, und so blieb die Luft im Cockpit gerade noch erträglich. Zweimal ging er ins Passagierabteil. Beim zweiten Mal lagen beinahe alle schlaff da. Die Kartenspieler waren zusammengesunken und hatten ihr Metallgeld über den Boden verstreut. Mit einem Lächeln stieg Hook darüber hinweg.

Rafflans sah hoch.

»Es ist schlimmer, als ich gedacht hatte, Hook.«

»Ja. Eine der Flaschen muß beinahe leer gewesen sein. Verdammter Leuteschinder Copatec.«

Rafflans wuchtete sich in die Höhe. Die Luft war immer noch atembar, wenn sie auch einen deutlich wahrnehmbaren Metallgeschmack besaß, aber jetzt pumpte die Recycling-Anlage bestimmt nichts anderes mehr als eine normale Sauerstoff-Stickstoff-Mischung zurück. Hook machte sich nicht die Mühe, den genauen Prozentsatz des darin enthaltenen Sauerstoffs festzustellen.

»Ich komme mit Ihnen nach vorn, Hook.«

»Wie Sie wollen.«

Hook ging dem Krif-Mann über den Mittelgang voran. Fräulein Elterich lächelte ihn an, als er an ihr vorbeikam. Er ignorierte das. Myza schlief. Das gelbe Hemd hatte sich zu beiden Seiten ihrer Brüste in Falten gelegt. Das purpurfarbene Haar wirkte irgendwie lächerlich. Im Kontrollraum angelangt, schnüffelte Rafflans.

»Das habe ich mir doch gedacht, Sie schlauer terranischer Bastard! Sie haben die Notflasche hier drin.«

»Na klar. Und ich behalte Sie auch. Jemand muß wach bleiben, damit er die Fähre hinunterbringen kann.«

»Ich sollte ...«

»Was denn? Sie können die Flasche haben, wenn Sie die Landung durchführen wollen, Rafflans.«

»Sie wissen verflucht genau, daß ich es nicht kann!«

»Dann halten Sie den Mund.«

Rafflans gab nach, aber der große Krif-Mann merkte sich dies alles genau. Hook fragte sich, wie er nur hatte so dumm sein können, Rafflans ins Cockpit zu lassen. Er zeigte auf den Astrogatorsitz, der gegen das Schott hochgeklappt war, und sagte: »Setzen Sie sich dahin. Ich werde Sie ab und zu einmal riechen lassen. Sie könnten mir nützlich sein.« Er runzelte die Stirn. »Aber zuerst holen Sie O'Steele. Er ist nützlicher als Sie.«

»Sie müssen mich erst ein paarmal Luft holen lassen, Hook.«

Hook hatte wieder das drehende, verschwommene Gefühl und den Druck in der Schläfengegend. Er holte die Flasche hervor und ließ Sauerstoff hervorsprühen. Rafflans inhalierte gierig.

»Wir sitzen hier wie zwei heimliche Säufer«, bemerkte Hook. »Jetzt gehen Sie und holen O'Steele.«

Die Leuchtziffern der Digitaluhr flackerten mit höhnischer Langsamkeit vorbei. Hook berechnete noch einmal den Sauerstoffverbrauch. Er würde den Planeten knappe zehn Minuten vor dem Ausströmen des letzten Sauerstoffs aus dem letzten Zylinder erreichen. Danach würde die Recycling-Anlage immer weniger Sauerstoff von sich geben, bis sie, ein sturer Automat, nichts als eine Mischung aus Stickstoff und Karbondioxyd immer wieder von neuem in das Innere der Fähre pumpte.

Sagen wir zwanzig Minuten.

In dieser Zeit mußte er eine zur Landung geeignete Stelle finden und die Landung durchführen.

Noch einmal prüfte er nach. Leider fand er keinen Fehler in seiner Berechnung.

O'Steele erschien im Cockpit.

»Legen Sie sich hin, mein Sohn, und regen Sie sich nicht auf.«

Rafflans krächzte: »Und wenn Sie auch die Arme über

der Brust kreuzen wollten, würden Sie uns die Mühe abnehmen.«

Hook lachte nicht, und O'Steele wirkte zerschmettert. Er legte sich hin. Wenn er benötigt werden sollte, würde Hook nicht mehr da sein.

Die kleine orangefarbene Flasche gab ihren letzten Hauch von sich. Hook verschwendete keine Kraft, um sie wegzuwerfen. Er ließ sie fallen, und sie klapperte wie eine verstimmte Totenglocke.

Die Luft schmeckte wie verdorbene Marmelade, pelzig und bitter.

Auf der Konsole begann ein rotes Licht zu blinken, begleitet von seinem Piepton.

Hook starrte einige Zeit auf das Licht, bis ihm klar wurde, was es zu bedeuten hatte.

Er sagte: »Der Detektor hat soeben einen Landestrahl von Merfalla aufgenommen.«

»Das ist nicht möglich«, erwiderte Rafflans. »Der Planet ist nicht bewohnt.«

»Aber es ist ein Landestrahl«, stellte Hook fest. Er riß sich zusammen und schaltete den Synchrondetektor ein. Das Signal ertönte weiter, laut und deutlich.

»Beim Großen Erlöser!« rief Rafflans. »Tatsächlich!«

Die Raumfähre richtete die Nase auf Merfalla. Sie schoß aus der sternendurchfunkelten Dunkelheit. Die negative Beschleunigung war genau darauf berechnet, sie in einen Orbit zu bringen. Ihre künstliche Schwerkraft blieb konstant bei 0,8 g. Hook zwang sich, logisch zu denken.

Da unten, auf diesem bekanntermaßen unbewohnten Planeten, sandte ein Apparat einen Landestrahl für ankommende Raumschiffe aus. Er würde die Fähre auf diesem Strahl der Sicherheit hinunterbringen. Er schaltete die Automatik aus, die auf mehrere Umkreisungen programmiert war, riß die Fähre herum und begann sofort mit dem Abstieg.

»Wir werden später feststellen ...«, fing er an. Dann verstummte er. Jetzt war das Atmen schon zur Anstrengung geworden.

Auf dem Bildschirm erschien die gekrümmte Planetenoberfläche, ein nebliges, graugestreiftes Braun und Blau, und dann brach der Bogen zusammen, als der Horizont verschwand und sie *hinunter* sahen.

Die Raumfähre stürzte kreischend durch die Atmosphäre.

Die ganze Zeit blieben sie auf dem Landestrahl.

Der Boden unter ihnen floh aus der Mitte des Schirms nach außen. Der Anblick ließ den Gleichgewichtssinn verrückt spielen, erzeugte die bekannte Übelkeit. Aber sie fielen geradewegs nach unten, und der Boden sauste radial nach außen.

Der Boden sprang ihnen entgegen.

O'Steele wimmerte. Sein Gesicht hatte eine ungesunde Farbe wie das Innere eines Abwasserrohrs. Die Zunge hing ihm aus dem Mund.

Rafflans versuchte, sich an der Konsole festzuhalten, und brach zusammen. Mit angezogenen Beinen blieb er auf dem Deck liegen. Alle denkbaren Schmerzen folterten Hooks Kopf. Er sah nur noch verwischte Umrisse. Er mußte diesen Eimer vor dem Absturz bewahren. Da er die automatischen Sicherungen ausgeschaltet hatte, hingen die Manöver jetzt von ihm ab. Er mußte alles manuell steuern. Er mußte die Fähre abfangen, bevor sie ein Loch in den Boden bohrte und in Stücke zerbrach, bevor sie explodierte.

Er paßte den richtigen Augenblick ab.

Die Geschwindigkeit lag jetzt nur noch knapp über der des Schalls.

Er fing die Fähre ab und drosselte die Geschwindigkeit. Die Flugbahn wurde flacher.

Der Strahl blieb felsenfest.

Nun konnte er einen Raumhafen erkennen.

Der Raumhafen hüpfte im Sichtschirm auf und nieder, während Hook darum kämpfte, die Fähre auf Horizontalflug zu halten.

Der Boden floß vorbei wie ein Strom.

Staub stieg vor ihm hoch, ein Feuer blinkte, und dann

glitt an seiner rechten Seite ein großer, glänzender Körper vorbei.

Ein zweites Schiff!

Das war das Schiff, für das der Landestrahl gedacht gewesen war! Dies Schiff bewegte sich auf genau demselben Vektor wie sie selbst; es wollte auf dem Raumhafen landen. Zwei Fahrzeuge – eins war die winzige Fähre und das andere ein monströses Raumschiff, und beide waren dabei, unter Rauch, Flammen und Zerstörung miteinander zu verschmelzen.

IV

Also wartete auch auf diesem Planeten der Tod auf sie.

Der Landestrahl war verhältnismäßig schwach und offenbar nur für lokale Raumschiffe gedacht.

Dieser Planet mochte Leben am Rande der Existenzmöglichkeit tolerieren. Hook konzentrierte seine ganze Aufmerksamkeit auf das andere landende Schiff.

Das Schiff kam auf demselben Strahl herunter wie sie selbst.

Ein flüchtiger Gedanke durchbrach die Konzentration. Wenn die Luft im Inneren der Raumfähre immer noch voll atembar gewesen wäre, hätte er einfach ein Loch in die Decke brennen und den entweichenden Luftstrom wie Staubflocken wegblasen lassen können.

Der Bildschirm erhellte sich. Das Gesicht eines Mannes, grobflächig arrogant, an augenblicklichen Gehorsam seiner Untergebenen gewöhnt, tauchte auf.

Hook kannte den Typ.

»Bringen Sie Ihre Kiste aus der Annäherung! Sie stören unseren Landeplan. Nehmen Sie Vektor sieben acht Grün und gehen Sie aus dem Weg.«

»Nicht gut möglich«, antwortete Ryder Hook.

Das Gesicht auf dem Schirm zeigte alle Symptome eines unmittelbar bevorstehenden Schlaganfalls.

»Haben Sie nicht verstanden, Sie Kretin? In diesem Augenblick landet hier ein Schiff! Und Sie sind im Weg! Verschwinden Sie – schnell!«

»Ich mache eine Notlandung. Ich habe schwerkranke Passagiere an Bord. Wir sind in Raumnot …«

Bei Unterschallgeschwindigkeit hatte man Zeit genug, in beinahe vollständigen Sätzen zu sprechen. Die Codewort-Sprache, die im freien Raum angewandt wurde, war nicht notwendig. Hook fühlte, wie sein Gesicht unter der Gel-Maske erstarrte. Sein Haar, in einem geschmackvollen Eisengrau gehalten, verrutschte auf seinem Schädel. Es kostete ihn eine ungeheure Anstrengung, die einfachsten Handgriffe durchzuführen.

»Dies ist die letzte Warnung! Ziehen Sie mit Ihrem Eimer ab, oder wir schießen auf Sie.«

»Tun Sie das«, gab Hook ungerührt zurück. »Sie werden Ihr eigenes Schiff verbrennen.«

Er hatte keine Lust, sich herumzustreiten. Er würde landen. Mochten die Herren des Kosmos – wer sie auch sein mochten – für den anderen Burschen sorgen.

Jetzt konnte er das absteigende Schiff richtig erkennen. Die Sonne von Tannenbar spiegelte sich auf seiner glatten Hülle. Hook behielt seinen Kurs bei.

Eine zerbrechliche Raumfähre und ein Mammutschiff waren auf Kollisionskurs – kamen sich näher und näher – der Landestrahl lockte sie wie ein winkender Finger in den Untergang. Noch näher …

Das Gesicht verschwand auf dem Bildschirm.

Hook fühlte die Kontrollen unter seinen Handflächen. Seine Augen sahen vor Schweiß und Benommenheit nicht mehr klar. Gleich unter ihm lag die Kuppel und die Schleuse und reine, erfrischende Luft, die sie tief in die Lungen saugen konnten …

Eine Ladung halsverrenkender Touristen – oder wer sich sonst in dem anderen Schiff befand – würde ihn nicht mehr aus dem Weg schubsen.

Vorsichtig ließ er die Raumfähre noch etwas absinken, und dann zog er sie in einer weiten Kurve, die die thermoelektrischen Elemente schlagartig zum Leben erweckten, wieder in die Höhe.

Die Abwehrgeschütze neben der Kuppel spien flüssiges Feuer auf die Stelle, wo sich die Raumfähre eben noch befunden hatte. Noch einmal konnte es ihm gelingen, die Radargeräte auszutricksen. Noch ein einziges Mal. Dann mußte er es geschafft haben.

Er ließ die Fähre hinuntergleiten, bis sie dicht über dem Boden dahinschoß.

Verwischte Farben rasten in wahnsinniger Geschwindigkeit an ihm vorbei, und die Kuppel schoß auf ihn zu und öffnete Schleusen, hinter denen sie in Sicherheit sein würden.

Hook ließ die Fähre unter dem zweiten Feuerstoß hindurchrutschen. Der dritte mußte sie treffen und verbrennen.

Da lachte er auf.

Der Kapitän des zweiten Schiffes, überzeugt davon, daß er im Recht war und daß ihm sein Weg freigeräumt werden würde, hatte den Abstieg fortgesetzt.

Die kolossale Silberhülle folgte weiter dem Landestrahl. Für einen Augenblick schob sie sich genau vor die Fähre.

Der Finger, der den Feuerknopf des Abwehrgeschützes drückte, wurde augenblicklich zurückgezogen, als das trügerische Radargerät die Warnung durchgab – zu spät.

Der dritte Stoß sprühte Feuer um das absteigende Riesenschiff.

Sein Heck wurde weggepustet und löste sich auf der Stelle in Staub auf. Das Schiff taumelte und spuckte Feuer. Als es aufschlug, wurde die Fähre durch die Schockwelle erschüttert. Sie flog hoch, sank herab und zog dann auf die Schleusenöffnung zu.

Hook verschwendete keinen Gedanken an das zerstörte Schiff.

Er steuerte die Fähre in die Öffnung, ließ sie herunter und stellte die Maschinen ab.

Im Inneren konnte er nichts anderes hören als das sinnlose Pumpen, das Stickstoff und Kohlendioxyd zuführte. Er mußte wachbleiben und nachdenken.

Er zerbrach das Siegel an der Schleuse, und dann versuchte er, sich von dem Pilotenthron zu erheben und nach achtern zu gehen.

Seine Beine wollten ihn nicht tragen.

Vom Pilotensitz aus betätigte er den Öffnungsmechanismus der Tür.

Wenn die Affen da draußen die Schleusenventile nicht schlossen und das Landegebiet nicht mit Luft fluteten – nun, dann war alles andere nichts als Zeitverschwendung gewesen.

Aber Hook wußte, sie würden es tun. Sie hatten bestimmt den Wunsch, ihre Hände oder Tentakel auf den Wahnsinnigen zu legen, der eine Raumfähre unter die Kuppel gebracht und die Vernichtung eines ihrer Schiffe verursacht hatte.

Die stinkende Atmosphäre an Bord der Fähre geriet in Bewegung.

Hook schnüffelte.

Sauerstoff!

Frische Luft strömte durch die offene Schleuse. Hook kämpfte sich hoch, unterdrückte die Übelkeit, behielt den Inhalt seines Magens bei sich, richtete sich zu der schlotternden Imitation einer aufrechten Haltung hoch.

»Nun kommt und holt mich, ihr Bastarde«, murmelte er.

Er konnte draußen in diesem großen, hangarähnlichen Raum Stimmen hören und das Klirren von Metall. Die Fähre mußte erschreckend winzig wirken, wie sie da im Mittelpunkt eines Landeplatzes hockte, der für Mammutraumschiffe gedacht war.

Er faßte O'Steele unter den Armen und zerrte ihn aus dem Weg. Rafflans lag am Boden, sein Gesicht war orange und blau, die Zunge hing ihm aus dem Mund. Hook ließ ihn liegen. Er ging zurück ins Astrogationsabteil und zog sich das Gesichtsgel in Streifen herunter. Er nahm die eisengraue Perücke ab. Er stopfte sie, die Fetzen seiner

Maske und das Funkgerät, das er zusammengebaut hatte, in einen Plastikbeutel. Den Beutel in der Hand, ging er den Mittelgang hinunter.

Die Leute stöhnten. Er hörte, wie die ausgedörrten Lungen sich rasselnd wieder an die fast vergessene Aufgabe machten, mit richtigem Sauerstoff fertig zu werden. Vermutlich würden einige dieser Passagiere niemals mehr aufwachen.

Er holte seine Reisetasche aus dem Gepäcknetz und entnahm ihr einen Mantel in auffälligem Scharlachrot mit schwarzen Einfassungen. Er hatte ihn sich auf Pantakles anfertigen lassen, und der Schneider der Raumfahrerfalle hatte ihm lächelnd versichert, daß – jawohl, Taynor – dieser Mantel zur Zeit in der ganzen Galaxis der letzte Schrei sei. Hook zog den Mantel an.

Mindestens fünf Männer unter den Passagieren trugen Kleidungsstücke von ähnlicher Machart und Farbe mit unterschiedlichen Einfassungen. Er würde also überhaupt nicht auffallen.

Hook legte sich unter einen Sitz und hielt sein Feuerzeug an den Plastikbeutel.

Der Beutel, die Perücke, das Gesichtsgel und das Funkgerät gerieten in Brand. Die schwärzliche Flamme saugte gierig Sauerstoff ein, der anderswo benötigt wurde. Schließlich war das Ganze zu einem unkenntlichen braunen Häufchen verschmort.

Hook schob es mit dem Stiefel beiseite, nahm eine Haltung ein, die eher auf Bewußtlosigkeit schließen ließ, legte einen Arm über die Augen und wartete darauf, gerettet zu werden.

Die Wesen, die die Fähre betraten und damit begannen, die zum Leben erwachenden Passagiere hinauszuschleppen, waren Reaker.

Wie die anderen wurde auch Hook hochgehoben, über eine breite, schuppenbesetzte Schulter gelegt und nach draußen getragen, wo die Passagiere in ordentlichen Reihen auf Antigravfelder abgelegt wurden.

Neben Hook, in der Luft, hing eine Erdenfrau unbestimmbaren Alters, unter deren modischem Glitzerkleid bloße Füße mit einem dazwischen eingeklemmten Schuh hervorsahen. Auf Hooks andere Seite wurde ein Mal gelegt, einer aus der Rasse des Homo mal. Die Mals mit den klobigen Körpern, den grimmigen Gesichtern, den hohen Wangenknochen, schrägen Augen und röhrenförmigen Ohren, die den auffälligsten Unterschied zu den Terranern bildeten, waren eine alte Rasse in der Galaxis.

Hook sah nach unten.

Nur ein menschliches Wesen schien den Reakern Anweisungen zu erteilen.

Dieser Mensch – Hook war ziemlich überzeugt, daß es sich um einen Homo sapiens handelte – trug einen enganliegenden, leuchtend blauen Anzug mit einem orangefarbenen Mantel. Er brüllte in der ungeduldigen Art herum, wie sie manche Menschen annahmen, wenn sie Reakern Befehle erteilen mußten. Vor allem die Reaker erweckten Hooks Interesse. Er hatte zwar schon viele Rassen kennengelernt, die ein Exoskelett besaßen, aber seines Wissens war er bisher noch nie mit einem Reaker zusammengeraten. Er fand sie faszinierend.

Ihre Exoskelette mußten außergewöhnlich dick und steif sein, um ihre Körper halten zu können, denn sie waren gut einen Meter fünfzig groß. Unheimlich kam es Hook vor, daß sie sich so ähnlich sahen. Keiner der flachen Schädel erhob sich um mehr als ein paar Millimeter über die seiner Kameraden. Wenn sie dicht beieinander standen, sahen sie von oben aus wie ein Stück Straße mit Kopfsteinpflaster. Ihre beiden Arme kamen aus schlitzähnlichen Öffnungen zwischen Brust- und Rückenplatten, und ihre Beine und Füße hingen, da sie als exoskelette Rasse über kein Becken verfügten, an einem Gürtel, der sich um die blätterige Basis des oberen Panzers schlang. Die Augen standen weit auseinander. Von Ohren gab es keine Spur. Sie hatten Schlitze als Atemöffnungen und Münder, die aussahen, als könnten sie Metallegierungen durchbeißen und die Späne ausspucken.

Sie waren ihren Herren gehorsam, und sie arbeiteten

gut – und sie waren von scheußlicher Bösartigkeit, wenn man sie von der Kette ließ.

Ryder Hook konnte sich vorstellen, daß er mit den Reakern Ärger bekommen würde.

Sie hatten ihre Panzer mit eingeätzten Mustern geschmückt und hatten allerhand an sich herumbaumeln, darunter viele Federn und mit falschen Steinen besetzte Bänder und Gürtel. Hook entgingen die übergroßen Gelmix-Waffen nicht, die sie um die Gelenkfugen zwischen Brust- und Unterkörperplatten befestigt hatten.

»Ein Haufen intelligenter Maikäfer«, sagte er.

Die Erdenfrau hatte sich erholt. Sie atmete schnaufend und fing dann sofort an zu schreien.

Seltsam, daß es immer noch Leute gab, die die unterschiedlichen Körperformen in dieser von Leben wimmelnden Galaxis nicht akzeptieren konnten.

Es dauerte nicht lange, bis die Passagiere des HGL-Sternenschiffes *Talcahhuano* wieder zum Leben erweckt waren. Bald darauf glitten sie einen Gang zwischen Plastikwänden entlang zu einem Ruhezentrum. Hook hatte seine Zweifel daran, daß viele Wirtschaftsorganisationen auf diesem geheimnisvollen Planeten Merfalla vertreten waren. Aber er dachte sich, ein paar schnelle Rückfragen würden zu Vereinbarungen führen, so daß für die Personen, die am Handgelenk Kreditkarten trugen, gesorgt war.

Hook war ein galaktischer Einzelgänger. Er konnte sich keiner Kreditkarte rühmen.

Er hörte den Menschen mit dem orangefarbenen Mantel brüllen:

»Verschwunden, ihr Einfaltspinsel? Er muß doch irgendwo sein! Er ist einwandfrei gesehen worden, und wir haben das Gespräch mit ihm aufgezeichnet. Er muß irgendwo an Bord versteckt sein.«

Ein Reaker, dessen Panzer mehr Federn und Perlen und Bänder zierten als die der anderen, sagte: »Er ist nicht an Bord. Anwesenheit negativ.«

Rafflans schlenderte zu Hooks Platz. Er wand sich zwischen Ruhebetten und Kaffeetischen durch. Er lächelte. »Sie suchen dich, Hook.«

»Ich hätte mir denken können, daß ich deine Knopfaugen nicht täuschen kann.«

Rafflans lachte. Alle waren sehr, sehr glücklich. Schließlich waren sie vor einem entsetzlichen Tod errettet worden.

»Deine Tonota Achtzig. Mir entgehen die besonderen Merkmale einer Waffe nicht. Und außerdem hast du noch immer das Modell Zwölf von diesem blöden Jahnier in deiner Hüfttasche.«

»Ich wollte nicht dich in die Irre führen, Rafflans. Nur diese Leute.« Er wollte einen Krif-Mann nicht darum bitten, den Mund zu halten.

»Keine Sorge. Aber das heißt nicht, daß ich darauf verzichte, dir Arme und Beine auszureißen, Hook, du terranischer Bastard, um sie dir um deinen dürren terranischen Hals zu wickeln.«

»Weißt du, Rafflans, du Krif-Witzbold, ich freue mich direkt schon darauf.«

Rafflans lachte und schnippte mit seinen dicken Fingern nach einem Service-Roboter. Die Maschine kam angerollt, und Rafflans nahm sich eine Tasse mit dampfendem Kaffee. Den Kaffee hatte der Homo sapiens den Krifs als ausgeklügelte Strafe angehängt. Hook wählte einen guten, ehrlichen Tee und genoß ihn.

Die Vernehmung der geretteten Passagiere ging weiter. Kein einziger konnte einen zusammenhängenden Bericht darüber abgeben, was in der Raumfähre passiert war, nachdem die Reisenden das Bewußtsein verloren hatten. Sie wußten nur, daß ein Taynor Hook hatte versuchen wollen, sie nach Merfalla zu bringen.

»Sah er so aus?« Ein Porträtwürfel von Hook wurde vorgezeigt. Bald darauf folgte stets ein Nicken und die Antwort: »Ja, das ist er.«

Bald mußten die forensischen Schnüffler seine Haarpartikel und abgestoßenen Körperzellen gefunden haben, die noch in der Luft des Cockpits hingen, und sie für die Computeranalyse aufbereiten. Wenn man einen Vergleich mit den Merkmalen aller Überlebenden vornahm, würde sich herausstellen, daß Ryder Hook, ganz gleich, wie er jetzt aussah, Ryder Hook war.

Nun ja, Hook war schon mit gefährlicheren Situationen fertig geworden. Er brauchte nur nachzudenken, wo sich ein Ausweg aus dieser Klemme bot, und ...

Und ...

Ein wohlvertrautes Gefühl, das ihm wie ein Stromstoß durch seine organo-metallischen Knochen fuhr, erweckte Hook zu bebendem Leben.

Zu wirklichem, vollem Leben! Er fühlte, während er Rafflans ansah, wie die Erregung sämtliche feinsten Nervenfasern erfaßte, die Milliarden von Botschaften durch seinen Körper schickten. Sein Gehirn geriet in einen Zustand fast übermenschlicher Aktivität.

Wie er diese Empfindung fürchtete!

Wie er nach dieser Empfindung hungerte und dürstete!

Ein Projektmann war ihm nahe genug gekommen, um seinen Metabolismus, der zur Hälfte der eines Projektmannes war, in dieser diabolischen Resonanz schwingen zu lassen. Aber es ging wieder vorbei. So schnell, wie die Symptome aufgetreten waren, verschwanden sie wieder.

Doch während dieser winzigen Herzschläge war Hook ein Projektmann gewesen – und das Abflauen dieses Zustandes ließ ihn als ausgebranntes Wrack zurück.

»Zum Teufel, was ist los mit dir, Hook?«

»Nichts, du verdammter Krif-Mann!«

Er hatte sich wieder gefangen.

»Dieser verdammte Krif-Mann hat eine Kreditkarte am Handgelenk, die ihn als Mitglied von ZZI ausweist. ZZI, Hook. Es gibt keine bessere Wirtschaftsorganisation in der Galaxis. Zu welcher gehörst du?«

Jetzt gingen Männer in orangefarbenen Uniformen von einem Überlebenden zum anderen, stellten die vorprogrammierten Fragen, forschten nach gefälschten Kreditkarten und führten all die anderen üblichen Prozeduren aus. Hook grunzte und zog den linken Ärmel seiner Jacke hoch. »Ich gehöre zu mir, Rafflans.«

Rafflans konnte es nicht fassen.

»Du? Du willst ein Einzelgänger sein? Ha!«

Rafflans lachte. Ihn amüsierte Hooks kolossale Dummheit, in der Galaxis seinen eigenen Weg zu gehen, wo doch, wie jedes intelligente Lebenwesen wußte, die einzige Möglichkeit zu überleben war, unter dem Schutz eines Multisystem-Konglomerates zu stehen.

Hook war jetzt echt sauer.

»Auf Mergone gab es eine ZZI-Agentur, Rafflans, du Krif-Idiot. Aber hier? Auf Merfalla? Hast du eine Ahnung davon gehabt, daß es überhaupt Leute auf diesem gottverdammten Planeten gibt?«

»Nein – ich – zum Teufel, auf was willst du hinaus, du Affensohn?«

»Es geht irgend etwas Merkwürdiges vor.«

»Ich bin ein Angestellter von Krifarm – das ist der Grund, warum ich mich so gut mit Waffen auskenne –, und ich lasse mich nicht verschaukeln, das kannst du mir glauben. Ganz gleich, welche Agentur es hier auf diesem Drecksplaneten gibt, ich werde veranlassen, daß sie sich mit Überlichtgeschwindigkeit mit ZZI in Verbindung setzt.«

»Du mußt bei ZZI ein großes Tier sein, Rafflans.« Hook sprach ganz ruhig. Er konnte diesem Krif-Mann nicht erzählen, daß es für normale, anständige Leute immer Kummer bedeutete, wenn ein Projektmann in der Nähe war. Die Projektmänner wollten für ihre eigenen dunklen, unverständlichen Ziele die Galaxis so weit wie möglich beherrschen. Dieses Wahnsinnskonzept machte Hook krank. Aber er wußte, daß es den Projektmännern ernst war, und, noch schlimmer, sie waren auch fähig dazu. Sie nannten sich selbst die Nova-Männer. Sie spielten um den höchsten Einsatz, den es zwischen den Sternen gab, und zwar nach ihren eigenen Regeln.

Ebenso ruhig fuhr Hook fort: »Achte trotzdem darauf, diesen Leuten nicht auf die Zehen zu treten. Vielleicht lieben sie ZZI nicht besonders.«

Für Rafflans war das ein unsinniger Gedanke.

»Wir sind eine größere Wirtschaftsorganisation als ...«, begann er. Einer der Männer in orangefarbener Uniform stand vor ihnen.

»Es spielt keine Rolle, wie groß oder bedeutend Ihre Wirtschaftsorganisation ist.« Die Stimme des Uniformierten war schon rauh von den ständigen Wiederholungen. »Folgendes sagte ich nur einmal. Gehen Sie hinüber an den Tisch, und legen Sie Ihre Waffen ab. Vergessen Sie keine. Hier auf Locus erkennen wir nur eine Wirtschaftsorganisation an. Also nehmen Sie sich in acht.«

Seit vielen Jahren hatte niemand – Hook ausgenommen – so respektlos mit Rafflans gesprochen. Er japste. Dann brüllte er los: »Was bilden Sie sich eigentlich ein, Sie terranischer Affe! Ich bin ein bedeutender ...«

»Halten Sie den Mund. Gehen Sie mit den übrigen zum Tisch.«

Die Martian Mega wirkte in der Hand des Uniformierten enorm groß. Sie war ihm aus dem Holster förmlich in die Hand gesprungen, und nur ein Projektmann hätte die Bewegung verfolgen können.

Rafflans blies sich auf und wollte losbrüllen. Hook schob ihn auf den Tisch zu.

»Komm, liefern wir unsere Waffen ab. Du riskierst sonst einen Schuß in den Bauch, blöder Krif-Mann.«

Rafflans konnte einfach nicht glauben, daß ihm so etwas passierte. In den nächsten zwei Stunden wurden ihm sämtliche Waffen, sein Metallgeld und seine Kleider abgenommen. Er erhielt einen Overall in der trüben Orangefarbe, wurde schnell ärztlich untersucht, bekam auf einem Plastikteller irgendeinen Fraß vorgesetzt und wurde mit den übrigen Überlebenden in den geräumigen Laderaum eines Frachters getrieben. Die ganze Zeit hielten die Männer in ihren auffälligen Uniformen Waffen auf ihn und seine Schicksalsgefährten gerichtet.

Der Mann in dem hautengen, leuchtend blauen Anzug und dem orangefarbenen Mantel richtete das Wort an sie.

»Sie sind nach Locus gekommen und müssen arbeiten. Die Bedingungen sind gut. Wenn Sie jedoch zu fliehen versuchen, werden Sie bestraft werden. Aber ich weiß, Sie werden gar nicht fliehen wollen. Jetzt werden Sie zu Ihren Arbeitsstellen gebracht. *Bewegung!*«

Als Rafflans zusammen mit Hook den Laderaum betrat, sagte er: »Ich kann es einfach nicht glauben! Ich kann es einfach nicht glauben!«

V

Das Flugzeug landete, und die Überlebenden der *Talcahhuano* durften den Laderaum verlassen. Sie erblickten die Türme, Häuserblocks und Anlagen einer Industriestadt. Das Mädchen Myza sagte erbost zu ihrer Freundin, Fräulein Elterich:

»Sie bestrafen uns, Anthea! An allem ist dieser gräßliche Hook schuld. Er hat ihr Raumschiff zerstört, und uns bestrafen sie jetzt dafür.«

»Das glaube ich nicht, Myza. Jedenfalls werden sie Hook bald finden. Man kann nicht längere Zeit auf einem Pilotenthron sitzen, ohne Spuren zu hinterlassen.« Anthea Elterichs Gesicht verdüstete sich. »Er hat uns das Leben gerettet. Mir tut es leid um ihn.«

Myza rümpfte die Nase.

»Was ist er denn für ein Mann? Er versteckt sich unter uns. Ich kenne nicht die Hälfte der Passagiere. Wie sollte ich auch, wo auf dem Schiff mehr als dreitausend Leute waren! Und an Bord der Fähre habe ich nur diesen netten Denis kennengelernt.«

Denis, ein Mann, dessen schwarzes Haar von Brillantine glänzte und dessen Brust sich nach innen statt nach außen wölbte, brachte Mut genug auf, sein Gesicht zu einem Lächeln zu verziehen. Myzas Purpurhaar war fleckig geworden. Hier und da zeigte sich das natürliche Mausbraun.

Hook stand hinter ihnen und hörte schweigend zu.

Rafflans stieß ihn an.

»Wenn wir dich anzeigten, großer Affe, würden sie uns anderen vielleicht laufenlassen.«

»Glaub das bloß nicht, Rafflans. Sie haben hier unten eine Operation laufen. Sie ist geheim. Dieser Planet gilt als unbewohnt. Und nun sieh dir diese Industrieanlage an!«

Rafflans machte eine Handbewegung, mit der ein Krif-Mann seine Verachtung ausdrückte.

»ZZI würde eine hundertmal größere Anlage nicht einmal bemerken. Aber ich gebe zu, daß dies hier schon recht eindrucksvoll aussieht.«

Die Uniformierten forderten sie mit vorgehaltener Waffe zum Weitergehen auf. Aus den Rissen im Zementboden wucherte üppig Unkraut. Wenigstens war die Luft unter der Kuppel, die die Stadt bedeckte, atembar. Draußen, auf der Planetenoberfläche, waren die Bedingungen wahrscheinlich kaum erträglich. Ohne den nötigen Schutz – nicht durch eine Wirtschaftsorganisation, sondern durch einen Raumanzug mit Lebenserhaltungssystem – würde man sicher innerhalb kürzester Frist tot sein.

Sie gelangten an ein Gleitband, das die Gesellschaft schnell weiterbeförderte.

»Es sind hauptsächlich chemische Fabriken«, bemerkte Rafflans.

»Ja«, antwortet Hook.

»Ich werde dich nicht in die Pfanne hauen, Hook. Das Vergnügen, dich Stück für Stück auseinanderzunehmen, gönne ich keinem anderen.«

»Hochanständig von dir.«

Hook hielt zu den anderen Überlebenden Abstand. Er nahm an, daß jeder die Gesichtsgel-Maske in seiner Erinnerung hatte und ihn jetzt, wo er sie abgelegt hatte, nicht wiedererkennen würde, zumal sie sich alle untereinander fremd waren. Aber an ihm nagte der Verdacht, daß Myza oder Anthea Elterich ein Licht aufgehen würde, wenn sie ihn einmal genau ansahen. Diese Myza! Sie würde sofort loskreischen und ihn auf der Stelle den Wachen verraten.

Sie begegneten Arbeitern, die in die Fabriken gingen oder sie verließen.

Hook betrachtete sie genau. Diese Leute sahen alle krank aus. Ihre Gesichter waren blaß und eingefallen. Die orangefarbenen Overalls waren alt, schmutzig und zerlumpt. Und trotzdem lachten und scherzten sie miteinander und winkten sich von einem Gleitband zum anderen zu. Sie benahmen sich, als gehe es ihnen prächtig.

Das Gleitband fuhr weiter. Wachen sonderten einzelne Gruppen ab, die für verschiedene Fabriken bestimmt waren.

Myza stieß einen Schrei des Entzückens aus.

»Oh, Anthea! Sie mal, der See! Und die Jachten! Hier kann man herrlich schwimmen, und da ist ein Restaurant, wo es bestimmt den besten Ollindai gibt – den trinke ich am liebsten.«

»Wo?« fragte Anthea Elterich, und dann rief sie: »O ja! Wie schön die Segel im Sonnenschein glänzen!«

Hook blickte in dieselbe Richtung wie die beiden Mädchen.

Er sah eine riesige Betonfläche voller Ölflecken und eine nackte Fabrikmauer und sonst nichts. Nichts, was auch nur von fern an einen See mit Jachten erinnerte, tauchte vor seinem erstaunten Blick auf.

»Diese Blumen!« Rafflans sog die nach Chemikalien stinkende Luft ein. »Wie süß sie duften! Ich bin von jeher ein Blumenliebhaber gewesen.«

Hook sah den stämmigen Krif-Mann an.

Er sah Myza und Anthea Elterich an.

In der turbulenten Vergangenheit waren öfters Gehirnmanipulationen vorgekommen. An Orten, die etwas abseits der galaktischen Zivilisation lagen, gab es sie immer noch. Dieser verdammte Planet Merfalla – oder Locus, wie die Wachen ihn nannten – lag ganz bestimmt abseits.

Hook fluchte.

Eine Gruppe von Leuten stand um einen einfachen metallenen Trinkwasserspender herum. Das Wasser, das aus dem Hahn schoß, sah ekelerregend schleimig und grün aus. Die Männer und Frauen füllten Blechbecher und tranken. Hook hörte, wie sie sich lobend über den Wein und die Liköre äußerten. Ein paar Passagiere in Hooks Nähe liefen gleichfalls auf den Brunnen zu. Hook seufzte.

»Hier entlang, Freunde«, sagte ein Wachtposten. Er schwang einen Gummiknüppel, aber seine Schußwaffe steckte fest im Holster. »Ihr habt noch viel Zeit zum Trinken, wenn eure Schicht zu Ende ist.«

Es ging weiter. In dem ersten Fabrikkomplex wurden sie vom Aufseher zum Vorarbeiter, zum Roboter, zur Werkbank weitergereicht. Die Arbeit, die man ihnen zuwies, entsprach genau ihren Fähigkeiten. Wo ein Roboter die Aufgabe erfüllen konnte, war ein Roboter eingesetzt. Wo ein intelligentes Lebewesen notwendig war, sah man einen Homo sapiens, einen Homo mal, einen Krif-Mann oder eine andere Variation in einem orangefarbenen Overall am Werk.

Hook mußte fest installierte Roboter bei der Montage von elektronischen Schaltungen überwachen. Er erledigte die Arbeit so schnell wie möglich, wobei er sich an die auf Monitoren flimmernden Pläne hielt. Aufseher schlenderten umher. Als Hook am Ende der Schicht die Fabrik verließ, wartete Rafflans auf ihn. Er unterhielt sich gerade mit Denis. Der junge Mann sah erschöpft aus, aber auf seinem schmalen Gesicht lag ein Ausdruck von Vorfreude.

»Die Arbeit ist wirklich sehr leicht. Und heute abend gehen wir an den See und zum Jachthafen. Danach essen wir im Restaurant – oder vielleicht veranstalten wir ein Barbecue am Strand. Myza hat versprochen, sehr nett zu mir zu sein.«

»Du Glücklicher!« Rafflans schlug Denis kräftig auf den schmalen Rücken. »Ich persönlich freue mich auf einen guten Schluck.«

Er entdeckte Hook.

»He! Komm mit, Alf. Wir warten schon auf dich.«

»Bin schon da«, antwortete Hook.

Sie nahmen das Gleitband zum See, und dort freundeten sie sich gleich mit einem bezaubernden Mädchen von Leostar an. Sie arbeitete seit einiger Zeit auf Locus und hatte auf ihr Konto bei der Bank ihrer Wirtschaftsorganisation schon genug Ersparnisse eingezahlt, um ihre Absicht, zu Hause ein Kosmetikgeschäft zu eröffnen, verwirklichen zu können. Ja, es war eine gute Idee gewesen, sich auf die Anzeige zu melden und herzukommen. Die Bezahlung war außergewöhnlich hoch, und die Arbeitsbedingungen fanden nicht ihresgleichen. Sie unternahmen eine Segelfahrt und gingen dann ins Restaurant. Hook lehnte sich in dem weichgepolsterten Sessel zurück und studierte die Speisekarte.

Anthea Elterich hatte ihm direkt ins Gesicht gesehen, als sie beim Verstauen der Segel unter Gelächter zusammenstießen, und falls sie ihn als Ryder Hook erkannt hatte, so machte sie doch keine Bemerkung darüber. Einen kurzen Augenblick lang überlegte Hook, warum er sich eigentlich sorgte, ob sie wußte, wer er war. Rafflans nannte ihn jetzt immerzu Alf. Ihm fiel ein, daß er ihn darum gebeten hatte. Und dadurch war er für alle »Alf« geworden.

Alf war ein schöner Name.

»He, Alf! Wie wäre es mit der Dover-Seezunge? Ist ja egal, daß sie hier auf Locus gefangen wurde und die alte Erde in ihrem ganzen flachen, kleinen Leben nie gesehen hat.«

»Oder mit dem geräucherten Lachs.«

»Ich bin für Bachforellen«, meinte Leona, das Mädchen von Leostar. »Heimweh habe ich nicht, aber ich wähle immer das Essen, von dem ich weiß, daß es das beste in der Galaxis ist.«

Rafflans lehnte sich vertraulich über Leonas nackte Schulter, die durch einen schmalen Glitzerträger ihres tiefausgeschnittenen Kleides bedeckt wurde. »In dem Fall solltest du einmal Krif-Spanferkel probieren. Hmm! Auf keiner Welt gibt es etwas, das dem gleichkommt.«

»Geräuchter Schinken!«

»Schmetterlingssteak!«

»Oropsais von Dorven!«

»Geflügel – Truthahn und Gans und Fasan!«

Sie erzählten und lachten, sie tranken exquisiten Wein, sie bestellen, und die Roboter brachten, was sie verlangten.

Sie aßen, bis sie nicht mehr konnten und sich mit vollen Mägen zufrieden zurücklehnten.

»Das hat geschmeckt!«

»Phantastisches Essen.«

»Brandy?«

Alle bestellten Brandy bis auf Hook, der Tee trank.

»Ich bin der einzige zivilisierte Mensch hier.«

»Philister!«

Sie mußten dem Mädchen von Leostar erklären, was ein Philister war. Leona lachte entzückt und bemerkte: »Bei uns zu Hause nennen wir sie Leute, die dicht am Boden gehen.«

Alle brüllten vor Lachen über den Witz.

Später begleitete Hook Anthea zu dem luxuriösen Hotel, in dem man sie einquartiert hatte. Er stand in ihrem Zimmer mit dem Hängebett, dem weichen Teppich, dem Duschwürfel, dem Fernseher, in dem sich gerade ein Drama abspielte und der fahle Lichtflecken in den Raum warf, der sonst nur von matten rosigen Lampen erhellt war. Hook reckte sich. Er fühlte sich nicht müde, nur angenehm beschwipst.

Anthea ließ sich von ihm küssen.

Sie schmiegte sich hingebungsvoll an ihn, und Hook dachte, das Leben könne doch sehr süß sein, wenn man es nur zuließ.

Er schob den Träger ihres sittsamen Abendkleides hinunter. Das Kleid bestand aus einem grünlichen Material, das aus irgendeinem seltsamen Grund gelegentlich unter der Beleuchtung des Fernsehapparats und der Lampen einen orangefarbenen Ton annahm. Ihre Haut war sehr weich und von jener herrlichen Goldfarbe, die Jahrtausende der Mischung aller Erdrassen hervorgebracht hatte. Eine wundervolle Rasse von Männern und Frauen war dadurch entstanden.

Sie öffnete ihren Mund.

Sie war warm und weich und köstlich, und Hook ließ sich selbstvergessen in den Abgrund der Leidenschaft sinken.

Am nächsten Morgen fühlte er sich großartig und konnte es kaum erwarten, daß seine Schicht zu Ende ging. Sein Rücken schmerzte ein wenig. Das brachte ihn auf den Gedanken, er müsse sich in der Turnhalle einmal fit machen. Er hatte die Sportanlagen mit all ihren teuren Geräten schon gesehen, die unter den Sonnenstrahlen blinkten. In tiefen Zügen sog er die reine, frische Luft ein.

Ja, Anthea war eine leidenschaftliche Frau, und er mußte sich in Form halten. Sobald der Feierabend durch einen Pfiff angekündigt wurde, wollten sie zum Essen gehen und danach in die Oper, und dann – wer weiß? Die Lokale der ganzen Stadt standen ihnen offen. Locus war ein einziger großer Vergnügungspark, daran gab es keinen Zweifel.

All dieser Wohlstand und dies angenehme Leben hatten sie den Segnungen der Wissenschaft zu verdanken. Die Wissenschaft hatte die Bevölkerung der Galaxis durch einige unglaubliche Schwierigkeiten der Vergangenheit gebracht. Da war jene Periode gewesen, als viele verschiedene Rassen Antriebe für die Überlichtgeschwindigkeit entwickelten und in den Raum vordrangen. Kontakte wurden hergestellt, auch einige räumlich begrenzte Kriege hatte es gegeben. Aber jetzt blühte die galaktische Zivilisation, und jeder hatte seinen Anteil an der Sicherheit und dem Wohlstand. O ja, Kriege gab es immer noch, wenn irgendeine primitive Rasse plötzlich auf den Einfall kam, sie müsse sich ein eigenes Sternimperium unter den Nagel reißen. Es gab immer noch Konflikte. Aber die Multisystem-Konglomerate griffen ein, um ihre Investitionen zu schützen. Niemand, der bei geistiger Gesundheit war, würde einen interstellaren Krieg entfesseln. Allgemein hatte sich der Gedanke durchgesetzt, daß ein galaktisches Imperium nichts anderes war als ein Drogentraum, ein Tagtraum unreifer Wesen, der mit der Realität nichts zu tun hatte.

Hooks Gedanken wandten sich seiner eigenen Person zu. Er wurde Alf genannt. Er traf sich heute abend mit einem schönen Mädchen, das grauen Augen hatte, mit Fräulein Anthea Elterich, und sie würde sehr lieb und sehr leidenschaftlich sein. Er leckte sich die Lippen. Er stellte sich ihren nackten, goldenen Körper vor, wie er von ihm all die Freuden verlangte, die er geben konnte.

Warum sollte er da länger über einen kindischen Blödsinn wie galaktische Imperien nachgrübeln?

Vor etwa achtzig Jahrhunderten hatten die Dummköpfe auf der alten Erde, nachdem sie in blödsinniger Verschwendungssucht all ihre fossilen Brennstoffe aufgebraucht hatten, verzweifelt nach neuen Energiequellen gesucht. O ja, sie hatten welche gefunden, aber das war nicht den Geschäftsleuten oder den Politikern oder den unersättlichen Konsumenten zuzuschreiben. Die Wissenschaft hatte dem Homo sapiens aus der Klemme geholfen. Und auf Tausenden von Planeten in den Spiralarmen der Galaxis war es ebenso gewesen.

Die alte Erde hatte eine Invasion der sechsarmigen Wahnsinnigen von Capella erlebt. Die Erde hatte selbst ein mächtiges Sternenreich besessen, hatte ihre Macht verloren, war beinahe in Vergessenheit geraten. Die Kontinentalmassen hatten sich verlagert. Die alte Erde war ein Gartenplanet geworden und dann ein aus einer einzigen Stadt bestehender Palast, der einer Million von Sonnensystemen diente und schließlich zwischen den anderen Planeten und Rassen der Galaxis ihre eigene Nische gefunden hatte. Ein Mensch – ein Homo sapiens – der Erde wurde zu einer der vielen Lebensformen, die in der Galaxis nebeneinander existierten. Der Bevölkerungsdruck war unerträglich geworden, und die Erde hatte sich in einen Wüstenplaneten verwandelt. Jetzt lebte eine fremde Rasse in Harmonie mit dem Homo sapiens auf der Erde. Sie arbeiteten zusammen. Ein ständiges Auf und Ab hatte es gegeben – und doch gab es eine direkte Verbindung zwischen den frühesten Zivilisationen auf der Erde und dem heutigen Tag. Hook datierte seine eigene Geburt auf den 1. Januar des Jahres 10001, den ersten Tag des hundertundersten Jahrhunderts.

Es gab unzählige Arten, die Zeit zu messen und Kalender aufzustellen. Aber es war unmöglich, ein Datum wie zum

Beispiel Hooks Geburtstag zu bestimmen, wenn es keine Kontinuität gab.

Von der Turnhalle ging Hook zu seinem Treffen mit Anthea.

Er wußte nicht, wieso seine Gedanken diesen alten, wenn auch faszinierenden Pfad eingeschlagen hatten, besonders wenn rote Lippen und graue Augen, goldene Glieder und goldene Brüste, festes Fleisch und gesunde Lust auf ihn warteten. Er hatte eine Vorliebe für Museen, das war ein richtiges Laster bei ihm. Vielleicht lag es daran.

Wieder blieb er stehen.

Irgend etwas beunruhigte ihn. Er wußte nicht, was es war, aber er wußte, daß für Alf zwar alles okay war, aber Ryder Hook es nicht dabei belassen konnte.

Anthea lief auf ihn zu und küßte ihn. Sie gingen zusammen in die Oper. Sie sah überwältigend aus in einem weißen Zweiteiler, der ihre langen goldenen Beine verhüllte. Ihr Haar leuchtete. Ihre Augen tanzten. Sie war ein besonders entzückendes Exemplar einer Menschenfrau.

Nach der Vorstellung – seltsamerweise vergaß Hook in dem Augenblick, als er die Marmortreppe des Opernhauses hinunterschritt, was gespielt worden war – kamen sie zu dem Schluß, ein Drink und eine Mahlzeit würden sie für die Anstrengungen der nächtlichen Liebe stärken.

Im Restaurant winkte Hook Rafflans und Leona zu. Sie winkten zurück und kamen zu ihnen an den Tisch.

»He, Alf, du hast ein großartiges Rennen verpaßt! Die rote Rakete Nummer Eins hat der lila Nummer Sechs den Bauch aufgeschlitzt. Junge, Junge, du hättest den Rauch sehen und den Knall hören sollen.«

Leona sah aufreizend sexy aus in ihrem ausgeschnittenen Kleid aus einer halb durchsichtigen Gaze. Es zeigte, wie ähnlich ihre Figur der eines Erdenmädchens war und welche Unterschiede es trotzdem gab. Anthea lachte viel. Sie tranken Champagner. Bei den Gehältern, die sie bezogen, konnten sie sich trotz beträchtlicher Überweisungen auf die Sparkonten bei ihren Banken immer noch einen sehr hohen Lebensstandard leisten.

»Hör mal, Alf«, flüsterte Rafflans, indem er sich zu ihm beugte und einen wollüstigen Blick auf Leona warf, »wenn du noch nie etwas mit einem Mädchen von Leostar gehabt hast – dann weißt du überhaupt nichts!« Die Augen drohten ihm aus den Höhlen zu quellen. »Mann, die versteht es!«

»Ich will dir glauben, Rafflans. Aber ich bin sehr zufrieden, danke.«

»Du hast es faustdick hinter den Ohren! Diese Anthea ist ein nettes Mädchen.« Rafflans sah verwirrt drein. »Sag mal, Alf, hatte ich nicht die Absicht, dir den Kopf einzuschlagen und dir die Arme um den Hals zu wickeln?«

»Wie bitte?«

»Irgend so etwas war doch. Sieh mal, da ist diese verrückte Myza mit ihrem Besenstiel. He! Kommt hierher zu uns!«

Auch Myza sah umwerfend aus. Ihr Kleid war nicht durchsichtig, es hatte Fenster. Denis war ganz aus dem Häuschen. Auch Hook sah sich die Sache genau an. In diesem aufgeklärten Zeitalter war man an Nacktheit zwischen den Geschlechtern gewöhnt, doch nackte Haut behielt ihren alten Reiz. Anthea stieß ihn an.

»Du bringst Myza noch zum Erröten.«

»Im Gegenteil!« röhrte Rafflans und bediente sich mit einer galaxisgroßen Portion Erdbeeren mit Schlagsahne und einer Lagune von Brandy. »Sie wird dich umbringen, wenn du ihre Schönheiten nicht anstarrst.«

»Das glaube ich auch.« Ryder Hook schaufelte Erdbeeren und Sahne mit einem Silberlöffel in den Mund. Er griff nach seinem Champagnerglas. Beim lieben alten Dirty Berti Bashti! Das Leben war herrlich.

Rings um sie summte es in dem luxuriösen Restaurant von Männern und Frauen und Nichtmenschen in schönen Kleidern, und alle aßen und tranken. Gelächter klang in der parfümierten Luft. Diskrete Beleuchtung warf einen goldenen Schimmer auf warmes Fleisch, lockte Sternenglanz aus verliebten Augen, blitzte auf Juwelen und Tafelsilber. Die ganze Atmosphäre war eine der Muße, des Vergnügens und der Raffinesse.

Hook hielt seinen Löffel mit Erdbeeren in der Luft und sah Anthea an, deren geschmeidiger, blühender Körper auf dem vergoldeten Polstersessel unter den rosigen Lampen dem seinen so nahe war.

Ein Prickeln lief ihm das Rückgrat hinunter. Der Silberlöffel vibrierte. Beim Großer Erlöser, Anthea konnte das Blut eines Mannes in Feuer setzen!

Das Gefühl hielt an. Ein silberner Nebel nahm ihm die Sicht. Er fühlte seine Knochen unter seiner Haut klappern. Er sah auf den billigen Plastiklöffel in seiner Hand und den ekligen Brei, der davon hinuntertropfte. Auf dem schmutzigen Tisch stand eine zersprungene Schüssel mit einer undefinierbaren Masse. Anthea schmiegte sich lachend an ihn. Ihr orangefarbener Overall hatte Öl- und Schmutzflekken. Leonas Overall war am Halsausschnitt zerrissen, und durch die Löcher in dem groben Material sah er ihre ungewaschene Haut. Und Myza – Myza saß da in dem Wrack eines Overalls, der nur noch von wenigen Fäden zusammengehalten wurde. Ihr Körper zeigte Schrammen und blaue Flecken und Schmutzstreifen dazwischen.

Er sah den angeschlagenen Blechbecher mit dem fauligen Wasser, er sah, wie Anthea ihn an den Mund führte und trank, und er hörte sie sagen: »Dieser Champagner ist der beste, den ich je getrunken habe.«

Und er wußte Bescheid.

Er war nicht mehr Alf.

Ryder Hook wußte Bescheid.

Rings um ihn saßen an schmierigen Plastiktischen Männer und Frauen und Nichtmenschen und lachten und aßen und tranken. Sie bemerkten die rostigen Wände des verfallenen Schuppens nicht, in dem sie sich befanden. Nackte Leuchtröhren verbreiteten ein hartes Licht. Der ganze Raum stank.

Der Brei in seiner Schüssel drehte Hook den Magen um.

Aber er saß dort.

Er saß einfach da.

Ein Mann ging zwischen den wackeligen Tischen durch den Schuppen, ein Mann in einer schwarzen Jacke und schwarzen Breeches. Er ging mit dem Selbstbewußtsein eines Menschen, der über unbeschränkte Autorität verfügt.

Und Hook saß da und sah zu, wie Anthea einen scheußlichen Kunstbrei in ihren lieblichen Mund schaufelte. Er sah zu, wie sie brackiges Wasser aus einem verbeulten Blechbecher trank.

Ryder Hook saß da und sah zu und wagte es nicht, aufzuspringen und ihr den Becher von den Lippen zu reißen.

Aber er wagte es auch nicht, einfach hierzubleiben. Denn er wußte, die Illusion des Luxusrestaurants würde zurückkehren, und dann würde er wieder Erdbeeren und Schlagsahne und Champagner schmecken.

Und dann saß er in der Falle, vielleicht für immer, bis er an der Erschöpfung starb, die jeder anwesenden Person klar auf dem Gesicht geschrieben stand. Er konnte nicht damit rechnen, daß ein zweiter Projektmann durch den Schuppen ging und ihn aus der Hypnose riß.

VI

Anthea legte den Arm um ihn, lachte unbekümmert und sagte: »Komm, Alf, Darling! Tanzen wir.«

Paare erhoben sich von den Stühlen und begannen auf dem mit Unrat übersäten Fußboden zwischen den wackeligen Tischen einen der alten Stampftänze.

Hook konnte überhaupt keine Musik hören.

Aber Anthea zog ihn in die Höhe, lachte und klopfte mit dem Fuß bereits den geisterhaften Takt.

»Du alter Faulpelz, bewege dich!«

»Gleich, gleich, Anthea.« Er stand auf. Die Leute tanzten vergnügt, ihre abgemagerten Arme und Beine zuckten im Rhythmus einer nicht hörbaren Musik.

Der ganz in Schwarz gekleidete Mann hatte den dreckigen Raum schon zur Hälfte durchquert. Hook sah sein Gesicht, sah die Verachtung, den Ekel, den es ausdrückte.

Nun ja, die hypnotisierten Arbeiter waren tatsächlich ein unappetitlicher Haufen. Ein Wunder war, daß sie sich bei ihrem Gesundheitszustand überhaupt noch auf den Beinen halten, ja, sogar tanzen konnten. Hook erkannte, daß sie unter Zwang standen, den irgendein den Geist kontrollierendes System auf sie ausübte. Bei keinem konnte Hook am Schädel befestigte Elektroden erkennen. Er war überzeugt, hier müsse eine weitaus modernere Methode als ein so umständliches Verfahren angewendet werden.

Die Macht, die sie an eine Serie von Halluzinationen kettete und sie dazu brachte, Elend als Luxus wahrzunehmen, konnte ebensoleicht ihre Muskeln und ihre Willenskraft zu unglaublichen Leistungen antreiben. Hier wurde Verschwendung betrieben, unerträgliche Verschwendung. Wenn ein Mann im letzten Stadium der Erschöpfung hinfiel und seine Partnerin mitriß, lachten seine Gefährten und zogen ihn auf und nannten ihn einen unverbesserlichen Trunkenbold. Und der Mann selbst lachte mit und versuchte in seiner Schwäche, wieder auf die Füße zu kommen. Er wurde nach draußen getragen, und immer noch grinste er und winkte mit den knochendünnen Armen, fest davon überzeugt, er habe sich einen seligen Rausch angetrunken, und er hätte keine Ahnung, daß er starb.

Die Projektmänner steckten hinter den Vorgängen auf dem Planeten, den sie Locus nannten.

Sie würden weitere Arbeiter in der Galaxis finden, Männer und Frauen, die die hohen Gehälter anlockten. Sie würden sie erbarmungslos ausnutzen und wegwerfen. Nicht ein Pek des versprochenen Geldes fand seinen Weg auf die Konten der Getäuschten.

Der Mann in Schwarz ging weiter. Er wich den tanzenden Paaren mit einer so angeekelten Miene aus, daß Hook in Wut geriet.

»Du tanzt ja gar nicht, Alf!«

Anthea drückte sich eng an ihn. Ihre Arme lagen um seinen Hals, ihr süßes Gesicht, das voller Schmutzflecken war, war dicht vor seinem. Er konnte den schalen Geruch alten Schweißes riechen, den Gestank nach Öl und Chemikalien, der ihrem Körper anhaftete. Noch vor wenigen Augenblicken war ihm diese Mischung von widerwärtigen Gerüchen als das Parfum einer schönen Frau vorgekommen.

»Entschuldige, Anthea.«

Er nahm sie in die Arme und begann zu springen und zu stampfen. Sie schalt ihn: »Bleib im Rhythmus der Musik, du großer Affe!«

Er sagte nicht: »Es gibt keine Musik.« Er brachte es nicht fertig.

Dieser Mann in Schwarz war ein Nova-Mann. Wenn er bemerkte, daß sich eines der Opfer nicht den programmierten Instruktionen entsprechend benahm, die durch die Luft übertragen wurden, würde sein Argwohn erregt werden. Sofort. Hook wußte, wie schnell Projektmänner waren. War er nicht selbst ein halber Projektmann?

Ein halber Projektmann ... Das war nicht viel wert ...

Der Mann in Schwarz entfernte sich, und Hook hörte dünn und geisterhaft den Klang eines Orchesters. Ein süßer Duft stieg aus der Spalte zwischen Antheas Brüsten auf. Er erblickte an einem Tisch ein lachendes Mädchen in einem eleganten Glitzerkleid. Sie erhob einen Kristallkelch, und er sah die Perlen des Champagners aufsteigen und zerplatzen, er sah und er roch und er hörte – und wurde von absoluter Panik ergriffen.

Er rannte hinter dem Projektmann her und zog Anthea mit sich.

Die Musik erstarb, der Gestank kehrte zurück. Das Mädchen trank dreckiges Wasser aus einem zerbeulten Blechbecher.

Bei Dirty Berti Bashti!

Er durfte dem Projektmann keinen zu großen Vorsprung lassen – nicht über die Entfernung hinaus, bei der die Resonanz zwischen einem vollgültigen Projektmann und ihm erhalten blieb. Aber diese Entfernung war unberechenbar. Im Raum, da wußte er aus Erfahrung, konnte sie viele Millionen Kilometer betragen. Auf einem Planeten mochte es über mehrere Kilometer hinweg funktionierten, aber die kritische Strecke konnte auch plötzlich auf die Ausmaße eines Zimmers zusammenschrumpfen. Es hing größtenteils davon ab, wie der Nova-Mann, der diese herrlichen, diese schrecklichen Schwingungen in Hooks Körper erregte, programmiert war.

Er tanzte und sprang und zerrte Anthea hinter dem Mann in Schwarz her.

»Alf! Zum Teufel, was ist los mit dir? Hast du auf einmal das Tanzen verlernt?«

»Wir wollen nach draußen gehen, Anthea«, sagte er. Seine Stimme klang heiser. Anthea zog daraus den nächstliegenden Schluß. Sie warf den Kopf zurück, so daß sich die edle Linie ihres Halses zeigte, golden und verwundbar, und sie lachte und umarmte ihn. Zusammen liefen sie hinaus in die sternenfunkelnde Nacht.

Hook spähte in alle Richtungen. Der Projektmann ging schnell über eine Doppelspur von Gleitbändern auf einen massiven, lichtlosen Block zu. Ein Patrouillenflieger schwebte vorbei. Die Männer in ihren orangefarbenen Uniformen grüßten den Projektmann, und er dankte nachlässig mit halberhobener Hand. Hook behielt ihn im Auge.

Seine Kräfte waren enorm, phänomenal, furchteinflößend, wenn er zum Projektmann wurde. Er war jetzt dank diesem Bastard in der schwarzen Operettenuniform zum Projektmann geworden. Er konnte in der Dunkelheit deutlich sehen. Der Schwarze verschwand in dem dunklen Eingang. Hook fühlte, wie die Energie in seinen organo-metallischen Knochen erstarb und langsam von ihm wegfloß.

Er konzentrierte sich auf das Gebäude.

Vor seinen Augen verwandelte es sich langsam von einem massiven Block zu der vertrauten Erscheinung des Zentralarchivs.

»Was willst du denn da, Alf? Noch dazu so spät am Abend! Dahin geht nie jemand.«

Das stimmte. Hook erkannte, daß der hypnotische Zwang die Arbeiter zum Zentralarchiv fernhielt.

Das bedeutete, daß er hingehen mußte.

Mußte.

Denn Antheas schmieriger Overall verschwamm und wurde zu einem aufregenden weißen Zweiteiler, ihr Körpergeruch verwandelte sich in ein verführerisches Parfum, und aus dem Luxusrestaurant hinter ihnen flutete Musik hinaus in die Nacht.

Anthea drückte sich verlangend an ihn.

Hook schüttelte den Kopf – eine nutzlose Geste. Wenn er jetzt einfach in dies Gebäude rannte – aber es ging nicht. Das Restaurant und der Tanz und die feinen Weine und das üppige Essen zwangen ihn zurück. Er klammerte sich an seine geistige Gesundheit. Er war verloren, wenn er das eben Geschaute vergaß. Es war ein Zufall gewesen, daß ein Projektmann durch den Schuppen gegangen war – es mochte niemals wieder vorkommen – er mußte sich die Erinnerung bewahren – und trotzdem war Anthea sehr süß, sie schmiegte sich an ihn und bot ihm einladend ihre vollen roten Lippen. Ihr Körper war nahe an seinem, er war warm und weich und ungeheuer aufregend …

Wie lange war er unter dem hypnotischen Einfluß dieser Dreckskerle als Zombie herumgelaufen?

Sie mußten inzwischen doch seine Identität festgestellt haben! Normal wäre es gewesen, wenn sie ihn abgeholt und für die Vernichtung des Raumschiffs bestraft und gelacht hätten, wenn er der Folter einer Disziplinierungszelle unterworfen wurde. Er hatte in letzter Zeit in Saus und Braus gelebt – natürlich nur in seiner Einbildung –, und wenn er die Projektmänner und ihre Bösartigkeit, mit der sie sich ihr Pfund Fleisch mitsamt dem Blut herausschnitten, nur einigermaßen kannte, dann mußte er sich sagen, daß sie ihm nicht einmal eingebildete Vergnügungen gestatten würden. Allerdings konnte es sein, daß sie für das Projekt, das sie hier auf Locus verwirklichten, verzweifelt nötig Arbeiter brauchten. Ganz offensichtlich machten sie große Anstrengungen, einen bestimmten Termin einzuhalten. Worum es dabei ging, konnte Hook nicht erraten. Er war nur ein kleines Rädchen im Getriebe, ein menschlicher Aufseher, der seinen kleinen Teil zum großen Werk beitrug.

Der Patrouillenwagen wendete und kam zurück. Mit den letzten paar Fetzen geistiger Gesundheit, die ihm noch geblieben waren, sah Hook, daß es ein gepanzerter Flieger mit transparenter Haube war. Die Männer, die darin saßen, hatten harte Gesichter. Sie waren mit Feuer- und Paralysewaffen und allen grausamen Geräten der totalen Kontrolle ausgerüstet.

Der Sergeant lehnte sich aus dem schwebenden Flieger heraus. Er trug einen blauen Helm und eine Gesichtsmaske und sah gefährlich aus, als mache ihm nichts größeren Spaß als das Zerschmettern von Kniescheiben und das Einschlagen von Schädeln.

»Alles in Ordnung, Sir?« Der Gorilla sprach ruhig, höflich, sehr korrekt.

Hook nickte. Er brachte es fertig, zu sagen: »Na klar, Officer ...«

Die Umrisse des Fliegers verwischten sich, bildeten sich neu. Er nahm das Aussehen eines normalen offenen Patrouillenwagens ohne Panzerung an. Die freundlichen Polizisten hatten gemütliche Gesichter und trugen keine Schußwaffen. Sie hatten Tuchuniformen und Tuchmützen, und sie wollten nichts anderes als ihm helfen.

»Na klar!« strahlte Alf, der Elektronikfachmann. »Wir möchten nur ein bißchen frische Luft schnappen.«

»Ja, es ist wirklich ein schöner Abend.« Der Gorilla sah Anthea an und lachte vor sich hin. »Viel Vergnügen, Sir. Gute Nacht.«

Der Flieger schwebte davon.

Er mußte sich an etwas erinnern – an etwas Wichtiges.

Aber Anthea hing an seinem Arm und sah zu ihm empor, und die Nähe ihres warmen Körpers machte ihm schwindlig. Er leckte sich die Lippen.

»Möchtest du, daß wir zum Tanzen zurückgehen, Anthea?«

»Eigentlich nicht.« Sie kicherte.

»Dann laß uns in dein Zimmer gehen.«

Er betrachtete sie, wie ihr weißer Zweiteiler sich im Rhythmus ihrer Atemzüge bewegte, er beobachtete sie, wie ihre Hüften schwangen, er beobachtete sie, wie ihre langen, aufregenden Beine Nylon gegen Nylon rieben. Sie wanderten die blumenbesetzte Straße entlang, genossen die gute Luft, waren voller Erwartung auf das, was noch kommen sollte.

Ja, es war schön, auf Locus zu leben.

Aber – ein nagender Zweifel fraß sich in das glänzende, schöne Leben. Wieder schüttelte Hook nutzlos den Kopf und fragte sich, warum sich dieses schwarze Spinnengewebe über sein Vergnügen legte.

Später an diesem Abend, nach Anthea, kehrte er in sein eigenes Hotelzimmer zurück, in dieses bequeme, luxuriöse Zimmer, und er grübelte noch immer. Was hatte ihn nur so aus der Fassung gebracht, bevor Antheas Liebkosungen ihn alles andere vergessen ließen?

Er wußte, er mußte sich stets daran erinnern, daß er kein Supermann war.

Er mußte sich daran erinnern, wenn er seine geistige Gesundheit und seine Selbstachtung, auf die er immer noch Wert legte, behalten wollte. Aber warum?

Sein ganzes Leben lang war er daran gewöhnt gewesen, im Schatten zu stehen, ein Einzelgänger und ein Ausgestoßener zu sein, einer, der keinem der Multisystem-Konglomerate Loyalität schuldete, einer, der niedergetrampelt werden würde, wenn er nicht ständig darauf achtete, seine Identität und seinen Stolz zu wahren.

Stolz?

Für Ryder Hook?

Dahinter steckte kein Sinn. Das war einfach zum Lachen.

Aber er war kein Supermann.

Er war nicht einmal ein nicht fertig gewordener Supermann – eine dieser mythischen Gestalten, die bei der Fernseh- und Tridi-Industrie so beliebt waren.

Früher einmal hatte er zum IRK gehört, einem der mächtigsten Multisystem-Konglomerate mit dem Hauptquartier auf der Erde und Tentakeln der Macht und des Geldes, die sich über stellare Abgrunde hinweg erstreckten. IRK. Interstellares Raketen-Konsortium. Sie hatten – was hatten sie getan? Sie hatten ihn hinausgeworfen, so war es doch? Nachdem er für das neue Projekt ausgewählt worden war. Ja. Wissenschaftliche Hexenmeister hatten sich über ihn hergemacht, hatten einige seiner Körperzellen und -moleküle durch Metallstrukturen ersetzt. Er bestand teilweise aus Legierungen. Das hatte man getan, um ihn für die Arbeit auf Planeten mit hoher Schwerkraft tauglich zu machen. Aber er war ein Versager geworden. Man hatte ihn hinausgeworfen. Sein Vater war bei einem mysteriösen Unfall ums Leben gekommen, niemand wollte ihm irgendwelche Einzelheiten verraten, und seine Mutter war gestorben, und sein Bruder und seine Schwester, beide jünger als er, waren hinausgereist in die Galaxis, und er hatte sie seit Jahren nicht mehr gesehen.

Dann war er als Sergeant Jack Kinch beim Intelligence Service der Armee der Erde gewesen. Aber auch die Armee der Erde gewesen. Aber auch die Armee hatte er wieder verlassen, nicht wahr? Der berüchtigte Attentäter der Galaxis war er gewesen – und dann war er wieder zu seinem eigenen Selbst, dem einfachen Ryder Hook, einem galaktischen Abenteurer, geworden, der danach strebte, am Leben zu bleiben und ein Stück Brot und vielleicht einmal ein wenig Vergnügen zu ergattern. Aber wer war denn Alf?

Hook war sich bewußt, daß er ein Mensch voller Widersprüche war, und er beklagte seine Laster. Eins davon war, daß er einen dummen Menschen nicht ausstehen konnte, und deshalb bemühte er sich, Idioten mit besonderer Rücksichtnahme zu behandeln, was er als sein persönliches Kreuz trug. Aber im Augenblick benahm er sich selber wie ein kompletter Idiot. Hier war er, auf Locus, einem schönen Planeten, hatte einen guten Job als Elektronik-Fachmann, ein Gebiet, auf dem er Meister war, er verdiente gutes Gehalt, konnte große Beträge auf sein Sparkonto überweisen, hatte eine herrliche Zeit – also warum diese Zweifel, diese vagen, unfaßlichen Ängste? Was quälte ihn?

Er mußte ins Zentralarchiv gehen.

Ja. Ja. Dieses törichte Unbehagen hatte irgend etwas mit dem Zentralarchiv zu tun.

Der automatische Anmelder summte, und eine laute Stimme, die von draußen hereindrang, kündigte an, daß Rafflans ihn besuchen wollte. Der Krif-Mann trat ein, setzte eine Flasche des besten Ollindai auf den Tisch und strahlte Hook an.

»Myza hat diesen Wein empfohlen, Alf, und er ist wirklich erste Klasse. Trink, Junge! Die Nacht ist noch jung.«

Die Flasche war alt und mit Spinnweben bedeckt, sie hatte die aufregende Farbe von dunkelroten Rubinen, ihr Hals war lang, und das Etikett verhieß einen Jahrgang, der vor mehr als hundert Jahren gepflückt und gepreßt und gekeltert worden war. Vor mehr als hundert terranischen Jahren. Locus hatte – wie war das doch gleich? – einen Tag-und-Nacht-Zyklus von fünfzig terranischen Stunden.

»Behandelt Myza dich gut, Rafflans?«

Rafflans zog den Korken heraus und lachte: »Ich kann nicht klagen. Heute habe ich für sie eine Perlenkette gekauft, und morgen gebe ich sie ihr und bekomme meine Belohnung.«

Rafflans goß den Wein ein, und sie tranken.

»Ollindai! Superb!«

»Bist du schon einmal im Zentralarchiv gewesen, Rafflans?«

»Nein. Natürlich nicht. Hatte gar keinen Grund dazu. Ich weiß, was ich weiß. Ich bin – he! Langsam, langsam, Junge! Laß mich wenigstens mir dir gleichen Schritt halten!« Hook hatte nämlich das Glas in einem Zug geleert.

»Hast du nicht gesagt, daß du Angestellter von Krifarm bist?«

»Ja, natürlich. ZZI und Krifarm, das ist die beste Kombination in der ganzen Galaxis. Also, ich *war* bei Krifarm, ist doch klar, nicht? Dann bin ich nach Locus gekommen. Ist ja auch egal. Ich bin hier, und du bist hier, und die Mädchen sind hier. Prost, Alf!«

Hook streifte den Krif-Mann mit einem Seitenblick. Krif-Männer bildeten sich eine Menge auf ihre Rasse ein. Ein Krif-Mann war ein gefährlicher Feind und ein guter Freund. Aber sie waren auch Prahler; sie glaubten, der

Große Erlöser habe in ihnen etwas ganz Besonderes erschaffen. Hook wußte, daß Erdenmenschen und Krif-Männer unter den vielen Religionen der Galaxis mit ihren phantastischen Variationen die gleiche hatten. Das war eine sehr alte Religion ...

»Hast du schon einmal einen Dynamann gesehen,«

»Ja. Die Agentur versuchte mich einmal zu überreden, einer zu werden, aber ich sagte, später, wenn meine eigenen Beine schwach werden. Warum?«

»Ach, nichts. Ich muß morgen – das heißt, heute – schon früh in der Elektronik-Abteilung sein. Du bist bei den Waffen, nicht wahr?«

»Ja, natürlich!« Rafflans nahm wieder einen Schluck. Der Ollindai war gut, daran gab es keinen Zweifel. »In Waffen kenne ich mich aus. Ich hatte schon eine niedliche Krifarm-Energie-Junior, als ich neun war. Ich habe alle Plastikbecher getroffen, die man hoch warf, peng, peng, peng! Ich bin mit Waffen groß geworden, Alf.«

»Was hältst du von einer Tonota Achtzig?«

Rafflans lachte. »Dieser Schund! Nichts gegen eine Krifarm Modell Zwanzig! Damit verglichen ist eine Tonota Achtzig ein Kinderspielzeug.«

»Modell Zwanzig. Das ist interessant.« Hook stolperte einen Gedankengang entlang, von dem er nicht mehr wußte, wieso er aufgetaucht war, und doch war das Ergebnis dieses Gesprächs überaus wichtig. »Mir hat immer die Martian Mega gefallen.«

»Nun ja.« Rafflans schürzte die Lippen und machte ein kritisches Gesicht. Sein Weinglas balancierte er auf einem Knie. »Eine feine Waffe. Ja, eine großartige Waffe. Weißt du, Alf, diese kleinen Waffen, deren Elektronik mit den Nervenbahnen am Handgelenk verbunden werden, sind sehr schnell und sehr praktisch. Trotzdem liebe ich es, eine große Kanone in meiner Faust zu fühlen.«

»Ich weiß.«

»Martian Mega, wie? Sehr stark.«

»Und die terranische Pacifier?«

»Aber wir sprechen doch über Waffen, die sich ein

normaler Sterblicher kaufen kann, Alf! Ich habe noch nie eine terranische Pacifier gesehen.« Das schien ihn sehr zu verärgern.

»Bleib bei den Krif-Waffen, Rafflans. Sie sind in Ordnung.«

»Wer behauptet das Gegenteil?«

Hook seufzte. »Zeit, ins Bett zu gehen, Rafflans. Am Morgen wartet die Arbeit auf uns.«

»Laß mich erst noch austrinken. Welche Oper hast du dir mit Anthea angesehen? War sie gut? Ich habe nie etwas Besseres gesehen als die Oper, die die Krif-Company aufführte, als ...« Er fuhr fort, über Oper und Balett zu schwatzen. Währenddessen versuchte Hook vergeblich, sich zu erinnern, welche Oper er und Anthea gesehen hatten. Er versuchte, sich ein Stück einer Melodie, eine Zeile Text ins Gedächtnis zurückzurufen. Es gelang ihm nicht. Das war merkwürdig.

Das alles hing mit seiner Besessenheit zusammen, er müsse ins Zentralarchiv gehen. Er war überhaupt nicht müde. Sex ermüdete ihn selten. Er war nicht müde, und er wollte im Zentralarchiv einbrechen, aber er mußte am Morgen zur Arbeit, und deshalb sollte er jetzt schlafen ...

Verdammt verwickelte Situation.

Als Rafflans schließlich ging, vorsichtig die Flasche mit dem letzten Rest Ollindai tragend, zog Hook gedankenvoll die Tür halb zu, stand mit gesenktem Kopf und grübelte.

Wenn nur diese Benommenheit verschwinden würde!

Es war so schwer, logisch zu denken.

Gedanken und Pläne purzelten unzusammenhängend in seinem Gehirn herum. Da war Anthea, golden und glühend und aufregend, und sie drehte sich verführerisch unter den rosigen Lichtern. Da war die Elektronik-Abteilung mit den fleißigen Robotern und dem harten Licht auf Geräten, deren Funktion er nur erraten konnte – hatte irgend etwas mit Fernsteuerung von Nervenenden und Synapsen zur Erreichung eines bestimmten Effekts zu tun. Da waren die Jachthafen und der See und die weißen Segel, die auf dem blauen Meer leuchteten. Da waren das Restaurant und die erlesenen Speisen und Getränke und gute Gespräche und Tanz und Musik. Oper? Sehr komisch, daß er sich nicht an die Oper erinnern konnte, nicht an einen einzigen Ton.

Wenn er jetzt noch genügend Schlaf bekommen wollte, um am Morgen fit zu sein, mußte er auf der Stelle zum Zentralarchiv gehen und nachsehen, was daran eigentlich so wichtig war.

Besondere Lust dazu hatte er nicht.

Aber er wußte ganz genau, wenn er nicht ging, würde er überhaupt nicht schlafen können.

Seltsam war, daß seine Hand zum Gürtel fuhr, als er das Zimmer verließ, als trage er eine Waffe in einem Holster.

Doch wer würde auf einem so friedlichen, freundlichen Planeten wie Locus eine Waffe brauchen?

VII

Hook trat aus dem Hotel in die sternenfunkelnde Nacht hinaus. Stille lag über der Stadt. Es war hell genug, daß er die Umrisse der Gebäude sehen konnte, die bis in den wolkenverhangenen oberen Teil der Kuppel reichten. Außerhalb der Kuppel – zum Kuckuck! Warum sollte er über etwas nachdenken, das er niemals zu sehen bekommen würde! Die Wetterkontrolleure sollten bald etwas gegen die Kondensation da oben unternehmen. In künstlich geschaffenen Umgebungen setzten sich immer die Naturgesetze durch, was zur Folge hatte, daß sich Wolken bildeten. Wenn es einen Niederschlag gab, bevor eine Warnung durchgegeben werden konnte, würde es bei den Wetterleuten rote Köpfe und ein paar geharnischte Rückfragen seitens der Bosse geben.

Hook ging mit festem Schritt, denn er hatte einen Vorsatz, so närrisch dieser auch sein mochte. Nur wenige Leute waren unterwegs. Es war beinahe eine Stunde nach

Mitternacht, und das war der Zeitpunkt, zu dem Schichtwechsel stattfand. Nun, wenn ihm irgendwer in den Weg trat und ihn aufzuhalten versuchte, würde er – würde er – nun, er würde ein freundschaftliches Schwätzchen mit ihm halten, und zweifellos würde der Mann ihm einen Dring anbieten, und dann, wenn der Mann wieder gegangen war, konnte er von neuem versuchen, einen Weg ins Zentralarchiv zu finden.

Seltsam, in dem Augenblick, als er sich vorgestellt hatte, jemand wolle ihn aufhalten, hatten sich seine Hände zu Fäusten geballt, als sei das eine Gewohnheit von ihm.

Auf Locus wurden niemals Fäuste geballt. Es war nicht notwendig. Jeder war immer freundlich und gesellig, und jeder amüsierte sich immer köstlich.

Er sah einen Betrunkenen in dem Winkel zwischen Mauer und Gleitband liegen. Lächelnd rückte Hook ihn in eine bequemere Stellung. Der Mann war nicht sehr schwer, aber Hook machte keine Bemerkung darüber, weil er genau wußte, daß er trotzdem und glücklicherweise über unglaubliche Kräfte verfügte.

»Danke, Kamerad«, sagte der Mann mit heiserer Stimme.

Neben ihm lag eine leere Flasche.

»Schlaf deinen Rausch aus, Freund, und nimm morgen früh eine Katerpille.«

»Das werde ich bestimmt tun.«

Die Stimme des Betrunkenen wurde undeutlich. Er sackte bewußtlos zusammen.

Hook ging weiter und lachte vor sich hin.

Das Zentralarchiv ragte vor ihm auf. Einen Augenblick dachte er daran, wieder umzukehren. Aber dieser dumme, nagende Zweifel trieg ihn weiter. Irgendwie war er darauf programmiert worden, etwas Bestimmtes zu tun, und bis diese Handlung nicht abgeschlossen war, würde Ryder Hook keine Ruhe finden.

Er dachte an Anthea und die glatte goldene Kurve des Fleisches zwischen Hüfte und Taille, wie sie auf der Seite lag und die Arme nach ihm ausstreckte, leidenschaftlich, fordernd, nach immer mehr verlangend. Das Zentralarchiv – was in aller Welt hatte ihn dazu gebracht, etwas so Verrücktes zu tun, an einen Ort zu gehen, wo nie jemand hinging, weil es dort nichts Interessantes gab? Anthea – zu ihr sollte er gehen. Sie würde ihn gern noch einmal in ihr Bett lassen, bevor sie zur Schicht ging. Der Gedanke trieb ihn zur Eile an. Er würde schnell das Gebäude betreten – drei oder vier der riesigen Eingangstüren standen offen – und feststellen, ob das Summen in seinem Kopf aufhörte. Dann hinderte ihn nichts mehr daran, zu Anthea zu gehen.

Er stieg die Marmorstufen empor. Der Eingang, den er sich ausgesucht hatte, war der mittlere von den dreien. Die Türflügel bestanden aus Bronze. Sie waren mit goldenen Nieten in phantastischen Mustern geschmückt. Leuchtröhren verbreiteten grünes und orangefarbenes Licht, das sich mischte und von dem Marmorfußboden zurückgeworden wurde. Seine Schritte riefen im Foyer einen lauten Widerhall hervor.

Auf einer Seite sah er eine Reihe Türen von Aufzügen, die den Zugang zu den höheren Stockwerken ermöglichten. Auf der anderen Seite erstreckte sich ein langer Tisch, an dem Anfragen nach Archivunterlagen gestellt werden konnten. Nur ein Reinigungsroboter war in Sicht. Er fummelte mit Staubsauger und Schrubber herum, quietschte und sprühte und nahm von ihm keine Notiz.

Also, nun war er drinnen. Und? Das Drängen in seinem Kopf hatte nicht aufgehört.

Bisher war alles gutgegangen. Aber sehr komisch war es, daß er jetzt hier stand, einen Fuß halb in der Luft wie ein Schwachsinniger, und immer noch nicht wußte, warum er hergekommen war, was ihn dazu veranlaßt hatte und was, zum Teufel, er als nächstes unternehmen sollte.

Ein Licht flammte auf der Anzeige des mittleren Antigravschachtes auf. Es sauste über die Nummern von Stockwerk fünfzig bis hinunter zu Stockwerk dreißig. Dort blieb es stehen. Hook scharrte mit dem Fuß auf dem glänzenden Marmorboden und fühlte sich sehr unbehaglich. Das Licht geriet wieder in Bewegung und stieg auf die Nummer zwanzig hinab.

Immer noch war er sich nicht im klaren darüber, was er hier eigentlich wollte.

Die Antwort sprang ihn so plötzlich an, daß er sich beinahe auf dem wunderschönen Marmorfußboden erbrochen hätte. Nur bestand der Fußboden gar nicht aus Marmor. Es war ein schmutziger Betonboden mit Rissen und Unebenheiten, und der Reinigungsroboter, der alt und abgenützt und leistungsschwach war, machte auf ihn gar keinen Eindruck. Das Licht der Anzeige rutschte auf Erdgeschoßhöhe hinab. Ryder Hook empfand das Prickeln, das ihm durch alle Knochen lief und seine Nerven vibrieren und das Blut in seinen Adern tanzen ließ, und er wußte, daß in diesem Aufzug ein Projektmann nach unten kam.

Er wußte, wo er war, was er war und warum er hier war.

Als er den Projektmann im Zentralarchiv hatte verschwinden sehen und ihm nicht augenblicklich folgen konnte, hatte er sich selbst den Befehl gegeben, der ihn nicht zur Ruhe kommen ließ, bis er dies Gebäude aufgesucht hatte.

Jetzt wurde ihm auch klar, daß der Betrunkene, den er draußen gesehen hatte, ein Mann war, der allein und verlassen auf der Straße lag, erschöpft von der Arbeit, zu der ihn die Nova-Männer gezwungen hatten, bis zum letzten Augenblick getäuscht durch die halluzinatorischen Vergnugen, die ihm ein grauenhaftes Leben nicht zum Bewußtsein kommen ließen.

Die Gittertür glitt zur Seite. Licht fiel auf den Betonboden. Hook drückte sich in den Schatten.

»Und denken Sie daran, Welson«, dröhnte der Mann in Schwarz, während er ausstieg. »Ihre Produktionskurve flacht schon wieder ab. Wenn Sie die Quoten nicht erfüllen können, werde ich jemanden finden, der es kann.«

»Die Kurve wird wieder ansteigen, Novir, das verspreche ich Ihnen. Bald werden neue Arbeiter kommen …«

»An Entschuldigungen bin ich nicht interessiert. Sorgen Sie für die Quotenerfüllung.«

»Jawohl, Novir.«

Hook schnitt eine Grimasse, was ein sehr häßlicher

Anblick war. Ein Novir war ein sehr hoher Rang unter den Nova-Männern. Jetzt mußte er schnell handeln. In der Nähe eines Projektmannes war er durchaus fähig, durch die Halle zu laufen, Welson zu packen und ihm den Hals umzudrehen, ehe der Aufseher ihn noch erblickt hatte oder wußte, wie ihm geschah. Wenn ein Projektmann es wollte, konnte er *sehr* schnell sein.

Aber dieser Novir würde ihn sehen, und er würde erkennen, daß er sich mit der phantastischen Geschwindigkeit eines Projektmannes bewegte.

Der Novir ging in langsamem, also normalem Tempo durch die offene Tür. Hook mußte ihm diesmal folgen, oder er würde die böse Macht, nach der er lechzte und die er verabscheute, von neuem verlieren. Aber – dieser Aufseher Welson unterlag nicht der allgemeinen Hypnose. Die Wachen sahen und hörten die Phantome nicht, die die Arbeiter in einer ständigen euphorischen Benommenheit hielten.

Es mußte darauf eine wissenschaftliche Antwort geben.

Der Novir war aus der Tür. Hook versetzte sich in Höchstgeschwindigkeit und raste durch die Halle. Bei diesem Zeitablauf blieb Welson relativ zu ihm unbeweglich stehen, gerade im Begriff, wieder in den Aufzug zu steigen. Hook sah sich den Mann ganz genau an. Ah! Da – in seinem linken Ohr! Hook fuhr nicht allzu sanft mit dem Finger hinein und zog den Knopf heraus. Es war ein winziges Gebilde, nicht größer als ein Marienkäfer, aber bestimmt war es vollgepackt mit raffinierten elektronischen Instrumenten. Hook steckte es sich in sein eigenes linkes Ohr. Er konnte immer noch ausgezeichnet hören.

Natürlich standen auch die Wachen unter Kontrolle. Sie waren keine Projektmänner. Ganz bestimmt standen sie unter einem Einfluß, der sie unbarmherzig auf Vordermann hielt.

Die Resonanz der Macht, die der Projektmann ausstrahlte, flutete durch Hooks Körper. Wie immer fühlte er sich großartig. Er kannte dies einem Drogenrausch ähnliche Machtgefühl der Projektmänner. Deshalb waren sie entschlossen, ihre Herrschaft in der Galaxis immer weiter auszudehnen, ganz gleich, wer und was auf ihrem Vormarsch zerstampft wurde. Ihm gab die Zufuhr von Energie jetzt die Möglichkeit, mit Höchstgeschwindigkeit zu arbeiten. Er nahm den Knopf wieder aus dem Ohr und zerlegte ihn. Währenddessen senkte sich Welsons Fuß ganz langsam auf den Boden vor der Aufzugkabine.

Hooks berühmte schwarze Stiefel, die man ihm gelassen hatte – wie konnten die Aufseher auch wissen, was darin versteckt war? – lieferten ihm die Mikrowerkzeuge für sein Vorhaben. Es machte ihm Vergnügen, seinen Fingern bei ihren fließenden, unglaublich schnellen Bewegungen zuzusehen. Er umging die Idiotenfalle, indem er den Knopf so schnell öffnete, daß der Kurzschluß gar nicht erst zustande kommen konnte. Trotzdem war er vorsichtig, sah sich alles gründlich an. Er wußte zu genau, welch ein teuflisches kleines Ding dies war. Endlich hatte er die Schaltung entfernt, die eingehende Signale in das Ohr des Trägers leiteten, den Knopf wieder zusammengesetzt und in sein Ohr gesteckt.

Er lief gerade so langsam zur Tür, daß seine Kleider nicht in Brand gerieten. Welson hatte sich noch kaum gerührt.

Welson bewegte sich in Normalzeit. Ryder Hooks sämtliche Reflexe waren beschleunigt.

Der Novir in seiner eleganten schwarzen Uniform ging langsam auf den Parkplatz der Flieger zu.

Seine Projektmann-Ohren würden Hooks Bewegungen auffangen, lange bevor Hook ihn anspringen konnte, und dann würde er instinktiv auf Beschleunigung umschalten. Er würde seine Waffe ziehen – und dann ade, Ryder Hook.

Hook mußte sein superleistungsfähiges Gehirn dazu benutzen, einen Weg aus dieser Klemme auszuarbeiten. Jetzt nichts zu unternehmen, sich davonzuschleichen und den Projektmann seiner Wege gehen zu lassen, dazu war Ryder Hook absolut unfähig. Wenn man sein Ziel nicht mit Gewalt erreichen konnte, dann mußte man es eben mit List erreichen. Aber mit der alten Methode, einen Stein in eine andere Richtung zu werfen, ließ sich ein Nova-Mann nicht täuschen.

Dann lächelte Hook. Er konnte die eigene Waffe der Projektmänner, die Hypnose, gegen sie richten.

Eine bedrückende Vorstellung.

Zügig, aber in normaler Geschwindigkeit verließ er das Gebäude. Die Hände steckte er in die Hosentaschen. Eine Melodie vor sich hin gröhlend, wanderte er die Straße hinunter.

Er war nichts anderes als einer der armen, zum Tod durch Erschöpfung verurteilten Arbeiter von Locus, der in einem Paradies der Illusionen lebte.

Er wußte jetzt, daß die Hypnose durch Projektion, nicht durch Drogen erfolgte. In dem Programm war ein Befehl enthalten, daß die Arbeiter einen Projektmann, der an ihnen vorbeiging, niemals wahrnahmen. Nur die Fähigkeiten eines anderen Projektmannes konnten die Konditionierung durchbrechen.

Hook schwankte, sang, taumelte. Er spielte nicht einen Betrunkenen. Er spielte einen erschöpften Arbeiter, der sich einbildet, betrunken zu sein.

Überall mochten Spionageaugen stecken. Er konnte in diesem Augenblick unter Beobachtung stehen. Doch das bezweifelte er. Der Parkplatz der Flieger lag außerhalb des Gebietes, wo sich die Arbeiter für gewöhnlich zusammenfanden, und natürlich war das schon an sich eine verdächtige Tatsache.

Der Projektmann drehte sich halb um. Hook ignorierte ihn völlig und stolperte weiter. Unmelodiös brüllte er Zeilen aus »Süße Susi Senkfuß und ihr Sirius-Sexy-Sextett.« Es war ein gutes altes Raumfahrerlied.

Er war mit dem Novir auf gleicher Höhe.

Er versetzte sich in Höchstgeschwindigkeit, sah den Ausdruck ungläubigen Erstaunens auf dem Gesicht des Projektmannes, reagierte auf die sofortige und verheerende Reaktion eines Projektmannes, stieß sein Knie dem Mann mit voller Wucht in den Leib, schlug ihm ins Gesicht, als er zu Boden ging, knallte seinen Kopf auf das Pflaster, als er unten war. Hook kannte die Projektmänner. Er wußte, daß sie schwer auszuschalten waren. Selbst jetzt noch gelang es dem Novir, eine Hand um Hooks Fuß zu schließen. Beinahe hätte er ihm den Stiefel abgerissen.

Hook hatte keine Zeit, nach Atem zu ringen, zusammenzusacken, einen Sekundenbruchteil nachzudenken.

Der Schädel eines Projektmannes enthielt genug mit den organischen Teilen verbundene Metallelemente, daß er zu einer von Panzerplatten geschützten Kugel wurde. Hooks schmutziger orangefarbener Overall hatte Risse und Löcher, und aus dem Zustand der Kleider, die die Leute hier trugen, war klar ersichtlich, daß die Nova-Männer kein Geld für Neuanschaffungen verschwendeten. Im allgemeinen ließen sie die Arbeiter ihre eigene Fußbekleidung anbehalten, sofern sie sich für ihre Tätigkeit eignete. Schuhe für die verschiedenen Rassen und Größen vorrätig zu halten, war ein Problem, das sie sich gern ersparten. Hooks berühmte alte schwarze Stiefel waren niemandem aufgefallen.

Aber um sie hätte er sogar mit diesem Novir gekämpft.

Der Kult der Schwarzen Stiefel war vor mehreren tausend Jahren entstanden, und er enthielt tiefenpsychologische Symbole – ähnlich war es mit dem Kult der Denim-Windjacken –, aber das alles gehörte der Vergangenheit an. Ryder Hook trug seine schwarzen Stiefel aus Gründen, die nichts mit Sadismus und Sklaverei zu tun hatten. Nun ja, wenn man es richtig überlegte, konnte ein Nova-Mann es durchaus für einen sadistischen Akt halten, einem anderen Nova-Mann den Kopf einzuschlagen. Nach den Begriffen jedes normalen Bewohners der Galaxis aber war es, als ob man eine Laus zwischen Zeigefinger und Daumen knackte.

Hook hatte einmal zu Ed Malcom gesagt: »Dir gefällt es nicht, zu töten, und mir auch nicht. Aber ich verfüge nicht über deinen Edelmut und deine Integrität, Ed. Wenn es darum geht, daß mir der Kopf weggeschossen werden soll, bin ich im Grunde ein Schwächling. Versucht jemand, mich zu töten, werde ich ihn daran hindern, und geht er dabei selbst drauf, ist es seine eigene Schuld. Du kannst dich meinetwegen für das edle Prinzip opfern, Ed. Ich werde dir ein paar Blumen auf dein Grab legen, wenn ich gerade mal vorbeikomme.«

Ed Malcom hatte gelacht und gesagt: »Du verstehst nicht einmal die Hälfte davon.«

Und Hook hatte erwidert: »Aber die Hälfte, die ich verstehe, ist die Hälfte, auf die es ankommt.«

Wie dem auch sei – ein Projektmann war durch das, was er war, eine Ausnahme. Sogar der arme, alte idealistische Ed Malcom – der natürlich absolut recht mit seinen Ideen hatte – hätte wohl nicht allzu viel dagegen einzuwenden gehabt, daß ein Nova-Mann erledigt wurde.

Wahrscheinlich hätte er jedoch gar nicht erkannt, daß es sich um einen Nova-Mann handelte. Natürlich hielten die Projektmänner ihre Unternehmungen, deren Ziel die Beherrschung der Galaxis war, streng geheim.

Hook lud sich den Körper des Projektmannes auf und rannte mit ihm weg von dem beleuchteten Gleitband. Im Schatten legte er den Novir ab. Wenn ein Projektmann starb, nahm er seine übermenschliche Kräfte mit sich, und damit erstarben auch die als Resonanz hervorgerufenen Kräfte Ryder Hooks. Er spürte, wie sein Körper die Energie verlor und auf die Halbexistenz eines normalen Sterblichen zurücksank. Wie immer bebte Hook vor dem bösen Verlangen, diese dunklen Kräfte zu behalten. Sollten sie sich doch den Kern seiner Willenskraft unterwerfen, sollten sie ihn beherrschen, wie sie die Projektmänner beherrschten!

Die Projektmann-Eigenschaften fielen von ihm ab, und Ryder Hook war wieder ein Mensch. Er nahm dem toten Novir die Waffe ab. Es war eine Tonota Achtzig. Diese Kanone schien in diesem Sektor der Galaxis üblich zu sein. Zweifellos hatte Rafflans versucht, Bestellungen für Krif-Waffen zu buchen. Geschäft war Geschäft in dieser Galaxis.

Hook pulverisierte den Projektmann zu Nichts.

Damit war das corpus delicti beseitigt, aber er konnte nicht mit dieser Waffe in seinem Gürtel herumlaufen. Hook haßte es, eine Waffe wegzuwerfen. Das ging ihm gegen die Natur.

Schnell lief er zurück zu den Eingangsstufen des Zentralarchivs. Er bewegte sich jetzt in Normalzeit, aber dieser Hundert-Meter-Sprint hätte ihn in jedem System ohne weiteres in die interstellare Klasse gebracht. Wenn er sich im Zustand eines Projektmannes befand und mit Höchstgeschwindigkeit bewegte, würden seine Kleider natürlich zu schmoren beginnen und in Flammen aufgehen, falls sie nicht besonders geschützt waren, und deshalb hatte er sich vorhin, als er Welson den Knopf abgenommen und das kleine Instrument umgebaut hatte, sehr vorsichtig verhalten müssen. Jetzt, wieder zum normalen Menschen geworden, stieß er einen Pfiff der Bewunderung über seine vorhin erreichte Schnelligkeit aus. Wie er sich danach sehnte, ein Projektmann zu sein!

Aber wenn man ständig über die Möglichkeiten eines Projektmannes verfügte, traten größenwahnsinnige Träume und Wünsche und ein unersättlicher Hunger nach mehr und noch mehr Macht auf. Ein gewöhnlicher Sterblicher zu sein war langweilig, aber es war sicher.

Allerdings hatte Ryder Hook nie angenommen, sicher zu sein, auch dann nicht, wenn die übermenschlichen Projektmann-Fähigkeiten von ihm gewichen waren.

Er blickte ringsum. In einem so verfallenen Bauwerk gab es viele Spalten und Risse. Er schob die Tonota Achtzig in einen Spalt neben den Stufen. Wenn eine Suche mit Metalldetektoren durchgeführt wurde, fand man die Waffe natürlich sofort, aber er hielt das für unwahrscheinlich. Er wußte nicht, wie viele andere Projektmänner sich hier in der Stadt aufhielten, und wie sie sich das Verschwinden des Novirs erklären mochten, wußte er ebenso wenig. Es interessierte ihn auch nicht. Bis sie anfingen, sich Gedanken zu machen, wollte er schon längst irgend etwas Drastisches unternommen haben, um ihre Pläne zu vereiteln.

Aber es gab Dinge, die er zuerst erledigen mußte, bevor er sich um diese schwarzen Bastarde kümmern konnte. Langsam ging er zum Hotel zurück.

Wie er es erwartet hatte, war der Mann, der sich selbst für einen glücklich Betrunkenen gehalten hatte, inzwischen gestorben. Ausgemergelt und verlassen lag er in der Gosse.

VIII

Ryder Hook hatte sich niemals für einen besonders klugen Mann gehalten, obwohl es in der Galaxis Menschen und Nichtmenschen gab, die ihn den schüpfrigsten Aal im Raum nannten. Am nächsten Tag auf seiner Arbeitsstelle, als er sich umsah und die Wirklichkeit der Arbeitsbedingungen erkannte – sie hätten sogar einen Blechroboter deprimiert –, da wußte er, daß er der größte Idiot der Galaxis war.

Denn – hatte er Shaeel nicht eine dringende Botschaft geschickt und den Hermaphroditen gebeten, auf diesen gottverdammten Planeten zu kommen und ihn zu retten?

Wenn Shaeel in diese Falle geriet ...

Ryder Hook verfluchte sich. Natürlich war Shaeel ein Ungeheuer an Eigensinn und ging ihm schrecklich auf die Nerven, und er wußte nicht, warum er sich überhaupt Sorgen um ihn machte – aber er würde es um keinen Preis zulassen, daß der dreidoppelte Idiot getötet wurde. Shaeel würde aus dem Raum angebraust kommen mit der Vorstellung, er habe Hook im letzten Stadium der Entkräftung von einem menschlichem Leben ungünstigen Planeten aufzusammeln. Dann würde er den trügerischen Landestrahl empfangen, der für die Schiffe der Nova-Männer gedacht war, und gleich darauf in der Tinte sitzen. Shaeel war kein Projektmann, er war nicht einmal ein halber Projektmann. Shaeel würde als Sklave hier unten arbeiten müssen, bis er tot umfiel.

Das konnte Ryder Hook ungeachtet seines Prinzips, daß sein eigenes Leben Vorrang hatte, nicht zulassen.

Folglich mußte er als erstes versuchen, zum Raumhafen zu gelangen.

Nein, vorher noch mußte er sich Informationen beschaffen. Wenn es nur um ihn selbst gegangen wäre, hätte Hook sich einfach bis zum Raumhafen durchgeschossen, das erstbeste Schiff genommen und abgehoben. Der Planet Locus konnte zum Teufel gehen.

Aber er hatte hier noch etwas zu erledigen …

Er fing damit an, Anhaltspunkte darüber zu sammeln, was die Projektmänner hier eigentlich vorhatten. Sie hatten einen Industriekomplex erbaut, der trotz seiner gewaltigen Größe doch nur provisorisch zusammengehauen war. Die Arbeiter hatten nur deshalb einen imponierenden Eindruck empfangen, weil sie unter Hypnose standen. Jetzt, wo keine falschen Signale mehr in sein Gehirn eingespeist wurden, erkannte Hook, daß die aufragenden Türme aus Streben zusammengeschweißte Konstruktionen waren, die an ihrer Spitze radarähnliche Antennen trugen. Von ihnen, so folgerte Hook, wurden die hypnotischen Signale ausgesandt.

Er sah keinen weiteren Projektmann und empfing auch keine Resonanz, die ihm verraten hätte, daß einer vorbeigegangen war.

Die in Orange und Blau gekleideten Wachen und Aufseher führten die Befehle ihrer Herren aus. Sogar diese Leute wirkten dünn und abgearbeitet. Hook nahm an, sie würden das Projekt ebensowenig überleben wie die Arbeiter. Die Projektmänner würden vollenden, was sie sich vorgenommen hatten, und im Raum verschwinden. Die Anlagen konnten dann zusammenfallen und verfaulen, und wer von den Leuten noch nicht tot war, würde unvermeidlich sterben müssen.

Nach der Schicht traf er Anthea vor dem baufälligen alten Wohnblock, den sie immer noch als Luxushotel ansah.

Sie trug ihren zerfetzten orangefarbenen Overall, und die von Öl und Chemikalien herrührenden Flecken auf dem billigen Material waren Kennzeichen der Sklavenarbeit. Durch die Risse schimmerte goldene Haut. Trotz allem sah sie schön und begehrenswert aus, und sie war um so rührender, als sie kein modisch gekleidetes Playgirl mehr war. Sie war es nie gewesen, aber das spielte in dem Zusammenhang keine Rolle. Anthea Elterich, ein Mädchen, das sich seinen Lebensunterhalt verdiente, war mit ihrer Freundin Myza auf einer Urlaubsreise nach Mergone gewesen. Hook wußte, daß Anthea in der biochemischen Industrie gearbeitet hatte, und er nahm sich vor, weitere Informationen aus ihr herauszubekommen.

»Wie gefällt dir mein neues Kleid?« begrüßte sie ihn.

Ryder Hook ließ sich nicht aus der Fassung bringen.

»Es haut einen um«, antwortete er in leichtem, munterem Ton. »Es kommt noch so weit, daß ich dich mitten auf der Straße anspringe.«

Diese Hürde war genommen.

Später, als sie mit Myza und Rafflans in dem rostigen alten Schuppen saßen, brachte Hook heraus, daß alle – einschließlich Anthea selbst – glaubten, sie trage ein schulterfreies Seidengewand, das an den Säumen mit roten Edelsteinen besetzt war. Das Detail der Schulterfreiheit konnte damit erklärt werden, daß sich in dem orangefarbenen Tuch ihres Overalls zwei große Risse befanden. Dort war sie offensichtlich an einem vorstehenden Haken oder der scharfen Ecke eines Maschinenteils hängengeblieben. Hook legte ihr eine Hand auf die Schulter. Er konnte die seidige Weichheit ihrer goldenen Haut unter seiner eigenen Haut fühlen – aber er fühlte auch eine besorgniserregende Magerkeit und die harten Knochen unter dem dünnen Fleisch.

Ryder Hook kam zu einem Entschluß, der bei seinem Charakter schon sentimental zu nennen war. Er war ein harter Bursche, dem anderen Menschen völlig gleichgültig waren, solange es ihm selbst gutging. Aber er würde es nicht zulassen, daß diese schwarzen Bastarde von Nova-Männern Fräulein Anthea Elterich umbrachten. Er wußte, alle Leute, die schon länger als er auf Locus arbeiteten, waren verloren. Ihr Zustand war bereits zu weit fortgeschritten. Brachte er die Überlebenden der *Talcahhuano* von diesem Planeten weg, konnten sie noch gerettet werden; für alle anderen konnte er nichts tun. Irgendeine nicht erkennbare Strahlung, ein Gift in der unzureichend gefilterten Luft, irgend etwas drang in diese Kuppel ein und vernichtete langsam, aber erbarmungslos menschliches Leben.

Und alles Leben war menschlich – sei es in der vertrauten Form des Homo sapiens oder der ebenfalls vertrauten Form der fremden Rassen, mit denen sie zusammen waren. Rafflans, ein Krif-Mann, war ebenso menschlich wie ein Erdenmann. Es war einfach so, daß jede Rasse dazu neigte, sich selbst als menschlich und andere Rassen als nichtmenschlich anzusehen.

Und die Reaker? Waren auch sie völlig menschlich, so, wie ein Erdenmensch den Begriff verstand?

Jedenfalls arbeiteten sie hier als willige Werkzeuge der Projektmänner und ihrer Aufseher. Die Reaker mußten in die Gleichung für intelligentes Leben passen, und als intelligente Lebewesen waren sie anzuerkennen. Aber inwieweit sie menschlich waren, stellte eine offene Frage dar.

Eine Tatsache ließ sich nicht leugnen.

Die Projektmänner waren keine Menschen mehr.

Da saß Ryder Hook nun mit den auf Locus Gestrandeten in einer zugigen alten Scheune mit windschiefen Türen und einstürzendem Dach und starrte wie hypnotisiert auf eine nackte Wand. Er mußte tun, als seien sie seine besten Freunde, und er mußte ebenso applaudieren und »Bravo!« rufen wie sie, die ein geisterhaftes, unsichtbares, nicht existierendes Orchester Symphonien und Konzertstücke spielen hörten – ganze drei Stunden lang.

Ein paarmal, wenn der Augenblick geeignet schien, entschuldigte er sich, ging nach draußen, sah zu der Kuppel hoch und grübelte und beunruhigte sich, und dann ging er wieder hinein und nahm die Haltung eines Menschen ein, der konzentriert erstklassig dargebotener Musik lauscht.

Die anschließende Segelfahrt auf dem See war beinahe mehr, als er ertragen konnte.

Leute in schmutzigen orangefarbenen Overalls saßen oder standen auf Plastikbrettern, die mit Gummirollen versehen waren, und fuhren damit über eine leere Betonfläche. Wenigstens blies ein echter Wind, aber Hook hatte die seltsamsten und erschütterndsten Empfindungen, als er zusah, wie die anderen lachten und sich in dieser grotesken Situation amüsierten.

Er war froh, als es zurück in den alten Schuppen ging.

Alle nötigten sie ihn, das faulige Wasser zu trinken, und er mußte sich zusammennehmen und es hinunterschlucken, bis Anthea schließlich sagte: »Ist dir etwas nicht gut bekommen, Alf? Da, wo ich herkomme, läßt man es nicht zu, daß jemand krank wird.«

»Es ist nichts. Ich habe nur keine Lust, länger hierzubleiben. Laß uns gehen, Anthea.«

»Alter Lustmolch«, bemerkte Rafflans und blinzelte ihm über seinem Becher mit ekelerregendem Wasser zu.

»Du sagst es«, antwortete Hook. Er hatte das Gefühl, noch irgend einen Scherz hinzufügen zu müssen, wenn er nicht auffallen wollte. Also stieß er hervor: »Danke gleichfalls.«

Rafflans sah ziemlich verblüfft aus.

Draußen unter dem Sternenlicht, das durch die Kuppel schimmerte, blieb Hook stehen und sah Anthea hilflos an.

Wenn er den Kopf aus seinem Ohr nahm und in ihr Ohr schob, damit sie die Realität sehen konnte, fiel er wieder in die hypnotische Illusion zurück. Er mußte von Anthea vorher verlangen, daß sie ihm den Knopf zurückgab. Das war eine Grausamkeit ihr gegenüber. Sie würde das Gerät zurückgeben, daran zweifelte er nicht. Aber wie konnte er ihr die Wirklichkeit zeigen, ohne imstande zu sein, ihr zu helfen oder das Verschwinden der echten Wahrnehmung zu verhindern?

Nein.

Das konnte er nicht tun.

Außerdem wäre es auch von größerem Nutzen, wenn er Rafflans die Augen öffnete. Wenn es zu einem Kampf kommen sollte, war die Hilfe des großen Krif-Mannes nicht zu unterschätzen.

Allerdings würde Rafflans, dieser Idiot, sofort wieder damit anfangen, er wolle ihm Arme und Beine ausreißen und ihm um den Hals wickeln. Das entsprach Rafflans Stil.

Hooks Stil war sehr viel subtiler.

Entweder das oder sehr viel stupider.

»Du siehst wirklich schlecht aus, Alf.«

Anthea sah ihn besorgt an. Sie zog seinen Overall

zurecht und klopfte an ihm herum, aber natürlich konnte sie die Flecken nicht entfernen, die Öl und Chemikalien in den Stoff gefressen hatten. Großes Getue machte sie um die Stelle, wo ein Draht bei einem Kurzschluß ein Loch gebrannt hatte – als er sich mit Projektmann-Geschwindigkeit bewegt hatte, war er noch weiter aufgerissen. Obwohl sie an der beschädigten Stelle nichts bessern konnte, trat sie schließlich zurück und behauptete, Alf sei wieder einigermaßen präsentabel, aber nur einigermaßen und nicht in anständiger Gesellschaft.

Hook sah zu den Scheibenantennen hoch, die unablässig ihre hypnotischen Befehle abstrahlten.

Eine Funktion der über die Arbeiter ausgeübten Kontrolle war ihm nun klar. Je mehr man selbst davon überzeugt war, in bestem Gesundheitszustand zu sein und schöne Kleider zu tragen, desto deutlicher sahen die anderen das, was man von ihnen erwartete. Das war eine so raffinierte Methode, daß sie Hook imponierte. Einer so präzisen Programmierung konnte er seine Anerkennung nicht versagen.

Da er wußte, wie er aussah und was er anhatte, wurde der Effekt der Hypnose in gewissem Ausmaß zuschanden gemacht, und Anthea hatte den Eindruck, sein eleganter Anzug sei irgendwie nicht ganz elegant genug.

Aber Ryder Hook war nicht so naiv, daß er sich einbildete, eine logische Weiterführung dieses Prozesses könne die Arbeiter dazu bringen, ihre Umwelt wirklich wahrzunehmen.

Schließlich waren sie keine Projektmänner.

Er ging mit Anthea zu dem baufälligen Wohnblock und liebte sie voller Zärtlichkeit, und ihre eigene Leidenschaft entflammte dadurch um so mehr.

Das war die letzte Nacht, in der er sich wie ein sorgloser Playboy dem Vergnügen hingeben konnte. Danach konnte er sich vor dem Handeln nicht mehr drücken.

Morgen wollte er die Projektmänner dahin treten, wo es am meisten weh tat.

Der Morgen kam. Ryder Hook hielt das Versprechen, das

er sich selbst gegeben hatte. Er ging nicht an seinen Arbeitsplatz, sondern ins Zentralarchiv.

Tagsüber war die Auskunft mit Robotern besetzt. Hook sah Aufseher ein und aus gehen und Quoten und Tagesbefehle nachprüfen. Das Gebäude schwirrte von Aktivität.

Er war kein Projektmann …

»Was suchen Sie hier, mein Freund?« fragte der Wachtposten an der Tür.

Hook war sich nicht sicher, was er hätte suchen sollen. Der Wachtposten sah gemein und hungrig aus. Er hatte ein hageres Gesicht und Stoppeln an seinem Kinn. Entweder hatte sein Bartentferner nicht gewirkt, oder er hatte ihn zu lange nicht angewendet. Seine Hand ruhte auf dem Kolben seiner Waffe. Die Waffe war eine Tonota Vierzig. Er trug einen blauen Helm und eine Gesichtsmaske, und das Theater, das er spielen mußte, machte ihn ungeduldig.

Hook vermutete, er solle einen dicken, freundlichen Polizisten sehen, dessen Waffe fest im Holster steckte und dort schon beinahe verrostet war.

»Ich soll mich hier melden«, sagte Hook. »Ich weiß nicht, um was es geht. Elektronische Abteilung.«

»Gehen Sie hinüber zur Auskunft, mein Freund.« An dem Wort »Freund« erstickte der Gorilla fast. »Dort wird man Ihnen weiterhelfen.«

»Danke, Officer.«

Noch keine Spur von dem Prickeln, das die Nähe eines Projektmannes anzeigte …

Hook trat an den Tisch.

Der Roboter fragte: »Ihr Anliegen?«

»Ich bin in das Hauptgebäude versetzt worden«, antwortete Hook. »Ich soll hier neue Kleidung und Werkzeuge abholen.«

»Tür Neunzig am Ende des Korridors.«

Hook marschierte davon.

Er hatte den Ruf, hart zu sein. Nun, er war hart. Das gab er zu, auch wenn er es bedauerte. Aber hier auf Locus war diese Härte angefressen worden. Er war dabei, sich in schreckliche Gefahr zu begeben, um einer Gruppe von Leuten, die ihm gar nichts bedeutet hatten, bevor sie gemeinsam die Raumfähre verließen, das Leben zu retten.

Shaeel – nun, bei ihm war es etwas anderes.

Zimmer Neunzig erwies sich als eine Robot-Kleiderausgabe. Der Form halber nahm Hook einen Overall und eine Werkzeugtasche in Empfang. Er ging wieder.

Immer noch kein Projektmann in der Nähe ...

Er verließ das Zentralarchiv und ging zum Hauptgebäude.

Hier liefen alle Fäden zusammen. Hier konnte er herausfinden, um was es eigentlich ging.

Aber die Abwesenheit von Nova-Männern beunruhigte ihn ...

Er mußte einen flotten Schritt und ein strahlendes, leeres Lächeln beibehalten. Die Arbeitsschichten des Fünfzig-Stunden-Tages auf Locus trieben Raubbau mit den Kräften der Leute, aber niemals murrten sie oder beklagten sie sich. Sie machten treu weiter, lächelten in einem fort, amüsierten sich, bis sie tot umfielen. Dann stellten die Nova-Männer einen neuen Körper an die Stelle dessen, der weggekarrt wurde. Überall in der Galaxis war man scharf auf gutbezahlte Stellungen und nahm gern dafür in Kauf, sein Leben auf einem fremden Planeten verbringen zu müssen. Auch das war Bestandteil des Sternenstrudels. Aber in diesem Fall unterzeichneten die Arbeitsuchenden einen Vertrag mit dem Tod.

Zu dem ersten Aufseher, der ihm im Hauptgebäude begegnete, sagte Hook: »Ich soll hier arbeiten. Elektronik.«

Der Aufseher sah in seinen Notizen nach. Er war hager, aber längst nicht so ausgemergelt wie die Arbeiter. Er war ein Mal mit zuckenden, wackelnden Röhrenohren, und er rollte eines davon zwischen den Fingern. Diese Geste war charakteristisch für Mals.

»Davon hat mir niemand etwas gesagt«, meinte er.

»Man sollte es nicht für möglich halten«, bemerkte Hook. »Überall in der Galaxis ist es das gleiche.«

Der Mal sah ihn scharf an.

Auf Locus beschwerte sich niemand.

Hook gab ihm das blöde Grinsen des selig Hypnotisierten zurück.

»Ich bin Elektroniker.« Er gestikulierte weit ausholend. »Ich werde mein Bestes tun.«

»Ich nehme an, das geht in Ordnung. Melden Sie sich bei Abteilungsleiter Baynes. Ich prüfe die Einzelheiten später nach, Alf.«

»Prima. Geben Sie mir dann bitte die Versetzungsbescheinigung zurück.«

Hook marschierte weiter, als sei die Aussicht, für Abteilungsleiter Baynes arbeiten zu dürfen, das höchste der Gefühle.

Den Weg zu Abteilungsleiter Baynes wiesen ihm Roboter und andere Arbeiter. Immer weiter drang er in das Hauptgebäude ein. Es war das reine Labyrinth. Hook hatte den Eindruck, alle diese vielflächigen Zellen seien um einen großen Innenraum angeordnet und hätten den Zweck, ihn zu verbergen. Dann war es das Wichtigste, diesen Innenraum zu erreichen.

Wenn das Zentralarchiv von dem Aufseher die Meldung erhielt, ein Elektroniker namens Alf habe sich zur Arbeit im Hauptgebäude eingefunden, und dies dem Computer eingab, würde es sich sofort herausstellen, daß besagtem Alf niemals ein solcher Befehl erteilt worden war. Er konnte sich einige Zeit hinzögern, wenn der Aufseher seine Berichte erst am Ende seiner Schicht abgab. Tat er es aber sofort – doch das braucht ja nicht zu geschehen, sagte Hook zu sich selbst, während er lächelnd wie ein Schwachsinniger auf Baynes zuging. Falls es geschah, würde er jedoch bereit sein.

»Niemand hat mir etwas gesagt«, bemerkte Abteilungsleiter Baynes.

Hook lächelte. »Ich bin hier und einsatzbereit, Abteilungsleiter.«

Baynes war groß und schwer gebaut, aber er hatte in der letzten Zeit eine Menge Fett verloren, und seine Augen waren eingesunken. Er war kein Homo sapiens, aber einem solchen sehr ähnlich, nämlich ein Homo siriansis – was nichts mit dem Stern Sirius zu tun hatte –, und von einem Erdenmenschen unterschieden ihn nur sein fleischiger Kamm und die langen Ohrlappen. Seine Hände und Arme bestanden nach dem in der Galaxis üblichen System aus einem Knochen von der Schulter bis zum Ellbogen, aus zwei Knochen, der besseren Beweglichkeit halber, vom Ellbogen zum Handgelenk und dann einer Anzahl kleinerer Knochen, bei denen es von Rasse zu Rasse Variationen gab. Nur waren die Arme bei Baynes ein wenig kurz geraten. Abgesehen von Tentakeln war diese Skelett-Struktur überall in der Galaxis bei Rassen zu finden, die ein Knochengerüst und ein Paar Arme mit daran befestigten Händen entwickelt hatten. Es gab noch andere Systeme, doch waren diese im allgemeinen weniger leistungsfähig. Die Natur blieb immer nah an der Norm, auch wenn sie mit fremdem DNA die Probleme ökologischer Nischen löste.

»Und halten Sie die Quoten ein!« rief Baynes Hook noch nach. »Wir tun hier eine sehr wichtige Arbeit, und wenn wir nachlassen, ist das Verrat an unserer Wirtschaftsorganisation.«

»So ist es«, stimmte Ryder Hook, der galaktische Einzelgänger, zu. »Seine Wirtschaftsorganisation darf man nicht im Stich lassen.«

Direkt vor ihm lag hinter einer ovalen Türen aus klarem Glas, die sich bei seiner Annäherung öffnete, ein langer Raum mit einer hohen Decke. Männer und Frauen und Nichtmenschen gingen konzentriert ihren jeweiligen Aufgaben nach. Hook sah auf die Anweisung, die Baynes ihm gegeben hatte. Er sollte das Zusammensetzen von neuralen Sperren beaufsichtigen. Hook blieb in der Tür stehen und hielt sie dadurch für einen Augenblick auf.

In diesem Augenblick war er außer Sicht von Baynes, der sich sowieso umgedreht hatte, um die Frage einer aufgelöst aussehenden Frau zu beantworten, die ein zerbrochenes Gerät in den Händen hielt. Er sah in den Raum hinein. Vom Mittelpunkt aus verliefen ordentliche Reihen, die hundert hohe, enge Kästen enthielten. Bei Zahlen unter hundert waren Ryder Hooks Schätzungen stets exakt. Deshalb wußte er auf den ersten Blick, daß hier genau hundert Kästen standen, ohne daß er sie zu zählen brauchte.

Ihm kam ein Gedanke, den er am liebsten wieder verbrannt hätte, und doch wußte er, daß er jetzt zum Kern des Problems vorgestoßen war.

Aber er mußte sich überzeugen.

Diesmal mußte er den Befehl, den er sich selbst gab, so fassen, daß nichts, soweit er es vorauszusehen vermochte, ihn wieder aufheben konnte.

Er stand da und sah in den Raum und nahm schnell den Knopf aus seinem Ohr.

Nicht sofort, aber doch mit bestürzender Schnelligkeit veränderte sich die Szene. Der Raum blieb derselbe, sauber und funktional. Die Leute trugen jetzt schicke weiße Kleidung, eine Art Uniform mit glänzenden Knöpfen, und er hatte auch so etwas an, wie er feststellte, als er an sich hinuntersah. Dann war dies also die Kleidung, die im Hauptgebäude getragen wurde. Die Kästen hatten transparente Deckel. Durch verschiedene Farben markierte Röhren liefen zu einer Zuleitung in der Decke. Dann trat der Befehl in Kraft, und Hook steckte sich den Knopf wieder ins Ohr. Es gab einen Knall, wie wenn sich eine Luftschleuse bei Grün schließt.

Wieder änderte sich die Szene. Mit ungeheurem Vergnügen stellte Hook fest, daß sie in den wesentlichen Aspekten trotzdem die gleich blieb. Nur waren die Kleider der Leute weder weiß noch schick. Aber die Kästen mit den transparenten Deckeln und die verschiedenfarbigen Röhren waren noch da. Er mußte ganz nahe an der Lösung sein!

Hook ging in den Raum, und endlich konnte die Glastür sich schließen.

Eine Frau mit einem wilden Mop von gelbem Haar und Augen von so intensivem Blau, daß die Retina gefärbt sein mußte, kam lächelnd auf ihn zu. Sie war klein und immer noch ein bißchen wabbelig, als habe sie, bevor sie nach Locus kam, viel zuzusetzen gehabt.

»Hallo.« Hook reichte ihr seine Arbeitsanweisung.

Sie sah sie sich an.

»Ich bin Vorarbeiterin Benson, und ich schmeiße hier den Laden. Ich habe keine zusätzliche Hilfe angefordert.«

»Aber ich bin überzeugt, Sie könnten ein zusätzliches Paar Hände brauchen.« Hook lächelte wieder glückselig. Diese Frau konnte die Realität ihrer Umgebung erkennen, auch wenn sie einen Knopf im Ohr trug, der sie kontrollierte. Er mußte vorsichtig sein.

»Sind Sie überprüft worden?«

»Natürlich! Abteilungsleiter Baynes hat ...«

»Na gut. Neurale Sperren. Das ist Hallipen. Da drüben.«

Sie war kürzer angebunden als jeder andere, den er bisher getroffen hatte. Ihre Hand wies ihm den Weg. Mit dem gleichen blöden Lächeln ging Hook durch die Halle. Hallipen war ein Fortan, eines jener Wesen, deren Ruhm hauptsächlich auf einem Paar dünner Arme beruhte, die von schmalen Schulterblättern unterhalb der Schulterblätter für die normalen Arme herabhingen. Die Schlüsselbeine nahmen einen komplizierten Verlauf über die Lungen. Diese zusätzlichen Arme mochten dünn sein, aber sie waren für ihren Besitzer bei Arbeiten mit kleinsten Teilen von Vorteil. Hook war bekannt, daß Fortaner gute Elektroniker waren.

Mit noch breiterem Grinsen streckte Hook dem Fortan seine Hand entgegen, und dabei sah er in den nächsten Kasten. Der transparente Deckel behinderte die Sicht nicht.

Darinnen befand sich der völlig nackte, weiße Körper einer unwahrscheinlich schönen Frau.

Und Ryder Hook wußte Bescheid.

IX

Da hatten die Projektmänner sich doch tatsächlich ein Schaschmir-Tanzmädchen ausgesucht!

Hook versuchte, die unabsichtigt eingetretene Verzögerung zu überspielen. Doch Hallipan, der Fortan, sagte:

»Ja, mir gefällt sie auch.« Er wedelte mit einer seiner

Zusatzhände, in der er einen Schleifstift hielt. »Aber für uns ist das nichts. Am besten vergißt man das Ganze.«

Hook behielt sein Lächeln bei.

»Ich arbeite für die Wirtschaftsorganisation, Hallipen«, sagte er. »Ich weiß, was meine Pflicht ist.«

Hook ging an der Reihe der Kästen entlang. Jeder enthielt innerhalb seiner durchscheinenden Wände ein Mädchen von perfekter Schönheit.

Die meisten waren Erdenmädchen. Aber unter den hundert waren auch Vertreterinnen von zehn anderen Rassen, die bekannt dafür waren, nach terranischem Geschmack die schönsten Frauen zu haben. Trotzdem hätte Hook immer ein richtiges Erdenmädchen vorgezogen. Die Schaschmir-Mädchen bestanden nur aus unmöglichen Brüsten und Hüften. Schönheit in der richtigen Proportion gefiel Hook besser als dieser Überfluß von verführerischem Fleisch. In seinen Augen kam es bei den Brüsten einer Frau auf die Form, die sanfte Festigkeit und Zartheit an, nicht auf die Größe.

Es wurde ihm gesagt, was er zu tun hatte. Die Wissenschaft brachte Dinge fertig, die Wunder zu sein schienen. Was hier geschah, war für Hook absolut nichts Neues mehr, und doch war es von ungeheurem Interesse.

Mit diesen perfekten Exemplaren weiblicher Schönheit wurde genau dasselbe vorgenommen, was Hook widerfahren war.

Sie erhielten die Behandlung, die zum ersten Mal im Rahmen des Projektes beim Internationalen Raketen-Konsortium ausprobiert worden war.

Das Endresultat der letzten Stadien dieses Projekts – der Stadien, von denen Hook ausgeschlossen worden war – war ein Projektmann.

Diese Mädchen in ihren durchscheinenden Kästen mit den transparenten Deckeln wurden zu Projektfrauen umgewandelt.

Wie schön für die Nova-Männer, dachte Hook.

Sie konnten nicht hoffen, ohne genetische Manipulation mit diesen Frauen Projektjungen und -mädchen zu zeugen, aber zweifellos würde das zu gegebener Zeit auch noch kommen.

Jetzt verstand er, warum der Betrieb auf Locus so geheimgehalten wurde.

Hallipen gab langatmige Erläuterungen von sich.

»Mit dieser Serie sind wir beinahe fertig, Alf. Führen Sie die letzten Checks mit den neuralen Sperren durch. Ich sehe, auf der Anweisung steht, daß Sie an ihrer Herstellung mitgewirkt haben.« Der Fortan blickte hoch und beinahe – aber nur beinahe, denn Locus war ja ein so glücklicher Planet – zeigte sich ein Stirnrunzeln auf seinem Gesicht. »Es ist gar nicht üblich, daß Personal, das bei der Produktion von Komponenten und Biowerkzeugen beschäftigt war, zum Endprodukt versetzt wird. Sehr merkwürdig.«

»Man muß gedacht haben, daß Sie Hilfe benötigten ...«

»Hilfe? Wir können diese jungen Damen jetzt wie Erbsen aus einer Schote auspuhlen! Aber ich gebe zu, daß ich hart daran arbeite. Hilfe könnte ich wirklich gebrauchen.«

»Dann bin ich hier ja doch richtig.«

Die Information, die Ryder Hook brauchte, war beinahe schon innerhalb seiner Reichweite. Noch ein paar wenige Fakten, nur noch der letzte, und – nach dem, was er bereits wußte – der wichtigste Faktor, und dann konnte er das Vorhaben der Projektmänner torpedieren.

Es war ein atavistischer und bösartiger Gedanke, und doch freute Hook sich schon im voraus darauf.

Der Fortan mußte sich für einen Augenblick hinsetzen. Er sah krank aus. Hook fragte: »Wie lange sind Sie schon hier, Hallipen?«

»Wie lange? Oh – na, das ist aber merkwürdig. Ich kann mich gar nicht klar daran erinnern. Ich darf die Geburtstage der Kinder nicht vergessen, und die sind noch nicht gewesen – wenigstens glaube ich das. Ich hoffe es.« Er strich sich mit der linken winzigen Zusatzhand über das Kinn. Mit der linken normalen Hand stützte er, den Ellbogen auf das Knie gestemmt, seinen Kopf. »Wie seltsam, daß ich mir nicht sicher bin.«

Du bist auch einer von den armen Teufeln, die diese Bastarde ermordet haben, sagte Ryder Hook zu sich selbst. Hallipen würde niemals nach Fortanesi und seinen Kindern zurückkehren, soviel stand fest.

»Wie lange dauert es, eine Serie von diesen Mädchen herzustellen?«

Hallipen versuchte aufzustehen, sank zurück und blieb sitzen. Aber er lächelte immer weiter.

»Sie stellen aber Fragen! Ich habe noch nie jemanden kennengelernt, der so viele Fragen stellt. Es dauert – es dauert ...«

»Schon gut«, unterbrach Hook. »Sind nach dieser Serie noch weitere geplant?«

Hallipen strahlte. »Nur noch eine. Das weiß ich genau. Dann läuft nämlich mein Vertrag ab, und es geht nach Hause. Mir fehlen die Kinder.«

Hook wandte sich ab.

Ein starker, erstickender Geruch nach Chemikalien und Öl und Laboratoriumsabfällen hing in der Luft. Hier gab es nur ein Minimum an Frischluftzufuhr. Es war nicht nötig, Arbeiter zu verwöhnen, die fest daran glaubten, sie hätten eine gute Stellung und könnten sich in ihrer Freizeit die tollsten Vergnügungen leisten. Männer und Frauen und Nichtmenschen liefen hier ständig auf Hochtouren, bis sie ausgebrannt waren. Wenn sie starben, konnten sie auf die Planetenoberfläche hinausgekippt und vergessen werden. Keiner von ihnen würde wieder nach Hause kommen.

Der Gedanke, daß auch die Aufseher und die Vorarbeiter abgeschrieben wurden, war nicht ohne Ironie.

Vorarbeiterin Benson eilte herbei. Ihr gelbes Haar schien von statischen Entladungen zu knistern.

»Wie kommen Sie zurecht, Alf? Wir müssen unsere Quoten einhalten.«

»Diese Serie ist fertig, Vorarbeiterin. Ich stehe bereit für die nächste.«

»Gut. So weitermachen! Denken Sie daran, daß Ihre Wirtschaftsorganisation sich auf Sie verläßt!«

Es gab Tausende von Slogans in den Multisystem-Konglomeraten: Leidenschaftliche Mahnungen, Mottos, Losungen, Geheimformeln, schön klingende Phrasen, und alle hatten sie den Zweck, dem Mitglied einer Wirtschaftsorganisation das Gefühl zu geben, zu einer einzigen großen Familie zu gehören, für die man zum allgemeinen Wohl sein Äußerstes geben mußte.

Hook spuckte nicht aus.

Er mußte schließlich einen glücklichen, hypnotisierten Arbeiter darstellen.

Diese baufällige Stadt unter dem Spinnennetz der Hypnose war nur ein winziger Fleck auf der planetaren Oberfläche von Merfalla, und daß man ihn Locus nannte, machte ihn nicht größer. Draußen schlummerte der Rest des Planeten in völliger Gleichgültigkeit. Seine Bedingungen tolerierten Lebewesen nicht, die Luft zum Atmen brauchten und energiereiche Strahlung nicht vertrugen. Eine einzige Stadt machte noch keinen Planeten. Und das hier war nicht einmal eine richtige Stadt. Zum Beispiel gab es hier nicht ein einziges Museum. Hook liebte Museen. Seiner Meinung nach mußte eine Kultur, die etwas auf sich hielt, über ihre eigene Vergangenheit Bescheid wissen. Es war schon oft versucht worden, nur für die Gegenwart und die Zukunft zu leben, und der Versuch war jedesmal – soweit Hook wußte – fehlgeschlagen.

Shaeel würde ihm keinen Dank dafür wissen, daß er ihn hergelockt hatte.

Einmal hatte Shaeel zu ihm gesagt: »Weißt du, 'ook, obwohl meine Vorfahren auf der Erde hergestellt worden sind, muß ich manchmal über euch Terraner den Kopf schütteln. Ich meine – sieh dir doch einmal alle diese Tridi-Shows und Geschichten darüber an, wie ihr Terraner euch an die Eroberung der Galaxis gemacht und dabei Sterne kaputtgeschmissen habt …«

»Hör auf!« hatte Hook geantwortet. »Das war Kinderkram.«

»Und sehr gefährlich, du Knallkopf! Wie können Kinder Verständnis für die wirkliche Galaxis gewinnen, wenn sie in ihre kleinen Köpfe größenwahnsinnige Geschichten über das Kaputtschmeißen von Sternen und die Eroberung von Galaxien und interstellare Kriege stopfen? Sogar über intergalaktische Kriege, bei meiner armen, heilig gesprochenen Tante Augusta! Kennt ihr blöden Terraner eigentlich schon den Unterschied zwischen interstellaren und intergalaktischen Entfernungen?«

Dies kleine, eingeschobene Wörtchen »schon« hatte Hook bezaubert.

»Seit Tausenden von Jahren haben wir uns an überhaupt keine Eroberung mehr gemacht ...«

»Mein lieber 'ook. Wäre ich kein Gentleman, der sich ladylike zu benehmen weiß – beziehungsweise keine Lady, die sich wie ein Gentlemen zu benehmen weiß –, würde ich dir in den Hintern treten.«

Shaeel bekam das fertig – falls er sich daran erinnerte, bevor eine neue glänzende Idee von ihm Besitz ergriff.

Der verrückte alte Shaeel! Er konnte ein »H« ebenso gut aussprechen wie irgendwer, und doch blieb er dabei, Hook mit »'ook« anzureden. Hinter Shaeel rannten sowohl Männer als auch Frauen her. Wenn Hook die Kühnheit aufbrachte, irgend jemanden in der Galaxis seinen Freund zu nennen, wäre Shaeel der wahrscheinlichste Kandidat dafür.

Er ging zu Vorarbeiterin Benson und beugte sich über das elektrisch knisternde gelbe Haar. Er gab seinem Lächeln eine bedeutungsvolle Note. Sie sah hoch, mißtrauisch und doch bereits eine Spur kokett.

»Haben Sie – haben Sie nach der Arbeitszeit etwas vor, Vorarbeiterin?«

»Nun – ich hatte etwas geplant, aber wenn Sie ...«

Hook rückte ihr näher. Warum er sich gerade diese eingeschrumpft-fette kleine Frau ausgesucht hatte, war ihm nicht ganz klar, aber irgendwo mußte er anfangen. Er nahm an, daß sie im Grunde keine Schuld trug, denn wie die Projektmänner ihre Wachen und Aufseher und Vorarbeiter aussuchten, blieb ein Geheimnis. Er lächelte sie an und war sich bewußt, daß seine braunen Augen klar und offen und ehrlich in die ihren leuchteten. Er zwickte sie ins linke Ohr.

»Aber Alf! Ich bin durchaus für einen kleinen Spaß zu haben – aber Hallipen ist ...«

Er mußte in Normalzeit arbeiten, und doch war es im Handumdrehen geschehen. Sein Finger fuhr in ihr Ohr, und schon hatte er den Knopf. Vorarbeiterin Benson gab kein Zeichen von sich, daß sie etwas gemerkt hatte. Immer noch lächelnd umschloß Hook das winzige Gerät mit den Fingern und trat zurück. »Sie sind in Ordnung, Vorarbeiterin.«

Verwirrt sah sie sich um. Der Raum hatte sich für sie nicht viel geändert, aber Hook wußte, daß er in ihren Augen plötzlich eine schmucke weiße Uniform mit glänzenden Knöpfen anhatte. Sie schüttelte den Kopf. Vielleicht war es sogar eine Wohltat für sie, daß sie ihre letzten Lebenstage unter dem Einfluß der Hypnose verbringen würde. Sie war bereits so gut wie tot. Selbst wenn man sie auf der Stelle von diesem Planeten wegschaffte, konnte sie das nicht mehr retten. Der durch die hiesigen Bedingungen verursachte Körperverfall war zu weit fortgeschritten. Wenn schon gerettet wurde, dann hatten Anthea – und Rafflans und Myza und Denis und die anderen Passagiere der *Talcahhuano* – den Vorrang.

Hook schlenderte in den Waschraum. Die Werkzeuge, die die ihm übergebene Tasche enthielt, genügten ihm, wenn sie auch nicht der Qualität derer entsprachen, die er in seinen Stiefeln verbarg. Aber diesmal mußte er verdammt viel vorsichtiger beim Öffnen und beim Deaktivieren der Idiotenfalle sein. Die herrliche Geschwindigkeit seiner Finger hatte er verloren. Hook war ein Experte für elektronische Geräte, und doch schwitzte er bei der Prozedur, während er es in seinem Zustand als Projektmann in Sekundenbruchteilen geschafft hatte.

Das war natürlich die Gefahr – der unersättliche Hunger nach Macht, auch wenn man noch so fest überzeugt war, man werde dem widerstehen können. Das Wissen, daß schwierige Arbeiten leicht gemacht wurden. Die reine Macht über Umstände und Ereignisse. Beim lieben alten Dirty Bertie Bashti! Kein Wunder, daß die Nova-Männer mit allen Mitteln nach der Herrschaft strebten!

Durch die ovale Glastür kehrte er in den Arbeitsraum zurück.

Nicht einen Augenblick dachte er daran, Hallipen den Knopf zu geben. Der Fortan war Wissenschaftler, und er mußte mit seinem geschulten Verstand erkennen, daß die Krankheit, die er in sich fühlte, letzten Endes tödlich war. Seuchen und Krankheiten galten heute als obszön in der Galaxis. Auf sie spielten Flüche und Schimpfworte an. Ein Ausbruch rief Panik hervor, wie bei der Landung auf Mergone. Die Krankheiten waren besiegt – und dieser Sieg bedeutete wirklich etwas im Vergleich zu dem kindischen Unsinn über die Eroberung von Galaxien – und doch lauerten sie noch irgendwo im Versteck. Plötzlich und unter immer neuen, gräßlichen Medusenmasken tauchten sie wieder auf und schlugen zurück.

Hook nahm mit einem einfachen Taschenspielertrick, den er in vielen langweiligen Stunden von berufsmäßigen Kartenspielern gelernt hatte, auch Abteilungsleiter Baynes seinen Knopf ab und baute den Kontrollempfang aus. Mit den beiden Geräten machte er sich auf die Suche nach Anthea und Rafflans.

In der Eingangshalle des Hauptgebäudes entdeckte ihn der Aufseher, mit dem Hook als erstem gesprochen hatte. Er rief: »He, Alf! Da sind zwei Jungens, die dich sprechen wollen. Ein glücklicher Zufall, daß du gerade vorbeikommst.«

Die falsche Versetzungbescheinigung, die der erste Gorilla in der Hand hielt, bewies überdeutlich, daß Hook entlarvt war.

Der Gorilla hatte einen niederträchtigen Gesichtsausdruck, den Hook, wie er vermutete, als väterliches Stirnrunzeln sehen sollte, als Besorgtheit um sein eigenes Wohl. Beide Männer hatten die Klappen ihrer Holster geöffnet. Die Kolben ihrer Waffen glänzten unter den Lichtern. Der eine war ein Homo sapiens und der andere ein Homo mal, und sie waren beide hart, breitbrüstig, gemein und dazu bereit, ihn auf der Stelle niederzuschießen, wenn er Ärger machte.

Aber zuerst würden sie es entsprechend dem Diktat der Projektmänner, die ihre Arbeiter im Zustand der Glückseligkeit hielten, auf die freundliche Tour versuchen.

»Alf? Hören Sie, da gibt es ein kleines Problem – nichts Wichtiges. Gehen wir doch eben ins Zentralarchiv und klären die Sache.«

Er stand ihnen ganz und gar zur Verfügung und ging freudig mit ihnen, obwohl er absolut nicht verstehen konnte, was nicht in Ordnung sein sollte. Und er mußte auch mit seiner Arbeit weitermachen – die neuralen Sperren waren ...

»Keine Bange«, sagte der erste Gorilla. »Es wird nicht lange dauern.«

»Nur einen winzigen Augenblick«, versicherte der zweite Gorilla – das war der Mal – liebenswürdig. Er lachte wie ein dicker, gutgelaunter Polizist, der langweilige Routinearbeiten mit Humor erledigt. »Sie kennen doch diese Bürokraten und ihren Papierkram.«

»Sie brauchen sich über nichts Sorgen zu machen«, faßte der erste Gorilla nach. »Hier auf Locus sind wir alle eine große, glückliche Familie.«

»Ja, so ist es«, fiel der zweite ein. »Kommen Sie nur mit uns, Hook.«

X

Ryder Hook war nicht so dumm, daß er sich einbildete, dem Mal sei der Versprecher entgangen. Selbst wenn er selbst nichts gemerkt hätte, der Gorilla hatte es bestimmt gemerkt.

In diesem Augenblick hatte Ryder Hook das Gefühl, ihm falle ein schweres Gewicht von den Schultern. Das gab seinen Lungen die Möglichkeit, sich auszudehnen und einen langen Atemzug frischer Luft einzusaugen.

Er war frei.

Er boxte dem Erdenmenschen in den Bauch und dem Mal auf das eine Röhrenohr.

Dann rannte er nach draußen.

Er bewegte sich in Normalzeit, aber trotzdem fühlte er sich wundervoll.

Er hatte keine Möglichkeit herauszufinden, wieviel Informationen die Projektmänner hier auf Locus über ihn gesammelt hatten. Selbstverständlich hatte das Internationale Raketen-Konsortium ein Dossier über ihn. Die Akten über ihn, die bei der Armee der Erde lagen, konnten die Nova-Männer nicht durch die üblichen Kanäle in die Finger bekommen, und außerdem wußte niemand – abgesehen von der Abteilung – daß Ryder Hook einmal Jack Kinch gewesen war. Auch andere Wirtschaftsorganisationen und Regierungen von Solarsystemen hatten Unterlagen über ihn. Alles zusammen mochte ein Paket ergeben, das die Nova-Männer vom Stuhl reißen würde. Hook hatte schon vorher im Dunkeln kämpfen müssen.

Diesmal war er überzeugt, daß man ihn gesucht hatte, weil die Körperpartikel-Experten auf Locus ihn anhand der im Cockpit der Raumfähre hinterlassenen Spuren als den Mann identifiziert hatten, der für die Vernichtung des Raumschiffes verantwortlich war. Es hatte lange gedauert, doch jetzt hatten sie ihn.

Natürlich war die verfluchte Versetzungsbescheinigung daran schuld.

Es lag nicht in Ryder Hooks Art, das, was nun einmal geschehen war, zu bedauern.

Er raste die Straße hinunter.

Wenn er so dumm war, sich festnehmen und verhören zu lassen, würden die leistungsfähigen Computer der Nova-Männer in Null Komma nichts herausfinden, daß er der Ryder Hook war, der sich ihnen ständig in den Weg stellte. Damit mußte er rechnen. Im Augenblick hatte er keine Zeit, sich in das hiesige Kommunikationsnetz einzuschalten und herauszufinden, ob es nur um das Raumschiff oder um mehr ging. Hooks Grundsatz war, das Beste zu hoffen und auf das Schlimmste gefaßt zu sein und danach seine Pläne zu machen. Wenn sich später herausstellte, daß es längst nicht so schlimm war, dann konnte er lachen.

Nicht daß er viel lachte.

Hier auf Locus hatte er wahrscheinlich mehr gelacht als im ganzen letzten Jahr. Er rannte weiter und lachte lustig, wenn orangefarben gekleidete Arbeiter ihm nachsahen. Er winkte ihnen, sie sollten mitlaufen. Er war nichts als ein Betrunkener, der sich einen Spaß machte. Auf Locus hatte jeder seinen Spaß.

Er hätte es gern gesehen, wenn Locus in Flammen aufgegangen wäre.

Die armen Getäuschten, die diese tragisch-komische Stadt bewohnten, hatten so oder so zu leiden. Das mußte er sich stets vor Augen halten.

Der harte, zähe, mitleidlose Ryder Hook mußte sich ständig daran erinnern, daß diese Leute bereits zum Tod verurteilt waren.

Er entdeckte Myza, die in einer kleinen Bar gegenüber der Fabrik Pause machte. Sie kicherte, als er herangekeucht kam.

»Warum hast du es denn so eilig, Alf?«

»Wo ist Anthea?«

»Bei der Arbeit natürlich. Unsere Schichten sind geändert worden – nimm doch einen Schluck.«

Die stinkende Flüssigkeit in dem verbeulten Blechbecher mochte Kaffee oder Wein oder Bier bedeuten.

»Im Augenblick nicht, danke, Myza.«

Er lief über die Straße auf das Fabriktor zu. Myza rief ihm nach: »Dort findest du Anthea nicht, Alf!«

Er fuhr herum. Sein Gesicht setzte Myza in Verwirrung. Darauf konditioniert, rings um sich nur leeres Grinsen zu sehen, verstand sie die schwarze Wut einfach nicht, die sich auf Hooks Gesicht ausdrückte.

»Sie ist versetzt worden – ich habe dir doch gesagt, daß unsere Schichten geändert worden sind.«

»Ja, das hast du mir gesagt, du blö-, du hast es mir gesagt. Aber wo ist sie denn nun?«

»Sie muß im Hauptgebäude aushelfen. Es war von einer

Produktionsspitze die Rede. Anthea arbeitet auf biomedizinischem Gebiet.«

»Ja, das weiß ich.«

Er wagte es nicht, der törichten, gedankenlosen Myza den Knopf anzuvertrauen. Wenn er ihn ihr aushändigte und ihr sagte, sie solle ihn Anthea geben und Anthea solle ihn sich ins linke Ohr stecken, würde Myza das totsicher zuerst an sich selbst ausprobieren. Und dann – nein, das konnte er nicht riskieren.

»Nun, es macht nichts, Myza.« Ihr neugierig-fragendes Gesicht ärgerte ihn. »Wir sehen uns heute abend.« Sie durfte keinen Verdacht schöpfen. »Bis dann.«

»Ich habe schon immer gesagt, du bist ein seltsamer Mensch, Alf.«

Er ging davon und zwang sich, den Impuls der Dringlichkeit zu unterdrücken, der ihm zu rennen befahl.

Rafflans und seine Waffenfabrik mußten leicht zu finden sein. Wenn der große Krif-Mann versuchte, ihm die Arme auszureißen und sie ihm um den Hals zu wickeln, würde er ihn zusammenschlagen.

Bei allen Sternen der Galaxis, warum war Anthea ausgerechnet jetzt ins Hauptgebäude versetzt worden?

Natürlich würde er sie suchen, aber er mußte alle Dinge in der richtigen Reihenfolge abwickeln. Deshalb mußte Anthea warten. In seinem neuen Overall war er sehr auffällig.

Er trieb sich auf der Rückseite der Bar herum. Wie er es erwartet hatte, saß auf einem Gerümpelhaufen ein Paar. Gott mochte wissen, worauf sie zu sitzen glaubten. Sie tranken aus Blechbechern. Der junge Mann war breitschultrig genug, daß sein Overall Hook passen konnte. Das Mädchen sah erschöpft aus. Sie hatte dunkle Ringe unter den Augen und zitterte an allen Gliedern. Die beiden waren in der Mitte des Vorspiels angelangt, und Hooks steinernes Herz empfand eine kurze Rührung. Was eine hübsche, romantische Art war, es auszudrücken.

Er trat hinter sie, drückte beiden sacht einen Fingerknöchel hinter das Ohr und fing sie auf, als sie, sich immer noch umschlingend, zu Boden fielen.

Hook zog den neuen Overall, den er im Zentralarchiv bekommen hatte, aus und den alten, zerfetzten des Jungen an. Dann betrachtete er das Mädchen. Wie sie ausgezehrt und bleich mit den durchscheinenden, geschlossenen Augenlidern dalag, bot sie einen Augenblick, der einem empfindsameren Menschen hätte das Herz brechen können.

Hook zog auch ihr den Overall aus. Kein Muskel in seinem Gesicht regte sich, als er die hervorstehenden Rippen, die hängenden Brüste, die dünne Taille sah. Er legte den Jungen und das Mädchen so nebeneinander, daß ihre Arme sich umschlangen und ihre Lippen sich berührten. Dann trat er zurück. Sollten sie sich lieben, solange sie noch lebten.

Hook hoffte, sie würden Verstand genug haben, an diesem Punkt weiterzumachen, wenn sie aufwachten.

Ein Patrouillenflieger heulte die Straße hinunter, fünf Meter über dem Pflaster, und die Leute blieben stehen, sahen zu ihm hoch und winkten. Hook winkte genauso fröhlich wie die anderen Zombies.

Er war geradezu gespannt darauf, wie die Projektmänner, die das Locus-Projekt leiteten, ihren Opfern beibringen würden, ein gefährlicher Verbrecher laufe unter ihnen frei herum. Wenn hier alles Zucker war, wie konnte es dann einen gefährlichen Verbrecher geben? Und wenn er frei herumlief, mußte es auch Personen geben, die nicht frei waren.

Aber die Bosse waren Projektmänner, und da würden sie einfach auf Höchstgeschwindigkeit schalten und sich eine Methode ausdenken.

Hook sah an dem Gerüst mit der Scheibenantenne hoch, die auf dieses Gebiet gerichtet war. Wenn es da oben Spionaugen gab, wußten sie bereits, wo er sich befand. Wenn es dort keine gab, wußten sie es nicht. Er mußte es darauf ankommen lassen.

Hook kletterte an den Verstrebungen hoch. Wenn Shaeel ihn in diesem Augenblick hätte sehen können, dann hätte er bestimmt eine Bemerkung gemacht wie: »Du großer, haariger terranischer Spinnenmann, 'ook!«

Shaeels Witz war zuweilen ätzend.

Auf der obersten Querstange sitzend, nahm sich Hook noch einmal seine Stiefel vor. Er holte eine winzige Leitungsschleife hervor. Damit konnte er am einfachsten und sichersten feststellen, wo Energie floß. Allerdings verriet ihm das Werkzeug nicht, welche Art von Energie es war. Aber Hook war überzeugt, daß er das bereits wußte.

Er hielt die Leitungsschleife schräg und schwenkte sie vor der Scheibenantenne. Die Luft war gefüllt mit Energie. Natürlich hatte abgestrahlte Energie ihren Überstand. Das Haupthindernis dabei, mit den umständlichen Masten und Leitungen aufzuräumen und die Energie abzustrahlen, hatte in der reinen Kraft der Energie gelegen. Heutzutage bestand keine Gefahr mehr, wenn man sich, wie Hook es gerade tat, den Mega-Amperes in den Weg stellte.

Die Schleife sandte ein Kribbeln durch seine Finger und gab eine Richtung an. Hook sah in diese Richtung. Tatsächlich, da stand, hinter Bäumen versteckt, ein massives Gebäude, das eine Kraftstation sein mochte. Die Bäume waren real, denn er konnte sie sehen, und er war nicht hypnotisiert. Unter der großen Kuppel, die die Stadt bedeckte, blitzte eine kleinere Kuppel im Sonnenlicht. Das konnte die Stelle sein.

Aber der Sicherheit wegen mußte er eine zweite Messung durchführen.

»He! Sie da oben! Sie werden sich verletzen!«

Hook blickte nach unten.

Ein Wachtposten kam hinter der Bar hervor. Für einen Augenblick versteckte ihn der Schutthaufen, auf dem die beiden potentiellen Liebenden lagen. Hook ließ die Leitungsschleife verschwinden und winkte.

»Ein schöner Tag, Officer! Ich bewundere die Aussicht.« Er kletterte auf halbe Höhe hinunter.

Der Wachtposten hatte seine Waffe gezogen. Es war eine Tonota Vierzig. Folglich war er kein Mann, der sich zum Narren halten ließ.

Der Wachtposten war klug genug, sich zu sagen, daß dies der Mann Hook sein mußte, nach dem sie suchen sollten, und zweifellos hatte er bereits an sein Hauptquartier durchgegeben, daß er ihn gefunden hatte. Aber so klug war er wieder nicht, daß er zu Ryder Hook einen Sicherheitsabstand eingehalten hätte.

Hook stieß sich ab, sprang und landete auf dem Wachtposten. Es war nicht nötig, ihn niederzuschlagen. Hook stand auf und zog sich seinen Overall zurecht. Der Wachtposten lag zusammengekrümmt am Boden wie eine schlecht gestopfte Wurst. Hook nahm seine Tonota Vierzig und sein Funkgerät an sich, hielt sich aber nicht damit auf, ihm die Uniform auszuziehen.

Er ging schräg über das Gleitband in der Richtung auf eine Stelle, von wo er die Kraftstation im rechten Winkel zu seiner ersten Messung anpeilen konnte. Ein Flieger schwebte vorbei. Hook verlangsamte seinen Schritt zum Schlendern und nahm eine fröhliche Idiotenmiene an. Bald würden die Wachen Programme für ihre Identitätsdetektoren zur Verfügung haben, und dann mochte es sehr schwierig werden, einer Entdeckung zu entgehen.

Die Waffe und das Funkgerät verstaute er in seiner Werkzeugtasche. Das sah ganz echt aus. Auf einer Million von Planeten wäre es ein alltäglicher Anblick gewesen.

Hook erreichte ein Gerüst mit einer Scheibenantenne, dessen Position dem rechten Winkel ziemlich nahe kommen mußte. Diese zweite Anpeilung war ein Zugeständnis an seinen Sinn für Perfektion, doch er hatte nicht die Absicht, eine dritte durchzuführen. Er kletterte hinauf. Jetzt kam es vor allen Dingen auf Schnelligkeit an.

Hook schwang die Schleife zwischen der Antenne und der in der Ferne glitzernden Kuppel der Kraftstation. Er spürte nicht das geringste Kribbeln. Er fluchte. Dann drehte er sich um. Als das Kribbeln auftrat, mußte er einräumen, daß es für ihn eine Überraschung war.

Zwischen der Kraftstation und dem ersten Gerüst, auf das er gestiegen war, lag eine parkähnliche Anlage, die einzige in der Stadt. Die Leitungsschleife wies genau die Richtung auf den Mittelpunkt dieses Parks.

Hook konnte dort nichts anderes erkennen als eine Baumgruppe. Er kannte nicht einmal die Namen der

Bäume, geschweige denn den des Planeten, von dem sie hergebracht worden waren.

Eilig stieg er wieder nach unten, rannte über das Gleitband und hinein in eine Sackgasse zwischen einem Kühlhaus und einem Wohnblock.

Zwei Wachtposten gingen am Eingang der Sackgasse vorbei. Hook erstarrte. Als sie vorbei waren, atmete er auf. Zuerst hatte er sich gefragt, warum die Projektmänner zusätzlich zu der hypnotischen Beeinflussung noch Wachen brauchten. Ein Grund war offensichtlich. In der ganzen Galaxis waren die Leute daran gewöhnt, unter dem Schutz der Polizei zu stehen. Jede Wirtschaftsorganisation hatte ihre eigene, und Gorillas und private Streitkräfte sorgten dafür, daß ihre Wirtschaftsorganisation nicht herumgeschubst werden konnte. So war eine Pattsituation entstanden, und Frieden war die Norm. Hätte es hier keine Polizisten gegeben, wären möglicherweise Beschwerden von den Leuten gekommen.

Und es beschwerte sich niemand über das lilienweiße Locus.

Über den anderen Grund hatte Hook einmal in einer Bar ein vages Gerücht gehört. Es war eine ganz gewöhnliche, dreckige Raumfahrerkneipe gewesen, da draußen im Rokkington-Haufen. Ein einäugiges Warzengesicht hatte es ihm zwischen zwei Striptease-Vorführungen mit vertraulich gedämpfter Stimme zugeraunt. Da gebe es in der Galaxis eine bestimmte Gruppe, die über die Wirtschaftsorganisationen nur lachten. Zuerst hatte Hook gedacht, der kleine Bursche habe auf irgendeine Weise ein Geflüster über die Projektmänner aufgeschnappt. Aber um die handelte es sich nicht. Das Warzengesicht erwähnte einen Namen – Untergods –, und dann warf er einen Blick über die Schulter und verstummte. Aber wenn eine solche Gruppe existierte und die Projektmänner von ihr wußten, sahen sie in ihr vielleicht eine Bedrohung, die es ratsam erscheinen ließ, ein geheimes Projekt wie dies hier bewachen zu lassen.

Nachdem Hook nun genau festgestellt hatte, von wo die hypnotischen Signale abgestrahlt wurden, machte er sich auf die Suche nach Rafflans. Er war gerade in der richtigen Stimmung, dem Krif-Mann Arme und Beine auszureißen.

Natürlich waren die Waffenfabriken bewacht. Hook schlenderte am Eingang vorbei. Wenn die Wachen nicht dort gestanden hätten, wäre er dem Gebäude nicht auf einen Kilometer nahegekommen, und Rafflans hätte zum Teufel gehen können. Aber da standen zwei, und Hook nahm den ersten zwischen die Finger und ließ ihn bewußtlos auf die Steine sinken. Sein Kamerad bekam die Fingerknöchel hinter das Ohr. Dann marschierte Hook frech und bis an die Ohren grinsend durch den Eingang.

Drinnen würde ihm nur sehr wenig Zeit bleiben.

Bis zu diesem Zeitpunkt mußte das Programm für die Identitätsdetektoren verteilt sein. Wenn er hier der Sicherheitschef wäre, würden Köpfe rollen, falls es nicht geschehen war! Die Detektoren würden darauf programmiert sein, ihn anhand der Computer-Angaben über seine Körpersekretionen zu »riechen« ...

Männer und Frauen arbeiteten hier in der Waffenfabrik auf ungefähr die gleiche Art wie in der elektronischen Abteilung. Überall waren Roboter. Hook wand sich hindurch, lächelte, nahm unterwegs eine Schachtel mit Einzelteilen auf. Mit den niedrigen Dienstgraden befaßte er sich erst gar nicht. Wenn Rafflans wirklich das war, was er behauptete, hatte er irgendeine wichtige Arbeit zugeteilt bekommen. Hook fand den Krif-Mann, wie er über einer dreidimensionalen, erleuchteten Blaupause grübelte. Die alte Bezeichnung war immer noch in Gebrauch. Rafflans blickte auf.

»Hallo, Alf! Schön, dich zu sehen!«

Hook ließ den bewußtlosen Körper von Rafflans Assistentin auf den Fußboden nieder. Er schloß die Tür des kleinen Büros. Rafflans blieb der Mund offen stehen.

»Was – was ist denn mit Queenie passiert?«

»Rafflans, du großer Krif-Idiot, steck das in den Ohr.«

Rafflans wollte nicht. Hook packte ihn beim Nacken, drehte seinen Kopf und stieß ihm den Knopf ins Ohr.

Hook trat zurück.

Rafflans schüttelte den Kopf. Er faßte an sein Ohr – und dann sah er Queenies zusammengesunkene Gestalt in ihrem abgeschabten orangefarbenen Overall, der mit Schmierfett und Chemikalien befleckt war und an einem Bein einen langen Riß hatte. Das Mädchen sah ebenso verkommen aus wie sie alle. Rafflans würgte.

»Queenie! Zum Teufel, was geht hier vor? Alf – nein, *Hook!*«

»Jawohl. Hook. Und wenn du dich hier genug umgesehen hast, versuche einmal, ob du das Grinsen auf deiner häßlichen Fresse behalten kannst.« Hook sprach schnell. Er sprach mit einer beherrschten Wut, die den Krif-Mann sofort zu Verstand brachte. Hook erklärte alles, was er für nötig hielt. Rafflans fing an: »Ich wollte dir die Arme ...«

»Später«, fiel Hook ein. »Ich muß zum Raumhafen. Hier ist ein Knopf für Anthea. Wenn du einem Aufseher oder einem Wachtposten einen wegnimmst und zu öffnen versuchst, wird er dir die Finger wegpusten.«

»Hook, du vergißt, daß ich Waffenfachmann bin.«

»Na gut, versuch dein Heil. Es ist eine raffinierte Variation des Marden-Unterbrechers – fünf Phasen, und jede davon tödlich.«

Rafflans nickte. »Kenne ich. Kleinigkeit für mich, so etwas zu entschärfen.«

»Sag nicht, ich hätte dich nicht gewarnt. Der Schaltkreis, den du entfernen mußt, ist leicht zu entdecken.« Hook erklärte es dem Krif-Mann und setzte hinzu: »Wir haben keine Zeit zu vergeuden. Die provisorischen Bauten hier sind darauf berechnet, daß sie bald zusammenfallen. Es wird nur noch eine Serie von Frauen hergestellt.« Er hatte Rafflans zwar erzählt, daß im Hauptgebäude Frauen chirurgisch verändert wurden, aber er hatte einen Zweck genannt, der weit ab von dem des Projekts lag. Der Kampf zwischen ihm und den Projektmännern war allein sein Kampf, und wenn ihm irgendwer, ein Haufen geheimnisvoller Untergods eingeschlossen, dabei in die Quere kam, würde er ihn zu verscheuchen wissen.

»Ich werde ein paar Männer zusammensuchen, auf die

man sich verlassen kann, Hook. Kommst du von dem Raumhafen zurück?«

Hook wußte, was der Krif-Mann meinte.

»Ja. Wir werden den Planeten zusammen verlassen, wir alle. Und außerdem habe ich hier noch eine Kleinigkeit zu erledigen ...«

Eine Sirene begann zu heulen.

»Das gilt dir, Hook.«

»Glaube ich auch. Denke daran, daß du dich weiterhin wie ein Idiot benehmen mußt.« Hook trat über Queenie hinweg, die stöhnte und langsam wieder zu Bewußtsein kam. »Das sollte dir leichtfallen, du dummer, großer Krif-Mann.«

»Sicher, du Bastard von einem Erdenmann. Ich brauche ja bloß dich zu imitieren.

Hook rannte hinaus. Ihm war sehr viel besser zumute.

XI

Auf Shaeels Unberechenbarkeit konnte Ryder Hook sich verlassen.

Das Funkgerät, das er dem Wachtposten abgenommen hatte, war nutzlos. Es konnte ihm gelingen, sich damit in das Kommunikationsnetz dieses Solarsystems einzuschalten, aber für den interstellaren Raum taugte es nichts. Deshalb machte Hook sich auf die Jagd nach einem Gerät, das seinen Wünschen entsprach.

Bei diesem Versteckspiel hatte er den Vorteil, daß er genauso aussah wie jeder andere hypnotisierte Arbeiter auf der Straße, und die Riechorgane eines Identitätsdetektors brauchten eine bestimmte Zeit, bis sie genug Daten gesammelt hatten, um eine positive Identifizierung vornehmen zu können.

Wenn er ständig unterwegs war und nichts Auffälliges anstellte, konnte er der Festnahme wenigstens so lange entgehen, bis er sich ein Funkgerät zusammengebaut und Shaeel erreicht hatte.

Er ging zum Parkplatz der Flieger und machte zwei Wachtposten bewußtlos. Beide hatten eine Tonota Vierzig. Hook steckte die Waffen ein. Der Flieger, den er sich aussuchte, war verschlossen. Aber er brachte ihn mit einem der niedlichen kleinen Werkzeuge aus seinem Stiefel auf und stieg ein. Er hob ab und flog gefährlich niedrig und gefährlich schnell auf die Luftschleusen zu. Natürlich hatte er einen Polizei-Flieger genommen, und als sich der Wachtposten an der Schleuse meldete, wandte Hook sein Gesicht halb vom Bildschirm ab und schnauzte in bösartigem Ton: »Macht auf, ihr Schwachköpfe! Wißt ihr nicht, daß wir es mit einem Notfall zu tun haben?«

Die Luftschleuse öffnete sich.

Hook sauste hindurch, daß es zwischen Öffnen und Schließen kaum eine Pause gab. Sollte jemand auf den Einfall kommen, ihn abzufangen, würde er es sich wohl noch einmal überlegen. Hook wußte ganz genau, wie die Projektmänner ihre Untergebenen behandelten.

Aus welchem Grund auch immer der Raumhafen außerhalb der überkuppelten Stadt angelegt worden war, für ihn war das äußerst unbequem. Aber er mußte hin für den Fall, daß Shaeel schon gelandet war. Hook hoffte sehr, ihn mit dem entsprechenden Funkgerät noch im Raum erreichen zu können.

Er gelangte so leicht in die Kuppel des Raumhafens, daß ihm klar war, daß er entdeckt worden war.

Die Schleuse schloß sich, und er stürzte auf die Empfangshalle nieder.

Der kurze Flug über die planetare Oberfläche hatte ihm eine düsterbraune grasähnliche Vegetation, zwei oder drei Flüsse – möglicherweise aus Wasser bestehend –, verkrüppelte Bäume und kümmerliche Berge gezeigt. Zweifellos trugen die Pole Eiskappen und hatte die Zone um den Äquator etwas mehr an Pflanzenwuchs aufzuweisen. Die Empfangshalle hier sah aus wie jede andere Empfangshalle: glatter Fußboden, Kioske, Zellen, Schalter für geschäftliche Transaktionen, ein Ruhezentrum. Der Flieger schlitterte durch Glastüren, zerschmetterte eine Verkaufsmaschine zu Fragmenten. Rauch stieg auf. Leute schrien und rannten in alle Richtungen.

Unter einem Schauer von Glassplittern und furnierten Plastikteilchen und Bruchstücken einstmals wertvoller Maschinen raste der Flieger durch die gegenüberliegende Wand und kam in einem Umkleideraum zum Stehen. Staubwolken senkten sich nieder. Schon züngelten Flammen an den Plastik-Trennwänden hoch.

Hook stieg aus dem Wrack. Etwas wie ein böses Grinsen zog sich über sein ganzes Gesicht. Das hatte er genossen. Er hatte nicht oft die Gelegenheit, mit einem Flieger in eine Empfangshalle zu poltern.

Durch das Loch in der anderen Wand, das die Nase des Fliegers gebohrt hatte, machte er sich davon.

Er stand auf dem Betonboden einer Halle, wo Laderoboter mit methodischer Sorgfalt ihrer Arbeit nachgingen. Ein menschlicher Aufseher stand wie angewurzelt da und starrte auf die Wand, aus der die Nase des Fliegers hervorragte. Er wirkte wie ein Mann, der den Teufel den Kopf aus einem Tridi-Schirm stecken sieht.

Hook war mit einem Satz bei ihm sagte: »Glückliche Träume«, und schlug ihn nieder. Munteren Schrittes ging er weiter. Er war sich bewußt, daß er sich nicht so gut gefühlt hätte, wenn er gegen seinen Willen gezwungen gewesen wäre, einen unschuldigen Zuschauer niederzuschlagen. Die Tage waren vorbei, wenn es auch leicht möglich war, daß sie wiederkamen.

Der Brand im Empfangsgebäude wurde bereits sehr wirkungsvoll von der Feuerlöschanlage bekämpft. Um die nächste Ecke entdeckte Hook etwas, das interessant sein konnte.

Ein Roboter-Feuerwehr war herangerast und rollte die Schläuche aus für den Fall, daß die Löschautomatik Unterstützung brauchte. Der Feuerwehr-Chef war ein Homo sapiens. Das war von Vorteil. Der Aufseher der Laderoboter war ein Tensor gewesen, gebaut wie ein Besenstiel und mit so schmalen Schultern, daß Hook nicht die geringste Aussicht hatte, seine Uniform anziehen zu können.

Er rannte hinter den Feuerwehr-Robotern her, sprang auf ihren Wagen, der einen Meter über dem Boden schwebte, und brüllte: »Beeilung! Die Automatik ist überlastet!«

Der Homo sapiens stieß die eine oder andere blasphemische Äußerung aus, aber Hook drückte ihm nicht besonders sanft die Fingerknöchel hinter das Ohr, und er war schon dabei, die Reißverschlüsse aufzuziehen, ehe der Mann zu Boden fiel.

Hook stieg eilends in die Uniform. Sie war von einem schicken Blau mit einem schwarzen Gürtel, und seine eigenen Stiefel paßten wunderbar dazu. Er steckte den schlaffen Körper des Mannes in seinen eigenen orangefarbenen Overall und schob ihn unter den Feuerwehrwagen. Das Antigravfeld konnte ihn nicht verletzen. Dann sprintete Hook auf den Kontrollturm zu. Er hatte das Gefühl, daß er bis jetzt dem Empfangskomitee immer einen Schritt voraus war.

Der Kontrollraum stieß mit seiner Spitze an die Kuppel, die den Raumhafen überdachte. Vier Schleusen, die wie Blätter an einem Baum angeordnet waren, teilten die Kuppel in vier nach den Himmelsrichtungen orientierte Abschnitte ein. Hook betrat gemächlichen Schrittes den zu ebener Erde gelegenen Eingang des Towers. Drinnen wimmelte es von Robotern, Menschen, Nichtmenschen und Reakern – und anderen, die zu kategorisieren er sich nicht die Zeit nahm.

Und immer noch fühlte er nichts von der Erregung, die die Nähe eine Projektmannes ankündigte …

Das konnte ihm einen dicken Strich durch die Rechnung machen, verdammt noch mal!

Einen Augenblick blieb er stehen und betrachtete das Getümmel. Ryder Hook hielt sich selber für einen Mann, der gern auf Nummer Sicher setzte und nur dann ein Risiko einging, wenn er so ziemlich überzeugt war, daß er trotzdem die Umstände zu seinen Gunsten beeinflussen konnte. Jetzt hatte es langsam den Anschein, als hätte er sich diesmal gründlich verrechnet.

Wenn nicht bald ein Projektmann auftauchte, war es aus mit ihm. Er war ganz sicher gewesen, auf dem Raumhafen werde einer sein. Die Nova-Männer mußten doch gerade hier ein Auge auf die Arbeit ihrer Untergebenen halten.

Hook ging umher, gab sich ein wichtiges Aussehen und rief von Zeit zu Zeit einer Schar Roboter oder Reaker einen ungeduldigen Befehl zu.

Von allem anderen abgesehen, war es ein herrliches Gefühl, zurück zu sein in der altvertrauten schlechtgelaunten, beleidigenden, intoleranten Galaxis.

So arbeitete er sich von Stockwerk zu Stockwerk hoch. Unterwegs wechselte er wiederum die Kleidung. Diesmal eignete er sich die blaue Uniform eines Verkehrskontrolleurs an. Der arme Mann war die Treppe hinabgestiegen, weil die Antigravschächte mit Wachen gefüllt waren, die nach diesem Verbrecher Hook suchten. Hook ließ ihn nackt und bewußtlos in einer Kabine der Damentoilette zurück. Keine moderne Frau würde deswegen in Ohnmacht fallen. Aber es half, die Langeweile zu vertreiben.

Und dann schritt er durch eine Plastiktür, auf der zu lesen stand: »Kommunikation, Zutritt für Unbefugte verboten«, und er fühlte das Prickeln und Kribbeln und Klingeln sein Rückgrat und seine Arme und Beine hinunter, und er wußte, endlich war ein Projektmann innerhalb der Entfernung, bei der sein Körper die Resonanz aufnahm. Ein richtiger Projektmann, der immerzu ein Projektmann war, wenn er auch seine übermenschlichen Fähigkeiten nicht ständig anwandte, konnte von dieser Wirkung nichts merken. Er hatte keine Ahnung davon, daß die Kräfte, die dauernd durch seinen Körper pulsierten, nun auch aus Ryder Hook einen Projektmann machten.

Glückliche Nova-Männer!

Hook fühlte sich großartig.

Sofort ging er auf Höchstgeschwindigkeit. Die Leute in seiner Umgebung saßen oder standen in statuenhafter Erstarrung.

Innerhalb der Kommunikationsabteilung konnte er sich den Apparat aussuchen, den er wollte. Aber sobald er ihn in Gebrauch nahm, mußte er sich notwendigerweise wieder in der Normalzeit bewegen. Deshalb wählte er das Gerät, das von dem Abteilungsleiter am weitesten entfernt war. Er zog dem Operator Hemd und Hosen aus, riß sich die Uniform des Verkehrskontrolleurs herunter und zog die Sachen des Operators an.

Wieder mußte er aufpassen, nicht so schnell zu werden, daß die Kleider Feuer fingen. Er trug den Operator hinaus ud verstaute ihn und die Uniform in der Herrentoilette. Er nahm dem bewußtlosen Mann den Knopf auf dem Ohr. Die Idiotenfalle und die Befehlseingabe waren so schnell ausgebaut, daß Hook einen Fluch ausstieß in der Erinnerung daran, wie langsam und vorsichtig er hatte vorgehen müssen, als er in der Normalzeit war.

Zurück in dem weiten großen Raum mit seinen Leuchtstoffröhren und den verschiedenen Geräten sah er sich gründlich um. Es hate den Anschein, als stehe man hier mit der ganzen Galaxis in Verbindung. Es mußte sich um ein Kommunikationsnetz der Projektmänner handeln. Das bedeutete, daß sie sich zwischen den Sternen ausdehnten.

Aber zu Überlegungen war keine Zeit. Hier und jetzt mußte er sich ganz auf sein Vorhaben konzentrieren.

Das Gerät war ein Standard-Modell und für ihn einfach zu bedienen. Er setzte sich an die Kontrollen, nahm die krumme Haltung des berufsmäßigen Nachrichtentechnikers ein und schaltete zurück auf Normalzeit. Sofort erwachte der Raum mit gedämpftem Stimmengemurmel und flackernden Lichtern zum Leben. Die hier arbeitenden Männer sandten Botschaften hinaus zu den fernen Sternen.

Hook verdeckte den Schirm mit seinem Körper vor dem nächsten Operator und verlangte mit leiser Stimme: »HGL-Agentur, Lancing.«

Jeder Nachrichtentechniker mit der entsprechenden Ausbildung konnte sich über Lichtjahre hinweg einschalten. Von einem Kommunikationszentrum zum anderen konnte er mit der ganzen Galaxis sprechen. Bei der Vermittlung mit Überlichtgeschwindigkeit muliplizierten sich natürlich die Zeitverschiebungen, und eine Botschaft konnte zu einem unverständlichen Impuls zusammenschrumpfen, so daß sie, um über weitere Parseks zu kommen, wiederholt werden mußte. Aber dieser kleine Apparat konnte seine Stimme und sein Gesicht über eine weitere Entfernung als hundert Parseks übertragen.

»HGL Lancing.«

»Archiv.«

»HGL Lancing. Archiv.«

»Welchen Flug hat Taynor Shaeel genommen?« Hook suchte in seinem Gedächtnis nach der Zeitrechnung von Lancing und gab Tag und Zeit nach lokalen Begriffen an.

»HGL. Agentur Lancing. Taynor Shaeel verließ Lancing mit Sternenboot *Watchling*. Bestimmungsplanet Mergone.«

Bei Shaeel konnte man sich darauf verlassen, daß er alles mit Stil tat. Ein Sternenschiff war für ihn nicht in Frage gekommen. Er hatte ein kleines, schnelles Boot für sich allein gechartert. Und außerdem war es geschickt, Mergone als Ziel anzugeben, wenn er in Wirklichkeit nach Merfalla wollte. Hook empfand ein Ungehagen, das sich zu echter Besorgtheit kristallierte.

Er hatte Shaeel das eingebrockt. Er hatte ihn gerufen, und jetzt war der Hermaphrodit schon unterwegs und hatte nichts im Sinn, als die heroische Rettung eines Freundes aus Raumnot durchzuführen.

Aber es gab da eine verwirrende Zeitdifferenz, die Hook sich nur durch Shaeels notorische Unberechenbarkeit erklären konnte. Sein Nachbar an dem nächsten Apparat warf Hook einen verwirrten Blick zu, und Hook wurde klar, daß er kaum noch Zeit hatte.

Er fluchte.

Er fummelte mit seinen Skalenscheiben herum und gab die Sequenz ein, die ihn, wie er hoffte, mit der Ankunftskontrolle verband. Es konnte keine Minute mehr dauern, bis der Kollege sich mit einer Frage zu ihm herüberbeugte.

Die Ankunftskontrolle meldete sich. Hook holte tief Luft.

»Log der Ankünfte ...« Hook verschluckte den Rest und

ließ die Anfrage in dieser unbestimmten Form. Wenn er spezifizierte, was er wissen wollte, würden seine Verfolger unweigerlich auf seine Spur gelenkt werden. Sein Anruf bei der HGL-Agentur auf Lancing war nicht genehmigt gewesen.

Das Log rollte auf dem Bildschirm ab.

Die Anzahl der gelandeten Schiffe versetzten Hook keinen Schreck. Mit so etwas hatte er gerechnet.

Die Projektmänner hatten hier auf Locus schon eine Operation von gewaltigem Umfang laufen! Es war ein böses Vorhaben, Locus war böse, aber im Augenblick mußte er nach der Ankunft suchen, die er nicht zu finden wünschte.

Er stieß einen Seufzer aus.

Die Log-Eintragung war einfach:» Sternenboot *Watchling*, Heimathafen Lancing. »Darunter erschien in einer kleineren Schrift: »Sonderfall.«

Hook hielt seine Gefühle unter Kontrolle.

Er schaltete auf Höchstgeschwindigkeit, riß sich Hemd und Hose ab, raste hinaus, holte den bewußtlosen Operator zurück, zog ihn an, setzte ihn auf seinen Stuhl. Er streifte die Uniform des Verkehrskontrolleurs über, prüfte nach, ob er den Knopf noch hatte, und schoß davon. Wenn der Operator an dem nächsten Apparat sich jetzt zu seinem Kollegen beugte, würde er seinen Verdacht bestätigt finden. Der Mann war zweifellos krank.

Und die ganze Zeit machte Hook sich die heftigsten Vorwürfe.

Er war schuld.

Die schwarzen Bastarde von Projektmänner hatten Shaeel in ihrer Gewalt.

Die Log-Eintragung konnte nichts anderes bedeuten.

Wenn der Projektmann, von dem Hook seine übermenschlichen Kräfte bezog, in diesem Augenblick aufgetaucht wäre, hätte Hook ihm auf der Stelle die Eingeweide zum Rücken hinausgeschossen. Zur Hölle mit allen Idealen, die Ed Malcom so teuer waren!

Er beruhigte sich wieder.

Nein! Das würde er auf keinen Fall tun. Er brauchte die

Fähigkeiten eines Projektmannes jetzt nötiger als je zuvor in seinem Leben.

Jetzt mußte er kaltblütig überlegen. Die Log-Eintragung bedeutete, daß man Shaeel bei seiner Ankunft festgenommen hatte. War er nicht sofort getötet worden, dann hatte man ihn verhört, aus welchen Gründen er nach Merfalla gekommen sei. So, wie Hook den Hermaphroditen kannte, mochte es ihm gelungen sein – falls sie nicht zu tief geschürft hatten –, sie zu täuschen. In dem Fall war er in die Stadt gebracht worden, um dort zu arbeiten.

Selbst in dieser schrecklichen Situation verzogen sich Hooks dünne Lippen zu dem Anflug eines Grinsen, als er sich Shaeel als Arbeiter vorstellte.

Shaeel und die Arbeit waren geschworene Feinde.

Das Bewegen in Höchstgeschwindigkeit verzehrte Kalorien, und Hook wußte, daß er bald rasenden Hunger bekommen würde. Aber ehe er ans Essen denken konnte, mußte er Verschiedenes erledigen.

Hook zischte so schnell hinaus und die Treppen hinunter, daß die Uniform des Verkehrskontrolleurs zu glühen begann und dann aufloderte.

Mit einem Fluch, der geeignet war, das zu verbrennen, was die Flammen verschont hatten, riß Hook sich die Uniform ab und steckte sie in einen Abfallbeseitiger. Nackt bis auf die Stiefel – diese berühmten alten schwarzen Stiefel, die nicht einmal brennen würden, wenn man sie in einen Schmelzofen steckte – rannte er bis in das Kellergeschoß. Die Antigravschächte waren voll von Gorillas, die nach ihm suchten, und außerdem war er zu Fuß schneller.

Im Keller fand er eine Einrichtung vor, die ihm, so vertraut sie ihm war, von neuem übel werden ließ. Dort gab es eine Reihe von vergitterten Zellen und auch eine Disziplinierungszelle. Er sah in alle hinein, betrat aber die Disziplinierungszelle nicht. Er sah eine Reihe von Leuten, zum größten Teil Gorillas, die eine Strafe erhalten hatten, aber von Shaeel war keine Spur zu finden.

Hook zwang sich, ruhig und gleichmäßig zu atmen. Unter den Gefängniswärtern suchte er sich das härteste, gemeinste, bösartigste Exemplar aus, stellte sich hinter ihn, nahm seinen Hals in die linke Hand, drückte zu und zog den Kerl in den Schatten.

Er schaltete zurück auf Normalzeit.

Er gab dem Gorilla ein paar an die Ohren.

»Hör zu, Gonil, hör gut zu!«

Der Mann – es war ein Homo sapiens – fing an, sich zu wehren. Er konnte nicht begreifen, wieso er sich plötzlich zusammen mit einem Verrückten, der ihn schlug, in einer dunklen Ecke befand.

Hook schlug ihn noch einmal. »Ich will offene Antworten hören, sonst …« Er riß den Kopf nach hinten. Der Gorilla schrie auf. Hooks rechte Handfläche legte sich auf seinen Mund.

»Ein Hermaphrodit wurde hierhergebracht. Sonderfall. Sag mir, wo er ist, und zwar schnell.«

Hook verringerte den Druck auf die Kiefer des Mannes, damit er sprechen konnte. Er bekam nichts als Prahlerei zu hören.

»Ich weiß, wer du bist! Du bist Hook – der Wahnsinnige. Du glaubst doch nicht, daß ich dir sage …«

Hook war einigermaßen unfreundlich zu ihm.

Dann sagte der Wärter: »Das Neutrum wurde ins Krankenhaus gebracht …«

Hook verpaßte ihm noch einen Schlag. »Ein Hermaphrodit ist kein Neutrum, merk dir das fürs nächste Mal.« Dann schickte er den Kerl schlafen.

Hinaus ging es aus dem grausigen Gefängnis- und Strafkeller, grünen Pfeilen nach, durch Korridore, immer mit Höchstgeschwindigkeit – hinüber und hinein in das Krankenhaus. An den Betten in den Sälen vorbei ging es, ein paar oberflächliche Schrammen, ein gebrochenes Bein oder zwei, keine Infektionskrankheiten natürlich, nur Arbeitsunfälle, durch das ganze Gebäude, durch eine Glastür, die keine Zeit fand, sich zu öffnen, und von der Tonota Vierzig in glitzernde Spliter zerlegt wurde, weiter und hinein in die Spezialabteilung – und da war Shaeel.

Shaeel!

Das Zimmer war klein. Es enthielt ein Hängebett, einen Tisch, eine Rufanlage und ein zweites Bett, das aus der Wand gezogen war und im rechten Winkel zu dem ersten stand. Shaeel lag in dem Hängebett. In dem anderen Bett sah Hook den dicken, unschönen Körper eines F'lovett, dessen beide muskulöse Arme an das Gitter des Bettes angeschnallt waren. Er sah wieder zu Shaeel hin, schaltete zurück auf Normalzeit und lachte.

Shaeel blickte hoch.

»Da bist du ja, 'ook. Gib mir doch bitte die Windel da, der kleine Quälgeist hat mich ganz vollgespuckt.«

Eine von Shaeels Brüsten lugte aus dem Pyjama, den er trug, hervor. Diese Brust war voller und runder, als sie Hook früher vorgekommen war, und Shaeels Brüste waren ein Gegenstand ständiger Sticheleien zwischen ihnen gewesen. An dieser vollen, schimmernden Brust hing ein Baby-Hermaphrodit und saugte und gluckste und gurgelte und stieß auf.

»Du alter Teufel!« sagte Hook. »Du bist Mutter geworden.«

»Und Vater auch, 'ook, wenn auch nicht für dasselbe Kind. Jetzt sei doch nicht so langweilig, 'ook, mein lieber Junge. Gib mir die Windel.«

XII

»Dadurch bist du also aufgehalten worden. Du bekamst ein Kind!«

»Ich war schwanger zu der Zeit, 'ook, das will ich zugeben. Wenn du auch nur zur Hälfte verstündest, was Mutterschaft bedeutet, du großes haariges Maskulinum ...«

»Kennst du den Vater?«

»Natürlich. Ich habe immer eine Neigung für Thalleyr gehabt – er ist ein feiner Maph.« Als »Maphs« bezeichneten die Hermaphroditen sich selbst. »Und ich war zu dem

Schluß gekommen, es sei Zeit, eine Familie zu gründen. Du weißt, wie es in der Galaxis ist, 'ook.«

»Ja, ich weiß. Aber du hast dir den ungeeignetsten Zeitpunkt ausgesucht. Wer ist das?«

»Darf ich dir Karg vorstellen? Karg ist mir eine unschätzbare Hilfe gewesen. Karg, das hier ist ...«

»Weiß schon«, fiel der F'lovett in einer heiseren, polternden Stimme ein, die sich anhörte, als rattere ein Munitionswagen über eine Landstraße. »Ryder Hook. Dieser von der Mutterschaft berauschte Idiot hat von nichts anderem gesprochen.«

»Für diesen unfreundlichen Ausdruck werde ich noch mit dir abrechnen«, drohte Shaeel. Mit zärtlichem Gurren zog er das Baby von der einen Brust und begann, das unersättliche Ungeheuer auf der anderen Seite zu nähren. »Was ist eigentlich los, 'ook, mein alter Berti Bashti? Warum sind wir hier, und warum hast du keine Sachen an?«

Hook konnte Shaeel nicht von den Projektmännern erzählen.

»Wir müssen raus hier, Shaeel. Wir alle vier.«

»Das glaube ich auch. Sind das unkeusche Burschen hier!«

»Zuerst einmal, steck das in dein Ohr.« Hook reichte ihm den Knopf. Dann sah er sich Karg, den F'lovett, genauer an. Er war klein, untersetzt, viereckig und sehr sehr stark. Seine dicken Arme konnten ein Bierfaß zerquetschen. Sein Gesicht, das einem Gesicht ähnlich sah, wie man es auf dem Hals eines Homo sapiens erwartete, war durch einen Ausdruck besonderer Grimmigkeit gekennzeichnet. Das war der normale Ausdruck. Geriet der F'lovett in Wut, nahm er eine Miene unterwürfigen Schwachsinns an.

Karg sah sehr glücklich und zufrieden aus.

Was bedeutete, er war kurz davor, vor Wut überzukochen.

Hook nahm den Knopf aus seinem Ohr und behielt ihn in der Hand. Er hatte sich den Befehl gegeben, ihn sofort zurückzustecken, wenn sich etwas änderte – aber die Krankenzelle blieb genau, was sie war. Er gab Karg den

Knopf. »Wenn du das aus deinem Ohr entfernst, bist du geliefert.« Er begann, die Metallklammern zu lösen, die Kargs massive Arme an das Bett fesselten. »Du mußt das Sternenboot startklar machen. Wie du das schaffst, überlasse ich ganz dir. In einer Stadt auf diesem Planeten sind Leute, die ich herausholen muß.«

»Es gibt eine Menge Typen, die uns nicht mögen«, erklärte Karg sehr sanft und demütig. Das bedeutete, er werde ihnen das Rückgrat brechen, wenn er sie in die Finger bekam.

»Ich weiß. Du hast ganz freie Hand.« Hook warf einen Blick auf Shaeel, der das Baby an der Brust hielt. »Mutterschaft erweicht das Gehirn, habe ich gehört.«

»Oh, 'ook, mein Freund, du großer, haariger Kretin, es geht nichts darüber, wenn man sowohl die Trumpfkarte der Mutterschaft wie die der Vaterschaft in einer Hand hält.«

»Wenn ich mit dir Karten spiele, Shaeel, dann mische ich sie erst so gut, daß du einen König nicht von einer Dame unterscheiden kannst.«

»Du hast nicht zufällig ein Päckchen Karten bei dir, 'ook, mein Freund?« Angesichts Hooks Nacktheit schüttelte Shaeel den Kopf. »Nein, natürlich nicht. Ich glaube, das bringst nicht einmal du fertig.«

»Verlasse dich nicht darauf.«

Shaeels Schultern und Arme waren glatt und doch stark wie die eines Mannes, seine Taille war unter normalen Umständen schmal, und seine Hüften waren stolz geschwungen wie die einer Frau. Er war weder eindeutig ein Mann noch eindeutig eine Frau. Sein Gesicht erinnerte an das einer antiken – einer sehr antiken – griechischen Statue, das keinerlei sexuelle Merkmale trägt. Es war weich und schön und irgendwie herzzerreißend. Was nun die Mutterschaft betraf, so ärgerte es Hook, daß Shaeels schöne Brüste aufgeschwollen und fett waren. Sein Haar, ein köstlicher Kastanienton, hing ihm um die schimmernden goldenen Schultern. Das Baby würde zu einem Maph – weder zu einem Mann noch zu einer Frau – heranwachsen, und zweifellos würde es ebenso aufreizend werden wie seine Mutter.

Hook war ebenfalls bekannt, daß während dieser Zeit Shaeels maskuline Organe, die oberhalb der weiblichen lagen, sich verkleinerten. Sobald das Baby entwöhnt war, würden bei Shaeel beide Arten von Geschlechtsteilen wieder normal sein. Hook war zwar noch nie Zeuge des Aktes geworden, aber er hatte gehört, Hermaphroditen gewännen weit mehr Lust daraus als Leute, die nur jeweils ein Geschlecht hatten. Dieser Thalleyr, den Hook kennengelernt hatte, mußte zu etwas der gleichen Zeit ein Kind geboren haben, das auf eine ganz besondere Weise ein Zwilling von Shaeels Sprößling war.

Shaeel und Thalleyr hatten auf sehr zivilisierte Art ihre Abmachungen getroffen.

Aber welchen unglücklichen Zeitpunkt hatten sie sich ausgesucht!

»Karg, dir wird die Aufgabe zufallen, Shaeel und das Kind hier wegzuschaffen.«

Karg streckte seine massiven Arme, grunzte und stellte sich auf die Füße. Er reichte Hook bis an den Magen. Aber in der Breite stand sein Körper an beiden Seiten über.

»Ich sorge schon für den F'fafling, Hook. Das geht in Ordnung.«

»Ich bin nicht dein F'fafling, Karg, vergiß das nicht!« schimpfte Shaeel. Dann zuckte er zusammen und quiekte, und der Mund des Babys verlor die Brustwarze. »Ach du meinte Güte, es hat bereitsz einen Zahn!«

Hook gab ihnen die drei Tonotas Vierzig.

»Laßt euch bis zur letzten Minute nichts anmerken. Ich kehre jetzt in die Stadt zurück.«

»Wie lange sollen wir warten?« Karg sprach grimmig, was bedeutete, daß er seine Gemütsruhe zurückgewonnen hatte.

»Laßt mir Zeit bis eine Stunde nach Dunkelwerden.« Hook sah sie an, Shaeel mit seinem Baby und Karg mit seinem muskelbepackten Körper. »Länger nicht. Alles klar?«

»Wir warten, Hook ...«

»Wir warten ungeduldig auf deine Rückkehr, 'ook ...«

Hook verließ das Gefängniskrankenhaus. Ehe er wieder Projektmann-Geschwindigkeit annahm, lehnte er sich gegen die Wand und lachte. Er hatte Shaeel zu Hilfe gerufen, und der Maph war ungeachtet seiner Schwangerschaft angebraust gekommen und in diese absurde Situation geraten. Shaeel konnte nicht anders, als immer eine bizarre Note ins Bild bringen. Aber – und hier richtete Hook sich auf, und das Lachen verging ihm – Shaeel war nicht in Form. Hook hatte bemerkt, daß der Hermaphrodit sich Mühe gab, sich wie sein altes Selbst zu benehmen. Doch es hatte ihn mitgenommen, daß er in einem Gefängnis ein neues Leben in die Galaxis hatte bringen müssen.

Die Sorge um Shaeel hatte auch Hook angegriffen. Solange er die Fähigkeiten eines Projektmannes hatte, beeinflußte die Hypnose ihn nicht. Deshalb war es gar nicht nötig gewesen, daß er sich den Befehl gab, den Knopf zurückzustecken. Wenn die Zelle für Hypnotisierte irgendwie anders ausgesehen hätte, würden Shaeel und Karg es ihm gesagt haben.

Dann schaltete er auf Höchstgeschwindigkeit.

Die Hermaphroditen waren das Ergebnis eines auf der alten Erde durchgeführten Raumfahrtprogramms. Das war in einer Periode der galaktischen Expansion gewesen, als die Idee, so viele Leute wie möglich in ein Raumschiff zu stopfen, von der Idee abgelöst worden war, so wenige wie möglich hinauszuschicken, diesen aber die doppelte Möglichkeit der Reproduktion zu geben. Es schien eine geniale Lösung zu sein, daß jede einzelne Person ein Kind sowohl zeugen als auch gebähren konnte. Zwar gab es Spermenbänke für eine nur aus Frauen, Inkubatoren für eine nur aus Männern bestehende Crew. Aber wo blieben dabei der Spaß und die gesunde Basis für eine künftige Vermehrung?

Die Wissenschaft war also wieder einmal tätig geworden und hatte die neuen Wesen äußerlich mit männlichen und weiblichen Organen ausgerüstet und auch im Inneren ihrer Körper die notwendigen Klempnerarbeiten geleistet, wie

Shaeel sich auszudrücken pflegte, wenn er von dem Rum, den er liebte, einen kleinen Schluck zuviel getrunken hatte. Eine Zeitlang hatte der Plan funktioniert. Dann war eine neue verheerende Umwälzung über die alte Erde hinweggefegt, und man hatte das Programm aufgegeben. Aber das Ergebnis, eine glückliche, aufblühende Rasse von Hermaphroditen in der Galaxis, blieb bestehen.

Maphs waren prima Kerle.

Hook dachte darüber nach, während er als unsichtbarer Geist für die Leute, die sich in Normalzeit bewegten, über den Beton raste. Sie waren ein apartes Volk, und Shaeel war noch aparter als die anderen alle. Hook malte sich aus, daß Karg vor Neugierde beinahe platzte, ob Hook jemals mit Shaeel der Liebe gepflogen hätte. Hook wollte verdammt sein, wenn er ihn nicht ruhig schmoren ließ. Das war nicht für die Öffentlichkeit!

Für einen Ryder Hook waren das alles sehr rührselige Gedanken. Aber Hook war kein gefühlvoller Mensch. Das wußte er, und es störte ihn nicht im geringsten.

Er eilte über das Landefeld und trieb böse Späße mit den verschiedensten Maschinenanlagen. Wenn ein Mann sich darin auskannte, konnte er allerlei Schaden anrichten. Das Sternenboot *Watchling* rührte er natürlich nicht an, ausgenommen, daß er den drei vor der Schleuse stehenden Wachen die Waffen wegnahm, die Mündungen und die Energiekontrollen behandelte, so daß sie explodieren würden, wenn sie abgeschossen wurden, und sie unbemerkt wieder zurücksteckte. Das sollte Shaeel und Karg – und dem Kind – eine Chance geben.

Als er damit fertig war, suchte er sich einen Flieger aus. Es war ein schwereres und dicker gepanzertes Modell als das, mit dem er durch die Empfangshalle gebraust war. Ehe er an Bord ging, warf er einen Blick auf den Kontrollturm. Wenn ein Projektmann aus dem Fenster sah, würde er trotz Hooks Geschwindigkeit erkennen, was er da trieb. Es war nichts geschehen, und deshalb konnte Hook sicher sein, daß eben kein Projektmann aus dem Fenster gesehen hatte.

Er drückte den Knopf der Fernsteuerung, die er zusammengebastelt hatte. Auf dem ganzen Feld krachten Explosionen und schlugen Flammen hoch. Hook selbst war ganz überrascht, welch ein Feuerwerk er verursacht hatte. Ein Projektmann hatte so viel *Macht!* Es war angsterregend und scheußlich. Das Wort Macht wirkte auf die Phantasie wie eine Droge.

Der gepanzerte Flieger bewegte sich über das Feld und auf die Luftschleuse zu. Hook hatte den Sicherheitskode geknackt – es war eine Standard-Verschlüsselung, die ihm keine Schwierigkeiten bot –, aber er machte sich nicht die Mühe, ihn zu benutzen.

Er brachte den gepanzerten Flieger auf Annäherungskurs und feuerte die Bordwaffen ab. Die beiden Tonotas Zwei-fünfzig öffneten die innere Schleusenöffnung wie Seidenpapier. Der Energierückstoß flutete über den Flieger und wurde von ihm wiederum zurückgeworfen, und durch die Feuerhölle flog Hook auf die äußere Schleusenöffnung. Wenn er die Prozedur dort wiederholte, kam es unter der Kuppel zu einer Katastrophe. Er wußte, die Türen innerhalb der Gebäude würden sich automatisch schließen, und deshalb waren Shaeel und Karg und das Baby in Sicherheit. Aber die daraus entstehende Verwirrung würde dem Personal hier etwas zu tun geben.

Brennstofftanks explodierten, Turmstreben brachen und fielen. Energiestrahlen zischten auf Ziele zu, für die sie nicht gedacht waren, Wasser und Elektrizität verbanden sich mit spektakulärem Erfolg. Unter Donnern und Krachen schoß Hooks Flieger durch die zerschmetterte Schleuse. Ein Luftstrom rauschte mit ihm hinaus, und jemand schoß auf ihn. Doch er hatte den Schuß vorausgesehen und entging ihm durch eine erstklassige und arrogante Zurschaustellung seiner Fähigkeiten als Kunstflieger.

Die entweichende Luft saugte die Flammen auf den zerstörten Ausgang zu. Dann rasselten Notverschlüsse herab, und das Raumhafenpersonal konnte sich an die Aufräumungsarbeiten machen.

Hook hielt auf die Stadt zu.

Wenn es sich als nötig erwies, würde er sich auf die gleiche Weise Einlaß erzwingen.

Allerdings nahm er an, die Projektmänner würden die Schleusen öffnen, um ihn einzulassen, damit sie ihn gefangennehmen und verhören konnten. Sicher wollten sie gern wissen, was für ein Mann er eigentlich war. Hook hoffte, sie hatten keine Ahnung davon, daß es sich bei ihm um einen halben Projektmann handelte. Aber wenn sie die Kuppel verschlossen hielten und er sie zerschmetterte, würden sie vor unglaublich schwierigen Reparaturarbeiten stehen.

Er behielt die übermenschlichen Kräfte eine Zeitlang. Sie schwanden dahin, als die Stadt in Sicht kam. Aber ganz verließen sie ihn nicht, und dann kamen sie, als habe er nur einen kurzen Schwindelanfall gehabt, in voller Stärke zurück. Von neuem war Ryder Hook ein Projektmann.

Ein Nova-Mann war ihm in einem Flieger gefolgt.

Hook lachte hämisch.

Die schwarzen Bastarde sorgten für ihre eigene Zerstörung! Jetzt war er ein Projektmann und konnte richtig ans Werk gehen.

Das tat er auch.

Ryder Hook war ein Mann, der Verschwendung mißbilligte. Zerstörung war ihm ein Greuel. Sinnloser Vandalismus machte ihn krank. Er schlug nicht gern Dinge entzwei – das heißt, keine normalen Dinge, die normalen Leuten gehörten. Er würde alles entzweischlagen, was den Nova-Männern gehörte. Dann würde er, da er ein Mensch war, auch den üblichen menschlichen, atavistischen und primitiven Spaß an einem bunten Feuerwerk und lautem Krachen und Knallen haben und vor Vergnügen springen, wenn Dinge umfielen. Ein paar hundert Jahrhunderte der Evolution genügten nicht, um aus der Seele des Menschen alle dunklen und urtümlichen Triebe auszumerzen.

Verbunden damit war die typische oberflächliche Denkweise der Kritiker, die darauf hinwiesen, daß er nur dann ein Supermann wurde – so nannten sie es, ohne zu verstehen, welche qualvollen Abgründe ihn von dem Gefühl trennten, ein Supermann zu sein –, wenn ein anderer Supermann in seine Nähe kam. Wie vorteilhaft, höhnten sie, immer dann übermenschliche Fähigkeiten zu entwickeln, wenn ein Feind mit übermenschlichen Fähigkeiten auftauchte! Natürlich übersahen diese Kritiker die Kehrseite der Medaille, wie es für gewöhnlich der Fall ist. Ryder Hooks persönliches Schicksal ließ sich nicht in eine einfache Gleichung fassen. Die Tragödie lag in der Tatsache, daß Hook ein Projektmann hätte sein sollen, es aber nicht war. Er wünschte sich, einer zu sein. Und er wußte, in welche Tiefen des Bösen dieser Wunsch ihn führen konnte. Aber einer Versuchung kann man nur widerstehen, wenn man um irgendeinen Glauben eine haltbare – wenn auch etwas wackelige – Weltanschauung konstruiert. Hooks Glauben lag tief in seinem Inneren verborgen, und so naiv er den Kritikern auch erschienen wäre, er gab ihm Kraft und machte ihn zu einem Menschen.

Zur Hölle mit den Kritikern! Er war Ryder Hook, einstmals der Attentäter Jack Kinch, und er mußte eine Gruppe von Leuten, die ihm beinahe fremd waren, vor einem gräßlichen Tod retten, und er mußte Shaeel und sein Baby und auch Karg von diesem Planeten wegbringen. Das war für den Augenblick reichlich genug, um seine Gedanken zu beschäftigen, danke sehr.

Wie er es vorausgesehen hatte, wurden die Luftschleusen der Stadtkuppel augenblicklich und mit größter Geschwindigkeit für ihn geöffnet.

Im Leben dieser Galaxis wurde ein Spiel häufig damit eröffnet, daß man eine Falle aufstellte und sie mit Käse versah.

Hook steuerte den Flieger auf die äußere Schleusenöffnung zu. Die Anrufe ignorierte er. Er wurde langsamer, als das Heck innerhalb der Schleuse war. Das Außentor begann sich zu schließen. Hook wartete, bis der Zwischenraum nur noch drei Meter betrug. Dann schoß er mit Höchstgeschwindigkeit vorwärts.

Der Flieger rammte seine gepanzerte Nase gegen die innere Schleusenöffnung. Das Tor erzitterte, bog sich zurück, und dann zersprang es mit lautem Krachen und Klirren. Metallteilchen, Panzerglassplitter und Plastikstücke regneten nieder. Röhren und Drähte verbogen und verknäulten sich. Plötzlich schossen Flammen aus zerrissenen Verbindungen hoch, und sie stürzten sich, dem Luftstrom folgend, auf die äußere Schleusenöffnung zu. Da sie sich in diesem Augenblick schloß, wurden die Flammen zurückgeschlagen. Gierig erfaßten sie alles in ihrer Umgebung, was irgendwie brennbar war. Hook raste weiter. Das Personal würde das Feuer innerhalb von Sekunden unter Kontrolle haben, und bis dahin wollte er längst mitten in der Stadt sein.

Diesmal erreichten ihn nur drei Schüsse, und alle drei prallten von der Panzerung ab. Hook ging in dem ersten Abschnitt hinter dem Landefeld, wo er außer Reichweite der schwereren Waffen war, auf geringe Höhe.

Der Flieger war von diesen drei Feuerstößen heiß geworden. Hook ließ ihn über einer Lagerhalle mit der Aufschrift »Off limits« schweben, öffnete die Haube, stellte die Kontrollen ein und sprang ab, während der Flieger mit Höchstgeschwindigkeit davonraste.

Hook landete leichtfüßig auf dem Dach der Lagerhalle. Er sah, wie der Flieger durch die Stadt schoß und schließlich gegen die Mauer einer anderen Lagerhalle knallte. Er explodierte. Plastikstücke flogen in die Luft. Bauschutt fiel nach unten. Vielleicht glaubten die Gorillas, er sei bei der Explosion ums Leben gekommen. Aber ein Projektmann, falls einer auf der Szene erschien und die Leitung übernahm, würde nicht in diesen Irrtum verfallen.

Mit Höchstgeschwindigkeit rannte Hook durch das Lagerhaus, vorbei an erstarrten Robotern, die mit dem Aufräumen leerer Packkisten beschäftigt waren, hinaus auf die Straße und weiter. Da er – bis auf seine alten Stiefel – völlig nackt war, empfand er die Luftreibung, die Stoff in Brand gesetzt hätte, auf seiner Projektmann-Haut nur wie eine warme Brise. Was ihm jetzt am meisten zu schaffen machte, war die Sorge um Anthea.

Alle überlebenden Passagiere der *Talcahhuano* – und das

waren die einzigen, die er retten konnte, weil jeder andere auf Locus schon so gut wie tot war – beendeten um diese Zeit ihre Schicht. Aber Anthea war versetzt worden. Gott allein wußte, wann sie das Hauptgebäude verlassen durfte.

Er kam, immer noch beschleunigt, an einem Gorilla vorbei und riß ihm seine Tonota Vierzig weg. Ein leichter Stoß, und der Bursche lag am Boden. Hook nahm ihm seine Uniformjacke und -hose weg und zog sie, auf einem Bein hüpfend, im Weiterlaufen an. Er mußte ein wenig langsamer werden, aber schon erhob sich vor ihm das Restaurant neben dem See, und er konnte damit rechnen, Rafflans und Myza und Denis und die anderen dort zu finden.

Er betrat den rostigen, baufälligen Schuppen und entdeckte seine Gefährten sofort. Sie hockten auf Kisten und Lattenverschlägen um die wackeligen Tische. Rafflans stand auf. Keiner von ihnen aß oder trank.

Rafflans sagte: »Du terranischer Hurensohn! Da bist du doch tatsächlich zurückgekommen.« Der große Krif-Mann lachte. Andere Leute in dem Restaurant aßen und tranken. Mehrere Paare tanzten. »Ich hab dir doch gesagt, dieser Marden-Unterbrecher ist Kinderkram.«

»Wo ist Anthea?«

»Sie ist noch bei der Arbeit«, antwortete Myza. Sie sah besorgniserregend zerbrechlich aus. »Das ist ja schrecklich! Dieser Schmutz, dieser eklige Brei – und wir dachten – wenn wir nur schnell von hier fliehen könnten!«

»Das werden wir, Kätzchen, das werden wir.« Rafflans klopfte ihr auf die Schulter.

»Wir können nicht ohne Anthea gehen. Rafflans, bringe die anderen zum Parkplatz, aber seid vorsichtig. Wenn ich in zwanzig Minuten nicht bei euch bin, schnappt ihr euch einen Flieger und brecht aus. Fliegt zum Raumhafen. Versucht dort, in das Sternenboot *Watchling* zu kommen. Haltet euch an einen F'lovett namens Karg.«

»Geht in Ordnung. Und du?«

Myza meldete sich: »Denis ist mit Leona weggegangen.

In Gedanken schüttelte Hook den Kopf. Wenn Rafflans in dieser Myza irgend etwas sah, war das sein Pech.

»Sucht ihn und bringt ihn her. Leona ist – Leona ist bereits tot.«

»Ich werde auch Leona herbringen«, erklärte Rafflans. »Das schulde ich ihr. Sie ist ein gutes Kind.« Er nickte bekräftigend. »Sie hat mir erzählt, daß sie das schmale Handtuch wirklich liebt. Denis schaffe ich auch her. Wenn nötig, schlage ich ihn nieder und trage ihn.«

»Sieh zu, daß ihr alle das Sternenboot erreicht, Rafflans.«

»Du großer terranischer Affe! Ich habe nicht vergessen, was ich dir versprochen habe!«

»Dann läufst du in dein Unglück, Krif-Mann.«

»Das werden wir sehen.«

Hook und Rafflans verließen das Restaurant. Die anderen Überlebenden, die alle einen desaktivierten Knopf im Ohr trugen, sahen ihnen nach, als verschwinde mit ihnen ihre Hoffnung auf Rettung.

Draußen sagte Hook: »Ich hole Anthea. Halte dich an die Zeit, Rafflans.«

»Halte du dich an die Zeit, oder ...« Rafflans' Gesicht verzog sich zu einem breiten, glücklichen Grinsen. Er fuhr mit vor Lachen überschnappender Stimme fort: »Und ob das Essen da gut ist, Officer! Es ist herrlich, auf Locus zu leben!«

Hook drehte dem vorbeischwebenden Patrouillenflieger den Rücken zu und wartete, bis er außer Sicht war. Auf Rafflans konnte man sich verlassen.

Rafflans entfernte sich, und Hook machte sich auf den Weg zum Hauptgebäude. Erst jetzt ging er wieder auf Höchstgeschwindigkeit. Er hatte dem Krif-Mann nicht vorführen wollen, daß er für die Augen eines normalen Sterblichen plötzlich verschwinden konnte. Vor dem Hauptgebäude angekommen, bemerkte er, daß das übliche Aufgebot von Patrouillenfliegern, das sich immer dort befand, durch schwere Frachter verstärkt worden war. Sie stiegen von den seitlich des Gebäudes gelegenen Ladebuchten auf. Für Hooks Augen hingen sie beinahe vollkommen still in der Luft. Er lief durch den Eingang und raste über den rissigen Betonboden ... Wegweiser zeigten, wo die biomedizinische Abteilung war. Hook zischte durch Korridore mit unbeweglichen Leuten und kam in ein Laboratorium, das wie alles hier auf Locus provisorisch erstellt und niemals repariert war. Mit dem Schmutz und Staub konnten die alten, verbeulten Reinigungsroboter niemals fertig werden. Die Arbeiter in ihren fleckigen, zerrissenen Laborkitteln standen wie festgefroren. Sie sahen erschöpft aus. Hook hielt nach Fräulein Anthea Elterich Ausschau.

Er fand sie. Sie war mit der mühevollen Aufgabe beschäftigt, ein künstliches Exoskelett mit Servomechanismen auszurüsten. Ihre schlanken Finger hielten eine elektronische Sonde. So verkommen Locus und seine Gebäude und seine Menschen auch sein mochten, die Arbeit ging weiter. Hook kam zu dem Schluß, daß die Projektmänner noch keine sofortige Abreise planten, wie er zuerst angenommen hatte. Die Frachter zeigten, daß gerade eine Ladung weggebracht wurde. Aber die Arbeit ging weiter. Diese Exoskelette, die primitiven Anfänge eines Werks, das seinen Höhepunkt in den Projektmännern gefunden hatte, würden dazu benutzt werden, normalen menschlichen Körpern zusätzliche Stärke zu geben. Die Projektmänner waren wieder bei ihrem alten Spiel. Sie schufen sich starke Marionetten, die die schmutzige Arbeit für sie tun konnten, wie es auf Sterkness und Janitra geschehen war.

Anthea hatte Ölflecken im Gesicht, das Haar hing ihr schmutzig auf die Schultern, und doch sah sie herzzerreißend schön aus. Der alte Laborkittel zeigte durch einen Riß an der Seite ein großes Stück ihres orangefarbenen Overalls. Hooks Zorn, der für gewöhnlich nach innen gerichtet war, entlud sich beim Anblick dieses Mädchens in rasendem Haß auf die Nova-Männer ...

In Deckung hinter einem Spektographen schaltete er auf normalen Zeitablauf um und schritt dann auf sie zu. Ein Gefühl von Schwindel erfaßte ihn, aber das ging schnell vorüber. Nur sein Herzschlag war für einen kurzen Augenblick aus dem Takt geraten.

»Alf!« Anthea blickte auf. Sie errötete vor freudiger Überraschung. »Was tust du denn hier? Und – das ist ja eine

Uniform. Bist du der Polizei beigetreten? Das ist ja großartig!«

War er der Polizei von Locus beigetreten? Das mußte er wohl getan haben, denn er trug eine Uniform und eine Waffe. Anthea sah hinreißend aus in ihrem leuchtend weißen Laborkittel. Das duftende Haar lockte sich um ihr süßes Gesicht. Das Laboratorium war makellos sauber. Es mußte eine Freude sein, darin zu arbeiten. Und heute abend würde er mit Anthea eine Segelfahrt auf dem See unternehmen und dann ein Ballett besuchen.

XIII

Er erzählte ihr von seinem Plan.

»Das hört sich wundervoll an, Alf! Heute abend gibt es Turko und Solaja, und wir werden frühzeitig hingehen müssen, um einen guten Platz zu bekommen. Aber ich kann es immer noch nicht fassen, daß du jetzt bei der Polizei bist.«

»Ich ...« Er hatte ein merkwürdiges Gefühl. Er kam sich vor wie ausgewrungen, und er war weit davon entfernt, so fit und unternehmungslustig zu sein, wie er es hier auf diesem wundervollen Planeten Locus hätte sein sollen. Diesen Schwächeanfall mußte er überwinden, denn er wollte sich durch nichts den schönen Abend mit diesem schönen Mädchen verderben lassen. Er mußte lügen, und das war für jeden Menschen auf Locus etwas ganz Ungewöhnliches.

»Ach, mir war nach einer Veränderung zumute. Wie lange dauert es noch, bis ...«

Der Feierabend-Pfiff gab ihm die Antwort. Anthea richtete sich auf. Sie steckte die Sonde in eine Tasche ihres untadeligen Laborkittels und zog ihn aus. Zusammen gingen sie in den Vorraum. Dort hing sie den Kittel an einen Haken in einer Reihe mit lauter anderen weiteren Kitteln.

»Das ist ein wunderschönes Kleid, Anthea. Ist es neu?«

»Gefällt es dir? Warte nur bis heute abend, Alf. Da ziehe ich etwas an, das der Verkaufsroboter als ein umwerfend elegantes Abendkleid beschrieb, geeignet, meiner entzükkenden Schönheit den richtigen Rahmen zu geben!«

»Ich fühle mich schon ganz hungrig.«

Ihm wurde bewußt, daß er halb verhungert war.

»Kaviar und Beefsteak und dazu die köstlichen Woheran-Tomaten! Ich kann es kaum noch aushalten.«

»Ich werde dich zufriedenstellen, Alf, das weißt du doch.«

Er nahm ihren Arm und drückte ihn freundschaftlich. Sie lachte. So liefen sie hinaus in den Abendsonnenschein von Locus. Beim Großen Erlöser! Es war schön, am Leben zu sein und eine gute Stellung zu haben und sich auf einem so wundervollen Planeten zu befinden – und dabei noch die ganze Zeit hohe Beträge auf das Sparkonto zu überweisen! Auf keiner Welt in der ganzen Galaxis konnte es einem bessergehen!

Sie überquerten verschiedene Gleitbänder, bis sie das erreichten, das sie zu ihrem Hotel brachte. Hook wollte ein heißes Bad nehmen und sich umziehen. Das Problem, wie er an die Polizei-Uniform geraten war, schob er vorerst beiseite. Er freute sich auf den vergnüglichen Abend in der Stadt. Ein Patrouillenflieger kam an ihnen vorbei, kreiste, kehrte zurück und schwebte vor ihnen auf seinen Antigravfeldern. Wie es jeder tat, winkte Anthea den Polizisten zu. Die beiden Männer – der eine war ein Mal, der andere ein Tensor – stiegen aus und näherten sich dem Paar.

»Hallo!« grüßte Anthea sie. »Freunde von dir, Alf?«

»Ich – ich nehme es an.«

Der Mal drehte sein Röhrenrohr in den Fingern. »Sie sind Hook.« Er zog die Tonota Vierzig aus dem Holster. Die hohen, schmalen Schultern des Tensors zuckten, als er nach seiner Waffe faßte.

»Sie müssen es anderswo versuchen«, lachte Anthea. »Das hier ist Alf. Er ist gerade erst der Polizei beigetreten. Vielleicht wissen Sie deshalb nicht ...«

»Schon gut, dann also Alf. Steigen Sie ein, Alf. Und Sie sollten besser auch mitkommen, Tayniss.«

»Oh!« rief Anthea. »Aber wir sollten ins Ballett gehen …«

»Später, später. Das geht alles in Ordnung.«

»Nun, ich wollte schon immer gern einmal ein Polizeirevier von innen sehen, Alf. Und dort werden wir deine neuen Kollegen kennenlernen …«

Hook fragte sich, warum sie ihn mitnehmen wollten und warum er eigentlich eine Polizei-Uniform trug. Er mußte sich betrunken und irgendeinen Jux angestellt haben. Aber schlimme Folgen entstanden daraus bestimmt nicht – nicht hier auf Locus!

Er stellte einen Fuß auf das gepanzerte Trittbrett des Fliegers. Ein merkwürdiger Zittern lief durch seine Muskeln, ein Prickeln durch seine Nervenenden. Er wandte den Kopf.

Anthea sah mit ihrem lachenden, geröteten Gesicht zu ihm auf. Ihr diskretes Make-up unterstrich ihre natürliche Schönheit, es übertünchte sie nicht. Und das primelgelbe Kleid, das sich um Brüste und Hüften schmiegte – sie trug einen fleckigen, zerfetzten orangefarbenen Overall, und ihr Gesicht war zwar schön, aber erschöpft und schmutzig, und diese beiden Gorillas hatten ihn Hook genannt und drückten ihm die Mündung ihrer Kanonen in den Rücken!

Bei allen Sternen der Galaxis!

Narr! Kretin! Idiot!

Er hatte keinen Knopf im Ohr. Und der Projektmann, der ihm gefolgt war, hatte sich aus irgendeinem Grund auf den Rückweg zum Raumhafen gemacht. Jetzt war er wieder aufgetaucht – beinahe zu spät. Beinahe. Hook würde es nicht zulassen, daß diese Gorillas Anthea in die Zange nahmen.

Er schaltete auf Höchstgeschwindigkeit, als er in den Flieger fiel.

Für die Wachen und für Anthea sah es so aus, als sei er in die Kabine gefallen.

Aber Hook verließ den Flieger sofort wieder. Die beiden Gorillas standen da und hielten ihre Waffen nach innen auf die leere Luft gerichtet. Anthea hatte gerade einen Fuß gehoben, um einzusteigen. Hook nahm den Wachen die Knöpfe aus dem Ohr, holte die Werkzeuge auf seinem Stiefel und machte sich an die Arbeit. Dann schob er den einen Knopf in sein eigenes linkes Ohr. Er konnte das Risiko, der Hypnose zu unterliegen, nicht noch einmal eingehen.

Über welche Entfernung hinweg ein echter Projektmann die Resonanz in Hooks Körper hervorrief, hing von Parametern ab, die er bisher noch nicht hatte bestimmen können. Im Raum handelte es sich um Megakilometer. Hier unten schrumpfte die Strecke drastisch zusammen. Hook wußte auch, daß der eine Projektmann mehr Energie ausstrahlte als ein anderer, so daß es ebenfalls eine Rolle spielte, welcher Projektmann ihn aktivierte. Vielleicht hatte der Bastard, der im Augenblick die bewaffneten Kräfte von Locus aussandte, um ihn zu vernichten, einen kleinen Radius des Energieabflusses. Jedenfalls hatte es so den Anschein.

Hook sprang in den Flieger, schlug die beiden Gorillas nieder und schaltete wieder auf Normalzeit zurück.

Anthea sagte: »... das täte ich wirklich gern – oh! Was ist denn mit den armen Polizisten passiert?«

Beide Männer waren zu Boden gefallen.

»Steig ein, Anthea.« Mit großen Augen starrte sie ihn an. Er brüllte: »Steig ein, Mädchen! Schnell!«

»Alf ...?«

Er riß sie in den Flieger und knallte die Haube zu.

»Steck das hier in dein linkes Ohr. Und dann sagst du kein einziges Wort. Sieh dir alles an, und wenn du hysterisch wirst, versohle ich dir den Hintern.«

Sie meinte, das sei alles eine Art von Scherz ...

Hook steuerte den Parkplatz an.

Plötzlich ertönte neben ihm ein heiseres Stimmchen.

»Oh – *Hook!*«

»Ja, Anthea. Wir verschwinden von hier. Die anderen warten auf uns. Wir haben noch fünf Sekunden, sie zu erreichen.«

Der Flieger schwebte über dem Parkplatz. Unten sah Rafflans durch eine transparente Haube nach oben und winkte. Der Krif-Mann hatte sich einen großen, gepanzerten Wagen ausgesucht. Die überlebenden Passagiere waren alle hineingezwängt. Hook rief Rafflans' Flieger über einen direkten Kanal an. Natürlich konnte er abgehört werden und wurde es wahrscheinlich auch, aber das mochte sogar von Nutzen sein.

»Alles in Ordnung?«

»Denis ist nicht gefunden worden. Myza ist außer sich.«

»Wenn sie hierbleiben und nach ihm suchen will, soll sie es tun. Wir halten uns nicht auf.«

Myza rief wütend:

»Du kannst ihn nicht im Stich lassen! Das kannst du nicht tun!«

»Ich kann. Er ist einer, und wir sind eine ganze Menge. Da gibt es gar keine Wahl.«

Rafflans mußte sie vom Mikrophon weggezogen haben, denn jetzt meldete er sich wieder, eher aufgeregt als zornig: »Du willst also einfach abhauen und den Jungen hierlassen, Hook?«

»Das wirst du gleich sehen.«

Um es ihm zu beweisen, steuerte Hook den Flieger weg von dem Parkplatz.

Rafflans Stimme schallte aus dem Lautsprecher: »Aber ...«

»Heb ab, du Krif-Idiot! Inzwischen wissen die Gorillas genau, wo du bist. Sie werden dich wegpusten, und dann ist sowieso alles im Eimer.«

Wozu Rafflans sich da unten auch entschließen würde, wenn er nicht bald startete, ließ Hook ihn kaltblütig zurück. Da hatte er gar keine Bedenken.

Der große, gepanzerte Flugwagen erhob sich und schoß vorwärts. Hook erhöhte die Geschwindigkeit. Anthea, die durch die transparente Haube hinausblickte, stieß einen Schrei aus.

Hooks sofortiges, instinktives Manöver zog den Flieger in einer engen Kurve herum. Der Feuerstrahl zischte knapp vorbei. Hook ließ den Flieger rollen und auf- und absteigen. Wie die meisten der kleineren Patrouillenwagen hatte auch dieser am Bug zwei Tonotas Zwei-fünfzig, eine reichlich große und energiereiche Waffe für den Einsatz auf einem Planeten. Hook ließ die Flammen über den Flieger der Gorillas sprühen und sah zu, wie sie ihn auflösten. Die Panzerung genügte als Schutz für alles, was unterhalb der Zweihundert-Grenze lag; beim Beschuß mit einer Zweifünfzig schmolz sie und tropfte wie Bonbonmasse herab.

Hook und Rafflans hielten auf die Schleuse zu.

Das war der schwierigste Teil. Hier konnte ihnen nur reines Glück helfen. Hook selbst wußte zwar, daß seine phänomenal schnellen Projektmann-Reflexe ihn selbst vor Schaden bewahren würden, aber die Leute in Rafflans' Flieger hatten diesen Vorteil nicht.

Immerhin flog ihnen ein Projektmann voraus und bahnte ihnen den Weg. Ryder Hook war der Projektmann. Er fühlte, wie der prickelnde Strom durch seine Nervenbahnen floß und ihn voll lebendig machte. Er konnte schneller rechnen als jeder Computer. Er konnte sofortige Entscheidungen treffen, die ein Computer nicht einmal verstehen würde. Er richtete die Nase des Fliegers auf die Schleusenöffnung. Man hatte sich mit den Reparaturarbeiten sehr beeilt, und jetzt bildeten die Notverschlüsse eine furchteinflößende solide Wand. Hook zerschoß sie.

Feuer sprang ihn an, aber er zog den Flieger innerhalb des Doms über den Himmel und brachte die Radargeräte, die ihn aus den verrücktesten Winkeln erfaßten, zur Verzweiflung. Ein sehr raffinierter Computer mochte imstande sein, die Flugbahn, die er nehmen würde, vorauszuberechnen. Aber einen Computer dieser Güteklasse gab es auf Locus nicht.

Wieder sauste Hook auf die Schleuse zu, und er gab dem großen, gepanzerten Flieger hinter ihm dadurch Deckung. Hier senkte sich die Kuppel auf die harte, unwirtliche Erde von Merfalla nieder. Sie mußten gemeinsam durch die Schleuse, und zwar schnell. Andernfalls würden sie es überhaupt nicht schaffen.

Rafflans verstand, um was es ging. Er hatte in dem größeren Flieger ein Paar Tonotas Drei-Siebzig, und diese leisteten an den Rahmen und Schutzvorrichtungen um die Schleuse verheerende Arbeit. Die Projektmänner mußten sich auf allerhand gefaßt gemacht haben, wenn sie diese Art von Waffen zur Hand hatten. Hook mußte lachen. Sie hatten sich gegen die Untergods, nicht gegen Ryder Hook bewaffnet ...

Ihre Verteidigungsanlagen waren nach draußen auf die planetare Oberfläche gerichtet, und diese Flieger waren dazu konstruiert, im Freien zu kämpfen. Jetzt, wo sie von innen kamen, wirkten sie wie ein Paar extrem harter und extrem schmerzerzeugender Stiefel, die die Projektmänner in den Hintern traten.

Durch zusammenbrechendes Mauerwerk, Plastik-Paneele und Panzerglasscherben rasten die Flieger hinaus. Dicht am Boden wälzten sich Flammen und Rauch aus den zerschmetterten Schleusen und verteilten sich über die fremde Landschaft.

Der Flieger ruckte und sprang.

»Wir haben es geschafft, Hook! Es ist alles – ich bin so ...«

»Du weißt, was ich über einen hysterischen Anfall gesagt habe, Anthea.«

»Ich glaube, du hast solche Sachen schon öfters gemacht.«

Hook empfand Erleichterung. Fräulein Anthea war schwer in Ordnung.

»Klar«, antwortete Ryder Hook. »Schon sehr oft.«

Sie plapperte weiter, während sie über die fremde Landschaft flogen. Hook hatte ihr die gleiche Geschichte wie Rafflans erzählt. Er sei an einen Ohrknopf geraten, habe ihn auseinandergenommen, die Idiotenfalle entdeckt und umgangen, die Befehlseingabe herausgenommen und ihn in sein eigenes Ohr gesteckt. Sofort seien ihm die Augen geöffnet worden. Solange man sich unter Hypnose befand, neigten die wichtigsten Erinnerungen dazu, sich zu verflüchtigen. Aber andererseits konnte man sich, einmal von der Hypnose befreit, sehr gut an die in diesem unglücklichen Zustand empfangenen Eindrücke erinnern. Deshalb wußte Anthea auch, was in ihrem schäbigen Zimmer des Nachts vor sich gegangen war.

Die fremde Sonne von Tannenbar versank langsam unter dem Horizont. Shaeel und Karg warteten eine Stunde. Und das war der Abend, an dem sie ein Ballett hatten besuchen und sich später den Freuden der Liebe hatten hingeben wollen ...

Statt dessen wurden Gorillas über den Kopf geschlagen, und schwere Waffen feuerten, und sie mußten versuchen, an Bord eines Raumschiffs zu gelangen. In der alten Galaxis ging es schon recht komisch zu.

Hooks Projektmann-Fähigkeiten blieben konstant. Er hatte bereits die Entscheidung getroffen, daß seine Verpflichtung gegenüber Anthea und den Überlebenden, gegenüber Shaeel, seinem Kind und Karg den Vorrang vor der persönlichen Rache hatten.

Er sagte: »Ich stelle die Automatik ein, Anthea. Kannst du einen Flieger steuern?«

»Einen Sportwagen, ja – an den Kontrollen eines schweren Polizeifliegers habe ich noch nie gesessen.«

»Die Kontrollen sind grundsätzlich die gleichen. Du wirst gar keine Schwierigkeiten haben, wenn du übernehmen mußt.«

Über das Bordfunkgerät rief er den Kontrollturm des Raumhafens. Er stellte den schwenkbaren Arm einer Seitenbeleuchtung so ein, daß schwarze Schatten auf sein Gesicht fielen und die hellen Flecken seinem Kinn und seiner Nase ganz andere Umrisse verliehen.

»Hier Tower, wenn es nicht dringend ist, bleiben Sie aus der Luft.«

»Es ist dringend, daß Sie mich mit ›Sir‹ anreden! Stellen Sie mich zur Kommunikation durch. Und beeilen Sie sich, sonst finden Sie sich als Arbeiter in der Stadt wieder.«

Das war ein tollkühner Versuch, aber Hook hatte ziemlich genaue Vorstellungen darüber, wie die Nova-Männer eine Operation leiteten. Die Kommunikation meldete sich. Hook war ebenso brutal direkt, wie es nur ein Projektmann sein konnte. »Verbinden Sie mich mit dem Sternenboot auf dem Landefeld, diesem Sonderfall. Beeilung, Sie nutzloser Gonil!«

»Jawohl, Sir.«

Wenn jetzt keiner bei der Kontrolle oder der Kommunikation die Geistesgegenwart hatte, seinen Anruf auf einem Monitor mitzuverfolgen, würde er mit Shaeel und Karg an Bord der *Watchling* sprechen können. Es war ein ganz normales Gespräch innerhalb eines Raumhafens. Hook hatte schon oft die Erfahrung gemacht, daß einfache Mittel die besten Erfolge zeitigten.

»Sternenboot *Watchling*.«

Hook lief ein Kälteschauer über den Rücken. Das Gesicht auf dem Bildschirm gehörte weder Shaeel noch Karg.

Es gehörte nicht einmal Shaeels Baby, was ein nicht völlig abwegiger Gedanke war.

Das harte, zerfurchte Gesicht eines professionellen Schlägers starrte Hook an. Der blaue Helm ging bis über die Brauen hinunter. Die Augen waren so kalt wie Granit, die Lippen so dünn wie ein Rasiermesser.

Hook streckte die Hand aus, um die Verbindung zu unterbrechen. Der Schlägertyp sagte: »Wir haben uns gedacht, daß Sie anrufen würden, Hook. Ihre Freunde haben versucht, eine Dummheit zu begehen, und ...«

Hook gelang es nicht, die Frage zu unterdrücken, die sich ihm über die trocken werdenden Lippen drängte.

»Was ist mit ihnen?«

»Wir haben sie hier, Hook, und wir warten jetzt alle auf Ihre Ankunft. Dann werden wir schon herausbekommen, um was es eigentlich geht. Der Chef ist gar nicht erfreut.«

Hook hätte es sich denken sollen.

Schließlich war Locus nur eine kleine, unbedeutende Angelegenheit, eine Operation, die schnell abgewickelt wurde. Warum sollte da mehr als ein Projektmann notwendig sein?

Er schalte aus.

»Was ...?« begann Anthea.

Hook erklärte: »Ungefähr um diese Zeit müßte ein Baby genährt werden. Um ihretwillen hoffe ich, sie haben ...«

»Deine Freunde sind festgenommen worden!«

Hook machte sich nicht die Mühe zu antworten.

Der Projektmann mußte sich nicht sehnlicher wünschen, als die Identität der Leute aufzuklären, die ihm bei seinem Locus-Unternehmen so viel Ärger bereiteten. Die Gorillas schossen, um zu töten, wie es ihre Gewohnheit war. Der Nova-Mann wollte sie lebendig fangen. Wenn der Projektmann in diesem lebenswichtigen Augenblick den Planeten verließ oder sich eine größere Strecke entfernte, saß Ryder Hook in der Klemme. Aber er glaubte, immer noch die Überhand zu haben. Wäre dies ein Kartenspiel mit Shaeel gewesen, hätte er noch einmal gründlich nachgedacht. Das Abwägen von Risiko und Chance machte einen Teil seines Lebens aus.

Er rief Rafflans.

»Das Sternenboot kommt nicht mehr in Frage. Auf dem Landefeld wurde ein Schiff beladen. Sah schnell aus – ein Lehrna-Modell.«

»Verstanden.« Rafflans Gesicht auf dem Schirm sah angespannt aus. »Wenn das Schiff beladen wurde, soll es wahrscheinlich gleich starten.«

»Wenn es nicht bereits weg ist.«

»Der fröhliche terranische Landmann.«

»Blöder Krif-Mann.«

»Deine Arme und Beine sind in ernster Gefahr ...«

»Richte deine Drei-siebziger auf die Nordschleuse. Fliege ohne zu zögern ein. Halte nach Anthea Ausschau. Sie wird auf dich zulaufen.«

»O nein!« Fräulein Elterich fuhr in die Höhe. »Du willst deine Freunde befreien. Ich werde nicht davonlaufen und dich allein ...«

»Wenn ich es sage, wirst du es tun.«

»Du dreckiger terranischer ...«

»Terranischer was, Anthea?«

»Oh.« Ihr mußte ein Stäubchen ins Auge gekommen sein. Sie begann zu reiben.

Rafflans sagte: »Für den Fall, daß du es nicht schaffst, Hook, kann ich nicht behaupten, es sei ein ungemischtes

Vergnügen gewesen, dich gekannt zu haben. Aber die Galaxis wird nicht mehr dieselbe sein, wenn du in ihr nicht mehr dein Unwesen treibst.«

»Du drückst genau meine eigenen Empfindungen aus.«

Die Verbindung war beendet.

Diesmal folgte Hook mit dem leichteren Flugwagen Rafflans. Der Krif-Mann feuerte. Die Schleusen zerschmolzen. Wenn das Dichten des Lecks das Raumhafenpersonal aufhielt, um so besser. Wenn sie sich nicht um die Reparatur kümmerten, bedeutete das Raumanzüge. Hook wollte darauf wetten, daß es hier keinen Baby-Raumanzug gab ...

Die Gedanken rasten ihm mit übernatürlicher Geschwindigkeit durch den Kopf.

Er riß sich die Polizei-Uniform ab.

»Was ist denn nun los, Hook?« fragte Anthea.

Hook lachte. »Du läufst, so schnell du kannst, hinüber zu diesem Raumschiff dort – auf das Rafflans zuhält.«

Vom Rande des Raumhafens rannten bewaffnete Wachen vorbei.

In diesem Augenblick, als der Flieger seine Nase aus den immer noch niederregnenden Trümmern der Schleuse steckte, schaltete Hook auf Höchstgeschwindigkeit.

Die herbeistürmenden Wachen blieben in grotesken Haltungen stehen. Die Rauchwolken, die wie ein freigelegtes, feuergeschwärztes Gehirn pulsierten und sich nach oben wälzten, blieben dicht und erstickend in der Luft hängen. Die Menschen schienen mitten in der Bewegung zu erstarren, obwohl sie, so schnell sie konnten, liefen und arbeiteten. Sie befanden sich in Normalzeit, in realer Zeit. Ryder Hook, ein Projektmann mit kleinen Fehlern, operierte mit Höchstgeschwindigkeit.

Er raste rings um den Raumhafen und verhielt sich gegenüber seiner Einrichtung gar nicht wie ein Sportsmann. Die Energien, die die verschiedenen Geschütze gegen die beiden Flieger abfeuerten, schossen weiterhin als tödliche Strahlen durch die Luft, denn nicht einmal ein Projektmann konnte schneller sein als das Licht. Aber trotzdem verging für Hook von dem Augenblick, als er aus dem

Flieger sprang, bis zu seiner Rückkehr nur eine unglaubliche kleine, nur in Chronon meßbare Zeitspanne.

Er sprang die Rampe hinauf in das Sternenboot *Watchling*.

Der Kerl, der mit ihm über das Kommunikationsnetz gesprochen hatte, hatte die Wahrheit gesagt. Shaeel, sein Baby und Karg saßen in der Hauptkabine. Alle, die dort saßen und standen, wirkten wie tot oder in Stasis. Hook nahm den Gorilla und allen anderen anwesenden Gorillas die Waffen ab, nachdem er sie schlafen geschickt hatte – ein hübscher Ausdruck dafür, daß er ihnen einen Schlag auf den Kopf versetzte –, und steckte sie Karg und Shaeel in die Fäuste. Er ließ einen freien Fluchtweg von der Kabine bis zu der Luftschleuse des Bootes zurück.

Er wußte, jetzt stand ihm eine Menge Zeit zur Verfügung, aber sobald er die Projektmann-Geschwindigkeit aufgab, würden die Minuten mit ihrer realen Schnelligkeit vorbeiticken, die Waffen würden feuern, die Menschen und Nichtmenschen würden rennen, und es würde, wie üblich, überhaupt keine Zeit sein.

Deshalb mußte er jetzt alles in beste Ordnung bringen. Eine einzige Waffe, die seiner Aufmerksamkeit entging, konnte die Überlebenden, wenn sie über das freie Feld liefen, oder Shaeel und sein Baby in Schlacke verwandeln.

Er prüfte alles zweimal nach. Wenn der schwarze Bastard von einem Projektmann jetzt aus einem Fenster des Towers blickte, sah er, wie sich zwei Flieger mit Gewalt Zugang zu dem Landefeld verschafften. Aber da er ein Projektmann war, erkannte er auch Hooks nackte Gestalt, die mit Höchstgeschwindigkeit auf dem Landefeld umherlief. Das war das einzige, was Hook Sorgen machte. Ganz gleich, wie schnell seine Muskeln und Reflexe ihn über den Betonboden rasen ließen – ein Schuß aus der Waffe des Nova-Mannes würde ihn rösten, als sei er nichts als ein Hähnchen von einem Farmplaneten.

Er nahm an, der Projektmann werde es vorziehen, in der Nähe seiner Schirme und Kontrollen, der Monitoren, Skalen und Anzeigen zu bleiben. Der Projektmann würde diese Operation anhand seiner Instrumente leiten. Das hieß – wenn er tatsächlich hier war. Er konnte auch gerade mit einem Flieger von der Stadt hierher unterwegs sein. So oder so, Hook ging ein Risiko ein, das war ihm voll bewußt.

Hook betrat, immer noch beschleunigt, einen Büroraum mit einer Glasfront. Durch eine Öffnung feuerte eine Tonota Eins-fünfzig. Hook richtete den Lauf so, daß die Flammen auf höchst unerfreuliche Weise zurückschlagen mußten.

Unter den Wachen befand sich ein Offizier. Er trug einen orangefarbenen Mantel über der orangefarbenen Uniform. Sein Helm war mit einem goldenen Blatt geschmückt. Hook lächelte. Meistens lächelte Hook nicht dann, wenn eine Situation ihm Vergnügen bereitete, sondern wenn sie seinem Sinn für Angemessenheit ansprach.

Mit den Instrumenten aus seinen Stiefeln machte er sich ans Werk. Er entfernte die niedliche kleine Delling vom Handgelenk des Mannes. Er nahm ihm den Gürtel mit der noch im Holster steckenden Marian Mega ab. Das Plastikleder konnte nicht verbrennen, wenn er mit Höchstgeschwindigkeit rannte, und die Waffen auch nicht.

Gerade wollte er das Büro mit der Glasfront verlassen, als er den Wandsafe erblickte.

Ein Feuerstoß aus der Martian Mege blies die Tür aus den Angeln. Die Tür flog vielleicht einen Zentimeter in die Luft und blieb dann unbeweglich schweben. Hook entfernte sie. Die Männer in diesem Raum würden sich wundern, wenn die Zeit gekommen war. In dem Safe waren keine Akten, keine Dossiers, nichts als eine nutzlose Anweisung über die Einhaltung von Sicherheitsvorschriften und eine Börse voller Metallgeld. Ärgerlich über die Zeitverschwendung nahm Hook das Metallgeld, wickelte den Gürtel darum, hielt sich das Bündel hinter den Rücken und lief davon.

Noch eine Aufgabe blieb zu erledigen, bevor er auf gewöhnliche Zeit umschaltete und die Hölle losbrach …

Er lief die Rampe hinauf in das Schiff von Lehrna. Es war ein schlankes, schnelles, geräumiges Fahrzeug mit einer Reichweite von einer ganzen Menge Parseks. Hook reinigte es von Wachen und Gorillas, indem er sie an die Schleuse trug und hinauswarf. Wie eine erstarrte Ansammlung von Eintagsfliegen bleiben sie in einem Haufen hoch über dem Boden hängen, mit ungraziös ausgebreiteten Armen und Beinen, wie sie gerade fielen. Einige von ihnen hatten durch das brutale Davontragen mit Höchstgeschwindigkeit Brandwunden erlitten. Hook checkte die Kontrollen. Das Schiff hatte das Startvorbereitungsprogramm bereits durchlaufen und konnte jederzeit abheben.

Hook machte sich nicht die Mühe nachzusehen, was das Frachtabteil enthielt.

Jetzt.

Jetzt mußte er nachdenken, ob seine Vorsichtsmaßnahmen genügten, ob er alles getan hatte, um die Leute zu retten, die von ihm abhingen.

Shaeel.

Ja, hauptsächlich um Shaeel machte er sich Gedanken.

Natürlich auch um Karg und um Shaeels Baby.

Aber alle übrigen mußten zusehen, ob sie es schafften.

Anthea Elterich auch.

Hook holte tief Luft und setzte sich an die Kontrollen des Schiffes. Sein Name war *Proton-Star* – aber das würde er ändern. Er saß auf dem Pilotenthron und starrte auf den Bildschirm. Er sah das zu Bewegungslosigkeit erstarrte Landefeld, und die mit Lichtgeschwindigkeit abgegebenen Impulse genügten vollständig, seinen Projektmann-Sinnen ein Bild zu vermitteln. Die Geschütze waren nicht versiegelt. Eine schnelle Prüfung zeigte ihm, daß er die Wahl hatte zwischen vier Krif-Waffen Kaliber Zweiachtzig. Es waren noch schwerere Waffen vorhanden, aber es würde zu lange dauern, sie in Aktion zu bringen.

Hook gab das Programm für die vier Kanonen ein. Sobald er auf Normalzeit zurückschaltete, brachte die vorbereitete Operation sich selbst zum Abschluß und waren die Kanonen feuerbereit.

Jetzt?

Jetzt.

Jetzt.

Hook schaltete auf reale Zeit zurück. Das Chaos auf dem Landefeld explodierte in Farben, Lärm und Zerstörung.

Flammen loderten und zischten, Rauch wallte auf, Männer brüllten, Waffen erbrachen sich. Rafflans und seine Gruppe waren aus dem Flieger ausgestiegen. Hook sah rings um den Raumhafen ein Geschütz nach dem anderen sich unter einem spektakulären Feuerwerk in unkenntliche Metallklumpen verwandeln. Rafflans lief als letzter der Gruppe her und trieb die anderen an.

Hook sah Shaeel in der Schleusenöffnung der *Watchling* auftauchen.

Die Wachen, die er aus der *Proton-Star* hinausgeworfen hatte, fielen auf den Boden. Karg erschien, zwei Waffen schwenkend. Shaeel trug ein Bündel.

Hooks Stimme donnerte über die Außenlautsprecher.

»Hierher, Shaeel! Dem Krif-Mann nach! Schnell!«

Shaeel winkte mit dem freien Arm und rannte.

Und Anthea?

Hook dachte, sie würde es nicht schaffen.

Er hätte sie in abgebremster Projektmann-Geschwindigkeit tragen sollen, aber in der Realzeit war kein Augenblick mehr zu verlieren.

Sie rannte. Mit flatterndem Haar rannte sie hinter Rafflans her. Hook wandte den Blick von ihr ab, um über das Landefeld zu spähen. Er wartete auf den Feuerstoß aus der einzigen übersehenen Waffe, der dies Mädchen in Atome zerfetzen würde.

Er sah überall nur Trümmer.

Es gab noch eine Vorsichtsmaßnahme, die er treffen konnte …

Er richtete zwei der großen Krif-Waffen auf die obersten Panoramafenster des Kontrollturms und gab einen langen, langen Feuerstoß ab.

Die Fenster lösten sich auf. Das Plastikglas zerstob zu Nichts. Hook ließ die Kanonen weiterfeuern und brannte das ganze obere Stockwerk des Towers weg.

Die Kuppel oberhalb des Turms begann, sich nach innen zu wölben.

Rafflans verschwand unter der Ausbauchung mittschiffs. Shaeel und sein Baby und Karg folgten dem Krif-Mann. Und da kam auch Anthea, nach Atem ringend, fast zusammenbrechend.

Hook wartete auf die Anzeige, daß die äußere Schleusentür sich geschlossen habe.

Ein Mann stürzte aus dem Haupteingang des Kontrollturms. Die Kuppel sackte immer weiter nach innen.

Die Anzeige leuchtete nicht auf.

Der Mann kam schnell näher.

Er rannte mit Höchstgeschwindigkeit.

Hook leckte sich die Lippen.

Der Mann raste auf das Schiff zu, und Hook wußte, daß für ihn alles zur Bewegungslosigkeit erstarrt war. Er konnte die Schleusentür erreichen, während sie noch offenstand. Aber Hooks Gedanken waren noch weitaus schneller als die Beine des Projektmannes. Er drückte den Knopf.

Die Zwei-achtzig spuckte Feuer auf den Weg des Projektmannes.

Der Projektmann konnte ihm – ob mit oder ohne Höchstgeschwindigkeit – nicht ausweichen.

Er wurde aufgelöst!

Und dann – dann überkam Hook das wohlbekannte, grauenhafte, Übelkeit erregende Gefühl, daß er wieder ein normaler Mensch wurde.

Nein!

Normalität bedeutete für einen Projektmann, ein Projektmann zu sein. Jetzt wurde Ryder Hook seines ihm zustehenden Status beraubt, er wurde zurückgefegt in die Masse gewöhnlicher kleiner Leute, der Leute, die er liebte und haßte, die er rettete – der Leute, die wie er waren. Und das war nicht gerecht! Es war nicht gerecht!

Ryder Hook war kein Projektmann mehr.

Die Anzeige leuchtete auf. Die Schleusentür hatte sich geschlossen.

Im gleichen Augenblick startete Hook die *Proton-Star*. Wie ein Speer zerriß sie die Kuppel, und hinaus ging es aus der Atmosphäre und hinein in den Raum.

Da die *Proton-Star* die übliche künstliche Schwerkraft von 0,8 g hatte, konnte keinem der Leute in der Schleuse etwas passieren.

Bald würden sie alle in das Cockpit gestürmt kommen. Die *Proton-Star* war ein richtiges Sternenschiff, und sie konnte sie in diesem Abschnitt der Galaxis an jeden gewünschten Ort bringen. Mit einer Verfolgung brauchten sie nicht zu rechnen. Hook nahm an, die Nova-Männer würden mit ihrem Unternehmen auf Locus von neuem beginnen. Er hoffte nur, sie fanden niemals heraus, daß der Mann, der ihnen das alles angetan hatte, ein halber Projektmann war. Aber Locus war und blieb eine Stätte des Bösen, die ausgelöscht werden sollte.

Nun hatte er Zeit genug, einen Blick in den Laderaum zu werfen.

Dort installierte Kameras gaben ein getreues Abbild der Fracht auf die Bildschirme des Cockpits.

Er hätte es sich denken können – nein, er hatte es sich gedacht. In einer ordentlichen Reihe lagen sie nebeneinander.

Die Projektfrauen.

Alle waren sie im Kälteschlaf, alle erwarteten sie ihre Wiedererweckung auf einem Planeten, wo die Projektmänner sich ein Reich aufbauten. Nun, wenn Locus eine Stätte des Bösen war, dann war auch alles böse, was Locus produzierte.

Wenn jemand Hook gefragt hätte, mit welchem Recht er die Nova-Männer als böse bezeichne, hätte er darauf verwiesen, was sie in der Galaxis bereits angerichtet hatten. Wenn jemand ihn gefragt hätte, mit welchem Recht er sich zum Richter und Vollstrecker aufwerfe, wäre ihm die Antwort nicht so leichtgefallen. Vielleicht hätte er gesagt, es sei nicht sein Wunsch, eine dieser düsteren Facetten des zivilisierten Lebens darzustellen. Aber Ryder Hook wäre sich danach – und nachdem er sorgfältig überlegt hatte, ob er dem Fragesteller eins auf die Nase geben solle oder nicht – über jeden Zweifel hinaus im klaren gewesen, daß er selbst böse sein mochte, daß aber die Nova-Männer ein weitaus größeres Übel waren. Seiner Sünden wegen mußte er eben tun, was er konnte, damit sich dies Übel nicht weiter ausbreitete.

Er hörte die anderen schon vor dem Cockpit.

Anthea war unter ihnen. Sie mußte sich damit abfinden, daß sie jetzt in einem ganz neuen Verhältnis zueinander standen, in dem Verhältnis, das Hook zwischen sich und jedem beliebigen schönen jungen Mädchen in der Galaxis aufrechtzuerhalten trachtete. Sie war nichts Besonderes mehr. Das machte ihn traurig. Aber Ryder Hook führte sein Leben allein und abgesondert von den anderen Menschen, und auch ein so nettes Mädchen wie Fräulein Anthea Elterich konnte sein Leben nicht teilen.

Und dann war da Rafflans, der große, grobe Krif-Mann. Ganz bestimmt fing er wieder mit dem Unsinn an, er wolle Hook Arme und Beine ausreißen und sie ihm um den Hals wickeln. Eine kleine Schlägerei mit genau beachteten Spielregeln wäre vielleicht gar nicht so schlecht. Und Rafflans war ein würdiger Gegner.

Und Karg – der treue Karg. Der F'lovett bedeutete Shaeel sehr viel, und deshalb mußte er auch Hook etwas bedeuten.

Und Shaeel?

Sicher würde der Hermaphrodit etwas sagen wie: »Mein lieber 'ook! Du hast doch wohl einen Vorrat an Windeln und Babynahrung mitgebracht?«

Wenn er es recht bedachte – er hätte Windeln und Babynahrung mitbringen sollen, oder nicht?

Shaeel konnte einem schrecklich auf die Nerven gehen.

Jeden Augenblick konnten sie eintreten. Aber zuerst mußte Hook noch etwas erledigen. Die Versorgung des Laderaums war von der des Passagier- und Hauptabteils getrennt, wie es Vorschrift war.

Ryder Hook legte seine Hand auf den Knopf. Hatte er das Recht?

Recht oder nicht, er war der Meinung, daß er es tun mußte.

Er löste die Sperre und drückte fest auf den Knopf. Die

Luft entwich aus dem Laderaum. Er dachte an die schönen Mädchen, die zum Tode verurteilt wurden, weil – weil sie in ihren schlafenden Körpern eine Gabe trugen, nach der er sich sehnte und die ihm versagt blieb? Er hoffte, niemand hielt Ryder Hook für so klein.

Die Luft entwich aus dem Laderaum, und der Kälteschlaf wurde zum Todesschlaf.

Ryder Hook glaubte, daß nicht einmal Projektfrauen Vakuum atmen konnten.

Vor der Tür ließ sich eine Stimme hören.

»Oh, 'ook, mein lieber Freund! Das hast du alles wunderbar gemacht, das muß ich sagen. Aber ich brauche unbedingt Windeln …«

ENDE DES ZWEITEN BUCHES

DRITTES BUCH
Star City

I

»Wir schlitzen diesem Hook die Kehle auf«, sagte Waltun Gaines in der Kombüse. Hook, der an den Kontrollen des Raumkutters saß, konnte ihn deutlich hören. Er sprach mit der Autorität des kriminellen Anführers. »Und einen Tag vor Stellopolis werfen wir ihn in den Raum.«

»Von da können wir uns per Matra einen neuen Piloten schicken lassen.« Locum Hausers schneidende Stimme ließ die metallene Hülle klirren.

»Es wird ein Vergnügen sein, Hook den Rest zu geben.« Das war Happy Dernung, in dessen gemütlich-träger Stimme ein Kichern mitklang. Er nahm einen Schluck Kaffee. Cher-charon, das letzte Mitglied des Quartetts, brauchte nicht zu sprechen, um seine Gefühle auszudrükken.

Hook verabscheute Untüchtigkeit bei anderen und haßte sie von ganzem Herzen bei sich selbst. Aus Untüchtigkeit erwuchsen Fehler. Hook hatte seinerzeit viele Fehler gemacht – und vielleicht war der schlimmste von allen, daß er in das hundertunderste Jahrhundert hineingeboren worden war, obwohl es nach vulgärer Angabe roch, wenn jemand sich selbst dafür verantwortlich machte. Und Hook sagte sich mit der düsteren Philosophie des galaktischen Abenteurers, daß er noch viele weitere Fehler machen würde. Voraussetzung war natürlich, daß er seinen letzten, sich mit diesen widerwärtigen vier Figuren zu verbünden, überlebte. Jetzt, wo sie meinten, sie brauchten seine Hilfe nicht mehr, planten sie, ihn abzumurksen.

Damit schlossen sie sich nur einer langen Reihe unendlich stärkerer Mächte an, die versucht hatten, Ryder Hook auszuschalten. Sie konnten einem richtig leid tun.

Natürlich hatten diese vier Dummköpfe beim Ausarbeiten ihrer schäbigen Teufelei keine Ahnung, daß Hook sie hören konnte. Sie waren in dem Irrtum befangen, er sei, ebenso wie sie, nichts weiter als ein krimineller Taugenichts der Galaxis, der von Betrügereien lebte und stets bereit war, auf unehrenhafte Weise seinen Vorteil wahrzunehmen, ganz gleich, wer darunter zu leiden hatte. Sein Fehler war gewesen, daß er sich überhaupt mit ihnen eingelassen hatte. Aber ihr Angebot hatte ihn verlockt. Es ging bloß darum, diesen Raumkutter zu stehlen, ihn mit fünfzig Kilogramm Kunst zu beladen – Mikroaufzeichnungen aus dem kulturellen Erbe von tausend Sonnensystemen, alle aus den Zentralarchiven von Bandong gestohlen –, ihn über die kurze Strecke von zwanzig Parseks nach Stellopolis zu fliegen und dort mit großem Profit für alle Beteiligten die Ladung abzustoßen. Hook hatte es besonders zugesagt, daß es um gestohlenes Gut ging, denn die Bandong war in die Hände der Projektmänner gefallen, und es hatte ihn einige Mühe gekostet, ihnen zu entkommen. Er hatte es als eine Art Bonus empfunden, ihnen nun auch noch das Archivmaterial entführen zu können.

Soweit es Ryder Hook betraf, bedeutete das Auftauchen eines Projektmannes, wo es auch sein mochte, eine schlechte Nachricht.

Und trotzdem – trotzdem erfüllte ihn das böse Verlangen nach der Macht, die die Nähe eines Projektmannes auf ihn übertrug, mit einem Hunger, von dem er mit fünfzig Prozent seines Bewußtseins erkannte, daß er bis zum Tod dagegen ankämpfen mußte. Aber gegen die Forderung der restlichen fünfzig Prozent war er hilflos, denn es war eine Verlockung, ein Rausch und ein Wunder, auch nur für eine kurze Zeit ein Quasi-Projektmann zu werden. Kein anderer Sterblicher konnte sich eine Vorstellung davon machen. Zum Teufel mit allen Novamännern! Er war Ryder Hook, ein Ausgestoßener, ein Landstreicher der Galaxis, ohne Kreditkarte am Handgelenk, keinem der Wirtschaftskonglomerate, keiner der Mulisystem-Organisationen oder Innungen angehörig, keinem Planeten oder System, keiner Armee verpflichtet. Er war Ryder Hook. Er stand allein inmitten des Sternenstrudels der Galaxis.

Doch diese vier Sternenratten gehörten alle zu einer Wirtschaftsorganisation, und sie konnten sich alle einer Kreditkarte rühmen.

Deshalb fühlten sie sich einem Einzelgänger weit überlegen. Sie sahen herab auf einen Ausgestoßenen, der keinerlei Schutz durch eine Mutterorganisation genoß.

»Willst du es selbst tun, Walt, oder soll ich–?«

»Ich glaube, Happy, das ist mehr Locums Stil.«

»Vielleicht, aber mir würde es Spaß machen!«

»Laß mich das erledigen, Happy«, fiel Locum Hauser, ein professioneller Killer, kalt und hart ein. »Du würdest dir vor Lachen den Bauch halten und dabei vergessen, ihm die Kehle aufzuschlitzen.«

»Glaub bloß nicht, ich hätte noch keine Kehlen aufgeschlitzt!«

»Ruhe!« befahl Waltong Gaines. »Locum tut es. Wir ziehen Hook in ein Gespräch, und dann–«

»Eine hübsche, saubere Arbeit.«

Hook überlegte.

Diese vier hätten ihn ebensogut einfach durch die Luftschleuse schieben können. Aber sie hatten sich in den Gedanken verbissen, ihm die Kehle aufzuschlitzen. Zweifellos sahen sie gern Blut. Solche Leute gab es in der Galaxis.

Hook zog die Manschette seines linken Ärmels zurück. Er trug wie fast immer Jacke und Hose in einem unauffälligen Blau, und seine berühmten alten schwarzen Stiefel standen fest auf dem Podest des Pilotenthrons, bereit, jeden Augenblick auf eine der Pedalkontrollen zu treten, die so angerodnet waren, daß er sie bedienen konnte, wenn er keine Hand frei hatte. Für ihn war das einfache Blau der Jacke ohne irgendwelche roten Streifen über Schultern und Ärmel eine Lebensnotwendigkeit. Wenn er etwas anderes anziehen mußte, tat er es, doch in der Regel zog er Kleidung vor, die kein Merkmal hatte, an dem er zu identifizieren gewesen wäre. Auf diese Weise konnte er mit so gut wie jedem Hintergrund verschmelzen.

An sein linkes Handgelenk war durch eine Verbindung mit Muskeln und Nerven die gefährliche kleine Delling angeschlossen. Eine einzige, richtig bemessene Bewegung ließ die Disgel-Waffe feuern. Die meisten Menschen – alle normalen Menschen – trugen diese kleinen Waffen am rechten Handgelenk, denn das linke war für die Kreditkarte reserviert. Daß Hook die Delling links trug, hatte ihm schon öfters zum Vorteil gereicht.

Also. Er konnte einfach in die Kombüse gehen und die vier Leute in Häufchen bibbernden Gelees verwandeln. Gegen seine Schnelligkeit konnten sie nie aufkommen, auch wenn er sich in dem für ihn normalen Zustand befand und kein Projektmann war. Er wollte aufstehen und den Gedanken ausführen.

Alles, was es in einem solchen Fall zu bedenken gab, hatte er schon so oft und schon vor so langer Zeit bedacht, daß die daraus entstandene Philosophie sich wie Spinnweben an den logischen Schlüssen festgesetzt hatte.

Wenn ein Mann versuchte, Ryder Hook zu töten, brachte dieser Mann sein eigenes Leben in Gefahr. Hook wußte, daß sein Recht auf Leben nicht größer war als das jedes anderen Bewohners der Galaxie, aber umgekehrt bedeutete das auch, daß ein Killer kein größeres Recht auf Leben hatte als Ryder Hook. Wenn also einer von beiden sterben mußte, zog Hook es vor, daß es nicht Ryder Hook war. Diese seine lebenslange Überzeugung mochte merkwürdig oder anfechtbar sein, aber so war er nun einmal.

Er hielt inne.

Sterben. Töten. Phasen des Seins und der Bewußtlosigkeit. Gewalt. Von all dem hatte er seinen Anteil gehabt. Aber er hielt inne, und dann setzte er sich wieder hin. Der Raumkutter blieb auf Kurs zwischen den Sternen, eilte der geplanten Landung entgegen, und alle Kontrollen und Maschinen und Instrumente funktionierten tadellos. Hook liebte und haßte den Raum. Es machte ihm Freude, ihn zu betrachten, die Sterne und das träge Dahintreiben der Spiralarme und die merkwürdigen Umrisse der Wolken, die aus so fein verteiltem Staub bestanden, daß man sie nur in einer Ausbreitung über Lichtjahre sehen konnte. Manchmal erfüllte ihn das Gefühl, es gebe doch kein schöneres Leben als das eines galaxtischen Wanderers. Und dann kam ihm wieder zu Bewußtsein, daß er ein Ausgestoßener war, und im Geist schüttelte er die Fäuste gegen die verdammten Sterne und brüllte ihnen zu, sie sollten zum Teufel gehen. Jetzt stand er einem Problem gegenüber, das eigentlich mit so wenig Überlegung zu lösen sein sollte, wie er brauchte, wenn er sich zum Dinner ein gutes Algensteak bestellte.

Vier Männer waren eine Partnerschaft mit ihm eingegangen. Jetzt, wo der Coup erfolgreich durchgeführt war, wollten sie ihn loswerden, um die Beute nicht mit ihm teilen zu müssen. Für Hook bedeutete das Metallgeld nur eine kleine zusätzliche Frist, die ihm vergönnt blieb, bis er wieder irgend etwas unternehmen mußte, um seinen Lebensunterhalt zu verdienen. Er konnte sie töten, bevor sie ihn töteten. Das war klar.

Aber Hook liebte es, ein Problem auf elegante Weise zu lösen.

Oft war die eleganteste Weise, sich Ärger vom Hals zu halten, die, daß man zuerst schoß. Das wußte Hook. Aber hier und jetzt bot sich ihm eine andere Möglichkeit, die ihn innerlich belustigte.

Sorgfältig überprüfte er die Kontrollen. Der Raumkutter war genau das, was sein Name besagte: Ein kleines Fahrzeug mit einem Minimum an Bequemlichkeit, dafür aber mit Maschinen, die ihn an die Überlichtgeschwindigkeit der großen Sternenschiffe herankommen ließen. Ohne all die Raffinessen einer Raumjacht und doch für interstellare Flüge geeignet, war es etwas weitaus Besseres als ein einfaches interplanetares Schiff. Kurz gesagt, es war wertvoller Besitz.

Hook kannte seine Kontrollen, kannte seine Maschinen, kannte seine Schwächen. Der tief im Bauch des Kutters verborgene Bordcomputer hatte ein Terminal an der Seite des Kontrollraum, und hier checkte Hook noch ein letztes Mal. Der Kutter – sein Name war *Spokane* – blieb fest auf Kurs nach Stellopolis. Sobald man einmal dort war, brauchte man nicht in eine Parkumlaufbahn um die Stadt zu gehen, falls gerade alle Landeplätze belegt waren. Der Kutter konnte sofort andocken, Hook als Pilot würde sich irgendeine Indikation ausdenken, und dann würde der Kutter abgestellt werden. Alle vier – Walton Gaines, Happy Derning, Locum Hauser und Cher-charon – waren froh darüber gewesen, einen voll qualifizierten Raumpiloten zu finden, der sich mit interstellaren Fahrzeugen dieser Tonnage auskannte, denn keiner von ihnen hätte die *Spokane* steuern können. Diese Kunst blieb, wie es nicht anders sein konnte, den wenigen vorbehalten, die sich der Mühe unterzogen, sie zu erlernen. Sie hielten Hook für einen Raumfahrer, der aus dem einen oder anderen Grund gestrandet war. Ohne ihn hätten sie das, was sie getan hatten, nie schaffen können. Aber jetzt waren sie nahe genug an Stellopolis herangekommen, um einen Mord zu planen. Sie verließen sich darauf, man würde ihnen über einen Materietansmitter einen neuen Piloten schicken, der Ryder Hook ersetzen konnte.

Da hatten sie sich etwas vorgenommen, was über ihre Kräfte ging und wohl auch über die Kräfte der meisten Sterblichen in dieser Galaxis.

Die berühmten alten schwarzen Stiefel Ryder Hooks enthielten viele komplizierte Instrumente, mit denen er Maschinen katastrophale Dinge antun konnte. Aber er hatte es in diesem Fall gar nicht nötig, auf sein Arsenal zurückzugreifen. Ein paar Griffe an den Kontrollen, mit denen er dem Schiff widersprüchliche Befehle gab, ein schnelles Sich-vergewissern, daß er den Spaß nicht zu weit getrieben und eine völlige Katastrophe heraufbeschworen hatte – und schon konnte er sich zurücklehnen und mit hämischer Freude den Auslöseknopf betrachten.

Eine elegante Lösung. Es wäre zu einfach gewesen, die Tonota Achtzig zu ziehen und ein großes Loch in die Steuerung zu brennen, die Synapsen im Nervensystem des Schiffes zu zerstören, die Kontrollen in einen rauchenden Schrotthaufen zu verwandeln. Nein, die Art, wie er es gemacht hatte, versprach ihm ein Amüsement, das in dieser harten, gnadenlosen Galaxis nicht hoch genug zu veranschlagen war.

»Ich lege mich jetzt aufs Ohr und hole etwas Schlaf

nach«, kam Gaines' Stimme aus der Kombüse, und gleichzeitig war zu hören, daß die Männer aufstanden und die Kaffeetassen wegstellten. »Als erstes morgen früh Schiffszeit, klar?«

»Geht in Ordnung, Walton«, antwortete Locum Hauser. Hook hörte aus seiner eiskalten Stimme die Befriedigung heraus. Hart, glatt und tödlich, das war Locum Hauser. Walton Gaines, der ein Homo sapiens war, hielt sich selbst zwar für den Anführer des Quartetts, aber nichtdestotrotz verkörperte Locum Hauser, der Mal, eine reale und erschreckende Macht.

Hook lauschte mit Ohren, die weitaus empfindlicher waren, als es einem Homo sapiens von Rechts wegen zukam. Er verdankte sie wie seinen ganzen ungewöhnlichen Körper der Umwandlung, die das Interstellare Raketen-Konsortium an ihm vorgenommen hatte. Seine Hand schwebte über dem Auslöseknopf auf dem Kontrollbrett.

Wäre es nicht noch komischer, wenn er diese vier mörderischen kleinen Geister eine Nacht sich dem wonnigen Gefühl hingeben ließ, sie hätten einen sehr klugen Plan ausgeheckt? Ryder Hooks gesunder Menschenverstand gewann die Oberhand. Hauser konnte ungeduldig werden. Dieser Clown Happy Derning, der ein Noruba von jenseits der Commercesh-Straße war, mochte zu dem Schluß gelangen, daß er sich das Vergnügen, Hook die Kehle aufzuschlitzen, nicht entgehen lassen durfte, und ohne Wissen von Gaines und Hauser aktiv werden. Nein, entschied Hook, er mußte diese Männer auf der Stelle wissen lassen, wie das Spiel stand.

Er drückte den Auslöseknopf.

Rauch sickerte durch die Ritzen des Kontrollbretts, und der Irrgarten aus grünen Lichtern, der von der Konsole leuchtete, bekam plötzlich rote Masernflecke. Die Masern waren, wie die meisten Krankheiten, nur noch eine Rassenerinnerung, eine Fußnote in den Geschichtsbüchern. Aber auf das Kontrollbrett traf der Vergleich haargenau zu. Hook lachte vor sich hin.

»He!« rief er und sprang vom Pilotenthron hinunter. Das

Schiff war vollkommen in Ordnung, dessen hatte er sich vergewissert. »He!«

Sie kamen angerannt beziehungsweise – im Falle Chercharons – angeschlängelt.

»Zum Teufel, was geht hier vor!« schimpfte Gaines. Sein blühendes Gesicht wurde noch roter, und seine Augen verschossen Blitze, als er den Rauch sah und die verschmorenden Isolierungen roch.

»Die Automatik ist überlastet«, antwortete Hook. Er schob sich an Gaines vorbei und riß den Feuerlöscher von der Wand. Der rote Zylinder gehorchte dem ersten Druck und begann, Löschschaum zu versprühen. »Steht hier nicht einfach herum! Helft mir!«

Happy Derning glotzte. Sein Mal-Gesicht war bösartig, seine Finger zupften und drehten an seinem einen Röhrenohr.

»Die Automatik, sagst du, du blöder–«, begann Hauser. Dann nahm er sich zusammen. »Wie konnte denn das passieren?«

Hook lächelte nicht, das war nicht sein Stil. Aber er warf Hauser aus dem Augenwinkel einen bösen Blick zu. »Wenn du eine Ahnung von Astrogation oder dem Steuern eines Raumschiffes hättest, würdest du keine so saudumme Frage stellen. Dieser Eimer muß überholt werden. Das habe ich euch schon auf Bandong gesagt. Aber ihr wolltet mir ja nicht glauben.«

»Du hast gesagt, du könntest ihn nach Stellopolis fliegen.«

»Kann ich auch. Aber ich muß jetzt die ganze Zeit an der Handsteuerung bleiben. Genau auf unserem Kurs braut sich ein Magnetsturm zusammen. Ohne die Automatik muß ich das Schiff ganz vorsichtig hindurchlavieren – ihr habt Glück, daß ich weiß, wie.«

Einen Augenblick lang dachte er, er habe sein Blatt überreizt.

Nun, wenn dem so war und wenn sie dumm genug waren, ihren Plan immer noch ausführen zu wollen, dann schmiegte sich die Delling an sein Handgelenk, und er hätte alle vier zerschmolzen, noch ehe der erste seine eigene Handgelenkwaffe hatte vorschnellen lassen.

Gaines fragte: »Wenn wir an Stellopolis herangekommen sind – kannst du unsere Geschwindigkeit dann der der Stadt angleichen?«

Beinahe hätte Ryder Hook in diesem Augenblick die Farce satt bekommen.

Beinahe hätte er die vier Idioten auf der Stelle weggeputzt.

Die Eleganz seines eigenen Plans kam ihm jetzt wie leere Eitelkeit vor. Diese vier waren Ungeziefer der Sternenstraßen, und daher würde niemand sie vermissen. Aber er hatte so eine vage und pfaffenhafte Vorstellung, er müsse ihr Leben schonen, weil Töten Sünde sei. Das stimmte ja auch. Doch wenn sie sich weiter so dumm aufführten …

Ryder Hook hatte keine Geduld mit Idioten, aber er hatte lange Erfahrung darin, sich im Umgang mit ihnen zu beherrschen. Er brauchte die ganze so mühsam erworbene Erfahrung in diesem Augenblick, als die vier Verbrecher sich langsam klarmachten: Falls sie die Sternenstadt lebendig erreichen wollten, konnte nur Ryder Hook sie hinbringen.

Wie Ed Malcom auf seine feine, stille Art gelächelt hätte, wenn er Hook jetzt hätte sehen können! In Gedanken an ihn hätte Hook beinahe laut gesagt: »Siehst du, Ed, wohin Freundlichkeit und Barmherzigkeit einen Mann führen?« Aber Ed hatte immer die richtige Antwort. Manchmal war Hook traurig darüber, daß er selbst nicht aus dem edlen Stoff bestand, aus dem Märtyrer gemacht werden.

Der Raumkutter *Spokane* eilte durch die staubige Leere des Alls, und Hooks vier Verbündete zogen sich zum Schlaf zurück. Für diese Schiffsnacht war die Weckautomatik auf sieben terrestrische Stunden eingestellt worden. Pünktlich rollten sie sich am folgenden Schiffsmorgen aus ihren Kojen, gähnten, rieben sich die Augen und griffen nach ihren morgendlichen Pep-Tabletten. Hook hatte während der Nacht, als die Helligkeit vermindert wurde, hin und wieder ein bißchen gedöst. Sein Talent, sofort aufzuwachen, wenn eine Fliege zu dicht an ihm vorbeisummte oder ein unfreundlicher Schritt die Ruhe störte, war nicht zum Einsatz gekommen.

»Dann erreichen wir also heute Stellopolis«, sagte Happy Derning, wie immer lachend, im Konversationston. Für einen Mal könnte er ein halbwegs anständiges menschliches Lebewesen abgeben, dachte Hook, nicht frei von einem gehässigen Vorurteil, wenn der Mann sich keine kriminellen Freunde angeschafft hätte. Fast ständig verzogen sich Happys Lippen zu einem einfältigen Lächeln, und wie eine ganze Reihe von Leuten, die Hook kannte – ihn selbst einschlossen, wenn die Umstände es verlangten – konnte er von Herzen lachen. Ein Mann, der über das Leben lachen konnte, war nicht duch und durch schlecht. Zumindest gab es einige Hoffnung für ihn, während es keine gab für einen Mann, der das Lachen für unter seiner Würde hielt.

»Seid ihr schon mal in dieser Sternenstadt gewesen?« Walton Gaines hatte die Situation wieder voll im Griff – seiner Meinung nach. Sein rotes Gesicht leuchtete förmlich über dem Frühstückstisch.

Keiner war schon dagewesen. Hook hatte einen großen Teil der Galaxis bereist, aber niemand konnte jede Sonne und jeden Planeten kennenlernen, auch nicht bei der langen Lebensdauer, die den Menschen des hundertundersten Jahrhunderts gewährt war.

»Es ist ein phantastischer Ort.« Gaines wurde direkt lyrisch, und Hook mußte schnell einen Schluck Tee nehmen, um sein Grinsen zu verbergen. Wie jeder zivilisierte Mensch trank Hook Tee, wenn es irgend möglich war. Der Gedanke an Kaffee zum Frühstück war schon schlimm genug; die Vorstellung, daß manche Leute Kaffee als erstes Getränk des Tages tranken, erregte ihm Übelkeit.

»Gibt es viele Mädchen dort?«

Gaines richtete den Blick auf Locum Hauser.

»Alles, was du dir wünschen kannst, Locum. Das Vergnügen ist auf Stellopolis eine Kunst. Das hat etwas mit ihrer Religion zu tun – oder vielleicht mit ihrer Politik. Ist ja auch egal. Wenn wir die Ladung verkauft haben, steht uns reichlich Deckung für unsere Kreditkarten zur Verfügung.«

»Ich wollte, wir hätten das Geld schon«, meinte Happy Derning.

Kreditkarten waren eine gute Sache, und man brauchte sie unbedingt, wenn man kein so zäher, harter, unerschütterlicher Bursche war wie zum Beispiel Ryder Hook. Aber ihrer erfreuen konnte man sich nur, wenn man bei der Bank seiner Wirtschaftsorganisation Deckung auf dem Konto hatte. Keine Deckung, kein Kredit – kein Kredit, kein Schutz. Kein Schutz: Willkommen im Ryder-Hook-Fanclub, alle Gebühren unbezahlt.

»Ohne dich hätten wir es nie geschafft, Hook.« Gaines setzte eine Tasse ab und fixierte Hook. »Was für Pläne hast du denn?«

Hook wußte, er meinte damit, was er tun wollte, nachdem sie die fünfzig Kilo Kunstaufzeichnungen ausgeladen hatten.

»Ich werde wieder abreisen, nehme ich an.«

»Stellopolis hat einem Mann viel zu bieten. Ich für meine Person werde mich erst einmal amüsieren, bevor ich weiterziehe.«

»Ich auch«, fiel Happy Derning ein und rollte in der Vorfreude darauf, sich in Vergnügungen zu suhlen, sein Röhrenohr.

Locum Hauser sagte nichts und brütete wie gewöhnlich finster vor sich hin. Aber die Art, wie er sein Algenschinken-Steak zerschnitt, verriet Hook alles, was er über Locum Hausers Gedankengänge zu wissen brauchte.

Cher-charon verhielt sich natürlich still. Er schlängelte seinen sehnigen Körper in eine bequemere Lage um die Sitzstange aus rostfreiem Stahl, die er bei den Mahlzeiten einnahm, und saugte zierlich durch seine Gesichtsröhren. Er trank Orangensaft, eine Affektiertheit der galaxismüden Reisenden aus seinem Heimatsystem Sanzaire. Die Sanzaireaner waren Karnivore – Fleisch essende schlangenähnli che Wesen von immenser Spitzfindigkeit und Verstellungskraft. Sie äfften die Sitten der anderen nach, um zu zeigen, daß sie, auch wenn sie als Rasse erst kürzlich auf der galaktischen Szene erschienen waren, sich ihres interstellaren Status voll bewußt waren und ihn voll verdienten. Hook fand es albern, daß ein Karnivore aus purer Angeberei Orangensagt trank, aber er behielt seine Gedanken für sich. Er kümmerte sich nicht darum, was andere Leute taten, solange sie sich nicht in seine Angelegenheiten mischten.

Nun wackelte Cher-charon mit einem oder zwei Tentakeln, und die anderen akzeptierten das stumme Signal als Erklärung, er werde sich später entscheiden. Wenn der Sanzaireander mit dem Mitglied einer Rasse, die sich durch Schallwellen verständigte, in Kommunikation treten wollte, mußte er das Gerät einschalten, das er irgendwo an seinem sehnigen Körper trug, und es Emotionen und gefühlsmäßige Zustände und Motive in kodierte Sprache übersetzen lassen.

Gaines erhob sich mit seinem gewohnten entschlossenen Ausdruck. Die Mals und Cher-charon sahen zu ihm hoch. Hook sah ebenfalls zu ihm hoch.

»Wir docken heute an. Du, Hook, solltest eine hieb- und stichfeste Erklärung für die Ladung bereit haben. Wir wollen keine Ärger mit den Hafenbehörden. Ihr beiden haltet euch bereit zum Entladen. Du, Cher, vertreibst jeden, der herumzuschnüffeln versucht.«

Eine mit Widerhaken versehende Nadel erschien in einem der Tenakel des Sanzaireaners und verschwand wieder. Auf diese Art teilte er mit, er habe den Auftrag verstanden und werde ihn ausführen.

Die beiden Mals rollten ihre Röhrenohren, und Hauser meinte: »Auf uns beide kannst du dich verlassen, Gaines. Hooks Geschichte solltest du lieber überprüfen.«

Hook rezitierte: »Wir sind der Raumkreuzer *Fantom*. Wir kommen von Sparkholm Elf. Händler. Ärger wird es nicht geben. Nach dem, was Gaines uns über Stellopolis erzählt hat, wird man uns mit offenen Armen aufnehmen.«

Cher-charon schnellte daraufhin einen Tentakel vor, eine

gewohnheitsmäßige Antwortgeste. Wie sein Übersetzungsgerät Hooks Worte verwandelt hatte, so daß er sie begreifen konnte, würde nie ein Mensch erfahren, dessen Gehirnwindungen nicht mit denen des Sanzaireaners zu vergleichen waren.

»Gut. Aber ich werde doch lieber in den Kontrollraum kommen, wenn die Hafenbehörden uns anrufen.«

Gaines tat, wie er versprochen hatte. Aber wie Hook versprochen hatte, machten die Hafenbehörden dieser Sternenstadt überhaupt keinen Ärger und waren eifrig darauf bedacht, die Formalitäten so schnell wie möglich zu erledigen, damit die verlockenden Gegenstände, die der Kutter gemeldet hatte, inspiziert werden konnten. Für Leute, die nur dem Vergnügen lebten, war die Ankunft von Ware dieser Art eine aufregende Sache. In dieser Beziehung behielt Hook recht; später sollte er entdecken, daß die Bewohner von Stellopolis andere Möglichkeiten des Zeitvertreibs kannten, die nicht so harmlos waren. Der Raumkreuzer schwebte in die ihm angewiesene Eingangsschleuse der Sternenstadt. Hook, der keine besondere Aufmerksamkeit wünschte, dockte mit ruhiger Tüchtigkeit an. Er bemerkte, daß die vier Banditen wie auf glühenden Kohlen standen. Sie fürchteten jede Sekunde einen Anruf: »Sie sind der Raumkutter *Spokane*, gestohlen auf Bandong. Sie sind festgenommen.«

Doch der Lautsprecher blieb stumm.

»Wir sind da, bei Verthash!« rief Happy Derning entzückt.

Hook hatte sich die Kontrollen, die er beschädigt hatte, mit Verstand ausgesucht, und die Schaltung, die er hatte überbrücken müssen, weil sie sonst das Gefahrengebiet automatisch abgeschaltet hätte, konnte mit dem, was er übriggelassen hatte, immer noch funktionieren. Das unter die Haut gehende, ständige Vibrieren der Maschinen starb. Mit einem letzten Zittern verschwand das unhörbare Geräusch.

»Wir sind da!« sagte auch Walton Gaines, als sei das allein ihm zuzuschreiben.

Hook wollte aufstehen. Er hob sein Hinterteil vom Pilotensitz.

Eine Gestalt, ein Schatten, eine fließende Bewegung.

In diesem Sekundenbruchteil erkannte er, welchen Fehler er bei diesen Männern gemacht hatte und daß er nun die Folgen tragen mußte. Sie waren gezwungen gewesen, ihn am Leben zu lassen, damit er sie sicher nach Stellopolis bringen konnte. Aber jetzt waren sie da, und sie hatten für ihn keine Verwendung mehr. Fünfzig Kilo Mikroaufzeichnungen von Kunstwerken wollten sie lieber durch vier als durch fünf teilen.

Und sie waren in ihrer kriminellen Laufbahn alte Kameraden.

Hook sah die Stahlstange auf seinen Kopf zusausen.

Er sah das wahnsinnige Funkeln in Locum Hausers dunklen Augen.

Die Stahlstange schmetterte auf seinen Schädel nieder.

II

Die Stahlstange prallte ab.

Der Schädel jedes normalen Menschen wäre unter dieser Stahlstange, geführt von einem mörderischen Wahnsinnigen, in blutige Fragmente zersplittert. Blut und Gehirn wären zwischen den zermalmten Knochen hervorgespudelt.

Aber schließlich war Ryder Hook kein normaler Mensch. Er war kein Supermann. Das mußte er sich immer wieder und wieder sagen. Auch jetzt mußte er sich daran erinnern, daß er nichts war als ein durchschnittlicher Mann, dem die Machinationen des IRK außergewöhnliche Kräfte gegeben hatten.

Hook fuhr in die Höhe und riß die Stange aus den plötzlich kraftlos gewordenen Fingern Locum Hausers. Der Mal starrte Hook an, als hätten sich alle bösen Geister seiner eigenen Mythologie im Fleisch dieses Erdenmannes manifestiert.

»Du Gonil!« schrie Hauser. Hook erkannte ganz genau, daß sich die Muskeln des Mals zum blitzartigen Ziehen der bösartigen kleinen Disgel-Waffee spannten, die er in seinem Ärmel verbarg. Mit Muskeln, die viel stärker, viel schneller, viel beweglicher waren, als sich irgendwer träumen ließ, auch wenn Hook sich nicht im Zustand eines Projektmannes befand, setzte er den Schwung der Stange fort. Er ließ sie nach unten und rundum und wieder nach oben sausen, und das Ende traf Hausers Hand und schlug sie in die Höhe. Die Disgel-Entladung spritzte gegen die Decke, und sowohl der Homo sapiens als auch der Mal sprangen instinktiv zur Seite, damit sie ja nicht von einem einzigen Tropfen getroffen wurden.

Erst jetzt, keinen Augenblick früher, hielt Hook es für angebracht, nach dem Mal zu schlagen.

Hauser ging zu Boden.

Eine Stimme erklang in dem Kabinenabschnitt, der achtern von dem Pilotenabteil lag.

»Beeil dich, Locum! Die Bullen werden gleich an Bord kommen.«

Hook zog die Tonota Achtzig. Für eine Arbeit an Bord war die Waffe von lächerlicher Größe, und ihr Feuerstrahl würde ein riesiges Loch in die Hülle bohren. Aber das machte Hook nichts aus. Diesen drei Hampelmännern mußte er auf der Stelle mächtige Angst einjagen. Er trat in die Kabine.

Der Mund eines Mal und der Mund eines Homo sapiens blieben offen stehen, und ein sanzaireanischer Mundtentakel rollte sich abrupt ein wie ein Farnwedel von der Erde.

Hook zeigte ihnen die Tonota Achtzig.

Es war kaum anzunehmen, daß sie das Ding übersehen würden, aber Hook war ein Mann, der es liebte, Unklarheiten von vornherein zu beseitigen. Er ging nie ein Risiko ein, wenn er sich nicht sicher war, daß dieser bestimmte Weg in anbetracht der Umstände die besten Aussichten bot. Doch wenn er einmal zu diesem Entschluß gekommen war, handelte er mit einer Tollkühnheit, bei der andere schon vom Zusehen eine Gänsehaut bekamen.

»Sagt mir mal«, sprach Ryder Hook sie an, »warum ich euch jetzt nicht töten sollte?«

Gaines und Derning begannen gleichzeitig zu babbeln. Sie schoben sich nach rückwärts und hielten die nach außen gekehrten Handflächen vor sich, und sie zitterten vor Furcht. All das war nicht imstande, Ryder Hook zu rühren.

Hooks braune Augen folgten ihnen mit dem starren Blick, der – so hatte ihm einmal jemand gesagt, der ihm damit kein Kompliment machen wolle – einen Mann zu durchbohren schien. Selbstverständlich vergaß er dabei Cher-charon nicht, der sich in schöner Symmetrie S-förmig ringelte. Seine Tentakel waren jetzt alle zusammengerollt, seine Mundröhren eingezogen.

Schließlich gelang es Gaines, lauter zu sprechen als Happy Derning.

»Was willst du denn von uns, Hook? Wir wußten doch nicht, daß Locum dich umbringen wollte! Das war allein seine Idee! Du hast gar keinen Grund, mich zu erschießen!«

Hook seufzte nicht einmal über die Dummheit dieser Ausrede. Er fragte auch nicht: »Woher weißt du denn, was Hauser in der Pilotenkabine vorhatte, wo du ihn nicht sehen konntest?«

Statt dessen fuhr er herum, ließ seine Delling in die linke Hand gleiten und feuerte.

Cher-charons anmutig gewundener Körper flog durch die Luft. Er verlor seine S-Form und streckte sich zu einem langen Balken aus schuppigem Fleisch und Blut und Knochen. Die Tentakel schossen im Sprung nach vorn. Wäre Hook stehengeblieben, wo er war, dann hätten ihn ein Dutzend mit Widerhaken versehene Nadeln durchbohrt.

Die Ladung der Delling sprühte Disgel über den vorderen Teil Cher-charons.

Sein Sender blubberte und quiekte – und Cher-charon schrie.

Sein Körper schmolz.

Das Disgel fraß sich von dem vorderen Ende, an dem die Tentakel saßen, über die Mundröhren und den Oberkörper an dem ganzen langen, geschmeidigen Körper entlang. Der Sanzaireaner löste sich auf.

Am Thorax angelangt, wo sein Herz und seine Lungen saßen, verlangsamte sich die Wirkung des Disgels. Es umfloß diesen Körperteil und rann weiter abwärts. Cher-charon hatte seine Schuppen in dieser Region mit der Lösung eines Panzermetalls verstärkt, einer ähnlichen Legierung, wie sie für metallverstärkte Kleidung verwendet wird. Hook schoß der Gedanke durch den Kopf, wahrscheinlich habe Cher-charon vor dem Raub auf Bandong keine Zeit mehr gefunden, den Rest seiner Schuppen zu präparieren.

Zweifellos hatte er damit gerechnet, die Arbeit hier in Stellopolis in Ruhe zu Ende führen zu können.

Was von diesem langen, schönen Körper übrigblieb, wabbelte auf dem Deck. Es sickerte in die Risse einer gesprungenen Platte. Es schwappte über einen Laufrost und tropfte in die Zwischenräume. Ein Wesen hatte sich in eine Pfütze stinkenden Schleims verwandelt.

Hook sagte: »Jetzt wißt ihr, was ihr zu erwarten habt.«

Der Mensch und der Mal starrten sich an. Sie bekamen keine Luft mehr.

»Ihr beiden. Zieht die Hosen aus.«

Eine einzige mahnende Bewegung mit der Tonota genügte, und sie begannen mit einem hektischen Striptease. Die Delling war wieder in Hooks Ärmel verschwunden.

Im Kontrollabteil vorn sprach eine Stimme. Es war nicht die von Locum Hauser. Hook hätte nicht nur gehört, wenn der Mal sich bewegte, er wußte genau, wie lange eine Person bewußtlos war, wenn er sie niedergeschlagen hatte.

Die Stimme sagte: »Hafenverwaltung von Stellopolis. Öffnen Sie Ihre Luftschleuse. Oder wollen Sie nicht hier andocken? Was hält sie auf?«

Hook winkte den beiden traurigen, hosenlosen Gestalten vor ihm mit der Waffe.

»In den Schrank! In den mit der Sauerstoff-Reserveflasche. So ist's brav. Quetscht euch hinein.«

Er knallte die Tür hinter ihnen zu. Der Sperriegel klickte zu seiner Zufriedenheit.

Er legte den Mund gegen die glatte Oberfläche.

»Wenn ihr klopft oder Lärm macht, werde ich ausprobieren, ob euch eine Tonota zur Ruhe bringen kann.«

Er ging wieder in den Kontrollabschnitt und stieg über Hauser, der mit schnarchendem Röcheln atmete. Hook drückte den Knopf, der die Luftschleuse öffnete.

Ihm blieben fünfzehn Minuten, nach terrestrischer Zeit.

Das war genug.

Wie viele Planeten und Sternenstädte der Galaxis hatte Stellopolis die Ausschiffung glänzend organisiert. Die Zollbeamten liefen mit ihren Spürgeräten durch das Schiff. Unter dem Laufrost zerflossen still die letzten Spuren von Cher-charon. Als der Quarantäne-Roboter über die Stelle rollte, war nichts mehr von ihm übriggeblieben. Wenn die Zollbeamten allerdings ein forensisches Spürgerät in Betrieb gesetzt hätten, dann wäre die Sache anders verlaufen …

»Kunstaufzeichnungen, sagen Sie?«

»Richtig.« Hook tat mit seinem Gesicht, was nötig war, um den Mann zu dem Glauben zu veranlassen, er lächele ihn an. »Fünfzig Kilogramm. So ungefähr. Alles beste Qualität. Auf Sparkhol elf ist vor kurzem eine strenge Zensur eingeführt worden. Na ja, wenn die Puritaner mit dem Verbrennen und Zerstören fertig sind, bleibt ihnen nichts als eine planetare Kolonie ohne Kultur.«

»So etwas kommt vor. Aber für uns ist es ein Glück.« Der Mann von der Hafenverwaltung war ein Mensch, ein Mitglied der Rasse Homo sapiens. Er war von einer Aura der Verweichlichung, der raffinierten Dekadanz umgeben. Nicht zuletzt lag das an seinen Kleidern. Es waren lange, fließende Gewänder mit Goldspitzen und Plastikbesätzen in verschiedenen Leuchtfarben, die sich auf subtile Weise veränderten, wenn er sich bewegte. Dazu kam seine bleiche Hautfarbe anstelle des normalen, gesunden Kupfertons, der in einer Galaxis vorherrscht, wo sich seit langer Zeit alle Rassen miteinander vermischt haben. Aber auch wenn er kaum wie ein Zollbeamter aussah, so entging Hook doch nicht, daß er eine Waffe am Gürtel trug.

Die Waffe steckte in einem Holster, und die Klappe war geschlossen. Hook vermutete, daß es eine Krif-Waffe war, wahrscheinlich ein Modell Neunzehn. Aber er hätte nicht darauf gewettet. Ja, Ryder Hook ließ sich von Waffen aller Art faszinieren, aber er erlaubte dieser Faszination niemals, sich zur Besessenheit zu steigern. Für einen Mann ohne Kreditkarte am Handgelenk war es wichtig, sich in Waffen auszukennen.

Ganz bestimmt hatte dieser Zollbeamte unter dem wallenden Stoff seines Ärmels auch eine Disgel-Waffe, die mit seinen Muskeln und Nerven verbunden war.

Und zwar am rechten Handgelenk.

Als er mit seinen Überlegungen soweit gekommen war, fiel Hook ein, daß er jetzt gleich in die Lage geraten würde, diesen Leuten die erstaunliche Tatsache klarzumachen, daß er keine Kreditkarte besaß.

Er machte es kurz.

»Ich würde eine Zahlung in Metallgeld vorziehen, wenn es Ihnen einerlei ist. Das heißt, falls die Ware Ihren Wünschen entspricht. Ich muß ja nicht unbedingt hier ...«

»Bitte, Taynor Hook! Wir auf Stellopolis sind ständiger Abnehmer für kulturelle Artefakte. Diese Dinge werden hier sehr hoch geschätzt. Bitte ziehen Sie eine Abreise nicht in Erwägung, bevor Sie uns jede Gelegenheit gegeben haben, ein Geschäft abzuschließen.«

Das war nicht die Art, wie die hartgesottenen Geschäftsleute der Galaxis redeten, aber schließlich war Stellopolis vom galaktischen Hauptstrom abgeschnitten. Zweifellos hatte es Männern wie Gaines und seiner Crew Attraktionen zu bieten. Aus diesem Grund hatten sie ja unbedingt nach Stellopolis gewollt. Es war nicht ausgeschlossen, daß inzwischen von Bandong aus eine Meldung über den Diebstahl in Stellopolis eingetroffen war. Aber Hook vermutete, die Bewohner würden zu begierig sein, ihre Hände auf die

Beute zu legen, als daß sie Lust gehabt hätten, ihre Entdekkung zu melden.

Hook war es recht, auf dieser Linie weiterzumachen.

Roboter lösten den Frachtbehälter von dem Kutter, und kurze Zeit darauf wurden Warenmuster vor Fernsehkameras ausgestellt. Hook öffnete eine Flasche, und der Zollbeamte, dessen Name Inlander war, leerte ein Glas in seiner gezierten Art. Dann trafen die ersten Kaufangebote ein.

Elf Minuten waren vergangen.

Inlander lächelte und drehte sich von dem Bildschirm weg.

»Ausgezeichnet, lieber Taynor Hook! Ganz exquisit. Arbeiten, von denen wir gehört und die zu sehen wir uns schon lange gewünscht haben. Es wird gar nicht so schwer sein, uns die ganze Ladung zu verkaufen. Sie wollen alles abstoßen?«

»Natürlich, Taynor Inlander.«

»Fein, fein. Dann schlage ich vor, daß Sie mich ins Büro der Hafenverwaltung begleiten. Geschäftliche Einzelheiten sind so ermüdend. Aber diesen Handel können wir schnell abschließen.« Die Andeutung eines Stirnrunzelns tat dem schmachtenden Ausdruck seines Gesichts ein wenig Abbruch. »Sind Sie sicher, daß Sie Metallgeld haben wollen?«

»Es wäre mir in der Tat das liebste.«

»Wie Sie wünschen.«

Es würde ein ganzer Haufen Metallgeld werden, um diese fünfzig Kilogramm erstklassiger Ware zu bezahlen. Höchstwahrscheinlich hatte diese Sternenstadt ihr eigenes Kreditsystem und ließ sich mit den großen interstellaren Kombinaten nur dann ein, wenn es unumgänglich war. Diese fünfzig Kilogramm enthielten ruhmreiche Werke, die Menschen mit ihrem Geist und ihrem Herzen geschaffen hatten. Sie stellten die Kultur und die Kunst und die Schönheit von hundert Sonnensystemen dar. Sie waren von Männern und Frauen aus dem heißen Begehren heraus geschaffen worden, ein winziges Licht in der großen Dunkelheit anzuzünden. Jetzt wurde von ihnen als von einer

Ware gesprochen, und das war Hook richtig widerlich. Aber wenn sich ein Kunstwerk einmal auf dem Markt befand, war es nichts anderes mehr als eine Ware, um die gefeilscht wurde.

So ging es nun einmal zu in der Galaxis.

Vierzehn Minuten waren vergangen, als der lächelnde Inlander Hook aus dem Raumkutter und eine Rampe hinuntergeleitete, die auf das metallene Deck der Dockanlagen führte. Instinktiv hielt Hook die rechte Hand in der Nähe des Kolbens seiner im Holster steckenden Tonota Achtzig. Inlander plauderte weiter, und Hook sah sich das Landegebiet genau an. Er war bereits in Sternenstädten gewesen und hatte festgestellt, daß es sie in allen Größen und Variationen gab. Nach dem, was er hier sah, war Stellopolis ziemlich groß. Vom Raum aus machte die Konstruktion den Eindruck, als seien alte Kästen und Kuppeln und Türme aufs Geratewohl zu einem gigantischen Haufen aufgetürmt worden und als führten die Verbindungswege nirgends zu einem Mittelpunkt. Von Zeit zu Zeit mochten Abschnitte der Stadt losgelöst werden, um ihren eigenen Zwecken nachgehen zu können, und manchmal mochte eine andere Sternenstadt zufällig vorbeikommen und sich mit dieser hier zum gegenwärtigen Nutzen zusammenschließen. Tatsächlich übertraf Stellopolis so manche planetare Stadt an Ausdehnung, und dazu gab ihr die dritte Dimension ein Fassungsvermögen, das weit über das einer normalen planetaren Stadt hinausging, selbst wenn sich diese meilenweit in der Luft erhob. Hook hatte nicht die Absicht, sich hier lange aufzuhalten. Er wollte mit Gaines und dem, was von seiner kriminellen Crew noch übrig war, abrechnen und so schnell wie möglich wieder im Raum verschwinden. Aber sollte der ihm nicht willkommene Fall eintreten, daß er gezwungen war, in der Sternenstadt zu bleiben, dann wußte er, daß er sich außer Sicht halten und so lange unentdeckt bleiben konnte, bis die Luft wieder rein war.

Er hörte das Geschnatter der Durchsagen, die die Ankunft von Sternenschiffen meldeten, während er durch die Glassit-Korridore der Hafenverwaltung ging. Es würde rund um die unregelmäßige Peripherie der Stadt viele Andockhäfen dieser Art geben. Andauernd kamen und gingen Schiffen.

»Ja, Taynor Hook, wir sind vielbeschäftigt«, sagte Inlander und ließ ihm den Vortritt in ein palastartiges Büro mit Fensterbildern. Sie zeigten animierte Ansichten von exotischen Planeten, die die Sternenstadt im Laufe ihrer langen Reise besucht hatten. Im Augenblick umkreiste sie einen Planeten namens Voyden, der wiederum zu einem netten, freundlichen Stern vom G-Typ namens Purlon Major gehörte. Das Sonnenlicht flutete durch Türen und Fenster herein, kontrolliert und gelenkt, mild und angenehm. Sicher hatte der Planet Bewohner, und die Bewohner der Sternenstadt hatten die üblichen geschäftlichen Vereinbarungen mit ihnen getroffen. Viele Planeten begrüßten es, wenn sich eine Sternenstadt in einen Orbit begab, andere waren dagegen. Alles hing von der psychischen Beschaffenheit der in Rede stehenden Parteien ab.

»Ich möchte so bald wie möglich wieder abreisen«, erklärte Hook.

»Selbstverständlich – wenn Sie es wünschen. Aber, mein lieber Taynor Hook, wir Curl-Leute sind stolz auf unsere Stadt und können Ihnen ungeahnte Freuden bieten. Wir glauben, daß jeder Mensch das Recht auf Luxus hat. Und ...« Hier lachte er sehr hübsch und zeigte dabei weiße Zähne, was bei seiner Schlaffheit schon eine große Geste war, »... und wir sorgen dafür, daß unser Leben hier so bequem und luxuriös ist, wie menschlicher Erfindergeist es nur machen kann.«

»Sie sind sehr freundlich, Taynor Inlander.«

Inlander beschäfte sich mit seinem Computer-Terminal, und Hook saß in einem tiefen Sessel und wartete darauf, daß der Ausgabeschlitz funkelndes neues Metallgeld ausspie. Es sollte schon vorgekommen sein, daß Metallgeld gefälscht wurde, aber im allgemeinen wurde es ebenso teuer, die komplizierten Atomstrukturen der in der ganzen Galaxis gültigen Zahlungsmittel zu kopieren, wie der

Nennwert des Endproduktes war. Hook befürchtete deshalb nicht, betrogen zu werden.

Ungefähr um diese Zeit mußte Hauser wieder zu Bewußtsein kommen. Erst würde er sich benommen fühlen und fluchen, dann würde er herumwandern, und dann würde er Gaines und Derning aus dem Schrank lassen. Was sie dann unternehmen würden, hatte für Hook die Faszination einer Charakterprognose. Aber er war überzeugt, was auch immer es sein mochte, ihm werde es in jedem Fall gelingen, wieder an Bord des Raumkutters zu gehen und die Sternenstadt zu verlassen. Wenn sie zurückblieben, wäre das nach Hooks Meinung ein amüsanter Schlußpunkt unter die ganze Geschichte.

Wenn sie aber mit ihm kamen, dann hätte sich ihr Verhältnis zueinander natürlich grundlegend geändert.

Hook wog beide Möglichkeiten gegeneinander ab und kam zu dem Schluß, daß er es vorzöge, wenn sie ihn nicht begleiteten.

Mit ihnen konnte es nur Ärger geben.

Auf Inlanders Konsole glühte ein Muster an Lichtern auf. Mit einem kurzen Wort der Entschuldigung zu Hook meldete Inlander sich. Er nickte.

»Taynor Hook, wir müssen das Andockgebiet räumen, weil ein Top-Star eintrifft. Bis er sicher untergebracht ist, müssen wir Ihren Kutter an eine andere Stelle bringen – nur vorübergehend natürlich.«

Es gab nichts, was Hook dagegen einwenden konnte. Ein Top-Star, das war ein Sternenschiff, das Passagiere oder Fracht von höchster Wichtigkeit beförderte, und im interstellaren Verkehr hatte es fast überall die Priorität.

»Selbstverständlich, Taynor Inlander. Möchten Sie, daß ...?«

»Sie brauchen sich nicht zu bemühen. Die Dockarbeiter können Ihr Fahrzeug wegbringen. Ich bitte Sie, lassen Sie sich nicht stören. Ich habe uns einen kleinen Imbiß nach hier bestellt.«

Das alles hörte sich wunderbar altmodisch und elegant an, und so etwas hatte für Ryder Hock immer etwas Anziehendes. Seine empfindliche Nase spürte nicht den geringsten Geruch nach einem Komplott. Wenn diese Curl-Leute von Stellopolis seine Fracht stehlen wollten, konnten sie es auf hundert verschiedene Weisen tun. Er hatte keinen Grund, sie so nichtswürdiger Pläne zu verdächtigen.

Ein rotes Licht ging auf der Konsole an.

Inlander runzelte die Stirn.

Ein Service-Roboter kam herein, völlig geräuschlos auf dem Luftkissenteppich. Er trug ein Silbertablett, auf dem der kleine Imbiß angerichtet war. Hook nahm sich eine Tasse, und der Roboter goß ihm Tee ein. Auf Porzellantellern lockten Kuchen und Sandwiches und Appetithäppchen, und Hook bediente sich. Inlander sprach hastig in ein halbes Dutzend Mikrofone zugleich. Weitere rote Lichter gingen an. Hook trank Tee und sah interessiert zu, wie der Zollbeamte sich abzappelte.

Ein Nebenschirm des Kommunikationszentrums zeigte Roboter, die den Sternenkutter von der Anlegestelle ins Zentrum der Dockanlagen schafften. Sie arbeiteten schnell. Die Schleusenventile, die sich über dem Landgebiet wölbten, glitten zurück. Die helle Beleuchtung löschte das Licht der Sterne aus. Aber Hook wußte, sie waren da draußen und glitzerten in alle Ewigkeit im Sternenstrudel. Sie bedeuteten für ihn die Heimat.

Ein weiterer Nebenschirm erhellte sich und zeigte Vektoren und Geschwindigkeiten, Annäherungsraten und geschätzte Zeitspannen. Hook sah sie sich an, ohne sie bewußt wahrzunehmen, so wie einem Druckschrift ins Auge springt, ohne daß man sich des Lesens bewußt wird. Das Bild, das sie formten, erstand urplötzlich in seinem Kopf.

»Bei den Locken Curls!« stieß Inlander hervor. Seine gezierte Pose war verschwunden. Er brüllte eine Reihe von Befehlen.

Die ständig wechselnden Angaben auf dem Bildschirm erschienen auch auf den Monitoren des Top-Stars, der sich Stellopolis näherte, und auf den Monitoren der Stadt. Aber die beiden Folgen stimmten nicht überein. Das Sternenschiff befand sich auf einem direkten Andockkurs, und es war offensichtlich, daß es um eine hundertstel Sekunde außer Phase war. Wenn man eine bloße Hundertselsekunde auf Stahl und Legierungen überträgt, die mit einem Momentum von Tausenden Tonnen Masse auf Millionen Tonnen Masse zurasen, bedeutet das eine vollständige Katastrophe. Wie die Instrumente zeigten, war der Top-Star dabei, mit der Sternenstadt zu kollidieren. Und trotzdem sprach der Kapitän des Schiffes von einem anderen Bildschirm mit der Ruhe eines Profis, der ein alltägliches Manöver durchführt.

Daraus ging hervor, daß er keine Ahnung hatte, wie es wirklich aussah.

Normalerweise machte Hook um die Sorgen anderer Leute einen großen Bogen. Aber er wußte, wo er saß, und er wußte, was ein Top-Star, der wie dieser hier außer Phase in eine Stadt hineindonnerte, anrichten konnte. Er stand schnell auf. Inlander schaltete sich soeben in die Direktverbindung mit dem ankommenden Schiff ein.

»Raumhafenverwaltung Stellopolis an *Asshendahl!* Sie sind außer Phase! Kapitän, Sie haben zehn Sekunden, um sich wieder anzugleichen. Ziehen Sie zurück!« Inlanders schlaffe Art war ganz von ihm abgefallen; er tobte. *»Ziehen Sie zurück!«*

Die Kapitäne von Sternenschiffen stellten unter den menschlichen Wesen eine ganz besondere Rasse dar, und die Kapitäne von Top-Stars waren die besten von allen. Der Kapitän der *Asshendahl* hielt sich nicht damit auf zu widersprechen, zu sagen, er sei nach den Angaben seiner Kontrollen auf einem perfekten Annäherungskurs. Er gab sofort ein Programm ein, daß die Geschwindigkeit herabsetzte. Er erkannte, daß er und sein Schiff einem handfesten Notfall gegenüberstanden, und er war bereit, ohne eine weitere Frage sein gigantisches Fahrzeug vorerst im freien Fall um die Sternenstadt treiben zu lassen und es dadurch verwundbar zu machen und außerdem Geld zu verschwenden. Ein weniger guter Mann, ein Mann, dessen Selbstbewußtsein ihm nicht erlaubte, von anderen Rat anzunehmen, hätte vielleicht erst herumgestritten. Der Top-Star-Kapitän reagierte auf der Stelle.

Das gefiel Hook.

Der Bildschirm über Inlanders Kopf brachte jetzt eine direkte optische Aufnahme des Sternenschiffs. Es war ein dicker Brocken. Es raste mit dem Bug voran auf Stellopolis zu, und es erinnerte Hook an einen Hai, der mit offenem Maul auf ihn zuschoß und ihn zwischen den erbarmungslosen Kiefern zerfetzen wollte.

Hook erkannte, daß der Top-Star nicht mehr rechtzeitig zurückziehen konnte.

Ein Höllenlärm gellte aus den Lautsprechern. Alarmlichter blitzten unaufhörlich. Ein Gong begann wie wahnsinnig zu dröhnen.

Inlander wandte sich von den Kontrollen ab.

»Zu spät!« schrie er. Er sah Hook an, als habe er vergessen, daß dieser die ganze Zeit dagewesen war. »Laufen Sie! Schnell!«

Das Sternenschiff füllte den Bildschirm. Jetzt wuchs der Bug über die Ränder hinaus. Die lange Schnauze wurde größer und größer. Dieser Rüssel hätte die flexibel Außenwand des Docks, wo Hooks Sternenkutter lag, sanft berühren sollen. Die Passagiere hätten die Gangway hinunterkommen und die Sternenstadt betreten sollen.

Aber jetzt bohrte sich der lange Stachel in die Stadt wie ein Schwert der Vernichtung.

Noch vor wenigen Augenblicken hatte Hook in seinem Sessel gesessen, stillvergnügt seinen Tee getrunken und Kuchen gegessen und auf sein Geld gewartet.

Jetzt erhob sich um ihn das Krachen und Splittern des Weltuntergangs. Die Decke brach ein. Die Wände aus Glassit und Stahl barsten. Der Fußboden hob sich, und Inlander flog hilflos durch die Luft und sauste mit dem Kopf voran durch seine Kontrollen. Auf der anderen Seite kam er schreiend wieder zum Vorschein. Er war eingewickelt in Transistorendrähte und versprühte nach allen Seiten Zubehörteile.

Hook hielt sich fest.

Die Wand ihm gegenüber splitterte und platzte. Er fühlte, wie der Fußboden unter dem Schock erzitterte. Durch die gewaltsam geschaffene Öffnung brach sich die Nase des Sternenschiffes einen Weg.

Sie zerschmetterte Stahl und Legierungen, sie nahm Rahmenwerk mit, sie erschauerte unter einer Folge von Schocks, sie sackte weiter durch, und sie zielte genau auf Ryder Hook.

Er hörte das tödliche Zischen entweichender Luft.

Das ganze Dockgebiet war durchlöchert worden.

Das Deck lag offen im Weltraum, als habe ein gigantisches Skalpell es aufgeschlitzt.

Lose Gegenstände hoben sich und wirbelten hinaus.

Und unter den Trümmern, die ins Leere hinausgeschleudert wurden, flog Ryder Hook und verfluchte den ganzen Haufen von Hosenscheißern, die nicht einmal ein Schiff richtig andocken konnten.

III

Die entweichende Luft raste wie ein Sturmwind an Ryder Hook vorbei. Zerschmettertes Baumaterial, Knäuel aus Draht und zerfetzten Metallteilen, Tische und Stühle, Aktenschränke, ein Computer-Terminal, das wertvolle Zubehörteile ausspie, und ein paar schreiende Menschen wurden mit der Luft kopfüber, kopfunter ins Weltall gerissen.

Der Top-Star hatte sich in der Flanke der Sternenstadt festgebohrt. Sein Rüssel war abgebrochen, und das Rumpfskelett, das dahinter saß, hatte sich unlösbar mit dem Rahmenwerk des Dockgebiets verflochten. Das Chaos, der Lärm, das Kreischen der Menschen und das Heulen der entweichenden Luft machten das Dockgebiet zu einer höllischen Stätte des Wahnsinns. An einer Stelle, wo Kabel gerissen waren, brach Feuer aus, und der Sturmwind fachte es zu langen, alles verzehrenden Flammen an, bevor sie erstarben.

Hook bekam eine Strebe zu fassen und umklammerte sie mit einem Griff, der nicht eher brechen würde, als die Strebe selbst brach. Er blickte zurück. In wenigen Sekunden würden die Notschotts sich schließen. Natürlich war die ganze Stadt darauf programmiert, jede Wunde zu versiegeln, die einen Teil von ihr zum Raum hin öffnete. Wenn das geschah, hörte der Luftstrom auf, und das war dann das Ende.

Hook erkannte, daß er keine Chance hatte, einen tiefer gelegenen Zufluchtsort zu erreichen, bevor die Schotten sich schlossen.

Er saß in dem zerstörten Gebiet in der Falle, abgeschlossen von der Sicherheit der inneren Stadt. Er konnte immer noch atmen, und er sog sich mit der vorbeizischenden Luft die Lungen voll. Aber lange konnte das nicht mehr dauern.

Die künstliche Schwerkraft von einem achtel g setzte aus. Im freien Fall beschleunigte sich das Davonrasen der Luft und der Gegenstände.

Hook sah eine Frau mit gespreizten Armen und Beinen, das Haar umflatterte sie wie züngelnde Schlangen, ihr Gesicht war verzerrt. Schon war sie an ihm vorbei. Es gab nichts, was er tun konnte. Die Schnauze des Sternenschiffes wurde von dem Sturmwind zurückgedrückt. Als der Druck sich verstärkte, bog die Strebe sich.

Inlander war verschwunden.

Es war ein ebenso unnötiger wie grausamer Hohn, daß ein langer Strom von Metallgeld an Hook vorbeiflog. Er bog sich zur Seite. Die Münzen hätten ihn sonst wie Rehposten durchlöchert. Und – das verdammte Geld gehörte ihm! Sein eigenes Geld, von dem Schlitz des Terminals ausgespieen, flog empor und wurde hinausgesaugt und ergoß sich in den Weltraum. Hook fluchte. Da draußen war niemand, der das Geld brauchen konnte.

Er verstärkte seinen Griff um die Strebe, nahm Ziel auf die Schnauze des Top-Stars und stieß sich ab.

Er schaffte es nur knapp.

In der letzten Sekunde, als die Luft ihn schon ins Nichts reißen wollte, faßte seine Hand eine zackige Metallkante. Sein Körper wurde nach außen gesaugt, und die scharfe Kante hätte ihm die Hand in Stücke schneiden und seine Finger abtrennen können. Er fühlte schon, wie sie sich in sein Fleisch grub, und er grunzte und zog sich näher heran, und er bekam einen schwarzen Stiefel hinüber und konnte sich so in das beschädigte Rundteil der Schnauze wuchten.

Als das Interstellare Raketen-Konsortium an seinem Körper herumgebastelt und einige der ihm von Rechts wegen gehörenden Atome und Moleküle gegen lebende Kristallmetalle ausgetauscht hatte, da hatte es ihm wenigstens einen Körper verschafft, dem er Dinge zumuten konnte, die einem normalen menschlichen Wesen unmöglich waren. Er tauchte im freien Fall hinunter in die Schanuze und stieß gegen ein verbeultes Schott.

Wenn er falsch kalkuliert hatte, war er tot. Aber er gab nicht auf. Er hatte nicht einmal aufgegeben, als man ihn in einer Sauerstoff-Flasche auf den Weg zu den Sternen geschickt hatte.

Ein Mann lag zusammengesunken vor dem Schott, plattgedrückt von dem Luftstrom, unfähig, sich zu bewegen.

Hook blickte zuerst zu den Anzeigen über der Schleuse hoch, die in das Schiff hineinführte.

Sie flackerten bernsteinfarben. Das bedeutete, daß sie bei Eintritt der Katastrophe gerade hatten überspringen wollen und jetzt auf einen Überbrückungsbefehl warteten.

Hook war ganz in der Stimmung, Befehle zu geben – Befehle, die seine Haut retteten.

In diesem kleinen, zertrümmerten Raum waren vier andere Personen gefangen und wurden gegen die Metallwände gedrückt. Aber sie waren tot, und deshalb brauchte Hook sich mit ihnen nicht weiter zu befassen. Eine von ihnen war ein wunderschönes Mädchen gewesen, gekleidet in ein Gaze-Gewand und eine Unmenge von Juwelen, mit flammenfarbenem Haar, das von Edelsteinen blitzte. Jetzt lag sie da mit zerschmettertem Kopf, und das herrliche Haar war mit Blut und Gehirn verklebt und flatterte im

Wind. Neben ihr lag die Leiche eines älteren Mannes, der immer noch ihre Taille umfaßt hielt. Sein stämmiger Körper und sein Gesicht, das noch im Tod von beherrschender Macht sprach, verrieten, daß er ein Krif-Mann gewesen war. Die Krif-Männer waren zähle, rauhe Burschen, aber dieser hier war ebenso tot wie der Dandy, der neben ihm lag, das Gesicht leer und nur noch mit der Hälfte des Kopfes.

Nur der eine junge Mann war noch am Leben. Seine Augen blickten Hook flehend an. Er versuchte zu sprechen, und die Luft riß ihm die Worte vom Mund. Seine blauen Augen rollten in Richtung der Schleuse mit den flackernden gelben Lichtern.

Hook erriet, daß der junge Mann ihm mitzuteilen versuchte, die Tür klemme.

Hook konnte einer verklemmten Tür nicht erlauben, ihn am Eindringen in das Sternenschiff zu hindern. In dem Schiff war Luft. Hier draußen war nur noch sehr wenig, und in einer oder zwei Sekunden, wenn sich in der Sternenstadt die Notschotts schlossen und die Wunde versiegelten, würde es gar keine mehr geben.

Die Schleuse erbebte unter einer Reihe von Schlägen, die von der anderen Seite geführt wurden. Irgendwer da drinnen versuchte, die Türen mit Gewalt zu schließen.

Man konnte den Leuten keinen Vorwurf machen. Sie wollten verhindern, daß noch mehr Luft entwich, ebenso wie die Sternenstadt es tat.

Hook sah sich die Außentür an. Es war ein ganz normales Modell. Seine Finger griffen wie die Klauen eines Habichts um die metallene Kante. Er zog. Er benutzte die Kraft, die Stärke, einiges von der unglaublichen Energie, die das IRK-Projekt ihm gegeben hatte. Er hatte als junger Mann nicht darum gebeten, zum Projektmann gemacht zu werden. Er war einfach ausgewählt worden und hatte sich melden müssen, und sie hatten mit seinem Körper herumgespielt und herausgefunden, was sie wissen mußten, und dann hatten sie ihn beiseite geworfen und sich darangemacht, die richtigen Projektmänner zu schaffen. Die

Erschaffer waren längst von der galaktischen Szene verschwunden, denn die Projektmänner hatten das IRK übernommen. Aber ihre Werke waren geblieben.

Ryder Hook, der kein hundertprozentiger Projektmann war, der nichts als ein normaler Mann mit einem ungewöhnlichen Körper und Verstand war, schloß die Finger um die verklemmte Schleuse – und zog.

Das Metall gab kreischend nach.

Er bog die Tür so weit zurück, daß er hindurchschlüpfen konnte. Als er zur Hälfte drinnen war, erinnerte er sich an den jungen Mann, der gegen das verbeulte Schott gequetscht wurde. Wenn der Junge in dem Sturm, der an seinem Mund vorbeiraste, hätte schreien können, dann hätte er geschrien. Wie die Dinge lagen, konnte er nur schlucken und verzweifelte Anstrengungen machen, um genug Luft in seine Lungen zu bekommen, um am Leben zu bleiben.

Hook beschimpfte sich selbst als sentimentalen Dummkopf. In dem Augenblick, als er sich umdrehte, ließ der Wind nach.

Aus einem rasenden Sturm verwandelte er sich in ein Winseln und dann in eine unheimliche, kalte Stille.

Hook saugte sich die Lungen mit der letzten Luft voll, bückte sich nach dem Jungen, packte ihn um die Mitte und hob ihn hoch. Er wand sich durch die Lücke zwischen Schott und Querbalken wie ein Wiesel. Er warf den Jungen auf das Deck, fuhr herum, legte Schulter und Hände gegen die Tür – und schob.

Seine Füße rutschten, fanden Halt auf dem geriffelten Fußboden. Jetzt war praktisch überhaupt keine Luft mehr da. Kälte stürzte herab. Er schob und schob, und das Metall gab nach, und dann prallte es geräuschlos zurück. Hook gab dem Schott einen letzten Schubs. Ohne Pause sprang er auf die Innentür zu, packte das von Hand zu bedienende Rad und drehte es so schnell, daß die Speichen nicht mehr einzeln zu erkennen waren.

Luft strömte herein.

Der Reif schmolz von den Wänden. Das qualvolle Stechen in Hooks Augen und Nase verschwand. Er steckte den Kopf in den warmen Strom und spürte, wie die saubere, süße Luft sich in seine Lungen ergoß!

Dann schob er den Jungen in den Luftstrom.

Als die Schleuse gefüllt war und Hook die Innentür öffnen konnte, babbelte der Junge schon etwas darüber, wie dankbar er sei und wie schrecklich das alles sei, bis Hook es nicht mehr hören konnte und ihm am liebsten ins Gesicht geschlagen hätte, um ihn zum Schweigen zu bringen. Der Junge, der, wie er sagte, Bolan Cater hieß, war in dem Irrtum befangen, Hook habe sein eigenes Leben riskiert, um ihn vom Tod zu erretten. Hook wußte, daß »Bolan« irgendein Titel war. Aber für Ryder Hook waren Lords und Ladys in einer Galaxis, die keinen Pfifferling um sie und ihre Sorte gab, immer eine Art abgestandener Witz gewesen. Ohne Luft erstickte ein Bolan auf ebenso scheußliche Weise wie ein Sklave.

Hook schob die Innentür der Schleuse auf.

Dahinter stand ein halbes Dutzend Uniformierter von der Crew des Sternenschiffes. Sie hielten Schraubenschlüssel und elektronische Sonden in der Hand, und es war klar, daß sie versucht hatten, die Schleuse dichtzumachen. Immer noch pffif Luft vorbei. Sie entwich durch die Risse und entlang der verbeulten Kanten der Außentür. Die Crew sah gar nicht erfreut aus.

»Zum Teufel, wie sind Sie hereingekommen?« fragte der Befehlshaber. Nach den Insignien auf seiner weißen Uniform zu schließen, war er der Zweite Offizier.

»Sie haben versucht, mich auszuschließen«, antwortete Hook in seiner schroffen Art.

»Wir müssen die Schleusentüren dichten ...« Der Zweite Offizier wußte nicht, was er davon halten sollte. Er bemühte sich hier, nach einer schrecklichen Katastrophe seine Pflicht zu tun, und seltsame und häßliche und große Grobiane brachen durch die Schleuse ins Schiff ein, die er soeben schließen wollte!

»Sie haben mich ausgeschlossen«, sagte Hook. »Und Sie haben Bolan Cater ausgeschlossen ...«

Bei diesem Namen schrie eine Frau auf. Links und rechts von ihr wichen die Besatzungsmitglieder zurück, und sie rannte vor und riß Cater in ihre Arme. Sie trug einen leichten Raumanzug mit zurückgeklapptem Helm, ganz auf den Notfall vorbereitet. Jetzt drückte sie Cater an sich und erstickte ihn mit Küssen.

»Bunji! Oh, Bunji! Ich dachte, du seist tot! Oh, mein Liebling, mein Junge! Du bist zurückgekommen ...«

»Mutter! Laß mich los!«

Bolan Cater war noch so jung, daß ihm die öffentliche Zurschaustellung von Zärtlichkeit peinlich war. Noch ein paar Jahre mehr in der feindseligen Galaxis, und er würde für jede Zärtlichkeit, die ihm zufiel, dankbar sein.

Die Frau hielt den jungen Bunji Cater fest und blickte zu Hook auf. Sie sah gut aus. Nicht schön, aber ihr Gesicht wirkte durch die feste Linie des Kinns und die klaren Augen. Ihr Haar war zurückgekämmt und zu einem festen Knoten verschlungen, damit sie jederzeit den Helm des Raumanzugs hochklappen konnte. Sie sah wie eine Frau aus, die gewöhnt ist, ihren eigenen Willen durchzusetzen. Doch sie war lebendig und warmblütig, und Hook hatte den Eindruck, daß ihre Reaktion auf die wunderbare Rettung ihres Sohns alles andere als Theater war.

»Du und Dondar und die anderen – da draußen in der Bugspitze – ihr wart tot! Die Offiziere haben es mir gesagt. Nach dem Unfall konnte niemand da draußen mehr am Leben sein!« Sie warf dem Zweiten Offizier einen wilden Blick zu. »Sie haben es gesagt! Keine Luft – keine Luft ...«

Der zweite Offizier wußte nicht, was er antworten sollte.

Hook fiel ein: »Es war Luft da. Jetzt gibt es dort keine mehr. Und falls dieser Blödmann die Schleuse nicht ordentlich abdichtet, wird es bald auch keine Luft mehr im Schiff geben.«

Der Zweite Offizier bedachte Hook mit einem Blick voll giftender Feindseligkeit, und Hook zahlte ihm in gleicher Münze zurück.

Dann wandte er sich ab. Es war kindisch, sagte er zu sich selbst, einen armen kleinen Sternenschiff-Offizier, der zweifellos jetzt schon wegen der Ungeheuerlichkeit dessen, was er getan hatte, in seinen Raumanzugstiefeln zitterte, durch bösartiges Fixieren aus der Fassung zu bringen. Natürlich erfaßte Hook die Situation sofort. Ein Bolan war dem Tod überantwortet worden, und seine Mutter hatte gebettelt und gefleht, und man hatte ihr gesagt, es gebe keine Hoffnung. Und dann hatte irgendein Bastard die Schleusentüren mit Gewalt geöffnet und den Jungen heil und ganz hereingebracht, und jetzt standen die Offiziere des Sternenschiffs mit ihrer wohlbegründeten Ansicht als ein Haufen von Gonils da.

Kein Wunder, daß man Hook anstarrte! Und ebenso wenig war es ein Wunder, daß Terifia, Caters Mutter, großes Interesse für Hook zeigte, sobald sie es fertiggebracht hatte, sich von ihrem Sohn loszureißen. Sie hielt Hooks Arm fest und bestand darauf, er müsse mit ihr und Bunji Cater in die Staatsgemächer gehen, bis die Schweinerei in der Nase des Top-Stars aufgeräumt war und sie nach Stellopolis gehen konnten.

Wenn Hook ein Mann gewesen wäre, der zum Grinsen neigte, hätte er jetzt gegrinst. Aber da er immerhin ein Mensch war, lachte er ein wenig.

Die Reisenden auf interstellaren Schiffen erwarteten ein bestimmtes Minimum an Bequemlichkeit in den Fahrzeugen, denen sie sich anvertrauten. Hier in der *Asshendahl* war die Bequemlichkeit schon sybaritischer Luxus zu nennen. Von all den Erfindungen, die die Realzeit bei einem interstellaren Flug so angenehm wie möglich machen, beeindruckte Hook in der *Asshendahl* am meisten die geschickte Anwendung des Vin-Reenurm-Verfahrens zur Steigerung von Sinneseindrücken. Die Verdrahtung in der Kabinen-Suite der Dame Terifia mußte ein Vermögen gekostet haben. Die Kontrollen für verschiedene Sinneseindrücke waren diskret verborgen, und sie wechselten auf bestimmte Augenbewegungen hin. Der allgemeine Eindruck verband Effekte mit gutem Geschmack.

»O ja, Taynor Hook«, sagte die Dame Terifia, indem sie Hook voller Anmut aufforderte einzutreten und den Service-Robotern zunickte, die sofort zu ihrer Bedienung herbeeilten, »ich verlange im Leben immer das Absolute. Absolute Bequemlichkeit. Absolute Loyalität. Absolute ...«

Sie hielt inne, und ihr Sohn fragte: »Was, Mutter? Liebe?«

»Oh, Bunji! Du hast mich für einen Tag schon genug Nerven gekostet. Nur noch eine Woche, und dann bist du volljährig. »Aus der Art, wie sie sprach, konnte Hook schließen, daß sie eine terrestrische Woche meinte. Stellopolis richtete sich nach einem Kalender, in dem eine Woche Stadtzeit etwa acht terrestrischen Tagen entsprach. »Danach kannst du so unhöflich zu mir sein, wie du willst. Aber ...«, und hier wurde die Stimme der Dame Terifia ein wenig schärfer, »... bis dahin, mein lieber Bunji, achtest du auf deine Manieren.«

Bunji Cater machte den Eindruck, daß er sein schreckliches Erlebnis schnell überwunden hatte, und Hook dachte, er müsse ein Gutteil der Kraft und der starken Persönlichkeit seiner Mutter geerbt haben. Auch sein Vater mußte interessant gewesen sein ...

Die Roboter waren eifrig am Werk. Die Dame Terifia ließ sich in einen Sessel sinken, und ihre Gewänder drapierten sich in vollendetem Faltenwurf um ihre Gestalt. Hook sah sie zum zweitenmal an. Sie sah immer noch gut aus. Sie ihrerseits war sich vollkommen bewußt, welches Bild sie bot. Gegen statische Luftkissen gelehnt, stützte sie sich nachlässig auf einen Ellbogen. Ihre Juwelen glitzerten im Licht. Der abgelegte leichte Raumanzug wurde von den Robotern geschickt entfernt und aufgeräumt. Es machte Hook Vergnügen, sie zu betrachten, und doch stellte er fest, daß ihre Beine zu dick für ihre Länge waren. Er fragte sich, warum sie nichts dagegen unternommen hatte. Im hundertundersten Jahrhundert war die kosmetische Chirurgie etwas so Alltägliches, daß es Erstaunen hervorrief, wenn jemand, der sie sich leisten konnte, sich ihrer nicht bediente.

Abgesehen von ihren Beinen, die Hook – der nun einmal ein ungehobelter galaktischer Abenteurer war – kurz und dick nennen würde, wenn er eine Beschreibung hätte geben müssen, war die Dame Terifia ein sehr gut proportioniertes Exemplar der weiblichen Abteilung des Homo sapiens. Sie verfügte über ein Lächeln, das sie auf verschiedenste Weise anwenden konnte. Sie konnte damit verzaubern und ihr Gegenüber zu Eis erstarren lassen, das sah Hook ganz deutlich. Er machte sich seine Gedanken über sie, aber in erster Linie war sie für ihn eine Frau, die ihm ein Obdach bot, während die Techniker sich daranmachten, die unterbrochene Kommunikation mit der Sternenstadt wiederherzustellen.

Wenn er mußte, konnte Hook ebenso gut höfliche Konversation machen wie sonst wer.

»Ich kann einfach nicht begreifen, Taynor Hook, wie Sie das geschafft haben. Wirklich, es ist mir unvorstellbar.«

»Ich erinnere mich jetzt selbst nicht mehr genau daran«, erwiderte Hook. Er war nicht gewillt, diese Frau einen einzigen Millimeter in eins seiner Geheimnisse eindringen zu lassen. Er ließ niemanden eindringen – nicht einmal Shaeel, der vielleicht der einzige wirkliche Freund war, den Hook in der Galaxis besaß. »Ich habe einfach die Schleuse geöffnet und Bunji durchgeholfen.«

»Ich hab's gesehen, Hook!« Bunji Cater ließ nicht ab von seiner Heldenverehrung, was Hook widerwärtig war. »Sie haben die Schleusentüren mit bloßen Händen geöffnet!«

»Wenn Sie es sagen ...«

Es gab Leute in der Galaxis, die sehr viel dafür gegeben hätten, wenn sie da hätten sitzen können, wo Hook gerade saß. Er saß bequem in den privaten Prunkgemächern einer großen Dame zusammen mit ihrem Sohn, dem Bolan, stand mit beiden auf bestem Fuß, trank und unterhielt sich und war offenbar in einer Position, die es ihm ermöglichte, eine sehr weitgehende Bitte zu stellen und erfüllt zu bekommen. Hier hätte jemand, dessen Geschäft in der Galaxis es war, Geschäfte abzuschließen, ein sehr gutes Geschäft machen können.

Der Raum und die gewaltigen Abgründe zwischen den Sternen konnten den Worten eines Mannes ebenso Größe verleihen wie auch seine Ohnmacht gegenüber dem großen Dunkel offenlegen. Manche Leute reagierten auf ähnliche, nicht rationale Weise, wenn sie mit anderen Leuten konfrontiert wurden, die sich durch einen Trick oder die Entwicklung oder ihre Habgier einen Titel, einen Rang oder eine Stellung erworben hatten, die sie in ihren eigenen Augen über die gewöhnliche Herde erhob. Ein Mann ließ sich gut danach beurteilen, wie er auf wahre oder eingebildete Große reagierte, sei er ein Homo sapiens oder nicht. Befangenheit, Überkompensation durch Grobheit, das erwartete Liebedienern – an allen diesen Dingen wurde ein Mann gemessen, ebenso wie er vor den Sternen an seinem Verhalten ihnen gegenüber gemessen wurde.

Ryder Hook war sehr höflich zu der Dame Terifia und ihrem Sohn Bunji, dem Bolan Cater. Jedes andere Verhalten wäre ihm fremd gewesen, solange sie ihm nicht deutlich zeigten, daß sie Höflichkeit nicht verdienten. Dann würde Hook, sollte es sich als notwendig erweisen, mit ihnen ebenso verfahren, wie er es mit Cher-charon getan hatte.

»Die Curl-Leute waren ganz außer sich«, erzählte Terifia. Sie sagte es, ohne Stolz oder auch nur das Wissen um ihre Position bewußt zur Schau zu stellen; derlei war für sie eine Selbstverständlichkeit. »Sie waren untröstlich, als wir dachten, der liebe Bunji sei – sei – das heißt, bevor Sie ihn retteten, Taynor Hook.«

»Ich nehme an, der Top-Star ist Ihretwegen eingesetzt worden?«

»Ja, natürlich. Ich reise immer mit einem Top-Star. Jede andere Art des Reisens ist so ermüdend.«

Du solltest mal auf die harte Art reisen, gefroren wie eine Rindfleischhälfte, sprach Hook im stillen die hohe Dame an. Aber er ließ sie weiterplaudern. Sie waren nach Stellopolis gekommen, um Bolan Caters Volljährigkeit zu feiern, denn Stellopolis war in diesem Sektor der Galaxis weit und breit als ein Ort der Raffinesse und des Luxus bekannt, und es war genau der Ort, wo man eine Party geben sollte, wenn man die Ausgaben nicht zu scheuen brauchte.

»Stellopolis mußte den eigenen Planeten verlassen, als die Sonne zur Nova wurde, und seitdem sind die Curl-Leute in der Galaxis umhergereist und haben ständig Neues gelernt. O ja«, sagte Terifia und winkte mit der Hand, »o ja, es gibt natürlich viele Sternenstädte, und einige von ihnen sind so groß wie Planeten. Aber uns wurde Stellopolis – die Curl-Leute nennen ihre Stadt Curl, wie Sie wissen werden – von jedem, auf den es in unserer Gesellschaft ankommt, empfohlen.« Aus heiterem Himmel sprang sie Hook mit der Feststellung an: »Wir bewegen uns in den besten Kreisen, Taynor Hook. Wir gehören zu F. I. F.«

Sie machte aus dieser Feststellung eine deutliche Frage.

Damit hatte sie ihm einen Ball zugeworfen, den er nicht auffangen konnte. Aber er wollte ihn auch gar nicht auffangen, er wollte ihn zurückschlagen. Gerade öffnete er den Mund zum Sprechen, als der Anmelder summte. Gleich darauf war die Stimme von Kapitän Lorton, dem Kommandanten des Top-Stars *Asshendahl* zu hören.

»Im Augenblick bin ich nicht in der Lage, mich als irgendeiner Wirtschaftsorganisation zugehörig zu erklären ...«, begann Hook. Der Kapitän unterbrach ihn:

»Darf ich hereinkommen, Madam, um Ihnen die Geschenke mit den Glückwünschen des Kapitäns zu bringen?«

Ein Roboter, der auf die Stimme des Kapitäns programmiert war, eilte zur Tür und öffnete sie, und Kapitän Lorton trat ein. Er trug mit eigenen Händen eine Flasche und einen Korb aus goldener Filigranarbeit. Indem er diese Dinge selbst trug, statt wie üblich einem Roboter die schmutzige Arbeit zu überlassen, demonstrierte er, daß er der Dame Terifia Ehre erweisen und versuchen wollte, die schreckliche Tragödie irgendwie wettzumachen.

Hook stellte mit einer Spur von Zynismus, den er von Zeit zu Zeit erfrischend fand, fest, daß dieser Kapitän Lorton um fünfzig Prozent zu verdammt fröhlich war.

Terifia stand nicht auf. Sie wandte den Kopf, und ein strahlendes Lächeln erhellte ihr Gesicht. Aber obwohl sie den Kapitän ansah, sagte sie zu Hook: »Keine Wirtschaftsorganisation, Taynor Hook? Sie setzen mich in Erstaunen!«

»Sie sehen hinreißend aus, Madam!« spulte Lorton seinen Public-Relations-Text weiter ab. Ein Mann von blühender Gesundheit, dessen gebräuntes Gesicht und sorgfältig gewelltes Haar den Eindruck eines Seebären hervorrufen sollten. Dieses Image war darauf berechnet, alte Damen zu berauschen, die Erster Klasse auf seinem Schiff reisten. Kapitän Lorton schritt auf Terifia zu. Er verbeugte sich, schoß Hook einen Blick zu, der diesen Unwürdigen wie eine Ladung Disgel auf der Stelle hätte auflösen sollen, und lächelte Bunji an. »Ich bin glücklich zu sehen, daß der Bolan unverletzt ist. Eine schreckliche Angelegenheit! Aber zum Glück ist ja jetzt alles vorbei und vergessen.« Er stellte die Flasche auf den Tisch neben Terifias Sessel und hielt ihr das goldene Filigrankörbchen hin. »Ein Andenken von Offizieren und Mannschaft der *Asshendahl*, Madam, in dankbarer Anerkennung dafür, daß Sie sich unserem Schiff anvertraut haben!«

Bunja Cater öffnete den Mund, und Hook dachte belustigt, der junge Mann werde sicher gleich außerordentlich unhöflich gegen den galanten Kapitän werden. Hook erinnerte sich daran, wie Lorton sich verhalten hatte, als das Sternenschiff aufgefordert wurde, zurückzuziehen – wie prompt er reagiert und was Hook seinerzeit dabei gedacht hatte. Jetzt sah er das andere Gesicht eines Top-Star-Kapitäns. Der kompetente Raumfahrer hatte sich in den liebenswürdigen PR-Mann verwandelt, dessen einziges Anliegen es war, seine Passagiere glücklich zu machen. Hook sah es nicht gern, wenn ein Mann sich auf diese Weise prostituierte. Er erhob sich und schnitt dadurch Bunjis Bemerkung ab.

»Entschuldigen Sie mich bitte«, sagte er. Er verbeugte sich nicht. Er wandte sich ab und ging auf die Tür zu.

»Taynor Hook!« rief Terifia ihm beinahe jammernd nach. »Ich hoffe, ich werde das Vergnügen Ihrer Gesellschaft in der Sternenstadt haben.« Hook hatte bereits das fotoelektrische Auge im Fußboden passiert. Die Tür öffnete sich geräuschlos. »Bis dann …«

Er war gegangen, bevor die Dame Terifia Gelegenheit gefunden hatte, noch etwas zu sagen, und lange bevor ihr Sohn Bunji, der Bolan Cater, Zeit gehabt hatte, von neuem Luft zu holen – und ganz bestimmt lange bevor Kapitän Lorton damit fertig geworden war, alle seine Entschuldigungen und innigsten Hoffnungen und besten Wünsche etc. pp. abzuladen.

Hook war sich dunkel bewußt, daß er sich wünschte, Terifia möge den guten Kapitän trösten, und gleichzeitig, der Kapitän möge möglichst nahe an das Ziel herankommen, einer Frau, die von ihrer beinahe göttlichen Allmacht überzeugt war, zum Schweigen zu bringen.

Diese beiden nicht miteinander vereinbaren Wünsche quälten ihn, als er sich aufmachte, einen Rückweg nach Stellopolis zu suchen, der Sternenstadt, die die Curl-Leute Curl nannten.

Er wollte das Geld in seinen Besitz bringen, das die Curl-Leute ihm schuldeten. Und zwar schnell.

IV

Andrews eilte ihm entgegen, lächelte, schüttelte ihm die Hand und erklärte: »Ja, Taynor Hook, ich freue mich sehr, Ihnen versichern zu können, daß ihr Kutter zwar beschädigt, aber nicht zerstört worden ist, und die Mikroaufzeichnungen sind alle in Sicherheit.«

»Das höre ich gern.«

Die sanfte gelbe Sonne schien durch eine transparente Kuppel mit vierfacher Wand. Der grüne Rasen erstreckte sich vom Mittelpunkt aus in sauberen Abschnitten. Im Mittelpunkt erhob sich ein Podest, auf dem Roboter so taten, als seien sie Musiker. Die tausend Jahre alten Melodien, die sie abspielten, erfüllten den Park mit süßen Klängen. Leute gingen hier und da zwischen den Rasenflächen und Blumenbeeten spazieren. Andrews hohe Stellung in der Sternenstadt war nur daran zu erkennen, daß er eine goldene Kette um den Hals trug und daß zwei Männer in schwarzen Uniformen, die Hände auf den Kolben ihrer Waffen, ihm überallhin folgten. Dieser bedeutende Funktionär konnte sich gar nicht lassen vor Freude, daß sie soviel Glück gehabt hatten.

»Unsere Aufzeichnungen zeigen, daß das ihnen zustehende Metallgeld ausgezahlt wurde ...«

»Ich habe es nie erhalten.«

»Das ist unter den Umständen nicht verwunderlich. Übrigens bin ich glücklich, Ihnen mitteilen zu können, daß Taynor Inlander am Leben ist. Er wurde schwer verletzt und liegt augenblicklich auf der Intensivstation, aber in wenigen Tagen wird er schon wieder gesund und munter sein.«

»Das ist eine gute Neuigkeit.«

»Ja, das kann man wohl sagen.«

»Ich habe das Metallgeld nicht erhalten. Als es ausgeworfen wurde, explodierte das ganze Gebiet.«

Andrews runzelte die Stirn. Er war ein großer, fülliger Mann mit einer Masse schwarzen Haares und einer Nase, die nur die Chirurgie in Form hielt. Sein Mittelstück wölbte sich vor. »Ich kann dieserhalb gar nichts tun, Taynor Hook. Nach unseren Unterlagen sind Sie voll bezahlt worden.«

Hook fühlte sich müde. Ganz plötzlich fühlte er sich sogar erschöpft. Er würde um das dreckige Geld, das sie ihm schuldeten, kämpfen müssen, wie er in dieser verdammten Galaxis immer kämpfen mußte.

»Das Metallgeld hat mich nicht erreicht, und daher haben Sie Ihren Vertrag nicht erfüllt.«

Der fröhlich lächelnde Andrews dachte gar nicht daran, in einer entschuldigenden, diplomatischen Geste die Hände zu spreizen. Das hatte er nicht nötig. Was er gesagt hatte, galt. Hook hatte nur deshalb um eine Unterredung mit ihm gebeten, weil er in der schwächeren Position war. Er war ein Mann ohne Kreditkarte und folglich ein Niemand, und folglich hatte Andrews es nicht nötig, für ihn einen Finger krummzumachen.

Trotzdem behielt Andrews diese kühle Höflichkeit aufrecht, die eine dünne Tünche über der Fähigkeit zur Gewalt war, die jeder Mann in seiner Position besitzt. Andrews hatte den Befehl über diesen ganzen Abschnitt der Stadt – ob man nun Wahlbezirk, Viertel oder Gemeinde dazu sagte –, und er kannte seine Macht.

»Es war nett, Sie kennenzulernen, Taynor Hook. Wir in Stellopolis sind Ihnen dankbar für die Mikroaufnahmen, die Sie uns verkauft haben. Ich wünsche Ihnen einen guten Tag.«

Langsam schritt Andrews in den warmen, freundlichen Sonnenschein davon, die beiden Gorillas, schwarz und unheildrohend, hinter sich.

Ryder Hook sah ihm nach und fragte sich, warum er dem Kerl nicht einfach eins auf den Kopf gegeben hatte.

Der Grund war einfach. Wenn er sich zu einer Dummheit hinreißen ließ, würde er sehr schnell tot sein, und Hook wollte die ihm zustehende Bezahlung und keine Ladung aus einer Energiewaffe.

Man würde seinen Kutter reparieren. Das wenigstens würde man tun. Es entsprach dem interstellaren Kodex. Gesetze waren eine vertrackte Sache; es gab keine romantische Interstellare Polizei, die zwischen den Sternen umherflitzte und nach dem Rechten sah und an die man sich mit seinen Sorgen wenden konnte. Nach Hooks Meinung war es auch ganz unmöglich, eine solche galaktische Polizeitruppe aufzustellen. Wer sollte sie bezahlen? Sie organisieren? Unter wessen Autorität würde sie operieren? Würde nicht jedes Sonnensystem oder Multisystem-Konglomerat ein Mitspracherecht fordern? Und was den Gedanken betraf, die Wachhunde sich selbst kommandieren zu lassen, so war das eine ebenso dumme und letzten Endes selbstmörderische Vorstellung wie der Unsinn von einem galaktischen Imperium.

Hätte Hook zu einer Wirtschaftsorganisation oder einer Innung gehörte, dann hätte er sich auf der Stelle mit ihr in

Verbindung gesetzt, und schon sehr bald danach hätte seine eigene Organisation angefangen, auf die Curl-Leute von Stellopolis Druck auszuüben. Aber die Curl-Leute wußten, daß er keine Kreditkarte hatte. Sie wußten, daß er ein Einzelgänger war. Sie wußten – und zogen ihren Vorteil aus der Tatsache –, daß er niemanden hatte, der ihm helfen würde. Man konnte ihn ohne Konsequenzen herumschubsen. Wenn Hook zu einer Wirtschaftsorganisation gehört hätte, dann hätte sie mehr für ihn tun können als jede imaginäre interstellare Polizei.

Aber Ryder Hook würde trotzdem ein Einzelgänger in der Galaxis bleiben.

Langsam wurde er wütend.

Das war dumm von ihm, aber er fühlte diesen ziehenden Schmerz, und sein Kopf tat ihm weh, als werde sein Gehirn gebraten. Alle diese wunderbaren organischen Implantationen in seinem Schädel hatten nichts damit zu tun, und er hatte sie seit geraumer Zeit nicht mehr aktiviert. Irgendwo hier in der Gegend würde ein Kommunikationsnetz in Betrieb sein, das den Agenten des einen oder anderen Geheimdienstes zur Verfügung stand. Hook wollte diese Sache auf eigene Weise erledigen. Er wurde von Minute zu Minute wütender. Dieser verdammte Haufen von Sternenstadt-Sybariten! Diese Arschlöcher! Er wollte den Gonils zeigen, daß sie Ryder Hook nicht herumschubsen und sich dessen auch noch rühmen konnten!

Nein, bei Gott! Er würde etwas Drastisches tun, und zwar je früher, desto besser.

Sobald er diesen Entschluß gefaßt hatte, verschwand Hooks Zorn auf Andrews persönlich. Der Mann tat nur seinen Job, den er für wichtig hielt, und aus seinen Aufzeichnungen ging hervor, daß das Metallgeld ausgezahlt worden war. Daß es danach in den Weltraum gerast war, ging ihn nichts an. Man konnte den Mann nicht dafür verantwortlich machen. Aber Hook war sehr danach zumute, die Stadt dafür verantwortlich zu machen. Er wollte sein Geld haben. Es war noch nicht festgestellt worden, wer die Schuld an der Kollision trug, und vielleicht würde die ganze Sache auch vertuscht werden. Für Hook war nur interessant, daß man ihm Geld schuldete.

Die Einwohner, die sich Curl-Leute nannten und von einem jetzt zerstörten Planeten namens Curl stammten, hatten ihrer zwischen den Sternen wandernden Stadt ebenfalls den Namen Curl gegeben. Sie hätten einem leid tun können, weil ihre Heimatsonne zur Nova geworden war und sie sie hatten verlassen müssen. Doch das war vielen Rassen in der Galaxis passiert.

Sie hatten das Beste daraus gemacht, ihre Stadt mit einer Anzahl Standard-Überlichtantriebe ausgestattet und abgehoben.

Warum sie sich entschlossen hatten, in eine Umlaufbahn um diesen Planeten Voyden, den zweiten Planeten der Sonne Purlon Major, zu gehen, wußte vielleicht niemand. Sie waren seit zweihundert Jahren terrestrischer Zeit hier. Stellopolis erstreckte sich, wie Hook bereits festgestellt hatte, in jeder Richtung über mehrere Kilometer und wirbelte als ein großer Klumpen von Gebäuden durch den Raum. Verkehrsadern verbanden die Abschnitte, entweder röhrenförmige Luftwege oder röhrenförmige Straßen, und von jedem Stadtviertel liefen zu den anderen Brücken und flexible, schlauchähnliche Verbindungen. Während die Stadt um den Planeten kreiste, bewegten sich die Teile der Stadt immerfort gegeneinander. Aber das machte niemandem Kopfschmerzen, denn ein leichter Druck auf einen Überlichtantrieb konnte sofort alles wieder hübsch ins Gleichgewicht bringen.

In vielen Abschnitten lebte man bequem mit der in Raumschiffen aufrechterhaltenen Standard-Schwerkraft von einem achtel der irdischen, was Oben und Unten eindeutig festlegte. Andere Abschnitte existierten im freien Fall, und zweifellos fanden dort von Zeit zu Zeit tolle Feten statt. Doch dann gab es wieder Abschnitte, wo die Schwerkraft, bezogen auf die der Erde, Eins Komma Eins betrug. Hook konnte sich denken, daß dies der Wert war, den die Curl-Leute auf ihrem Heimatplaneten gewöhnt gewesen waren. Jeder Mensch wollte ab und zu urtümliche Schwerkraft an seinem Knochen und Muskeln spüren; es beugte auch der Atrophie vor.

Für einen Mann wie Hook – und die einzigen Männer, von denen er wußte, daß sie wie er waren, waren Novamänner –, dessen Körper so verändert worden waren, daß er mit Leichtigkeit ebenso bei neun g wie bei einem g arbeiten konnte, waren Schwerkraftwechsel ohne jede Bedeutung. Er verließ den Park. Einmal mußte er einer Bande von Verkehrsrowdys ausweichen, die mit ihren Elektrowagen eine zweispurige Röhre heruntergerast kamen. Er sah ihnen nach, als sie in weitem Bogen in die Luft und auf eine Schnellstraße zuflogen, die ihre bisherige Bahn im rechten Winkel kreuzte. Dort verursachten sie ein Verkehrschaos, und Hook empfand eine grimmige Freude darüber, daß sie ihm einen weiteren Grund zum Haß lieferten. Hook verstand es sehr gut, zu hassen, aber er wußte noch, zu welchen Torheiten der Haß verleitet und daß es sich besser auszahlen kann, nicht zu hassen. Hook haßte diese Curl-Leute von Stellopolis nicht; er wollte von ihnen nichts weiter, als daß sie ihm das Geld gaben, das sie ihm schuldeten.

Und wenn sie nicht freiwillig zahlten, dann würden sie eben unfreiwillig zahlen.

Rings um ihn summte die Stadt vor Betriebsamkeit. Die Einwohner hatten eine Menge zu tun. Sie hielten die Stadt in gutem Zustand, sie organisierten Hilfsmittel, sie schickten Schiffe nach Rohmaterial auf die planetare Oberfläche von Voyden, und sie schossen ihren Abfall dorthin zurück. Die Leute hier verwandten viel Zeit darauf, Luxus und Vergnügen zu suchen und zu finden, was ihr Hauptanliegen war. Es gab viele Planeten und Sternenstädte in der Galaxis, deren Hauptanliegen es war, Vergnügen zu finden. Als Hedonisten der Galaxis erfüllten sie eine wichtige Aufgabe. Das wußte Hook. Für ihn, der sich entschlossen auf den Weg machte, das ihm zustehende Geld zu holen, würden sie nichts als Verachtung haben. Na gut. Sollten sie ihn ruhig verachten.

Eine Bank?

Einer der Tentakel geschäftlicher Macht, die die vielen hier vertretenen Wirtschaftsorganisationen ausstreckten?

Kein schlechter Gedanke.

Er hatte nicht die Absicht, sein Glück zu strapazieren und es bei einer Stelle zu versuchen, wo es Wachposten und Strahlungsfelder und homotropische Spürgeräte und ein vielfältiges Arsenal von Verteidigungsmechanismen gab, mit denen sich jede Wirtschaftsorganisation vor allen anderen schützte.

F. I. F. war hier sehr gut vertreten. Ebenso Interstell Imp und Sieur Stel und ein Dutzend andere. Es gab keine Agentur des Interstellaren Raketen-Konsortiums auf Stellopolis, und Hook fühlte sich durch diese Tatsache betrogen. Das IRK wurde von den Projektmännern beherrscht, und wenn sie hier eine Agentur gehabt hätten, dann war es beinahe sicher, daß sich auch ein Novamann hier befand und dann wäre Hook seine Aufgabe unermeßlich erleichtert worden.

Zu schade ...

Völlig abgebrannt, wie er war, brauchte er irgendeine Hilfe.

Schließlich wählte er die Agentur der GCC, denn er hatte den Verdacht, daß die Projektmänner dabei waren, diese besondere Wirtschaftsorganisation zu infiltrieren. Und selbst eine so geringfügige Sache wie der Einbruch, den er plante, mochte sie in ihren Plänen stören, und sei es nur für einen Herzschlag der galaktischen Zeit.

Ruhig und unauffällig ging er am Haupteingang vorbei.

Sogar in einer Sternenstadt schützten die Wirtschaftsorganisationen sich und wachten eifersüchtig über ihre Rechte. Das Dach starrte von Waffen, die zum Einsatz unter seiner Kuppel geeignet waren. Zweifellos würden die Bosse der Stadt keine Waffen zulassen, die Löcher in die Abschirmung reißen konnten. Die Vordertür stellte für jeden, der den Prüfgeräten keine GCC-Kreditkarte vorweisen konnte, ein unüberwindliches Hindernis dar.

Das Gebäude schob sich in einer hundert Meter hohen glatten Wand über die höchste Stelle des Straßenniveaus. Unterhalb dieses Niveaus befanden sich, wie Hook feststellte, sechs weitere Ebenen, von denen ein Spinnennetz aus Röhrenwegen ausging. Auch da unten würden die Wände bestimmt glatt sein. Nur oberhalb jener Hundert-Meter-Grenze waren Fenster in die metallene Fassade eingelassen. Auf den ersten fünfhundert Metern waren es noch wenige, doch je weiter es hinaufging, desto zahlreicher wurden sie. Von dem waffenstarrenden Dach erhob sich ein sicher tausend Meter dicker Turm bis zur Stadtkuppel. Jenseits des Doms, nur undeutlich als dunkler Schatten zu erkennen, stach eine Spitze in den Raum. Also hatte die Agentur ihre eigenen Dockanlagen. Das war zu erwarten gewesen. GCC war heutzutage in der Galaxis gut im Geschäft.

Hook sah sich alles ganz genau an und wartete, bis die Sternenstadt auf ihrer Umlaufbahn unter den Kreisbogen des Planeten gesunken war. Für ein paar Stunden würde jetzt eine Art von Zwielicht herrschen, da der Planet die Sonne verdeckte. Überall in diesem Abschnitt von Stellopolis blitzten Lichter auf. Dies reihenweise, prächtige Funkeln mußte vom Raum aus einen feenhaften Anblick bieten. Hook, der verlangend nach oben blickte, sah in ihnen nur eine fatale Helligkeit, die ihm gegen die Gorillas von GCC kaum eine Chance gab.

Wenn alles gut ging, mußten die Bosse von Stellopolis GCC den Schaden ersetzen. Diese Männer, die an der Spitze einer Sternenstadt standen, hatten die Macht, sehr unangenehm gegen Agenturen zu werden, die sich nicht nach ihren Wünschen richteten. Umgekehrt brauchte die Agentur einer großen Wirtschaftsorganisation nur ein Wort fallenzulassen, und eine Sternenstadt, die der Wirtschaftsorganisation nicht die ihr gebührende Ehre erwiesen hatte, sank zur Bedeutungslosigkeit hinab.

Mit Schecks und Bankkonten wurde die Galaxis regiert, nicht mit Raumschiff-Armadas.

Natürlich kam es vor, daß eine Zivilisation, die noch neu in der Galaxis war, sich einbildete, sie könne eine Eroberungsflotte aussenden und ein Imperium gründen ... Diesen Leuten wurde zwar schnell klargemacht, daß sie einen

Fehler begangen hatten, aber eine Zeit lang war das Leben in ihrer Nachbarschaft außerordentlich unerfreulich.

Das letzte bißchen Metallgeld, daß Hook noch besaß, gab er für eine gute Mahlzeit in einem Restaurant aus, das weit weg von der GCC-Agentur lag. Roboter verkauften ein leckeres Gericht aus Röstfleisch vom Kich, serviert in einer Weinsoße mit zarten Bambussprossen, die nicht aus China von der Erde stammten. Hook erlaubte sich hier ein wenig Luxus, denn er dachte sich, die Sternenstadt werde ihm die Auslagen ja ersetzen. Er trank Tee – Kaffee verabscheute er – und wechselte ein paar Worte mit dem Paar in der nächsten Nische.

»Werden Sie das Stelldrom besuchen, Taynor?«

»Können Sie es mir empfehlen?« Hook wollte nicht zugeben, daß er nicht wußte, was gespielt wurde.

Das Mädchen lachte. Die transparente Bluse mit dem tiefen Ausschnitt gereichte ihr durchaus zum Vorteil. »O ja! Eine Truppe von Automaten, die keinen Versuch machen, menschliche Wesen nachzuäffen. Sie sind zu drollig! Wir haben schon die ganze Woche vor, sie uns anzusehen.«

»Vielleicht tue ich es auch. Ich wünsche Ihnen viel Vergnügen bei der Show.«

»Daran wird es nicht fehlen, Taynor, ganz bestimmt nicht.«

Hook bezahlte mit seinem Metallgeld, was ihm ein verwirrtes Stirnrunzeln seitens der beiden jungen Leute eintrug, die einfach ihre Kreditkarten aufblitzen ließen. Hook zwang sich zu einem Lachen und versuchte, einen vergnügten Müßiggänger zu mimen. Diesen Typ, der immer auf der Suche nach neuen Belustigungen war, gab es in Stellopolis massenhaft. »Eine Wette, Freunde. Kann ein Mann eine ganze Woche durchkommen, ohne seine Kreditkarte zu benutzen?«

Sie lachten. Das war eine Art von Wette, die sie verstanden.

»Sie werden es nie durchhalten«, meinte der Mann.

»Aber wir wünschen Ihnen viel Glück«, fiel das Mädchen ein.

Ganz offensichtlich hielten sie ihn für einen Dummkopf, daß er sich zu einer so schwierigen Sache verpflichtet hatte.

Schon während der Mahlzeit und dann später, als er von neuem durch die Stadt schlenderte und auf den Eintritt der Dunkelheit wartete, aktivierte Hook ganz vorsichtig die in seinen Schädel implantierten Synapsen.

Er lauschte hinaus in die Galaxis.

Als er noch Angehöriger der Armee der Erde gewesen war, hatte er einen bestimmten Befehl erhalten, und dann war er als Sergeant Jack Kinch der berüchtigste Attentäer der Galaxis geworden. Damals hatte er diese Stromkreise in seinem Kopf gebraucht, um am Leben zu bleiben, um sich die Informationen zu beschaffen, die er brauchte, um in Kontakt mit der Kontrolle zu treten. Er hatte diese Tätigkeit nicht lange ausgeübt, aber was er in dieser Zeit getan hatte, genügte vollauf. Selbst heute noch, viele Jahre später, gab es planetare Regierungen und Leiter von Wirtschaftsorganisationen, die von Kopf bis Fuß zu zittern begannen, wenn sie nur den Namen Jack Kinch hörten.

Heute war Ryder Hook nur noch Ryder Hook, Wanderer in der Galaxis. Er hatte Jack Kinch für immer beiseite gelegt. Aber wie eben jetzt öffnete er doch von Zeit zu Zeit die elektronischen Ohren, mit denen die Armee der Erde ihn versorgt hatte, und schaltete sich in das nächste Kommunikationsnetz ein.

Das »nächste« bedeutete in seinem Fall nicht das ihm räumlich nächstgelegene. Er war nicht imstande, den Funkverkehr der lokalen Polizei abzuhören. Die Apparaturen in seinem Schädel waren darauf abgestimmt, von einem so viele Parseks entfernten Zentrum aktiviert zu werden, daß ein normaler Überlicht-Sender es nicht mehr erreichen konnte. Hook lauschte angestrengt.

Er konnte durch einfache gedankliche Konzentration von einer Frequenz zur anderen wandern. Er hörte dies und jenes, erkannte aus den Gesprächen, daß es ein vollbesetzter Arbeitstag für die Jungens von der Spionage und von der Gegenspionage war, für die vielen verschiedenen Organisationen in der Galaxis, die an bestimmten Stellen

Agenten hielten, damit diese jederzeit etwas tun konnten, was sich für die Gegenpartei wahrscheinlich als tödlich erweisen würde.

Die Stimmen, die Hook vernahm, lieferten ihm eine Momentaufnahme von dem, was sich in der Galaxis zwischen verschiedenen schattenhaften Organisationen abspielte, die am Rand der zivilisierten Gesellschaft existierten. Agenten waren unterwegs, um Informationen zu sammeln, um Gerechtigkeit zu erzwingen, um zu spionieren und Spione abzuwehren, um andere zu beherrschen und zu kontrollieren. Alle diese Leute verdienten sich ihren Lebensunterhalt, ohne je ans Licht des Tages und der offiziellen Politik zu kommen. Sie bewohnten die Hälfte der Galaxis, und diese Hälfte hatte Jack Kinch kennen und verabscheuen gelernt.

Er konzentrierte sich auf ein Kontrollzentrum, das einen Agenten an Bord eines Sternenschiffes hatte, der einen wichtigen Passagier ermorden sollte, und danach auf ein anderes, das soeben einem Agenten Anweisungen gab, der sich einen Weg durch ein dunkles Arsenal auf einem ständig gefrorenen Mond suchte, um die dort hergestellten Geheimnisse des Lebens und Todes zu stehlen. Hook kannte viele der Kontrollen wieder. Absichtlich ging er nicht nahe an eine der Frequenzen heran, die die Armee der Erde benutzte. Die Armee hatte ihn mit diesen organischen Implantationen ausgestattet, und sie hatte damals die vielleicht beste Technik in der bekannten Galaxis gehabt. Er war so ausgerüstet worden, daß er andere Kommunikationsnetze abhören konnte, ohne daß diese es merkten. Er konnte sich an den zarten Fäden, die einen Agenten steuerten, entlangtasten und wie ein Geist an den Handlungen teilnehmen, die er ausführte.

Das war keine Telepathie. Natürlich kam es nahe an den Vorgang der Telepathie heran: Gehirnwellen wurden mit Hilfe organo-elektronischer Mittel verstärkt und Millionen von Kilometern zwischen den Sternen weiterbefördert.

Gespräche wurden über Lichtjahre hinweg geführt, Instruktionen von Parseks entfernten Kontrollen erteilt, aber Telepathie war es nicht. Es war eine wissenschaftliche Methode, die ein menschliches Gehirn so verändert hatte, daß es die Fähigkeit zu einer fast augenblicklichen Kommunikation mit einem anderen Gehirn in der Galaxis hatte.

Hook suchte nach einem Gespräch, das gerade zu Ende ging.

Als er es gefunden hatte und das geisterhafte Wispern in seinem Gehirn sagen hörte: »Das ist alles, Flo. Das Zeug ist mit Sternenboot an euch unterwegs. Grüße Charlie von mir«, da hatte er eine Organisation entdeckt, die er für seine Zwecke einspannen konnte. Flo, die Frau von der Kontrolle, antwortete: »Geht in Ordnung, Fram. Gut gemacht. Wir bleiben in Kontakt.«

Hook machte Gebrauch von seinen besonderen Fähigkeiten.

Nach Frams letzten Worten schaltete er sich ein und bat: »Flo? Überprüf das hier mal kurz für mich, ja?«

Er richtete seine Augen auf das GCC-Gebäude.

Flo antwortete: »Behalte es eine Minute im Blick – da – hab's schon.«

Auf Hooks Retina erschien eine Projektion des GCC-Gebäudes. Schicht für Schicht, wie die von Flo kontrollierten Instrumente Mauerwerk und Metall durchdrangen, konnte er das Gebäude inspizieren. Er mußte sich bei einer wirklich großen Organisation eingeschaltet haben. Prima. Er sah das GCC-Gebäude in der richtigen Perspektive, da die Bilder mit dem Kopf nach oben von seinem Blickwinkel aus auf seine Retina geworfen wurden. Sehr schnell hatte er Informationen über das Verteidigungssystem gesammelt.

Flo bemerkte: »Wenn du dort einbrichst, werden sie dich kreuzigen.«

Sie akzeptierte ihn als einen der Agenten ihrer eigenen Organisation, denn wer sonst hätte mit ihr über das geheime Nachrichtennetz sprechen können?

Hook sagte:

»Sektor Rot braucht Hilfe, Flo. Wenn du mich anreden mußt, nenne mich Rot.«

»Du steckst deinen Hals in die Schlinge.«

»Das ist mein Beruf.«

»Das Fenster auf dem – ach, ja, auf dem sechzigsten Stock. Der Check ergibt, daß die Alarmanlage nicht in Ordnung ist.«

Irgendwo auf einem Lichtjahre entfernten Planeten programmierte eine Kontroll-Assistentin ihren Computer, und der nicht-telepathische Gedankenstrahl raste über den Sender in Hooks Gehirn, wo er von seinen organo-elektronischen Implantationen empfangen, identifiziert und vom Gehirn an die Augen weitergeleitet wurde. Im Augenblick sah er einen leuchtenden orangefarbenen Kreis, der plötzlich im sechzigsten Stockwerk, ganz hoch oben unter der Kuppel, ein Fenster kennzeichnete.

»Dafür brauchst du deinen Antigrav-Pack, Rot.«

»Habe keinen.«

Flo mußte in der Kontrolle eine leitende Stellung haben, denn sie fragte, ohne zu zögern: »Was ist denn los bei euch da drüben im Sektor Rot? Habt ihr gar keine Initiative mehr? Organisiere dir einen Antigrav-Pack oder eine Ansaug-Vorrichtung ...«

»Unmöglich.«

»Du hast die Wahl, Soldat. Wir führen dich, wenn du einmal drinnen bist, aber reinkommen mußt du allein.«

Sechzig Stockwerke hoch war es möglich, durch ein Fenster einzudringen, dessen Alarmanlage nicht in Ordnung war. Hook legte den Kopf in den Nacken und blickte nach oben. Wie sollte er hinaufkommen?

Da er Ryder Hook war, sprang ihm die offensichtliche Antwort ins Gesicht.

V

Er blickte auf das Straßenniveau ringsum, indem er seinen Körper in einem vollen Kreis von dreihundertsechzig Grad drehte. Vor seinem Auge verschwanden die metallenen Fassaden, und er sah in das betriebsame Leben der Sternenstadt hinein. Kabel und Leitungen, Schaltkreise und Energiestrahlen, alles lag offen vor ihm da. Sein Blick blieb an einem dicken Kabel hängen. Es trug die Schwarz-weiß-Markierung, die oft Antischwerkraft-Energie bezeichnet. Hook verfolgte es weiter. Es verschwand in einem mit Blei abgeschirmten Gehäuse, das sich unter ihm und im genauen Mittelpunkt dieses überkuppelten Abschnitts der Stadt befand.

»In Ordnung, Flo. Bleib mit mir in Kontakt, bis ich drin bin.«

»Gut, Rot. Ich habe dich.«

Ryder Hook schlenderte wie irgendein Bürger von Stellopolis weiter, fuhr mit einem Gleitband nach unten, ging über einen Fußsteig, fuhr wieder nach unten, bis er dem Antischwerkraft-Generator nahe genug war.

Wieder blickte er ringsum, und diesmal wollte er sehen, was es für das normale Sehvermögen zu erkennen gab. Er war allein. Er zog die Tonota Achtzig. Er stellte sie auf Höchstleistung.

Er mußte sehr vorsichtig sein. Hook war ganz einer Meinung mit den Kulturen, die es nicht erlaubten, daß ein Sternenschiff-Passagier eine Energiewaffe mit an Bord nahm. Die Dinger waren zu gefährlich, und die üblichen Waffen – die Disgel-Spritzen, die Schwirrsägen, die Giftnadeln – waren für den Gebrauch im Raum tödlich genug. Wenn er die Leitung der Sternenstadt gehabt hätte, dann hätte er jede Energiewaffe in dem Augenblick konfiszieren lassen, wo sie im Andockgebiet auftauchte.

Ganz gleich wer sie trug.

Er schoß die Bleiabschirmung heraus.

Es gab ein Feuerwerk, dessen Licht und Getöse den Verstand betäubten und die Augen blendeten. Die Tonota hämmerte weiter, ergoß ihre bösartige Strahlung und ihre konzentrierte Energie in das Herz des Antischwerkraft-Generators. Hook sah, wie Abdeckungen auseinanderflogen, wie das Innere in Stücke zerfiel und schmolz, wie ein kleines Feuer da aufflackerte, wo ein Feuer keinen Grund hat zu existieren. Er gab einen seitlichen Schuß ab, daß die zurückströmende Luft die leckenden Flammen auslöschte. Er legte die Kontrollen lahm. Das Ende des schwarz-weißen Kabels schlängelte sich davon, peitschte wie eine Kobra, spie Funken.

Er stieß sich leicht vom Fußboden ab.

Im freien Fall trieb er nach oben, vorbei an den Fußsteigen und Gleitbändern, auf denen er vorhin hinuntergestiegen war.

Alarmsirenen heulten los. Automatische Ventilatoren begannen zu rasen, als sie die dicke Luft verteilen wollten.

Hook schwebte durch die Zwischenräume der Gehwege bis auf das Niveau der obersten Straße. »Jetzt geht's los, Flo«, verkündete er.

Er sprang.

Im freien Fall sauste er an der Flanke des GCC-Gebäudes hoch. Die ihm von seinen Vorfahren vererbten Sinne vermittelten ihm den Eindruck, die Fassade liege unter ihm, und er fliege über sie hin wie ein Vogel über eine Landschaft. Einem Zuschauer, der unten auf der Straße stand und den Blick nach oben auf die Kuppel gerichtet hielt, mußte es so vorkommen, als laufe Hook an dem Gebäude hoch.

Hin und wieder stieß er sich von neuem ab, denn wenn er die ganze Entfernung in einem einzigen gewaltigen Sprung zurückgelegt hätte, wäre er hart genug gegen die Kuppel geprallt, um sie zu durchbrechen.

An dem Sims des bewußten Fensters im sechzigsten Stock hielt er sich fest.

Flos Stimme sagte in seinem Kopf: »Ich muß sagen, du weißt, wie man eine Sache anpackt.« Sie bewunderte ihn ehrlich. Hook grunzte und schlug das Fenster ein.

Obwohl sämtliche Alarmanlagen in diesem Abschnitt der Stadt einen Höllenlärm veranstalteten, gab die des Fensters keinen Pieps von sich.

Hook schlüpfte hinein. Er drehte sich um und sah nach unten – die Straße lag jetzt für ihn wieder unten, weil der Fußboden des Raums, in dem er sich befand, die normale Perspektive wiederherstellte. Techniker der Sternenstadt jagten auf den rauchenden Krater zu. Der Qualm wurde von Ventilatoren vertrieben und von Abfallschächten eingesaugt. Eine Menschenmenge versammelte sich. Die Leute flogen in die Höhe und genossen die Aufregung. Hook wandte sich vom Fenster ab und ging durch den Raum auf die Tür an der anderen Seite zu. Es war dunkel hier drin, aber das behinderte ihn nicht, weil Flo ein paar Infrarot-Sonden zugeschaltet hatte und er ebenso gut wie bei Tageslicht sehen konnte. Er trat in den Flur hinaus und nahm Kurs auf die Bankabteilung. Die Tonota hielt er in der Hand. Sein Gesicht hätte einem Wasserspeier Angst gemacht.

Die Geldausgabe der Bank zu finden, war einfach.

In sie einzubrechen, stellte ein beträchtliches Problem dar, aber Flo, die Lichtjahre von ihm entfernt an ihren Kontrollen saß, zeigte ihm die innere Verdrahtung der Alarmanlagen. Hook schloß sie kurz, bei denen es am leichtesten ging, und schoß Löcher in die komplizierteren. Mit dem halben Dutzend Wachen, die auf der Bildfläche erschienen, ging er gnädig um. Die Tonota Achtzig war nicht nur zu der Zerstörung fähig, die Hook gerade angerichtet hatte. Sie konnte einen Menschen auch betäuben, wenn sie auf geringste Leistung eingestellt wurde. Hook legte die Wachen schlafen und fuhr damit fort, die Bargeld-Safes zu öffnen. Natürlich waren sie für die Nacht verschlossen worden, aber jetzt, wo er schon so nahe an das Geld herangekommen war, hatte Ryder Hook keine Lust, sie fachmännisch zu knacken. Er blies die Ecke des nächsten Safes weg, trat das heiße Metall zur Seite, trampelte ein wenig herum und begann dann, Metallgeld einzusacken.

»Ihr habt ja merkwürdige Kommandos im Sektor Rot«, bemerkte Flo.

»So ist es.«

»Ich empfange schweres Atmen, schnelle Herzschläge, die Vibrationen verstohlener Schritte. Sie kommen von links hinter dir.«

Hook fuhr herum, drückte die Tonota ab und schickte den letzten Wachposten in süße Träume.

»Danke, Flo.«

Wenn er sich jetzt im Zustand eines Projektmannes befunden und unter Zeitbeschleunigung gearbeitet hätte, dann hätte er die alarmierenden Geräusche, die Flo auf den Monitoren ihrer Konsole über sein Ohr empfing, längst bemerkt gehabt.

Aber wie die Dinge nun einmal standen, war er nur ein Homo sapiens ordinariensis.

Er nahm sich genau den Betrag an Metallgeld, den man ihm schuldig geblieben war.

Es war dumm, so etwas zu tun.

Aber da er Ryder Hook war, tat er es trotzdem. Und dann, nachdem er vielleicht eine Mikrosekunde darüber nachgedacht hatte, zerschoß er die Ecke von vier weiteren Metallgeld-Safes. Gestern war ein Raumschiff mit einer Ladung sensationeller Mikroaufnahmen angekommen, und die GCC-Agentur mußte sie, sobald sie durch den Zoll gegangen waren, mit Metallgeld bezahlen. Die raumreisende Rasse, die sie gebracht hatte, die sogenannten Sternenhändler, hatte Bargeld auf den Tisch verlangt. Andernfalls hätte Hook hier nicht soviel gefunden. Er ließ das Geld im freien Fall umhertreiben und bewunderte das Aufblitzen der Münzen in der gedämpften Beleuchtung.

»Amüsierst du dich, Rot?«

»Befehl ist Befehl, Flo.«

Hook war nicht entgangen, daß Flos Stimme ein wenig gespannt klang.

Jetzt hatte er das Metallgeld sicher in der Innentasche seines Gürtels verstaut. Er ging, die Tonota schußbereit in der Hand. Er rief sich Flos letzte Bemerkung noch einmal ins

Gedächtnis zurück, und wieder fiel ihm eine gewisse Schärfe auf.

Die Leute, die im Agentur-Gebäude Nachtdienst hatten, waren zum größten Teil hinausgelaufen, um sich das Spektakel mit dem Anti-Schwerkraft-Generator anzusehen, und die wenigen Wachen, die ihm begegnet waren, hatte Hook betäubt. Er hielt es für überflüssig, in den sechzigsten Stock zurückzukehren. Sollten doch ruhig alle Alarmanlagen auf einmal losgehen – wenn er dann nur weg war. Der Vorsicht halber verbrannte er die Luft hinter sich, indem er die Tonota auf Weitwinkel und halbe Öffnung einstellte. Er spürte den Zug, als die Luft von außen in das von ihm erzeugte Vakuum stürzte. Unter den Bedingungen des freien Falls waren die Berechnungen interessant, aber ihm ging er nur darum, daß keine Körperspuren von ihm zurückblieben. Wenn die forensischen Spürgeräte eingesetzt wurden, konnten sie in guter, sauberer Luft arbeiten, die keinen Hinweis auf Ryder Hook mehr enthielt.

Flo machte ihm Sorgen.

Sie arbeitete für eine große Organisation, und aus diesem Grund hatte er sich diese Kontrolle ja ausgesucht. Aber der leicht sarkastische Ton ihrer Stimme bei dieser letzten Bemerkung gefiel ihm nicht. Soweit Hook wußte – und natürlich konnte er sich irren –, gab es weniger als ein halbes Dutzend Kontrollen, deren Agenten imstande waren, sich in ein anderes Netz einzuschalten. Und unter diesen wenigen – wieder nach Hooks Meinung – war die Armee der Erde die beste. Er hatte seinen Abschied bekommen, und er wollte mit der Armee nichts mehr zu tun haben. Auf eine gewisse, mit Haß untermischte Weise war er ihr dankbar für das, was sie in seinem Schädel installiert hatte. Aber jetzt war er auf sich allein gestellt. Wenn Flos Organisation ebenfalls technische Möglichkeiten hätte, sich in ein fremdes Netz einzuschalten, dann würde ihr die Vorstellung nicht so fremd sein wie einer normalen Kontrolle, die fest daran glaubte, die quasi-telepathischen Verbindungen seien absolut abhörsicher.

Flo begann: »Du sagst, du bist beim Sektor Rot, Rot. Du hast gute Arbeit geleistet ...«

Hook hörte nicht mehr zu.

Er schaltete die organo-metallischen Empfänger in seinem Kopf so schnell ab, daß es in seinem Kopf donnerte, als gehe die Welt unter.

Er hätte gern gewußt, um wieviel Mikrosekunden er dem tödlichen Energiestrahl zuvorgekommen war, den Flos Vorgesetzte auf ihn gerichtet hatten.

Später einmal konnte er vielleicht herausfinden, wer Flo und ihre Organisation waren und was sie von »Rot« dachten.

Er zerschmolz im dritten Stock das Fenster eines Damenwaschraums, schwebte hinaus, stieß sich ab und segelte mühelos über die gegenüberliegende Mauer. Dann ließ er sich in kleinen Etappen bis auf das Straßenniveau sinken.

Bis er dort anlangte, steckte die Tonota diskret wieder im Holster. Die Zuschauer trieben allerlei Unsinn, sprangen und schlugen im freien Fall Purzelbäume. Doch als der Planet unter den Horizont der Sternenstadt glitt und es wieder hell wurde, kam eine Durchsage über Lautsprecher, die normale künstliche Schwerkraft werde bald wiederhergestellt sein. Die Warnung erfolgte fünf Minuten vorher, damit keiner mehr auf die Idee kam, von einer Brücke zu hüpfen und unten einer Blutlache liegenzubleiben.

Hook bemerkte, daß die Techniker von Stellopolis die Reparatur sehr geschickt durchführten. Als er davonging, spürte er wieder, wie seine bestiefelten Füße auf den metallenen Straßenbelag auftraten. Er war ein gutes Stück von dem GCC-Gebäude und dem ganzen Stadtabschnitt weg und unterwegs zu den Dockanlagen, wo sein Sternenkutter, wie Andrews ihm versichert hatte, überholt worden war und auf ihn wartete.

Was er soeben getan hatte, war nach den Gesetzen dieser Sternenstadt ein regelrechtes Verbrechen. Aber er hatte niemandem einen Schaden zugefügt. Wenn die Wachen wieder zu sich kamen, würde es ihnen nicht schlechter gehen als vorher. Er hatte Eigentum zerstört, aber in einer interstellaren Kultur wurden Anlagen wie ein kleiner Antischwerkraft-Generator andauernd erneuert oder umgebaut oder anders eingestellt. Daher war der Verlust minimal. In den Augen eines Mannes, der in der Galaxis keinen Schutz hatte, gab es eine einfache Antwort. Er hatte das genommen, was ihm zustand, nicht mehr und nicht weniger. Natürlich spielte die Relativität eine Rolle: Das, was ihm zustand, was aber nicht mit Geld ausgeglichen werden konnte, hatte ebenfalls eine Größe in der Gleichung dargestellt.

Jetzt wollte er den Kutter nehmen – der ihm gehörte, weil er ihn den Projektmännern gestohlen hatte – und im Raum verschwinden.

Es würde ihm ein Vergnügen sein, Stellopolis den Rükken zu kehren.

Er war nicht böse auf die Curl-Leute. Sie benahmen sich nur so, wie sich die meisten Leute in der Galaxis unter den gleichen Umständen verhalten hätten.

Der Planet Voyden zog jetzt, wo die Sternenstadt in ihrem Orbit kreiselte, über seinem Kopf dahin. Er konnte die ziehenden Wolken und das Schimmern der Ozeane sehen, da die Sonne in einem spitzen Winkel einfiel. Die Curl-Leute hatten ihre Sternenstadt in eine relativ niedrige Umlaufbahn gebracht, und der Planet nahm am Himmel einen beträchtlichen Raum ein. Hook war daran gewöhnt, riesige Materie-Bälle über seinem Kopf im Raum hängen zu sehen. Einer planetaren Kultur, die nichts Größeres kannte als beispielsweise den Mond der alten Erde, wäre ein solcher Anblick furchterregend, unheimlich und monströs vorgekommen.

Hook genoß den Blick auf den massiven Planeten, der weiß und blau schimmerte und grüne und braune Schatten zeigte und dessen Wasser im Sonnenschein glitzerte. Ein Schiff näherte sich der Sternenstadt. Es glich Orbit und Geschwindigkeit an, und dann verschwand es hinter dem Turm eines Kaufhauses mit Kurs auf das Andockgebiet. Hook ging weiter. Als er wieder einmal hochsah, wurde Abfall von der Sternenstadt weggeblasen. Die langen

Fäden dunkel schimmernder Materie drehten sich und verschwanden. Sie würden irgendwo auf der Oberfläche des Planten Voyden niederfallen.

Eine Art von Frieden hüllte Hook ein. Er erkannte, daß der alte Teufel Müdigkeit ihn zu überwältigen begann, und er erfreute sich des Gedankens, bald in süßen Schlummer sinken zu können. Am Ende einer im rechten Winkel abbiegenden Straße, auf der der elektrifizierte Verkehr leise und mühelos dahinfloß, sah er schon in der reinen Atmosphäre der Sternenstadt den Eingang zu den Docks.

Ein halbes Dutzend Schritte diese Seitenstraße hinunter kam er an einem Torweg vorbei. Aus dem Torweg traten, Waffen in den Händen, Locum Hauser und Walton Gaines. Hook blieb stehen. Nicht weiter als dieses halbe Dutzend Schritte gingen Leute, aber sie würden nichts anderes sehen als drei Männer, die sich friedlich unterhielten.

Gaines sagte: »Wir haben auf dich gewartet, Hook.«

Hauser sagte: »Ich werde ihn jetzt umlegen, Walt.«

Die vorherrschende Empfindung bei Hook war Verachtung – schneidende, erbarmungslose Verachtung für sich selbst. Er war dahingeschlendert, war über den schönen Anblick, den der Planet am Himmel bot, ins Träumen geraten, hatte sich müde gefühlt, hatte sich auf eine Dusche und das Schlafen gefreut – und jetzt! Er war der größte Idiot aller Idioten! Wenn er noch einmal die erste Regel der Galaxis, wie man am Leben blieb, vergaß, würde er tot sein. Für ihn gab es keine Zeit, sich zu entspannen. Entspannung war streng reserviert für die Leute mit Kreditkarten und Geld und Wachposten und Gorillas, die ihre Befehle befolgten. Ein einfacher galaktischer Wanderer hatte die Zeit nicht, daß er seine Gedanken von den wesentlichen Erfordernissen des Lebens abschweifen lassen konnte.

»Hei, Gaines, hei, Hauser«, sagte er. Ein Lächeln brachte er nicht zustande, deshalb zog er hölzern einen Mundwinkel nach oben.

Die beiden hielten das für ein Zeichen der Angst.

Sie irrten sich, aber der winzige Augenblick, den sie

brauchten, um zu diesem Schluß zu kommen, hinderte sie daran, sofort den Abzug zu drücken. Sie hatten Energiewaffen, und sie würden sie benutzen, und der Teufel sollte das aushalten, was zwei Energieströme ihm antun würden.

»Du hast Cher-charon getötet, Hook. Da hast du etwas sehr Böses getan.«

Hook rieb sich den Kopf. Er bewegte seine Hände sehr vorsichtig. »Ihr habt versucht, mich zu töten, und Chercharon ebenfalls. Was wollt ihr jetzt?«

»Wir wollen das, was uns gehört. Wo ist das Geld von dem Verkauf? Komm schon, Hook, wir wissen, daß es dir ausgezahlt worden ist.«

»Das ganze Geld ist in den Raum gesaugt worden.«

»Gib her!« Gaines' Waffe zuckte.

Es gab keine Möglichkeit, sie anzuspringen. Sie waren alte Hasen in diesem Geschäft, und sie hielten genug Abstand, daß sie sofort, wenn sich seine Muskeln zum Sprung spannten, feuern konnten.

Hook war nicht im Zustand eines Projektmannes. Er war nur ein gewöhnlicher Mann mit einigen außergewöhnlichen Kräften. Er war kein Supermann. Daran mußte er denken ...

»Wo ist Happy?« Er fragte so beiläufig, als erkundige er sich bei einem Bekannte nach einem dritten. Es hörte sich ganz natürlich an.

»Das Metallgeld, Hook. *Gib es her!*«

Sie würden ihn töten. Dazu waren sie fest entschlossen. Hook faßte in die Innenseite seines Gürtels und zog das Metallgeld hervor, das er aus der Bank der GCC-Agentur geraubt hatte. Sowohl Gaines als auch Hauser blickten interessiert drein.

»In den Raum gesaugt! Ha, du Gonil, Hook!«

Sie hatten ihn in die Ecke getrieben. Wahrscheinlich konnte er mit einem von ihnen fertig werden, aber während er das tat, würde der andere schießen. Hook kannte die beiden und ihresgleichen gut genug, daß er wußte, der Schütze würde sich keine Gedanken darüber machen, ob er auch seinen Busenfreund erwischte.

Noch einmal fragte er: »Wo ist Happy?«

»Er wird seinen Anteil bekommen. Halte uns nicht hin. Los, gib uns das Geld.« Gaines starrte auf die Münzen, die Hook in den Händen hielt.

Was Ryder Hook jetzt zu tun hatte, schmerzte ihn. Es gab keine Möglichkeit, sowohl das Geld als auch seine Haut zu retten. Und so wichtig das Geld für ihn war, es bedeutete nichts im Vergleich zu der Wichtigkeit, die er seiner eigenen Haut beimaß. Deshalb mußte er die Münzen benutzen, um sich zu retten. Noch einmal wog er die Chancen ab, sie beide anzuspringen, und wieder entschied er sich dagegen. Er ging öfters ein wahnsinniges Risiko ein, aber das wäre glatter Selbstmord gewesen.

Er ließ die Münzen von einer Hand in die andere rinnen.

»Gib es her, Hook, du Bastard!« Auch Hauser konnte die Augen von den blitzenden Münzen zwischen Hooks Händen nicht abwenden.

Hook trat einen Schritt zurück.

Das machte jetzt fünf Schritt von der Ecke.

Fünf Schritte bei normalem Gehen, hieß das. Vielleicht einer und noch ein bißchen bei dem, was er vorhatte.

Er spielte weiter mit den Münzen. Ohne den Rhythmus zu ändern, brachte er sich in die richtige Position. Er stellte einen Fuß fest auf die metallene Straße, der andere berührte sie kaum. Er sprach in munterem Ton.

»Na klar, Gaines. Na klar, Hauser. Ihr könnt das Geld haben. So oder so seid ihr zwei Arschlöcher. Ich wette darauf, daß Happy seinen Anteil nicht bekommen wird.«

Er hielt ihnen das Geld hin, und er drehte eine Hand ein wenig nach außen, und die Münzen glitzerten und schimmerten und strahlten im Licht auf. Zwei Paar Augen hefteten sich wie Blutegel an das lockende Geld.

Ein Sprung und noch ein bißchen.

Die Münzen klirrten auf die Straße, zwei Paar Augen richteten sich ganz plötzlich nach unten, und zwei Zeigefinger krümmten sich um den Abzug. Hooks erster Sprung brachte ihn bis an die Ecke, und das bißchen schleuderte ihn um sie herum. Die Zwillingsstrahlen zischten an ihm vorbei, schossen in die Straße, verdampften einen vorbeifahrenden Elektrowagen und eine Gruppe von Passanten. Über den metallenen Straßenbelag zog sich eine lange, braune, qualmende Spur.

Hook rannte, was er konnte, bis zur nächsten Ecke und verschwand dahinter. Wie er Gaines und Hauser kannte, waren die jetzt dabei, das Geld aufzusammeln.

Schon heulte eine Sirene. Das war gut.

Die Polizei eilte an den Tatort. Irgendein Hurensohn hatte eine Energiewaffe abgefeuert, und sie würden wissen wollen, warum. Wahrscheinlich würden sie diesen Vorfall mit den beiden früheren Schüssen in Verbindung bringen.

Hook glättete seine Kleider und schloß sich der Menschenmenge an, die sehen wollte, was los war. Er war am Leben, und er war außer Gefahr. Aber seine ganze Nachtarbeit hatte ihm nicht einen verdammten Pek eingetragen.

VI

Ryder Hook verfolgte alles auf dem Fernsehapparat in Terifias Apartment.

Er trug eine bequeme knielange Robe aus Salafan-Seide, geschmackvoll mit legendären Ungeheuern geschmückt und mit Magnetklammern so geschlossen, daß ein wenig von seiner männlichen Brust enthüllt wurde. (Der Bildschirmausdruck der Verkaufsbroschüre hatte empfohlen, daß das Kleidungsstück so getragen werden sollte.) Er führte sich einen kleinen Imbiß vor dem Lunch zu Gemüte, und von Zeit zu Zeit warf er einen anerkennenden Blick zu Terifia hinüber, die mit untergeschlagenen Beinen auf dem Sessel ihm gegenüber saß und die gleiche Robe trug.

Das Fernsehen zeigte beinahe alles. Die Schießerei selbst war ausgelassen und wurde durch die Filmaufzeichnung einer Ballett-Truppe ersetzt, die vor einem Jahr oder so in

Stellopolis Furore gemacht hatte. Aber die Nachrichtensendung zeigte die Jagd, das stetige Aufholen, das Entern und schließlich das An-Bord-Gehen. Dann kam wieder das Ballett. In diesem Augenblick verdarb Terifia das hübsche Bild, das sie bot, indem sie die Beine auf den Boden schwang und vorschlug, jetzt wollten sie zum Essen hineingehen. Hook war wirklich hungrig, obwohl er in den letzten paar Tagen bei Terifia gut ernährt worden war, und so befahlen sie dem Computer-Roboter, den Fernsehapparat in den Speisesaal zu bringen. Das dreidimensionale Bild entstand an der gegenüberliegenden Wand, als sie sich zu einem Mahl niederließen, das so wunderbar war wie alle vorhergehenden. Die Reportage ging da weiter, wo die triumphierenden Polizisten von Stellopolis aus dem angeschlagenen Kutter kamen und mit dem Paket winkten, das das Metallgeld enthielt. Was sie mit Walton Gaines, Locum Hauser und Happy Derning gemacht hatten, wurde nicht gezeigt.

Die Moral des Ganzen führte Hook vor Augen, daß er ein einfaches menschliches Wesen war. Aber den Appetit verdarb ihm das nicht.

Mehr beschäftigte ihn das moralische Problem, das sich aus seiner zweifelhaften Lage ergab, seit Terifia ihn unter ihre Fittiche genommen hatte. Sie hatte ihn durch ein Büro suchen lassen, das jeden mit jedem, der zuhörte, in Verbindung bringen konnte, vorausgesetzt, der Auftraggeber konnte es sich leisten, die Bosse der Stadt für das Privileg zu bezahlen. Jetzt war sie offenkundig darauf aus, ihn zu erobern. Sie betrachtete ihn als rechtmäßige Beute. Die Feier zur Volljährigkeit des Bolans sollte heute abend stattfinden, wenn Voyden die Sonne verdunkelte, und es sollte die größte Fete von allen Feten werden, die Stellopolis je erlebt hatte. Langsam dämmerte es Hook, wie reich Terifia wirklich war. Sie hielt sich ein Gefolge von Raufbolden, die dafür zu sorgen hatten, daß sie von der gemeinen Herde isoliert blieb. Hooks Isolierung kam in diesen Tagen von außen ebenso wie von innen.

»Diese Idioten«, bemerkte Terifia und tupfte sich die Lippen mit einem sensitivierten Tuch ab, das sie augenblicklich säuberte. »Ich begreife nicht, wie sie hoffen konnten, sie würden entkommen. Sie hätten sich doch denken können, daß der Eigentümer des Schiffes den Diebstahl melden würde.«

»Sie haben eben nicht gedacht«, antwortete Hook. Er sprach in neutralem Ton. Er war nicht stolz darauf, daß er den Bossen der Stadt gemeldet hatte, sein Kutter sei gestohlen worden. Aber er hatte es in einem akuten Anfall von Bürgersinn getan, und siehe da, das Geheimnis des Einbruchs in die GCC-Agentur war gelöst.

Terifia teilte diese Meinung. Sie nahm aus ihrem Kristallglas einen Schluck Telil – ein Getränk, das Hook mit Geldverschwendung gleichsetzte – und erklärte: »GCC müßte Ihnen eine Belohnung zahlen, Hook. Sie sollten sie verlangen.«

Das wäre zum Totlachen, wenn er das täte. Ryder Hook war ein Mann, der ein herzhaftes Lachen mehr zu schätzen wußte als die meisten anderen, zum Beispiel mehr als ein Mann, der zu oft und zu leicht lachte.

»Ich habe keine Kreditkarte, Terifia. Es ist nicht anzunehmen, daß sie mir viel Aufmerksamkeit zollen würden.«

»Dafür werde ich sorgen!« Sie setzte sich sehr gerade hin, und ihr Gesicht glühte rosig unter der Sonnenbräune. »Wenn ich Ihnen Dankbarkeit erweisen kann, Hook, dann kann es eine verdammte Agentur, die nicht halb so groß ist wie F. I. F., auch tun!«

»Sie sind sehr freundlich«, antwortete dieser Ryder Hook, der sich ganz gern mal demütig gab, wenn es seinen Zwecken diente.

Die Nachrichtensendung war zur Schilderung eines sportlichen Wettkampfes zwischen den einzelnen Stadtabschnitten übergegangen, und Terifia schnippte irritiert mit den Fingern zum Zeichen, daß ihre Roboter das Fernsehgerät abstellen sollten. Der die Wand ausfüllende Würfel mit seinem dreidimensionalen Bild erstarb und brach zusammen und glitt in seinen Schrank. Weiche Viertelton-Musik erfüllte die parfümierte Luft.

»Sie sind zu pessimistisch, Hook. Oh, ich weiß, Sie sind ein verdammter Narr, weil Sie keine Kreditkarte haben, aber ...« Hier kam ihr ein Gedanke, und sie fuhr fort: »Ich werde das für Sie bei F. I. F. erledigen. Wenn ich mich für Sie verwende, wird man Sie mit Freuden aufnehmen. Ja, so wollen wir es machen, Hook.«

Ein vages Mitgefühl für Bunji Cater, ihren Sohn, beschlich Hook. Diese Dame war gewöhnt, ihren Willen durchzusetzen. Hook kam mit einigen Vorbehalten zu dem Schluß, daß er schon aus Höflichkeit und auch, weil die Cater-Familie unangenehm werden könnte, an der Party teilnehmen müsse. Danach wollte er abreisen, so schnell es ging.

»Mein Schiff ist von neuem beschädigt worden«, sagte er. Und dann sagte Ryder Hook etwas sehr Dummes. »Wenn Stellopolis es wieder repariert hat ...«

»Ich bezweifle, ob sie das tun werden, Hook. Sie werden behaupten, es sei nicht ihre Schuld, daß Ihr Schiff beschädigt wurde. Und damit hätten sie recht.«

Hook erkannte, wie albern seine Bemerkung gewesen war.

In dieser Galaxis tat niemand etwas für einen anderen, wenn er nicht aus irgendeinem Grund dazu verpflichtet war. Nein, das stimmte nicht ganz. Es gab immer noch selbstlose Menschen und Rassen und Organisationen, die nur danach strebten, Gutes zu tun. Aber Hook kreuzte zu seinem Leidwesen die Pfade dieser Leute nicht oft.

Auch die Dame Terifia bemühte sich, Hook Gutes zu tun. Schließlich hatte er ihrem Sohn das Leben gerettet. Aber Hook schätzte Terifia als eine Dame ein, die nur dann bereit war, Gutes zu tun, wenn man sich ihren Anordnungen nicht entgegenstellte.

»Aber«, sagte Terifia und räkelte sich genüßlich, »wenn Sie die Macht von F. I. F. hinter sich hätten – dann, Hook, könnten Sie einiges Gewicht in die Waagschale werfen, wenn Sie mit den Stadtbossen sprächen.«

Mit entsetzlicher Klarheit erinnerte Hook sich daran, wie die Kreditkarten-Wissenschaftler des IRK die neurologisch implantierte Kreditkarte von seinem linken Handgelenk entfernt hatten. Das war gewesen, als das IRK ihn aus seinem Produkt hinausgeworfen hatte.

Er hatte keine Lust, diese Erfahrung noch einmal zu machen.

»Ich werde es mir überlegen, Terifia.« Er wußte, er verhielt sich wie ein Schwächling – und das war bei ihm etwas ganz Neues –, aber in seiner augenblicklichen Situation konnte er es sich einfach nicht leisten, diese mächtige Frau zu beleidigen. Zur richtigen Zeit würde er eine andere Haltung einnehmen. Jetzt konnte Terifia ihm nützen. Wenn sie gern eine galaktische Wohltäterin sein wollte, hatte Ryder Hook, obwohl ihn die Vorstellung, ein Gentleman zu sein, entsetzte, nicht die Absicht, sie daran zu hindern.

Wenn er nur ein Transportmittel bekam, das ihn von Stellopolis wegbrachte, wäre er vollauf zufrieden ...

Später an diesem Nachmittag – denn Stellopolis hielt nicht nur eine Woche ein, die aus acht terrestrischen Tagen bestand, die Stadt kannte auch einen Tag-und-Nacht-Zyklus von variierender Länge, der dem Rhythmus ihres jetzt zerstörten Heimatplaneten Curl folgte – an jenem Nachmittag also sah Hook die Sternenstadt in einem neuen Licht. Er war beeindruckt, soweit er es sich überhaupt gestattete, sich beeindrucken zu lassen. Seine Zurückhaltung entsprang nicht dem mißgünstigen Zynismus derer, die sich fest vornehmen, niemals über irgend etwas zu staunen, sondern beruhte darauf, daß er immer ein bißchen von sich selbst in Reserve halten wollte.

Stellopolis blühte und gedieh unter den Sternen.

Elegant gekleidete Menschen flanierten über die strahlend erleuchteten Straßen. Alles, was das Herz sich wünschen konnte, war erhältlich, und alles war von dem speziellen Curl-Mysterium des Luxus umhaucht. Aus der Notwendigkeit, mit einer Stadt in den Raum abzuheben und sie mit Überlichtantrieben auszustatten und in das Dunkel der Sternennacht davonzuziehen, hatten die Curl-Leute einen Lebensstil entwickelt, der sie dem ununterbrochenen Leben im Raum perfekt anpaßte. Aus einer Notlage hatten sie Schönheit geschaffen. Die Wege und Röhrenstraßen schimmerten vor dem dunklen Himmel wie Glühwürmchen des Raums. In der ganzen Stadt herrschten Lachen und Fröhlichkeit und Sorglosigkeit. Alle Sorgen waren verbannt. Wein floß in einem nie versiegenden Strom aus Springbrunnen und funkelte rubinrot und diamantengelb in künstlerisch gestalteten Keramikbecken. Fröhlich gekleidete Gruppen spazierten vorbei, tauchten Trinkröhren in den Wein, tranken und lachten. Helle Augen glitzerten hinter den Augenschlitzen der Gesichtsmasken, deren groteske Fratzen sich eine planetengebundene Kultur nie hätte einfallen lassen. Schrilles Lachen wehte über die Plazas. Männer jagten Frauen, und Mädchen jagten Jungen, und überall herrschte der Geist der Fiesta, der Saturnalien, des Vergnügens um des Vergnügens willen. Denn das Vergnügen war das größte Geschenk, das die Curl-Leute von Curl zu geben hatten.

Feste wie dies mochten sich schon millionenmal auf Millionen von Planeten der Galaxis abgespielt haben, aber für Ryder Hook wurde dies hier zum bedeutendsten, weil er sich im Herzen des hektischen Treibens befand. Kein Projektmann kam in seine Nähe, und im Augenblick war Ryder Hook es ganz zufrieden, an nichts weiter als das Hier und Jetzt zu denken und es zu genießen.

»Kommt, Leute! Macht mit!«

Ein riesiger Grotesktänzer in einem hautengen Glitzerkostüm mit flatternden Draperien aus Schleierstoff wirbelte über die Plaza, wo Musik und Lachen die Nacht erfüllte. Der Antigrav-Pack, den er ins Kreuz geschnallt hatte, erlaubte ihm gewaltige Sprünge und Kapriolen. Seine schwarze Maske war mit Diamantenstaub besetzt. Als er innehielt, stand er genau vor der Dame Terifia.

Hook sah sich diesen Grotesktänzer genau an.

In all dies ausgelassene Lachen und Springen, in das Trinken und Spielen, bei dem Luftballons platzten und Mädchen quietschten und junge Leute auf Rutschbahnen in Becken sausten, die von Antischwerkraftfeldern gehalten und mit parfümiertem, gefärbtem, mit Sauerstoff angereichertem Wasser gefüllt waren, brachte dieser Grotesktänzer trotz seines Kostüms und seiner Maske und seiner lustigen Verrenkungen einen Mißton. Hook hatte hatte sich zwar vorgenommen, sich zu entspannen und sich mit den Müßiggängern und Sybariten zu amüsieren. Doch jetzt war er hellwach. Er wartete in einer nachlässigen Haltung, die sich grundlegend von der Entspanntheit unterschied, die er noch vor einem Augenblick gezeigt hatte.

»He, Leute! Da ist ja die edle Dame selbst!« Die Maske tanzte vor Terifia, schüttelte sich vor Lachen. Ihre Leibwächter, vier von Anselm gestellte dunkle, harte Männer, lachten ebenfalls. Sie sahen hier keine Gefahr. Sie waren gut, aber jetzt war Spielzeit, und der Grotesktänzer war einer von den Spielern.

Das ganze Gebiet hier war für die Feier reserviert worden, und die an dieser Stelle zusammenstoßenden Kuppeln hallten von dem Lärm wider. Sämtliche Kosten trug Terifia, die damit ihren Sohn, den Bolan, der heute volljährig wurde, ehrte, und in den Augen aller Teilnehmer war alles, was sie tat, gut.

Nach dieser Nacht, so hatte Hook erfahren, gingen der Titel und die damit verbundene bedeutungslose Autorität auf Bunji Cater über. So wollte es die Tradition einer lächerlichen Oberklasse, die in dieser Galaxis und dieser Zeit immer noch die Macht hatte, Respekt und Gehorsam von anderen zu erzwingen. Aber das Vermögen, der Reichtum, die Grundlage der Macht würden weiterhin in Terifias Händen bleiben. Sie war eine nette Frau mit kurzen, dicken Beinen, daran gewöhnt, ihren eigenen Willen durchzusetzen. Aber auf ihre eigene herrschsüchtige Art versuchte sie, Gutes zu tun.

Sie war nicht die Art von Frau, für die sich Ryder Hook unter normalen Umständen eine einzige Sekunde lang interessiert hätte.

Eine Gruppe von beinahe nackten Mädchen rannte vorbei. Sie waren nur mit Edelsteinketten und Federtuffs bekleidet. Sie quietschten und lachten, und ihre rosigen Körper schimmerten im Licht. Zwei von Terifias Leibwächtern sahen den Mädchen mit Augen wie Wiesel nach. Hook behielt den Grotesktänzer im Auge.

Er erkannte, wie sich die Muskeln auf die oft beobachtete Weise spannten, und er trat einen Schritt vor, packte den rechten Arm der Maske und riß ihn mit erbarmungslosem Griff nach oben und zurück.

Die Grotesktänzer schrie.

So stark der Druck war, den Hooks Finger ausübten, sie konnten nicht verhindern, daß die an die Nervenbahnen angeschlossene und durch ein einziges Muskelzucken hervorschnellende Disgel-Waffe dem Attentäter in die Hand sprang. Aber feuern konnte er nicht. So standen sie beide einen Herzschlag lang da, und dann riß Hook den Arm so weit zurück, daß er brach. Es gab ein trockenes Knacken in dem Lärm ringsum.

Der Leibwächter, der direkt neben Terifia stand, setzte sich in Bewegung.

Hook wußte, was er als nächstes tun würde.

Er hob den Grotesktänzer vom Boden hoch, hielt ihn wie eine Kette und stieße seine Füße dem Leibwächter in den Bauch. Hook ließ sich von dem Schwung vorwärtstragen. Die Dummheit der Leibwächter machte ihn wütend. Er brüllte:

»Ihr blöden Gonils! Wenn ihr ihn jetzt tötet, werdet ihr nie erfahren, wer ihn geschickt hat!«

Der Leibwächter sackte zusammen und erbrach sich. Er hätte geschossen und außer dem Grotesktänzer auch Hook getötet, und beide wären ihm völlig gleichgültig gewesen.

»Bleib zurück, Anton!« befahl Terifia.

Sie hatte keine Angst.

Sie trat bis zu Hook vor, streckte eine Hand aus und riß dem Grotesktänzer die mit Diamantenstaub besetzte schwarze Maske ab. Ein flaches, häßliches, dreieckiges Gesicht kam zum Vorschein. Reptilienaugen flammten im grünen Feuer des Hasses.

Säure-Tätowierungen quer über die schuppigen Kiefer zeigten, daß er ein Trocoin war und einer ehrenvollen Kaste dieses gewalttätigen, rachsüchtigen Volkes angehörte. Er war ein Mann, der wahrscheinlich dazu angeheuert wurde, andere Leute umzubringen. Ein Attentäter im üblichen Sinn des Wortes war er nicht, aber die feinen Unterschiede moralischer Art hatten nichts mehr zu bedeuten, wenn eine verkohlte, blutende Leiche zu seinen Füßen lag.

Hook schlug ihm über die geschuppten Kiefer, und das Schreien hörte auf. Die flatternden scharlachroten Schwänze, mit denen das Kostüm des Trocoins besetzt war, erzitterten und fielen zu seinen Knöcheln nieder. Sein gebrochener Arm hing in einem eigentümlichen Winkel in Hooks Griff fest.

»Fragen Sie ihn, Hook.«

Terifias Atem ging jetzt schwer, ihre Augen in dem kunstvoll hergerichteten Gesicht waren groß und rund. Sie empfand die Ungeheuerlichkeit des Geschehens als Beleidigung. Sie schleuderte dem Trocoin die Frage ins Gesicht:

»Wer hat dich beauftragt, mich zu töten, Elender?«

Hook wartete, und dann bemerkte er ruhig: »Sie werden es wohl nie erfahren, Terifia. Er hat sich auf Selbstzerstörung programmiert. Allzu siegessicher kann er nicht gewesen sein, der arme Teufel.«

»Sie haben Mitleid mit ihm?« Ihre Stimme klang ätzend.

»Er hat sich damit seinen Lebensunterhalt verdient.«

»Beim Großen Erlöser, Hook! Sie sind ebenso grotesk wie er.«

»Ich weiß. Wer könnte Ihren Tod wünschen?«

Ihr schrilles Lachen klang unangenehm.

»Wer? Natürlich mein mich liebender Sohn Bunji!«

Hook spürte ihren Abscheu und ihren Kummer, und er wußte, es war die Wahrheit.

Hook ließ den toten Körper des Trocoins auf den metallenen Straßenbelag sinken. Der Mann hatte lieber Selbstmord begangen, als daß er seinen Auftraggeber verraten hätte. Das würde ein gefangener Attentäter niemals tun. Rings um sie tobte die Party weiter. Farben und Lichter und Wein und Frauen, Lachen und Singen, alle die guten Dinge, für die die Männer und Frauen der Galaxis kämpften und töteten – alles war für diesen Reptilienmann zu Hooks Füßen jetzt schwarz und tot.

»Sie haben mir das Leben gerettet, Hook. Sie ...« Terifia schwankte auf ihn zu.

Mit einer einzigen geschmeidigen Bewegung entging Hook ihren nackten Armen, die sie nach ihm ausstreckte. Er bückte sich und durchsuchte die Kleider des toten Trocoins. Wie er erwartet hatte, fand er nichts. Der Reptilienmann hatte Kleider getragen und eine Disgel-Waffe gehabt. Das war alles.

»Darin liegt Ironie, Terifia.« Hook richtete sich auf und ließ den linken Arm des Toten zurückfallen. Die Kreditkarte an seinem Handgelenk war im Augenblick des Todes trüb geworden und hatte sich zerstört. Aber Hook hatte noch Zeit genug, die Buchstaben F. I. F. zu erkennen. »Vielleicht könnten Sie seine Spur über Ihre Wirtschaftsorganisation zurückverfolgen.«

»Das ist nicht nötig. Dahinter steckt mein geliebter Bunji – ich weiß es! Ich weiß es.«

Auf Terifias Heimatplaneten führten die Frauen die Geschäfte, bis die Töchter ihrer Söhne sie übernehmen konnten. Die Männer repräsentierten nur nach außen hin. Offenbar war Bunji Cater der Meinung, hier müsse Änderung geschaffen werden, und seine männliche Befreiungsbewegung hatte bei seiner eigenen Mutter angefangen. Hook konnte sich denken, welche schrecklichen Geheimnisse diese jungen Männer teilten. Er wollte nichts darüber wissen. Er wollte nichts als einen Schluck zu trinken und eine Möglichkeit, Stellopolis in einem Stück zu verlassen – und vorzugsweise mit Metallgeld.

VII

Hooks Sternenkutter war nach Stellopolis zurückgebracht worden. Jetzt schwebte er vergessen und ein gutes Stück abseits der ständig benutzten Anlagen an einem Versorgungskabel. Hook hatte bei den Bossen der Stadt absolut nichts erreicht. Terifia hatte einen Vermittlungsversuch gemacht, weil sie das Gefühl hatte, das sei sie Ryder Hook schuldig, doch sie gab schnell auf und stellte ziemlich gekränkt fest: »Wenn du ein so großer Mann bist, wie du zu sein scheinst, Hook, und doch nicht Verstand genug hast, dich einer Wirtschaftsorganisation anzuschließen, dann verdienst du gar nichts anderes.«

Sogar GCC hatte sich geweigert, ihm eine Belohnung auszuzahlen. Die Agentur-Leute wiesen mit einer Logik, die Hook ihnen am liebsten in den Hals gestopft hätte, darauf hin, daß die Polizei von Stellopolis das Geld gerettet habe – und nicht Ryder Hook.

Fünfzig Kilogramm Mikroaufzeichnungen von Kunst brachten in der Tat einen großen Haufen Geld. Niemand, der bei gesundem Verstand war, würde sich das in Metallgeld auszahlen lassen. Es würde seinem Konto gutgeschrieben werden, und seine Wirtschaftsorganisation würde ihm lächeln. Hooks Geld war ihm ausgezahlt worden, wie er es verlangt hatte. Wenn er es jetzt nicht mehr besaß, war das eben sein Pech. GCC war nicht bereit, ihm irgendeine Belohnung dafür zu geben, daß er der Polizei bei der Sicherstellung der Beute aus dem Bankraub geholfen hatte. Und die Bosse der Stadt Stellopolis wollten seinen Raumkutter nicht reparieren, solange er für die Arbeit nicht bezahlte.

Niemand war nett zu Hook, und darin sah er nichts als sein übliches Schicksal.

Terifia war nett. Aber nach einiger Zeit wurde sie lästig, und Hook vermutete, daß sie keine Ahnung davon hatte, wo die Grenze zwischen Güte und nackter Ichsucht lag.

Er begehrte sie, denn obwohl sie nicht schön war und

kurze, dicke Beine hatte, kannte sie sich mit den Tatsachen des Lebens aus. O ja, er begehrte sie, und er hatte seinen Spaß mit ihr, aber das verminderte seine Sorgen nicht.

Die vier von Anselm gestellten Leibwächter waren verschwunden. Sie waren von einer ziemlich unheimlichen Gruppe ersetzt worden, die aus Wesen der verschiedensten Rassen bestand und daher eine Menge spezieller Fähigkeiten vereinigte. Terifia war entschlossen, sich von jetzt an gut zu schützen. Was aus den vier Versagern von Anselm geworden war, wußte Hook nicht. Es hätte ihn gar nicht gewundert, wenn Terifia sie hätte töten lassen. Für die Dame Terifia wäre das nichts weiter als eine Hinrichtung gewesen.

Bunji Cater, der Bolan, war ebenfalls verschwunden.

»Ich nehme an, er ist zu seinen Spießgesellen zurückgekehrt«, sagte Terifia. »Wenn ich daran denke, welche Liebe ich dem Jungen geschenkt habe! Und so belohnt er mich dafür.«

»Er wird es von neuem versuchen, Terifia, wenn seine komische kleine Men's Lib weitermacht.«

»Komisch mag der Verein ja sein, und klein auch, aber ich kann gar nicht darüber lachen, und mir kommt er verdammt groß vor.«

Die Sternenstadt kreiste um den Planeten Voyden, und die Stadttage vergingen einer nach dem anderen. Hook sagte sich, daß er einen zweiten Einbruch begehen müsse. Diesmal wollte er etwas besser vorausplanen und eine städtische Bank berauben. Wie er hörte, hatten die Bosse der Stadt die GCC für den Verlust entschädigt. Da das geraubte Geld wiederaufgefunden worden war, hatte sich das erledigt. Doch die Reparaturkosten , die in jeder Gesellschaft, deren Einrichtungen andauernd umgebaut wurden, minimal waren, wurden ersetzt. In dieser Galaxis des hundertundersten Jahrhunderts konnte man eine Stadt schleifen, und noch ehe man sich umdrehte, waren die Bewohner schon dabei, aus den Trümmern eine neue zu bauen.

Hook, der oft Wanderungen durch die Stadt unternahm, wurde in seinen Planungen dadurch unterbrochen, daß

Terifia ankündigte, sie sei von einem der Bosse, einem gewissen Lars Cu-Foylty, zu dem größten Vergnügen eingeladen worden, das Stellopolis zu bieten habe. Hook hatte von diesem Zeitvertreib, dem die Curl-Leute nur in geschlossener Gesellschaft nachgingen, schon reden gehört. Sie nannten ihn das Exper-Spiel. Es war für die oberste Gesellschaftsklasse und außerordentlich reiche und mächtige Besucher reserviert. Gewöhnliches Volk war nicht zugelassen.

Exper war etwas, das sich keiner, dem sich die Gelegenheit bot, entgehen lassen durfte.

Lars Cu-Foylty, der das Bewußtsein seiner eigenen Wichtigkeit stets weit heraushängen ließ, war so gnädig gewesen, der Dame Terifia zu gestatten, Ryder Hook zu der Exper-Sitzung mitzubringen. Es war eine große Ehre und ein Privileg. Außerdem würde es darauf hinauslaufen, daß in Terifias Bankkonto eine gewaltige Lücke gerissen wurde.

»Ja, sicher, Terifia«, antwortete Hook auf Terifias aufgeregt hervorgesprudelte Ankündigung, »im Prinzip stimme ich dir zu, daß man alles einmal mitmachen soll. Aber in der Praxis halte ich es für eine Torheit.«

»Jetzt muß ich dich einmal fragen, Hook: Bist du ein Spielverderber?«

»Wenn ich das bin, dann bin ich das eben.« Hook hatte keine Lust, dies Thema weiter zu diskutieren. Sein Freund Schaeel, der Hermaphrodit, hatte bei verschiedenen unerfreulichen Gelegenheiten scharfe Bemerkungen über Hooks Muffigkeit gemacht. »Du kannst dir auch den Arm abschneiden, wenn du die Erfahrung gern einmal machen möchtest. Man wird dir einen neuen anwachsen lassen, ich weiß. Aber es ist eine Erfahrung, auf die ich lieber verzichten möchte.«

»Ich weiß es nicht.« Terifia zupfte an ihrem Haar herum.

Sie trug eine Frisur in lebhaftem Elektrikblau mit vielen Löckchen und herabhängenden Korkenziehern, die ihre nackten Schultern berührten. Ihre Haut leuchtete in dem herrlichen Goldbraun, an dem die Bewohner der Galaxis die Abstammung vom Homo sapiens erkannten. »Es wäre vielleicht eine interessante Erfahrung. Wie würde man wohl reagieren?«

»Ich würde ganz gemein darauf reagieren. Mir paßt es ganz und gar nicht, wenn Teile meiner Anatomie mit Gewalt von dem Rest getrennt werden.«

Terifia kicherte und drehte sich mit ihrem niedrigen Hokker herum, so daß die Robotzofen beiseite springen mußten, um nicht von ihren Beinen getroffen zu werden. Sie hatte einen sehr schönen, einen üppigen Körper. Vielleicht ... »Du könntest dir ja«, sagte Hook und baute in die Mitte des Satzes ein Lachen ein, das mit dem, was er sagen wollte, überhaupt nichts zu tun hatte, »die Beine abschneiden lassen. Dann bekommst du ein neues Paar. Es könnte von Vorteil sein.«

Ihre Brüste, fest durch sorgfältige Pflege, wollten schon zu wogen beginnen. Hook hatte Terifia nicht erzürnen wollen, nicht gerade in diesem Augenblick. Aber sie beruhigte sich sofort wieder. »Mach du nur deine Witze, Hook«, erklärte sie. »Ich bin keine Erdenfrau. Ich mag meine Beine. Erdenmädchen haben lange, knochige Stöcke.«

»Oh«, machte Hook.

»Und auf jeden Fall bin ich der Meinung, daß jede Erfahrung es wert ist, einmal gemacht zu werden.«

»Auch die Erfahrung des Sterbens?«

»Wenn es einem gefällt ...«, entgegnete die Dame Terifia und drehte sich wieder zum Spiegel um.

Hook wußte über den Tod bei weitem zu viel.

»Auf mich brauchst du dabei nicht zu rechnen.«

Sie blickte über die Schulter zurück, und jetzt war sie zornig.

»Es hat mich große Mühe gekostet, Lars dazu zu überreden, daß er dich auch einlädt, du großer, häßlicher Affe! Willst du damit sagen, daß du nicht zum Exper-Spiel mitkommen willst?«

»Natürlich komme ich mit.«

»Also, entschließe dich. Während du herumgelaufen bist und dir die Sternenstadt angesehen hast, hat mir Lars viel Aufmerksamkeit erwiesen.«

Hätte Hook zu den Männern gehört, die eifersüchtig über ihre ständige Begleiterin, wie man es nennt, wachen und eventuell sogar Heiratsgedanken hegen, dann hätte ihn diese Bemerkung sofort wachsam gemacht. Sie war ein Gefahrensignal. Aber Terifia, so freundlich sie war, hatte in der Frage der Reparatur seines Kutters nichts für ihn tun können. Sie war nett, das stimmte. Doch Hook band sich niemals für lange Zeit an eine bestimmte Frau.

Besonders nicht an eine, die ihre kurzen, dicken Beine für schön hielt.

»Zieh dich lieber fertig an, Terifia. Wir wollen doch Lars nicht warten lassen.«

»Oh, Hook!«

Terifias Robotzofen kleideten sie mit übertriebener Sorgfalt an und sprühten reichlich pulverisierte Glitzersteine über Schultern, Brüste und Wangen. Ihr Gewand schmiegte sich an ihren Körper, wenn sie sich bewegte, und fiel in reichen Falten nieder, wenn sie stehenblieb. Mit der aufragenden Masse des elektrikblauen Haars und passend eingefärbten Augen sah sie wie ein silbriger Geist aus. Ihre Arme waren ganz von Schmuck bedeckt. Und was ihre Beine betraf – Hook lächelte nicht. Sie mußte sich seine Bemerkung doch zu Herzen genommen haben, denn die verführerischen Schlitze ihres Kleides waren mit Magnetklammern so weit geschlossen, daß sie auf ihren kristallenen Slippern gerade noch frei ausschreiten konnte. Sie würde sich nachher einen winzigen Abend-Antigrav-Pack anschnallen, und zweifellos würde sie weitaus öfter schweben als gehen.

Hook trug eine Jacke und eine Hose, die über seine Stiefel fiel, in strengem, klassischen Purpurschwarz, und dazu einen halblangen Mantel, der scharlachrot abgefüttert war. Seine Ausrüstung hing ihm am Gürtel – die Tonota, der Geldbeutel, der Antigrav-Pack, der Medizin-Pack und der Rest der Ausstattung, die ein zivilisierter Bewohner der Galaxis zu einer Abendunterhaltung unbedingt mitnehmen mußte.

Lars Cu-Foylty erwartete sie in seinen Empfangsräumen.

Mit ausgestreckter Hand eilte er ihnen in dem Begrüßungsritual des Homo sapiens entgegen. Terifia zwitscherte, ungeachtet ihrer hohen Meinung von der eigenen Bedeutung offensichtlich beeindruckt.

»Das ist also der Wahnsinnige, der sich seinen Kutter hat stehlen lassen und der mit keinem Konglomerat in Verbindung steht«, sagte Foylty. Er schüttelte Hook die Hand. Das »Cu« in seinem Namen bedeutete nichts weiter als seinen hohen Rang unter den Curl-Leuten.

»Er ist wirklich ein Wahnsinniger, Lars! Ich habe mir den Mund in Fransen geredet. Eines Tages wird er schon noch einsehen, wie recht ich gehabt habe.«

»Ganz bestimmt.«

Foylty führte sie weiter in einen halbdunklen Raum, wo Männer, Frauen und Nichtmenschen in Sesseln saßen, sich leise unterhielten und tranken, was immer sie wollten. Jedes Getränk konnte auf der Stelle serviert werden. Ein oder zwei Idioten rauchten, wie Hook mißbilligend feststellte. Das war eine abscheuliche Gewohnheit, die die Erde erfolgreich schon vor Jahrhunderten an ihre alten Feinde exportiert hatte.

Hook und Terifia nahmen ebenfalls auf Sesseln Platz, und Foylty stellte sie dem in ihrer Nähe sitzenden Paar vor. Der Mann, selbstsicher, von blühender Gesundheit, dessen Gesicht ihn höchstens wie Fünfzig erscheinen ließ, obwohl er wesentlich älter sein mußte, kaute Stim-Gummi. Hook war bekannt, daß Stim-Gummi nicht ausschließlich von Arbeitern gekaut wurde, aber ungewöhnlich war es doch.

»Jetzt sind wir alle hier«, ergriff Foylty das Wort, und die leisen Gespräche verstummten. »Wir können anfangen. Ich glaube, das, was ich für Sie ausgesucht habe, wird Ihnen allen gefallen.« Er gab seinen Computer-Robotern ein Zeichen, und das Licht ging ganz aus. In der Stille konnte Hook all diese Leute um sich atmen hören. Er hatte von Exper bisher nur gehört. Er hatte keine rechte Vorstellung davon, was ihn erwartete.

Ein perliges Licht glänzte auf der gegenüberliegenden Wand auf. Wenigstens hätte Hook schwören können, die

Helligkeit habe sich von einem Mittelpunkt an der Wand verbreitet. Aber nach einer Weile war das Licht in seinen Augen, in seinem Kopf, und er saß nicht mehr in einem Sessel und betrachtete eine an die Wand geworfene Projektion, sondern er war mitten drin. Er befand sich auf einem sehr merkwürdigen Schauplatz.

»Bei den Locken Curls!« Das war Foyltys Stimme, die von weither zu kommen schien, und doch wußte Hook, daß der Mann sich in einem Raum mit ihm befand. »Wir haben ein Meisterwerk aufgenommen!«

Die Stimme verhallte und verschwand. Hook verschmolz mit einer Gruppe fremder Lebewesen. Sie standen um einen grobgezimmerten hölzernen Wagen herum, dessen eines Rad zersplittert und unbrauchbar unter der Achse lag. Bösartige fledermausähnliche Gestalten glitten zwischen den Ästen der Bäume umher. Rubinrote Augen funkelten auf das halbe Dutzend Lebewesen herab, die sich um den Wagen scharten. Zwei müde Zugtiere, die Mammuts ähnelten, standen geduldig an der Deichsel. Sie ließen die Köpfe hängen, der Schweiß tropfte ihnen vom Fell. Auf dem Wagen waren Haushaltsgegenstände aufgetürmt. Ein kalter Wind blies. Die Nacht war nicht mehr fern, und diese Leute saßen hier fest, und die Nacht barg schreckliche Gefahren.

»Ist es so richtig?« drang Foyltys Stimme wieder in die Szene ein. »Sind wir alle in Verbindung?«

Eine Pause. In dieser Pause merkte Hook, daß ein neues, ein Übelkeit erregendes Gefühl in ihm aufstieg. Er wurde hin- und hergerissen zwischen dem Wissen, daß er in einem Raum der Sternenstadt in einem bequemen Sessel saß, und der unbezweifelbaren Tatsache, daß er neben einem zusammengebrochenen Wagen stand und mit Angst im Herzen der hereinbrechenden Nacht entgegensah.

»Gut«, flüsterte Foylty, und das war das letzte Mal. »Jetzt geht es los.«

Hook sah den Wagen nicht nur, er fühlte auch das rauhe Holz an seinen Händen, als er sich bemühte, den Kasten von dem Rad hochzuwuchten. Nicht, daß das viel Zweck hatte. Das Rad war zerschmettert, und ein neues hatten sie nicht dabei. Irgend etwas heulte unheimlich drinnen im Wald. Das Mädchen neben ihm zuckte ängstlich zusammen. Nun erkannte Hook, was dies neue, quälende Gefühl war, was ihm den Magen umdrehte.

Furcht.

Er war außer sich vor Angst.

Er, Ryder Hook, zitterte vor Entsetzen!

Er drehte sich nach einem Mann um, der laut rufend über die Lichtung rannte. Hook hatte keine Ahnung, was er rief. Das unheimliche Doppelbewußtsein blieb erhalten. Er wußte, diese Leute mit ihrem glatten, kastanienfarbenen Fell, ihren großen, leuchtenden, unter Knochenwülsten liegenden Augen, ihren buschigen Schwänzen, ihren aufwärts gebogenen Mündern, deren Lippen Einschnitte für die scharfen, im Unterkiefer stehenden Fangzähne hatten, gehörten nicht der Rasse Homo sapiens an. Sie waren gar nicht anziehend, diese Fremden. Ihr gräßlicher Gestank stieß ihn ab, und ihr glattes Fell war verklumpt und hing ihnen schmutzstarrend um die Knie und die flachen Polster, die ihnen als Füße dienten.

Und dann wurde aus dem Doppeltbewußtsein ein dreifaches Bewußtsein. Hook wußte nicht nur, daß er in der Sternenstadt in einem Sessel saß und daß er mit verzweifelter Angst versuchte, einen Wagenkasten von einem zersplitterten Rad zu heben und sich in einem Wald befand, der voll von Grauen steckte – er war auch das Grauen!

Denn eine dritte Welle von Sinneseindrücken flutete über ihn hin. Sie vertrieb die Furcht nicht, die der Fremde fühlte, sondern sie verstärkte sie und stimmte sich darauf ab. Hook blickte mit wilden, rubinroten Augen aus den Bäumen des Waldes, und er leckte sich hungrig die Schnauze, während er die Beute unten abschätzte.

Diese Wesen würden ein gutes Fressen abgeben. Er malte sich schon aus, wie er seine Klauen in ihre Körper schlug, große Stücke aus ihnen herausriß, den Pelz ausspie, Nase und Zähne in die warmen Gedärme senkte! O ja, Hook würde heute abend gut speisen – und Hook würde in Furcht und Todesqual schreien, wenn er gefressen wurde.

»Oh! Oh!« ächzte Terifia aus dem Sessel neben ihm. Er konnte sie nicht sehen, aber er wußte, daß sie einen Orgasmus erlebte, und deshalb wußte er auch, daß sie sich den dunklen Mächten des Exper völlig hingegeben hatte.

Die abendliche Unterhaltung ging weiter. Die fledermausähnlichen Gestalten schossen von den Bäumen, Klauen und Fänge ausgestreckt, und rissen ihre Beute. Hook griff sein Opfer an, und Hook packte eine Sichel und versuchte verzweifelt, das Entsetzen abzuwehren, das sich aus dem nächtlichen Wald auf ihn stürzte.

Grauen und Blut und Schmerz hüllten Hooks Verstand ein.

Die alles bestimmenden Motive des Lebens und des Todes wurden offensichtlich und auf gräßliche Weise transparent.

Denn er war nicht nur eine Person, die mit dem Wagen kämpfte und sich umdrehte und schrie und spürte, wie ihm die Kehle aufgerissen wurde. Er war nicht nur eins der Fledermausgeschöpfe, das vom Baum herabschoß und riß und zerrte und gierig an dem dampfenden Blut leckte. Er war alle bepelzten fremden Lebewesen mit ihrem jämmerlichen Wagen, und er war alle die scheußlichen Fledermäuse mit ihren gnadenlosen Fängen.

Hook gelang es nicht, sich der Wirkung des Exper zu entziehen.

Er war sich nur der Kumulationen von Furcht und Tod einerseits und von Blutrausch und Töten andererseits bewußt.

Er litt und triumphierte gleichzeitig. Er wurde getötet, und er tötete. Und er erlebte das alles in vielen Körpern gleichzeitig.

Sein Körper bebte unter den wiederholten Schocks, und sein Gehirn zuckte und reagierte auf Blut und Eingeweide, auf Klauen und Fänge, auf Tod und Zerstörung.

Nach einiger Zeit, als Hook die entsprechende Anzahl von Toden gestorben war, konnte er zurück auf die Bäume des Waldes fliegen. Er war vollgefressen, und von seinen Fängen baumelte im Flug ein langes Stück Darm.

Danach gab es nur noch Stille und Dunkelheit und Erschöpfung.

Langsam, so wie das blasse Morgenlicht durch das verhüllte Fenster eines Waschraums dringt, glomm die Beleuchtung in dem Raum wieder auf, und Hook konnte sich die Gesichter seiner Mit-Exper ansehen.

Es war nicht ganz der Ausdruck von Werkler-Katzen, die sich an Werkler-Mäusen gemästet hatten. Vielmehr zeigten sie eine Stumpfheit und eine Völle, die sich eher auf den Geist als auf den Magen konzentrierte. Sie sahen geistig vollgefressen aus.

Lars Cu-Foylty erhob sich und spreizte die Hände.

»Ich muß mich sehr bei Ihnen allen entschuldigen, und besonders bei unseren Gästen. Aber manchmal laufen diese Dinge eben auf diese Art.«

Der Mann mit dem Stim-Gummi schnaubte und sagte etwas wenig Nettes über bleichgesichtige Schwächlinge – und kein richtiges Blut – und er fühlte sich betrogen, wenn das Ganze nicht in verbesserter Form wiederholt werde.

»Aber gewiß, mein lieber Felton. Wie ich sage, unsere Kontrolle läßt uns manchmal so wie in diesem Fall im Stich. Morgen früh lasse ich die Techniker als erstes das Exper überprüfen.«

Hook fragte sich, worüber sie eigentlich redeten.

Jetzt wußte er, was ein Exper war. Er hätte angenommen, die Leute hier hätten etwas bekommen, das ihr Geld wert war. Aber dieser unsympathische Felton beschwerte sich. Das Exper war ihm nicht blutig genug gewesen. Entweder das – oder es steckte mehr dahinter, als Hook erkennen konnte.

Er wußte ja nicht, wie das grauenhafte Erleben von Entsetzen und Sterben auf die Curl-Leute von Stellopolis gewirkt hatte.

Kein Wunder, daß Terifia seinen Einwand gegen die dumme Redensart, man müsse alles einmal mitmachen, so leichthin abgetan hatte! »Auch die Erfahrung des Sterbens?« hatte er gefragt. Und sie hatte erwidert: »Wenn es einem gefällt ...«

Auch diese Erfahrung konnte ein Exper vermitteln. Es konnte einem Mann oder einer Frau einen Ersatz für die Impressionen des Sterbens liefern. Hook hatte es gar nicht gefallen. Er fand es obszön, unanständig, unmoralisch. Er hätte verstehen können, wenn die Exper-Experimente zu wissenschaftlichen Forschungszwecken angestellt wurden. Diese Anwendung der Erfindung war widerlich.

Furcht! Ryder Hook hatte vor Furcht gezittert, dort in dem Wald, als er mit dem verfluchten Wagenrad kämpfte und sein Geschick verfluchte, das ihn in diese Lage gebracht hatte, als ihm die grausamen Klauen die Kehle aufrissen, sein Gedärm in den Schmutz warfen. Die Furcht hatte ihn gelähmt, hatte ihn vernichtet. Furcht! Es gab Leute in der Galaxis, die die Furcht genossen. Sie schwelgten in den dunklen Mächten, die in jedem menschlichen verborgen sind. Es machte ihnen Spaß, auf unendlich schmerzvolle Weise die Empfindungen des Entsetzens und des Abscheus in die Länge zu ziehen.

Und auch das Gegenteil gab es. Die Lust und der Hunger zu töten, zu zerstören, die Schwachen und Demütigen zu vergewaltigen. Es war ein Bestandteil des galaktischen Lebens, und am raffiniertesten trat es in der Weise zu Tage, wie die Multisystem-Konglomerate über Leichen gingen, um ihre Gelüste zu befriedigen. Welchen Wert hatte für sie eine Kultur oder ein Volk, wenn sie aus dieser Kultur keinen Profit ziehen konnten? Die beiden dunklen Mächte der Furcht und der Zerstörung hatten wie bestialische Phantome in Hooks Gehirn triumphiert, und jetzt fühlte er sich unsauber.

»Nun, Hook? Hat das Exper nicht alle Erwartungen erfüllt?« erkundigte sich Terifia lächelnd.

Hook wies mit dem Kinn auf Felton, der sich immer noch mit lärmender Stimme bei Foylty beschwerte. Felton, das war klar, fühlte sich um irgendeine sehr bedeutende Erfahrung betrogen.

»Er ist nicht der Meinung, Terifia.« Hook sah sie an und

löschte den Ausdruck der Verwirrung aus seinem Gesicht. »Hat dir das wirklich Freude gemacht?«

»Du bist doch derjenige, der gesagt hat, man müsse alles einmal mitmachen! Jetzt hast du die Erfahrung des Todes gehabt ...«

Hook hätte beinahe geantwortet, diese Erfahrung sei ihm nichts Neues, aber er schluckte die Bemerkung hinunter. Diese Frau wußte nichts von der Verbindung zwischen einem Agenten und der Kontrolle und einem zweiten Agenten durch die nicht telepathischen Gedankenströme, die die ganze Galaxis durchzogen. Sie würde ihn nicht verstehen.

»Und hat es eine bessere Frau aus dir gemacht?«

»Bist du heute abend aber spießig, Hook! Die Curl-Leute haben uns einen Gefallen erwiesen. Ein Exper ist kostspielig, weißt du.«

»Ich weiß den Gefallen zu würdigen, Terifia.«

»Laß uns gehen, Hook.«

»Ja. Ich halte das auch für das Beste.«

Aber so leicht sollte er nicht entkommen.

Lars Cu-Foylty trat lächelnd auf sie zu. Er war nicht gerade arrogant, aber er ließ sich anmerken, daß er sich seiner Position bewußt war. Hook belustigte es, daß Terifia automatisch ganz die große Dame wurde.

»Ich hoffe, Sie haben sich gut unterhalten, Taynor Hook. Obwohl, wie ich erklärte, die Voydun nicht sehr kooperativ waren. Ich bereite einen Jagdausflug vor, und es wäre mir eine Ehre, wenn Sie sich uns anschließen wollten.« Terifia bewegte die Schultern, die in dem sanften Licht golden schimmerten, und Foylty setzte geschmeidig hinzu: »Sie werden doch sicher die Dame Terifia begleiten wollen, Taynor Hook.«

Es war eine Feststellung.

»O ja, Hook!« Terifia strahlte den Curl-Mann glücklich an und führte eine mit Ringen geschmückte Hand an ihr elektrikblaues Haar. »Das hört sich wie ein Riesenspaß an!«

»Dann lassen Sie sich von Ihren Robotern entsprechend ausrüsten. Und, meine liebe Dame, seien Sie morgen nach

Dunkelwerden hier. Ich kann Ihnen ein herrliches Vergnügen versprechen.«

Der gummikauende Felton warf ein: »Ich nehme Sie beim Wort, Foylty. Nach heute abend bin ich scharf auf eine richtige Erfahrung.«

»Sie werden sie bekommen, Felton. Das verspreche ich Ihnen.«

Mit der lächelnden Terifia an seinem Arm ging Hook hinaus. Er fragte sich, warum in aller Welt er sich so leicht hatte überreden lassen. Aber eins stand fest. Terifia und Foylty hatten gemeinsam beschlossen, daß er, Hook auf die Jagd gehen sollte.

Vielleicht, dachte Ryder Hook mit plötzlich ausbrechender Heftigkeit, vielleicht konnte er ihnen den Gefallen tun, ein bißchen Schwung in die Sache zu bringen.

VIII

Terifia wollte unbedingt, daß Hook die neuen Stiefel trug, die sie ihre Roboter für ihn hatte kaufen lassen.

Die dreidimensionalen Bilder des Fernsehapparats nahmen die ganze hintere Wand ein. Sie hatten über das Kommunikationsnetz einige ausgewählte Stucke aus Hooks Fünfzig-Kilo-Ladung Kunst gezeigt, und alle stimmten überein, die Ware sei von erster Qualität. Es war sogar Musik aus einem Zeitalter vor der Entdeckung der Raumfahrt dabei, längst vergessen und nur aus Werken bekannt, die sie nebenbei oder als Fußnote erwähnten. Über die Wiederbelebung dieser alten Musik hätte es eine Menge zu reden gegeben. Aber im Augenblick stritt Hook mit Terifia über seine Stiefel.

Natürlich hatte er seine Stiefel auch früher schon verloren und würde sie in Zukunft wieder verlieren. Aber jedes Mal kam es ihm verdammt ungelegen, wenn er sich neue anfertigen lassen mußte. Er schlenkerte seinen linken Stiefel vor dem Gesicht der Dame Terifia hin und her, und sie trat einen Schritt zurück.

»Sieh ihn dir an, Terifia! Was ist denn nicht in Ordnung mit ihm? Mir gefallen meine Stiefel!«

»Aber sie sind *abgetragen*, Hook! Das mußt du doch selbst sehen!«

Den Grund für diese Feststellung brauchte sie nicht weiter zu erklären. Niemand trug in dieser Galaxis alte oder abgetragene Kleider, wenn er neue haben konnte. Nur Sklaven und ähnliche Unglückliche mußten sich so weit erniedrigen.

»Sie haben mir gute Dienste geleistet. Hör zu, Liebes. Die neuen Stiefel sind sehr schön, aber ich würde es doch vorziehen, auf dieser Safari meine eigenen zu tragen.«

Safari. So nannte Lars Cu-Foylty den geplanten Ausflug auf den Planeten, um den die Sternenstadt kreiste.

Terifia gab keine Ruhe, bis Hook sie auf ein Schwebebett warf und ihr das hauchdünne Negligé abriß. Sie trug Abend für Abend ein neues, wie es bei einer Dame ihrer Stellung üblich war. Hook übersah geflissentlich ihre kurzen, dicken Beine und konzentrierte sich auf die Teile ihres Körpers, die er ehrlich bewunderte. Bald darauf ächzte und stöhnte sie und klammerte sich an ihn und vergaß sämtliche Stiefel, ob alt oder neu.

»Du bist ein Teufel, Hook! Ein schwarzer Teufel!«

»Jawohl.«

»Laß mich atmen – ich ersticke.«

»Schon genug?« Er stieß sie in die Seite, und sie lachte, und sie fingen noch einmal von vorn an. Als Hook endlich in sein eigenes Bett stieg, war er überzeugt, sie werde sich keine Gedanken mehr um die Stiefel machen. Trotzdem mußte er sich irgendwann ein Paar Stiefel besorgen, von denen jeder mit einem Antigrav-Pack ausgerüstet war. Er schreckte davor zurück, sich deshalb an Terifia zu wenden. Aber solche Siebenmeilenstiefel wären ihm schon früher öfters von Nutzen gewesen. Er mußte darüber nachdenken ... Einmal hatte er welche gehabt, aber sie waren ihm am Körper verbrannt, und er hatte nie wieder Ersatz bekommen. Kurz bevor er einschlief, hatte er eine apokalyptische Vision von den pelzigen Fremden mit ihren häßlichen Gesichtern und den leuchtenden, unter Knochenwülsten verborgenen Augen und den Plattfüßen und dem Übelkeit erregenden Gestank, wie sie von den fledermausähnlichen Ungeheuern in blutige Fetzen gerissen wurden.

Hölle und Verdammnis!

Je schneller er von Stellopolis wegkam, desto besser war es.

Am nächsten Morgen veranstaltete Terifia einen großen Wirbel um das Aussuchen ihrer Jagdkleidung.

Sie ließ sich auf einem halben Dutzend Bildschirmen gleichzeitig Katalogbilder vorführen, sie suchte und wählte, sie verwarf wieder. Schließlich stand sie bis zur Taille in einem Haufen wieder ausgezogener Kleidungsstücke. Sie hatte sie bestellt, und sie waren nach ihren Maßen und Angaben angefertigt worden. Doch jetzt trat sie sie gereizt mit dem Fuß beiseite und warf sich in einen Sessel.

»Nichts steht mir, Hook!«

»Alles steht dir, Terifia. Nun hör einmal zu. Du bist doch sicher früher schon einmal auf einer Jagd gewesen ...«

»Natürlich!«

»Also, trag etwas Einfaches und Bequemes und Unerzstörbares. Etwas, das dir ringsherum Schutz gibt und mit einem Lebenserhaltungssystem ausgestattet ist ... Mehr gibt es dazu doch nicht zu sagen. Du solltest dir lieber um deine Waffen Gedanken machen, denn ...«

»Predige nur weiter!«

»Wir wissen nicht einmal, auf was wir eigentlich Jagd machen werden.«

»Lars sagte, wir sollten eine Projektilwaffe mitnehmen. Er hat mir eine Swan-Durk Magnum als Handfeuerwaffe empfohlen. Und ...« Terifia führte die Hand an die Stirn, schürzte die Lippen und dachte nach. »Was hat er jetzt über das Gewehr gesagt? Oh, ich weiß es nicht mehr. Ruf ihn an, Lieber, und frag ihn, ja?«

Als Hook anrief, stellte Foyltys Computer-Roboter zum

Materietransmitter durch. Es gab eine kleine Verzögerung, und dann erschien das schwere, autoritäre Gesicht des Curl-Mannes auf dem Bildschirm.

»Taynor Hook. Ich habe den Matra für unsere Safari überprüft. Sie kennen den Aberglauben ...« Er hob nachlässig die linke Hand.

Der Ärmel fiel zurück, so daß die Kreditkarte im Licht aufblitzte.

»Natürlich. Es ist aber kein Aberglaube.«

Foyltys schwere Augenbrauen senkten sich, eine Miene, mit der er zweifellos seine Untergebenen einschüchterte. »Sie sind doch nicht – ängstlich, Taynor Hook?«

»Doch, natürlich, Curl-Mann Cu-Foylty.« Hook hielt die Vorsichtsmaßnahme für angebracht, den Mann auf höfliche Weise anzureden. »Laut Statistik versagt ein Materietransmitter unter einer Million Fällen einmal. Ich habe keine Lust, der millionste zu sein.«

»Das hat keiner. Ich kann Ihnen jedoch versichern, daß unser Matra hier in Stellopolis wesentlich besser funktioniert als der statistische Durchschnitt. Haben Sie deswegen angerufen? Ich habe ziemlich viel zu tun ...«

Hooks Gesicht blieb völlig unbewegt.

»Die Dame Terifia möchte noch einmal nachfragen, welches Gewehr Sie ihr empfohlen haben.«

»Ist das alles?« Die Antwort entfuhr dem Curl-Mann, bevor er Zeit gehabt hatte nachzudenken. Hook wartete, und Foylty zwang sich zu Liebenswürdigkeit. Nackte Macht wirkt niemals angenehm. »Ich habe ihr ein Krifarm-Scharfschußgewehr Modell Vier empfohlen.« Foylty wandte den Kopf und sprach mit einem Techniker, der neben der Sendestelle des Matra stand und auf dem Bildschirm als verwischter Schatten zu erkennen war. »Fünfzehn Komma drei zwei, du Gonil! Ich lasse dich kastrieren, wenn du einen Fehler machst!« Er wandte sich zu Hook zurück und zauberte von neuem ein Lächeln herbei. »Kennen Sie sich mit Waffen aus?«

Hook entschied, es zahle sich nicht aus, wenn er diesen Curl-Mann lächerlich mache. »Ein bißchen«, log er. »Ich bin kein Experte. Aber – ein Krifarm-Scharfschußgewehr, sagten Sie? Keine Zable-White?«

Foyltys Gesichtsausdruck hätte Milch gerinnen lassen.

»Ich ziehe ein Krifarm-Scharfschußgewehr vor. Die Zable-White hat ein elektronisches Rückstoß-Aufladungssystem, dem ich nicht traue. Die Krif-Männer stellen eine bessere Waffe mit magnetischem System her – wie Sie sicher wissen.«

Sarkastischer Bastard, dachte Hook bei sich. Der Dummkopf setzte offenbar voraus, daß Hook überhaupt nichts wußte.

»Gut, Curl-Mann Cu-Foylty. Ich werde der Dame Terifia sagen, sie solle sich eine Krifarm bestellen.«

»Und Sie?« fragte Foylty scharf.

»Oh«, sagte Hook, und er erinnerte sich daran, daß er Ryder Hook war oder zumindest das bißchen, was von Ryder Hook in dieser verdammten Sternenstadt übriggeblieben war. »Ich werde dem Rat meines Freundes folgen und bei einem Zable-White-Scharfschußgewehr Modell Neun Stern bleiben.«

»Wie Sie wünschen.« Foylty war beleidigt. Hook trennte die Verbindung und hätte beinahe gelacht.

Terifia tanzte in dem Apartment herum. Sie trug einen silberglitzernden Sicherheitsanzug, in dem sie sehr attraktiv aussah. Er modellierte ihre Brüste und Hüften und Oberschenkel, und er war weit genug unter den Armen und zwischen den Beinen, daß sie genügend Bewegungsfreiheit hatte und trotzdem sehr elegant wirkte. Hook sah sich einer Jagdgefährtin gegenüber, die sich offenbar einbildete, die wilden Ungeheuer und das Ungeziefer oder was sie da jagen wollten, würden sie auf ihre modische Erscheinung hin kritisch mustern.

»Vergewissere dich, Terifia, ob du alles eingesteckt hast, was du brauchen könntest.«

»Alles, Hook? Eingesteckt?«

Ihre Beziehungen hatten solche Fortschritte gemacht, daß Hook es wagen konnte, zu lachen und eine Erwiderung zu geben, die Terifia zum Kichern brachte. Sie war nicht schlecht. Hook war sich bewußt, daß die Sternenstadt unaufhörlich an seiner Persönlichkeit fraß und einige der Werte umwandelte, die er mit dem Leben in der Galaxis verband. Trotzdem war er auf etwas unklare Weise überzeugt von seiner Integrität, vertraute er darauf, daß er Ryder Hook blieb, ganz gleich, welche Verlockungen ihm auf den Weg gelegt würden. Das Hineingleiten in das bequeme Leben der Reichen ging zu verdammt leicht.

Die Gewehre kamen durch die Lieferschlacht, und Hook sah sie sich mit der schnellen Sicherheit des Fachmanns an. Er öffnete das Krifarm-Gewehr und reichte es Terifia.

»Schieß dir nicht den Kopf damit ab, Liebes. Du könntest ihn vielleicht noch brauchen.«

Sie revanchierte sich mit einer entsprechenden Bemerkung, als er die Zable-White prüfte. Projektilwaffen waren immer interessant in einer Kultur, wo die Energiewaffen Metall verdampfen und die Atome, aus denen ein Mensch zusammengesetzt ist, zu Nichts zerblasen konnten. Das lineare Magnetfeld stieß die Kugeln mit hoher Geschwindigkeit ohne den Krach und den Rückstoß eines Explosivstoffes aus. Die Kugel selbst war vollkommen stromlinienförmig, da sie keine eckige Basis brauchte. Es war reichlich Munition mitgeliefert worden. Hook half Terifia, den Patronengurt umzulegen. Manche Frauen haben naturgegebene Schwierigkeiten damit, einen Patronengurt über der Brust zu tragen, und Hook hatte nichts dagegen einzuwenden, daß es auch bei Terifia der Fall war. Ihm war nur eine Vorsichtsmaßnahme für diese verdammte Safari eingefallen, und zwar die, daß er für beide Gewehre das gleiche Kaliber bestellt hatte.

Als er seinen eigenen Sicherheitsanzug in Dunkelgrün anzog, legte Terifia den Kopf auf die Seite und machte »Ts-ts-ts!« Dann sagte sie: »Das ist gefährlich, Hook. Du solltest Orange tragen oder einen Glitzeranzug wie ich.«

»Das hat man mir bereits gesagt.«

Er schloß den Anzug mit Magnetklammern und vergewisserte sich, daß er bequem saß. Einen Antigrav-Pack trug er im Kreuz. Er verwarf den Einfall, eine Antigrav-Weste mitzunehmen. Es war unwahrscheinlich, daß sich die Jagdgesellschaft weit von dem Materietransmitter auf Voyden entfernen würde. Den Medizin-Pack ließ er nie zurück. Er behielt seine Tonota Achtzig. In einer Gesellschaft, in der es jedem einzelnen überlassen blieb, ob er eine Waffe bei sich tragen wollte oder nicht, hatte Hooks Schicksal ihn soweit gebracht, daß er sich ohne Waffe nackt fühlte. Es war der besonderen Gesellschaft zuzuschreiben, in der er sich bewegte. Wäre er ein Aufseher für Büroroboter oder ein Techniker gewesen, der ein Leben ohne Aufregungen auf einem sicheren Planeten führte, dann hätte er vielleicht von der Geburt bis zum Tod nie ein Gewehr gesehen. Aber Ryder Hook lebte nicht auf einem netten, sicheren, zivilisierten Planeten. Er verbrachte sein hektisches Leben draußen zwischen den Sternen, und mochte das faule, hedonistische Leben in der Sternenstadt auch an seiner Willenskraft gezehrt haben, in diesem Punkt hatte es ihn nicht verändert.

Er hatte Terifia mit einer Entschlossenheit, die keinen Widerspruch zuließ, gesagt, daß er ihr das Geld, das sie für ihn aufwandte, zurückzahlen würde – und wenn nötig, mit Zinsen. Hook hatte keine heilige Vorstellung der Art, die Frauen seien den Männern von Natur aus überlegen. Aber er wollte weder einem Mann noch einer Frau gegenüber eine Verpflichtung haben. Dazu liebte er seine Unabhängigkeit zu sehr. Und Terifia war sich klar darüber, daß sie sich nicht der Illusion hingeben durfte, sie habe Hook fest an der Leine.

Sie nahmen in Muße eine Mahlzeit zu sich und sahen sich noch ein paar ausgewählte Stücke aus den fünfzig Kilogramm Kunstaufzeichnungen an, die Hook nach Stellopolis gebracht hatte. Dann warf er sie noch einmal aufs Bett und zeigte ihr, daß ihm, auch wenn sie kurze, dicke Beine hatte, alles andere an ihr außerordentlich gut gefiel. Und dann trafen sie sich mit Lars Cu-Foylty am Matra-Block.

Allerdings sagte Terifia – und Hook ärgerte sich mehr darüber, daß sie es sagen mußte, als über die Bemerkung selbst –, daß Bunjis Vater, wenn er nur halb der Mann gewesen wäre, der Hook war, vielleicht noch am Leben sein könnte. Hook gab keinen Kommentar dazu ab.

»Sie bestehen darauf, diese gefährliche Farbe zu tragen?« fragte Foylty gereizt.

»Sie gefällt mir eben«, antwortete Hook nachlässig. Zum Teufel, wenn der Affe hier und jetzt eine Schlägerei anfangen wollte, wäre Hook gerade in der richtigen Stimmung dazu. Sobald die Safari beendet war, wollte er abreisen. Terifia nahm zwei ihrer neuen Leibwächter mit. Hook dachte bei sich, daß sie da unten auf Voyden vielleicht noch etwas mehr Muskelkraft brauchen würden.

»Nun gut«, sagte Foylty. »Wir werden in Gruppen von je acht Personen durch den Matra gehen.« Er bedachte Terifia mit seinem dunklen, machtvollen Lächeln. Hook vermutete, so lächelte er, wenn er Pläne für einen lukrativen Geschäftsabschluß machte. »Ich gehe zusammen mit Ihnen, Terifia.«

»Wie nett von Ihnen, Lars.«

Der Matra-Block, der die Sendestelle umschloß, war früh in der Geschichte der Sternenstadt gebaut worden. Er war von der eigentlichen Stadt getrennt und zog selbständig seine Bahn um den Planeten. Es wurde für eine Materietransmission eine ungeheure Energie benötigt, aber der Transport auf die planetare Oberfläche per Matra war schneller und längst nicht so umständlich wie ein Raumflug mit einer Fähre. Trotzdem fühlte Hook sich sehr unbehaglich, als er auf der rotgestrichenen Sendestelle stand und die Wände der Zelle die Gruppe von acht Personen einschlossen. In diesem Zeitalter war nichts Besonderes mehr daran, die Atome eines Menschen aufzulösen und durch den Raum zu schießen und dann wieder zusammenzusetzen. Aber bei dem Gedanken daran, daß es – laut Statistik – den Materietransmittern das Zusammensetzen einmal unter einer Million Fällen nicht gelang, konnte man eine Gänsehaut bekommen.

»Fertig?« Alle nickten sie wie Roboter. Foylty erteilte den Befehl, es gab einen kurzen Energiestoß, das Gefühl, man werde in den Hintern getreten – aber nur sachte – und einen Verlust der Orientierung. Dann standen sie auf der Empfangsstelle, die sich auf der Oberfläche des Planeten Voyden befand.

Hook sah nach oben.

Sie waren bei Tageslicht und in einem bewaldeten Gebiet gelandet, das mit dichtwachsenden Farnen bedeckt war. Oben am Himmel war absolut keine Spur von Stellopolis zu entdecken.

Terifia stellte mit einer Stimme, die eine Vierteloktave zu hoch klang, fest: »Wir sind alle hier.«

Hook hatte sich nicht die Mühe gemacht nachzuzählen. Wenn der millionste Fall gerade eben eingetreten sein sollte, hatte es jedenfalls nicht ihn getroffen.

»Hier entlang.«

Foylty setzte sich an die Spitze. Er marschierte mit schwingenden Schritten, und sein orangefarbener Sicherheitsanzug leuchtete im Licht der Sonne Purlon Major. Die anderen schlossen sich ihm an. Gleich darauf fluchte Terifia und öffnete ihre Tasche und schmierte sich Salbe auf die Haut. Bei der Jagdgesellschaft waren drei andere Frauen, und auch sie begannen, sich einzusalben. Hook hatte eine Fliege von seiner Stirn geschlagen. Es war seltsam, daß er als Raumfahrer sich aus körperlichem Unbehagen nichts machte, solange er wußte, daß es der Realität entsprang. Sie gingen auf die Bäume zu, und die drei anderen Gruppen von je acht Personen kamen durch den Matra und folgten ihnen.

Der Tag versprach Sonnenschein und keinen Regen und jedes Vergnügen, das der Planet Voyden zu bieten hatte.

Terifias zwei Leibwächter schritten wachsam über den welligen Teppich aus niedrigen Farnen, der eine voraus und zu ihrer Linken, der andere hinter und rechts von ihr. Terifia hatte darauf bestanden, daß Hook an ihrer Seite ging, aber sie plauderte unentwegt mit Murl, der älteren und häßlicheren der beiden Frauen, von denen sie Hook erzählt hatte, sie verstehe sich mit ihnen. Die Gruppe mußte durch und über das dichte Farnkraut trampeln. »Am

Waldrand entlang wird es leichter gehen«, rief Foylty. »Aber ich wollte den Matra gern auf einem freien Platz stehen haben.«

Terifia brauchte sich nicht mit ihrem Gewehr abzuschleppen, das trug einer der Leibwächter, und aus ihrem Schwatzen hätte man schließen können, daß sie in bester Verfassung sei. Aber plötzlich fluchte sie und erklärte: »Ich gehe keinen Schritt weiter. Schließlich habe ich den Antigrav-Pack nicht umsonst mitgebracht.«

Bald darauf schwebte die ganze Gruppe drei Meter über den Farnkräutern durch die Luft. Hook flog mit ihnen, obwohl er sich gern einmal ausgelaufen hätte.

Hook liebte Bäume. Ein einziger Blick auf die Bäume dieses Waldes belehrte ihn, daß er unter entsprechenden Umständen auch Bäume hassen konnte. Die Stämme besaßen eine primitive, schuppige Rinde und eine speckigen Glanz, so daß man nicht den geringsten Wunsch verspürte, sie anzufassen, und die Blätter und Zweige ragten scharf und gezackt gen Himmel. Da oben zogen langsam ein paar Wolken vorüber. In dieser Landschaft mit dem matschigen Boden und dem Farnkraut und den häßlichen Bäumen konnte nur die gute alte Sonne Ryder Hook ein bißchen Trost spenden.

Es klatschte, und zwischen den Bäumen schoß ein reptilienähnliches Wesen in Scharlachrot und Grün hervor. Der Schwanz peitschte, die Flügel schlugen heftig. Sofort feuerte ein halbes Dutzend Gewehre los. Das Flugwesen schrumpfte mitten in der Luft, die Überreste fielen zu Boden. In diesem Augenblick faßte Hook den Entschluß, sich von der Jagdgesellschaft zu trennen. Er hatte keine Lust, sich in eine Diskussion einzulassen und all seine zwingenden Gründe für die Achtung vor dem Leben vorzubringen. Er wußte, was er wußte. Ihm war absolut nicht danach zumute, über diesen Planeten zu ziehen und auf alles zu schießen, was sich bewegte.

»Ich habe es sauber getroffen!« rief ein dicker Mann und schwenkte sein Gewehr. »Es gehört mir!«

»Ich habe es getroffen! Es gehört mir!«

Zwei oder drei andere stimmten ein. Und jetzt stellte Hook etwas fest, das eigentlich zu unwichtig war, um darüber einen Kommentar abzugeben. Zufällig waren alle Mitglieder der Safari von humanoider Form, entweder der Homo sapiens oder Mal oder Vertreter einer Rasse, die dem Homo sapiens sehr ähnlich war. Es war nur ein Zufall, aber er gab Ryder Hook zu denken.

Die Jäger flogen nun schneller auf den Wald zu, und an der Spitze hielten sich diejenigen, die behauptet hatten, das Flugwesen sei ihre Beute. Terifia sah zu Hook hin, der sein Gewehr in der rechten Hand hielt. »Gib mir mein Gewehr«, befahl sie dem einen Leibwächter. »Ich hatte geglaubt, du könntest gut mit Waffen umgehen, Hook. Du hattest noch nicht einmal gezielt, als die anderen schon feuerten.«

»Richtig«, antwortete Hook. »Ich kehre nach Stellopolis zurück.«

»*Was?*«

»Du kommst hier ohne mich zurecht, Terifia. Ich bin nicht in der Stimmung, wilde Tiere abzuschlachten.«

»Hast du einen schwachen Magen oder so etwas?«

»Wahrscheinlich.«

»Du enttäuschst mich, Hook.«

»Diese Safari scheint das zu sein, was dieser Gonil Foylty sich unter einem guten Spaß vorstellt. Ich bin anderer Meinung.«

»Lars ist ein großer Jäger! Er kommt oft zum Schießen hier herunter.«

Diese Bemerkung würdigte Hook keiner Antwort.

Ein Ausflug in die Wildnis des Planeten mußte für die Bewohner der Sternenstadt mit ihrem sybaritischen Lebensstil und dem wissenschaftlich kontrollierten Luxus und der absoluten Sicherheit ein prickelndes Erlebnis sein. Aus dem Schutz ihrer Metall- und Plastik-Umgebung, aus der künstlichen Luft entflohen sie in den frei dahinschwebenden Wind. Hoch und blau wölbte sich der Himmel über ihnen, und die Sonne war nicht mehr der Feuerball, als den man sie vom Raum aus sah, sondern eine freundliche goldene Scheibe, die zwischen den Wolken hervorlugte. Dieser Ausflug in ein primitives Leben mußte den Curl-Leuten zusagen. Nach ihnen waren Roboter durch den Materietransmitter geschickt worden, und zweifellos waren sie schon dabei, ein lukullisches Picknick vorzubereiten. Aber die Leute gaben sich der Illusion hin, zum einfachen Leben zurückzukehren, große Jäger zu sein, die gefährliches Wild beschlichen. Sie genossen das Gefühl der Weite und der Freiheit. O ja, Ryder Hook konnte durchaus verstehen, warum die Curl-Leute auf die Jagd gingen.

»Diese fliegende Reptil war nur ein Gewürm, Hook. Ein Gewürm!«

»Mag sein. Aber es haben zu viele Leute geschossen, die das gar nicht wissen konnten. Wenn sich die Jagd auf diese Weise abspielen soll, sage ich nein, danke.«

Terifia erboste sich vor allem darüber, daß sie in den Augen der anderen sehr dumm dastehen würde, wenn Hook sie im Stich ließ. Vielleicht hatte Hook recht, und da war es besser, sie kehrten beide zurück. Was ihren Sohn Bunji betraf, so konnte er von ihr aus jetzt, wo er volljährig war, hingehen und sich aufhängen. Er hatte seine Absichten kundgetan. Also wußte sie, was sie zu tun hatte ...

Die Hauptgruppe hatte die Bäume erreicht und suchte mit homotropischen und organotropischen Spürgeräten nach dem Körper des getöteten Reptils. Andere Flugwesen flatterten ängstlich hoch, und sämtliche Gewehre begannen zu knattern. Kugeln stießen auf und explodierten und zerrissen die Flügel und Körper der Reptilien zu schuppigen Fetzen.

»Hook, du hast recht. Ich komme mit dir. Ich kenne eine Stelle am Meer. Dort gibt es einen herrlichen Strand mit ganz feinem, schwarzen Sand, der einen streichelt – o ja, Hook, laß uns gehen. Ich kann es kaum noch erwarten.«

Ein dünner Heulton zerriß die warme Luft. Hook blickte nach oben. Eins der vielflächigen, wie Diamanten geformten Boote, die die Bewohner der Sternenstadt benutzten, um Fracht oder Personen physisch vom Planeten nach Stellopolis zu befördern, schoß über den Horizont. Für gewöhnlich schickten die Curl-Leute eine riesige Frachtkugel nach unten, deren Hülle dicht bei dicht mit diesen Booten besetzt war. Zur Beförderung größerer Mengen war das praktischer als der Matra. Hook sah sich das Boot an. Es hatte schmale Flanken und in der Mitte konische Blasen, eine auf dem Rücken und eine auf dem Bauch. Es wendete und landete außer Sicht hinter einem gewaltigen Farngebüsch. Da hatte es irgendwer sehr eilig.

»Hast du nicht gehört, Hook? Laß uns gehen!«

»Ja, Terifia.« Er würde froh sein, wenn er Stellopolis verlassen konnte, aber er bezweifelte, ob ihm der schwarze Schlamm da unten zuträglicher sein würde.

Sie wendeten. Die beiden Leibwächter begaben sich auf ihre Positionen. Sie flogen zurück. Der Matra-Block stand still und dunkel da.

»Du wirst in Stellopolis anrufen müssen, Prezwy«, sagte Terifia zu einem der Wachen.

»Jawohl, meine Dame«, antwortete er und streckte die Hand nach dem Rufknopf aus.

Seine Hand berührte den Knopf beinahe. Aber an dieser Hand hing kein Arm und kein Körper mehr. Es war nichts mehr da außer einem blendenden Licht. Hook wurde von der Hitzewelle zurückgeschleudert. Er griff nach Terifia. Der andere Leibwächter feuerte in Panik los und versengte die Büschel der Farne. Hook warf sich flach in den quatschenden Schlamm. Terifia kreischte. Sie verstummte, als ihr der schwarze Morast in den Mund geriet.

Der zweite Leibwächter hatte zu lange gewartet. Er löste sich in einer neuen Entladung auf. Hook kroch auf dem Bauch vor, die Tonota in der Hand, und versuchte, durch das dichte Farnkraut rings um ihn zu spähen. Ein paar Sekunden noch, und sie wären in der Sicherheit der Sternenstadt gewesen!

»Verflucht und zugenäht«, sagte Ryder Hook.

Die Störgeräte, die er in seinem Schädel trug, hielten auch die kompliziertesten homotropischen Instrumente davon ab, ihn zu finden. Zweifellos fummelte derjenige, der dabei war, auf ihn zu schießen, jetzt an seinen Apparaten herum und verfluchte sie, weil sie gerade in dieser Minute versagten.

»Oh, Hook!« jammerte Terifia. Schlamm tropfte ihr vom Kinn.

»Ruhig, Liebes.«

»Sie werden uns töten!«

»Sie wissen nicht, wo wir stecken, denn sonst hätten sie das ganze Gebiet hier schon vaporisiert.« Indem er das sagte, blitzte es auf, und zwanzig Meter zu seiner Linken schoß eine Fontäne aus Dampf und Rauch hoch. Ein neuer Schuß riß das nasse Erdreich ein Stück weiter weg auf. »Sie versuchen, uns zu finden. Aber sie halten sich in die falsche Richtung.«

»Du weißt, wer es ist, nicht wahr? Es ist dieser mutterhassende Schurke, der mein Sohn ist.«

»Mag sein.«

Hook dachte, es könnten auch Polizisten von Bangdong sein, die den Dieb eines Sternenkutters und fünfzig Kilogramm Kunstaufzeichnungen zu erwischen suchten. Doch wer die Verfolger auch sein mochten, sie hatten dank dieser Geräte in seinem Schädel ihre erste und beste Chance vertan. Natürlich würden sie bald das ganze Gebiet absuchen und die Erde Schritt für Schritt verbrennen und Terifia und Hook auch.

»Hook! Oh, Hook!« schluchzte Terifia fassungslos. Sie brachte sie beide in größte Gefahr.

»Halte dich absolut ruhig. Sie werden Horchgeräte haben. Ich komme zu dir zurück.«

Und Ryder Hook schlängelte sich durch die Farnkräuter davon. Er war in der scheußlichsten Stimmung, die man sich vorstellen kann.

IX

Auf der dem Eingang entgegengesetzten Seite des Matra-Blocks wuchsen die Farnkräuter noch üppiger. Hook bewegte sich völlig lautlos zwischen ihren saftigen, biegsamen Wedeln. Er wollte die Zable-White zurücklassen, doch dann überlegte er es sich anders und hing sie sich über die Schulter.

In dieser Galaxis wußte man nie, welche Waffe man brauchen würde.

Indem er sich dicht an den Boden schmiegte, bot er kein optisch erfaßbares Ziel. Wenn die Verfolger das getan hatten, was die meisten Leute tun würden, und sich auf homotropische Spürgeräte verließen, konnte ihm gar nichts passieren. Hatten sie Radar dabei, wurde die Sache schon gefährlicher. Ab und zu blickte er nach oben, um sich zu vergewissern, daß kein Spionauge über ihn hinwegflog und ein Fernsehbild von ihm abstrahlte, wie er durch den Farn kroch.

Der Himmel blieb leer bis auf die Wolken.

Hook schlängelte sich weiter. Noch viermal hörte er die Entladung eines Energiegewehrs und sah über dem Farn einen Feuerball aus atomisierter Materie aufsteigen. Geräusch und Wirkung ließen auf eine Krifarm Modell Zwanzig schließen. Eine sehr wirksame Waffe. Hook paßte den richtigen Moment ab. Als der nächste Schuß abgefeuert wurde, überquerte er einen kleinen Bach, der träge zwischen den Farnen dahinsickerte, und stellte mit Sicherheit die Position des Schützen fest.

Der Schütze, wer es auch sein mochte, saß ebenso wie Hook zwischen den Farnbüschen und befand sich etwa zwanzig Meter rechts von ihm. Mit äußerster Vorsicht setzte Hook seine berühmten alten schwarzen Stiefel auf. Er mußte es mit dem ersten Schuß schaffen. Wenn er sein Ziel verfehlte, würde die Krifarm Zwanzig einen großen Batzen Erde und Schlamm und Wasser und Farnkräuter und Ryder Hook in Dampf auflösen.

Er kroch vor und hielt inne und schlich sich noch ein Stück weiter.

Wieder ein Schuß.

Er wagte es nicht, noch weitere Schüsse abzuwarten, denn der Kreis begann sich zu schließen, und der Schütze kam gefährlich nahe an die Stelle heran, wo Terifia in Angst und Schrecken auf dem schlammigen Boden hockte.

Ein dichtes Farngestrüpp vor ihm bot ihm gute Deckung. Er richtete sich langsam hoch, bog behutsam zwei Stengel auseinander und spähte hindurch. Direkt vor ihm lag eine weite, unbewegte Wasserfläche. Sie konnte nicht tiefer als ein paar Zentimeter sein, aber sie erstreckte sich über gute zehn Meter. Wenn er sie überquerte, wurde er entdeckt. Es war höchste Zeit. Er hob die Tonota Achtzig. In diesem Augenblick war es ganz still. Die Sonne rief grüne und braune Farbtupfer auf dem Wasser hervor. Und da hörte Hook eine leise, grollende Stimme, die vorwurfsvoll sagte: »Du müßtest den Hurensohn doch längst getroffen haben, Art!«

»Ich bin mir nicht sicher. Das Homotrop spielt verrückt.«

»Sie hat genug Geld, um damit ein ganzes elektronisches Laboratorium zu kaufen. Nimm wieder sie aufs Korn!«

»Mir macht der Kerl Sorgen.«

»Die Dame, habe ich gesagt!«

Hook zielte genau. Er befand sich zwar nicht im Zustand eines Projektmannes, aber seine Ohren fingen Worte auf, die einem normalen Gehör entgingen. Außerdem vernahm er das Quatschen und Glitschen des Schlammes, als die beiden Männer ihre unbequeme Position wechselten. Er richtete sich nach der Quelle dieser Geräusche. Ein einziger Schuß. Wenn er sie verfehlte, dann würden sie zurückschießen, und dann war es aus mit Ryder Hook.

Er drückte den Abzug.

Farne lösten sich auf, Wasser kochte und verdampfte, Schlamm spritzte. Dampf und Rauch verhüllten den Zielpunkt. Hook hielt den Energiestrahl solange auf die Stelle gerichtet, wie er es wagte, und das war ein gutes Stück über die Gefahrenmarke hinaus. Dann klickte es, und die

Sicherheitsautomatik schaltete das Gewehr ab. Noch ein bißchen mehr, und es wäre in seiner Faust zu Schlacke zerschmolzen. Hook hätte eine Martian Mega vorgezogen.

Das Warten war nervenzerfetzend.

Es wurde nicht zurückgeschossen.

Hook stieß den angehaltenen Atem aus und erhob sich.

»Terifia! Es ist alles in Ordnung.«

Sie stand auf, und Hook bekam einen Schreck, wie nahe sie war. Der nächste Schuß hätte sie erledigt. Nur die Störgeräte in seinem Schädel, das großzügige Geschenk der Armee der Erde, hatte ihr beider Leben gerettet.

»Bist du unverletzt, Hook?«

»Ja.«

Sie rannte durch den spritzenden Morast auf ihn zu. Sie dachte gar nicht daran, ihren Antigrav-Pack zu benutzen. Sie warf sich ihm in die Arme.

Sie plapperte auf ihn ein, sie umklammerte ihn mit Armen und Beinen, sie hielt sich an ihm fest und schrie ihm ins Ohr.

Er mußte sie auf der Stelle in die Wirklichkeit zurückbringen – in seine Art von Wirklichkeit.

»Terifia! Wo ist dein Krifarm-Gewehr?«

Sie zitterte. Sie schüttelte den Kopf. »Mein – mein was?«

»Dein Gewehr, Terifia, dein Gewehr!«

»Ich habe es – ich weiß nicht! Was liegt denn an dem lausigen Gewehr? Ich wäre beinahe getötet worden! Verstehst du das denn nicht?«

»Doch. Und nun gehen wir zurück und suchen dein Gewehr.«

Er faßte sie beim Ellbogen und stellte ihren Antigrav-Pack an. Das Gewehr lag halb in einer matschigen Pfütze, und das ärgerte Hook in diesem Augenblick mehr als alles andere.

»Schöne Art, eine Waffe zu behandeln«, brummte er, »auch wenn es eine Krifarm ist. Die Krif-Männer stellen gute Waffen her.«

»Oh, Hook, kannst du denn nicht an wichtigere Dinge denken? Es könnten noch mehr von ihnen da sein! Bunji hat vielleicht eine ganze Truppe geschickt! Oh, Hook, ich muß von hier weg!«

Hook wollte Lars Cu-Foylty suchen. Der große Jäger hatte ein Problem, von dem er noch gar nichts wußte, und Hook wollte ihn schleunigst darüber aufklären. Außerdem wollte er verhindern, daß Terifia in ihrem gegenwärtigen Gemütszustand von selbst darauf kam. Er brachte sie weg von diesem Ort des Unheils. Einer der Streustrahlen hatte den Matra-Block vaporisiert. Die Sendestelle war verschwunden. Man konnte über diesen Materietransmitter niemals mehr in die Sternenstadt zurückkehren.

»Wenn er mehr Männer geschickt hätte, Terifia, dann hätten sie sich mittlerweile bemerkbar gemacht.«

»Ja, das glaube ich auch.«

Viele Männer hätten es als eine dankbare Aufgabe empfunden, Terifia durch eine Vorlesung über Philosophie zu beruhigen. Sie hätten versucht, allgemeine Vorstellungen über das, was sie für ihren legitimen Platz im Leben hielten, mit den Gefahren, die das Leben ständig bedrohen, auf einen Nenner zu bringen. Gebildete Leute hätten genau gewußt, was sie damit meinten. Terifia hätte es verstanden. Für Hook waren diese Konzepte dazu da, studiert zu werden, aber sie hatten keinen Platz in der plötzlich feindselig gewordenen Umgebung, in der sie sich befanden. Er wußte, die Antworten waren sowieso so verschwommen, daß er alle »Sowohl – als auch« und »Jedoch« beiseite ließ und gleich zu dem Schluß sprang, es gebe keine Gewißheiten im Leben. Folglich stellte er jetzt Terifia vor diese seine Schlußfolgerung, indem er danach handelte. Den philosophischen Umweg ließ er links liegen. Das tat er oft, und er fragte sich, warum die Leute über Dinge diskutierten, die ganz selbstverständlich waren.

Wahrscheinlich aus diesem Grund war er schon oft ein zäher Bastard genannt worden.

Sie flogen auf den Wald zu, wo die Reptilienwesen gejagt wurden, und Hook tröstete sich ein wenig mit dem Gedanken, daß Shaeel ihn verstand. Shaeel tolerierte Ryder Hooks ungehobeltes Wesen und lachte und nannte ihn 'ook, und Hook konnte sich stets darauf verlassen, daß Shaeel etwas ganz Unberechenbares tun würde. Die Galaxis wäre ein gottverdammt langweiliger Ort, wenn es Shaeel nicht gäbe.

Lars Cu-Foylty und einige andere, die nicht vollständig dem Jagdfieber verfallen waren, kamen Terifia und Hook auf halbem Weg entgegen. Sie waren aufgeregt und bestürzt, aber bis jetzt hatten sie noch keine richtige Angst. Auch Hooks Neuigkeiten machten ihnen keine großen Sorgen. Über solche Lapalien waren die Bürger einer Sternenstadt erhaben. Es war eine Kleinigkeit, einen neuen Materietransmitter aufzustellen. Cu-Foylty meinte: »Ich rufe nach dem Lunch in Stellopolis an. Irgendwo in diesem Wald steckt eine Gruppe von Voydun, und ich möchte sie heraustreiben.«

Terifia hatte die Haltung wiedergewonnen. Sie ließ sich davon beeinflussen, wie Foylty die Sache behandelte: Als ein Vorkommnis, das zwar ärgerlich, aber nicht weiter wichtig war. Die Curl-Leute nahmen ihre Selbstsicherheit, die weit mehr war als bloße Arroganz, überall mit hin. Sie wußten, sie kontrollierten die Macht über Leben und Tod, und es gab bei ihnen keinen Zweifel daran, daß sie höchst wichtige Persönlichkeiten seien.

Hook konnte dieser so betont zur Schau getragenen Haltung nicht entgehen. Er neigte zu der Auffassung, daß diese Curl-Leute sich um hundert Prozent zu hoch einschätzen. In ihrer Aufgeblasenheit vermochten sie sich nicht vorzustellen, es könne einmal irgend etwas anders laufen, als sie es bestimmt hatten.

Felton kaute so aufgeregt auf seinem Stim-Gummi herum, daß seine Worte kaum verständlich waren. Er brüllte: »Ich habe sie! Die schlauen Schurken haben sich dort in dem Ausläufer des Waldes versteckt – hinter den Felsen!«

Eine Schar Jäger stieg mit ihren Antigrav-Packs hoch, die Gewehre im Anschlag. Sie suchten eifrig.

»Ja, es stimmt, da sind sie! Kommen Sie!«

Terifia ließ sich von dem Jagdfieber anstecken. Hook

erkannte, daß sie sich in diese neue Erfahrung stürzen wollte, um die schmerzliche Erinnerung an das eben Geschehene auszulöschen. Die ganze Gesellschaft flog über die Wipfel der Bäume zu dem Ausläufer des Waldes, wo zerklüftete, vom Wind erodierte Felsen standen. Es waren Höhlen in ihnen zu erkennen.

Die Voydun hatten ihre Höhlen zu verlassen und sich in diesem Stück Wald versteckt. Sie hatten gehofft, die Jäger würden sie nicht finden. Aber sie waren von homotropischen Spürgeräten entdeckt worden, die auf die Körpersekretionen menschlicher Wesen ansprachen und das Opfer mit unfehlbarer Sicherheit auf einem Bildschirm lokalisierten. Diese Voydun waren mit nichts dergleichen ausgerüstet.

Zusammen mit den Jägern, aber durchdrungen von dem Bewußtsein, daß er nichts mit ihnen gemein hatte, flog Ryder Hook über die gezackten Baumwipfel. Das waren die Bäume, unter denen das Übelkeit erregende Exper-Spiel stattgefunden hatte. Das waren die schuppigen, speckig glänzenden Stämme, die scharf gezackten Blätter, die giftigen Farben. Leute lebten in diesem Wald, der von Sümpfen und Farnkraut umgeben war. Hook taten sie leid. Das Gefühl verwunderte ihn ein wenig, denn seit wann maßte Ryder Hook sich an, Mitleid für irgend jemand anders zu empfinden?

Wie dem auch sei, die Voydun befanden sich in keiner beneidenswerten Situation.

»Jetzt!« rief Felton. Er raste nach vorn.

Hook holte zu Terifia auf. Die ganze Jagdgesellschaft sauste über den Himmel. Unten flitzten die Bäume vorbei. Nun ließen sie das letzte Buschwerk hinter sich. An dieser Stelle war das Farnkraut vor kurzer Zeit gemäht worden und erst in wenigen kniehohen Büscheln wieder nachgewachsen.

Die Voydun rannten.

Es waren vielleicht fünfzig, und sie rannten in verrückten Sprüngen über die Farne. Sie versuchten, die höheren Pflanzen zu erreichen, wo sie ihrer Meinung nach vor den aus dem Himmel stürzenden Angreifern sicher sein würden.

Lars Cu-Foylty zog sein Taschenfunkgerät hervor. Den Mund dicht am Mikrofon, sprach er schnell:

»Wir haben sie jetzt. Bleibt dran. Nehmt für den Anfang am besten eine Dreiviertel-Verstärkung. Dann dreht ihr beim Töten auf hundert Prozent auf. Klar?«

Welche Antwort er auch bekommen mochte, Hook konnte sie nicht verstehen, aber Foylty nickte befriedigt.

Zwischen den letzten Bäumen und den höheren Farngewächsen lag das freie Stück, auf dem die Voydun sterben sollten. Ein Techniker, der Foylty begleitete, sah vom Schirm seines Homotrops hoch und bemerkte: »Das brauchen Sie jetzt nicht mehr.« Er schaltete das Gerät ab.

»Das stimmt! Wir brauchen es nicht mehr!« kreischte Felton. Er hob sein Gewehr – es war ein Krifarm-Scharfschußgewehr – und feuerte. Die Waffe gab nur das leichte Seufzen von sich, das die lineare Beschleunigung verursachte. Aber das Explosivgeschoß knallte laut und riß einer rennenden Voydun-Frau den Arm ab. Sie brach schreiend im Schlamm zusammen. Ein Mann blieb stehen und wollte ihr aufhelfen. Eine lachende Frau aus der Sternenstadt, die an ihrem Antigrav-Pack in der Luft schwebte, schoß dem Mann in den Rücken.

Andere Gewehre husteten, und die Kugeln zerrissen Fleisch und Knochen. Blut spritzte und färbte die Farne und den sumpfigen Boden.

Ein Voydun blickte nach oben, schrie auf und rannte blindlings davon – nur weg von diesen dunklen Jägern der Luft.

»Bekommt ihr das alles mit?« sprach Foylty in sein Funkgerät. Er nickte nachdrücklich. »Wenn ihr das versaut, werdet ihr kastriert.« Noch mehr Gewehrschüsse, und noch mehr Voydun brachen blutend zusammen.

Hook sah, wie Terifia ihr Gewehr hob. Ihr Gesicht trug den Ausdruck eines hungrigen Ghouls. Sie war nicht schön, aber sie hatte nett ausgesehen, und wenn sie lächelte, noch zehnmal netter. Doch jetzt, in diesem

Augenblick des Blutrauschs, war ihr Gesicht nur noch eine verzerrte Maske.

Hook nahm ihr das Krifarm-Scharfschußgewehr weg.

»Was ist mit dem Meer und dem wundervollen schwarzen Sandstrand?«

Sie wandte ihm ihre glühenden Augen zu.

»Zum Teufel, von was redest du, Hook? Gib mir mein Gewehr!«

Hook wußte, er benahm sich wie ein Idiot. Diese Voydun waren von Natur aus Beute. Sie lebten hier unten auf Voyden, und die Curl-Leute von Stellopolis jagten sie und beuteten sie aus und benutzten sie.

Welchen Unterschied gab es im Grunde zwischen einem Multisystem-Konglomerat, das die Entscheidung traf, ein Planet werfe keinen Gewinn mehr ab und die dortigen Agenturen seien zu schließen, und den Curl-Leuten, die die Planetenbewohner einfach abschossen? Im ersten Fall würde der Planet in die Primitivität zurücksinken, und ehe sich das eingespielt hatte, würden wahrscheinlich viele verhungern. Darüber machten die Wirtschaftsorganisationen sich keine Gedanken. Sie arbeiteten längst schon wieder mit Gewinn auf einem anderen Planeten, der im Augenblick vorteilhafter für sie war. Und im zweiten Fall töteten die Curl-Leute die Planetenbewohner schnell und mit ihren Waffen, statt langsam und mit den ebenso tödlichen Waffen der interstellaren Wirtschaftspolitik.

Das Endresultat mochte das gleiche sein. Aber in Ryder Hooks Augen gab es Unterschiede.

»Das ist kein Spiel, Terifia. Das ist Mord.«

»Unsinn! Gib mir das Gewehr! Beim Großen Erlöser, Hook! Du bringst dich in Unannehmlichkeiten!«

»Seit wann bin ich denn heraus aus den Unannehmlichkeiten?«

Felton schoß schnell hintereinander. Er zielte, feuerte, triumphierte. Auch alle anderen schossen. Die meisten waren keine sehr guten Schützen. Andernfalls wäre die ganze Gruppe der fliehenden Voydun längst tot gewesen. Foylty nahm eine Frau aufs Korn und schaffte es, ihr den

Kopf abzureißen. Darauf fluchte er und hob das Gewehr zu einem neuen Schuß, der sich in dem Spiel, das er spielte, besser auszahlen würde.

Hook flog zu ihm hin, nahm ihm die Krifarm weg und warf sie in das Farnkraut.

Foylty sah ihn an, als halte er ihn für wahnsinnig.

Nun – vielleicht war er das auch.

Er zog die Tonota und zeigte Foylty die Mündung.

»Sie sagen diesen Leuten, sie sollen mit dem Schießen aufhören, Foylty, oder ich schmelze Ihnen die Gedärme zu Schlacke.«

Lars Cu-Foylty, der sehr wichtige Curl-Mann von Stellopolis, konnte das nicht verstehen.

Er versuchte zu sprechen, und Hook schlug ihm mit der linken Hand ins Gesicht.

»Rufen Sie es ihnen zu! Rufen Sie, daß sie aufhören sollen zu schießen. Ich zähle bis drei. Eins, zwei, dr ...«

»Hört auf!« kreischte Foylty. »Feuer einstellen!«

Seine Stimme weckte sie aus ihrem Blutrausch. Die Schüsse wurden weniger und verstummten dann ganz. Felton, der ganz vorn war, blickte zurück. »Sind Sie wahnsinnig geworden, Foylty? Ich bin mitten drin im schönsten Vergnügen!«

Er feuerte auf einen Mann und traf ihn ins Bein. Das Explosivgeschoß riß das Bein hoch oben am Oberschenkel ab.

Hook ließ die Tonota so schnell ins Holster gleiten, daß Foylty nicht sah, wie sie verschwand. Hooks Zable-White fuhr in die Höhe. Er schoß mit einer Hand. Feltons Bein löste sich von der Hüfte.

»Und jetzt hörst du auf zu schießen, du Gonil!«

Die Schmerz- und Schreckensschreie kamen nun von einer anderen Richtung als der, aus der sie eben noch zu vernehmen gewesen waren.

»Sie werden ...«, würgte Foylty. Er schüttelte den Kopf. »Ich weiß nicht, was Sie im Sinn haben. Aber Sie sind ein toter Mann!«

»Ja. Halten Sie den Mund und tun Sie, was ich Ihnen

sage. Rufen Sie Stellopolis wegen eines neuen Matras an. Die Jagd ist für heute vorbei.« Foylty war klug genug, nicht zu widersprechen. Er gab die entsprechende Anweisung über Funk durch. Hook fiel ein: »Und lassen Sie ein Mediteam nach unten schicken, das sich um diese armen Teufel kümmert. Sie werden Blut wie auch Stellar-Plasma brauchen – und Arm- und Beinknospen zur Implantation. Geben Sie das durch, Foylty, oder ich zerschmelze Ihr Rückgrat zu Asche.«

Foylty gab die Botschaft weiter. Er mußte gegen seine Curl-Genossen in Stellopolis sehr unangenehm werden, bevor sie die Situation begriffen. Die Medi-Roboter mit der verlangten Ausrüstung kamen durch den neuen Matra-Block.

»Oh, Hook!« jammerte Terifia. Sie trieb mit ihrem Antigrav-Pack näher, und sie war verstörter, als sie es unmittelbar nach dem Angriff auf ihr Leben gewesen war. »Hook! Warum mischst du dich ein?« Sie machte keinen Versuch, ihn zu berühren. »Ich verstehe das nicht.«

»Ich vielleicht auch nicht.«

Hook war sich bewußt, daß er in letzter Zeit viel – zu viel geredet und überhaupt nicht gehandelt hatte, und er hatte sich deshalb auch über sich selbst geärgert. Doch jetzt fühlte er sich beinahe wieder wie in alten Zeiten.

»Die Curl-Leute müssen das Exper organisieren, Hook! Das weißt du doch. Warum mischst du dich ein, warum hinderst du sie daran? Jetzt müssen sie morgen noch einmal von vorn anfangen.«

Eisige Verzweiflung drohte Hook zu überwältigen.

Er antwortete: »Ich habe mit niemandem in der ganzen verdammten Galaxis Mitleid, Terifia. Ich bedaure keinen. Gerechtigkeit erhalten diejenigen, die dafür bezahlen können. Je mehr einer bezahlt, desto mehr Gerechtigkeit bekommt er. Ich fordere meine Bezahlung jetzt, mit der Waffe, und die verdammten Curl-Leute werden mich bezahlen. Und die Bezahlung besteht darin, daß sie diese Voydun in Ruhe lassen.«

»Das kommt überhaupt nicht in Frage«, ließ sich Foylty

hören. Es war für ihn eine unvorstellbare Schande gewesen, daß ein Wahnsinniger ihm die Mündung einer Waffe in den Bauch gebohrt hatte, doch er war schon wieder darüber hinweg und bereit, sich zum Herrn der Situation zu machen. »Das Exper muß weitergehen. Sie haben weiter nichts erreicht, als daß Sie das Programm unterbrochen haben. Sie sind eine Plage, Hook, und in Stellopolis werden Sie bekommen, was Ihnen zusteht.«

»Hook!« flehte Terifia, und ihr Gesicht verriet mehr echten Kummer, als es Hook lieb war.

Er antwortete auf die Weise, die er immer schon für die wirkungsvollste gehalten hatte. Er rammte Foylty das Gewehr in den Magen.

»Sagen Sie mir, warum ich Sie nicht töten sollte.«

Lars Cu-Foylty gestikulierte. Seine Hand zitterte kein bißchen. Er machte nur eine nachlässige, verächtliche Bewegung.

»Dafür gibt es viele Gründe, Taynor Hook. Sie würden selbst sterben, wenn auch vielleicht nicht unmittelbar danach. Wenn ich tot bin, haben Sie keinen Schutz mehr. Sie scheinen ein Mann zu sein, der etwas gegen das Töten hat, worauf Ihre atavistischen Possen hindeuten. Ich kann beim besten Willen nicht verstehen, warum Sie sich so töricht verhalten. Aber wenn Sie mich umbringen, verleugnen Sie damit Ihre eigenen Prinzipien. Sind das genug Gründe?«

»Wenn ich so töricht bin, wie Sie meinen, brauche ich überhaupt keinen Grund, um Ihnen die Eingeweide zum Rücken hinauszuschießen. Denken Sie mal darüber nach.«

Foylty zuckte zusammen. Aber er entgegnete: »Von Haß und Gewalt lassen wir Curl-Leute uns nicht einschüchtern.«

Das mußte man dem Schuft zugestehen: Er wußte, wovon er sprach.

Unten auf dem Boden hatten die Medi-Roboter große Mühe, die verwundeten Voydun zu versorgen. Die Pelzwesen schrien, sie schlugen nach den Robotern, sie versuchten, ihnen zu entfliehen. Aber einige Zeit später waren sie alle verbunden und zusammengeflickt. Sie hatten Blutübertragungen bekommen, Plasma tropfte in ihre Venen, und bei denen, die Arme oder Beine verloren hatten, waren Knospen eingesetzt worden, aus denen neue Glieder wachsen würden. Übrig blieben diejenigen, denen der Kopf abgerissen worden war oder deren innere Verletzungen sich als zu schwer für chirurgische Hilfe erwiesen. Hook sah nach unten und dann wieder zu Foylty hin.

»Fünfzehn von ihnen haben Sie ermordet, Foylty. Sie und ihre Jäger. Die anderen sollen eine Chance zum Überleben bekommen.«

»Sie können diese Waffe nicht abfeuern, Hook, und Sie können nicht mehr für sehr viele Umdrehungen der Sternenstadt wach bleiben. Ich bin überzeugt, wir werden bald mit unserer vollkommen legalen Arbeit in dem Exper fortfahren können.«

»Was Sie mit Ihren scheußlichen Exper-Melodramen für Perverse anstellen, geht mich nichts an. Ich habe nur etwas dagegen, daß Sie diese Leute zu Ihrem Vergnügen abschlachten.«

»Meinen Sie das Exper, an dem teilzunehmen Sie das Privileg hatten?«

»Ja. Gehen Sie zurück ins Studio und erschießen Sie noch ein paar. Sie brauchen keine lebenden Wesen ...«

Foylty lachte schallend. Nicht einmal Hooks Tonota konnte seine Lustigkeit dämpfen.

»Sie sind ein Dummkopf, Hook! Ein Exper muß doch erst einmal aufgenommen werden. Was Sie miterlebt haben, war kein Schauspiel. Es war real. Es war wirkliches Geschehen. Leider ist es nicht ganz so verlaufen, wie ich gehofft hatte. Was wir heute getan haben, bevor Sie alles verdarben, ist für neue Expers bestimmt. Wir benutzen für unsere Exper-Spiele lebende Personen, Hook!«

»Sie wollen sagen, Sie bringen sie um, damit Sie die Gefühle des Sterbens zusammen mit den Gefühlen des Tötens ...«

»Ich habe gerade eben einen Mann erschossen. Wenn das Exper fertig ist, kann ich das Erlebnis beliebig oft wiederholen. Und dann erschieße ich den Gonil nicht nur, ich stecke auch in seinem Gehirn und werde selbst erschossen. Glauben Sie mir, Hook, in der ganzen Galaxis gibt es keinen schöneren Genuß.«

Hook verstand.

Er schlug Foylty die Tonota Achtzig ins Gesicht, ließ den Bewußtlosen an seinem Antigrav-Pack dahintreiben und flog in Richtung des Matra Blocks davon.

Sofort seufzten hinter ihm die Jagdgewehre auf, und es blitzte hell, als ein Geschoß über dem Eingang einschlug. Hook überließ es Terifia, den Rückweg allein zu finden. Er hatte eine Verabredung mit einem Sternenkutter – nicht mit seinem eigenen beschädigten, aber mit dem ersten, den er sich organisieren konnte –, und dann ging es hinaus in den tiefen Raum.

Terifia rief hinter ihm her: »Hook! Warte auf mich!«

Er flog einen Zickzackkurs über die häßlichen Bäume und rief zurück: »Bleib von mir weg, Terifia! Sonst kannst du selbst eine Kugel erwischen!«

Der neue Matra-Block war wieder auf der farnbewachsenen Lichtung aufgestellt worden. Hook beendete seinen verrückten Flug mit einer Kurve nach innen wie ein Bumerang. Ein Medi-Roboter, der ihm aus dem Weg zu gehen versuchte, wurde von einer Kugel getroffen und überschlug sich. Drähte und Transistoren und Blutkonserven und Plastikschachteln mit Arm- und Beinknospen flogen in alle Richtungen. Hook tauchte darunter her. Wenn jetzt irgendwer eine Energiewaffe abfeuerte – dann hörte es auf, ein Spaß zu sein.

Eine Stimme, deren Sprecher an der Wut fast erstickte, überbrüllte den Lärm.

»Tötet ihn nicht!«

Hook erkannte Feltons unangenehmes Organ. Der große Jäger schrie weitere Befehle, fuchtelte mit den Armen, denn er war an einen Rahmen angeschnallt, damit die Beinknospe gut anwuchs. »Verbrennt den Matra! Macht schnell! Laßt ihn nicht entkommen!«

Hook zog sich zurück, so schnell er konnte.

Felton hatte gut befehlen, man solle ihn nicht töten – wenn ein Energiegewehr den Matra-Block zerschmolz, kam er mit dabei um. Er spürte, wie ihm in Atome aufgelöste Materie um die Ohren brauste. Sie wirbelte ihn hoch hinauf in die Luft, und unter ihm glühte ein Feuerball auf und versengte die Haare auf seinem Körper und brannte mit unerträglicher Hitze durch seine geschlossenen Augenlider. Der Sicherheitsanzug gab ihm vielleicht siebzig Prozent Schutz.

Am Scheitelpunkt der Parabel öffnete er die Augen und blickte nach unten. Seine tränenden Augen sahen alles durch einen Schleier aus Rot und Violett.

Wie sich sammelnde Barrakudas, wie sich schließende Kiefer, wie – nun, wie alles, was sofortigen Untergang verhieß, rasten die Jäger herbei. Der Matra war zu Schlacke verbrannt. Für Hook gab es keinen Rückweg in die Sternenstadt mehr. Das Energie-Gewehr, das einer von Feltons Leibwächtern hielt, würde ihn in dem Sekundenbruchteil, wo Felton den Befehl gab, vaporisieren. Zweifellos würden sie sich den Spaß machen, zuerst seine Arme und Beine abzuschießen, und zweifellos würden sie das in ihr Exper einbauen, damit sie es später, wenn sie bequem in ihren Sesseln in der Sternenstadt saßen, erst richtig genießen konnten.

Sollte Terifia versuchen, sich einzumischen, stand ihr das gleiche Schicksal bevor.

Sollte irgendwer den Curl-Leuten Fragen stellen, würde die alte, abgedroschene Geschichte von einem Jagdunfall den Bolan Bunji Cater, ihren Sohn, vollauf zufriedenstellen.

Durch Tränenströme starrte Hook auf den Schauplatz des Geschehens. Alles war eingehüllt in ein prismatisches Gefunkel in Violett und Smaragd, und am Rand des Blickfeldes stiegen rote Funkenschauer hoch. Er schüttelte den Kopf. Der Rauch wurde von einer leichten Brise davongetragen, und er konnte den Gestank nach verkohltem Grünzeug riechen.

Die nächste Sekunde mußte Ryder Hook in einen Bestandteil des Exper-Spiels verwandeln.

X

Zwei Einfälle schossen Ryder Hook gleichzeitig durch den Kopf.

Der zweite hing von dem ersten ab und hatte damit zu tun, was er für seine eigene Zukunft, für die Curl-Leute und für Stellopolis plante. Natürlich hatte der zweite Einfall überhaupt keinen praktischen Nutzen, wenn er den ersten nicht verwirklichen konnte. Der erste sollte ihn aus dieser schauderhaften Situation befreien. Ryder Hook mochte es gar nicht, wenn auf ihn geschossen wurde. Er hielt die Tonota in der Hand, und beinahe – beinahe hätte er den vernichtenden Strahl abgefeuert. Doch dann lockerte sich sein Finger am Drücker.

Es mochte eine zu rechtfertigende Handlung sein, wenn er diese idiotischen Curl-Leute umbrachte. Aber es war eine Handlung, die nicht zu Ryder Hook paßte.

Rings um ihn explodierten die Geschosse.

Er stellte den Antigrav-Pack auf volle Energie, drückte den Knopf nach unten und tauchte in den dicken Qualm, der von dem Feuerball aufstieg.

Der Rauch stach ihm in die Augen, aber er schloß mit einem Ruck den Augenschutz. Das hätte er bereits früher tun sollen! Der Rauch verbarg ihn vor den Schützen, anstellte der Explosivgeschosse zischten jetzt die Energiewaffen auf, die nach ihm suchten. Hook stürzte sich die Rauchsäule hinunter. Zweimal geriet er an ihren Rand, doch das heller werdende Licht und der dünner werdende Qualm warnten ihn, und er kurvte wieder nach innen. Das Gleißen der Entladungen durchdrang den Rauch, und es war so heftig, daß es seinen dunkelgrünen Sicherheitsanzug aufleuchten ließ und den Polarisator auf seinem Augenschutz zu Überstunden zwang. Hook schlug kräftig auf. Der Boden war hart, schwarz verkohlt und glatt wie Glas.

Hook ließ seinen Antigrav Pack auf Höchstleistung eingestellt, stieß sich mit den Füßen ab und trieb ähnlich wie ein Taucher über den Boden, bis er mit einem *Plop!* aus dem Rauch hervorbrach.

Ein einziger langer Satz trug ihn in das nächste Farngebüsch. Es war feucht und grün und leuchtete in der Sonne.

Er hielt sich nicht auf.

Bei der Benutzung einer Energie-Waffe war eins zu beachten: Wenn man sein Ziel nicht sah, bevor man feuerte, wußte man verdammt genau, daß man es hinterher erst recht nicht sehen würde. Das bedeutete, daß man nicht wissen konnte, ob man getroffen hatte. Das letzte Mal hatte Hook das festgestellt, als er auf die beiden dummen Möchtegern-Mörder geschossen hatte. Jetzt bahnte er sich einen Weg durch die Farne und über den morastigen Boden. Die Curl-Leute durften ihn keinen Augenblick zu Gesicht bekommen. Sobald sie argwöhnten, daß sie ihn nicht getötet hatten, würden sie von neuem hinter ihm her sein. Hook wußte, ihr Stolz und ihr arrogantes Machtgefühl würde sie nicht ruhen lassen, bis sie auf der Jagd nach ihm den halben Planeten verbrannt hatten.

Terifia war bei ihnen zurückgeblieben.

Diese Tatsache allein genügte, um Hook von dem Gedanken abzubringen, kurz kehrtzumachen und die ganze Jagdgesellschaft wegzupusten.

Hook war sich bewußt, daß er in der Sternenstadt schwach und rückgratlos und ein richtiger Tropf geworden war. Daran konnte er Terifia nicht die Schuld geben. Sie wußte, was sie wollte, und Hook wußte, was er wollte, und beides hatte nicht recht übereingestimmt.

Aber sie war gut zu ihm gewesen. Ihr Sohn war hinter ihr her, um sie umzubringen, und das machte sie sehr viel interessanter. Wie ein Wurm schlängelte Hook sich durch die Farnwedel. Er hatte die Eigenschaften zurückgewonnen, die es zu einem so faszinierenden Erlebnis machten, in der Galaxis das Leben eines Ryder Hook zu führen.

»Bei Dirtie Berti Bashti!« sagte er. »Ich glaube fast, die Sache macht mir Spaß.«

Jetzt handelte er – so versicherte er sich mit einem gewissen Maß an rechtschaffener Entrüstung – nicht aufgrund seiner verletzten Eitelkeit, sondern im Namen der Gerechtigkeit. Er wollte es diesen Curl-Leuten zeigen! Bei Gott, das wollte er!

Der erste Voydun, dem er begegnete, rannte in Todesangst davon.

Die Farne erhoben sich mehr als zwei Meter über den feuchten Boden. Der glatte Pelz des Voyduns war nicht mehr glatt, sondern dreckig und verklumpt. Hook bemerkte, daß seine großen, brettflachen Plattfüße dem Laufen über sumpfiges Gebiet angepaßt waren. Er trug einen hölzernen Speer mit einer feuergehärteten Spitze. Hook zog im Geist den Hut vor diesem Geschöpf, das in dieser wasserreichen Wildnis, wo alles feucht war, das Feuer gezähmt und zu seinem Nutzen angewendet hatte.

»Lauf nicht weg!« rief Hook hinter ihm her. »Ich will dir nichts tun!«

Aber der Voydun rannte weiter, ohne anzuhalten. Hook hätte ihn einholen und fangen können. Aber er ließ ihn entfliehen. Er hatte so eine Ahnung, was diese Leute als Nächstes unternehmen würden, denn das hätte er in ihrer Situation auch getan. Tatsächlich fiel ihm etwa eine Stunde später ein aus Fasern geflochtenes Netz über den Kopf, riß ihm die Füße vom Boden, hob ihn hoch und ließ ihn, eingewickelt wie in einen Kokon, in einer Höhe von einem Meter hin- und herschwingen. Hook schnitt sich nicht sofort los. Es lag in dem schaukelnden Netz und sah nach unten. Die Voydun krochen aus dem Farn.

Es waren zehn, sieben Männer und drei Frauen. Sie waren nach Hooks Geschmack abstoßend. Ein merkwürdiges Aussehen hatte in dieser Galaxis überhaupt nichts zu bedeuten. Aber diese Leute erweckten den Eindruck, daß sie zwar nicht berührbar, aber bemitleidenswert waren, und so etwas macht einen Mann immer zornig. Ihre Stoßzähne schimmerten in dem feuchten Licht. Die Sonne ging unter, und auf die Farne senkte sich grünes Zwielicht nieder. Einer der Männer stieß Hook mit seinem hölzernen Speer an.

»Ich will euch nichts tun«, sagte Hook. »Ich will euer

Netz nicht kaputtmachen. Macht es los, damit wir miteinander sprechen können.«

Der Voydun, der ihn gepiekt hatte, knurrte. Mit diesen Fangzähnen war das Knurren eine echte Sehenswürdigkeit. »Nicht gut, mit einem Sternenmann sprechen. Nur toter Sternenmann ist guter Sternenmann.«

Hook war gar nicht überrascht. Er fühlte sich nur bestätigt. Er versuchte es auf einleuchtende Art.

»Wenn ihr mich nicht freigebt, muß ich euer Netz kaputtschneiden. Also, entscheidet euch, und zwar ein bißchen schnell.«

Die Speerspitze stach schmerzhaft zu, und das gab für Ryder Hook den Ausschlag. Auf körperliches Unbehagen war er gar nicht scharf.

Er stellte die Tonota auf niedrige Leistung und verbrannte ein paar Faserstränge, bis er sich aus dem Netz fallen lassen konnte. Es platschte, als er zu Boden sprang.

Die Speere kreisten ihn ein. Wußten diese Idioten nicht, was die Waffe in seiner Hand anrichten konnte?

»Ich will euch nichts tun«, wiederholte er noch einmal. »Seht ...« Er zielte mit der Tonota auf einen Farnbüschel und verbrannte es.

»Das kann ich tun – aber ich will es euch nicht tun.«

Er sprach mit sich selbst.

So etwas muß man philosophisch nehmen. Hätte er etwas anderes erwarten können? Da platzte er mitten zwischen sie hinein, erzählte ihnen etwas, das in ihren Ohren wie ein Haufen offenkundiger Lügen klingen mußte, und dann verbrannte er das Netz und äscherte den nassen Farn ein – kein Wunder, daß sie davongelaufen waren. An ihrer Stelle wäre er auch davongelaufen. Außerdem hätte er an ihrer Stelle – Hook duckte sich und warf sich zur Seite, und der geschleuderte Speer zischte über seinen Hals hinweg.

Auch das war zu erwarten gewesen ...

»Ich will euch nichts tun!« brüllte Hook in die wachsenden Schatten hinein.

Eine Stimme schallte zurück.

»Wir glauben dir nicht, Sternenmann. Aber wir brauchen dich nicht zu töten. Das werden die Tiere in der Nacht besorgen. Du wirst sterben, Sternenmann, und wir haben uns dann die Hände nicht an dir schmutzig gemacht.«

»Ihr müßt doch merken, daß ich anders bin. Ich bin kein Sternenmann.«

Hook war nicht bereit, diese Behauptung mit Erklärungen zu erhärten. Ja, er war ein Mann von den Sternen. Aber er war kein Curl-Mann, und die Voydun meinten einen Curl-Mann, wenn sie von einem Sternenmann sprachen. Irgendwo in den tropfenden Farnen brüllte ein Tier. Es war ein Laut, wie ihn nur ein gewaltiger Brustkorb erzeugen konnte, und Hook stellte die Tonota auf etwas höhere Energie, so daß sie sehr schnell betäuben würde. Mit der Ladung konnte er noch eine ganze Weile auskommen. Danach mußte er zusehen, wie er es fertigbrachte, die Tonota wieder aufzuladen.

»Wir überlassen dich den Tieren, Sternenmann.«

Hook konnte deutlich hören, wie sie sich entfernten. Er stellte fest, daß sie sich außerordentlich leise und vorsichtig bewegten. Kein normaler Sterblicher hätte sie gehört. Wenn er im Zustand eines Projektmannes gewesen wäre, dann hätte er die Arbeit in einem Hundertsel der Zeit erledigen können. Aber – hätte ihm das jetzt geholfen? Ryder Hook hatte keine Lust, dieser Frage auf den Grund zu gehen, als er sich daranmachte, den Voydun zu fragen. Er wußte nur, daß er sehr viel darum gegeben hätte – wirklich sehr viel – wenn er in diesem Augenblick ein Projektmann gewesen wäre.

Er mußte das Vertrauen der Voydun gewinnen. Er war verdammt hungrig. Sie würden Nahrung haben. Wenn er sich nicht mit ihnen anfreundete, bevor sein Hunger außer Kontrolle geriet, dann mußte er ihr Essen stehlen, und damit hätte er sich alles verscherzt. Er mußte vorsichtig und schnell zu Werke gehen und ein wachsames Auge auf einen Speer in seinem Rücken halten.

Ein Stück weiter den Pfad hinunter hörte er das Tier wieder brüllen.

Das war weder eins der Fledermauswesen mit den rubinroten Augen noch ein Reptilienflugwesen aus den Baumwipfeln. Das war ein Raubtier, darauf angepaßt, unter den Farnwedeln zu jagen. Die Voydun trotteten schnell und stumm weiter, und Hook folgte ihnen wachsam, die übernatürlich scharfen Ohren gespitzt.

Stellopolis mußte inzwischen den Planeten einmal umkreist haben und schon ein gutes Stück auf der nächsten Umlaufbahn sein. Wegen der Sternenstadt machte Hook sich nicht allzu viele Gedanken. Es gab viele Tausende von möglichen Bahnen, die die Stadt um den Planeten ziehen konnte. Die Curl-Leute würden dafür gesorg haben, daß sie so oft wie notwendig über dies Farngebiet kamen. Nach dem, was Hook von dem Exper-Spiel wußte, gab es auf der Oberfläche nur wenige Gebiete, wo Voydun lebten. Höchstwahrscheinlich waren sie keine Eingeborenen, sondern waren als eine Lebensform, die sich für diesen miesen Ort eignete, importiert worden. Die zu Hause gebliebenen Voydun mochten Meere und Wüsten und Eiskappen und andere Naturschönheiten besitzen. Die Curl-Leute brauchten als Katalysator für ihre unerfreulichen Spiele eine gleichermaßen unerfreuliche Umgebung.

Das Tier brüllte von neuem. Ein anderes Brüllen antwortete ihm.

Noch ein nächtlicher Räuber, weiter vorn, genau auf dem Weg, den die Voydun nahmen, knurrte drohend. Hook beschleunigte den Schritt.

Er bewegte sich vorsichtig, aber er konnte ein dummes Platschen nicht vermeiden, als er einen Tümpel durchquerte. Ein Ast hatte unterhalb der Oberfläche seinen Fuß festgehalten. Sofort kamen drei Speere geflogen und zischten ins Wasser. Hook ließ sich auf Hände und Knie nieder und kroch schnell in Deckung. Er lugte hinaus. Es war immer noch nicht vollkommen dunkel, so daß er die Gestalten der Voydun erkennen konnte. Sie zogen sich an eine ferner gelegene Stelle voller Schatten und Farnkräuter und Bäume zurück. Auf ihrem Pfad zwischen den hohen Pflanzen knurrte wieder etwas Großes und Tödliches. Hier standen die überhängenden Farne niedriger, und die Sterne schienen durch die Lücke. Sie glitzerten am Himmel – und sie glitzerten auf zwei Kreisen, die sich dem Trampelpfad zuwandten. Die Voydun saßen zwischen dem Ungeheuer vor ihnen und dem Ungeheuer hinter ihnen in der Falle. In ihrem Bemühen, den Sternenmann zu fangen, waren sie zu lange an diesem von Grauen erfüllten Ort geblieben.

Hook rief: »Köpfe weg, Voydun!«

Er steckte die Tonota ins Holster, nahm die Zable-White von der Schulter und hob den Lauf. Er zielte schnell und drückte den Abzug.

Das Gewehr seufzte.

Die Kugel traf.

Ein heftiges orangefarbenes Licht erhellte die tropfnassen Farne und das andere Grünzeug und löschte die Sterne aus.

Das Tier heulte.

Hook feuerte noch einmal.

Das Ungeheuer kreischte auf, und der dritte Schuß erledigte es.

So manch ein Mann wäre jetzt aufgestanden, erleichtert, daß er die Gefahr beseitigt hatte. Ryder Hook aber fuhr herum, hörte etwas über den Schlamm am Rand des Tümpels gleiten und sandte schnell vier Schüsse in die grünschwarze Masse, die sich auf sechs mächtigen Hinterbeinen erhob und mit dem hungrigen Maul und den Klauen nach ihm faßte. Die Kugeln rissen dem Ding den Kopf ab.

Der gigantische Körper platschte rückwärts ins Wasser.

Dann waren überall Voydun. Sie trugen Fackeln aus gedrehten und getrockneten Fasern. Deren flackerndes Licht erhellte den Schauplatz. Er fiel auf das blutige Wasser, die niedergewalzten Farne, die beiden toten Ungeheuer und auf Ryder Hook, der langsam aufstand, die Zable-White in der Hand. Er sah sie alle an. Er versuchte zu lächeln. Es kostete ihn Mühe, aber er schaffte doch eine Art Grimasse, die sie akzeptierten.

»Ich habe euch ja gesagt, daß ich euch nichts tun will«,

erklärte Hook. »Und diese Tierchen wollten euch zum Abendessen verspeisen.«

»Du sagst die Wahrheit, beim Saft des Lebens!« Der Voydun, der Hook, als er in dem Netz hing, gestochen hatte, nickte mit großer Befriedigung. »Du bist ein Sternenmann, der ein Farnmann ist. Möge der Saft des Lebens dich mit Freude erfüllen.«

»Das nehme ich so, wie du es gemeint hast. Beim guten alten Dirtie Berti Bashti! Sieh sich einer die Zähne von diesem Burschen an!«

Der monströse Alligator hatte eine entsetzliche Schnauze. Hook konnte sich sehr gut vorstellen, wie ein eleganter Curl-Mann in seinem Sessel lehnte und sich den Gefühlen hingab, die das Ungeheuer beim Zerfetzen eines Voydun erfüllten, und gleichzeitig in krankhafter Wollust erschauerte, während er die Erfahrung machte, wie es ist, zerkaut zu werden.

»Du bist uns willkommen«, sagte der Sprecher. »Wir verstehen nicht, warum du die Farnmänner besuchst, aber du bist uns willkommen.«

Im Licht der Fackeln ging es den Trampelpfad entlang bis zu einer felsigen Region, in der tiefe Höhlen Trockenheit und Schutz und Wärme boten, denn die Nacht wurde kalt.

»Habt ihr immer hier gelebt?« erkundigte sich Hook.

»Ja. Wo sonst kann man denn leben? Die großen Wasser können wir nicht überqueren. Wir haben es versucht.«

Hook erkannte, daß dies ganze Gebiet von Meer und Sumpf und Fluß abgeriegelt war. Die Curl-Leute hatten hier ein planetares Gehege angelegt, in dem sie zu ihrem Vergnügen Voydun hielten. Und wenn sich die Sternenstadt seit zweihundert Jahren im Orbit um den Planeten Voyden befand, dann reichte die Erinnerung auch des Ältesten dieses Volkes nicht so weit zurück, denn diese Leute hatten eine kürzere Lebensspanne als die interstellare Menschheit. Hook betrat eine der Höhlen, und er staunte über das, was er sah, und die Art, wie die Farngewächse diese Kultur dominierten. Er aß rotes Fleisch, das so würzig schmeckte, daß er vorsichtig sein mußte, und trank Wasser, dem mit zerdrückten Beeren Geschmack gegeben worden war, und er begann mit den Voydun zu sprechen, die sich selbst Farnmänner nannten.

Nach einiger Zeit fand er ihren fürchterlichen Gestank weniger schlimm. Er hatte ein einziges Mal an dem mit Beeren aromatisierten Wasser gerochen und sich danach, wenn er trank, im Geist die Nase zugehalten. Der Geschmack war jedoch recht gut, und das Getränk erfrischte. Hook vermutete, daß die Beeren den Voydun den Geruch gaben und daß er mittlerweile genauso stank.

Auf der anderen Seite der Felsen lag eine Kluft, durch die Wasser zwischen die Farne und Sümpfe getragen wurde. Jenseits davon wuchs eine Art von Gras, gegen das die Farne sich trotz der Masse von Sporen an den Unterseiten ihrer Wedel nicht durchsetzen konnten. Hier erstreckte sich Land, das zum Jagen und Wohnen ein wenig geeigneter schien. Aber die Farnmänner blieben innerhalb ihres Farnlandes, weil dies eine Umgebung war, an die sie sich angepaßt hatten, und zweihundert Jahre waren eine mikroskopisch kleine Spanne im Verlauf der Evolution. Wenn sie lange genug hierblieben, entwickelten sie vielleicht Lauffüße und wagten sich auf die Ebenen hinaus. So, wie sie heute waren, ketteten ihre riesigen Plattfüße sie an den Sumpf.

Die evolutionäre Anpassung setzte hier nicht nur die Grenzen, sie stellte auch den Gefängniswärter dar.

Die beiden großen Tiere aus den Farnsümpfen bedeuteten frisches Fleisch für die Voydun. Hook legte sich auf einem Bett aus getrockneten Farnwedeln zum Schlafen nieder. Er schlief ruhig ein in der Gewißheit, daß er die ersten Schritte zur Ausführung seines Planes getan hatte. Es war nicht viel, was er aufzuweisen hatte: Ein paar verängstigte, plattfüßige, stinkende Farnmänner und ein Sumpf. Aber es war ein Anfang.

Am Morgen zeigten sie, daß sie ihn akzeptiert hatten, und Hook zündete die Lunte zu der Bombe an, die die Sternenstadt aus dem Himmel fegen sollte.

Das Fleisch der Tiere wurde gekocht und einiges davon

zur Konservierung aufgehoben. Die Notwendigkeit, Holz aus dem Wald zu holen, stellte die Farnmänner vor große Gefahren. Hook half ihnen, so viel er konnte. Er wußte, sein Plan erforderte Zeit. Aber solange kein Projektmann auftauchte, war Zeit ein Artikel, den er im Überfluß besaß.

Die Tage vergingen.

Sein Respekt vor den Fähigkeiten dieses Volkes wuchs. Diese Leute gehörten nicht der Rasse des Homo sapiens an, sie stanken und hatten Stoßzähne und Plattfüße – und doch besaßen sie eine primitive Kultur, die ihren Wert in sich selbst trug, auch wenn sie weit entfernt von den Zivilisationen war, die am Rand der Sternenwege blühten.

Mit anderen Gruppen von Farnmännern in den Sümpfen wurden lose Kontakte aufrechterhalten. Einige Zeit später traf die Geschichte von einem Stamm ein, der nach einer Jagd der verfluchten Sternenmänner auf wunderbare Weise geheilt worden war.

»Möge der Saft des Lebens fließen, Hook«, erklärte der alte Farnmeister Torca, der Hook im Netz gestochen hatte. »Es wachsen ihnen neue Arme und Beine. Noch nie ist von so etwas gehört worden. Ich glaube es nicht.«

»Du kannst es glauben, Torca. Es ist wahr. Aber glaube nicht, die Gonils aus der Sternenstadt seien weich geworden. Es war ihnen höchst zuwider, daß sie das tun mußten.«

Dann traf einmal ein von Mammuts gezogener Wagen mit der Nachricht ein, es sei eine Hüttensiedlung niedergebrannt worden, und die Voydun seien mit ihren Hütten verbrannt.

Hook achtete auf die Art, wie die Farnmänner solche schrecklichen Neuigkeiten aufnahmen. Niemals bemerkte er Erleichterung darüber, daß es einen anderen Stamm und nicht sie selbst getroffen hatte.

»Wenn einer von uns leidet, Hook, dann leiden wir alle. Die Sternenmänner jagen uns mit Feuerwaffen, wie auch du sie besitzt. Wir wissen nicht, warum sie das tun. Sie müssen Gründe haben, die wir nicht verstehen.«

Hook mußte vorsichtig zu Werke gehen. Er wollte nicht,

daß die Farnmänner unvorbereitet zum Angriff übergingen. Deshalb begnügte er sich, nur soviel zu sagen, daß der Prozeß der Indoktrination in Gang kam.

Bald war das Treffen zur Sommersonnenwende, bei dem sich sämtliche Stämme im Herzen der Sümpfe versammelten. Hier wurden Heiratsverträge geschlossen, und es fand ein Tauschhandel mit verschiedenen Produkten statt. Der eine Stamm, der für eine bestimmte Kunst oder ein Handwerk berühmt war, tauschte seine Erzeugnisse gegen Produkte, die er selbst nicht herstellte. Es gab sogar Ansatzpunkte zu etwas Ähnlichem wie einem Thing, einem Parlament. Aber Hook gewann aus Torcas Berichten den Eindruck, es werde dort nur geredet, und zwar ausschließlich über die Sternenmänner und ihre letzten Greueltaten. Die Voydun heirateten und zeugten viele Kinder. Beim Sommersonnentreffen würden die Gene aller Stämme in Erscheinung treten, die im Sumpfland wohnten.

»Und gegeneinander kämpfen tut ihr nicht?«

Hook mußte erst erklären, was er damit meinte, und als er es getan hatte, fragte er sich, ob er vielleicht als Schlange das Böse in einen Garten getragen habe, der wenigstens diesen alten Feind bisher nicht gekannt hatte.

Doch Farnmeister Torca antwortete ihm ganz gleichmütig.

»Früher einmal haben wir gegeneinander gekämpft. Aber jetzt kämpfen wir gegen die Tiere, und wir sparen unsere Energie dafür auf, vor den Sternenmännern zu fliehen. Wenn wir gegeneinander kämpfen, schmälern wir unsere eigene Stärke.«

Darüber freute Hook sich ganz besonders.

Der Geruch der Voydun beleidigte seine Nase nicht mehr, und der Beerentrunk schmeckte ihm sehr gut. Schmerzlich entbehrte er eine Tasse Tee. Sobald er mit Stellopolis abgerechnet hatte, würde er Tee trinken, bis er ihm zu den Ohren herauskam!

Sie wurden mehrmals gejagt und versteckten sich zwischen den Farnen und im Schlamm unter den Felsen. Ein paar Freunde wurden getötet. Hook schoß nicht auf die über ihn dahinfliegenden Curl-Leute, die zu ihrem Vergnügen töteten und Schmerz bereiteten und die Vorgänge für ihre Exper-Spiele aufzeichneten, um sich später einem krankhaften Nervenkitzel hinzugeben. Aber er erinnerte sich daran, daß Ryder Hook ein Mann war, der – mochte es ihm auch nicht zur Ehre gereichen – seinen Haß lange Zeit auf kleiner Flamme kochen lassen konnte.

Einmal trugen sie nach einer Jagd die verstümmelten Leichen ihrer Freunde in die Höhlen zurück, und Hook sagte zu Torca: »Teile den anderen Farnmeistern mit, daß sie beim Sommersonnenwendtreffen lange reden und besonders gründlich nachdenken – und planen müssen. Ich möchte gern vor den versammelten Farnmeistern sprechen ... Ich möchte, daß ihr alle mir helft, den Untaten der Sternenmänner ein für allemal ein Ende zu setzen.«

Ryder Hook nannte die Curl-Leute jetzt Sternenmänner, denn er hatte gelernt, wie ein Farnmann zu denken.

»Werden sie nicht vom vertrocknenden Saft des Todes geschickt, um uns für unsere Sünden zu bestrafen, Hook?«

»Nein!«

Hooks Heftigkeit rief auf Torcas häßlichem Schnauzengesicht mit den nach oben gerichteten Stoßzähnen Überraschung und Verwirrung hervor. Aber Hook war als Farnmann akzeptiert worden. Torca stellte fest: »Du bist zornig, Hook.«

Wo war Ryder Hooks berühmte Kälte geblieben?

»Ja, ich bin zornig, Torca. Für das, was die Sternenmänner euch antun, gibt es sehr böse Gründe. Ich kenne sie. Ich werde sie euch erklären – aber es ist wichtig, daß jeder einzelne Farnmann beim Sommersonnenwendtreffen die Wahrheit erfährt. Ihr werdet nicht für irgendwelche Sünden bestraft.« Er ging weiter mit seinen alten schwarzen Stiefeln, und ab und zu ließ er sich von dem Antigrav-Pack helfen, dessen Ladung bald erschöpft sein mußte. »Ihr seid ein einzigartiges Volk – ein Volk, das frei von Sünde ist.

Ihr führt keine Kriege gegeneinander, und das erhebt euch hoch über alle primiti – äh – über alle Kulturen, die der euren ähnlich sind, mein Freund.« Beinahe hätte er in diesem Augenblick alles verdorben. Ryder Hook war wirklich sehr ergrimmt. »Ihr versucht, einander zu helfen. Bisher habt ihr keine Möglichkeit gehabt, den Sternenmännern Widerstand zu leisten ...«

»Aber wäre der Widerstand an sich nicht schon eine Sünde?«

»Mein Gott!« entfuhr es Ryder Hook. »Diese Schufte haben ja eine Gehirnwäsche an euch vorgenommen! Ich will dir mal was sagen ...« In diesem Augenblick kam ihm zu Bewußtsein, was er tat, und er beherrschte seinen Zorn. Nach einer Weile gelang es ihm, in ruhigem Ton fortzufahren: »Wäre das Leben nicht viel angenehmer ohne die Jagden der Sternenmänner, Torca?«

»Das ist unmöglich.«

»Stelle es dir doch einmal vor.«

»Nun ja – wir könnten ohne Furcht leben.«

»Furcht. Ja, das ist der Schlüssel zu dem Ganzen.«

Sie hatten keine Schlüssel in den Höhlen. Aber Torca verstand, was Hook damit meinte. Die Farnmänner besaßen flache Steine, auf denen sie in langer, mühsamer Arbeit mit spitzen Steinwerkzeugen Aufzeichnungen gemacht hatten. Sie hatten ihre eigenen Vorstellungen von Recht und Unrecht. Ihre Kultur mochte primitiv sein, aber es waren in ihr Kräfte verborgen, von denen die Curl-Leute keine Ahnung hatten. Hook öffnete eins der Geheimfächer in seinen alten Stiefeln und schenkte dem Schreiber des Stammes einen Dietrich aus Beryllstahl, der hundert Jahre Steinkratzen überdauern würde. Alles rief Oh und Ah, als der Schreiber einen Bericht über diese Gabe einritzte. Hook fragte sich, welches kulturelle Tabu er nun gebrochen und welche Folgen er heraufbeschworen haben mochte. Aber es machte ihm Freude, dem Schreiber zuzusehen, wie er hurtig seine Striche zog, ohne fluchen und einen zerbrochenen oder stumpf gewordenen Stein nach dem anderen wegwerfen zu müssen. Die Freude war eigennützig, das wußte er. Aber wenn man es genau bedachte – war es die Freude über ein Geschenk, das man gemacht hatte, nicht immer?

Eines Tages, als sie frische Farne gesammelt hatten, die

auf dem sonnendurchglühten Felsen getrocknet werden sollten, kam eine der Frauen weinend zu ihnen. Ihr Sohn lag im Sterben, und niemand wußte, warum. Sofort versammelten sich alle Voydun um den jungen Mann, der am Eingang der Höhle auf einem Farnbett lag. Sie hatten einen Doktor, der Wunden und Magenschmerzen zu behandeln und Heilkräuter anzuwenden verstand. Gegen den Tod, der nach diesem jungen Mann griff, konnte er gar nichts tun. Hook bemerkte, daß jeder Anwesende das Leid der Mutter teilte. Sie alle hatten das Gefühl, mit dem Jüngling sterbe auch ein Teil von ihnen selbst. Hook diagnostizierte eine innere Erkrankung. Sein Medipack war auf Notfälle ähnlicher Art bei einem Homo sapiens programmiert. Konnte der Medipack diesen Voydun heilen?

»Es ist der verschrumpfende Saft des Todes«, erklärte Torca. »Der Saft des Lebens ist versiegt.«

Tränen liefen über die Gesichter der versammelten Voydun. Immer, wenn der Tod ein Opfer forderte, trauerten sie mit den Anverwandten.

Hook öffnete seinen Medipack und stellte ihn so ein, wie es seiner Meinung nach am besten war. Wenn diese Leute einen Blinddarm hatten – vielleicht war es das ... Er legte den Medipack über den Magen, und die Sonden machten sich ans Werk. Medikamente und Chemikalien wurden entsprechend der von den Sonden vorgenommen Analyse in den Körper gepumpt. Rotes Blut – nun, Hook wußte allzu genau, daß die Farnmänner rotes Blut hatten. Er hatte eine Menge davon gesehen.

Die Anwesenden sangen mit leisen Stimmen ein langes, trauriges Lied. Die Sonne versank hinter den Spitzen der Farnwedel. Die Fackeln wurden angezündet und füllten die Höhle mit orangefarbenem Licht. Plötzlich stöhnte der junge Mann. Die Frauen hatten sich damit abewechselt, ihm die Stirn zu kühlen. Jetzt schrie seine Mutter auf und fiel auf die Knie. Sie ergriff die Hände des Jungen. Er öffnete die Augen.

»Mutter«, fragte er, »was ist denn los?«

Lautes Freudengeschrei erklang.

Der Junge war gerettet. Sie betrachteten den Saft des Lebens als Symbol, und das Symbol und der Saft hatten ihn nicht im Stich gelassen. Hook war so weit in ihre Kultur eingedrungen, daß es ihm gar nichts mehr ausmachte, wenn sie ihn einen Saft nannten. Er wandte sich an Torca. Alle wurden ruhig und hörten zu, als der Farnmeister eine Hand hob.

»Uns ist die Ehre widerfahren, einer großen Tat beiwohnen zu dürfen«, sprach Farnmeister Torca. »Unser Freund Hook hat den Zerstörer zerstört.«

»Ihr freut euch alle, daß der Junge lebt«, sagte Hook. »Ihr trauertet, als der Tod sich ihm näherte.« Er holte tief Atem. Als er fortfuhr, ließ er seine Worte voll und rund in die von Fackellicht erhellte Höhle rollen.

»Was würdet ihr von einem Menschen halten, der sich über den Tod eines anderen freut? Der sich darüber belustigt, wenn er einen anderen in Qualen sterben sieht?«

»Nein! Das ist unmöglich! Das ist keiner von uns!« riefen alle durcheinander.

Die Mutter des Jungen, die ganz benommen war vor Glück, rief lauter als alle anderen:

»Ich hasse den Tod von ganzem Herzen! Wenn ich mir vorstelle, da wäre jemand, der sich über den Tod eines anderen freut – dann glaube ich, er sollte selbst sterben müssen!«

»Das ist deiner nicht würdig«, sagte Torca.

»Du hast recht.« Die Frau senkte den Kopf. Ihre Stoßzähne schimmerten im Fackellicht. »Ich schäme mich. Man sollte niemandem den Tod wünschen.«

»Hättest du Mitleid mit einem solchen Menschen?« forschte Hook. »Oder würdest du Verachtung für ihn empfinden? Würde er dir bedauernswert vorkommen? Oder schmutzig?«

»Ah!« rief sie aus, »er wäre bedauernswert und verächtlich und doch der Verachtung kaum würdig.«

Ja, entschied der Manipulator Ryder Hook, das Töpfchen fing sehr hübsch an zu kochen.

Am nächsten Morgen ging eine Gruppe auf die Jagd,

denn Farnmeister Torcas Stamm wollte das Fleisch und die Schuppen der eidechsenähnlichen Sumpfungeheuer beim Sommertreffen gegen Fertigerzeugnisse anderer Stämme eintauschen. Die Schuppen wurden gehärtet, und die Mädchen und kleinen Jungen bohrten Löcher hinein und fädelten sie als Halsketten auf. Es war eine mühsame Arbeit, aber alle beteiligten sich eifrig daran, und auch Hook half mit. Da sie sich ein gutes Stück von den Höhlen entfernen mußten, konnte es sein, daß sie erst spät zurückkamen. Vor jedem Aufbruch sprach Farnmeister Torca eine lange Beschwörung, die eine Prophezeiung bewirken sollte, ob man mit einem Besuch der Sternenmänner zu rechnen habe.

»Die Teufel werden kommen, wann sie wollen, Torca.«

»Ich habe immer gesagt, sie kämen, um uns für unsere Sünden zu bestrafen, dafür, daß wir vom Pfad der Freundschaft und gegenseitigen Hilfe abgewichen sind. Wir mögen sie nicht, und unsere Empfindungen sind schwer zu erklären. Denn wir versuchten, dich zu erschlagen, als wir glaubten, du seist einer von ihnen. Das war eine Sünde, wie ich jetzt weiß. Aber wir hatten noch nie einen Sternenmann allein im Farn gesehen – wir haben den Saft des Lebens verraten ...«

»Ihr habt getan, was jeder Mann tun würde, der sich nicht erst hinsetzt und nachdenkt.« Erst jetzt ging Hook ein Licht auf, was Torca auszudrücken versuchte. Er hatte gesagt, daß sie die Sternenmänner nicht mochten. Das war eine merkwürdige Einstellung gegenüber Wesen, die Freunde, Frauen und Kinder abschlachteten. Hook erkannte mit einer Demut, die ihn in Zorn versetzte, daß die Farnmänner nicht haßten. Der Haß bildete keinen Teil ihres Lebens.

Sie mochten die Sternenmänner nicht, und sie hatten Angst vor ihnen. Ja, Angst! Sie krümmten sich in Todesangst vor den Curl-Leuten aus der Sternenstadt.

Die Jagdgesellschaft brach auf, und Hook war mit dabei. Er hatte immer noch eine ganze Menge Munition für die Zable-White, und die Tonota hatte er nicht mehr benutzt, seit er ihre Wirkung bei seiner Gefangennahme vorgeführt hatte.

Sie marschierten los, und Hook mußte immer längere Schritte machen. Die Energie des Antigrav-Packs wollte er nicht restlos aufbrauchen.

Die Sumpfungeheuer mit den bunten Schuppen wurden in Netzen gefangen und darin nach Hause befördert. Wagen konnte man auf diesem Gelände nicht benutzen. Die Sonne schien. Sie wateten in einen Teich und suchten die Oberfläche nach den verräterischen Schnauzen ab. Die Eidechsen waren beinahe ebenso groß wie die Alligatoren und doppelt so wild. Ein Ruf ertönte, und die Jagdgruppe warf ihre Netze. Ihre Aufmerksamkeit war ganz auf das heftige Aufpeitschen des Wassers konzentriert.

Ein Farnmann schrie. Mit einer Plötzlichkeit, bei der einem das Herz stehenblieb, hatte eine der Eidechsen ihn gepackt. Die großen Kiefer schlossen sich.

Hook blickte nach oben.

Über die Spitzen der nächsten Farnwedel trieb eine Wolke von Curl-Leuten an ihren Antigrav-Packs näher, und sie schossen mit ihren Gewehren nach unten. Die Kugel schlugen ins Wasser, und die Explosionen warfen Dampffontänen hoch. Die Eidechse starb zusammen mit dem Mann, den sie hatte fressen wollen. Torca rief laut:

»Lauft, meine Freunde, *lauft!*«

Alle rannten sie durch das schlammige Wasser.

Rings um sie schlugen Kugeln ein.

Die Voydun waren in Panik. Sie konnten nicht mehr denken.

»Für unsere Sünden!« schrie Torca.

Hook spürte einen Schlag über den Rücken und fiel vornüber. Er war nicht verwundet. Das Schulterblatt eines zerschmetterten Voydun hatte ihn getroffen.

Er glitt aus und stürzte in das schlammige Wasser. Eine riesige Eidechse öffnete ihre Kiefer und schnappte nach ihm. Er sah den scharlachroten Schlund, die gelben Zähne, das Schimmern der schwarzen Augen in dem eckigen, schuppigen Kopf.

Oben in der Luft amüsierten die Curl-Leute sich damit, die hilflosen Voydun abzuknallen. Hook wälzte sich im Sumpf, und das Maul der Alligator-Eidechse fuhr auf ihn nieder.

XI

Die gütige Natur hatte die Kiefer, die sich um Ryder Hooks Beine schließen wollten, mit zehn Zentimeter langen Zähnen ausgestattet, harten, gebogenen, gelben Fängen, die sich mühelos in Hooks Fleisch und Knochen einbohren würden, auch wenn sein Körper zur Hälfte der eines Projektmannes war. Aber wenn er jetzt die Zable-White benutzte, die er in Händen hielt, und der Eidechse den Kopf abschoß, dann wußten alle Curl-Leute da oben – und zwar sofort, weil sie das Offensichtliche einfach nicht übersehen konnten –, daß Hook noch am Leben war. Und dann würden die Energiewaffen zischen und den Tümpel und das Farnkraut und die Eidechsen und die Farnmänner und Ryder Hook zu Nichts auflösen.

Bisher hatten sie noch nicht gemerkt, daß ein Homo sapiens mit den Farnmännern lief, und Hook wollte, daß es dabei blieb.

Die zahngespickten Kiefer schlossen sich.

Er rammte die Zable-White senkrecht mit der Mündung nach oben in das Maul. Der Kolben hielt dem Druck stand, und die Kiefer sperrten. Hätte er die Mündung nach unten gekehrt, dann wäre der Lauf wahrscheinlich durch Haut und Fleisch des Unterkiefers gedrungen. Jetzt konnte die Eidechse ihr Maul nicht mehr schließen.

Halb unter Wasser kroch Hook durch den Tümpel und schaffte es bis zum Ufer, wo die Farnwedel ihn verbargen.

Zu entdecken war er nur, wenn man ihn sah, denn die Instrumente, die er im Schädel trug, lenkten die homotropischen Spürgeräte in den Händen der Curl-Techniker ab.

Er blickte nach oben, erkannte die Mordlust in den Gesichtern der Curl-Leute und geriet außer sich.

»Stinkende Gonils!« tobte er, und seine Hand, die auf dem Kolben der im Holster steckenden Tonota lag, zitterte. Wenn er sämtliche Teilnehmer an dieser Jagdgesellschaft abschloß, würde eine neue kommen, und die war dann wild entschlossen, ihn zu erwischen. Aber trotzdem lag er nicht hier in Deckung, um seine eigene Haut zu retten. Nicht seiner eigenen Sicherheit wegen verzichtete er darauf, zurückzuschießen.

Wenn er allein gewesen wäre, dann hätte er sie vom Himmel geholt, und er hätte gegen ganz Stellopolis gekämpft.

Torca platschte durch das seichte Wasser und kroch zu Hook ins Versteck.

»Du hast deine Waffe verloren, Hook.«

Hook wunderte sich, daß Torca so ruhig war.

»Ja.«

»Sie haben jetzt genug von uns getötet und werden wegfliegen. Wir kennen ihre Gewohnheiten, und für eine Zeitlang haben wir jetzt für unsere Schulden bezahlt.«

Die Schreie verklangen, als sich die Farnmänner einer nach dem anderen in die illusorische Sicherheit brachten. Sie wußten nicht, daß die Farnkräuter sie vor den homotropischen Spürgeräten nicht verbergen konnten. Aber die Curl-Leute zogen tatsächlich ab. Hook hörte, wie sie lachten und sich über besonders spannende Vorkommnisse der Jagd unterhielten. Sie waren zufrieden, daß sie bei den Voydun genug Furcht erregt und eine genügend große Anzahl von ihnen getötet hatten, um eine genußreiche Exper-Sitzung abhalten zu können. In ihren Augen war es notwendig, immer wieder neue Jagden zu veranstalten, weil neue Leute den Nervenkitzel erleben wollten, gleichzeitig den Triumph des Töters und das Entsetzen des Getöteten zu erleben.

Hook sah Torca forschend an. Er mußte noch ein wenig mehr in Erfahrung bringen ...

»Du hattest Angst, da in dem Teich, als die Sternenmänner unsere Freunde töteten, Torca?«

Torcas leuchtende, von Knochenwülsten überschattete Augen füllten sich mit Schmerz.

»Ich habe mich gefürchtet, Hook. Ist das nicht ein Teil der Strafe, die wir auf uns nehmen müssen?«

»Es ist keine Strafe, wie ich dir bereits gesagt habe.« Wie jeder galaktische Wanderer war sich Hook der Gefahren bewußt, die aus der Einmischung in eine andere Kultur entstehen können, und besonders dann, wenn es sich um eine primitive Kultur handelt. Glauben und Tabus waren stark, und wenn man sie antastete, konnte man sehr schnell tot sein. »Du mußt außerdem gespürt haben, daß du die Sternenmänner, die unsere Freunde töteten, nicht mochtest, nicht wahr?«

»Das ist wahr. Ich mag die Sternenmänner nicht.«

Andere Farnmänner stiegen erschöpft aus dem Tümpel. Die fliegenden Jäger waren unterwegs zu dem Matra-Block, der sie nach Stellopolis zurückbefördern würde. Sie würden an dem heutigen Abend in dem künstlichen Tag-und-Nacht-Zyklus der Sternenstadt ein großes Fest feiern. Ein Junge watete durchs Wasser. Er hielt seinen gebrochenen Arm mit dem anderen vor der Brust fest. Er weinte nicht, aber sein nichtmenschliches Gesicht war verzerrt vor Schmerz.

»Und mehr empfindest du nicht bei all diesen Morden, Torca? Nur, daß du die Sternenmänner nicht magst?«

»Der Saft des Lebens verlangt, daß wir leben, und der Saft des Todes verlangt, daß wir sterben …«

»Aber doch erst dann, wenn die Zeit gekommen ist! Nicht, weil diese Schurken herunterkommen und euch abschlachten!«

»Es ist immer so gewesen …«

Nur zweihundert Jahre lang, dachte Hook. Aber Torca würde nicht begreifen, daß er der Nachfahre von Wesen war, die für das Jagdvergnügen der Curl-Leute auf diesen Planeten gebracht worden waren. Zweifellos hatte Stellopolis schon andere Planeten umkreist, auf denen seine

Bewohner ihrem Sport nachgehen konnten. Hook hielt die im Luxus schwelgenden Curl-Leute für ein Volk, das immer den leichtesten Ausweg wählte. Torca und seine Farnmänner, gejagt und abgeschlachtet, nahmen den Weg des Fatalismus.

»Wenn ich dir getrocknete Farnsporen ins Gesicht blasen würde, Torca, und du niesen müßtest, das würde dir nicht gefallen, wie?«

»Nein. Wir verwenden die getrockneten Sporen, und das wäre Verschwendung.«

»Aber – würde dein Mißfallen größer oder geringer sein, als wenn du zusehen mußt, wie deine Freunde getötet werden?«

Torca schüttelte den Kopf. »Mir würde beides nichts gefallen.«

In Hook wurde ein bestimmter Verdacht wach. Konnten die Curl-Leute eine Gehirnmanipulation vorgenommen haben, so daß die Farnmänner und ihre Kinder unfähig waren zu hassen? Haß würde das Vergnügen der Curl-Leute schmälern. Wenn er in den Farnmännern einen guten, alten, scharlachroten Haß erweckte, mochte es aus sein mit dem Exper-Spiel.

Die Verwundeten wurden eingesammelt und zurückgetragen. Auch die Toten brachte man für die Rituale, die der Saft des Todes verlangte, in die Höhlen. Danach wanderten die Farnmänner der Eidechsen wegen noch einmal bis zu dem Tümpel. Hook bekam seine Zabl-White wieder. Sie war unbeschädigt. Er hing sich das Gewehr um und blickte zum Himmel auf, und er überlegte.

Selbst wenn es ihm mit List und Tücke gelang, die Voydun dahin zu bringen, daß sie die Killer aus dem Raum haßten, würde er damit sein Ziel nicht erreichen. Anfangs hatte er geglaubt, wenn die Aufzeichnungsgeräte mit konzentriertem Haß überschwemmt würden, böte das Exper den Curl-Leuten keinen Genuß mehr. Aber er erinnerte sich an Lars Cu-Foylty, ebenso wie er sich an Inlander und Andrews und die anderen Curl-Leute von Stellopolis erinnerte. Sie waren gewöhnt, gehaßt zu werden, und der Haß war für sie nur Beweise, wie überlegen sie waren. Mit Haß konnte man ihnen nicht beikommen. Sie saßen so sicher da oben in ihrer Sternenstadt, und sie fühlten sich als Herren dieser armen Geschöpfe in den Sümpfen hier unten.

Es gab viele andere Gebiete auf dem Planeten Voyden, in denen es angenehm zu leben sein mußte. Auch die Farnmänner mit ihren dem Sumpf angepaßten Plattfüßen wären in einem besseren Klima glücklicher. Anfangs mußten sie in der Nähe von Farnen, Sumpf und Wasser leben. Aber nach und nach konnten sie in schönere Gegenden auswandern, und sie würden Wälder finden, die nicht giftfarben und zackig und abstoßend waren, und sie würden eine Kultur aufbauen, auf die jede Rasse stolz sein konnte.

Aber das waren nur phantastische Träume, solange die Curl-Leute aus der Sternenstadt sie jagten.

So selbstsicher, so stolzgeschwollen, so überzeugt von ihrer Überlegenheit waren die Curl-Leute. Sie hatten Terifia und ihn selbst mit einer Herablassung behandelt, die einen Mann in Wut bringen mußte. Sie wußten, daß man sie in vielen Teilen der Galaxis um ihren Luxus und ihren Lebensstil beneidete. Die Vergnügen, die er ihnen bot, konnten sie an reiche Gäste verkaufen, sie konnten sie mit der widerwärtigen Ekstase des Exper-Spiels beliefern. Die Bewohner der Sternenstadt waren ein hochmütiger, widerwärtiger Haufen von Hundesöhnen.

Die Demut der Voydun brachte Ryder Hook zum Kochen. Er, der galaktische Abenteurer, der sich nie um die Probleme anderer kümmerte, der um niemanden einen einzigen Pek gab – ausgenommen Shaeel –, hatte die Sache der geduldigen Farnmänner zu der seinen gemacht!

Die Situation hatte sich für Ryder Hook auf subtile Weise verändert. Ungeduldig wartete er auf das Sommersonnwendtreffen. Endlich brach der Stamm in das Herz der Sümpfe auf, und die Farnmänner machten klägliche Versuche, ihre Spuren zu verwischen. Einem homotropischen Spürgerät war es aber ganz egal, wie sorgfältig Fährten ausgelöscht wurden.

Das Treffen fand auf einer Insel im Sumpf statt, die von

Wasserläufen umgeben und von gigantischen Farnen umstanden war. In den Tümpeln hausten riesige Ungeheuer, die drohend schnaubten und brüllten. Der Weg bis zur Insel führte durch Gefahren, die Ryder Hook mehr als einmal mit der Zable-White abwenden mußte. Aber die Stämme versammelten sich. Die Insel trug in ihrer Mitte glatte, steil aufragende Felsen, auf deren Gipfel eine tiefe Mulde ausgewaschen war. Hier, im Schutz der Farne und Bäume, trafen die Stämme zusammen.

Hook beobachtete alles, was sich abspielte. Die Tauschgeschäfte, die Tänze – es waren bemerkenswerte Tänze, die da mit Plattfüßen gestampft wurden –, die Verlobungen, die Treuegelöbnisse, die Geschicklichkeitswettbewerbe, all dies farbige Leben faszinierte ihn. Aber trotzdem wünschte er sich den Augenblick herbei, wo die Reden gehalten würden. Dann bekam er seine Chance.

»Ich habe mit den anderen Farnmeistern gesprochen, Hook. Du erregst einige Verwunderung. Noch nie ist ein Sternenmann in unserer Mitte gewesen.«

»Ich hoffe, du hast ihnen klargemacht, daß ich kein Sternenmann von der Art bin, die durch die Luft fliegt und euch tötet.«

»Davon habe ich sie überzeugt, Hook. Ich habe ihnen erzählt, was du getan hast.«

Hook entdeckte, daß die Farnmeister glaubten, der Saft des Todes werde sie mit seinem göttlichen Zorn verschonen, solange sie hier versammelt waren. Bei dem großen Sommertreffen waren sie noch nie von den Sternenmännern angegriffen worden. »Es gibt für alles ein erstes Mal«, brummte Hook. Aber es war unwahrscheinlich, daß eine Jagd auf die versammelten Stämme veranstaltet wurde – was Hook ärgerte. Eine bessere Gelegenheit zur Ausführung seines Plans konnte es gar nicht geben. Er hatte einen Plan. Einen schwachen, ängstlichen, zerbrechlichen kleinen Plan, aber er war alles, was er hatte. Wenn sich die Stämme wieder getrennt hatten, würde es viel schwerer sein, ihn durchzuführen als jetzt.

Ryder Hook sprach zu den versammelten Farnmännern.

Männer, Frauen und Kinder drängten sich auf den Felsen inmitten der Farne. Alle unter den Knochenwülsten leuchtenden Augen waren ihm zugewandt, als er auf dem mittleren Felsen mit seinen Zeichnungen und Hieroglyphen stand, die Arme hob und sie anredete.

Er begann mit einer Präambel zum Lob der Farnmänner. Er berichtete ihnen ein wenig über die Galaxis und führte sie behutsam zum Begreifen, daß die Pünktchen eisigen Feuers, die sie Sterne nannten, Sonnen waren wie Purlon Major, ihre eigene Sonne, und daß viele Leute auf den Welten lebten, die um diese Sonnen tanzten. »Es sind da draußen Männer und Frauen wie ihr – und wie ich. Ich bin nichts als ein gewöhnlicher Mensch. Die Sternenmänner sind nichts als gewöhnliche Menschen. Sie sind nicht vom Saft des Todes gesandt, um euch zu züchtigen.« Er fuhr fort, es ihnen in die Schädel zu hämmern, was er beobachtet hatte: Ihr tägliches Leben, die Hilfe, die sie einander leisteten, ihr Abscheu vor dem Tod und vor denen, die den Tod verursachten.

Er ging behutsam mit ihnen um, denn er konnte nicht erwarten, daß sie auf der Stelle alles verstanden. Aber er fuhr mit seinem Unterricht fort.

Das Treffen würde volle sechzehn Tage dauern.

In dieser Zeit gelang es Hook durch öffentliche Reden wie auch durch private Diskussionen, den Voydun ein besseres Verständnis ihrer Welt und der Sternenstadt zu vermitteln, die über ihren Köpfen dahinzog. Es gab viele, die ihm nicht glaubten; es gab viele, die ihm nicht glauben wollten. Hook erkannte, daß die Zeit knapp wurde.

Einen Trost hatte er, und das war die Tatsache, daß sie nicht daran dachten, ihn als Ketzer zu verbrennen. Sie hörten ihm zu. Der Saft des Lebens würde ihnen niemals befehlen, einem anderen Menschen das Leben zu nehmen. Sie waren intelligent genug, daß sie zuhören und sich eine eigene Meinung bilden wollten.

Ihre natürliche Rücksichtnahme auf andere machte sie zu sehr guten Zuhörern. Wenn Ryder Hook versagte, war es allein sein Fehler. Es hing alles von ihm ab.

»Wenn ihr ein Ungeheuer in den Sümpfen erschlagt, weil es euch oder eure Frauen und Kinder fressen kann, wenn ihr eine Eidechse ihres Fleisches und ihrer Schuppen wegen in Netzen fangt, wenn ihr fischt, habt ihr dann Freude am Töten? Belustigt ihr euch über die Qual und den Schmerz, die ihr den Tieren verursacht?«

Die Menge, die sich auf den Felsen drängte, brach in Rufe aus. Sie waren entsetzt. Sie wiesen heftig den Verdacht von sich, sie könnten Freude dabei empfinden, ein lebendes Wesen zu erschlagen.

»Würde euch eine Person mißfallen, die tötet, weil es ihr Vergnügen macht?«

Geheul antwortete ihm. Sie schlugen mit ihren Plattfüßen gegen die Felsen, und einige tanzten auf und ab. Sie hatten vollkommen begriffen.

Torca sprach für sie alle.

»Eine solche Person wäre der Verachtung nicht würdig. Sie wäre ein Niemand, ein Nichts, sie wäre geringer als der Abfall, den man in den Schlamm tritt.«

»Der Verachtung nicht würdig!«

»Aye!« brüllten alle.

Sie begannen, aufgeregt untereinander zu diskutieren, denn dies Thema befeuerte sie mehr als der Wein, den sie bei dem Sommertreffen tranken. Hook ließ sie gewähren. Er hatte es längst aufgegeben, Haß zu wecken. Danach hatte er daran gedacht, den Voydun klarzumachen, daß die Sternenmänner Verachtung verdienten. Aber diese Reaktion hier erwies sich als viel stärker. Die Farnmänner fühlten sich von der Idee des Tötens um der Lust willen so abgestoßen, daß sie einen mit Mitleid untermischten Abscheu entwickelten.

Ryder Hook entschied, es sei an der Zeit, die letzte Raketenstufe seines kleinen, schwachen Plans zu zünden. Eine bessere Chance als eben jetzt würde nie mehr kommen. Übelkeit schüttelte ihn bei dem Gedanken, daß viele seiner Freunde getötet werden würden. Aber er sah in aller Bescheidenheit keinen anderen Weg. Und ein einziges, letztes Ausbrennen des Übels war schließlich gnädiger als ein lang hingezogener Feldzug.

Ryder Hook traf eine Entscheidung. Er nahm sein Gewehr und seine Energiewaffe, und in seinem alten, schon recht mitgenommenen Sicherheitsanzug ging er auf eine eigene Jagd.

Sein Antigrav-Pack hatte noch genug Energie, daß er bis zu der Stelle zurückfliegen konnte, wo er und Terifia von Bunjis Killern angegriffen worden waren. Das diamantenförmige Boot war immer noch hinter dem dichten Farngebüsch geparkt. Unter der behutsamen Anwendung von Werkzeugen, die Hook seinen Stiefeln entnahm, öffnete es sich. Hook kroch hinein. Die Zwillingskegel der mittleren Blase beherbergten eine Kontrollkabine in Kompaktbauweise und einen kleinen Aufenthaltsraum, der für die Flüge von der Stadt zum Planeten durchaus genügte. Die großen Frachtkugeln, die die Boote nach unten beförderten, würden mit Erzen oder anderen Rohmaterialien, die die Curl-Leute benötigten, gefüllt werden und sie nach Stellopolis bringen. Hook checkte die Kontrollen, gab das Flugvorbereitungsprogramm ein und stellte die verschiedenen Bildschirme an.

Die Lautsprecher babbelten los. Mit der Routine des alten Raumfahrers erkannte Hook die Kodeworte, die Zahlenreihen, die Vektoren und den ganzen übrigen technischen Kram.

Er schnitt eine Grimasse, die man als Lächeln hätte deuten können.

»Frachtkugel Zehn an P. A. Neun. Wir setzen zur Landung auf dem Planeten an.«

»In Ordnung, Frachtkugel Zehn. Wir haben euch.«

Hook stellte seine Sensoren auf Frachtkugel Zehn ein, und dann lachte er vor sich hin. Die Curl-Leute hatten einen Transporter zum Einladen von wer weiß was losgeschickt, und er war dabei, weniger als zehn Kilometer von ihm entfernt zu landen. Hook hatte sich darauf verlassen, daß Frachtkugeln landen würden, aber er hatte sich auf eine lange Wartezeit eingestellt. Die blieb ihm nun erspart.

Das kleine Boot hob ab und sauste in Richtung der Frachtkugel Zehn davon.

Die Kugel würde sich nicht selbst auf die planetare Oberfläche niederlassen, sondern die Flotte von Booten aussenden, die rings um ihre Hülle angebracht waren. Bald darauf flog Hook über die schwebende Kugel und betrachtete die wie Perlen aufgefädelten kleinen Fahrzeuge.

Sein Fahrzeug war am Bug mit einem einfachen Flammenwerfer ausgestattet, der mehr ein landwirtschaftliches Gerät als eine Waffe darstellte. Hook ließ ihn warmlaufen, und dann schickte er einen Feuerstrahl genau auf den unter ihm schwebenden runden Frachter. Sein Kurs trug ihn tiefer hinunter und an der Kugel vorbei, und mit voller Absicht ließ er es zu, daß man ihn gut sehen konnte. Wie er genau wußte, ging er ein höllisches Risiko ein.

Der Energieschuß aus der Kugel versengte den Kegel am Bauch seines Bootes.

Das kleine Fahrzeug stieg hoch hinauf, legte sich auf den Rücken und glitt wieder nach unten. Es schlug mit viel zu viel Wucht auf dem morastigen Boden auf, und Hook wurde durch die vollgestopfte Kabine geschleudert. Auf seinen Körper hatte der Aufprall nur geringe Wirkung, aber er schüttelte den Kopf und fluchte. Sie hatten ihn zu schnell vom Himmel heruntergeholt.

Er öffnete einen Kanal und riskierte einen weiteren Schuß. Er hörte, wie sie etwas von einem Wahnsinnigen brüllten. Er stellte auf volle Lautstärke und rief zurück: »Ihr Affenonkel seid die Wahnsinnigen! Richtet Lars Cu-Foylty aus, daß er hier unten noch etwas zu erledigen hat! Sagt ihm, daß ich ihm diesmal die Gedärme aus dem Leib schießen werde!«

Hook klappte die Haube zurück und kletterte hinaus. Das Boot hatte eine Schwebeplattform an Bord. Hook drückte ihren Notknopf. Die Energie seines eigenen Antigrav-Packs war so gut wie verbraucht. Er mußte sich schnell von dem Boot entfernen, da die Leute in der Kugel es gleich zerschmelzen würden. Die Plattform sauste davon. Sie war nichts als eine kreisförmige Fläche mit sanft gerundetem Boden, etwa zwei Meter im Durchmesser. An der Oberseite hatte sie Bindungen für die Füße. Hook stand halb geduckt oben und zerrte die klobige Leuchtpistole aus der Halterung. Sie war dafür gedacht, bei einer Notlandung als letztes Hilfsmittel die Position bekanntzugeben, wenn das Funkgerät zerstört war.

Der Antigrav-Antrieb der Plattform heulte. Hook hielt sich mühelos im Gleichgewicht. Seine in den Bindungen steckenden Stiefel kontrollierten die Höhe und die Geschwindigkeit. Indem er sich in die gewünschte Richtung lehnte, steuerte er.

Er hob die große Leuchtpistole und feuerte sie nach vorn ab. Ein bleistiftdünner Energiestrahl zischte rechts von ihm ganz knapp an der Plattform vorbei und löste einen halb im Schlamm versunkenen Felsbrocken auf. Hook wußte sofort, daß sich unten zwischen den Farnen ein Jäger verbarg, der mit einer Laranz-Pinner auf ihn schoß. Dieser intensive, sengende Strahl war nicht zu verkennen.

Die Plattform ging tief hinunter, und Hook duckte sich noch mehr und zog den Kopf ein.

Er flog in dieser geringen Höhe weiter.

Hinter ihm ließ die Frachtkugel eine lange Kette von Booten los. Sie verteilten sich über den Himmel wie ein explodierender Stapel Spielkarten. Hooks Plattform sauste über einen Felsgrat und senkte sich dahinter wieder. Der nächste bleistiftdünne Strahl aus der Laranz-Pinner ging weit daneben.

Länger hielt die Plattform die wilden Manöver nicht mehr aus.

Sie blieb in einem Farngebüsch stecken.

Jetzt hatte Hook den Curl-Leuten zu denken gegeben. Foylty und andere von den Stadtbossen würden im Dreieck springen. Sie würden auf den Planeten kommen, um nachzusehen, was da vorging – und sie mußten sich sagen, daß Ryder Hook noch lebte. Wenn das sie nicht ausräucherte, würde nichts es tun.

Hook sah keinen Sinn darin, sich in ein Kommunikationsnetz einzuschalten. Ein Gefühl der Erleichterung überschwemmte ihn wie eine Droge. Er wußte, daß er recht hatte. Er *wußte*, was jetzt passieren würde ...

Als er wieder auf der Sumpfinsel eintraf, war er in einer Verfassung, in der er die Sternenstadt aus dem Himmel hätte blasen können, wenn es eine Möglichkeit dazu gegeben hätte. Aber auf jeden Fall, so sagte er sich mit böser, hämischer Freude, würde er großes Leid über die Curl-Leute bringen.

Jetzt brauchte er nur noch die letzte Strebe wegzuschlagen, und das ganze Gebäude des widerwärtigen Zeitvertreibs, dem die Curl-Leute frönten, würde zusammenbrechen.

Hook stand auf dem zentralen, mit Hieroglyphen versehenen Felsen und hob die Arme. Alle Farnmänner schwiegen still.

»Ihr habt in den Tagen dieses Treffens meine Worte gehört. Ihr wißt jetzt etwas über die Sterne und die Völker der Galaxis, und ihr wißt, daß ihr eine stolze Rasse seid. Ich habe euch erzählt, daß es Menschen in der Galaxis gibt, die sich an der Todesqual anderer berauschen, die lachen, wenn ein anderer Mensch stirbt.«

Sie reagierten wie vorher, doch bewußter, denn sie hatten inzwischen Zeit gehabt, über Hooks Worte nachzudenken.

Er fuhr fort, und sein häßliches Gesicht jagte ihnen Kälteschauer über den Rücken.

»Ich trauere um euch, denn ihr seid meine Freunde. Unsere Körper unterscheiden sich. Wir sind Fremde füreinander. Aber die Sternenmänner sehen aus wie ich – und ich bin ihnen fremder als euch!«

Alle Köpfe nickten.

»Ihr empfindet Abscheu und Verachtung für Leute, die willkürlich Leben nehmen und sich darüber belustigen und es als ein Spiel ansehen. Ich sage euch, daß die Sternenmänner das tun! Die Sternenmänner töten euch zum Sport, und sie lachen und freuen sich über eure Schmerzen!«

Das aufbrausende Stimmengewirr wollte lange Zeit nicht wieder verstummen.

Die Voydun konnten kaum glauben, daß ein intelligentes Lebewesen so etwas tun könne. Sie mußten sich Luft machen.

»Die Sternenmänner werden euch wieder jagen, und zwar bald – und hier am Versammlungsort.« Er sagte ihnen nicht, warum. Das wollte er ihnen ersparen. »Sie werden euch töten und ihre Freude daran haben. Ihr dürft euch nicht mehr fürchten! Ihr dürft keine Angst empfinden! Wie kann denn ein Mensch Angst vor Geschmeiß haben, das lacht, wenn es tötet?« Es war kein stichhaltiges Argument, aber wenn sie das tun sollten, was Hook sich vorstellte, hing alles davon ab, daß sie die Furcht abschüttelten. Er hätte sich keine Sorgen zu machen brauchen.

Torca sprach es für alle aus.

»Wie kann ein Mensch sich vor solchen Leuten fürchten? Am Ende kommt der Tod zu uns allen. Dem beugen wir uns ... Sie können keine menschlichen Wesen sein, auch wenn sie intelligent sind und durch die Luft fliegen und Wunderwaffen besitzen. Wir sehen auf sie hinab, wir ekeln uns vor ihnen, wir verachten sie – und doch sind sie der Verachtung nicht würdig. Dafür stehen sie zu tief. Wir bemitleiden sie.«

Hook sah auf die versammelten Menschenmassen. Die Augen leuchteten unter den Knochenwülsten, die Pelze waren zu Ehren des Treffens schön glatt. Hook sah ihre komischen Plattfüße, ihre Schwänze, und es würgte in der Kehle. Noch nie hatte Ryder Hook sich mit anderen Lebewesen so verbunden gefühlt.

Er prüfte, wieviel Munition noch in dem Patronengurt für die Zable-White war, und er sah die Tonota Achtzig nach. Er war bereit, als die Curl-Leute im Matra-Block auftauchten und sich auf die Jagd nach Voydun machten.

Die fliegenden Sternenmänner schwärmten herbei ... Sie schossen in die dicht gedrängte Masse der Farnmänner ... Ryder Hook hatte sich in eine Felsspalte gezwängt. Es kostete ihn große Mühe, dort sitzenzubleiben und seine Waffen nicht abzufeuern und dem Schlachten zuzusehen.

Er sah, wie Torca taumelte. Ein Arm war ihm abgerissen worden.

Torca hob seinen nichtmenschlichen Kopf zu den fliegenden Jägern empor.

»Ihr armen verblendeten Seelen!« rief Torca, und das Blut floß aus seinem Armstumpf. »Oh, wie ich euch bedauere! Ihr seid der Verachtung nicht würdig, ihr steht zu niedrig. Ihr seid Verworfene, ihr seid *unmenschlich!*«

Schließlich konnte Hook es nicht mehr ertragen. Er war selbst sehr oft unmenschlich, aber das hier schlug ihm auf den Magen.

Er nahm sein Gewehr und schoß die verdammten Curl-Leute aus der Luft, wie er Fliegen erschlagen hätte.

Überall flammte Feuer auf, Rauch wallte, die Farnmänner schrien vor Schmerz, wenn sie getroffen wurden – denn waren sie nicht menschliche Wesen? Einige brachen in Verzweiflung zusammen, wenn neben ihnen ein Freund oder Angehöriger starb. Doch jetzt kannten sie die Wahrheit, und ihre Kultur ließ darauf nur eine einzige Antwort zu. Sie waren nicht fähig zu hassen. Aber ihr Abscheu vor den Curl-Leuten flutete in Wellen über die Felsen und Farne.

Nun griff Hook zu seiner Tonota, und das gab den Ausschlag. Die Curl-Leute, die ihn mit ihren homotropischen Spürgeräten nicht entdecken konnten, flogen davon. Die Toten und Verwundeten, die sie zurückließen, erweckten in Hook das Gefühl, er habe kein Recht, noch am Leben zu sein. Aber war er nicht ein harter, zäher Raummann? Ein unterschütterlicher galaktischer Abenteurer? Wieso machte er sich dann solche Gedanken?

Für Ryder Hook war an erster Stelle immer Ryder Hook gekommen. Warum führte er sich wie ein dummer, sentimentaler Träumer auf?

Die Sonne ging unter. Die Toten wurden für die Beerdigung vorbereitet. Konnte es für die lieben Verstorbenen einen besseren Platz zur letzten Ruhe geben als diesen, wo sich der Saft des Todes und der des Lebens auf so schicksalhafte Weise vermischt hatten?

Das große Sommersonnwendtreffen war vorbei. Die Stämme zogen auf getrennten Wegen wieder nach Hause.

Torca war, mit nur noch einem Arm, am Leben. Sie kehrten in die Höhlen zurück.

Hook überlegte, und dann verwarf er den Gedanken. Es wäre nur eine einstweilige Lösung gewesen, wenn er die Curl-Leute bei ihrem ersten Angriff alle abgeschossen hätte. Er konnte nicht für immer auf Voyden bleiben. Die Curl-Leute würden wiederkommen.

Er hatte keine Gewißheit – keine über jeden Zweifel erhabene Gewißheit –, daß das, was er getan hatte, den gewünschten Erfolg zeitigen würde. Die Tage vergingen. Sie widmeten sich den nicht endenden Arbeiten der Farnmänner, und sie warteten auf den nächsten Angriff. Hook zog sich in sich selbst zurück. Er konnte Torca nicht ansehen, ohne Schmerz zu empfinden.

Er hatte sich entschlossen.

Er konnte hier unten bleiben, bis er an Altersschwäche starb oder ein Sumpfungeheuer ihn zerriß. Aber auf keinen Fall würde er gehen, bevor er Gewißheit hatte.

An einem hellen Morgen, als die Sonne auf dem Wasser glitzerte und die Farne in frischem Grün leuchteten, erblickte er Terifia, die durch die Luft auf ihn zuschwebte. Sie stand auf einer Plattform, die mit Vorräten beladen war. Sie sah Hook, winkte ihm zu und ließ die Plattform sinken.

Hook brachte für sie ein sehr hübsches Lächeln zustande.

»Oh, Hook! Sie sagten, es sei alles deine Schuld, und auch ich sei daran beteiligt, und sie haben mich auf den Planeten verbannt! Hook, wir sind hier gestrandet!«

Er half ihr durch die Farne.

»Erzähl mir, was geschehen ist, Terifia.«

»Du scheinst gar nicht überrascht zu sein, mich zu sehen.«

»Doch, doch, das bin ich. Nun erzähl es mir.«

»Es war grauenhaft! Der arme Lars! Wir gingen zu der letzten Exper-Sitzung, und es war eine ganz besondere, weil die Aufnahmen bei einem großen Treffen der Voydun gemacht worden waren, und das hatte es vorher noch nie gegeben. Und – es war fürchterlich, Hook, einfach fürchterlich!« Sie klammerte sich an ihn. Die Farnleute latschten mit ihren Plattfüßen herbei und umstanden sie schweigend.

»Ja, Terifia?«

»Die Curl-Leute – die Sternenstadt ist so wundervoll, und sie sind so stolz und so überlegen ...«

»Ja. Sie sind ein hochmütiges Pack.«

»Aber das Exper – wir kamen uns vor wie Ungeziefer, wie Geschmeiß – wie nicht einmal der Verachtung würdig. Man verabscheute uns! Man bemitleidete uns! Die Sternenstadt – oh, Hook – es war grauenhaft.«

»Für mich klingt das außerordentlich erfreulich, Terifia. Ich wünschte, ich wäre dabeigewesen und hätte diesem Foylty die Nase einschlagen können.«

»Es war schlimmer als das, Hook.«

»Ja. Davon bin ich überzeugt. Wunderbar!«

»Und – Hook – Stellopolis!«

»Was ist mit der Sternenstadt, Terifia?«

»Sie ist weg! Die Curl-Leute konnten das Gefühl, verabscheut zu werden, nicht ertragen. Sie erkannten, daß die Voydun Mitleid mit ihnen hatten, und sie konnten es nicht aushalten. Deshalb sind sie im Raum verschwunden.«

Hook hob die Arme und rief den versammelten Farnmännern zu: »Die Sternenstadt ist fort! Sie hat das Böse zurück zu den Sternen getragen!«

Torca erklärte langsam:

»Wir verstehen ein wenig von dem, was du für uns getan hast, Hook. Aber – wird jetzt nicht ein anderer Planet dasselbe Schicksal wie wir erleiden?«

»Wenn das geschehen sollte, kann man sich dem Saft des Todes nicht widersetzen. Aber vielleicht vergessen die Sternenmänner nicht so schnell, was ihnen hier widerfahren ist, und richten sich danach. Wer kann den Fall der Sporen vorhersagen?«

Hook hatte es früher einmal seltsam gefunden, daß er Lebewesen, die ihm nach ihren Rassenmerkmalen völlig fremd waren, gegen die Bewohner der Sternenstadt half, die ihm glichen. Er wußte, er hatte aus Motiven gehandelt, die nicht in erster Linie mit seiner eigenen Sicherheit und seinem Wohlbefinden zusammenhingen. Er hatte schon beinahe altruistisch gehandelt, und das bereitete ihm Sorgen. Auf diese Weise konnte er nicht weitermachen. Ihm saßen die Novamänner im Nacken, und deshalb mußte für Ryder Hook an erster Stelle Ryder Hook kommen. Irgendein anderer Planet mußte sich mit den Curl-Leuten von Stellopolis befassen, und vielleicht wurden sie dabei alle ausgelöscht. Ryder Hook konnte das gleichgültig sein.

Wenigstens konnte er den tröstlichen Gedanken mitnehmen, daß er die Voydun gerettet hatte. Jetzt war es ihnen möglich, aus diesem elenden Sumpfgebiet auszuwandern und gutes, sauberes Land zu finden und auf ihrem eigenen Planeten nach ihrer eigenen Bestimmung zu suchen. Terifia betrachtete die sie umgebenden Farnleute. »Sie sehen – merkwürdig aus, Hook. Viel menschlicher als früher. Ich bin überzeugt, die Sternenstadt war schlecht für sie.«

Hook sah sie an. Sie mußte sich immer noch Sorgen um Bunji machen. Sie glaubte, sie seien hier unten gestrandet. Nun, sie waren auch gestrandet, bis er ein Kommunikationsnetz gefunden hatte, über das es ihm nach vielen Versuchen gelang, sich sicher mit Shaeel in Verbindung zu setzen. Dann würde Shaeel zu ihrer Rettung herbeieilen. Auf Terifias Schwebeplattform befand sich ein winziges Funkgerät, und das konnte er für interstellare Gespräche umbauen. So oder so mußten sie eine ganz hübsche Zeit hierbleiben. Hook war entschlossen, diese Zeit mit Terifia zu genießen.

Aber immer eins nach dem anderen. Er löste den umfangreichen Medipack von der Plattform und fand eine Armknospe. Er versicherte Torca, ihm werde schnell ein neuer Arm wachsen.

»Das sind alles Wunder, Hook.«

»Ihr seid die Sternenstadt los. Nun liegt euer Schicksal in euren eigenen Händen. Was mich betrifft, so habe ich dringend etwas mit der Dame zu besprechen.«

Er stellte fest, daß Terifia die Nase rümpfte.

Er wußte, warum.

»Komm, Liebes. Wir suchen uns eine Höhle und lassen uns dort häuslich nieder. Wir werden bald gerettet werden, deshalb laß uns jetzt keine Zeit verschwenden.«

»Du bist ein großer häßlicher Affe, Hook.« Terifia trat einen Schritt zurück. »Und, Hook – du stinkst fürchterlich!«

»Ich weiß. Hier, nimm mal einen Schluck. Du wirst den Duft bald unwiderstehlich finden.«

Dann lachte Ryder Hook. »Hier unten wirst du bessere Freunde haben als in der gottverdammten Sternenstadt!«

ENDE DES DRITTEN BUCHES

VIERTES BUCH
Das
Männlichkeits-Gen

I

Ryder Hook hörte zum ersten Mal ein Gerücht über das sogenannte Männlichkeits-Gen während eines Gezänks in einem Tiefgefriersatelliten. Der Satellit befand sich im Orbit um einen Planeten des Enares-Systems, dem nichts Besseres geschehen könnte, als daß er in Vergessenheit geriete. Das Gezänk eskalierte sich auf unerfreuliche Weise. Hook zog den Kopf aus der Bahn eines Explosivgeschosses, das das Schott mit Pockennarben übersäte. Die Knöpfe waren bereits gedrückt, um eine Ladung Passagiere auf die für einen Sternenflug in der billigsten Klasse notwendige Temperatur einzufrieren. Draußen wirbelten die Sterne der Galaxis dahin, und hier drinnen in dieser Luftblase sah es ganz so aus, als werde Ryder Hook für nichts und wieder nichts sein Leben verlieren.

»Laß deinen Kopf unten, Flakey«, riet er dem Drossaner, dessen Kleider aus Metallgewebe einen behenden, aalähnlichen Körper verbargen und dessen vier sehnige Arme sich um einen Schlagstock, eine metallene Kette, ein fünfundzwanzig Zentimeter langes Messer und ein drossanisches Gebetbuch schlangen.

»Ich wollte mich doch nur für den Flug einfrieren lassen«, sagte Flakey. Der Schlitz, der ihm als Mund diente, zeigte absolute Verärgerung, seine Augen, auf langen, beweglichen Stielen sitzend, bebten. Sein Hals schlängelte sich in seiner ganzen Länge von einem und einem halben Meter nach unten, um seinen glatten Kopf auf eine Höhe mit dem Hooks zu bringen. »Diese Gonils haben überhaupt keinen Begriff von Höflichkeit.«

»Du läßt deinen Kopf unten, oder sie werden ihn dir wegpusten.«

Hook war ebenfalls verärgert, und doch akzeptierte er teils resignierend, teils erbost, daß niemand erwarten konnte, in dieser Galaxis des einhundertundersten Jahrhunderts durchs Leben zu gehen, ohne hier und da Ärger zu bekommen. Er versuchte stets, sich aus Schwierigkeiten herauszuhalten. Doch andere Leute, die noch weniger Skrupel hatten als er – und seine Skrupel würden, auf einem Mikrofilm untergebracht, noch Platz für die Galaktische Enzyklopädie lassen –, konnten einfach nicht damit aufhören, ihn in diese Art von Auseinandersetzungen hineinzuziehen.

Der Kampf setzte für einen Augenblick aus, und Hook machte es sich hinter einer umgestürzten Computer-Konsole bequem und zog ein vorgepacktes Sandwich heraus. Er und Flakey teilten es freundschaftlich. Von Zeit zu Zeit knallte ein Schuß oder spritzte eine Disgel-Ladung, und manchmal ertönte von da, wo die jedes organische Gewebe zersetzende Ladung auftraf, ein Schmerzensschrei oder ein Kreischen des Entsetzens.

Dann erzählte Flakey, der Drossaner, Hook etwas über das Männlichkeits-Gen. Er hatte gehört, es werde auf einem Planeten gefunden, über dessen Lage ihm zu seinem unendlichen Bedauern zur Zeits nichts bekannt sei, und die Leute, die es besaßen, anbauten, abbauten oder einfach chemisch herstellten, hielten den Export im Würgegriff.

»Wenn man nur die Hälfte von dem glaubt, was man zwischen den Sternen über dies Potenz-Gen hört, Hook«, sagte Flakey und schängelte sich in eine bequemere Lage, »dann würdest du dir über Parseks hinweg den Schwanz abrennen.«

»Zufällig gehöre ich zu einer Rasse, die nicht mit Schwänzen gesegnet ist.«

»Ach ja? Das war mir noch nicht aufgefallen.«

»Und, Flakey, ich habe dich schon dreimal gewarnt. Diese Idioten da hinten schießen aufeinander. Ich verspüre nicht die geringste Lust, herauszufinden, warum. Sobald die planetare Polizei eintrifft und die Lage klärt, können wir uns einfrieren lassen. Jetzt warne ich dich noch einmal: laß dein ständig hochschnellendes Köpfchen unten.«

»Du willst nach Lakaschimi, Hook, nicht wahr?«

»Ja.«

Ein Schauer Disgel spritzte um die Ecke der Konsole, und beide Männer duckten sich weg. Bekam man nur einen einzigen Tropfen auf die Haut, schmolz der Körper auf der Stelle und hinterließ nichts als eine Pfütze. Und dann würde sogar die Pfütze verschwinden.

»Ein Junge namens Gaines war von Lakaschimi. Komischer Kerl.«

Vielleicht war es die Erinnerung an den von Lakaschimi stammenden komischen Kerl namens Gaines, die Flakey zu einer Schlängelbewegung veranlaßte. Sein glatter, geschmeidiger Körper wand sich hinter der Computer-Konsole hervor.

Hook, an dessen linkem Handgelenk seine eigene Disgel-Waffe mit den Nervenenden verbunden war, brüllte.

Er hätte sich seinen Atem sparen können.

Flakeys bezaubernder Kopf verschwand in der Explosion eines Geschosses aus einer Swan-Durk Magnum.

Rauch brodelte in dem Gefrier-Komplex. Hook glitt an dem noch zuckenden Körper Flakeys vorbei. Er entdeckte den Riffianer, der Flakey erschossen hatte. Wilde Blicke um sich werfend, hielt er die große Swan-Durk noch in der Faust. Hooks Disgel-Waffe sprang ihm in die Hand, und er feuerte. Der Riffinaner bekam die Ladung ins Gesicht. Er schrie auf und schlug sich die Fingernägel ins eigene Fleisch. Er wußte, daß er nur noch Sekunden zu leben hatte.

Hook sah zu, wie er zusammenschrumpfte und schmolz und sich auflöste.

»Blödmann«, sagte Ryder Hook. »Ein Gonil ohne Manieren, wer eine interessante Konversation unterbricht.«

Das war das erste Mal, daß Hook von dem Potenz-Gen hörte. Das zweite Mal, daß Hook von dem Potenz-Gen hörte, war in einem üppig-dekadenten Vergnügungspalast drüben im abgelegenen Usica-Haufen. Obwohl Hook nicht viel von dem dick aufgetragenen, vielgepriesenen Charme der Schaschmiri-Tanzmädchen hielt – die ganz aus langen weißen Beinen und unmöglich pneumatischen Brüsten und ausladenden Hüften bestanden –, mußte er zugeben, daß das Mädchen, das soeben tanzte, eine wirkliche Künstlerin war. Im Programm war sie als Schoschanna, der Kolibri, angekündigt. Hook hatte sich in einen Sessel sinken lassen, spielte mit seinem Schnapsglas, hielt die Augen offen und überlegte, wie er an ein paar Rollen Metallgeld kommen könne.

Manchmal war Hook es müde, ein Einzelgänger in der Galaxis mit keinerlei Bindung – ausgenommen vielleicht die an Shaeel, den Hermaphroditen – zu sein. Immer hatte er es von sich gewiesen, irgendeinem Multisystem-Konglomerat beizutreten, und in den meisten Fällen machte ihm das das Leben schwer.

Wie er vorausgesehen hatte, mußte er eingreifen und Schoschanna, den Kolibri, aus dem Vergnügungspalast bringen, bevor die aufgegeilten Männer über sie herfallen konnten. Sie schien völlig verwirrt zu sein. Das erweckte Hooks Interesse. Schaschmiri-Tanzmädchen waren berüchtigt für ihre Sinnlichkeit.

Ein Höllenlärm brach los. Männer aus einem Dutzend verschiedener Rassen riefen und brüllten, sprangen von den Sitzen, rissen sich die Kleider herunter und prügelten sich darum, der erste zu sein. Schoschanna wich zurück. Sie bedeckte die enormen Brüste, jede mit einem winzigen Glitzersternchen geziert, mit den Händen. Ihre großen Augen wurden noch größer, als sie mit angewidertem Entsetzen auf den Tumult starrte, den sie entfesselt hatte. Hook knallte einem Mann die Faust ins Gesicht, schlug einem Krif-Mann den Schädel ein, trat einem Jernja die Füße unter dem Leib weg – Jernjas sind außer mit einem Schwanz mit fünf Beinen pro Person ausgestattet –, schnappte sich Schoschanna und trug sie weg. Sie versuchte, ihm die Augen auszukratzen. Er gab ihr einen Klaps auf den so schön gepolsterten Rumpf und knurrte: »Ruhig!«

Irgend etwas an diesem braunhaarigen, braunäugigen Terraner mußte das absolute Entsetzen in ihrer Brust hervorgerufen haben, denn sie verlor das Bewußtsein. Hook lächelte nicht. Er drosch auf ein paar weitere Köpfe ein, stieg über ein halbes Dutzend auf dem Boden liegender Körper und floh hinaus in die Nacht von Sonleary.

Sobald er Schoschanna, in ihrer Behausung angelangt, davon überzeugt hatte, daß ihre Tugend bei ihm nicht in Gefahr war, und das Mädchen sich erholt hatte, wollte Hook sich unter irgendeinem Vorwand verdrücken. Schoschanna versuchte, sich ihren Lebensunterhalt wie jedes Schaschmiri-Tanzmädchen zu verdienen – mit Tanzen.

»Such dir das nächste Mal ein besseres Lokal aus, Kolibri.«

»Du kannst mir glauben, Hook, das werde ich!«

Ihr Mann hatte alles verkauft, was sie besaßen, einschließlich Schoschannas Kleidern, so daß sie für den Weg zur und von der Arbeit ihren fast nackten Körper in einen zerlumpten alten Plastisamt-Mantel hüllen mußten.

»Er wußte, du würdest in deiner Branche keine Kleider brauchen.«

»Aber er wird zurückkommen! Er hat von einem Krif-Mann eine Karte gekauft. Stafiri – das ist mein Mann – ist gegangen, um einen großen Vorrat von dem Männlichkeits-Gen zu besorgen. Wir werden reich sein! Ungeheuer reich!«

»Das hoffe ich«, sagte Ryder Hook. »Wohin ist er gegangen?« Aber Schoschanna, der Kolibri, hatte keine Ahnung, wohin Stafiri, ihr Mann, gegangen war, um diesen Vorrat des Männlichkeits-Gens zu besorgen.

»Aber er wird zurückkommen, Hook. Ich weiß es!«

»Glaube nur fest daran, Mädchen.«

Sie bereitete ein Abendessen, eine wohlschmeckende, leichte Mahlzeit, die sich aus in Plastik verpackten Würfeln im Ultraschallkocher entwickelte. Sie aßen einträchtig zusammen. Den Wein, einen Rosé, fand Hook nicht allzu widerwärtig. Die Produktionsanlage in Schoschannas Mietblock gestattete nur eine begrenzte Auswahl. Doch Schjoschonna wurde lebhaft und aufgeregt, und es war offensichtlich, daß Hooks kraftvoller Körper und seine klaren braunen Augen in ihr sehnsüchtige Gedanken an Stafiri, den verschwundenen Gatten, erweckten.

Hook merkte, daß er könnte, wenn er wollte. Doch, wie gesagt, er bevorzugte Mädchen, die wie menschliche Mädchen von der guten alten Erde aussahen. Er löste ihre weißen Arme und entfernte sein Ohr von ihren sich nähernden Lippen. Sie waren weich und einladend, und ihre Zuge war ein Wunder. Wenn sie ein richtiges Mädchen gewesen wäre …

Ganz verblüfft sagte sie ihm gute Nacht. Sie zog ein Schnütchen, sie war richtig gekränkt, und sie sah mit den beiden silbernen Glitzersternchen in der Hand rührend aus.

Ryder Hook hörte Gerüchte über das sogenannte Männlichkeits-Gen zum dritten Mal an Bord des Stellroutes-Sternenschiffs *Vandeneuf* unterwegs nach Jundersborg im Carnairean-Haufen. Diesmal reiste er vornehmer, zusammen mit Shaeel und Karg. Wie gewöhnlich, war er der Justiz einen Schritt voraus, und den Projektmännern nur einen halben Schritt. Wenn er es in einem Stück bis Jundersborg schaffte, glaubte er, lange genug in einem Stück bleiben zu können, um wieder zu Atem zu kommen.

Er saß im Salon und hörte der müßigen Konversation zu. Die Bezeichnung Männlichkeits-Gen war natürlich nicht ganz glücklich gewählt. Benutzt wurde sie hauptsächlich von jenen Medien, die nur in Wirtschaftsorganisationen geringeren Ranges eine Rolle spielten. Aber wie Hook bei dieser Gelegenheit durch die Reden des kleinen Pelzwesens von Cailiang mitbekam, paßte der Name in gewisser Weise doch ganz gut.

Von der Gewohnheit, ständig über seine Schulter zu blikken, konnte Hook nicht ohne weiteres lassen – er wollte auch gar nicht von ihr lassen, denn er wollte am Leben bleiben –, und selbst hier, in dem gepflegten Salon des Sternenschiffs *Vandeneuf*, war er auf der Hut. Hook hätte sich in guter Gesellschaft, mit Getränken und Musik und sieben terrestrischen Tagen der Muße vor sich wohlfühlen müssen, aber er tat es nicht. Stellroutes war ein relativ kleines Multisystem-Konglomerat und ein wenig auf der schattigen Seite gelegen, und das paßte Hook ausgezeichnet.

»Es ist da irgendwo, Taynor Klark«, sagte der kleine Cailiang-Mann zu Hook. »Ein Proton-Spekulant hat es mir erzählt, und diese Leute sind keine Dummköpfe.«

Hook wandte den Blick von dem gekrümmten Spiegel ab, in dem er die Tür zur Linken sehen konnte. »Ganz meiner Meinung. Das sind sie nicht. Aber man hört so viel über Potenz-Gene – wie kann man da die Wahrheit von Phantastereien unterscheiden?«

Ein ihnen gegenübersitzender Mal zeigte durch seine Gesichtsbewegungen und die Art, wie er sein Röhrenohr zwirbelte, daß dies Gerede über unerhörten Reichtum bei ihm einen Anfall von Habgier ausgelöst hatte.

»Und dieser Proton-Spekulant setzte darauf?«

Der Cailiang strich seinen in Pink und Indigo eingefärbten Pelz glatt, damit das Muster zur Geltung kam. »Das tat er.«

»Das hat gar nichts zu bedeuten«, röhrte ein Krif-Mann von mächtigem Körperbau und autoritärem Gehabe, der sich in einem massiven, pneumo-gepolsterten Sessel lümmelte. »Wo es um Potenz geht, kann man sich von einer Spekulation immer etwas erhoffen.«

Der Cailiang lachte, und der Mal nickte, während er sein Ohr bearbeitete. Der Krif-Mann war sich bewußt, welche Wirkung er erzielt hatte. Er fuhr fort: »Und jede Wirtschaftsorganisation würde mitziehen. Die erkennen eine gute Sache, wenn sie sie sehen.«

Für Hook stellten diese Leute – nicht alle gehörten der Rasse Homo sapiens an – das Establishment der Galaxis dar. Sie besaßen Kreditkarten und fette Bankkonten bei den Wirtschaftsorganisationen ihrer Wahl. Diese Leute würden keinerlei Gewissensbisse verspüren, über ihn wegzutrampeln. Er lehnte sich ein wenig zurück, hörte zu und mischte sich nicht in das Gespräch ein. Aber die Unterhaltung wandte sich den Wirtschaftsorganisationen und ihren Methoden zu. Über das Potenz-Gen wurde im Augenblick nicht mehr gesprochen, aber in aller Köpfe spukte es weiter.

Nur aus dem interessanten und sehr menschlichen Grund wurde nun von etwas anderem geplaudert, so stellte Hook belustigt fest, daß jeder einzelne, der hier saß, die Absicht hatte, später unter vier Augen mit dem Cailiang zu reden. Sie waren wie Kritchuks, die um ein Stück Fleisch herumschnüffeln. Jeder wartete, bis einer der anderen sich vorwärtsbewegte, damit er von der Flanke her angreifen, den Rivalen vernichten und die Beute selbst schnappen konnte.

Hook bestellte noch ein Glas – ein einfaches Orangenbier – und hielt seine Augen weiter auf den Spiegel und die Tür gerichtet.

Die Flugkarten für Shaeel, Karg und Hook waren von Tayniss Thentel bezahlt worden. Sie war nicht so schlecht, wie die Leute ihr Bild malten und sie ihr eigenes Gesicht. So hatte sich Shaeel, der Hermaphrodit, in seiner ätzenden Weise ausgedrückt. Hook war nur mit knapper Not von Sykoris entkommen, die Agenten der rachsüchtigen Projektmänner auf den Fersen. Alles, was Rayder Hook sich in der Galaxis wünschte, war, seine eigene Haut heil zu halten, zu überleben, irgendwie ein eigenes Leben zu führen, zu leben.

Die Nova-Männer hatten andere Vorstellungen.

Hook war es für immer versagt, ein Nova-Mann zu werden, und das konnte ihn mehr als alles andere in Wut versetzen. Für gewöhnlich machte er um die Projektmänner den größtmöglichen Bogen.

Shaeel kam in den Salon. Hook sah ihn im Spiegel.

Shaeels nicht männliches und nicht weibliches Gesicht verriet eine Anspannung, die – abgesehen davon, daß sie für Shaeel ungewöhnlich war – Hook beunruhigte. Hook gab für niemanden in der Galaxis einen Pfifferling, ausgenommen vielleicht Shaeel, wenn der Maph nicht sein normales sarkastisches Selbst war.

Eine Gewißheit hatte Ryder Hook, als er sich erhob und dahinterschlenderte, als überlege er, ob er noch ein Glas bestellen oder einen Rundgang um das Promenadendeck machen solle, und das war, daß sich an Bord des Sternenschiffs *Vandeneuf* kein Projektmann befand.

Einen solchen Fehler würde er nicht machen. Beziehungsweise – er hatte bisher noch nie einen solchen Fehler gemacht.

Als sie zusammen durch die Plastiglas-Tür und weiter zum Promenadendeck schritten, das zu dieser Zeit der Schiffsnacht so gut wie verlassen dalag, sagte Shaeel:

»Mein lieber 'ook! Du sitzt da und trinkst, wie? Und Karg observiert einen Typ von höchst zweifelhafter ...«

»Irgendwer ist uns von Sykoris gefolgt. Damit war zu rechnen.«

Du denkst zu eingleisig, mein großer haariger maskuliner Affe. Meiner Meinung nach hat es die bemalte Tayniss Thentel geschafft, bei unserer Flucht jeden Verfolger von unserer Fährte abzubringen.« Der Hermaphrodit pflegte jedes einzelne Wort zu betonen. »Meiner Meinung nach, mein lieber alter Bertie Bashti, ist das eine ganz neue Sache. Und sie richtet sich gegen uns alle drei.«

»Und um was geht es?«

Die anmutige Bewegung, die Shaeels Schultern unter dem blauben Overall vollführten, konnte nur einem Wesen eigen sein, das weder Mann noch Frau war. »Das, mein lieber 'ook, bleibt eins der großen ungelösten Probleme.«

»Hat Karg denn noch nicht herausgefunden, wer es ist?«

»Der gute Karg machte einen bestürzend sanften Eindruck, als ich ihn zuletzt sah.«

Wenn Karg, der ein F'lovett war, wütend aussah, bedeutete das, daß er glücklich war. Regte er sich auf oder wurde er zornig, nahm sein Gesicht einen friedlichen und träge fröhlichen Ausdruck an.

Ein vergnügtes Paar Erdenmenschen kam vorbei, offensichtlich sehr verliebt ineinander. Sie achteten nicht auf Hook und den Hermaphroditen. Hook sah sie, schätzte sie ab, entließ sie aus seinen argwöhnischen Überlegungen. Schlichte Liebe dieser Art schien ihm versagt zu sein, dachte er. Es gab sie nur für die anderen.

»Gehen wir, Shaeel. Wir wollen einmal feststellen, wer das Krebsgeschwür ist.«

»Mit dem größten Vergnügen.«

Hook blickte mit einigem Wohlgefallen auf Shaeel. Seine

Arme und Schultern waren glatt und kräftig, seine Taille war schmal, und seine Hüften wiegten sich auf unverschämt feminine Art. Die Brüste, die ihrer Beziehung soviel Lebendigkeit gaben, waren von dem blauen Overall dezent bedeckt, aber das Metallgewebe konnte ihre berauschenden Kurven nicht verbergen. Ja, entschied Hook – nicht zum ersten Mal –, es war ein großer Tag für die Galaxis gewesen, als die Genetiker der alten Erde diese wundervolle Rasse der Hermaphroditen schufen.

Es gab immer noch unwissende Lümmel, die einen Hermaphroditen ein Neutrum nannten. Das war er auf keinen Fall.

Die kleine Disgel-Waffe, die unter Hooks linkem Ärmel steckte, konnte durch eine leichte Anspannung der Muskeln zum Vorschein gebracht werden, da sie neurochirurgisch an das Handgelenk angeschlossen war. Shaeel trug zu dieser Zeit an der gleichen Stelle eine Delling. Die Waffen waren so allgemein in Gebrauch, daß sie keine Bemerkung hervorriefen. Ihre großen Energie-Waffen waren der Sicherheit wegen im Waffenraum des Schiffs verschlossen worden. Nur ein Idiot würde auf den Gedanken kommen, innerhalb eines Raumschiffs eine Energie-Waffe abzufeuern. Hook hatte solche Idioten schon kennengelernt. Er fragte sich, nicht ohne Gereiztheit über die Zeitverschwendung, ob der Fremde, den Karg beobachtete, sich als ein weiterer erweisen würde.

Sie bogen in den G-drei-Korridor ein, der leer und sauber unter der Deckenbeleuchtung dalag.

»Da ist Karg.«

Eben noch war der Korridor leer gewesen, und nun erschien der untersetzte Körper des F'lovetts. Kark winkte ihnen und verschwand sofort wieder im Schrank des Reinigungsroboters.

Eine Tür öffnete sich, und ein Krif-Mann trat heraus.

Die Krif-Männer waren eine Rasse, die sich selbst für die erste der Galaxis hielt: rauh, zäh, arrogant, außerordentlich selbstbewußt. Im allgemeinen kam Hook ganz gut mit ihnen aus. Einem oder zweien hatte er schon einmal einen

Dämpfer geben müssen. Er und Shaeel gingen ruhig weiter und wechselten ein paar beiläufige Redensarten.

Der Krif-Mann trug einen Auszug aus Metallgewebe, der dicht übersät mit Glitzerpunkten war, so daß er, wenn er dahinschritt, das Auge blendete. Sein kurzer roter Mantel hing ihm nach der neusten Mode von der einen Schulter zur Taille. Am Gürtel trug er im Hoster eine Zag, eine Projektilwaffe, die mit relativ geringer Geschwindigkeit eine große Kugel abfeuerte – ideal für Arbeit an Bord eines Raumschiffs. Bestimmt war an sein linkes Handgelenk eine Kreditkarte durch Neurochirurgie angeschlossen, und es ließ sich kaum daran zweifeln, daß ein rechtes Handgelenk auf gleiche Weise mit einer Disgel-Waffe versehen war. Der Krif-Mann trampelte den Korridor entlang, als gehöre das Stellroutes-Sternenschiff *Vandeneuf* ihm.

»Das muß er sein, mein lieber 'ook – ich meine Abel.«

Abel Klark war ein Alias, das Hook schon früher benutzt hatte. Er hatte viele »Alias« zwischen den Sternen.

»Sicher. Laß ihn laufen.«

»Aber ...«

»Hören wir uns erst an, was Charlie zu berichten hat.« Charlie war Karg.

Der Krif-Mann marschierte weiter, ganz offensichtlich in der festen Überzeugung, daß jeder, der ihm begegnete, beiseitetreten werde. Er war so an Ehrerbietung gewöhnt, daß er sich nicht vorzustellen vermochte, es könne ihm auch einmal etwas anderes zuteil werden. Hook vermutete, daß er ein hoher Funktionär einer mächtigen Wirtschaftsorganisation war, obwohl er kein Abzeichen oder Ähnliches trug. Ein gefährlicher Mann, wenn man ihn sich zum Feind machte.

Hook trat beiseite.

Shaeel, der einen Augenblick brauchte, bis er das glauben konnte, trat ebenfalls beiseite.

Sie sahen den roten Mantel – eher ein Cape in der kunstvollen Art, wie er von der Schulter flatterte – über dem Glitzeranzug um die Ecke verschwinden, wo es weiter zum Korridor G-vier ging.

Karg platzte aus seinem Schrank heraus.

Er lächelte, als belustige ihn etwas sehr.

»Ich an deiner Stelle hätte ihm den Garaus gemacht, Hook ...«

»Die Frage ist, Karg, alter Freund: Was hat er getan, um ein solches Schicksal zu verdienen?«

Kargs stämmiger Körper, der Hook bis zum Gürtel reichte, übertraf ihn in der Breite beträchtlich. Oft malte Hook sich das fesselnde Bild aus, wie Karg mit seinen Armen ein Bierfaß zerquetschte.

»Er hat uns beobachtet. Seit er an Bord gekommen ist.« Karg war allein an Bord gekommen. Hook hatte gemeint, wenn ein Hermaphrodit und ein F'lovett zusammen reisten, werde das jedem im Gedächtnis haften bleiben und eventuellen Verfolgern Hinweise geben. Ein menschliches Wesen mit dem nichtsagenden Äußeren, das Hook kultivierte, würde kein solches Interesse erregen. Doch der Vorsicht halber war Shaeel auf der Passagierliste als Balson eingetragen.

»Sein Name ist Carshder. Er ist Produktionsdirektor bei SAJ ...«

»Dieser elende Haufen!« erklärte Shaeel mit angemessener Verachtung.

»SAJ ist eine Wirtschaftsorganisation, die in diesem Abschnitt der Galaxis beträchtliche Macht hat«, warf Hook mit einer Milde ein, die die anderen sofort mißtrauisch machte.

»Ja«, fuhr Karg in seiner ruhigen Art fort. »Er ist unterwegs nach Junderborg. Er hat euch beide beobachtet – ich glaube nicht, daß ich ihm schon aufgefallen bin – aber, wenn ihr meine Meinung hören wollt ...«

»Nichts wäre uns angenehmer, mein hübsches Faß«, warf Shaeel in dem überheblichen Ton ein, der schon so manchen in Rage gebracht hatte.

Karg bedachte den Hermaphroditen mit einem grimmigen Blick – der anzeigte, daß er die Bemerkung als spaßhaft auffaßte – und endete: »Also, ich nehme an, daß er mit unsern Abenteuern auf Sykoris nichts zu tun hat.«

Hook hatte einigen Respekt vor Kargs erwiesener Tüchtigkeit bei Nachforschungen. So abgebrüht er war, verspürte er doch einen Augenblick der Erleichterung, daß die Projektmänner ihm keinen ihrer eigenen Agenten nachgeschickt hatten – der vielleicht eine ihrer gehirnlosen, auf ein Ziel programmierten Marionetten hätte sein können, einer der Doorn. Er mußte jede Verbindung zu den Projektmännern hinter sich lassen.

Dann schlug Karg dies ganze Wunschdenken Hook mit einem Satz um die Ohren.

»Der Agent von Sykoris ist oben auf Korridor C-fünf.«

Shaeel fragte: »Bist du sicher, mein Freund?«

»Ganz sicher.«

Hook sagte: »Immer eins nach dem anderen. Mir gefällt es gar nicht, daß irgendwer von Sykoris uns in den Nacken pustet.«

Darüber mußte Shaeel kichern, und Hook wußte, der Maph dachte daran, wie wenig Nacken Karg besaß, in den man pusten konnte.

»Dann gehen wir jetzt nach oben und kümmern uns um den Gonil, ja?«

»Oh, selbstredend, mein lieber Freund. Wie ausgemacht.«

»Er ist ein Homo sapiens wie du, Hook.« Kargs Fröhlichkeit war nun nicht mehr zu übersehen. »Er hat drei Gorillas bei sich. Riffianer.«

»Das ist geeignet, unserm Leben die richtige Würze zu verleihen«, bemerkte Shaeel.

»Er plant, uns kurz vor der Landung zu erledigen«, sagte Hook. »Dann können er und seine Männer das Schiff sicher verlassen. Greift er uns zu früh an, würden alle Passagiere für eine Untersuchung festgehalten. Das würde ihm nicht passen.« Hook sah Shaeel und Karg bedeutungsvoll an. »Und uns auch nicht.«

Karg blickte entschieden glücklich drein, was bedeutete, daß er vor Frustration überlief.

»Oh, mein lieber 'ook! Aber – einen Augenblick, mein haariger maskuliner Affe«, wandte Shaeel ein. »Wenn wir sie in Ruhe lassen, werden wir nicht wissen, wann sie zuschlagen wollen.«

»Hauen wir ihnen sofort auf den Kopf«, schlug Karg mit munterer Stimme vor.

»Es gibt eine Möglichkeit.« Hook war ein Gedanke gekommen. »Wir können die Gonils angreifen und dafür sorgen, daß der Verdacht auf den Krif-Mann fällt.«

»Genial!« stellte Shaeel fest.

II

Sie betraten den Korridor C-fünf wie zwei Träume und ein Nachtmahr. Der Nachtmahr, führte Hook den Gedanken mit herber Überzeugung fort, konnte nur er selbst sein.

Und Ryder Hook würde seine Drohung ausführen. Er würde die Männer von Sykoris überfallen und die Tat Carshder, dem Krif-Mann, anlasten. Der Krif-Mann war eine so gewichtige Persönlichkeit, daß er mit Ärger dieser Art fertig wurde, und höchstwahrscheinlich konnte er sowieso nachweisen, daß er zu dieser Zeit nicht einmal in der Nähe gewesen war. Aber in dem Durcheinander konnte das Trio aus Träumen und Nachtmahren entschlüpfen.

Der Korridor war noch fürstlicher ausgestattet als die Gänge auf den unteren Decks. Wer auch immer der Mann und seine drei riffianischen Gorillas geschickt hatte, war mit Credits nicht geizig gewesen. Karg sagte, der Name des Homo sapiens sei Michael Michael, und er fügte mit sehr demütiger Stimme hinzu, der Bursche sehe auf interessante Weise gefährlich aus.

Shaeel ließ bei diesen Worten seine Delling ein paarmal in die Hand gleiten und überzeugte sich so, daß die Verbindung zwischen Elektronik und Nerven zufriedenstellend funktionierte.

Hook dachte bei sich, er müsse Shaeel doch eines Tages

veranlassen, sich eine der winzigen Waffen implantieren zu lassen, die wie ein ganz kleiner Auswuchs aussahen und auf das leiseste Muskelzucken hin feuerten. Hook selbst hatte schon so oft in der Klemme gesessen, daß er es vorzog, alles, was er besaß, nötigenfalls versetzen zu können.

Der Hermaphrodit merkte, daß Hook ihn beobachtete. Mit der seiner Rasse eigenen Empathie lächelte er: »Ich weiß, mein lieber Freund. Und vielleicht wirst du dir eines Tages eine in die Stirn implantierte Waffe anschaffen, die der Richtung des Auges folgt. Garantiert unfehlbar.«

»Das bezweifle ich. Jedenfalls würde das Ding nicht so unfehlbar sein, daß ein Scharfschütze, wenn er schnell genug ist, es nicht treffen könnte.«

»Kabine Zwölf-elf«, sagte Karg. Seine Stimme klang, als führe er eine Gruppe von Priestern durch eine große Kathedrale, und Hook nahm es als Mahnung, sich um die gerade anliegende Sache zu kümmern.

»Wir können nicht einfach hineinstürmen, 'ook!«

»Der Meinung bin ich auch.«

»Locken wir den Gonil heraus«, schlug Karg honigsüß vor.

»Er hat, mein wohlgerundeter Freund, drei Gorillas bei sich. Möchtest du, daß ich ihm mein Visitenkarte hineinschicke?«

Karg lachte. »Die Elternschaft hat dir den Verstand vernebelt, Shaeel.«

Hook wollte nicht, daß die beiden wieder anfingen, sich wegen Shaeels hermaphroditischen Sprößlings zu hakeln. Er hatte sein Baby bei Thalleyr, dem hermaphroditischen Vater, zurückgelassen, und wie Shaeel erzählte, vertrug sich Thalleyrs Baby, dessen Vater Shaeel war, prächtig mit seinem Zwilling. Beide konnten jetzt schon laufen ...

Nun ja, Thalleyr war Mitglied einer Wirtschaftsorganisation, auch wenn es nur HMPA war, und Hook fragte sich oft – er war zu vorsichtig, es in Worte zu kleiden –, wie ein organisierter Maph mit dem Einzelgänger Shaeel zurechkam. Hook fand es nicht nur bemerkenswert, er fand es geradezu verblüffend, daß Shaeel die Gesellschaft von einsamen Wölfen wie Karg und Hook der Gesellschaft seiner eigenen Leute vorzog.

Karg verzichtete darauf, Shaeel weiter aufzuziehen, und förderte aus einem in Orange farbkodierten Beutel an seinem Gürtel einen winzigen Zylinder zu Tage, der in dem strahlend erhellten Korridor golden schimmerte. Karg hielt ihn zwischen den Fingern – erstaunlich geschickten Fingern für einen so massigen Körper – und blickte Hook an.

Hook nickte.

»Aber tritt sofort zurück, Karg. Wahrscheinlich haben sie einen Schutzschirm da drinnen.«

»Das haben sie bestimmt, lieber Freund«, fiel Shaeel ein.

»Ist das klug?«

Hook antwortete nicht. Karg drehte den Zylinder in die richtige Lage und drückte ihn gegen die Tür. Im gleichen Augenblick trat er zurück und zur Seite.

Aus dem Zylinder erklangen Stimmen.

Eine davon hatte all die Obertöne rücksichtsloser Autorität, die Hook jedesmal auf die Nerven ging. Es war eine barsche, anmaßende, dröhnende Stimme.

»Wir machen es dann, wenn ich es sage, Schwachkopf! Hat man dich nicht gewarnt? Dies Krebsgeschwür Hook ist mörderisch gefährlich.«

Eine zweite Stimme erklang in dem weichen Zischeln eines Riffianers.

»Das habe ich gehört, Michael Michael. Du hast die Leitung der Operation, aber wir sind bei Win Fareng, dem Doorn, angestellt ...«

»Und ihr seid hier, um mir zu helfen, du Gonil!«

Noch eine riffianische Stimme, die scharf und aufgeregt klang und verriet, daß dem Wort die Tat folgen werde, rief:

»Die Anzeige! An der Tür ist eine Wanze!«

In der nächsten Sekunde flog die Tür auf und die Männer rasten in den Korridor. Die drei Riffianer, borstenhaarige Wesen, die oberflächlich der Rasse Homo sapiens ähnlich sahen, kamen zuerst. Sie trugen mit Metallgewebe verstärkte Anzüge. Die Helme waren geschlossen, sie hatten

Handschuhe und Stiefel an. Kein Disgel konnte sie auflösen. Das Metallgewebe würde auch jedes Projektil aufhalten, falls es sich nicht um die Höchstgeschwindigkeitsmunition einer Magnum handelte, und Nadeln blieben darin wie in einem Nadelkissen stecken.

Shaeel fand noch Zeit zu lamentieren: »Was habe ich euch gesagt?«

Karg bückte sich noch tiefer und prallte mit dem zweiten Riffianer zusammen. Er umschlang ihn und drückte ihm die Arme so fest an die Seiten, daß der Mann seine Waffe nicht benutzen konnte. Der erste Riffianer segelte bereits, von Hooks Schlag getroffen, durch den Korridor und knallte gegen die andere Wand. Sein Hals war gebrochen. Shaeel hörte auf zu meckern und trat dem dritten vor den Bauch, und Hook kam zurück und drehte ihm den Hals um.

Noch drang das Trio nicht in die Kabine ein.

Kargs Riffianer lag mit zerquetschten Rippen da, aber er blieb vielleicht am Leben.

Hook hob den Riffianer hoch, ohne auf das Stöhnen des Mannes Rücksicht zu nehmen, und stellte ihn auf die Füße. Mit einer einzigen Anspannung seiner Muskeln und Sehnen schleuderte Hook ihn durch die Tür.

Der Körper des Mannes wurde von einer Salve aus einer Magnum zerfetzt.

Noch ehe er zu Boden fiel, folgte Hook ihm ins Innere. Mit einem Blick nahm er die Kabine in sich auf. Michael Michael stand am Tisch. Sein Hand mit der Magnum sank zitternd herab, als er erkannte, wen er soeben in Stücke geschossen hatte. Auch wenn Hook sich in einem Tempo bewegte, das für einen Projektmann langsam war, hatte Michael Michael keine Chance. Hook schoß gebückt nach vorn. Er traf den Mann in der Mitte. Hook zerschmetterte ihm das Handgelenk. Knochen schimmerten rosa. Michael Michael schrie auf, und dann fuhr Hooks Faust nach oben und Michael Michael gegen die Kehle.

Shaeel und Karg zerrten die beiden anderen Leichen herein und stapelten sie an der Seite auf.

Karg erklärte zornig: »Sie haben keinen Augenblick gewartet, um festzustellen, was eigentlich los war. Die Bastarde hätten uns auf der Stelle abgeknallt.«

»Das hätten sie«, antwortete Ryder Hook. »Ja, das hätten sie.«

Shaeel sah sich in der Kabine um. Er zog die Nase kraus und strich sich das kastanienbraune Haar aus dem Gesicht.

»Diese San-Durk Magnums sollen schallgedämpft sein, aber ich glaube, es ist genug Lärm gemacht worden, um den Alarm auszulösen, mein lieber 'ook.«

»Ja«, sagte Hook. »Alles hinaus!«

Draußen blickte Karg wieder fröhlich drein. »Wie fangen wir es jetzt an, daß dieser blöde Krif-Mann Carshder in Verdacht gerät?«

Hook verschloß eilends die Kabinentür.

»Das werden wir in der nächsten Stunde erledigen.«

»In einer Stunde?« wunderte sich Shaeel. »Aber bis dahin wird Michael Michael aufgewacht sein.«

»Gerade darauf verlasse ich mich ja.«

Sie gingen zum Salon zurück. Hook empfand kein Mitgefühl für Michael Michael und seine Gefolgsleute. Zunächst einmal waren sie für die Doorn tätig. Doch wesentlich war, daß sie Hook, Shaeel und Karg töten wollten. Wenn Leute versuchten, Hook zu töten, würde er sie daran hindern, und wenn sie im Verlauf dieser Aktion zu Tode kamen, hatten sie eben Pech gehabt. Hook hatte keine Lust, sich umbringen zu lassen, und besonders nicht von Kerlen wie diesen da. Seiner Meinung nach durfte niemandem erlaubt werden, ihn zu töten. Er war ein wenig altmodisch in seinen Ansichten.

Die Schiffsoffiziere der *Vandeneuf* wären machtlos gewesen. Wenn ihnen ein geplanter Meuchelmord gemeldet worden wäre, hätte das den Meuchelmord nicht verhindert. Solche Erfahrungen hatte Hook schon früher gemacht. Deshalb marschierte er schnell auf den Salon zu, um den Rest dieser widerwärtigen Angelegenheit zu erledigen.

Der Salon war nicht so voll wie vorhin, als über das

Potenz-Gen gesprochen worden war. Die Passagiere verzogen sich nach und nach in ihre Prachtkabinen oder bescheideneren Unterkünfte. Einige wollten noch ein letztes Glas trinken, andere waren total erschöpft von den amourösen Aktivitäten der Nacht. Der Krif-Mann saß immer noch dick und breit in seinem Sessel, und der Mal, der unaufhörlich sein Röhrenohr drehte, war bei ihm. Die beiden spielten Karten. Hook hätte nicht darauf wetten mögen, wer von ihnen den anderen betrog. Der kleine pelzige Cailiang war nicht da. Doch dann bemerkte Hook ihn und fluchte.

Er war an einem kleinen Seitentisch in eine fesselnde Unterhaltung mit dem Krif-Mann Carshder vertieft. Hook hatte damit gerechnet, Carshder allein anzutreffen. Der Krif-Mann hatte auf der Reise bisher keine Freundschaften geschlossen, und er reiste allein.

»Jetzt bist du dran, mein lieber Freund«, zischelte Shaeel.

»Hook wird schon etwas einfallen. Ihm fällt immer etwas ein«, meinte Karg.

Hook warf einen Blick zu der am Schott befestigten Uhr hinüber, die die Standard-Schiffszeit angab und in terrestrischen Minuten und Sekunden kalibriert war. Es standen ihnen noch sechsundvierzig Minuten zur Verfügung. Hook wußte ganz genau, wann jemand aufwachte, den er schlafen geschickt hatte.

Eine Schar kichernder Passagiere, ein Durcheinander aus einem Dutzend planetarer Typen, eine verblüffende Mischung aus Pelz und Federn, Haut und Schuppen, hüpfte und ging und schlängelte sich aus dem Salon hinaus. Sie lachten und unterhielten sich, ganz erfüllt von dem angenehmen Abend. Hook fiel auf, daß ein Fremder zur Seite stand und die faszinierende Szene lächelnd beobachtete.

Doch Hook in seiner Wachsamkeit entging es nicht, daß dieser Fremde, ein Welpac, die bunte Menge nur scheinbar beobachtete. Seine eigentliche Aufmerksamkeit war auf den Cailiang und Carshder gerichtet.

Das war außerordentlich interessant.

Das seinerzeitige Projekt des Interstallaren Raketen-Konsortiums, aus dem Hook auf so niederträchtige Weise hinausgeworfen worden war, hatte seinem Körper einige phänomenale Eigenschaften verliehen. So war er imstande, auf beträchtliche Entfernung sehr gut zu hören. Jetzt verstand Hook, obwohl die aus dem Salon strömenden Passagiere einen solchen Lärm veranstalteten, einen großen Teil der wenigen Worte, die Carshder und der Cailiang austauschten.

»... keinen Zweck, daß Sie mich bedrängen, Taynor Carshder. Sie haben alle Informationen, die ich selbst besitze, bereits erhalten.«

»Und ich bezahle Sie gut dafür. Haben Sie es irgendeinem anderen erzählt?«

Der Cailiang zögerte. Auch für das naivste Greenhorn der Galaxis wäre Zögern höchst geredt gewesen.

Dann antwortete er: »Natürlich nicht, Taynor Carshder. Das Abkommen lautet, daß ich Sie allein mit den Informationen beliefere. Das habe ich getan. Mehr ist nicht dazu zu sagen.«

»Es ist leicht, das zu behaupten.«

Der Hickhack ging noch eine Weile weiter.

Hook dachte bei sich: »Beeilt euch, ihr Langweiler!« Er konnte nicht länger warten.

Er stieß Shaeel an.

»Der Salon ist leer genug. Ich nehme Carshder. Du und Karg, ihr bringt den Cailiang hinaus.«

»Das Vergnügen ist gegenseitig«, erwiderte Shaeel.

Hook trat einen Schritt vor – und änderte die Richtung seiner Bewegung von den beiden an dem Seitentisch weg und auf den Getränkeautomaten zu. Shaeel rannte gegen ihn und sagte etwas sehr Anzügliches. Karg blieb, wo er war.

Hook hatte wieder einmals das Gefühl, daß alles schiefging. Ihm war, als wate er durch Sirup. Nichts, was er auf dieser Reise unternahm, verlief wie geplant.

Die beiden waren aufgestanden. Der große, massige Carshder ragte über den pelzigen Cailiang empor. Sie gingen zur Tür. Als sie das taten, setzten sich der Welpac in

Bewegung. Er bewegte sich mit der fließenden Schnelligkeit seiner Rasse. Die Welpacs waren schön und geschmeidig, mit zwei Armen, zwei Beinen und einem flachen Stummelschwanz ausgerüstet. Ihre Gesichter zeigten zwei schräge Augen unter buschigen Brauen, ihre Nasen waren nicht der Rede wert, ihre Münder schmal und zu dem keilförmigen Kinn hinuntergebogen. Ihr Haar frisierten sie auf extravagante Weise. Sie lockten und kräuselten es und besteckten es mit Edelsteinen und kostbaren Metallen. Die kostbaren Metalle waren häufig Imitationen.

Und jetzt bewegte der Welpac sich vorwärts, während sein Schwanz steif nach hinten stand. Er warf sich auf Carshder.

Shaeel bemerkte etwas über Burschen, die eine Lektion in anständigem Betragen notwendig hätten. Karg rollte seinen faßförmigen Körper heran.

Ryder Hook fiel keine weitere Aufgabe zu, als mit gespreizten Beinen, die Hände in die Hüften gestemmt, dazustehen, den Kopf zurückzuwerfen und in brüllendes Gelächter auszubrechen. Seine beiden Kameraden fielen über den Welpac her, stießen ihm die Füße weg, wanden ihm die Arme auf den Rücken und hielten ihn, hilflos wie er war, Carshder zur Inspektion hin.

Der große Krif-Mann blieb vor ihnen stehen.

»Der Kerl hier hatte es auf Sie abgesehen«, erklärte Shaeel.

Karg sagte nichts. Dafür drehte er die sehnigen Arme des Welpacs nochmals um.

»Sie haben ...« Sofort gewann Carshder die Ruhe zurück. »Ich verstehe. Ich danke Ihnen, Taynors. Ich kenne ihn nicht, aber ich bin sicher, der Kapitän wird einen sicheren Ort für einen Kerl finden, der einen Mord beabsichtigt hat.«

»Glauben Sie, er wollte Sie tatsächlich ermorden?« fragte Shaeel, ganz Augen und Mund. »Mich dünkt, Sie sind eine außerordentlich wichtige Person.«

Carshder betrachtete der Hermaphroditen mit einem kurzen, aber durchbohrenden Blick, und Hook stöhnte innerlich darüber, daß Shaeel nie den Mund halten konnte. Eines Tages würde er diesen großen Mund einmal zu weit aufreißen.

»Wir werden ihn zum Kapitän bringen«, erbot sich Karg mit grimmiger Stimme.

Hook trat vor.

»Ich bin froh, daß Ihnen nichts geschehen ist, Taynor Carshder.« Er blickte ringsum. Der kleine pelzige Cailiang war verschwunden. Hook verzog sein hartes Gesicht zu einem Lächeln, wie man es bei alten Wasserspeiern findet. »Vielleicht wäre es ratsam, wenn wir Sie zu Ihrer Kabine begleiten.«

»Das wird nicht nötig sein. Mein Dank ist Ihnen gewiß. Ich werde eine angemessene Belohnung auf Ihr Konto überweisen …«

Carshder hielt inne. Er hielt sehr plötzlich inne. Hook hatte ganz friedlich die Hand ausgestreckt und ihm die Knöchel hinter das Ohr gedrückt. Der große Krif-Mann brach in Hooks Armen zusammen.

»Das war höchste Zeit, Abel!« sagte Shaeel. Er sprach ziemlich laut. »Dieser Krif-Mann ist doch nicht so trinkfest, wie er behauptet hat.«

Hook sah, daß das Mädchen sie beobachtete. Sie war sich nicht sicher, was da gespielt wurde. Sie war ein Homo sapiens und in ihrem limonengrünen Kleid mit Silberflittern sehr süß. Hooks übermenschliche Anstrengung, ein Lächeln auf seine Züge zu zwingen, mußte sie verängstigt haben, denn sie stieß einen kleinen Quietscher aus und legte die Hände auf den Mund.

»Bitte, machen Sie sich keine Sorgen, Tayniss«, rief Shaeel. »Dieser Krif-Mann befindet sich in einem Zustand, den die technisch orientierten Geister unter uns menschlichen Beobachtern stinkbesoffen nennen.«

Das Mädchen ließ die Hände sinken. Sie lachte.

Der Welpac, der sich vergebens gegen Kargs Griff wehrte, schimpfte:

»Laß mich los, du dickes, fettes Butterfaß! Ich wollte den Gonil doch nicht töten! Laß mich los!«

»Ruhig, Freund«, mahnte Karg.

»Oh, ich gebe ja zu, daß ich ihm die Nase einschlagen wollte! Aber das ist kein Mord! Schafskopf! Idiot!«

Karg zog die Schraube ein klein wenig fester an.

Das Mädchen blickte von neuem verwirrt drein.

Hook erklärte: »Doch, doch, Taynor Carshder. Ich werde Sie in Ihre Kabine bringen.« Er ging davon, indem er den bewußtlosen Krif-Mann mit einem muskulösen Arm so stützte, als sei Carshder völlig betrunken.

»Fehlt ihm auch nichts?« rief das Mädchen ihm nach.

»Bestimmt nicht, danke, Tayniss. Nach einem Schläfchen wird er wieder taufrisch sein.« Damit zerrte er Carshder davon.

Es war erstaunlich, daß der Welpac es immer noch fertigbrachte, in Kargs Griff zu zappeln, und irgendwie rutschte er Karg aus den Händen. Sicher hatte Karg dem Welpac nicht die Aufmerksamkeit gewidmet, die er verdiente, dachte Hook. Schon hatte er sich halb freigemacht. Er versuchte, eine seiner Fäuste auf Kargs kampflustig funkelndes Auge zu drücken. Kargs Gesicht hätte einen Atommeiler eingefroren, was bedeutete, daß er sich köstlich amüsierte. Er faßte mit der einen Hand von neuem zu, blockte den Schlag mit der anderen ab und meinte: »Was bist du doch für ein munteres Kerlchen!«

Der Welpac zerrte noch einmal verzweifelt, was ihm das einmalige Gefühl vermittelte, einen Molybdän-Kern von sechs Metern Durchmesser aus körnigem Zement zu reißen, und gab auf. Er zischte: »Du hast noch nicht gewonnen. Das ist nur die erste Runde.«

»Großer Erlöser!« rief Karg mit so bösartigem Gesicht, daß er vor Vergnügen beinahe platzen mußte. »Verschone mich!«

Hook hatte den Korridor C-fünf erreicht und lauschte an dem Abhörzylinder, der immer noch unauffällig mit seinem magnetischen Ring an der Tür festsaß. An der Doorn-Front war alles ruig. Er schob die Tür auf und trat ein, aber er hielt – nur für alle Fälle – Carshder dabei vor seine Brust und seine Disgel-Waffe in der Hand. Michael Michael und sein übriggebliebener Gorilla schlummerten. Hook ließ Carshder zu Boden fallen, trat zurück und betrachtete das Bild.

So ging das nicht. Hooks Sinn für künstlerische Dekoration verlangte eine Umgruppierung.

Hook machte sich an die Arbeit. Er schleifte bewußtlose Körper umher und legte sie so hin, daß sie eine ganze Geschichte erzählten.

Jeder, der in die Kabine kam, würde sofort sehen, daß Carshder und Michael Michael in Streit geraten waren. Dann hatten die Gorillas eingegriffen, und es war zu einem Kampf mit schlimmen Folgen gekommen.

Ryder Hook tat das alles nur, weil er überleben wollte – damit er und Shaeel und Karg überlebten –, und wenn es den Zuhausegebliebenen der Galaxis dabei gruselte, konnte er nichts anderes tun, als mit ihnen zu sympathisieren, seine eigenen Fehler einzugestehen und dann weiterzumachen mit dem, was unbedingt notwendig war.

Noch ein paar Handgriffe – das Bild wurde überzeugender, wenn man die Helme der Gonils entfernte –, und Hook trat zurück. Er bewunderte seine Arbeit nicht. Aber er mußte einräumen, daß sie sehr künstlerisch war. Wirklich.

Shaeel und Karg hätten es sofort und mit dem intuitiven Verständnis des galaktischen Abenteurers erfaßt. Nicht zum ersten Mal bedauerte Hook, daß es Karg nicht gelungen war, drei Wanzen zu organisieren. Hätte jeder eine gehabt, dann brauchte er jetzt ncith erst herumzulaufen und nachzusehen, was die beiden inzwischen angestellt hatten.

Hook trat hinaus in den Korridor, nahm die Wanze von der Tür, hörte einen leichten, flüchtigen Schritt hinter sich und warf sich hin. Er rollte zur Seite und sprang auf, die Disgel-Waffe in der Hand.

Das hübsche Mädchen mit dem süßen Gesicht starrte ihn mit vor Erstaunen geöffnetem Mund an. Durch ihr plötzliches Stehenbleiben hatte sich das limonengrüne Kleid an ihre Schenkel geklebt, und sie sah richtig verführerisch aus. Hook war es egal, wie er aussah.

Er hätte sagen können: »Es ist schon manch einer erschossen worden, der sich von hinten an mich angeschlichen hat.«

Statt dessen ließ er die Waffe wieder unter den Ärmel rutschen.

Das Mädchen bemerkte über die Schultern: »Sie stecken alle unter einer Decke, Rhus.«

Aus der Tür der Kabine, vor der das Mädchen stehengeblieben war, traten der massige Krif-Mann, der sich im Gespräch so autoritativ gebärdet hatte, der Cailiang, der das Potenz-Gen erwähnt hatte, und der Mal. Das Gesicht des Krif-Manns zeigte Zorn und Entschlossenheit.

»Du hast recht, Sharon.«

In dem Sekundenbruchteil, in dem Hook aufging, welche Dummheit er begangen hatte, als er die Waffe zurückgleiten ließ, feuerte der Krif-Mann. Es war eine auf volle Energie eingestellte Betäubungswaffe, und Ryder Hooks Bewußtsein schwand ungeachtet seines bemerkenswerten Schädels dahin wie ein sich auflösender Traum im Morgengrauen.

III

Metall wimmerte.

Das Geräusch verriet Ryder Hook, daß die Rettungskapsel auf dem letzten Loch pfiff. Er spürte die letzten Nachwirkungen der Betäubung aus seinem Gehirn sickern. Zurück blieb nur ein dumpfer, ärgerlicher Kopfschmerz, der ohne Medikament eine oder zwei Stunden andauern würde.

Er schob sich an dem Schott in die Höhe, und der Ton, den das vibrierende Metall erzeugte, wimmerte die Tonleiter hinunter.

Er erkannte, was geschehen war, und wenn er sich die Mühe machte, gründlich darüber nachzudenken, auch warum und weshalb.

»Fühlen Sie sich jetzt besser, Taynor Klark?«

Hook beäugte den Welpac ohne besondere Freundlichkeit.

»Zum Teufel, was machen Sie denn hier?«

»Dasselbe wie Sie, nehme ich an.« Der Welpac sah gar nicht besorgt aus. Er lehnte seine breiten Schultern in den Winkel zwischen Hülle und Schott und zog ein Päckchen Stim-Gummi hervor. Er riß die Plastiktüte ab und bot Hook an. Hook winkte ab.

»Also, um was geht es?«

»Mein Name ist Brett – oder zumindest ist das der Name, mit dem Sie mich im Augenblick anreden können. Und da wir nun einmal hier sind, läßt sich schießen, daß wir versagt haben. Ich will es Ihnen erzählen. Fenton, der Cailiang, behauptet, er kenne das Geheimnis, wo der Planet zu finden ist, auf dem Potenz-Gen produziert wird ...«

»Sparen Sie sich das«, unterbrach Hook. »Ich bin nicht daran interessiert, Schatzkarten zu kaufen.«

»Aber Sie haben doch ...« begann Brett und verstummte wieder. Seine kunstvolle Frisur war wild zerzaust, und so griff er zu einem Pneumo-Kamm und einer Haarbürste und begann, die aufgetürmten Locken zu bearbeiten. Dann begann er von neuem: »Sie wollen mir doch nicht weismachen, daß Sie nicht hinter der Karte her waren?«

»Von so etwas habe ich die Finger gelassen, seit ich im Alter von sechs eine Iridium-Minen-Karte gekauft habe.«

»Ich verstehe.«

Der Welpac fummelte weiter an seinem Haar herum und behielt Hook dabei im Auge. Hook seinerseits stand auf und sah sich um. Die Kabine der Rettungskapsel war spartanischer als andere ihrer Art eingerichtet, aber sie enthielt alles, was nötig war, um Leute im Weltraum am Leben zu erhalten – für eine bestimmte Zeitspanne. Zwei Minuten später, nachdem Hook die Instrumente abgelesen hatte, war ihm klar, daß das Wimmern des Metalls eine wahre Geschichte erzählte. Die Rettungskapsel starb.

»Wir sind allein in der Kapsel, Taynor Klark. Daher ...«

Hook wandte Brett das Gesicht zu, und Brett verstummte.

Was war aus Shaeel und Karg geworden? Waren sie überhaupt noch am Leben? Shaeel konnte selbst auf sich aufpassen, und Kargs Kräfte richteten sich nicht nur auf die Zerstörung, sondern auch auf die Selbsterhaltung. Hook glaubte nicht an ihren Tod, bis er sie tot vor sich sah.

»Dieses Weibsstück Sharon«, sagte Brett, ohne Hook anzusehen. »Sie und dieser Gonil von einem Krif-Mann namens Rhus. Sie sind als erste durchs Ziel gegangen – das glauben sie jedenfalls.« Und dann kicherte Brett, der Welpac, zu Hooks Überraschung. Ganz klar, er wußte etwas, das er für einen guten Witz hielt, etwas, das ihn außerordentlich belustigte.

Ryder Hook war nicht in der Stimmung für Witze.

Das Funkgerät der Rettungskapsel war zerschmettert worden. Irgendwer hatte den nächsten harten Gegenstand dagegengehauen. Ein metallener Schraubenschlüssel, wie er benutzt wird, um die manuell zu bedienenden Luftschleusen-Siegel anzuziehen, lag davor. Hook machte sich nicht einmal die Mühe, ihn aufzuheben.

»O ja, Freund.« Der Welpac lachte immer noch. »Mit uns ist es aus. Ich kenne diese feine Dame Sharon. Sie liebt es nicht, sich die Hände schmutzig zu machen, indem sie selbst jemanden umbringt. Auch wenn ihr Leibwächter Rhus es tun könnte, will sie nicht, daß es in ihrer Gegenwart geschieht.«

»Ich weiß etwas anderes, das sie nicht lieben wird, sobald wir uns wiedertreffen.« Hook betrachtete die Trümmer des Funkgeräts.

Für ihn als Elektronik-Fachmann – Kenntnisse auf diesem und vielen anderen Gebieten waren zum Überleben im Sternenstrudel der Galaxis dieses hundertundersten Jahrhunderts notwenig – stellten die zerstörten Schaltungen eine Herausforderung dar. Der Antrieb arbeitete auf halbherzige Art weiter. Auch das Lebenserhaltungssystem funktionierte noch, obwohl die Luft metallisch und schal schmeckte. Hook kannte das Modell. Es war ein einfacher Apparat zum Senden auf den Notfrequenzen, wenn die Rettungskapsel vom Mutterschiff abgestoßen werden mußte. Sharon und ihr Leibwächter Rhus hatten den Start jedoch nicht aus Gründen der Menschlichkeit vorgenommen.

Überall lagen Bestandteile verstreut, einige von hier, einige von da stammend. Sie waren noch heil genug, daß Hook eine Möglichkeit sah, ein Gerät zusammenzubasteln. Er würde damit über eine Entfernung von vielleicht einem halben Parsek auf den von interstellaren Schiffen benutzten Ultra-Kanälen einen Hilferuf absetzen können. Er machte sich an die Arbeit.

Brett hörte zu lachen auf und sagte: »Sie verschwenden Ihre Zeit, Klark.«

Hook ignorierte ihn.

Hook war es vollkommen gleichgültig, ob Leute um das Geheimnis des Potenz-Gens kämpften und betrogen und töteten, solange sie Ryder Hook nicht in ihre Intrigen verwickelten. Da er nun offenbar mitten in eine Verschwörung hineingestoßen worden war, fühlte er sich verpflichtet herauszufinden, wer ihn gestoßen hatte und wie es ihm bekommen mochte, wenn Ryder Hook eine Salve auf das geeignetste Ziel abfeuerte.

Sharon und Rhus.

Und Carshder gehörte ebenfalls dazu.

Für Sharon hatte es so ausgesehen, als führe Hook den völlig betrunkenen Krif-Mann freundschaftlich fort. Daraus hatte sie den Schluß gezogen, Hook hecke gemeinsam mit Carshder etwas aus. Zweifellos hatte sie eine befriedigende Erklärung dafür gefunden, daß Hook den Krif-Mann ausgerechnet in Michael Michaels Kabine brachte. Hook gönnte es ihr, daß sie ihre Theorien neu hatte überdenken müssen, als das Bild hinter Michael Michaels Tür enthüllt worden war.

Diese verdammten Leute in der Galaxis, erfüllt von der

Macht und Herrlichkeit ihrer Wirtschaftsorganisationen, alle mit List und Gewalt hinter Macht und noch mehr Macht, hinter Luxus und noch mehr Luxus her! Ryder Hook begehrte nichts anderes, als am Leben zu bleiben – und, o ja, auch gelegentlich, wenn es sich machen ließ, ein bißchen Spaß zu haben.

»Warum machen Sie sich die Mühe, Klark?«

Hook, ganz konzentriert auf die komplizierten Kontinuum-Quanten höherer Raumzeit, arbeitete an den Schaltungen, die ein Signal durch den Raum schicken sollten. Gleichzeitig knurrte er innerlich über die Idioten, die nach immer mehr Macht und Reichtum in der Galaxis suchten. Deshalb antwortete er dem Welpac nicht. Die Ehe zwischen Theorie und Praxis hatte ihn immer fasziniert. Mein Gott! Sie hatten seinen Körper gründlich umgekrempelt bei dem Projekt, durch das Männer für die Arbeit auf Planeten mit hoher Schwerkraft tauglich gemacht werden sollten. Viele seiner Proteine waren verstärkt, ersetzt, angepaßt, mit metallischen Elementen angereichert worden. Und weitere Eingriffe hatte es gegeben, als die Armee der Erde ihm diese organischen Synapsen in den Schädel pflanzte. Wenn er aus diesen Bruchstücken nichts zusammenbauen konnte, dann mußte er sich selbst in irgendein lokales Netz einschalten und das Risiko auf sich nehmen, daß ihm das Gehirn im Kopf gebraten wurde.

Brett konnte das Sticheln nicht lassen.

»Sie verschwenden Ihre Zeit, Freund. Mit uns ist es aus. Keine Luft, kein Essen, kein Wasser. Der Antrieb liegt in den letzten Zügen. Wir werden für alle Ewigkeit im Raum dahintreiben, ein Fliegender Holländer des Alls, für immer und immer ...«

»Halten Sie den Mund, Freund.« Hook setzte dem Welpac nicht eigens auseinander, was passieren würde, wenn er es nicht tat. Der Ton seiner Stimme vermittelte die Botschaft deutlich genug.

Zehn terrestrische Minuten später trat Hook zurück. Die übliche künstliche Schwerkraft von einem Achtel g war immer noch vorhanden, was bedeutete, daß noch Energie da war. Energie für das Funksignal. Hook würde nur ein bißchen davon verbrauchen, und doch setzte er damit die Reserven beträchtlich herab. Bei diesen Rettungskapseln geizten sie mit allem, die Erbauer von Sternenschiffen. Und sie fühlten sich im Recht. So wenige Sternenschiffe hatten Unfälle, daß einige Hersteller, Mitglieder mächtiger Wirtschaftsorganisationen, dauernd danach brüllten, die strikten Raumfahrt-Gesetze müßten aufgehoben werden.

»Haben Sie etwa ...?«

Die Antwort, die Hook darauf gab, bestand darin, daß er auf dem Sitz des Funkers Platz nahm, Energie einspeiste – vorsichtig! – und das Gerät einstellte. Als es zu seiner Zufriedenheit arbeitete, sandte er das Standard-Notsignal aus. Er wiederholte es ein halbes Dutzend Mal.

Die Bänder waren von den Vandalen, die das Funkgerät zerschmettert hatten, nicht berührt worden – was nutzten sie auch, wenn kein Apparat da war, in den man sie einlegen konnte? –, doch die Astrogationsinstrumente und -anzeigen hatten sie gründlich ruiniert. Hook wußte nicht, wo im Raum er sich befand, obwohl ihm der gesunde Menschenverstand sagte, daß sie sich nicht weit vom Stellroutes-Sternenschiff *Vandeneuf* entfernt haben konnten. Er gab ein Peilzeichen ein, nahm dies und den Notruf auf ein Endlosband auf und verließ seinen Platz.

Brett ließ sich zurücksinken.

»Wenn ich es nicht mit meinen eigenen Augen gesehen hätte, würde ich es nicht glauben. Sind Sie Elektroniker?«

»Nein«, antwortete Ryder Hook. »Ich bin ein Zoobesitzer.«

»Ja, sehr komisch. Ich mag Leute, die gern Witze machen.«

Wie Hook bemerkte, fühlte Brett sich bereits besser und glaubte fest daran, der Notruf werde in kurzer Zeit aufgenommen werden und sie die Helden einer dramatischen Rettung aus Raumnot sein. Hook wollte daran glauben, wenn es geschah.

Im Vorratsabteil waren nur noch schäbige Überreste vorhanden. Irgendein kleiner Geist hatte in dem sicheren Wissen, daß die Rettungskapsel nie, nie gebraucht würde, die Lebensmittel gemaust.

Ryder Hook hatte keine Zeit für Untüchtigkeit – eine völlig normale Einstellung in einer Gesellschaft, die sich im Raum ausbreitete und für ihr Überleben von perfekt funktionierender Ausrüstung abhing –, und kleine Diebereien, die keinem guten Zweck dienten, verabscheute er.

»Dieser Haufen von Hosenscheißern!« Er pfefferte das Paket mit komprimierten Rationen zu Boden und steckte ein Stück in den Aufbereiter. Er war hungrig. »Wenn ich Kapitän eines Sternenschiffs wäre und herausfände, daß ein Mitglied meiner Crew Notrationen abstaubt ...«

»Dann würden Sie was tun, Klark? Den Mann niederbrennen?«

Hook drehte sich um und funkelte den Welpac an.

»Niederbrennen? Nein. Das wäre ein zu schneller Tod für den Bastard.«

Bretts Augen zwinkerten in der katzenhaften Art der Welpacs.

»Bei Pakveil! Ich glaube, es ist Ihnen ernst!«

Hook hatte keine Lust, darauf eine Antwort zu geben.

Er ging in den Waschraum und verschloß die Tür. Die Möglichkeit, daß Brett vorhatte, ihn zu töten, um die Vorräte an Luft und Essen zu strecken, mußte überdacht werden. Er überprüfte die Disgel-Waffe. Sharon hatte sie nicht übersehen. Das Magazin war leer.

Nun, wenn des Geschickes Mächten in dieser alten Galaxis zu trauen war – und es war ihnen absolut nicht zu trauen –, dann hatte Sharon Bretts Handgelenkwaffe ebenfalls entleert. Davon mußte Hook sich überzeugen. Alles, was dazu diente, seine eigene Haut zu retten, erforderte größte Aufmerksamkeit.

Als er in die Kabine zurückkehrte, beschäftigte Brett sich eifrig damit, das aufbereitete Essen zu servieren. Die Mischung aus Bestandteilen, die Leute am Leben erhalten sollte, bis sie gerettet wurden, war kaum hinunterzuwürgen. Brett leckte sich die Finger ab und verzog das Gesicht.

»Ich verstehe nicht, wie jemand so blöd sein kann, das Zeug zu stehlen.«

»Alles hat einen Preis in der Galaxis.« Hook setzte sich und langte nach einem Teller und einem Löffel. »Irgendein armer Teufel wird dafür gern bezahlen. Bezahlen mit allem, was er hat.« Auszuschmücken brauchte er das nicht mehr.

Beide aßen schweigend.

Als Brett fertig war, lehnte er sich zurück und sah Hook forschend an.

»Sie machen auf mich den Eindruck eines zähen Typs, Taynor Klark. Ich habe ein bißchen von der Galaxis gesehen. Meine Wirtschaftsorganisation ist – im Augenblick – Welton. Vielleicht haben Sie davon gehört. Sie ist klein.«

»Ja.«

»Deshalb werde ich manchmal herumgeschubst. Entweder wird Welton sehr schnell größer, oder ich wechsele.«

»Es ist nicht leicht, zu wechseln, Brett. Multi-System-Konglomerate hüten eifersüchtig die Vorrechte, die sie den von ihnen Begünstigten einräumen. Sie nehmen niemanden von einer anderen Organisation, wenn er nicht eine Menge Credits hat. Und davon ...«

»Ja! Dann will ihn seine eigene Wirtschaftsorganisation auch nicht gehen lassen. Sie wird ihm seine Credits nicht ohne weiteres geben, es sei denn, er kann ihr eine lohnende Ablösung bieten.«

»Und?«

»Wenn Sie mich töten wollen, Taynor Klark, überlegen Sie es sich gut. Ich bin kein verweichlichter Büroangestellter.«

Hook lachte.

»Ich habe nicht die Absicht, Sie zu töten, Taynor Brett. Um ehrlich zu sein ...«, das mochte den Sinn für Humor dieses Welpacs ansprechen, »... all dieser Unsinn über das Potenz-Gen interessiert mich. Wenn mir jemand das antut, was Sharon und Rhus mir angetan haben, finde ich, daß ich mir eine Wiedergutmachung verdient habe.«

»Verstehen Sie darunter, daß Sie die Leute zusammenschlagen, vielleicht töten wollen?«

»Nein. Ich laufe nicht herum und schlage Leute zusammen. Sie vielleicht?«

Brett war empört.

»Natürlich nicht! Es sei denn ...«

»Was?«

»Es sei denn, sie haben mir einen schmutzigen Streich gespielt.«

»So lautet also Ihre Antwort. Die Rache ist Mein, spricht der Herr. Ich bin kein Gott. Ich bin nur ein sterbliches menschliches Wesen.«

»Ja. Ein Homo sapiens. Ich bin ein Homo welpac und stolz darauf. Wir wissen, wie man eine Blutrache am Leben erhält.«

»Dazu wünsche ich Ihnen viel Vergnügen. Ich habe es mir zur unverbrüchlichen Regel gemacht, allem Unerfreulichen wenn möglich aus dem Weg zu gehen.«

Dieser Welpac hatte Ryder Hook recht gut durchschaut, denn er sagte mit einer Art triumphierendem Grinsen: »Und Sie passen gut auf, daß das ›wenn möglich‹ nicht zu oft passiert. Richtig?«

»Wenn Sie meinen.«

Damit war eine Art Waffenstillstand geschlossen, denn nun war Hook so gut wie sicher, daß Brett ebenso wie er keine Ladung mehr hatte.

Am dritten Tag und nach dem Chronometer um Mitternacht Schiffszeit wurde die Luft so schlecht, daß beide wußten, ihnen blieb nur noch sehr wenig Zeit. An Rationen war noch genug da – Hook war immer davon angetan, wenn es bei einer Party reichlich zu essen gab –, so daß die Luft der Faktor sein würde, der sie tötete. Oder vielmehr der Mangel an Sauerstoff. Die Klimaanlagen fuhren fort mit Pumpen und Umwälzen, aber der Sauerstoff wurde nicht ersetzt. Hook checkte die Reserven und führte die einfache Berechnung durch, daß ihnen noch elf und drei Viertelstunden blieben. Terrestrische Stunden. Brett schnaubte belustigt und erklärte, das seien fünfzehn Stunden auf dem Planeten Lemphale, den er seine Heimat nannte. Dann lachte er. Hook war nicht amüsiert.

»Deshalb habe ich noch fünfzehn Stunden in dieser von Pakveil verfluchten Galaxis, Klark, und Sie haben nur elf und drei Viertel. Das gefällt mir.«

Hook bedachte Brett mit einem düsteren Blick.

»Sie sind ein richtiger Komiker, wie ein Freund von mir sagen würde.«

Trotzdem, an diesem abscheulichen Welpac war etwas, das Ryder Hook ansprach, eine gewisse kecke Unbezähmbarkeit, die er nicht eigentlich bewunderte, als vielmehr mit Vorsicht und einiger Sympathie zur Kenntnis nahm. Hook fand, es sei ein Jammer, daß ihre gerade erst begonnene Bekanntschaft so schnell ein Ende finden sollte.

Fünf Stunden und siebenunddreißig Minuten später – oder nach Bretts Rechnung sieben und eine halbe Stunde – hing die Luft wie Kloakenmiasmen in der Passagierkabine. Hook stellte sich auf die Füße und sah nach dem Funkgerät. Es sandte immer noch Notruf und Peilzeichen aus. Die *Vandeneuf* war ein ganz normales Sternenschiff gewesen, das sich an die bekannten Routen in diesem Sektor des Raums hielt. Die Rettungskapsel war ausgestoßen worden und auf Unterlichtgeschwindigkeit gegangen, und deshalb konnte sie keine nennenswerte Entfernung von ihrem Ausgangspunkt zurückgelegt haben. Deshalb konnte jetzt jede Sekunde ein Sternenschiff kommen.

Wirklich?

Wenn es nicht bald kam, brauchte es sich die Mühe nicht mehr zu machen.

Obwohl ihm nach seinem Maßstab mehr Stunden blieben, litt Brett sehr. Seine Brust hob und senkte sich ruckweise. Schweiß lief ihm an seinem nach unten gebogenen Mund entlang und glitzerte auf dem unrasierten spitzen Kinn. Seine winzigen Nasenlöcher öffneten sich weit, wenn er die stinkende Luft einsog. Bald schon, das wußte Hook, würde der Welpac sich wimmernd Brust und Kehle zerreißen, würde sein Körper sich in häßlichen Zuckungen winden. Nun, Hook gefiel es auch nicht, an Sauerstoffmangel zu sterben.

Die Zeit verging. Immer öfter überprüfte Hook, ob der

Notruf weiter hinaus in den Raum gefunkt wurde. Er hatte keine Möglichkeit festzustellen, ob ein Schiff das Signal bereits aufgenommen hatte, aus seiner Sternenflug-Umhüllung herausbrach, die Vektoren zum Kontakt mit dem Pünktchen der Rettungskapsel berechnete. Wissen würde er es erst, wenn er hörte, daß draußen etwas anschlug, wenn die Schleusen verbunden wurden, wenn sie anfingen, die herrliche, wundervolle, himmlische frische Luft einzupumpen.

»Wie lange noch?« krächzte Brett.

Hook antwortete: »Zwei Stunden.«

»Terrestrische, nehme ich an?«

Hook sparte seinen Atem.

Aber der Welpac wollte sprechen. Die Anstrengung, seinen Mund zu öffnen, Worte zu bilden, zu denken, zu reden, ermüdete ihn, aber er wollte es unbedingt. Hook glaubte, daß der Welpac so gut wie gar nicht mehr dachte. Beide hatten sie keine Energie mehr zu essen, aber sie tranken ständig. Brett faselte. Hook hörte nur halb zu. Er hielt das für eine verdammt würdelose Art, dem Sternenstrudel Lebewohl zu sagen.

»... lauter Blödsinn, haben sie immer gesagt. Ich habe es halb und halb geglaubt. Wir werden sterben, Hook, sterben ...«

»Hast du Hook gesagt?«

»Hook? Nein. Nein, ich habe nicht Hook gesagt. Ich habe Klark gesagt. Abel Klark. Natürlich habe ich nicht Ryder Hook gesagt.«

Hook kroch über den Boden zu Brett. Er legte seine Hände an den Hals des Welpacs. Er atmete in Stößen, die Wellen von scharlachrotem Schmerz durch sein Gehirn schickten.

»Du hast Hook gesagt, du Gonil!«

Bretts Gedanken wanderten. Er kicherte schwach.

»Ich habe dich früher schon einmal gesehen. Bei einem Joint auf den Haschisch-Welten. Du hast einem Kerl die Nase eingeschlagen – das kannst du mit mir nicht machen, ich bin ein Welpac.« Wieder kicherte Brett und quasselte vor sich hin: »Ein Späßchen. Habe dich Taynor Klark genannt. Aber ich wußte Bescheid. Und ich habe den Mund gehalten, Hook. Habe kein Wort verraten ...«

Hook ließ die Hände von Bretts Hals sinken.

Wenn sie beide an Sauerstoffmangel sterben mußten, wollte er dem Welpac nicht noch zu einer schnelleren Reise verhelfen. Der Knallkopf würde nur am Himmelstor mit einem Brecheisen auf ihn warten. Nein, viel besser, ihn warten zu lassen, zuerst ans Tor zu kommen, ihn in Empfang zu nehmen, wenn er eintraf ... Viel besser ...

Kein Wunder, daß der Idiot dauernd gekichert hatte. Aber – ein Idiot war Brett eigentlich nicht. Er war kein Gonil. Nein, er war nur ein alberner Welpac, immer zu einem Spaß und einer Schlägerei und sonstigem Unsinn aufgelegt ...

»... Der dumme Cailiang Fenton hat mir das Geheimnis verkauft. Mir! Und die feine Dame, dies Weibsstück Sha – Shar – Sharon und ihr Krif-Mann hatten das Nachsehen. Und dann mischte sich der Hurensohn Carshder ein und bot mehr Geld – Fenton kam um vor Angst. Und ich habe sie alle zum Narren gehalten ...«

»Dann weißt du also, wo das Potenz-Gen hergestellt wird«, sagte Hook. »Das ist dir jetzt ja von großem Vorteil.«

»Ich weiß es! Ich weiß, wo es ist – Shyle, so nennen die hinterlistigen Gonils den Planeten – und ich weiß, wie man an das Potenz-Gen kommt – *ich weiß es!*«

»Das Wissen willst du wohl mit ins Grab nehmen.«

»Ich weiß es!« Brett fuhr in die Höhe, das keilförmige Kinn naß von Speichel, die schrägen Augen wild. Sein Haar war zusammengefallen und in wildem Durcheinander. »Ich weiß es! Ich kann reich sein! Reicher, als sich irgendwer vorstellen kann – und ich kann den führenden Leuten von Welton sagen, wo es ist – wo sie es einheimsen können! Das Potenz-Gen wird mir alles verschaffen!«

»Es kann dir jetzt kein Leben verschaffen – also halt den Mund! Spare den Sauerstoff, der noch übrig ist.«

Brett öffnete seinen abwärts gebogenen Mund, um Hook niederzubrüllen.

Ein lautes Dröhnen wie von einem gewaltigen Gong ertönte von der Luftschleuse her und pflanzte sich durch die ganze Hülle fort.

Beide Männer saßen stumm und starr da.

Einen Augenblick lang konnte Hook sich nicht erinnern, warum der widerhallende Zusammenstoß von Metall auf Metall so wichtig war.

Es gelang ihm, aufzustehen. Sein Kopf schmerzte, vor seinen Augen drehte es sich. Jetzt war es Zeit, sich in das nächste Netz einzuschalten, jemanden herzuholen, das Risiko einzugehen, daß sein Gehirn im Schädel gebraten wurde. Aber dies Gongen von draußen – *von draußen!*

Er brauchte das Risiko nicht auf sich zu nehmen, mit den organo-elektronischen Implanten, die die Armee der Erde in seinen Schädel gepflanzt hatte, hinauszureichen. Jetzt war jemand da draußen, jemand, den das Notsignal herbeigerufen hatte. Er taumelte durch die Kabine auf das Innenventil der Luftschleuse zu. Der Bildschirm darüber zeigte ihm einen Rand des Sternenfelds, das von einer dunklen Masse verdunkelt wurde. Ein Schiff hatte angelegt.

Die Erkenntnis dessen, was geschehen war, drang durch die träge wallenden Schleier, die der Sauerstoffmangel in Bretts Gehirn erzeugte. Er kroch Hook nach.

»Mach auf, Hook! *Mach auf!*«

Auf dem Bildschirm erschien ein Gesicht.

Hook sah das Gesicht.

Er starrte es an, und ihm wurde so übel im Magen, daß er sich beinahe übergeben hätte.

Ein Gesicht war auf dem Schirm zu sehen, das im allgemeinen fröhlich war, jetzt aber besorgt über den Zustand der Leute im Inneren der Rettungskapsel hereinblickte. Ein Gesicht mit grüner Haut und zwei grünen Augen, hochstehendem Borstenhaar und breiten, beweglichen Lippen, die sich, wie Hook wußte, normalerweise zu einem freundlichen Lächeln nach oben zogen.

»Mach das Ventil auf, Hook!«

Das Gesicht machte einen beruhigten Eindruck. Die Lippen öffneten sich. Über den Lautsprecher sagte die

Stimme: »Wir haben angedockt und sind in eurer Luftschleuse, Leute.«

Brett stemmte sich hoch. Er stolperte gegen Hook. Seine zitternden Hände griffen in wahnsinniger Verzweiflung nach der Handbedienung. Er keuchte und würgte, und seine Hände bebten so, daß er sich an der Handbedienung festhalten mußte. Aber er blieb dran, und er begann, das Innenventil der Luftschleuse zu öffnen.

»Nein«, sagte Ryder Hook.

Er schob Brett weg und drehte die Schleusentür wieder zu.

»Du Gonil!« schrie Brett. »Wir werden sterben! Sterben! Öffne die Tür und laß frische Luft herein! Beeile dich, du Schwachsinniger, bevor wir tot sind ...«

»Nein«, sagte Ryder Hook. »Ich werde das Ventil nicht öffnen.«

IV

Ryder Hook dachte bei sich, er müsse wohl ein alter und müder galaktischer Abenteurer geworden sein.

Brett versuchte, ihm in die Lenden zu treten. Das Gesicht des Welpacs bewegte sich langsam, wie zu Hause im Herbst ein Blatt vom Baum sank. Hook wehrte den Tritt ab. Wenn Brett der Kopf ebenso weh tat wie ihm, war es kein Wunder, daß er in Panik war.

»Mach auf! Mach auf!«

»Es sind Grüne, Brett!«

Die grüne Stimme in dem grünen Gesicht sagte: »Wir besorgen, so schnell wir können, eine Pumpanlage und Sauerstoffzylinder.« Die grünen Augen zeigten Besorgtheit. »Bitte, lassen Sie nicht zu, daß der Welpac die Innentür öffnet. Die Folgen wären – unerfreulich.«

»Er wird sie nicht öffnen.«

Brett brach zusammen und blickte zum Bildschirm hoch.

»Grüne!« keuchte er. Bei allem Schmerz, der in seinem Kopf bohrte, brachte er es immer noch fertig, entrüstet auszusehen, bei seiner Rasse, die viel Wert auf persönliche Würde legte, ein häufig anzutreffender Ausdruck. »Du großer Affe – warum hast du mir das nicht gesagt?«

»Du hattest es zu eilig.«

Sie rangen jetzt nach den letzten Molekülen Sauerstoff. Die Reaktion der Blutgefäße veränderte die Farbe ihrer Gesichter. Brett sank wieder zu Boden. Er zerrte unaufhörlich am Kragen seines Overalls.

»Mein Kopf kann jede Sekunde abbrechen! Pakveil! Sag den Grünen, sie sollen sich beeilen, Hook!«

Die grüne Stimme aus dem grünen Gesicht sagte: »Wir beeilen uns, Freund. Wir möchten nur nicht, daß unsere Atmosphäre in eure Rettungskapsel eindringt. Und erst recht nicht möchten wir, daß etwas von eurer Luft in unser Schiff kommt.«

»Ich verstehe«, keuchte Hook. Er spürte, wie seine Hirnschale an soliden, aluminiumbeschichteten Drähten um seinen Kopf sauste. »Nur macht schnell.«

»Unser Ingenieur ist höchst kompetent.«

Brett stöhnte. »Immer habe ich Pech! Pakveil weiß es! Müssen wir von einem Schiff mit unverträglicher Atmosphäre gerettet werden?«

Der Ingenieur der Grünen würde nun ein Loch durch die Außentür der Luftschleuse bohren. Das war nicht so schwer, wie man glauben könnte, wenn man die billige Ausführung der Rettungskapsel in Betracht zog. Dann wurde ein Sauerstoffschlauch hindurchgeführt, das Ventil geschlossen und die letzten Spuren der Sauerstoff-Nitrogen-Luft abgesaugt werden, die für die beiden in der Kapsel tödliches Gift war. Dann würde die Luftschleuse mit Sauerstoff geflutet werden, und sie konnten das innere Ventil öffnen.

Die Grünen waren eine Rasse anständiger Wesen, die meiste Zeit freundlich, aber unangenehme Kunden, wenn man sie ärgerte – und traf diese Beschreibung nicht auf einen großen Teil der Bewohner dieser Galaxis zu? Es war nicht ihr Fehler, daß sie sich auf einem Planeten entwickelt hatten, in dessen Atmosphäre es Spurenelemente eines Gases gab, das ähnliche Wirkungen wie Arsin hatte. Arsin selbst brauchte ein wenig Zeit, um Blut von Leuten, die nicht daran gewöhnt waren, es zusammen mit ihrem Sauerstoff und Stickstoff und seltenen Gasen einzuatmen, zu verdicken und zu verklumpen, aber das Derivat, das in der Atmosphäre der Grünen enthalten war, tötete in der Hälfte der Zeit. Umgekehrt galt das Gleiche. Gewöhnliche terrestrische Luft würde einen Grünen ebenso schnell umbringen wie seine Luft ein Erdenwesen.

Hook und Brett warteten, schwitzten, sahen schwarze Flecken vor ihren Augen tanzen, wurden schwächer – träumten seltsame Unterwasser-Träume, die langsam in das eintönige Grau der endgültigen Auflösung übergingen.

Das innere Ventil öffnete sich, und ein Schwall so reiner, so kalter, so herrlicher Luft schoß herein, daß beide Männer sich darin wälzten.

Sie süffelten den Sauerstoff wie Trunkenbolde.

Schließlich wurden sie ruhiger und stellten fest, daß sie nicht gestorben waren, daß sie den Tod diesmal betrogen hatten.

Wie Brett, der Welpac, sagte: »Es war nahe dran, Hook – oder sollte ich besser Abel Klark sagen? Und du kannst mir glauben, daß ich so etwas nicht noch einmal mitmachen möchte.«

»Ich auch nicht«, antwortete Hook, für den es keine neue Erfahrung gewesen war.

Nach einiger Zeit ging Hook an den Schrank mit den Raumanzügen und zog die Sauerstoffzylinder heraus, die völlig verbraucht worden waren. Er sprach mit den Grünen ab, wie sie die leeren Flaschen aus der Luftschleuse hinaus und gefüllt zurückbefördern konnten. Das Schiff der Grünen war von der einfachsten Klasse; es hatte nur tiefgefrorene Passagiere an Bord. Ein kleines Abteil, in dem Antrieb und Kontrollen untergebracht waren, beherbergte die Fünf-Mann-Crew. Daran hing eine Kette von Ballons, jeder mit hartgefrorenen menschlichen Leibern gefüllt. Alle

waren entweder Grüne oder Angehörige solcher Rassen, die die Atmosphäre der Grünen vertrugen.
Hook bereitete sich seelisch auf schlechte Nachrichten vor.

Das Schiff war nach Laband unterwegs. Die Reisezeit würde bei seiner relativ geringen Sternenflug-Geschwindigkeit drei terrestrische Monate betragen. Hook runzelte die Stirn. Er bat darum, einen Funkspruch an das Stellroutes-Sternenschiff *Vandeneuf* abzusetzen und taktvoll wegen Balson und Charley nachzufragen. Keiner der Grünen erwähnte eine Bezahlung für die Benutzung der Funkeinrichtung. Die Antwort beunruhigte Hook.

»Balson und Charley okay. Bitten Abel Klark, keine Verbindung aufzunehmen.«

Hook konnte zu keinem Schluß kommen, ob diese Botschaft tatsächlich von Shaeel und Karg stammte, und ließ ein zweites Mal nachfragen. Diesmal war die Antwort nur eine Wiederholung der ersten.

»Sie sind tot, Hook«, sagte Brett. »Bei ihnen wird es Sharon nicht gelungen sein, ihren Killer Rhus zurückzuhalten. Es könnte aber auch«, setzte er hinzu und strich seinen Stummelschwanz glatt, »Carshder gewesen sein.«

»Ich glaube nicht, daß ein Killer wie Rhus etwas gegen Balson ausrichten könnte.«

»Du hast nicht viel Erfahrung in der Galaxis, wie, Hook?« witzelte Brett. Er war gerettet worden; er machte sich keine Sorgen mehr. »Ein guter Killer nimmt es mit jedem auf.« Er richtete seine Aufmerksamkeit von seinem Schwanz auf sein Haar und begann voll Andacht, es mit Pneumo-Kamm und Bürste zu bearbeiten. »Ich habe einmal eine Geschichte über Jack Kinch gehört. Also der«, schloß er gedankenverloren, »ist ein erstklassiger Killer!«

Hook verzichtete auf eine Frage, wer Jack Kinch sei. Soviel ihm bekannt war, wußten nur ein paar Leute im Büro der Armee der Erde, daß Ryder Hook, der mißglückte Projektmann, eine Zeit lang Jack Kinch, der Attentäter Nummer Eins der Galaxis, gewesen war. Heute war er nur noch Ryder Hook und darauf bedacht, sich aus Schwierigkeiten herauszuhalten und am Leben zu bleiben.

Brett erzählte begeistert von der unglaublichen Art, wie Jack Kinch in eine unbezwingliche Festung hinein- und wieder herausgekommen war. »Er ist Spitze, Hook – ein Galaxismörder.«

»Ja? Wie viele Galaxien hat er denn in letzter Zeit umgebracht?«

Brett war nicht beleidigt. »Ich bin Universitätsabsolvent. Frage mich, wie viele Universitäten ich zu meiner Zeit absolviert habe, Hook.«

»Ja, ich weiß. Es ist einfach Semantik. Ich hätte es nur gern gewußt.«

Der Kapitän der Grünen redete sie vom Bildschirm her an.

»Wir wüßten gern, was Sie vorhaben, Taynor Klark. Wenn Sie ihre Anzüge tragen, könnten Sie an Bord kommen.«

»Ist Ihr Sauerstoffvorrat groß genug, daß Sie uns hier drin versorgen können?«

»Wahrscheinlich. Unser Ingenieur kann das leicht berechnen. Aber können Sie dafür bezahlen, Taynor Klark?«

Brett ergriff das Wort. Er sprach schnell, atemlos.

»Ich kann bezahlen. Ich habe ein Konto bei Welton.«

»Welton.« Man hörte undeutliches Stimmengemurmel, dann meldete der Kapitän sich wieder. »Einverstanden.«

Als das grüne Gesicht auf dem Schirm verblaßte, erkundigte Hook sich bei dem Welpac: »Wann wirst du das Bargeld für meine Hälfte des Sauerstoffs verlangen?«

»Bargeld?«

Hook zog den Ärmel des blauen Overalls an seinen linken Handgelenk hoch.

Brett vergaß, sein Haar zu kämmen. Die nach unten gekrümmten Mundwinkel zogen sich zusammen.

»Du bist ein preisgekrönter Hornochse, Hook.«

»Das wird mir immer wieder gesagt.«

»Du schuldest mir also den Gegenwert für rund drei Monate lang Sauerstoff?«

»Sieht so aus.«

»Ich habe mich oft gefragt, wie es sein muß, ein Einzelgänger zu sein. Andere Namen anzunehmen und all das. Aber ...« Er erschauerte. »Aber für mich ist das nichts. Ich möchte die Macht einer Wirtschaftsorganisation hinter mir fühlen, auch wenn es nur die arme alte Welton ist.«

»Für eine Galaxis braucht man alle möglichen Sorten.«

Der Kapitän der Grünen kam mit der Botschaft zurück, sie könnten in der Rettungskapsel bleiben und mit Sauerstoff versorgt werden. Die Grünen wollten Kontakt mit einem Sternenschiff aufnehmen, daß eine für die beiden Schiffbrüchigen verträgliche Atmosphäre hatte, und wenn es bereit war, aus der Sternenflug-Umhüllung zu treten und sie aufzunehmen, waren die Grünen bereit, desgleichen zu tun und sie hinüberzuschaffen.

»Das ist sehr freundlich von Ihnen, Kapitän«, sagte Hook.

»Ich weiß. Doch die Kosten müssen wir Welton anlasten. Darauf wird die Gesellschaft bestehen.«

Und die Gesellschaft als Bestandteil eines Multisystem-Konglomerats mußte das tun, was die Organisation sagte. Es war ein gut eingespieltes System für alle, die Kreditkarten am Handgelenk und Konten bei ihren Wirtschaftsorganisationen hatten.

»Das geht in Ordnung, Kapitän«, erklärte Hook. »Tun Sie das.«

Brett bemerkte: »Deine Schuld bei mir wachst und wächst, Hook.«

»Wieso bist du sicher, daß ich dich bezahlen werde?«

Bretts Welpac-Gesicht wurde hart. Er trommelte mit dem Stummelschwanz auf den Fußboden, auf dem er saß.

»Ich kenne dich, Hook. Ich kenne den Typ, der du bist, Homo sapiens oder nicht. Du bezahlst deine Schulden.«

»Wie ich mich erinnere, bist du schon einmal zu dem gleichen Schluß gekommen.«

»Laß mich in Ruhe, Hook. Du wirst mich bezahlen.«

»Sicher.«

Im Augenblick sprach Brett nicht weiter darüber. Als ein Mann, der in der Galaxis herumgekommen war und einen oder zwei Tricks kannte, hielt er nichts davon, ein Streitgespräch in einer Situation zu führen, in der er nicht als Sieger daraus hervorgehen konnte. Das wußte Hook. Hook wußte außerdem, daß der Welpac gewisse Eigenschaften besaß, die ihn entweder zu einem äußerst gefährlichen Feind oder zu einem hochgeschätzten Gefährten machen konnten. Es war Bretts Sache, sich so oder so zu entscheiden.

Der Kapitän der Grünen war ein Mann, der Wort hielt, und drei terrestrische Tage später stiegen Hook und Brett auf das H.G.L.-Sternenschiff *Zacatecas* um. Mit ehrlich gemeinten Dankesworten verabschiedeten sich die beiden von dem grüngesichtigen Kapitän und seiner Mannschaft, nachdem der Kreditkarte, die Brett am Handgelenk trug, alle Einzelheiten entnommen worden waren.

Die *Zecatecas* stellte sich als ein Sternenschiff der dritten Klasse heraus. Sie war gut ausgerüstet, ziemlich schnell und bequem. Das vorgedruckte Formular, das die Passagierliste darstellte, war nur bis zur Hälfte ausgefüllt, was bedeutete, daß sie halb leer flog.

»Wir sind nur halb besetzt, Taynor Brett«, erklärte der Kapitän, ein kleiner, dicker Mal, und rollte sein Ohr. »Wir sind froh, Sie an Bord zu haben.«

Hook fragte sich, was dieser fröhliche Kapitän wohl getan hätte, wäre sein Schiff voll gewesen. Er hielt es jedoch für angebracht, dem nicht weiter nachzuforschen. Bretts Konto bei Welton wurde mit weiteren Beträgen belastet.

Brett sagte sehr entschieden: »Wir werden uns eine Kabine teilen. Zweite Klasse.«

»Aber«, wandte der Kapitän ein und spreizte lächelnd die Hände. »Ich habe ein paar sehr hübsche Einzelräume in der ersten Klasse frei ...«

»Doppelkabine. Zweite Klasse.«

Das Lächeln des Kapitäns verlor ein wenig an Leuchtkraft. »Wie sie wünschen.«

In der Kabine, deren Einrichtung typisch für die zweite Klasse eines H.G.L.-Schiffs der dritten Klasse war, klopfte

Brett mit seinem Schwanz auf das bequemere Bett und funkelte Hook an.

»Ich bezahle für diese Fahrt, Hook! Du brauchst dir nicht einzubilden, daß du auf meinen Kredit Top-Star-Klasse reisen kannst!«

Hook lächelte. »Bist du schon am Boden deines Geldbeutels bei Welton angelangt, Brett?«

»Was glaubst du denn? Wenn ich nicht bald etwas von diesem Potenz-Gen in die Finger bekomme ...« Er brach ab. Seine schrägen Augen glitzerten, und dann ließ er sie unter den Augenlidern verschwinden. Was Ryder Hook betraf, hätte er sich die Schauspielerei sparen können.

»Ich bezahle dich schon, Brett. Ich zahle das Geld bei der ersten Filiale von Welton ein, die zu erreichen ist. Aber bekomme das doch endlich in deinen dicken Welpac-Schädel: Ich interessiere mich nicht für das Potenz-Gen. Kapiert? Ich mache dabei nicht mit.«

»Nur ist das unmöglich, du Oberidiot«, sagte Brett mit geschlossenen Augen.

Hook antwortete nicht.

Sein Schweigen machte Brett wütend. Er riß die Augen auf. »Hör zu, Knallkopf. Du bist mir Geld schuldig. Und ich bin allmählich knapp dran. An dem Potenz-Gen sind Millionen zu verdienen! Milliarden! Ich weiß, wo der Planet ist, und ich weiß, wie man drankommt. Ich brauche einen Partner ...«

»Ich mache dabei nicht mit.«

»Hör doch zu ...«

Hook beendete das Gespräch, indem er hinausging und die Kabinentür zuknallte.

Er ging zum Kommunikationszentrum. Wenn Shaeel und Karg noch am Leben waren, mußten sie inzwischen Jundersborg erreicht haben. Er meldete ein Gespräch mit ihnen an, wobei er die Namen Balson und Charley benutzte, Zentrale, Jundersborg. Innerhalb einer halben Stunde rief der Funker ihn und sagte, die Verbindung sei hergestellt. Hook ließ die Kosten auf Bretts Konto verbuchen. Grinsend dachte er, einem solchen Trick werde der Welpac Anerkennung zollen.

Er trat in die ihm bezeichnete Zelle. Ein Bildschirm erhellte sich. Shaeels vertrautes Gesicht erschien, und Hook atmete erleichtert auf. Er gab um niemanden in der Galaxis einen Pfifferling, redete er sich ständig selbst ein, aber Shaeel und Karg – nun, mit ihnen war es etwas anderes. Dann erstarrte sein Gesicht mit dem bereits zum Lächeln verzogenen Mundwinkel. Es war eine Aufzeichnung, die er sah und hörte. Sein Gesicht wurde bösartig.

»Hei, Abel«, sagte der Hermaphrodit in der Aufnahme. »Ich nehme fest an, es geht dir gut. Charley und ich jedenfalls befinden uns bestens. Wir haben mit einem gewissen – du weißt schon, wer – ein kleines Geschäft zu erledigen. deshalb reisen wir hinaus zum Jarhed-System – und da ist in jeder Beziehung verteufelt viel los.« Shaeel schien sich wer weiß wie darauf zu freuen. »Charley kauft gerade ein, und ich bereite dies Band für den Fall vor, daß du anrufst. Und ich weiß, das wirst du tun.«

Das mußte man dem alten Shaeel lassen: Auch er würde erst an Ryder Hooks Tod glauben, wenn er ihn mit seinen eigenen Augen tot vor sich sah.

»Und, mein großer haariger Affe, stecke deine riesige Homo-sapiens-Nase nicht in Dinge, die dich nichts angehen. Sei brav. Ach, beinahe hätte ich es vergessen. Ohne zusätzliche Kosten vermittele ich dir einen ganz besonderen Gruß. Sharon schickt dir ihre Liebe.«

Der Bildschirm verblaßte.

Shaeel hatte bestimmt genau gewußt, daß sein Band höchstwahrscheinlich mitgeschnitten wurde. Er hatte nichts verraten, ausgenommen das Sonnensystem, zu dem er und Karg reisten, und das hatte er sagen müssen, um Hook zu informieren. Aber was hatte der idiotische Hermaphrodit mit der letzten Botschaft gemeint? Sharon? Hook überlegte. Vielleicht – aber nur vielleicht – hatten Shaeel und Karg vor, der reizenden Tayniss Sharon ein paar eindringliche Fragen zu stellen. Nun, wenn sie das taten, bevor Hook diese Intrigantin fand, dann würde er ihr noch ein paar eigene Fragen zu stellen haben.

Ehe er in die Doppelkabine der zweiten Klasse zurückkehrte, um Brett zu einem Essen abzuholen, für das Brett bezahlen mußte, begab sich Hook in die Bibliothek des Schiffes und sah eine oder zwei Sternenkarten nach. In dem Würfel leuchteten Lichter auf, die – wie mehr als ein Dichter schon richtig bemerkt hatten – einer Handvoll Diamanten auf schwarzem Samt glichen. Hook suchte sich das Jarhed-System heraus. Hm. Nur eine beinahe normale Sonne vom F-Typ mit zehn Planeten, drei davon für menschliche Besiedlung geeignet. Er stellte ihre Namen fest.

Zwar befand sich Ryder Hook nicht im Zustand eines Projektmanns, und doch arbeitete sein Verstand mit supernormaler Geschwindigkeit. Er würde diesem interessanten Gauner Brett irgendwie entkommen, sich irgendwie eine Schiffspassage besorgen und zu den Jarhed-Planeten reisen, deren Namen er sich ausdrucken ließ:

Rondelle.

Pheruchia.

Shyle.

Ryder Hook drehte den Schalter, und die Lichter in dem Würfel erstarben. Die Sternenhaufen wurden zu Asche. Er stand auf, reckte sich und fand den alten blauen Overall, den er am Körper trug, auf einmal widerwärtig. Nun, auch das war eine Sache, um die er sich kümmern mußte.

Er kehrte in die Kabine zurück.

»Wo bist du gewesen, Hook? Es ist Zeit zum Essen.«

»Vielleicht könnte ich diesem Potenz-Gen doch Interesse abgewinnen«, sagte Hook. »Du brauchst einen Partner? Für die schmutzige Arbeit, richtig?«

»Ich kann meine eigene schmutzige Arbeit tun, Hook. Ich brauche einen Partner, der mir den Rücken freihält.«

»Das hört sich wie ein vielversprechender Vorschlag an. Nach diesem Zwischenfall auf der *Vandeneuf* gibt es für mich im Augenblick nichts Besonderes zu tun.«

Hook log nicht. Er hatte in der ganzen Galaxis kein anderes Ziel, als am Leben zu bleiben, und er hatte nie etwas Besonderes zu tun, wenn er nicht gerade damit beschäftigt war, den Projektmännern eins auszuwischen oder Shaeel zu suchen. Letzteres tat er jetzt, so meinte er.

Brett sah ihn an, und in seinem fremden Gesicht stand deutlich Berechnung zu lesen. Er leckte sich die Lippen, die sich auf das keilförmige Kinn herabsenkten. Er berührte nachdenklich sein aufgetürmtes Haar.

»Du hast deine Meinung sehr plötzlich geändert, Hook. Aber du stehst in meiner Schuld. Du kannst die Summe als mein Leibwächter abarbeiten. Einverstanden?«

»Natürlich«, erwiderte Hook. »Es wird mir ein Vergnügen sein.«

»Und wenn du versuchst, zu schlau zu sein, dann werde ich es dir mit gleicher Münze heimzahlen, so wahr Pakveil mir helfe.«

»Versuche es ruhig«, sagte Ryder Hook. »Einmal.«

V

Hook öffnete verschlafen die Augen, sah über sich eine metallene Decke und fluchte schwach. Wenn er eine Reise in tiefgefrorenem Zustand hinter sich hatte, fühlte er sich immer, als sei er einen Monat lang auf Sauftour gewesen und mit im Staub schleifender Zunge zu den Baracken zurückgekrochen. Und bei einigen der Streiche, die er in diesem nichtexistenten Monat der Ausschweifung vollführt hatte, mußte er dies Potenz-Gen geschluckt haben. Er fühlte sich lausig.

Er zwang sich, über den Rand des Metallbretts zu sehen – es war eine Matratze da, aber man lag darauf, als sei sie mit geschrumpften Krif-Mann-Köpfen gestopft worden – und entdeckte Brett eine Etage tiefer.

»Bist du schon wach, Brett?«

Brett sagte etwas, das, wie Hook hätte schwören können, wie: »Ggnnkk uurrk zhusch« lautete.

»Nein«, beantwortete Hook seine eigene Frage.

In dem kombinierten Passagier-Fracht-Raum des Sternenschiffs hörte sich das Erwachen der Männer und Frauen aller möglichen planetaren Typen wie ein alter Schlachthof an, bevor der Güterzug einlief. Hook gähnte, schwang ein Bein über das Brett und begann, die Leiter hinabzusteigen. Er war steif, und ihm tat alles weh, aber er kam in einem Stück unten an. Das Tiefgefrierreisen war nicht so gefährlich wie die Benutzung eines Materietransmitters, der sowieso nur über Entfernungen funktionierte, die innerhalb einer Galaxis kurz waren, und in einem unter einer Million Fällen versagte. Aber es erschöpfte einen völlig.

Brett rollte sich herum und hustete. Sein Schwanz war zerzaust und ganz und gar unansehnlich geworden.

Der Aufseher kam den Mittelgang zwischen den Regalen entlang und schlug mit seinem Stock gegen die Streben.

»Bewegt euch!« brüllte er. »Raus hier! Wir müssen den Raum für die nächste Ladung Gefrierfleisch ausräumen!«

Er lachte über seinen Witz. Noch vor einer halben Stunde war jeder Passagier steifgefroren wie ein Brett gewesen. Die Luft, die hereingepumpt wurde, roch nach Öl und Chemikalien. Hook fühlte sich wie immer nach einer solchen Reise völlig ausgehungert.

»Verzieht euch!« blökte der Aufseher. Er trug eine schneidige grüne Uniform, reich geschmückt mit goldglänzenden Abzeichen, und er trug eine Waffe im Holster am Gürtel. Hook sah den Kolben und die Form und erkannte die Waffe als eine Krifarm Modell Zwölf. Der Aufseher in seiner geleckten Uniform war ein Krif-Mann, und er schnauzte in genau dem Ton herum, wie es seiner arroganten Rasse eigen war.

Die Assistenten des Aufsehers gaben sich redliche Mühe, es ihrem Chef gleichzutun. Er selbst stolzierte durch den Mittelgang zwischen den zwölf Stockwerken hohen Bretterkojen und begann, Leute herabzuzerren. Hook sah, wie er ein junges Cailiang-Mädchen an einem pelzigen Arm packte. Ihr Schwanz wedelte hilflos. Sie fiel.

»Los, steh auf!« brüllte der Aufseher. »Ich habe nicht den ganzen Tag Zeit!«

Offensichtlich war das Mädchen noch im Schock; sie hatte sich von dem tiefgefrorenen Zustand noch nicht wieder ganz erholt. Hook kam sich vor wie ein nicht ordentlich ausgewrungener Spüllappen. Der Aufseher marschierte weiter, ballerte mit seinem Stock gegen die Metallstreben und brüllte.

Er ging an Hook vorbei und faßte Brett beim Schwanz.

Er zog.

Brett fiel herab, schlug auf dem Fußboden auf und schrie.

Er riß die schrägen Augen auf, in denen plötzlich ein böses Licht glomm.

»He!« sagte Brett beleidigt.

Der Aufseher verpaßte ihm eine Tritt, der ihn aufmuntern sollte.

»Heb deinen Arsch und verschwinde hier! Wir müssen einen neuen Haufen von Gonils unterbringen. Bewegung!«

Brett blickte zu Hook auf, der sich nicht gerührt hatte.

»Duke«, sagte Brett und benutzte den Namen, den Hook für die Tiefgefrier-Reise nach Shyle angenommen hatte. »Duke. Ich habe dich angestellt, um Gonils wie den da von mir fernzuhalten.«

»Natürlich«, antwortete Hook. »Du bezahlst dafür.«

Er drückte dem Aufseher die Knöchel hinter das Ohr und ließ die elegant uniformierte Gestalt zu Boden sinken.

»War das jetzt richtig?«

»Für den Anfang. Warte, bis ich ihn in die Finger ...«

Hook zog Brett von dem am Boden liegenden Aufseher weg.

»Willst du uns ins Verruf bringen, Brett?«

»Ich will es ihm nur heimzahlen.«

»Was bist du doch für ein gewalttätiger Mensch! Laß es sein, es bringt uns nichts. Wir sollten lieber machen, daß wir hinauskommen, ehe das Gedränge losgeht.«

Das Zwischenspiel hatte den Erfolg gehabt, daß sie sich

jetzt in einer verwirrten Menschenmasse befanden, in der jeder fluchend und um sich schlagend versuchte, so schnell wie möglich aus diesem Höllenloch hinauszukommen. Alle beseelte der einzige Wunsch, die Luftschleuse hinter sich zu lassen und das blasse Licht von Jarhed zu erblicken. Die F-Typ-Sonne schwamm hinter einer dünnen, zerrissenen Wolkendecke. Tagsüber würde es hier auf Shyle heiß sein, und in der Nacht rückte von den Polen grimmige Kälte heran. Hook wußte jetzt schon, daß es ihm kein Vergnügen bereiten würde, Brett zu einem der Pole zu folgen. Er sah sich auf dem Raumlandeplatz um. Roboter luden das Gepäck der Passagiere aus. Das Schiff beförderte ausschließlich tiefgefrorene Passagiere. Es hatte sich Zeit genommen, mit seiner Fracht die interstellaren Abgründe zu überqueren, und hier nahm es nun neue Leute auf, die eingefroren und gestapelt werden würden. Viele waren an Bord geblieben und reisten weiter als Shyle. Hook sah die Schlange vor dem Einstieg. Also verließen eine ganze Reihe von Leuten Shyle, also gab es dafür Gründe ... Interessant.

Die Zollkontrolle war streng, und das überraschte Hook. Er hatte schon viele Zollkontrollen auf vielen Planeten der Galaxis über sich ergehen lassen.

Hier auf Shyle gehörten die Zollbeamten verschiedenen Rassen an, und niemand schien daran etwas Merkwürdiges zu finden. Es gab eine eingeborene Rasse auf Shyle. Brett hatte es gesagt, und er hatte für seine Information gutes Geld bezahlt.

Hook sah sich die Menschenmenge im Schuppen der Zollstation an und verzog seine dünnen Lippen. Es sah ganz so aus, als seien noch viele andere Schatzjäger auf Shyle gelandet. Wenn sie alle hinter dem Potenz-Gen her waren – was war Bretts Geheimtip dann noch wert?

Die gleichen trüben Gedanken bewegten den Welpac, denn er verschleuderte finstere Blicke. Er sprach kein Wort, aber sein Gesicht zeigte deutlich genug, daß ihm, als sie durch den Zoll gingen, die ersten vagen Zweifel kamen – und unvermeidlicherweise machten sie ihn wütend.

Hier und da in der Menge dachten andere Leute genau

das gleiche wie Brett. Mehrere Schlägereien brachen aus. Die Zollbeamten schritten ein und schafften Ruhe. Aber Hook argwöhnte, heute nacht werde in der alten Stadt eine Menge los sein. Der Hafen, in dem sie gelandet waren, war eine offene Raumhafenstadt. Shyle war eine primitive Welt mit großartigen Landschaften, und diese Raumhafenstadt war zweckmäßig im Flachland einer Delta-Mündung angelegt worden. Weit weg erhoben sich purpurne Berge, auf deren Schneekappen die Strahlen Jarheds glitzerten. Die Stadt würde wie die meisten anderen Städte sein, vermutete Hook, und das bedeutete, sie würde so fremdartig sein, wie es der Psyche ihrer Bewohner und Erbauer entsprach.

Die eine überraschende Tatsache, die Hook veranlaßte, Brett schmunzelnd zu betrachten, war, daß Shyle ein offener Planet geblieben war. Die Wirtschaftsorganisationen hatten hier noch keinen Einzug gehalten. Sobald irgendwo eine aufblühende Industrie Wurzeln schlug, sobald es Geld zu machen und Macht zu erlangen gab, pflegten die Multisystem-Konglomerate ihre Männer und Maschinen zu entsenden. Sie würden sich nicht scheuen, um die Rohstoffe des Planeten Krieg zu führen, und danach würde wieder Ruhe herrschen. Und dann war Shyle ein Planet geworden wie jeder andere von Wirtschaftsorganisationen beherrschte Planet in der Galaxis.

Wenn Hook Lust gehabt hätte, sich über diese Dinge Sorgen zu machen, hätte er vielleicht gewünscht, Shyle könne eine freie Welt bleiben, also ein Planet, der sich aus einer offenen Welt zu einer Welt entwickelte, die nicht den Wirtschaftsorganisationen unterworfen war, sondern ihr Geschick in den eigenen Händen hielt oder zu halten versuchte. Es gab eine erstaunliche Anzahl freier Welten im Raum. Aber sehr viel größer war die Anzahl derer, auf denen die verschiedenen Wirtschaftsorganisationen die Macht hatten.

»Vorwärts! Hier entlang!«

Die Zollbeamten drängten die Leute hinaus. Die strenge Kontrolle diente natürlich dem Zweck, Dinge ausfindig zu machen, die die lokale Polizei hier nicht wünschte. Hook nahm die Gelegenheit wahr, festzustellen, was eingeführt werden durfte, und sah viele Kettenfahrzeuge, Luftkissenfahrzeuge, Flieger, Gleiter – eine verblüffende Vielzahl von Fahrzeugen, alle für das Prospektieren in schwierigem Gelände bestimmt.

Brett hatte so gut wie seinen letzten Kredit in eine Raupe – nach dem Zufußgehen die billigste Transportmöglichkeit – und eine Schürfausrüstung investiert. Einen Roboter hatte er sich nicht mehr leisten können. Doch es gab eine Menge von Blechkerlen hier, die die Habe ihrer Eigentümer durch den Zoll schleppten.

Beladen mit ihren Schallbohrern, Schaufeln, Lebensmitteln und Energievorräten, kletterten Hook und Brett an Bord ihrer Raupe und fuhren los. Sie mußten sich der Schlange anderer Fahrzeuge anschließen. Als sie sich der Stadt näherten, durchquerten sie traurige Slum-Vorstädte mit ausgemergelten Bewohnern, die vor ihren zusammengefallenen Wohnstätten hockten. Hook dachte sich sein Teil über diese Leute, aber er vertraute seine Gedanken Brett nicht an.

Ein solches Durcheinander verschiedener Rassen hatte Hook noch selten gesehen. Dieser Planet Shyle hatte Leute von allen dichtbesiedelten Teilen der Galaxis angezogen. Eine Gesellschaft von Mals fuhr vor Hook und Brett. Sie hatten sechs Raupen, und ihre Ausrüstung schien aus einer bestürzenden Vielfalt von Ernte- und Dreschmaschinen zu bestehen. Da waren große, klobige, atomgetriebene Räder, glitzernde Klingen, Trichter mit elektronisch gesteuerter Sortiervorrichtung, Bindemaschinen. Brett bedachte sie mit finsteren Blicken.

»Dreckbauern«, erklärte er. Er hatte sich einen neuen Vorrat an Stim-Gummi gekauft und kaute mit offensichtlicher Befriedigung.

Hooks übernatürlich scharfe Ohren fingen die Unterhaltung der Mals auf. Die Haube der Raupe stand offen, und trotz des allgemeinen Lärms und des Maschinengeklappers verstand Hook so viel, daß auch diese Mals zweifellos hinter dem Potenz-Gen her waren.

Das sagte er Brett.

»Nein. Ausgeschlossen, Duke. Das ist unmöglich.«

»Den Eindruck habe ich aber – und bei einer Menge anderer Leute, die mit uns gelandet sind, ebenfalls.« Hook blickte zu den verfallenden Hütten am Straßenrand hin. Die Bewohner sahen ihnen apathisch nach. »Alle hier sind hinter dem Potenz-Gen her.«

»Aber diese Mals bestimmt nicht.« Brett wies mit dem Daumen auf die ihnen folgende Gruppe von Krif-Männern, deren Kettenfahrzeug mit Bergbaumaschinen beladen war, über das sich nur eine lose Plastikplane breitete. »Die Krif-Männer vielleicht. Die Mals da vorn – niemals. Sie haben keine Abbau-Geräte. Nur landwirtschaftliche Maschinen.«

Hook dachte nicht daran, dem Welpac auf die Nase zu binden, wie gut er, wenn nötig, lauschen konnte. Deshalb begnügte er sich mit der Feststellung: »Du bezahlst, Brett.«

Für Ryder Hook war Loyalität ein schönes und wertvolles Juwel. So selten war dies Juwel in der Galaxis des einhundertundersten Jahrhunderts, daß Ryder Hook glaubte, man werde niemals genug Steine aneinanderreihen können, um ein Armband herzustellen. Platter Zynismus war ihm fremd. Was er wirklich gern wollte, war nichts als ein Tagtraum. Alles, was er sein konnte, war bei seinen besonderen Fähigkeiten das, was die Galaxis ihm gestattete zu sein. Aber es gab Loyalitäten, die er hoch schätzte. Niemals würde er Shaeel im Stich lassen, solange es noch eine äußerste Möglichkeit gab, ihm beizustehen. Und er glaubte fest daran, daß Shaeel ebenso handeln würde – obwohl man es bei dem verrückten Hermaphroditen mit seiner ätzenden Art nie genau sagen konnte. Und nun war auch die Freundschaft mit Karg ein Edelstein geworden. Einmal hatte es einen Doktor David Chronius gegeben, und ihre Freundschaft war ein sehr kostbares Juwel gewesen. Aber daneben gab es nur noch ganz wenige andere.

»Sicher, ich bezahle, Duke«, antwortete Brett. Er war vernünftig genug, nicht noch hinzuzusetzen: vergiß das bloß nicht.« Aber die ungesprochenen Worte schwebten in der heißen Luft des Planeten Shyle unter der Sonne Jarhed.

Alle Bewerber um eine Prospektor-Lizenz mußten länger darauf warten, als sie sich vorgestellt hatten. Die Hitze des Delta-Landes senkte sich von dem ausgelaugten Himmel herab und stieg aus dem rissigen Boden auf. Ein Blick auf das Büro, das die Lizenz verteilte, überzeugte Hook, daß er nur seine Zeit verschwendete, wenn er sich hier durchkämpfte. Deshalb sagte er zu Brett: »Du kennst doch das Geheimnis, wo das Potenz-Gen zu finden ist, nicht wahr? Warum sollst du dich von all diesen Affen verunsichern lassen? Morgen holen wir uns unsere Lizenz.«

Sie schliefen in dieser Nacht in der Kabine der Raupe, und sie aßen ihr eigenes Essen. Die Preise in den Hotels und Saloons waren sehr hoch.

Am nächsten Morgen drängten sich fast ebenso viele Antragsteller wie zuvor, doch mit Hilfe einiger Schikanen und Kunstgriffe im Kartenspiel – es fand auf den Hauben geparkter Fahrzeuge statt – arbeiteten sich Brett und Hook nach vorn durch. Shaeel war im Manipulieren runder Karten ein Hexenmeister, während Hook sich lieber an den Rechtecken aus Plastik versuchte. Für die Galaxis braucht man alle möglichen Sorten.

Der Beamte – ein Homo sapiens – sah von seinem Schreibtisch mit müden, von Ringen umgebenen Augen zu ihnen auf. Dann wandte er sich wieder seinen Akten zu.

»Namen?«

»Brett Fenris und Duke Everest.«

Ein Grunzen. Ein paar Knöpfe wurden gedrückt. Dann »Allgemein oder spezifiziert?«

»Ah ...« sagte Brett. »Allgemein.«

Weitere Knöpfe wurden gedrückt. »Geld auf den Tisch.«

»Ich ziehe es vor, meine Kreditkarte zu benutzen«, erklärte Brett. »Mein Kredit ...«

»Ich bekomme hier nicht viel Kreditkarten zu sehen, bei euch Vagabunden«, meinte der Beamte vom Lizenzbüro. Er nahm die notwendigen Einstellungen vor, und Brett bezahlte. Um Hook zu beeindrucken, ließ der Welpac seine

Mundwinkel noch weiter als sonst herabsinken. Hook konnte sich denken, daß Bretts Kredit bei Welton mittlerweile beinahe erschöpft war.

Normalerweise wurde eine Kreditkarte abgetastet, und die kodierten Pulse wurden zu der nächsten Filiale der betreffenden Wirtschaftsorganisation weitergeleitet, wo man sie mit dem Kontoauszug verglich, den der Zentralcomputer täglich durchgab. Hier auf Shyle gab es dazu keine Möglichkeit. Die Beamten konnten sich nur überzeugen, daß die Kreditkarte echt und keine künstlich am Handgelenk angebrachte Fälschung war, und dann mußten sie entsprechend ihrer Menschenkenntnis entscheiden, ob der Träger dieser Kreditkarte zahlungsfähig war oder nicht. Ließ sich der Beamte von zu vielen faulen Kunden hereinlegen, würde er das Mißvergnügen der planetaren Chefs zu spüren bekommen – den Oberhäuptern dieser geheimnisvollen Einwohner von Shyle, von denen das Potenz-Gen normalerweise zu erhalten war.

Hook verstand nicht, warum sie diese Masseninvasion, diesen modernen Goldrausch zuließen, denn den Wert des Potenz-Gens kannten sie nur zu genau. Von ihnen, den Shylao, kauften Männer und Frauen der Galaxis das Potenz-Gen. Hook hatte geglaubt, das Geheimnis werde streng bewahrt. Die mörderische Entschlossenheit, mit der Leute darum kämpfen, hinter dies erregende Geheimnis zu kommen, hatte ihn in seiner Meinung noch bestärkt.

Aber diese Menschenmassen, die hereinströmten, um nach dem Potenz-Gen zu prospekten!

Natürlich war die Galaxis groß, dachte Hook. Hier war ein weiteres Beispiel dafür, wie groß dieser Sternenstrudel tatsächlich war. Zweifellos hatte jede einzelne Gruppe, die mit einem Sternenschiff angereist war, um das Potenz-Gen zu finden, das Geheimnis gekauft, hatte eine große Summe dafür bezahlt, hatte haarsträubende Abenteuer durchstanden wie Brett und Hook auch – und hier trafen sie zu Tausenden ein!

»Je eher wir von hier weiterziehen, Duke, desto besser.«

»Richtig.«

Wieder kam ihm diese lästige Sache mit der Loyalität in die Quere. Brett Fenris war kein Juwel. Aber Hook hatte sich bereiterklärt, seinen Leibwächter zu spielen.

»Laß mir eine Stunde Zeit, Brett – eine terrestrische Stunde. Ich muß ein paar Erkundigungen einziehen.«

Eine Stunde lang überprüfte Hook mit Hilfe des Zentralcomputers die Listen der hier gelandeten Personen, ohne eine einzige Spur von einem Balson oder einem Charley, einem Shaeel oder einem Karg zu finden. Er überlegte, ob er zurückgehen und Bretts nicht vorhandene Welpac-Nase einschlagen sollte. Ganz entschieden brachte ihm dieser Kerl nichts als Unglück ...

Der Versuch, eine Botschaft bei der Zentrale zu hinterlassen, schlug fehl. Vielleicht benutzen sie neue Namen, doch wenn dem so war, wie, zum Teufel, stellten sie sich vor, daß er sie erraten sollte? Hook probierte ein halbes Dutzend der Decknamen durch, die sie bereits verwendet hatten. Nichts. Vielleicht waren die beiden Knallköpfe noch gar nicht eingetroffen. Schließlich hinterließ er die Nachricht für Balson und Charley, Abel Klark wäre in zwei terrestrischen Monaten wieder zurück in der Stadt. Er ließ zwischen der ersten und der zweiten Nachfrage beim Computer eine Frist verstreichen und benutzte ein anderes Terminal. Das hatte zur Folge, daß er ziemlich spät zur Raupe zurückkam.

Brett sagte: »Wenn ich mich nicht darauf verlassen kann, daß du pünktlich bist, Duke, wie sollen wir dann da draußen in den Badlands miteinander auskommen?«

»Die Badlands«, wiederholte Hook. »Das hätte ich mir denken können.«

»So wird das Gebiet nur von den Hiesigen genannt. Wir werden es in der Raupe ganz gemütlich haben. Wir machen eine Probebohrung, holen einen Bohrkern herauf, mit dem wir beweisen können, daß wir auf eine Bonanza gestoßen sind, und kommen sofort nach hier zurück. Wenn wir unsern Claim eintragen lassen – das wird der schönste Tag unseres Lebens sein.«

Wieder mußte Hook an die heruntergekommenen Menschen denken, die in den Hütten entlang der Straße lebten.

Da das Problem, wie er Shaeel finden konnte, im Augenblick nicht zu lösen war, hatte Hook ein bißchen herumgefragt. Ein Hermaphrodit war lange Zeit nicht mehr gesehen worden. Er mußte die Suche vorläufig verschieben. Er hatte volles Vertrauen in Shaeels Fähigkeit, die normalen Gefahren der Galaxis zu überleben. Wenn die Projektmänner sich allerdings einmischten, dann würde Ryder Hook andere Schritte unternehmen müssen.

Vier Mal an diesem Vormittag, als sie Vereinbarungen für den Lufttransport in die Badlands trafen, wurden sie von verschiedenen Personen in verschiedenen Stadien des Elends angesprochen, die absolut garantierte Karten über die wirliche Lage des Potenz-Gens anboten. Brett war nervös. Hook wies die Möchtegern-Verkäufer von Milliarden ab. Er versuchte, es nicht unfreundlich zu tun. Ein alter Riffianer, der wie so viele seiner Rasse eine Hörbrille auf der Nase trug, sah erbarmungswürdig aus. Alle Zeichen, die bei einem Homo sapiens so viel verrieten, die abgemagerten Arme und Beine, das ausgemergelte Gesicht, traten hier bei einem Riffianer auf. Seine Kleidung bestand aus zusammengenähten Plastikbeuteln. Er war barfuß.

Diesem fremden alten Mann gab Hook vier Peks. Er hatte selbst nur noch ganz wenig Metallgeld übrig.

»Hier, mein Freund. Kauf dir einen Teller Suppe.«

»Aber die Karte …«

»Deck dich des Nachts damit zu.«

Der Riffianer schlurfte durch den Staub davon. Sein Schatten schwankte dünn und schwarz vor ihm her.

Hook kannte den Gegenwert von vier Peks. Man konnte sich damit an einem der überdachten Verkaufsautomaten einen Teller nahrhafter Suppe kaufen. Diese Automaten gab es in den armen Bezirken der meisten Städte; sie wurden durch Rohrleitungen von einer Zentrale versorgt. Wenn man vier Peks hatte, konnte man sich einen Teller Suppe kaufen und weitere acht Stunden – terrestrischer

Zeit – durchhalten. Das war schon etwas in einer Galaxis, in der Nichts die Regel war.

Wer auch immer diese geheimnisvollen Leute sein mochten, die Shyle als Planeten ihrer Vorfahren bezeichneten, sie beschäftigten ausschließlich fremdrassige Arbeitskräfte, denn Hook sah in der ganzen Stadt nicht einen Eingeborenen, und sie hielten sich für sich. Durch ihre Vertreter ließen sie beschränkte Mengen ihres Produkts auf den Markt gelangen. Man konnte sich einen Schuß des Potenz-Gens in der Galaxis kaufen. Dazu mußte man reich sein. Es wurde nicht in großen Mengen geliefert. Jeder, der die Quelle entdeckte – nun, Hook hatte wenig Vertrauen zu dem Geheimnis, das Brett mit so großen Schwierigkeiten für alle, die in die Sache verwickelt worden waren, von dem Cailiang Fenton gekauft hatte.

Trotzdem, es mochte amüsant sein, herauszufinden, wie es sich wirklich damit verhielt.

Als Brett endlich die Frage des Lufttransports geregelt hatte und ihre Raupe, vollbeladen mit ihrem Gepäck, an Bord gehievt worden war, entschloß sich Hook, die ganze Expedition ein bißchen ernster zu nehmen. Er verbannte alle Sorgen um Shaeel und nahm sich vor, das zu tun, wozu er angeworben worden war. Als loyaler Arbeiter konnte er seinen Lohn verdienen, und wenn sie zum Schluß auf den märchenhaften Schatz stießen, den das Potenz-Gen darstellte – nun, bei den Unterhosen des lieben alten Dirty Bertie Bashti, er würde ihn nicht von sich weisen ...

Wie zu erwarten gewesen war, ließ Brett den angeheuerten Piloten an einer Stelle landen, die zweihundert Kilometer von der Stelle entfernt lag, wo sich seiner Meinung nach das Geheimnis verbarg. Der Boden, auf dem sie sich hinabsenkten, war von dunkler Ockerfarbe. Es gab nur sehr wenig Feuchtigkeit hier, ziemlich weit südlich auf diesem großen Kontinent des Planeten Shyle, jenseits der hohen Berge, unten in den Badlands. Staub wirbelte empor. Der Wind fühlte sich trocken an. Der Pilot wirkte so ungerührt, daß Hook vermutete, er habe schon andere

Schatzsucher in der Wildnis abgesetzt – und sie wahrscheinlich niemals wiedergesehen.

»Alles in Ordnung?« rief er aus der Kabine zu ihnen herab. »Das ist hier kein Ort für ein menschliches Wesen.«

Er war ein dunkler prosaischer Mann von Anselm, dem Waffenplaneten.

»Wir werden uns hier nicht lange aufhalten«, rief Brett zurück. Er rieb sich die Hände. Sein kunstvoller Haaraufbau saß bereits dick voller Staub. Er lachte. »Wir kommen zurück, keine Bange!«

»Na klar.«

Der Flieger hob ab. Sie waren allein in den Badlands, allein mit Hitze und Staub und Tod.

VI

Brett Fenris war bester Laune, bis er sich den kleinen Finger brach. Wenn eine Krankenschwester zur Hand gewesen wäre, hätte er sich an ihrem Busen ausgeweint.

»Aber, verdammt nochmal, es *tut weh*, Hook!«

»Nimm's leicht. Jedenfalls habe ich dir gesagt, du solltest zur Seite treten, als der Bohrer nach oben kam.«

»Pakveil hole das verfluchte Ding.«

Das Lager war da aufgeschlagen worden, wo sich, wie Brett sagte, das Geheimnis befand. Sie hatten die Raupe in die niedrigen Vorberge gefahren, die so trocken und von Erosion zerfressen waren wie die Badlands selbst. Ocker und orangefarbener Stein zerbröckelte, wenn man ihn berührte. Tagsüber prasselten Steine auf sie herunter, während der Wind und die Sonne – dieser F-Typ Jarhed da oben – ihre Fußspuren ausdörrten. Nachts rasierte ein kalter Wind die Badlands und zerstörte die Felsen noch mehr. Bei Tag erstickte der Staub alles. Bei Nacht erfror die Kälte alles.

»So etwas müssen die ersten Menschen auf dem Mars

erlebt haben«, meinte Hook. »Nur daß wir die Luft hier atmen können.«

»Mars?« fragte Brett. Er hielt seinen Finger und fluchte von Zeit zu Zeit mit großer Überzeugung. »Zum Teufel, wo ist das?«

»Oh, die Pioniere von damals würden ihn heute nicht wiedererkennen. Er ist terraformiert worden. Ganz hübsch jetzt, wenn man diese Art von Planeten mag.«

»Nun, ich mag im Augenblick gar nichts, Hook. Gar nichts!«

Hook schiente den Finger, gab Brett ein schmerzstillendes Mittel und riet ihm, gut Obacht auf seinen kleinen Finger zu geben, denn er stellte sich an, als habe er sich sein bestes Bein gebrochen.

Das Lager zeugte von harter Arbeit. Es war dazu geeignet, Ryder Hook zu deprimieren. Er war nicht arbeitsscheu, ganz im Gegenteil. Aber irgendwie festigte sich nach und nach seine Überzeugung, daß sie für nichts arbeiteten. Das Geheimnis, das Brett von Fenton gekauft hatte, war wertlos. Der Bohrer war in den Boden eingedrungen und hatte ockerfarbenen Sand und Staub und orangefarbenen Sand und Staub und eines Tages, was große Aufregung hervorrief, Spuren einer Schicht schwarzer Rückstände nach oben gebracht. Sie stellten sich als die Überreste einer vielleicht eine Million Jahre alten geologischen Evolution dar, als dies Gebiet unter Wasser gelegen hatte. Aber der winselnde Bohrer förderte keine Spur des Stoffes zu Tage, nach dem Brett Ausschau hielt.

Die Berge wichen im Osten und Westen von ihnen zurück. Die Sonne schien. Der Staub flog. Die Nächte waren bitter kalt. Sie lebten in der Kabine der Raupe, und sie arbeiteten am Bohrer, und Brett brach sich den kleinen Finger und fluchte. Hook entschied, er müsse dem Welpac die Neuigkeit mitteilen – eine Neuigkeit, die Brett bestimmt schon kannte und bloß nicht in sein Bewußtsein aufsteigen lassen wollte.

»Ich weiß überhaupt nicht, wie das, wonach wir suchen, aussieht …«

»Das brauchst du auch nicht zu wissen! Das ist meine Sache!«

Hook konnte geduldig sein, wenn er wollte.

»Aber wo die Stelle auch sein mag, von der das Potenz-Gen stammt – ich würde sagen, sie ist nicht hier.«

»Wir haben doch erst zwanzig Bohrungen durchgeführt! Das Gebiet, das wir untersuchen müssen, ist wesentlich größer!«

»Als wie groß hat Fenton es den bezeichnet?«

»Er hat sich nicht allzu genau ausgedrückt«, antwortete Brett verdrossen. Sein Finger tat ihm trotz des Medikaments weh. »Ich brauche etwas zu trinken. Dann bohren wir weiter.«

Hook sagte nichts mehr, obwohl er es für sinnlos hielt. Zehn Tage lang hatten sie jeden Vormittag und jeden Nachmittag eine Bohrung durchgeführt. Die Tage auf Shyle waren etwas kühler als auf der Erde. Hook rechnete nach. Er wollte Brett noch fünfzig Bohrungen zugestehen. Gut. Fünfzig. Und danach – Schluß.

»Vielleicht sollten wir tiefer gehen?«

»Fenton meinte, eine Tiefe bis zur Hundert-Meter-Marke würde genügen.«

»Diesmal gehe ich bis auf zweihundert Meter.«

»Das ist Zeitverschwendung.«

»Zweihundert.«

Bei zweihundert Metern stießen sie auf weitere Beweise der langsamen geologischen Veränderung, die dies Gebiet durchgemacht hatte. Die Evolution vollzog sich auf beinahe allen Planeten in einer Weise, die Terranern mit ihrem Wissen um die Vorgänge auf der alten Erde verständlich war. Muscheln und Öl – Öl in einer Form, die keine schnelle Verwendung erlaubte – und die Hoffnung auf Öl konnten die Männer nicht aufhalten, die nach dem Potenz-Gen suchten. Sie zogen den Bohrer wieder herauf, und Brett fluchte, als er sich den Bohreinsatz ansah.

»Wir haben nur noch ein Ersatzstück – und wenn du noch einmal auf zweihundert Meter Tiefe gehst, ruinierst du das auch noch.«

Hook wäre es gleichgültig gewesen, wenn sie den Boden mit Messer und Gabel angekratzt hätten. Er hatte Brett ein Versprechen gegeben. Das und nur das allein ließ ihn weiterarbeiten.

Ein Flieger zog vor der Sonne vorbei, kreiste zweimal und setzte dann zur Landung an.

Brett hatte nicht gemurrt, als Hook darauf bestand, sie mußten als Teil ihrer Ausrüstung auch Handfeuerwaffen einkaufen. Hook hatte zuviel Erfahrung, als daß er einem galaktischen Wanderer einen Rat gegeben hätte, mit welcher Waffe er sich versehen solle. So hatte Brett sein Geld für zwei Tonotas Vierzig ausgegeben, das Beste, was sie sich leisten konnten. Als nun der Flieger herankam, lokkerte Hook seine Waffe am Holster.

Drei Männer und ein Mädchen stiegen aus, streckten sich und begannen schon zu blinzeln. Denn der Staub traf sie ins Gesicht, noch ehe sie Filter vor ihren Helmen befestigt hatten. Hooks Hand lag auf dem Kolben seiner Waffe. Brett hatte seine bereits gezogen. Wegen der Schiene an seinem rechten kleinen Finger hielt er sie unbeholfen in der linken Hand.

»Verdammter kleiner Finger«, knurrte er.

Der Anführer der sich nähernden Gruppe hob die Hand und rief sie an.

»He, Leute! Nur keine Aufregung. Ich habe euer Lager gesehen und komme nur für einen Plausch vorbei.« Er breitete die Hände aus. Hook beobachtete ihn stumm. Er sah die Waffe am Gürtel des Mannes.

Die vier kamen näher. Sie gehörten der Rasse Homo sapiens an.

»Gut, reden wir miteinander«, sagte Brett. »Aber wir sind euch über.«

Nach zehn Minuten der Unterhaltung hielt Hook diese Leute für Prospektoren, die, wenn sie nicht angegriffen wurden, harmlos seien. Brett bot ihnen zu trinken an.

Der Anführer, ein Mann mit einem schwarzen Bart, trank und wischte sich die Lippen mit dem Handrücken.

»Ihr habt es hier leicht, Freunde«, behauptete er.

»Leicht!« begehrte Brett auf.

»Ja. Wir sind weiter im Süden gewesen. Da ist es wirklich schlimm. Wir haben aufgegeben. Mir paßte das gar nicht, das könnt ihr mir glauben. Aber mein Mädchen hier hat recht, wenn sie sagt, daß wir zum Narren gehalten worden sind. Es gibt in dieser Gegend kein Potenz-Gen.«

»*Du* sagst das.«

Einer der anderen Männer lachte ein bißchen schrill. Hook erkannte, daß alle vier so mitgenommen waren, daß sie am Rand eines Nervenzusammenbruchs standen. »Man kann graben, solange man will, man kann graben, bis man überschnappt. Die Shylao wissen, wo das Potenz-Gen ist. Sie sagen es niemandem und erst recht nicht solchen wie uns.«

Die Augen des Mannes richteten sich betont auf Bretts Waffe. Der Welpac legte sie auf das Bohrgerüst.

»Die Waffe meine ich nicht, Mann. Die geht in Ordnung. Ihr kennt uns ja nicht. Nein – ich meine deine Kreditkarte.«

»Und?«

»Die meisten von uns Prospektoren sind Einzelgänger. Wir benutzen untereinander keine Kreditkarten.«

»Die meisten der Prospektoren?«

»Klar. Wenn die Wirtschaftsorganisationen hier anrükken, wird es großen Ärger geben.«

»Sie kommen bestimmt«, bemerkte Hook. »Darauf könnt ihr euch verlassen.«

»Sollen sie doch kommen«, erwiderte der Bärtige schadenfroh. »Sie werden das Potenz-Gen ebenso wenig finden wie wir.«

Hook wußte, daß der Mann ihm damit nicht widersprechen wollte. Er meinte nur, wenn die Wirtschaftsorganisationen kommen würden – was unvermeidlich war –, dann würden sie auf Widerstand stoßen.

Die Unterhaltung ging noch eine Weile weiter, und dann sagten die Besucher, sie müßten weiter. Hook dachte, dem Bärtigen, der sich als Cregson vorgestellt hatte, könne man glauben, daß er ein Mann war, der für falsche Informationen bezahlt hatte. Brett sah ihnen nach, als sie davongingen. Dann kam er zu Hook zurück und funkelte ihn an.

»Fenton hat mir keine Lüge verkauft.«

»Wir werden bohren und es feststellen.«

»Ja. Das werden wir tun.«

Hook kennzeichnete die Stellen für die fünfzig Bohrlöcher. Brett rief ihn ungeduldig zurück, als er dabei höher hinaufstieg. Daraus zog Hook den Schluß, daß Fentons vielgepriesene Informationen das Gebiet der Vorberge ausschlossen. Die Tage kamen und gingen, und sie untersuchten das ganze Gebiet. Hook war bei der fünfundvierzigsten Bohrung angelangt, als Brett des Abends, als Hook die dringend notwendige Wartung der Geräte durchführte, zu ihm kam. Der Welpac sah müde aus. »Es hat keinen Zweck, Hook. Dieser Bastard Fenton hat mich betrogen. Wenn ich ihn je in die Finger bekomme, werde ich ...«

»Es ist zu leicht, sich in der Galaxis zu verirren, Brett.«

»So heißt es. Aber nur, wenn man Sternenkarten nicht lesen kann.«

»Richtig.« Jeder Sternenkatalog gab Typen und Eigenschaften an. Man konnte eine Lokationssphäre mit dem gewünschten Stern im Mittelpunkt konstruieren. Aber um das zu tun, mußte man die stellare Population der Lokationssphäre ebenso kennen wie die des Zielgebiets. So konnte man sich leicht im Sternenstrudel verlieren.

Hooks alter Alptraum, in dem er sich auf einem Planeten befand, der keinen interstellaren Verkehr kannte, so daß er für immer vom pulsierenden Leben im Sternenstrudel abgeschnitten war, kam ihm nur ein wenig schrecklicher vor als die Geschichte von dem Mann, der sich in der Galaxis verirrt hatte. Hook empfand selten Mitleid für irgendwen, aber soviel gab er zu: Der Knallkopf, der sich unter den Sternen verirrt hatte, dauerte ihn sehr.

»Und trotzdem«, erklärte Brett Fenris und rieb sich den Schwanz mit der linken Hand. »Und trotzdem werde ich den Bastard eines Tages erwischen.«

»Du gibst also zu, daß du hereingelegt worden bist?«

Das wollte Brett nur ungern zugeben. Aber die Beweise waren zu stark.

»Gut, ich bin hereingelegt worden. Aber dies ist der Planet, von dem das Potenz-Gen stammt.« Er gestikulierte wild. »Es muß hier irgendwo sein!«

»Komm, komm«, mahnte Hook. »Ein Planet ist groß.«

»Dann ist er eben groß! Dann werden wir herausfinden, wo sich diese Gonils von Shylao verstecken.«

»Ja«, überlegte Ryder Hook. »Ja. Das könnte interessant sein – und sich lohnen.«

Hook hätte sich vielleicht darüber gewundert, daß Brett die Tatsachen so ruhig akzeptierte, wäre ihm nicht klar gewesen, daß der gebrochene kleine Finger sehr viel zu dieser Gelassenheit beitrug. Eines Tages, bald schon, würde Brett erneut vom »Goldrausch« gepackt werden und völlig den Kopf verlieren. Hook überlegte, ob er lange genug in Bretts Nähe bleiben solle, daß er Zeuge eines vielleicht amüsanten Geschehens werden konnte.

In dieser Nacht zirpten die Alarmanlagen los.

Brett setzte sich in der dunklen Kabine auf.

»Hörst du das, Hook?«

»Ich höre es. Da treibt sich jemand draußen herum.«

»Dieser Gonil Cregson ist sicher zurückgekommen. Er war mir zu aalglatt.«

Hook hoffte, es sei nicht der Fall. Er hatte in Cregson einen Mann gesehen, der müde und alt war und sich nichts anderes wünschte, als einen Ort zu verlassen, den er niemals hätte betreten sollen.

Er hob sich von seiner Koje, nahm die Tonota in die Hand und patschte mit bloßen Füßen zur Tür. Er sah nach den Anzeigen. Brett kam ihm nach und atmete ihm ins Ohr.

»Da! Drei sind es!«

Der Schirm zeigte drei undeutliche Gestalten, die von den Vorbergen her auf die Raupe zukamen. Auf dem der schwachen Finanzen wegen schwachen Bildschirm waren sie nicht zu identifizieren. Sie verteilten sich. Das konnte nichts anderes als einen Überfall zu bedeuten haben. Hook kannte die Anzeichen. Es mußten Prospektoren sein, die selbst kein Glück gehabt hatten und die Neuankömmlinge ausrauben wollten. Immer noch nahm er nicht an, daß Cregson daran beteiligt war.

»Für so etwas habe ich dich angestellt, Hook!«

»Ich werde mir mein Geld verdienen. Du bleibst hier. Schieß nicht, falls du ganz sicher bist, daß ich es nicht bin – verstanden?«

»Du willst nach draußen gehen? Mann – sie werden dich braten!«

Hook antwortete nicht.

Er öffnete die Tür. Es war innen dunkel und außen dunkel, und er glaubte, aus dieser Entfernung könne er nicht gesehen werden. Aber es war keine Zeit, herumzustehen und sich Gedanken zu machen. Geräuschlos glitt er über den Sand und bewegte sich nach rechts wie ein Geist – und zwar wie ein Geist mit sehr bösen Absichten.

Es war gut möglich, daß die drei Räuber, die sich anschlichen, mit leistungsfähigen Detektoren ausgerüstet waren. Geräte, die Körper-Emissionen aufspürten, nützten auf diese Entfernung nichts. Sie würden die neuesten Radar-, Horch- und UV-Erfindungen bei sich haben. Alle diese Detektoren konnten ein Ziel über eine Strecke hin ausmachen, die mit dem dafür aufgewendeten Geldbetrag wuchs. In Hooks Schädel befand sich, abgesehen von den organischen Synapsen, mit denen er sich in interstellare Kommunikationsnetze einschalten konnte, auch ein Störgerät für homotropische Sucher. Er hatte einmal behauptet, es sei ihm von einem gewissen Filker Fredericks eingesetzt worden. Der alte Filker hätte sich sehr geehrt gefühlt, aber es stammte weder von ihm noch von der Armee der Erde. Hook war ziemlich überzeugt, daß die drei Attentäter – eine Bezeichnung, die sie im Grunde nicht verdienten – ihn nicht ausmachen konnten. Er trug einen resonierenden Kristall in der Tasche, so daß sein schillerndes Bild auf dem Schirm in der Raupe erscheinen würde. Aber das war nur ein ganz billiges, altmodisches Hilfsmittel.

Wenn diese drei genau die gleiche Ausrüstung hatten

und auf genau den gleichen Wellenlängen arbeiteten – dann würden sie Hook ebenfalls sehen und ihn niederbrennen.

Vorsichtig, die rechte Hand ausgestreckt, schlich er in gebückter Haltung weiter. Vor komplizierten homotropischen Spürgeräten war er wirksam geschützt, doch ein einfaches Radargerät würde ihn vor dem Geröll zeigen, ein angestoßener Stein in der stillen Nacht einen Höllenlärm erzeugen, ein Ausgleiten auf einem Fleck losen Staubs ihn verraten. Er bewegte sich wie ein Schatten.

Sternenlicht schien herab, und seine Augen konnten bereits den dunklen Umriß der Raupe, die aufstrebenden Bohrgerüste und den auf einer Seite gestapelten Haufen von Zubehörteilen erkennen. Er konnte den nebligen Fluchtpunkt der Sterne da oben, wo die Berge das Licht verdeckten, sehen. Die Eindringlinge sah er nicht. Aber sie waren da.

Ryder Hook benutzte seine Ohren.

Von rechts her kam das leise Zischen unterdrückten Atmens. Er horchte nach vorn. Ein leises Knirschen des Staubs, ein Gleiten – Geräusche, die ihn hätten verraten können, verrieten nun die Mörder. Er wandte sich nach links und hörte nichts. Immer einen auf einmal – aber er wollte sich nicht mehr bewegen, bis er genau festgestellt hatte, wo sich Nummer drei befand.

Nun strengte er seine Ohren noch mehr an. Er vernahm das Flüstern des Nachtwinds, das Niederfallen des aufgewirbelten Staubs, der, wie es ihm vorkam, vom Wind nicht von Füßen hochgetrieben worden war. Zum Teufel, wo steckte der dritte Gonil?

Die beiden, die er gehört hatte, kamen verstohlen näher. Hook wartete. Immer noch vermochte er den dritten, der links von ihm sein mußte, nicht auszumachen. Hook hätte in diese Richtung gehen sollen. Aber wenn man die Wahl zwischen rechts und links hatte, standen die Chancen fünfzig zu fünfzig. Ryder Hook schien die falsche Wahl getroffen zu haben.

Schließlich konnte er nicht länger warten. Sie waren

schon ziemlich nahe herangekommen. Die Raupe besaß zwar eine gewisse Panzerung und konnte einem Energieschuß standhalten, aber nicht für lange. Und Brett hatte dann Grund, sich bitter zu beklagen. Bei dem Gedanken wäre Hook beinahe in Versuchung geraten, die Idioten da draußen mit dem Feuern beginnen zu lassen.

Dann schlich er dem Eindringling auf der rechten Seite nach. Er kam so nahe an ihn heran, daß das Atmen des Mannes für ihn laut und hart klang, auch wenn normale Ohren drei Meter von ihm entfernt nichts vernommen hätten. Hook ließ die Tonota sinken. Die Disgel-Waffe glitt ihm in die Hand. Er schoß in die Dunkelheit hinein, auf den Mittelpunkt der Atemgeräusche.

Im gleichen Augenblick warf er sich flach auf den Boden und konzentrierte seine Aufmerksamkeit auf den Mann in der Mitte.

Der Mann zur Rechten schrie.

Hook wußte, was ihm jetzt geschah. Nun, der Idiot hätte sich eben nicht wie ein Mörder anschleichen sollen. Als freundlicher Nachbar, der sich eine Tasse Zucker leihen wollte, war er bestimmt nicht gekommen.

Der mittlere Mann sandte ein schneidendes Flüstern durch die Nacht.

»Was ist los, Dell?«

Dell konnte nicht antworten. Seine Schreie erstickten. Inzwischen würde er nur noch kniehoch sein und weiterschmelzen, sich zu einer schleimigen Pfütze auflösen und verschwinden.

Die Disgel-Ladung konnte den mittleren Mann nicht erreichen.

Hook bewegte sich vorsichtig vorwärts. Wenn er die Tonota abfeuerte, würde der Mörder auf der linken Seite, dessen Position er noch nicht festgestellt hatte, den Mündungsblitz sehen und schießen, und dann – exit Ryder Hook.

»Dell?«

Der mittlere Mann mußte zu dem Schluß gekommen sein, daß seine Rufe und der Lärm, den Dell verursacht hatte, die Leute in der Raupe aufgeweckt hatten. Hook rechnete damit, daß er jetzt gleich auf die Raupe schießen würde, nur um sich zu vergewissern. Hook empfand keine richtige Freundschaft für Brett Fenris, aber der Welpac war doch ein netter Kerl, und er hatte sich den kleinen Finger gebrochen. Hook seufzte. Derlei Komplikationen bei einer einfachen Schießerei liebte er gar nicht.

Noch einmal horchte er nach dem Mann in der Mitte hin. Absolute Genauigkeit war nicht notwendig, denn er hatte die Tonota auf breite Streuung gestellt und auf genug Energie, um auch damit noch die notwendige Wirkung zu erziehlen. Nun legte er die Waffe auf den Boden, die Mündung auf den sich nähernden Mann gerichtet. Er band den Schnürsenkel von seinem Stiefel an den Abzug und zog sich zurück. Als er glaubte, nun in sicherer Entfernung von der Waffe zu sein – der mittlere Mann hatte sich immer noch nicht entschlossen zu schießen –, riß Hook an dem Schnürsenkel.

Er sah nicht zu der Waffe hin, er sah nicht zu dem mittleren Mann hin, er sah nicht in die Richtung, in die sich der Schuß entlud. Er wandte die Augen dahin, wo er den linken Mann vermutete.

Der Schluß erhellte die Landschaft.

Sofort kam ein antwortender Schuß von links.

Der Lichtblitz blendete Hook beinahe. Er blinzelte, stellte sich im Geist den Mittelpunkt der Entladung vor und kroch weiter.

Er hielt sich nicht damit auf, die Tonota zu holen. Ihre Metallteile, die die Energie der eigenen Feuerstöße aushalten mußten, würden unbeschädigt sein – und der Kolben und die übrigen Zubehörteile verkohlte Reste.

Der Eindringling da hinten hatte eine Martian Mega abgefeuert. Das war eine sehr wirksame Handwaffe.

Hook hörte das Grollen durch die Luft zittern. Er hörte das müde Seufzen der nachstürzenden Luft. Er sah mit zusammengekniffenen Augen zu den Sternen empor. Er hatte den Eindruck, der ganze Berg sei in Bewegung geraten.

Nicht die Schüsse waren die Ursache. Jahrhundertelang hatten Wind und Regen und Sonne die Spitze des Berges erodiert. Sie hätte jeden Augenblick einstürzen können. Die Schüsse waren nur der auslösende Moment gewesen.

Die Bergspitze rutschte herab, brüllend und donnernd. Sie erzeugte eine fürchterliche Steinlawine. Die Massen stürzten durch die Dunkelheit ins Tal und spien eine Steinwolke aus, die die Sterne verlöschen ließ. Diese geballte Kraft, all diese Millionen Tonnen Gestein tosten abwärts. Sie zielten auf die Raupe, auf Brett Fenris in der Raupe, auf einen verhinderten Mörder außerhalb der Raupe – und auf Ryder Hook.

VII

Der Berg stürzte ein.

Felsen und Steine und Blöcke polterten an Ryder Hook vorbei. Er warf sich in einer niedrigen Bodensenke auf den Bauch. Staub senkte sich auf ihn herab, erstickte ihn. Das wahnsinnige Getöse zwang ihn, neunzig Prozent seines unglaublichen Hörvermögens auszublenden. Er überstand es. Die Erde bebte, Risse erschienen in dem staubigen Boden, Felsspitzen bohrten sich hindurch wie Fangzähne. Der Berg fiel weiter zusammen, strömte dahin wie ein wahnsinnig beschleunigter Gletscher aus Steinen, ergoß sich über die Badlands, verschlang alles, was ihm im Wege stand.

Nach einiger Zeit merkte Hook, daß die Lautstärke abnahm. Seine Ohren schmerzten, in seinem Kopf dröhnte es. Er klopfte sich Sand und Staub ab und stand mühsam auf. Die Senke hatte ihm genügend Schutz gewährt. Der Staub zog unter den Sternen dahin, hell und beinahe leuchtend, und flatterte wie Wäsche auf der Leine.

Die Raupe war zerbeult, umgeworfen und davongeschleudert worden. Das Licht einer schmalen Mondsichel drang in unheimlichen Streifen durch den in der Luft hängenden Staub. Hook blinzelte. Er kämpfte sich aus den Trümmermassen und blieb dann am Rande der Senke stehen. Geraume Zeit sah er sich nur um. Er war ziemlich überzeugt, daß der Mann links von ihm ebenfalls überlebt hatte. Bis er sich entweder vergewissert hatte, daß der Eindringling tot war, oder ihn sich vom Hals geschafft hatte, wollte und konnte er nicht zu der Raupe hinüberlaufen. Brett Fenris mußte warten.

Ein Schatten bewegte sich unter der Mondsichel. Hook behielt ihn im Auge. Eine dunkle Gestalt kroch vorsichtig durch den Staub auf die Raupe zu. Dann reckte der Schatten sich in die Höhe, nahm Form an. Der Mann untersuchte die Raupe. Jetzt wäre für Brett der richtige Moment gewesen, mit seiner Tonota loszuballern.

Hook begann, sich durch den Staub zu winden. Der Boden sah aus, als habe auf ihm eine Schlacht getobt. Felsblöcke, die vom Berg herabgestürzt waren, gaben ihm Dekkung. Er kam mit ziemlicher Geschwindigkeit voran. Er verursachte kein Geräusch. Jetzt schlich der Fremde noch vorsichtiger auf die andere Seite der umgekippten Raupe. Hook ging das Risiko nicht ein, sich aufzurichten, denn dann hätte er gesehen werden können. Aber er wurde schneller. Er kroch schneller dahin, als er es hätte tun können, wenn der Mann in Sicht gewesen wäre.

Nun tauchte die Gestalt um die Ecke der Raupe, die er von allen Seiten besichtigt hatte, wieder auf, und Hook ließ sich im Lee eines Felsblocks niedersinken. Von hier aus konnte er gut schießen. Es war gerade noch in Reichweite der Disgel-Waffe.

Ryder Hook hatte in solchen Dingen niemals Bedenken.

Der Mond spendete jetzt genug Licht, daß er sein Ziel nicht verfehlen konnte.

Ryder Hook hielt nichts davon, sein Ziel zu verfehlen, wenn er schoß.

Er sah den Mörder sterben. Hook sprang nicht auf, lief nicht hin. Er hatte schon einmal einen Mann gesehen, der sich, von einer Disgel-Ladung getroffen, auflöste, und sich doch noch mit einer Axt auf seinen Gegner stürzte und ihn erschlug. Hook wunderte sich nicht über so eine unglaubliche Lebenskraft; er ließ sie sich nur als Warnung und zur Vorsicht dienen.

Als der dritte Mann des Trios verschwunden war, ging Hook hin. Er sah die Martian Mega auf dem Sand liegen. Später würde er sie mit großer Sorgfalt reinigen und anstelle der verlorenen Tonota in den Gürtel stecken. Er hatte einen höchst vorteilhaften Tausch gemacht. Er stieß die Tür der Raupe auf und rief:

»Bist du in Ordnung, Brett?«

Eine heisere, staubverklebte Stimme krächzte: »Was meinst du mit ›in Ordnung‹, du Knallkopf? Ich habe mir so gut wie jeden Knochen im Leibe gebrochen, und mein Schwanz ist ganz zerrissen.«

Hook lächelte nicht. Er stieg in die auf der Seite liegende Kabine, tastete umher, fand Brett und überzeugte sich, daß seine fremde Anatomie noch aus einem Stück bestand. Er verpflasterte den zerrissenen Schwanz und gab dem Welpac einen Schuß. Dann setzte er sich hin und erklärte:

»Die drei, die das getan haben, müssen trotz allem glauben, daß du das Geheimnis besitzt, Brett. Ich glaube das nicht. Ich finde, es ist Zeit, daß wir hier abhauen.«

Fast den Rest der Nacht stritten sie sich. Als die Sonne, dieser F-Typ Jarhed, über den Badlands aufging, hatte Brett zugestimmt, noch diesen Morgen aufzubrechen.

»Sinnlos, noch mehr Zeit zu verschwenden. Dieser Bastard von einem Cailiang hat mich betrogen.«

»Vielleicht hat er es selbst nicht besser gewußt.«

»Ja, so muß es gewesen sein.« Brett sah zu, wie Hook das Frühstück bereitete. »Er hatte eine gute Geschichte. Konnte wegen seiner armen kranken Mutter nicht selbst gehen. Deshalb war er bereit, daß Geheimnis zu verkaufen. Wollte sich auf diese Weise ein bißchen Geld verdienen.« Brett fuhr in die Höhe. »Nicht soviel Salz in den verdammten Eierpudding, Hook! Jedenfalls«, fuhr er nervös fort, »hat er nur mit mir verhandelt und nicht mit diesen Verbrechern

Sharon und Rhus und Carshder – falls er – falls er nicht ...«

Hook wartete, bis der entsetzliche Gedanke sich in Bretts widerstrebendem Gehirn eingenistet hatte.

»Oh, nein!« stöhnte der Welpac. »Nein! Ich glaube es nicht!«

Hook reichte ihm seinen Eierpudding, der auf Lemphale eine Delikatesse zum Frühstück sein mußte.

»Von mir aus glaube es nicht, Brett. Ich bin der Ansicht, daß Fenton euch allen falsche Informationen verkauft hat. Natürlich hat er jedem einen anderen Fundort des Potenz-Gens genannt, damit ihr nicht alle an einer Stelle zusammentrefft. Jetzt ist er irgendwo im Sternenstrudel verschwunden, gibt euer Geld aus und hält sich den Bauch vor Lachen.«

»Er wird sich mehr halten als nur den Bauch, wenn ich ihn erwische.«

»Reg dich nicht auf. Betrachte es als Erfahrung.«

»Du bist ein kaltblütiger Teufel, was, Hook?«

»Wenn es notwendig ist.«

Nachdem Brett sein Frühstück verzehrt und Hook eine Portion aufbereiteten Speck mit Eiern hinuntergeschluckt hatte, sagte Brett:

»Und wie sollen wir von hier abhauen? Die Raupe ist hin, und das Funkgerät auch. Sollen wir zu Fuß gehen?«

»Du hast dir schließlich nicht das Bein, du hast dir nur den kleinen Finger gebrochen. Du kannst laufen.«

»Du wirst mich tragen müssen. Ich bin völlig erschöpft.«

Hook hatte nicht die Absicht, den Welpac zu tragen. Er hatte auch keine große Lust, allein zu Fuß loszumarschieren.

Der Geschirrspüler funktionierte nach allem, was die Raupe mitgemacht hatte, nicht mehr, und Hook stellte die Plastikteller vor Brett nieder.

»Du kannst das Geschirr spülen. Ich gehe weg; für wie lange, weiß ich nicht. Aber vor dem Dunkelwerden bin ich wieder da.«

»Du willst mich verlassen, Hook! Du Gonil! Du läufst davon!«

Die Tonofa fuhr aus Bretts Holster. Hook hatte mit dieser Reaktion halb und halb gerechnet. Sie war nur zu verständlich. Seine Handkante fuhr herab und schlug Brett die Waffe aus der Faust.

»Ich verlasse dich nicht, du iridiumplattierter Idiot! Ich bin zurück, bevor es dunkel wird. Und schieße nicht, bevor du nicht weißt, daß ich es nicht bin.«

»Ja-a ...« Brett sah zu ihm hoch, zornig, frustriert, voller Schmerz. »Und wenn ich weiß, daß du es bist, schieße ich vielleicht trotzdem.«

Darüber mußte Hook herzlich lachen.

»Wenn du Selbstmord begehen willst, Junge – bitte sehr!«

»Du hältst dich für so schlau ...«

»Nein«, erwiderte Ryder Hook ernst. Sein Gesicht hatte sich plötzlich verdüstert. »Ich bin nicht schlau genug. Aber ich versuche, vorsichtig zu sein.«

»Also, wohin, bei Pakveil, willst du gehen?«

Hook seufzte. Er hätte antworten können: »Wenn du nicht soviel Verstand hast, dir das an den Fingern abzuzählen, dann hast du kein Recht, dich für einen galaktischen Abenteurer auszugeben.« Statt dessen sagte er: »Das wirst du erfahren, wenn ich zurückkomme. Ist mein Gang vergeblich, wirst du wenigstens nicht enttäuscht.«

Brett hob seine Tonota auf und steckte sie weg. »Wenn ich kein Vertrauen zu dir hätte, Hook, dann hätte ich die Delling benutzt. Das hast du gewußt.«

»Ja.«

»Nun, um Pakveils willen – bring ihn mit!«

Hook sprang aus der Raupe. Also war der alte Brett doch auf die richtige Idee gekommen, und es gab noch Hoffnung für den Welpac in dieser feindseligen Galaxis.

Hooks berühmte alte schwarze Stiefel trugen ihn schnell durch den Staub. Er hielt auf die Vorberge zu. Da alle Instrumente der Raupe zerstört waren und er keine Zeit darauf verwenden wollte, einen Detektor zusammenzubasteln, hatte Hook sich entschlossen, sich auf seine Augen und seine Intuition zu verlassen. Also, wo würde er in diesen Hügeln landen?

Schließlich fand er den Flieger der Angreifer in einer Senke, beinahe in einer geraden Linie von da, wo das Lager war. Er erkundete den Ort vorsichtig. Wenn die drei Toten Cregson und seine Kameraden gewesen waren, würde das Mädchen noch im Flieger sein. Als er eine Stelle fand, von wo aus er das Flugzeug deutlich sehen konnte, erkannte Hook, daß sein Instinkt ihn nicht getrogen hatte. Das war ein anderes Modell.

Er verwandte einige Zeit auf die Beobachtung, und schließlich gelang er zu dem Schluß, daß der Flieger leer war. Trotzdem schlich er sich behutsam an.

Er war so gut wie überzeugt gewesen, daß sie mit einem Flieger gekommen waren. Eine Raupe wäre unter den Trümmern des eingestürzten Berges begraben worden. Auch dem Flieger war eine Ladung loser Steine und Felsen so nahe gekommen, daß eine seiner unnötigen, aber sportlich wirkenden Schwanzflossen verbogen worden war. Hook öffnete die Tür und rief:

»He! Ist jemand zu Hause? Ich brauche Hilfe!«

Aber seine Vorsicht war unnötig gewesen. Der Flieger war leer, und eine schnelle Inspektion zeigte, daß seine Insassen drei Männer gewesen waren, nach ihren Toilettenartikeln zu schließen wahrscheinlich Homo mal. Hook warf das Zeug hinaus, durchlüftete die Maschine, überprüfte die Motoren, startete und landete neben der Raupe.

Er stieg aus. Es schoß ihm durch den Kopf, ob der Welpac ihn jetzt mit einem Energieschuß einäschern werde.

Statt dessen rief Brett: »Großartig gemacht, Hook!«

»Denke nur daran, daß ich Duke Everest heiße, wenn wir Leute treffen.«

Sie sammelten ein, was noch zu retten war, und ließen alles übrige zurück.

So schnell wie möglich wollten sie aufsteigen und auf die nächste Kneipe zuhalten, wo sie einen Schluck zu trinken und ein paar Informationen erhalten konnten. Brett sagte:

»Wir werden nicht zum Raumhafen fliegen. Laß uns eine Weile hier draußen herumschnüffeln.«

Hook hatte gesagt, zwei Monate. Es war noch Zeit.

»In Ordnung, Brett.«

Es gab auf Shyle viele Gegenden, die sie in Erwägung ziehen konnten. Der Flieger, den Brett jetzt besaß – denn nach den Bedingungen ihres Vertrags gehörte der Flieger natürlich Brett – konnte sie in kurzer Zeit rings um den Planeten bringen. In den nächsten Tagen streiften sie auf gut Glück umher. Die atombetriebenen Motoren hatten Energie für die nächsten fünfzig (terrestrischen) Jahre, und mit den Lebensmittelvorräten, die sie selbst noch gehabt und in dem Fieger gefunden hatten, kamen sie ganz gut zurecht. Sie hörten Gerüchte und diesen Gerüchten widersprechende Gerüchte. Viele Male trafen sie Gruppen von enttäuschten Prospektoren, und nur einmal mußten sie sich ihrer Haut wehren. Immer mehr Prospektoren gelangten zu der Einsicht, daß niemand das Geheimnis besaß. Hook und Brett sahen aufgegebene Lager und verrostende Maschinen. Es gab Leute, die darauf schworen, das Geheimnis des Potenz-Gens sei in einer bestimmten Pflanze zu finden. Hunderte von Pflanzen wurden in die Grenzstädte gebracht, wo man sie untersuchte und wegwarf. Andere Leute behaupteten steif und fest, das Potenz-Gen werde aus Tieren gewonnen, und so wurden viele Tiere geschlachtet, doch ebenfalls ohne Ergebnis.

Die Angespanntheit all dieser Männer zeigte sich auf seltsame Weise. Hook hatte das Gefühl, er brauchte nicht mehr so außerordentlich wachsam zu sein. Denn ein enttäuschter Potenz-Gen-Sucher erkannte einen anderen; ein Mann, dessen teuer erkauftes Geheimnis sich als Betrug herausgestellt hatte, erkannte einen anderen Mann in der gleichen Situation. Es gab Neuankömmlinge, wie es Brett und Hook gewesen waren, die Ärger verursachen konnten. Aber bald wurden auch sie von der Aura verwirrter Verzweiflung ergriffen, die über Shyle hing. Diejenigen, die dem nicht gewachsen waren, endeten in den hoffnungslosen Hütten an der Straße zum Raumhafen.

»Diese Shylao haben vielleicht Nerven«, meinte Carl in einer der Kneipen, die Treffpunkt der Prospektoren in den Grenzstädten waren. Diese hier hieß Wearyville. »Es ist ihnen ganz gleichgültig, welchen Eindruck diese armen Teufel auf die Neuankömmlinge machen. Man sollte glauben, sie würden sie von der Straße zum Raumhafen vertreiben, damit sie neue Prospektoren nicht abschrecken.«

»Nein«, widersprach Tendris und wischte sich Bierschaum aus dem Schnurrbart, »Sie verlassen sich auf die Polizei. Die Shylao halten einfach ihre Klauen auf dem Potenz-Gen und dem Geld.«

»Ja, das ist richtig.«

»Am liebsten würde ich ...«

»Verdammte Shylao!«

Hook und Brett saßen an der Bar und hörten zu. Der sonst immer so vorwitzige Brett hatte sich unbewußt einiges von Hooks ruhiger Philosophie angeeignet und gab jetzt ebenfalls acht, nicht in Schwierigkeiten zu geraten. Hook seinerseits hatte Fragen gestellt und sich umgehört, aber nicht nach dem Potenz-Gen, sondern nach seinen beiden Kameraden Shaeel und Karg. Entdeckt hatte er nichts, und so hatte er die Absicht, sofort nach Ablauf der beiden Monate, die er sich zugestanden hatte, zu dem Raumhafen zurückzukehren, wo sie gelandet waren.

Wie die meisten Leute in Wearyville hatten Hook und Brett genug Geld zusammengekratzt, indem sie ihre Ausrüstung an die verkauften, die sich hier niederließen. Dazu hatte Hook die Karten auf eine Weise manipuliert, von der Shaeel eine Gänsehaut bekommen hätte, und sich damit ein bißchen Metallgeld verdient.

Dieser Ort war offen für jedermann. Es ging dort rauh, böse und gewalttätig zu, und es war nur einer von Tausenden. Gerüchte verbreiteten sich wie Präriefeuer. Neuankömmlinge wurden gierig ausgefragt, und sobald feststand – was immer sehr bald der Fall war –, daß sie bei ihrer Suche ebenso wenig Erfolg gehabt hatten wie alle anderen, flaute das Interesse an ihnen ab, und sie konnten mit der anonymen Masse verschmelzen.

Für Ryder Hook war es vielleicht die merkwürdigste Erfahrung, daß er als Einzelgänger, als ein Mann ohne Kreditkarte und ohne Verbindung zu einer Wirtschaftsorganisation, hier nicht auffiel. Im Gegenteil, die Leute mit Kreditkarten fielen auf. Brett achtete darauf, daß sein Ärmel immer heruntergerollt war.

Wissenschaft und alle Wunder der Technik breiteten sich über diesen Planeten Shyle aus. Die Shylao verkauften das Potenz-Gen, und man zahlte ihnen ein Vermögen dafür. Der Stoff war in Tablettenform oder als Injektion erhältlich, und er wirkte. Daß er wirkte, wurde unwiderleglich durch die Ansammlung von Leuten bewiesen, die auf einer hektischen Suche nach dem Schatz waren.

»Aber warum lassen uns die Shylao überhaupt herein?« wandte sich Carl an Tendris. »Warum gehen sie das Risiko ein, daß wir das Potenz-Gen finden?«

»Das ist einfach«, meldete sich ein Mal zu Wort, der halb verhungert aussah. »Wenn sie versuchten, uns fernzuhalten, würden die Wirtschaftsorganisationen angerückt kommen, einfach weil das nur einmal ihr Stil ist. Jeder Planet, der versucht Leute an der Einreise zu hindern, wird von ihnen überrollt, das wißt ihr. Aber wenn die Shylao gar keine Notiz von uns nehmen – wenn sie jeden landen lassen, der will – nun, dann denken sich die Wirtschaftsorganisationen, es sei nichts dran an den Gerüchten.«

»Sie werden trotzdem bald hier sein. Das müssen die Shylao wissen. Es ist nur eine Frage der Zeit.«

»Die Galaxis ist groß. Es kann sich lange hinziehen.«

»Aber passieren wird es. Und meiner Meinung nach ...« hier schoß Carl wilde Blicke um sich »... meiner Meinung nach wird es bald passieren!«

Eine Schar Mädchen, die genug verdienten, um davon leben zu können, tanzte nun herein, und die Männer wandten mit Rufen, Pfeifen und Händeklatschen ihre Aufmerksamkeit ihnen zu. Die Mädchen tanzten recht gut, aber Hook hatte kein Interesse an ihnen. Er ließ seine Blicke durch die verräucherte Kneipe mit ihren intensiven Gerüchen nach Bier und Wein und sämtlichen Lastern der Galaxis bis zu einer Ecknische wandern. Hier saß ein Dynamann – oder vielmehr, er ruhte auf dem unteren Teil seines Metallgehäuses. Er konnte sein Schnapsglas mit seinen Tentakelarmen heben, und er konnte es mit offensichtlichem Genuß leeren. Er war ein Krif-Mann gewesen, bevor ihm die aus eigenem Entschluß vollzogenen Amputationen die Chance gaben, die so gut wie unzerstörbare Schale eines Dynamanns zu bewohnen. Gerade lachte und scherzte er mit zwei Mal-Mädchen, und sie animierten ihn, weitere Getränke zu bestellen.

Brett sagte: »Was ist eigentlich so schrecklich interessant an diesem Dynamann, Duke?«

»Er markiert den harmlosen Zecher nur, Brett. Als Carl und Tendris sich stritten, war er ganz Ohr, und ich könnte schwören, er weiß etwas über die Shylao, das ...«

»Das wir auch wissen sollten!« Brett war inzwischen zu der Überzeugung gelangt, daß eine Behauptung, die Ryder Hook – alias Duke Everest – aufstellte, eine Tatsache war.

Bretts kurzer Schwanz richtete sich entschlossen auf. Er straffte die breiten Schultern und setzte sich in Richtung der Nische und des Dynamanns in Bewegung. Hook faßte ihn beim Arm und zog ihn zurück.

»Zum Teufel, was hast du, Hoo – Duke?«

»Schlag es dir aus dem Kopf, Brett! Sei vorsichtig mit dem Dynamann. In diesem Kokon, der aus einem Energiefeld besteht, hat er alle möglichen Waffen. Willst du, daß er dir deine Eingeweide zum Rücken hinausschießt?«

»Wenn du es so darstellst ...«

»Bestelle eine Flasche von dem Rachenputzer, den er trinkt.

»Das ist ein einheimischer Vier-Komet! Er kostet ...«

»Bestell ihn!«

Brett drückte die Knöpfe, und der Bar-Automat fuhr eine runde Schale aus, in der eine neue, frische, geeiste Flasche von dem Vier-Komet stand. Der Rohstoff aus dem Behälter im Keller war mit Zusätzen vermischt und einer bestimmten Behandlung unterzogen worden, und dann hatte er ganze drei Minuten reifen dürfen. Es war guter Stoff. Hook schob Brett nach vorn, und mit der Flasche und dem liebenswürdigsten Grinsen auf ihren häßlichen Gesichtern wanderten sie zu dem Dynamann hinüber.

Hook sprach ihn auf äußerst diplomatische Weise an.

»He, Dynamann!« Er schwankte ein wenig mit künstlerischer Perfektion. »Der alte Rocco hat mir erzählt, du kennst die richtige Stelle! Er sagte, du hast den richtigen Draht. Will dir was abkaufen – Interesse zu dem Geschäft?«

Er setzte sich, behielt das dämliche Lächeln auf seinen dünnen Lippen und kniff eins der Mädchen in den nackten Oberschenkel. Sie witterte einen Kunden und bedachte ihn mit einem gezierten Kichern. Hook knallte die Flasche mit dem Vier-Komet auf den Tisch. »Trinkt, Freunde! Es ist jede Menge Nachschub da.«

Mit beunruhigender Geschicklichkeit griffen die schweren Arbeitshände des Dynamanns nach der Flasche. Mit der einen hielt er sie, mit der anderen drehte er den Verschluß ab. Seine Tentakel rückten sein Glas zurecht, so daß er gleichzeitig in zwei Gläser eingießen konnte. Mit der gleichen fließenden Bewegung füllte er zwei weitere Gläser. Seine Augen, die einmal die Augen eines Krif-Mannes gewesen waren, betrachteten Hook mit einem kaum wahrnehmbaren Glitzern.

»Auf deine Gesundheit, Sap.«

Das nahm Hook nicht übel. Sap. Homo sapiens. Nun, wenn man ein Homo mal oder ein Krif-Mann war oder sonst einer Rasse der Galaxis angehörte, wie sollte man einen Homo sapiens nennen?

»Trink aus, Sap!«

»Oh, Selkas!« kicherte eins der Mädchen.

»Hör mal, Dynamann«, flammte Brett plötzlich mit rotem Kopf auf, »du weißt genau, daß es sehr unhöflich ist, einen Homo sapiens so anzureden!« Doch als der Dynamann ihn mit einem bösen Blick bedachte, schluckte er, versuchte, einen Scherz daraus zu machen, und fuhr lachend fort: »Nicht einmal ich würde den Affen so nennen!«

Hook hatte sich überzeugt, daß der Kokon des Dynamanns von erster Qualität war. Ganz betimmt widerstand er einem beträchtlichen Ausstoß an Energie, und ein Schuß aus beispielsweise einer Tonota Vierzig würde ihm gar nichts ausmachen. Mit einer Martian Mega allerdings würde man ihn in fünf oder sechs Minuten zerstören können. Doch in der Zeit würde Hook, der ungepanzert war, längst von einer der im Kokon angebrachten Waffen niedergemacht worden sein.

»Alles in Ordnung!« lallte Hook. »Trinken wir!«

Den ganzen Abend spielte Hook den geselligen, reichlich dummen Trunkenbold, der nicht nur glaubte, ein Dynamann auf Shyle wisse, wo das Potenz-Gen zu holen sei, sondern zudem, daß er ihm das Geheimnis verkaufen werde. Man trank und unterhielt sich, und Hook kam immer wieder auf das Geheimnis zurück. »Das blöde Potenz-Gen muß doch hier irgendwo in der Nähe sein. Gar nicht anders möglich!« Und als es so spät geworden war, daß der Mond hoch am Himmel stand – Shyle besaß einen sichtbaren und vier von der Oberfläche aus unsichtbaren Monde –, hatte Hook den Eindruck, er habe sich recht gut in das Vertauen des Dynamanns Selkas eingeschlichen.

Der hochprozentige Schnaps, den sie Selkas einflößten, half dabei. Er mochte einen Energieschirm und ein metallenes Gehäuse um sich haben, er mochte zwei geschmeidige Tentakel und zwei schwere Arbeitshände besitzen, er mochte sich auf einem künstlichen Schwerkraftfeld fortbewegen – doch er hatte immer noch den Metabolismus eines Menschen und einen menschlichen Krif-Mann-Magen. Hook brachte ihn so weit, daß er fast schon hinüber war. Und dieser verdammte Welpac-Idiot Brett schwamm ebenfalls in bedudelter Glückseligkeit. Die beiden Mädchen hatten die Arme auf den Tisch und den Kopf auf die Arme gelegt und waren der Welt entrückt.

»Weißt du was, Duke«, kicherte Brett. »Ich glaube nicht, daß unser Freund Selkas hier mehr weiß als wir. Er weiß überhaupt gar …«

»Du blöder Welpac«, sagte Selkas und rülpste – ein interessantes Phänomen innerhalb des Kokons. »Carshder ist am Ball. Das kannst du mir ungesehen glauben.«

Brett streifte Hook mit einem Blick und öffnete den Mund, und Hook sagte: »Du willst mich auf den Arm nehmen, Selkas. Na, du hast ja auch vier.«

Selkas wurde fuchtig. Er konnte jede Minute das Bewußtsein verlieren, und wieder öffnete Brett den Mund. Diesmal trat Hook unter dem Tisch nach ihm. Eins der Mädchen schrie auf, erwachte aber nicht, und Brett schloß den Mund wieder. Den Tritt hatte er zwar nicht bekommen, aber er hatte kapiert. Und Selkas in seiner Betrunkenheit ärgerte sich maßlos darüber, daß sie ihm nicht glauben wollten.

»Es gibt gar kein Geheimnis, ihr Idioten. Carshder ist auf den richtigen Gedanken gekommen. Er hat die Shylao ausfindig gemacht – er kann jetzt jeden Augenblick zurückkommen – und dann – und dann ...«

Innerhalb des Energieschirms konnte der Kopf des Dynamanns nicht weit fallen. Aber er sackte herab, so weit es eben ging.

Hook stand auf. Er schwankte weiter, falls interessierte Augen ihn beobachteten. Gerade wollte er Brett beschimpfen, er habe zuviel getrunken, als plötzlich in der Kneipe eine unnatürliche Stille eintrat. Sie verkündete Grauen.

VIII

Carshder kam um Mitternacht in die Kneipe, immer noch groß, immer noch ein Krif-Mann, aber unglaublich dünn, schmutzbefleckt, von tausend Schnitten wie von Rasiermessern zerfetzt und mit zwei schwarzen Hufabdrücken anstelle der Augen.

Wie er dastand, unheimlich schwankend, den Mund vor innerem Grauen fest zusammengepreßt, jagte jedem im Raum Kälteschauer über den Rücken.

Ein Gestank hing um ihn wie nach verwesten Leichen, nach einer Million schleimiger Abwasserröhren, nach fauligen Vampirbissen, der Übelkeit erregende süße Geruch von Operationstischen im Schlamm und Blut der Schützengräben, die nicht zu verwechselnde Ausdünstung von vereitertem Fleisch.

Schweigen lag über der Kneipe wie eine zerrissene Decke der Nacht über einem geschändeten Grab.

Keine Frau schrie, kein Mann hob sein Glas. Das gräßliche Ding, das dieser geschundene Krif-Mann war, hielt sie alle im Bann.

Carshder fiel in Stücke, während er die nächsten Schritte tat. Seine Arme und Beine bewegten sich steif wie Kolben. Er ging, als seien seine Gelenke mit Drähten befestigt. Langsam taumelte er auf den Ecktisch in der Nische zu, wo der besinnungslos betrunkene Dynamann Selkas mit hängendem Kopf saß.

Hook stand auf.

»He, Carshder!« brüllte er, so daß Gläser klangen, Frauen vor Schreck quietschten und Männer zusammenfuhren. »He! Komm hierher, trink einen Schluck! Du siehst ja richtig mitgenommen aus.«

»Die Sylao!« lief ein Flüstern durch den Raum.

Das Wrack, das Carshder gewesen war, schwankte weiter. Seine Haut schälte sich von diesen Tausenden winziger Schnitte ab. Über sein Gesicht liefen haarfeine Blutfäden. Er ließ eine Fährte von blutigen Fußabdrücken zurück. Sein Körper fiel langsam in Stücke. Hook wollte sich gar nicht erst vorstellen, wie lange er in diesem Zustand gelaufen war.

Aber Hook konnte sich vorstellen, was dem armen Teufel zugestoßen war. Die Shylao – wenn das ihre Arbeit war – hatten ihm etwas angetan, das der Wirkung eines Disgel-Schusses gleichkam, so daß sein Körper sich auflöste. Nur brauchte er lange Zeit, bis er geschmolzen war. Diese Folter mußte Carshder um den Verstand gebracht haben.

Hook rief von neuem: »Carshder, du alter Raumhund! Komm, Freund. Setz dich, trink einen Schluck.«

Jetzt schrie eine Frau, und ein Mann packte sie beim Arm und zog sie hinaus. Gläser zersplitterten auf dem Fußboden. Männer und Frauen vieler verschiedener Rassen rannten in panischer Hast zur Tür. Brett stellte sich hinter Hook.

»Laß nicht zu, daß er mich berührt!«

»Ich möchte nicht darauf wetten, daß er diese Nische noch erreicht.«

»Du bist ein kaltblütiger Teufel, Hook!«

»Das hast du schon einmal gesagt. Und wenn du vergißt, daß ich Duke Everest bin, schlage ich dir die Zähne ein.«

Hook hielt nichts von Drohungen. Wenn er etwas tun mußte, tat er es. Aber in diesem Fall meinte er, eine kleine Ermahnung zur rechten Zeit könne die Ausführung unnötig machen.

»Ich vergesse es nicht mehr, Duke, bestimmt nicht.«

Carshders Sehnen ließen ihn im Stich, so daß seine Arme und Beine baumelten. Er konnte nicht weitergehen. Aufrechtgehalten wurde er nur noch von Kniescheiben und Beckengürtel. Dann gaben auch sie nach. Carshder fiel zu Boden. Er fiel mit dem Gesicht nach unten, lang ausgestreckt wie ein Baum. Hook stand da und sah auf ihn herab.

Es gab eine Menge, was er hätte sagen können. Aber alles wäre überflüssig, wäre graue Theorie gewesen. Die Realität war hier und jetzt. Menschen lebten, und Menschen starben. Das war alles.

Brett erholte sich nun, wo die unmittelbare Bedrohung vorbei war.

»Wir sollten lieber von hier verschwinden, Hoo – Duke.«

»Wir können Selkas nicht zurücklassen. Er könnte uns nützlich sein.«

»Und die Mädchen?«

Hook konnte ein richtiger Bastard sein, aber im Augenblick war die offensichtliche Lösung vermutlich nicht die richtige.

»Bringe sie hinaus. Ich kümmere mich um Freund Selkas.«

Brett begann, die beiden Mädchen wegzuzerren. Um den Leichnam machte er einen weiten Bogen. Das Skelett schimmerte durch, denn Haut und Fleisch zerfielen. Hook zog die Martian Mega, schraubte die Platte mit den Einstellungen ab und schloß zwei Verteilerdrähte an, die er seinen Stiefeln entnahm. Er führte die Drähte an den Kokon des Dynamanns. Er mußte die Stelle sorgfältig aussuchen, genau da, wo ein unter der Haut genietetes Gebiet ihm Zugang gewährte, denn der metallene Kokon war natürlich nichtleitend. Hook glaubte, die richtige Stelle getroffen zu haben. Er gab ein klein wenig Saft. Nichts geschah. Er erhöhte die Stromstärke und bewegte die Drahtenden langsam um das kritische Stück. Da! Selkas Augenlider zuckten. Hook legte ein paar Ampère zu. Jetzt hätte er aufbereiteten Speck braten können. Der Kopf des Dynamanns fuhr in die Höhe, er riß Augen und Mud auf. »Was ist los, zum Teufel? Au! Das tut weh!«

»Setz dein Antigravfeld in Bewegung, Selkas.«

»Was ...?«

»Sieh dahin! Das ist von deinem Freund Carshder übriggeblieben.«

Selkas sah hin. Der Anblick schien überhaupt keine Wirkung auf ihn zu haben. Aber schließlich sah er nicht mehr als zerlumpte Kleider, einen Schädel, der einfiel wie die Schale eines gekochten Frühstückseis, und einen verdrehten Oberschenkelknochen, der aus einem zusammengebrochenen Becken hervorstach.

»Gehen wir, Selkas. Wenn die Shylao es waren, die Carshder das angetan haben, suchen sie vielleicht nach dem, der ihn geschickt hat.«

»Das werden sie nicht tun, Duke«, sagte der Dynamann. Aber er stopfte sich eine Ernüchterungspille in den Mund, schluckte und war bereit zum Aufbruch. »Sie wahren ihre Geheimnisse. Außerhalb ihrer Gebiete mischen sie sich jedoch in nichts ein.«

»Das mußt du mir genauer erzählen. Es könnte mich interessieren.«

Selkas, der Dynamann, summte einen Meter über dem Fußboden quer durch die Kneipe zur Tür. Er schwebte genau über Carshders Überreste weg, und er hielt nicht an und sah nicht nach unten. Statt dessen meinte er: »Im Ernst, Duke? Wenn das so ist, könnte ich dir von Nutzen sein.«

»Und du erwartest, daß ich dir von Nutzen bin – und dabei könnte ich ebenso wie Carshder enden?«

»Ich halte dich für einen Mann, der sich zu helfen weiß.«

Sie waren draußen unter dem Mond, und die Gedanken an den Krif-Mann Carshder standen zwischen ihnen.

»Wenn ich ein Risiko eingehe, liebe ich es, die Chancen auf meiner Seite zu haben. Und am liebsten gehe ich überhaupt kein Risiko ein.«

»Es ist kein Risiko, Duke. Carshder hat die Sache vermasselt.«

Brett und die Mädchen standen auf der anderen Straßenseite, stumm und trübselig.

»Für diese Mädchen«, sagte Hook, »bist du verantwortlich. Brett und ich schlafen in unserem Flieger.«

»Kommt mit in meine Zimmer. Ihr könnt die Mädchen mitbringen. Wir müssen miteinander reden.«

Brett rief von drüben: »Ich nicht, Duke! Ich nicht!«

»Dann bring wenigstens die Mädchen her, verdammt!«

Eine leichte Brise fegte die Straßen hinab. Die meisten Lichter waren verlöscht. Läden lagen vor den Fenstern. Es sah aus wie in einer Geisterstadt. Die Nachricht hatte sich verbreitet. Ein Mann, der versucht hatte, den Shylao in ihre geheimen Wohngebiete zu folgen und das Geheimnis des Potenz-Gens zu stehlen, war zurückgekehrt.

Als sie es sich in Selkas Suite im besten Hotel der Stadt bequem gemacht hatten, erklärte der Dynamann: »Wir können von folgender Vorraussetzung ausgehen. Carshder muß sie gefunden haben.«

»Sie haben ihn gefunden«, bemerkte Brett. Er kicherte und hörte auf zu kichern und sah zu den Mädchen hin, die halb nackt auf dem Bett lagen. Selkas ignorierte den Welpac und fuhr mit seiner schweren Stimme fort:

»Die Startlinie liegt da, wo sich die Shylao mit ihren Vertretern treffen. Der Platz, wo die Ware übergeben wird, wechselt ständig. Bestechungen können nichts ausrichten.«

»Du hast also einen ihrer Sicherheitsleute bestochen, damit er ...«

»Es war der Pilot einer Versorgungsfähre.«

»War?«

»Den Shylao scheint es so oder so egal zu sein, aber mir war es nicht egal.«

Hook betrachtete den Dynamann nachdenklich. Selkas trug um den linken Tentakel, wo normalerweise eine Kreditkarte implantiert sein würde, ein schimmerndes Band aus Syntho-Seide. Er hatte Informationen gekauft und den Mund seines Informanten geschlossen. Er hatte Carshder ausgesandt – oder Carshder hatte als Partner mit ihm zusammengearbeitet, aber darauf kam es kaum mehr an –, und der Krif-Mann hatte ein entsetzliches Ende gefunden. Es mochte den Shylao egal sein, wenn einer ihrer Angestellten sie hinterging, aber sie hatten grauenvolle Methoden, ihre Geheimnisse zu bewahren. Wahrscheinlich, entschied Hook, arbeitete dieser Dynamann Selkas für seine Wirtschaftsorganisation, die auf Shyle Fuß fassen wollte.

Multisystem-Konglomerate greifen erst ein, wenn sie sich ihrer Sache sicher sind. Aber unabwendbar rückte der Tag näher, an dem nichts mehr sie fernhalten konnte. Hook war von den Wirtschaftsorganisationen nur am Rande betroffen. Es gab andere Personen im Sternenstrudel, andere, die er gut kannte, und sie würden den Braten hier riechen und angesaust kommen. Dann ging der Ärger erst richtig los.

Selkas war von der Pille, die er geschluckt hatte, vollkommen nüchtern geworden.

Er legte Hook seinen Vorschlag dar.

Es kam auf ein sehr einfaches Vorgehen hinaus, und das sagte Ryder Hook zu. Er zog die einfache immer der komplizierten Methode vor. Aber trotzdem war es der helle Wahnsinn, und das Ende konnte der gleiche entsetzliche Tod sein, den Carshder gefunden hatte. Selkas wollte sich die Information besorgen, wo der Treffpunkt war. Hook sollte ins Innere eindringen.

»Du kannst es schaffen, Duke«, redete Selkas ihm zu. »Auch wenn wir uns erst kurze Zeit kennen, habe ich mir doch meine Meinung über dich gebildet.«

»Ja«, meldete sich Brett. Er hielt eins der Mädchen im Arm. Sie war zu sich gekommen, hatte eine Ernüchterungspille genommen und versuchte nun, einen neuen Kunden an ihrer Ware zu interessieren. »Ja. Er ist gut, dieser Duke Everest. Aber die Shylao haben alle Trümpfe in der Hand.«

Hook wußte, Selkas erwartete, er werde jetzt anfangen, nach der Bezahlung zu fragen. Hook hatte nichts dagegen, über Geld zu sprechen. Es war und blieb ein faszinierendes Thema und verlor nie an Beliebtheit. Natürlich hatte er keinesfalls die Absicht, hinzugehen und seinen Kopf in die gleiche Schlinge zu stecken, in der sich Carshder gefangen hatte. Selkas hatte keine Möglichkeit, ihn zu zwingen.

Um seine Gedanken zu verbergen und Zeit zu gewinnen, sagte Hook: »Ich brauche etwas zu trinken. Hast du einen anständigen Stoff hier, Selkas?«

Selkas wählte, und ein Service-Roboter rollte herein. Dies war das beste Hotel in der Stadt – Hook war sich nicht sicher, wie man es außerhalb von Wearyvill nennen würde –, und er bediente sich. Dann, als er dem Dynamann gerade seine Meinung auseinandersetzen wollte, hörte er, daß innerhalb des Kokons ein Rufzeichen ertönte. Selkas grunzte eine kurze Entschuldigung und begann mit einer langen, vermutlich privaten Unterhaltung über seine Privatverbindung. Hook konnte verstehen, was er sagte, aber von der Stimme des fernen Anrufers war nichts zu hören.

»... nur ein kurzfristiger Rückschlag, Kontrolleur. Ich leite gerade eine neue Operation ein. Ein Sap – ja – Duke Everest. Vielleicht überprüfen Sie ihn. Man kann nie wissen. Ja, Kontrolleur, ich weiß, wie dringend es ist ...« Eine Pause. Dann: »Gibt es irgendwelche anderen Wirtschaftsorganisationen, mit denen ich zu rechnen habe?« Pause. »Ich verstehe. Nun, dieser Sap Everest wird es schaffen.

Davon bin ich überzeugt. Ja, ja, Kontrolleur, ich habe verstanden. Ja, ich weiß, daß wir nicht vorschnell zuschlagen wollen, aber ... ich verstehe ...« Pause. »Wenn Everest versagt, und wir können ja nicht sicher sein, daß er Erfolg haben wird, müssen wir ein komplettes Forschungsteam herbringen.«

Hook merkte, daß dem Dynamann unbehaglich zumute war.

»Ganz meiner Meinung, Kontrolleur, das wird die anderen Organisationen alarmieren. Aber bisher haben unsere Leute versagt. Ach ja, noch etwas, Kontrolleur. Benachrichtigen Sie Taynor Carshders Familie über seinen Tod. Ja, ein Jammer, ein großer Verlust für die Organisation, ein guter Mann. Ja. Nun, wenn Everest es nicht fertigbringt, dann müssen wir es eben mit einem ganzen Team für Planetenerkundung versuchen. Wir müssen einfach schneller sein als die anderen Wirtschaftsorganisationen.«

Nun entstand eine lange Pause, und Hook las im Gesicht des ehemaligen Krif-Mannes alle Zeichen, daß er sich zähneknirschend entschuldigte, daß er etwas übelnahm und sich das nicht anmerken lassen wollte, und daß er sich langsam um seine eigene Person Sorgen zu machen begann. Schließlich: »Ich werde dem Sap Everest drei Tage Krif-Zeit geben. Danach kommt das Team dran. Wenn wir gegen Interstell-Imp zu kämpfen haben, wird es nicht das erste Mal sein.«

Selkas unterbrach die Verbindung. Hook dachte bei sich, der Dynamann müsse in seiner Wirtschaftsorganisation einen ziemlich hohen Rang bekleiden, daß er gegenüber einem Kontrolleur einen solchen Ton anschlagen konnte. Wahrscheinlich besaßen sie den gleichen Grad an Autorität. Multisystem-Konglomerate gingen gern auf diese Weise vor, daß sie zwei gleicherweise tüchtige und skrupellose Männer wegen einer Beförderung, die beide verdienten und die nur einer erhalten würde, gegeneinander kämpfen ließen. Hook nahm ab und zu einen Schluck und sah Brett zu, der dabei war, dem Mädchen die Kleider auszuziehen. Sie war hübsch, wenn auch ein bißchen mager.

Brett lachte vor sich hin: »Jetzt könnte ich gleich ein bißchen Potenz-Gen gebrauchen.«

»Geh nach nebenan, Brett!« befahl der Dynamann.

Der Welpac kicherte von neuem und befingerte das Mädchen, das schrill lachte. »Klar, Selkas, du summendes Stück Elektrizität! Bringst du es eigentlich nicht mehr fertig?«

Hook wußte, daß Dynamänner ein ungeschmälertes Sexualleben führen konnten. Wahrscheinlich brachte Selkas mehr fertig, als Brett sich träumen lassen würde. Wenigstens kam Brett ziemlich schnell wieder ins Zimmer zurück, das Gesicht gerötet, mit hängendem Schwanz. Er hielt Ausschau nach einem Drink und einem Streifen Stim-Gummi. Das Mädchen folgte ihm. Mit gelangweiltem Gesicht zupfte sie sich das Haar zurecht.

Selkas, der Dynamann, lachte roh.

»Und ob du das Potenz-Gen brauchst, Brett! Ist das das Beste, was du kannst? Ha!«

Brett sagte nichts, sondern widmete sich seinem Glas und seinem Stim-Gummi.

Hier, dachte Hook, war ein Beispiel, welch eine entsetzliche Macht der Besitz des Potenz-Gens verleihen konnte. Das Potenz-Gen, ob nun in Tablettenform oder als Injektion, erhöhte das Vergnügen am Akt und verlängerte ihn gleichzeitig. Es waren phantastische Rekorde aufgestellt worden. Männer und Frauen würden sehr viel tun, um sich in den Besitz des Potenz-Gens zu bringen. Wenn es einer einzelnen Wirtschaftsorganisation gelang, den Verkauf zu kontrollieren, würden sie unermeßlich mehr Macht haben als zuvor. Und – wenn die Projektmänner die absolute Kontrolle errangen? Dann, sagte Hook zu sich selbst mit einer Entschlossenheit, die ihm nicht die geringste Freude bereitete, dann mußte er etwas Definitives unternehmen, statt während der Zeit, in der er auf Shaeel und Karg wartete, einem Dynamann müßig Köder vor der Nase baumeln zu lassen.

»Wie heißt deine Wirtschaftsorganisation, Selkas?«

Der Blick des Dynamanns huschte zu dem Tentakel-

Handgelenk. Die schimmernde Seidenschärpe saß immer noch fest.

»Ja«, mischte Brett sich ein. »Du riechst doch geradezu nach einem Organisationsmann. Du bist kein Einzelgänger.«

»Da ihr für mich arbeitet, kann ich es euch ja ruhig sagen. ZZI.«

»ZZI«, wiederholte Brett. »Eine große Organisation.«

Hook wußte, daß ZZI auf der Krif-Kultur basierte. Alle Multisystem-Konglomerate setzten sich über vielen verschiedenen Rassen zusammen und hatten sich über viele verschiedene Sonnensysteme ausgebreitet. Darauf beruhte ihre Stärke. Für jede Einzelperson mußte an erster Stelle die Treue zur Organisation kommen. Erst danach durften Rasse, Religion, Hautfarbe und sonstige Gefühle der Zugehörigkeit berücksichtigt werden. Die Organisation stand über allem.

Aber natürlich hatten diese gewaltigen Zusammenschlüsse wirtschaftlicher Macht auch einmal klein angefangen. Das Interstellare Raketen-Konsortium hatte auf der Erde begonnen. ZZI war ursprünglich eine Krif-Mann-Vereinigung gewesen. Die Mals hatten Nuke-Chem gegründet.

»Ihr wißt, daß ZZI sehr mächtig ist!« Selkas wußte offenbar nicht recht, wie weit er gehen durfte. »Ihr Leute ohne Kreditkarten mögt euch hier auf Shyle zu Hause fühlen. Aber das wird nicht mehr lange dauern.«

»Wollte der Dynamann sie warnen, ihnen vielleicht sogar helfen?«

Brett fuhr auf: »Wer sagt, ich hätte keine Kreditkarte?«

»Und die Universität hat er auch besucht«, bemerkte Hook.

»Wenn ich eine bestimmte Wortwahl treffe, mein lieber Duke, sind vermeintliche Fehler auf Absicht zurückzuführen und eine Antwort auf eine Provokation von Knallköpfen wie dir.«

»Du könntest Brett bei ZZI aufnehmen«, sagte Hook. »Er würde gern wechseln.«

»Ihr besorgt mir das Geheimnis des Potenz-Gens, und die Sache ist geritzt.«

»Hast du gehört, Brett? Du erwischt den Mann, der Carshder getötet hat, und Selkas öffnet dir die goldenen Tore von ZZI.«

»Du bist ein widerwärtiger Bastard, Hoo – Duke!«

»Denke daran, was ich dir versprochen habe!«

Selkas paßte es nicht, welchen Verlauf die Unterhaltung nahm. Er schoß Hook einen Blick zu, den dieser schlechte Mensch sofort als Zeichen der Unsicherheit deutete. Sollte der Idiot in seinem Kokon doch schwitzen!

»Ich verlasse mich darauf, Duke, daß du in Aktion trittst, sobald ich den Treffpunkt gefunden habe.«

Es wäre nicht klug gewesen, in diesem Stadium geradeaus mit Nein zu antworten. »Ich bleibe mit dir in Verbindung«, sagte Hook. Mit einer Unverschämtheit, die er in anbetracht der Umstände für gerechtfertigt hielt, setzte er hinzu: »Es wäre nichts als recht und billig, Brett für seine Hilfe zu bezahlen. Ein bißchen Metallgeld sofort würde Wunder wirken.«

Bretts Stimmung stieg sichtlich, als der Dynamann Metallgeld auf den Tisch zählte.

»Wie in der Steinzeit«, schimpfte Selkas, der Metallgeld anfassen mußte, während seine Kreditkarte unter der Schärpe verborgen war.

»Du wirst dich daran gewohnen, Dynamann.«

»Wenn die Wirtschaftsorganisationen hier ...«

»Das ist noch nicht sicher«, sagte Hook.

Hook und Brett überließen Selkas seinen Mädchen, verließen das Hotel und machten sich auf den Weg zu ihrem Flieger. Hook hörte die Schritte früh genug, daß er die Martian Mega ziehen und in einen Eingang treten konnte. Mit der linken Hand faßte er Brett am Ellenbogen. »Komm hier herein, und verhalte dich ruhig.«

»Was ...?«

»*Ruhe!*«

Eine atemlose Stimme erklang in der Dunkelheit. Hook hätte jetzt eine UV-Brille brauchen können, selbst Infrarotgläser wären besser als nichts gewesen. Die Stimme klang gereizt.

»Wo ist er hin, Taynor Line?«

»Er ist aus dem Zimmer von diesem Gonil Selkas gekommen. Das weiß ich genau …«

»Soviel weiß ich auch! Wenn Sie ihn finden, Line, will ich ihn tot sehen! Kapiert? Tot!«

IX

Ryder Hook hatte durchaus keine Lust, mit Idioten zusammenzustoßen, die ihn tot sehen wollten. Es hatten schon viele Leute den Wunsch gehabt, ihn tot zu sehen, aber er lebte immer noch. Was aus den anderen geworden war, wußte er nicht, und es war ihm auch gleichgültig.

Die beiden Stimmen waren zu einem heftigen Flüstern herabgesunken.

»Sie leiden an Gehirnerweichung, Line! Er ist doch nur ein stinkender, wirrköpfiger Sap! Ihn zu zerschlitzen, hätte Ihnen schon vor ihrer ersten Instruktionsstunde gelingen müssen!«

»Sie haben leicht reden, Taynor Synker! Die ganze Mühe mit dem Zerschlitzungsprozeß habe ja ich.«

»Warum ist mir eine Eiterbeule wie Sie als Partner aufgehalst worden!«

»Sie sind ein Krebsgeschwür, Synker! Ich bin in jeder Beziehung ebenso gut wie Sie!«

»Sie erinnern mich an das naive Fernsehspiel, das wir damals auf Lardhock gesehen haben. Dieser drei Fuß große, bucklige sirianische Killer-Fwoq …«

»Killer was?«

»Sie haben es doch gehört. Wie sprechen Sie es denn aus?«

Die Sprecher entfernten sich, und Ryder Hook hätte am liebsten gelacht. Diesem traurigen Paar war er früher schon begegnet. Line und Synker. Die größten Hampelmänner im Sternenstrudel der Galaxis – nur sie mit ihrem dem Zerschlitzungsprozeß unterworfenen Gehirnen nannten die Galaxis eine Sternenkloake. Der Grund war, daß sie ständig in der Scheiße saßen. Bis zu den Augen. Brett würde mühelos mit ihnen fertig werden.

»Wer waren diese beiden unglaublichen Dummköpfe, Hook?«

»Synker und Line. Zwei untüchtige Spitzel. Sie arbeiten für jeden, der sie bezahlt, und sie haben es bitter nötig, jeden Auftrag anzunehmen.«

»Kein Wunder.« Brett kicherte. Wie die meisten Menschen, die zu rechter Zeit lachen können, fand er lächerliche Situationen und lächerliche Leute lustig. Für eine Galaxis braucht man alle möglichen Sorten. »Am liebsten würde ich ihnen nachgehen und fragen, wer sie damit beauftragt hat, uns zu töten.«

»Wahrscheinlich würden sie es dir sagen. Sie sind Amateure.«

»Aber immerhin, Hook, irgendwer ist hinter uns her.«

»Irgendwer ist das immer.«

»Was meinst du, wann wird Selkas die Information über den Treffpunkt haben?«

»Wer weiß? Ich gehe nicht hin, das steht fest.«

»Du gehst nicht hin? Aber ...«

»Ich bin nicht scharf darauf, mich umbringen zu lassen, Brett.«

»Natürlich nicht, aber ...«

»Nun mach dir keine Sorgen über die beiden, Line und Synker. Bestimmt haben sie ihren letzten Auftrag vermasselt und jetzt einen neuen Idioten überredet, sie anzustellen. Sie treiben sich überall herum. Wahrscheinlich können sie sich keine anständige Energie-Waffe leisten. Sie werden versuchen, mit einer Zag oder einer noch älteren Projektil-Pistole die gefährlichen Killer zu spielen. Nun ja ...« Hook fielen ein paar Kunststücke ein, die Jack Kinch sich geleistet hatte. »Eine solide Kugel kann einen auch umlegen.«

»Haben die beiden jemals eine Mission erfolgreich ausgeführt?«

»Ich neige dazu, es zu bezweifeln.«

»Ob sie jemals einen Erschossenen gesehen haben – mit Blut und herausquellendem Eingeweide und all dem?«

»So, wie sie reden, dann ich es mir nicht vorstellen.«

»Vielleicht kann ich ihnen eine Demonstration geben – wenn sie mich belästigen, Duke.«

»Das ist dein gutes Recht, Brett.«

»Die Stimmen klangen, als gehörten sie zur Rasse Homo sapiens.«

»Oh, das tun sie, Brett. Beide sind Saps.«

Als von den beiden Amateur-Spitzeln nichts mehr zu hören war, wanderten Hook und Brett friedlich weiter.

»Du darfst aber nicht zu hart gegen sie sein«, sagte Hook nachdenklich. »Ich meine – sie tun, was sie können. Ich hege keinen Groll gegen sie ...«

Darüber mußte Brett lachen.

Gleich wurde er wieder ernst. »Das erklärt immer noch nicht, warum du mit Selkas gesprochen hast, als seist du einverstanden, und nun sagst, du wolltest bei seinen Plänen nicht mitmachen.« In diesem Augenblick erkannte Brett, daß sein eigener Arbeitgeber-Status gegenüber Hook – der sowieso nur in seiner Vorstellung existiert hatte – bis zur Unsicherheit verblaßt war.

Zweifellos spielten sich in dieser Minute auf dem ganzen Planeten Shyle zahllose schmutzige kleine Szenen wie die zwischen dem Dynamann und Hook ab. Der Planet hätte eine schöne Welt sein können. Er besaß Landschaften von überwältigender Großartigkeit. Weite Gebiete bestanden aus Wald, der wild und noch nicht gezähmt war. Die Prärien konnten Herden von Vieh ernähren. Die Meere rollten sauber und ungiftig auf weiße Strände. Irgendwo auf diesem Planeten gab es ein Geheimnis zu entdecken, und die Wirtschaftsorganisationen würden anrücken. Nach außen hin traten sie alle für die Erhaltung der ursprünglichen Ökologie eines Planeten ein, aber ihre Macht war so groß, daß sie sich in der Praxis nicht darum zu kümmern brauchten, wenn sie sich einen Gewinn davon versprachen, menschliche Würde in einer natürlichen Umgebung auszulöschen.

Und die Projektmänner würden alles zu Ende führen, was die Wirtschaftsorganisationen begannen. Es war auch vieles Gute an den Multisystem-Konglomeraten, und Hook erkannte es an. Er hatte nach etwas Gutem an den Projektmännern gesucht und bisher nichts gefunden.

Was nun bei diesen schmutzigen kleinen Intrigen angezettelt wurde, würde viel mehr als diesen einzigen Planeten in Mitleidenschaft ziehen.

Plötzlich blieb Hook stehen.

Brett begann: »Was ...?«, ein Ausdruck, der bei ihm langsam zur Gewohnheit wurde.

Wieder schob Hook den Welpac in einen dunklen Eingang an der Straße. Finsternis schloß sie ein.

»Eine Spionsonde, die uns geortet hat«, antwortete Hook. Mit den Störgeräten gegen homotropische Detektoren, die er in seinem Schädel hatte, konnte er eine Spionsonde ausmachen. Brett log er schnell vor: »Ich habe einen Resonator in der Tasche.«

»Wenn sie schießen ...«

Hook arbeitete bereits an der Tür. »Hier hinein.«

Sie tasteten sich in einen Lagerraum voller Staub und hochgestapelter Kisten und Ballen. Durch hohe Fenster fiel in schmutzigen Streifen Sternenlicht. »Paß auf Eimer und Besen auf. Die Reinigungsroboter hierzulande sind nicht sehr ordentlich.«

Durch einen Türspalt spähte Hook hinaus auf die Straße. Er mußte sich wirklich bald einmal eine UV- oder IR-Brille leisten. In dem verschwommenen Sternenlicht konnte er nichts sehen, und der Mond stand so niedrig, daß er nur die Schatten vertiefte.

Brett lief bereits durch das Lager nach hinten. Hook zog die Tür behutsam zu, ließ das Schloß, das er geöffnet hatte, wieder einschnappen, und rannte dem Welpac nach. Eine Spionsonde konnte, wenn es ein entsprechend teures Modell war, Holzbretter und Plastikwände durchbohren.

Stahl hielt sie auf. Die Lagerräume in dieser Stadt waren aus Plastikwänden erbaut.

»Komm schon, Hook! Wir müssen laufen!«

Hook setzte sich in Trab. Dann blieb er stehen. Zum Teufel, nein!

Er ließ sich herumjagen wie ein Greenhorn, das gerade aus der Raum-Akademie kam und der Galaxis nichts anderes vorzuzeigen hatte als sein Universitätsdiplom. Gegen den Mann, der die Spionsonde manipulierte, hatte er nichts, und er wünschte nur, er könnte dem Burschen das verständlich machen. Nur war Hook es manchmal müde, davonzulaufen. Natürlich war es immer am besten, vor Schwierigkeiten davonzulaufen, aber manchmal ...

Schließlich folgte er Brett doch. An der Rückseite des Gebäudes kamen sie wieder in die sternenerhellte Nacht hinaus. Hier standen abgestellte Lastwagen. Ein Roboter schlummerte in seiner Packkiste.

Es war ein alter Roboter, eine massige Konstruktion aus metallenen Armen und Beinen mit einem gedrungenen Schädel und starrenden Augenlinsen. Er war ein perfektes Exemplar jener Roboter-Generation, die vor langer Zeit für manuelle Arbeiten entworfen worden war. Hook weckte ihn auf. Er brüllte einfach in sein Ohr – ein Mikrophon an der Stelle, wo bei einem Sap ein Ohr gesessen hätte –: »Aufstehen, Blechknilch!«

»Ich stehe zu Ihren Diensten, mein Herr.«

»In das Lager brechen Diebe ein. Sie haben die Alarmanlage an der Tür überbrückt. Ich hoffe, du bist imstande, mit ihnen fertig zu werden.«

»Ich kann mit Dieben fertig werden, mein Herr.«

»Denke an deine Programmierung, Blechknilch.«

»Ich bin unfähig, meine Programmierung zu vergessen, mein Herr. Sie läuft auf einem Endlosband durch das, was Sie Kopf nennen würden, mein Herr. Wie sie wissen, mein Herr. Ich werde sie mit dem Respekt behandeln, der Fleisch und Blut zusteht, selbst wenn es diebisches Fleisch und Blut ist.«

»Irgendwer muß ihn mit einem Wörterbuch gefüttert haben«, bemerkte Brett.

»Aber er ist ein netter, alter Roboter. Los, Blechknilch. Tu deine Pflicht.«

»Sehr wohl, mein Herr.«

Der alte Roboter summte und klickte ein paarmal. Er war ziemlich alt. Ein solcher Roboter konnte seit tausend terrestrischen Jahren nicht mehr als neu zum Verkauf angeboten worden sein. Der Blechknilch strampelte los, und Hook und Brett sprinteten durch die Nacht auf das Ende der Straße zu. Brett wollte sogleich zu ihrem Flieger gehen.

»Nein, Brett. Warte, bis wir wissen, daß die Luft rein ist.«

An der Rückseite des Lagers knallte es plötzlich ein paarmal hintereinander. Es war verdammt schwierig, in dem unsicheren Licht etwas zu erkennen. Aber Hook hätte schwören mögen, der Roboter sei rückwärts hinausgeflogen, Rauch und Einzelteile versprühend, und sein Kopf sei davongerollt. Aber es war zu dunkel, um richtig sehen zu können ...

Das Winseln eines Motors, der außer Phase war, kreischte vom Himmel herab. Ein blendend weißer Lichtkreis badete das ganze Gebiet auf der Rückseite des Lagerraums. Hook blinzelte. Eine metallische Stimme knatterte aus dem Flieger: »Hier spricht die Polizei! Bleiben Sie stehen!«

Jetzt konnte Hook sich überzeugen. Der Roboter rollte in Kreisen herum, die nach innen spiralten und kleiner und kleiner wurden. Sein Kopf hatte sich wirklich gelöst. Es stiegen tatsächlich Rauchwolken von ihm auf. Seine Einzelteile – Verbindungen, Transistoren, Schaltungen, Bänder, Metallgehäuse – sprangen genauso nach allen Seiten, wie Hook es sich vorhin vorgestellt hatte.

Zwei dunkle Gestalten platzten aus der rückwärtigen Tür. Sie trugen schwarze Overalls mit schwarzen Kapuzen. Einer von ihnen hielt eine Spionsonde; Hook erkannte die schwarze Umhüllung und die Detektor-Spitze ganz deutlich. Der andere hob die Waffe und feuerte, und mit einem Krach ging das Suchlicht aus.

Eine Flut von Helligkeit ergoß sich aus dem Flieger. Ein Saugfeld.

Hook sah, daß die beiden Männer verzweifelt versuchten, zurück in das Gebäude zu fliehen. Sie bewegten sich langsam und immer langsamer. Schließlich bewegten sie nur noch schwach die Beine und kamen nicht von der Stelle. Der Flieger landete; Polizisten sprangen heraus.

»Zeit zum Aufbruch, Brett.«

»Ja.« Brett schüttelte sich. »Die Shylao lassen sich Zeit, aber wenn sie da sind, greifen sie durch.«

»Gegen das Saugfeld konnten die beiden Gonils nicht ankämpfen.«

»Machen wir, daß wir zu unserem Flieger kommen und abheben, Hook! Ich bin mir gar nicht mehr sicher, ob ich das Potenz-Gen unbedingt finden möchte.«

»Aber es ist schon eine Sache, nach der es einem in den Fingern jucken kann«, sagte Ryder Hook.

Er öffnete die Augen und sah das metallene Innere des Fliegers. Von der Kommunikationskonsole schrillte das Rufzeichen. Hook rollte sich auf die Seite und stellte das nervenzerfetzende Klingeln ab. »Ja?«

»Duke Everest?«

»Wer möchte ihn sprechen?«

»Jon Selkas.«

»Warten Sie.«

Hook fühlte sich großartig. Er hatte keine Kopfschmerzen, die Luft im Flieger roch frisch und gut, er hatte einen gesunden Hunger und freute sich auf das Frühstück. Er schwang seine Beine auf den Boden und trat, ohne den auf der anderen Koje schlafenden Brett zu stören, ans Mikrophon.

»Everest.«

»Es ist heute. Komm mittags in mein Hotel.«

Die Verbindung war unterbrochen.

Ryder Hook reckte und streckte sich, kratzte sich den Rücken, fuhr mit den Fingern durch sein dichtes braunes Haar und gähnte. Er wusch sich gründlich und setzte Teewasser auf. Dann traf er die Vorbereitungen für aufbereiteten Speck mit Eiern für sich und Eierpudding für Brett. Es versprach, ein interessanter Tag zu werden.

Das alte Sprichwort, daß der Horcher an der Wand seine eigene Schand hörte, hatte sich immer wieder als wahr erwiesen. Ryder Hook, der für gewöhnlich zu erlauschen versuchte, was in einem Raum vor sich ging, bevor er ihn betrat, wußte jedoch eine Information über die wahren Gefühle von Leuten, die einem ins Gesicht nichts als Liebenswürdigkeiten sagen, zu schätzen.

Vor Selkas' Zimmer blieb er stehen. Er wollte sich nur ganz kurz vergewissern. Und da hörte er Selkas über die Verbindung, die er in seinem Kokon hatte, beinahe brüllen.

»Sie machen mir Spaß! Hören Sie, Kontrolleur, damit sind es sechs. Sechs! Ich kann mit zwei Wirtschaftsorganisationen leicht fertig werden, ich habe es schon getan, das wissen Sie. Aber sechs sind einfach zuviel.«

Hook wartete. Er konnte nicht hören, was der Kontrolleur antwortete, aber er wartete darauf, daß Selkas von neuem sprach. Es war doch unhöflich, in ein Zimmer hineinzustürzen, wenn sein Bewohner gerade ein Telefongespräch führte, nicht wahr?

»Gut, Kontrolleur. Dann erwarte ich ein Team. Dieser Duke Everest kann trotzdem ins Innere – was? Nichts? Sie sind sicher, daß sie kein Dossier über einen Duke Everest haben?« Eine Pause. »Das ist merkwürdig. Er kommt mir wie ein Mann vor, der für sich selbst sorgen kann, wie ein geborener Unruhestifter. Er tritt selbstbewußt auf, nicht wie der übliche Einzelgänger. Sie forschen besser noch einmal nach. Wahrscheinlich ist Duke Everest ein Alias.« Eine Pause. Dann: »Ich verstehe. Nun, das IRK ist ein ziemlich heruntergekommenes Konglomerat, Kontrolleur. Von denen erwarte ich keine Schwierigkeiten. Aufpassen müssen wir auf Interstell-Imp und GCC. Verstanden. Ende.«

Hook klopfte und trat ein.

Jon Selkas sah aus wie immer. Er hockte da in seinem Mutterleib-Surrogat, und die goldenen Sonnenstrahlen spiegelten sich in der metallenen Hülle und der transparenten Haube des Kokons. Er hob eine Tasse, und Hook roch den Kaffee und verzog das Gesicht.

»Kaffee, Duke?«

»Nein, danke.«

Hätte er hinzugesetzt, er halte Kaffee für ein barbarisches und Tee für ein zivilisiertes Getränk, wäre dies Stückchen Information in das Dossier eingegangen, das ZZI über Duke Everest angelegt hatte. Schließlich würde ein Computer die Übereinstimmung mit dem Dossier über Ryder Hook herausfinden. Er wußte, das würde geschehen, er wollte den Akt nur verlängern. Wie das Potenz-Gen.

»Du kannst deinen eigenen Flieger nehmen. Der Treffpunkt befindet sich auf der anderen Seite des Planeten, auf dem östlichen Kontinent. Sie übergeben hundert Tonnen.«

»Ich kann den Flieger nicht benutzen. Er gehört Brett.«

»Das ist ja etwas ganz Neues! Du meinst, ich muß dir ein Transportmittel zur Verfügung stellen?«

»Sollte bei der Verbindung zu ZZI nicht zu schwierig sein.«

»Ich werde mich darum kümmern.«

»Noch etwas. Kennst du zwei Agenten namens Line und Synker?«

»Diese Clowns!«

»Irgendwer ist so schlecht beraten gewesen, daß er sie angestellt hat, mich zu töten.«

Selkas machte sich eine Notiz. »Ich werde das abstellen.« Erfreut sah er nicht aus. »Warum hast du sie an dich herangelassen?«

»Habe ich nicht. Sie beobachteten deine Suite. Dann waren da noch zwei Kerle, Killer ihrem Aussehen nach. Die Polizei von Shyle hat sie gestern nacht festgenommen.«

»Ich weiß über sie Bescheid. Interstell-Imp.«

Jon Selkas war sichtlich erbost.

»Das heißt also, es ist Essig mit deinen Plänen«, erklärte Hook. »Sämtliche Wirtschaftsorganisationen sitzen dir auf der Pelle. Ich bitte nur um eines. Sei nicht zu hart gegen Linie und Synker. Es sind Clowns, aber sie meinen es gut.«

»Es könnte sein, Everest, daß du sie angezogen hast.«

»Ausgeschlossen. Warum sollten sich mächtige Leute mit einem Prospektor wie mir befassen? Oder Brett? Sie hatten deine Räume unter Beobachtung.« Er schüttelte den Kopf. »Ihr Leute von den Konglomeraten könnt miteinander kämpfen, soviel ihr wollt. Nur laßt mich draußen.«

Das war die Wahrheit.

»Ich wundere mich über dich, Duke. Ich wundere mich wirklich.«

»Sag mir einfach, wo der Treffpunkt ist, gib mir ein Transportmittel und zeige mir die Richtung. Schatzsuche ist schön und gut – aber ein ganz anderes Spiel ist es, den Wirtschaftsorganisationen ins Gehege zu kommen.«

Dem konnte Selkas nicht widersprechen. Hook war schon oft – nicht immer – so überzeugend gewesen, daß er einen Organisationsmann eingewickelt hatte. Diese Leute neigten dazu, in eingefahrenen Gleisen zu denken.

In diesem Augenblick, als Jon Selkas das Interstellare Raketen-Konsortium erwähnte, wußte Hook, daß er nicht mehr zurück konnte. Hook saß am Haken. Das IRK war nicht nur die Wirtschaftsorganisation, die Ryder Hook ausgebildet, ihn als Meerschweinchen bei ihrem Projekt benutzt und ihm dadurch die latenten Projektmann-Eigenschaften verliehen hatte, es war auch dieselbe Wirtschaftsorganisation, die echte Projektmänner erzeugt hatte und von ihnen übernommen worden und jetzt nur noch ein Werkzeug in der Hand der Nova-Männer war. Wer einen Projektmann riecht, sagte Hook, riecht Korruption und Tod.

Er hätte es sich denken können.

Er war selbst ein halber Projektmann.

Er stand auf, sah Selkas stumm an, erhielt die Informationen und ging. Falls der Dynamann sich fragte, was in seinen neuen Selbstmord-Kandidaten gefahren war, würde er nie auf die Wahrheit kommen.

Wenn er nur, überlegte Ryder Hook alias Duke Everest, wenn er nur eines Tages irgendeinen versöhnlichen Charakterzug an einem Projektmann finden könnte! Sollte dieser Tag wirklich einmal kommen, würde er in Verlegenheit geraten. Wäre er wirklich so kalt und gefühllos gewesen, wie er es seinem Ruf nach sein sollte, dann wäre in seinem Kopf niemals Platz für solche Gedanken gewesen – zumal die Armee der Erde diesen Kopf schon mit all den organischen Schaltungen vollgestopft hatte.

»Du gehst besser zur Hintertür hinaus, Duke«, hatte Selkas geraten, und so stieg Hook aus einem Fenster, kletterte über ein paar Dächer und landete in der Hintergasse zwischen dem Abfall und den Packkisten und den Robotern. Er wäre gern zu dem Lagerhaus zurückgegangen und hätte sich erkundigt, wie es dem Blechknilch ging. Wenn Roboter so alt waren, hielt man sie oft einer Reparatur nicht mehr für wert. Hook wurde nicht etwa eines Roboters wegen sentimental. Doch für ihn stellte auch künstliches Leben ein Wunder dar, das man nicht leichtfertig vernichtete. Jedes Mal, wenn er gezwungen war zu töten, hatte er das Gefühl, mit dem Opfer starb ein Stück von ihm selbst. Sogar ein Projektmann – ein Ding aus einer immateriellen Seele und einer Parodie auf Fleisch und Blut – enthielt den magischen Samen des Lebens. Viele Menschen verdienten es, für die von ihnen begangenen Taten zu sterben. Aber Hook wollte nicht der erste sein, der den Abzug drückte. Er war ein Mensch in seiner ganzen Kompliziertheit und keine der entweder weißen oder schwarzen Figuren, die in den von gnadenloser Zerstörung handelnden Fernsehspielen so beliebt waren.

Aber er würde jedem Kerl die Faust aufs Auge drücken, wenn der es wagte, ihn zu begönnern ...

Das hieß natürlich, wenn der Kerle zum Sehen Augen benutzte ...

Er verfügte sich zu dem von Selkas ausgemachten Rendezvous-Punkt bei der Abwässer-Aufbereitungsanlage. Ein paar Roboter gingen ihren Aufgaben nach. Hook rümpfte die Nase über den Gestank, der aus der Fabrikanlage drang. Nichts war hundertprozentig in dieser Galaxis. Und da draußen war die Galaxis, dieser Sternenstrudel, und jede Menge Raum, um darin umherzustreifen. Und hier war er, und er saß auf dieser Kugel aus Dreck fest.

Nun ja – die ganze Galaxis war im Grunde für atmende menschliche Wesen eine Ansammlung von Dreckkugeln.

Diese Kugeln waren die wichtigen Bestandteile.

Ein Flieger näherte sich, und Hook stellte fest, daß Selkas klug genug gewesen war, einen ohne ZZI-Markierung zu besorgen. Der Pilot stieg aus. Es war ein Mädchen, ein Sap, sehr hübsch, sehr süß. Sie trug einen Helm, aber Hook erkannte an der Art, wie sie ging, wie ihre Hose aus gesponnener Syntho-Seide sich an ihre Schenkel schmiegte, wie ihre Jacke am Hals ein Stückchen geöffnet war, daß sie sehr hübsch, sehr süß sein mußte. Mit wiegenden Schritten kam sie auf ihn zu, löste ihren Helm und nahm ihn ab. Ihr lockeres Haar war in einem modischen Korngold eingefärbt. Sie sah ihn mit diesem süßen Lächeln an, das so entwaffnet.

In der Hand lag ihr die niedliche kleine Disgel-Waffe. Die Mündung zeigte auf Ryder Hook. Er blieb ganz still stehen.

»Sie haben also tatsächlich mit Carshder unter einer Decke gesteckt, Taynor Klark.«

»Nein, Tayniss Sharon. Übrigens, haben Sie nicht gehört, was Carshder zugestoßen ist?«

»O doch. Ich muß gestehen, daß ich nicht wußte, ob ich lachen oder weinen sollte.«

»Das eine wie das andere hätte Ihr Make-up ruiniert.«

Damit konnte er sie nicht beeindrucken. Diese Sharon war hartgesotten. Sie hatte ihn bereits einmal in den Raum hinausgestoßen. Brett, der Welpac, hatte gesagt, Sharon liebe es nicht, eigenhändig zu töten. Deshalb fragte Hook:

»Wo ist Rhus?«

»Nicht weit weg.«

Wahrscheinlich war er in dem Flieger und zielte mit seinem verdammten großen Betäubungsgewehr auf ihn.

»Sie arbeiten also für ZZI, Klark. Oder soll ich sie Everest nennen?«

»Ganz, wie es Ihnen beliebt.«

»In dem Fall werde ich Duke sagen. Der Name paßt zu Ihnen. Jetzt steigen Sie ein. Wir werden genau das tun, was der Gonil Selkas für Sie geplant hat. Verstanden?«

»Sie bringen sich nur selbst in Schwierigkeiten.«
»In den Flieger!« Sie hob drohend die Waffe.
»Haben Sie Line und Synker damit beauftragt, mich ...«
»Die beiden Schwachsinnigen? Sie machen Witze.«
Als sie auf den Flieger zugingen, sagte Hook: »Verraten Sie mir doch eins, Tayniss Sharon. Wie haben Carshder und Michael Michael die Szene in der Kabine wegerklärt?«
»Halten Sie den Mund und steigen Sie ein. Rhus wird nachhelfen, wenn sie nicht genau das tun, was ich sage. Ich habe jetzt den Befehl, Duke.«

X

Ryder Hook interessierte sich besonders dafür, was aus Michael Michael geworden war.
Win Fareng, der Doorn, hatte diese riffianischen Gorillas angeheuert, die mit Michael Michael zusammenarbeiteten, und für die Doorn hatte Ryder Hook – abgesehen von verschiedenen anderen Empfindungen – den lebhaftesten Respekt. Die Bastarde mochten gehirnlose auf ein Ziel programmierte Marionetten sein, aber sie waren verdammt clever. Wenn ein Doorn der Ansicht war, Michael Michael sei ein nützliches Werkzeug, dann wollte Hook wissen, was mit Michael Michael geschehen war.
Er wiederholte seine Frage, als der Flieger in den Himmel aufstieg. Rhus saß an den Kontrollen und konzentrierte sich völlig auf die Anzeigen. Soviel Hook, dessen Blick automatisch das Instrumentenbrett überflog, feststellen konnte, wurden sie nicht entdeckt.
»Michael Michael?« sagte Sharon. »Vergessen sie ihn. Er ist weg vom Fenster. Es gab einige Aufregung in der *Vandeneuf*, aber Stellroutes wollte vor allen Dingen jeden Skandal vermeiden. Rhus hier hat dafür gesorgt, daß Michael Michael vor drei Planeten unsere Fähre verloren hat.«
»Gut gemacht, Rhus.«

»Stände ich nicht unter dem Befehl von Tayniss Sharon, Klark, würde ich ihnen die Fresse polieren.«

»Das kannst du später tun, Rhus«, sagte Sharon ungeduldig. »Und wir nennen den Affen jetzt Duke Everest.«

»Für einen Einzelgänger bedeutet ein Namenswechsel gar nichts.«

»Das stimmt«, erklärte Hook. »Lassen sie einmal sehen – zu welcher Wirtschaftsorganisation gehören sie denn?«

Sharon wandte sich ab und beschäftigte sich mit den Karten. Sie blickte hoch. »Bring uns auf Kurs, Rhus, und mach keinen Fehler.«

Hook hatte einigen Grund zu dem Verdacht, daß sie die Ruhe verlor.

Der Flieger wurde exakt auf Kurs gesetzt. Hook sah, daß der Autopilot sie zu einem Ziel auf dem östlichen Kontinent brachte. Sie flogen hoch. Draußen war nichts zu sehen außer den weit unter ihnen dahinziehenden Wolken, die gelegentlich ein Luftloch freiließen, und dem blauschwarzen Himmel über ihnen mit drei dicken, geisterhaften Sternen. Der Flieger begann mit dem Abstieg. Es war eine Mollins Puma, ein brauchbares Modell, wenn auch nicht so raffiniert ausgerüstet wie teurere Modelle, zum Beispiel der Tiger. Jedenfalls brachte die Maschine sie genau an Ort und Stelle hinunter.

Rhus stellte den Autopiloten ab und führte die Landung mit Handsteuerung durch. Die meisten Krit-Männer konnten gut mit Maschinen umgehen. Hook sah hinaus.

Er hatte sich oft gefragt, wie weit ihn seine eigene Konditionierung auf dem Weg geführt hatte, dem die Projektmänner folgten. Er war sicher, daß er sich in vieler Beziehung von einem Projektmann, dem die vollständige Behandlung zuteil geworden war, unterschied. Seiner Meinung nach hatte man an ihm ein Experiment durchgeführt, dessen Ergebnis die Wissenschaftler des IRK nicht befriedigt hatte und das deshalb an den Personen, die in richtige Projektmänner umgewandelt worden waren, nicht wiederholt worden war. Hook überlegte sich aus diesem Grund oft, ob er in seinem erstaunlichen Körper – denn dieser

Körper war erstaunlich – nicht Fähigkeiten mit sich herumtrug, von denen die Nova-Männer nichts wissen konnten.

Unter ihnen lag eine erfreulich anzusehende Ebene, getupft mit Bäumen, bevölkert von dahinjagenden Sechsbeinern. Deutlich zeichneten sich die Pfade ab, wo das Wild zum Wasser ging. Unter einer Baumgruppe, auf die sie sich herabsenkten, glitzerte das Sonnenlicht auf einer Waffe. Es gab keine verdächtige Bewegung – aber Hook erfaßte mit seinen geschärften Sinnen, daß da *irgend etwas* war ...

Er warf sich quer durch die Kabine, schleuderte Rhus von den Kontrollen weg, stellte sie mit erschreckender Tüchtigkeit anders ein und ließ den Flieger mit ungeheuerlicher Beschleunigung nach unten rasen.

»Idiot!« schrie Sharon, doch dann warf der Andruck sie zu Boden. Rhus versuchte zurückzukriechen und fiel hin. Hook fühlte die Schwerkrafteinheiten an sich zerren wie Spinnweben auf einem nächtlichen Friedhof. Die Maschine kreischte nach unten. Die Feuerstöße, die unter den Bäumen hervorschossen, ertränkten die Kabine in blendendem Licht. Sie alle kniffen die Augen zusammen und sahen Novae in der Retina explodieren. Hook wartete ... Er wartete bis zur letzten Sekunde, als noch zwei titanische Feuerstöße die Luft um sie erschüttert hatten. Dann zog er den Flieger in die Horizontale. Sharon konnte nicht mehr schreien.

Sie verlor das Bewußtsein. Rhus stemmte sich hoch und brach zusammen. Hook beugte nur die Knie ein bißchen weiter durch. Sein Blut zirkulierte in seinem Körper auf eine Weise, die die Chirurgen, Mediziner und Biologen für Menschen entworfen hatten, die auf Welten mit hoher Schwerkraft schwere Arbeit verrichten sollten.

Hook vollführte eine rasche Landung neben einer anderen Baumgruppe. Wie er sich denken konnte, blieb ihnen wenig Zeit, um sich abzusetzen. Aus der Erste-Hilfe-Tasche nahm er eine Spritze, zog Sharon nicht ohne Interesse die Hose herunter und rollte sie auf den Bauch. Ihre Hinterbacken waren schön rund und fest. Er setzte die

Nadel auf ihre goldene, warme Haut und drückte den Kolben. Als er Rhus den gleichen Dienst erwiesen hatte, begannen Sharons Lider zu flattern. Als Rhus wieder zu sich kam, war Hook schon dabei, Gepäckstücke auf das Gras zu werfen. Er drehte sich halb um und rief:

»Schafft eure Siebensachen nach draußen, ihr Schnekken! In einer Minute ist der Flieger über uns und brät uns! *Beeilung!*«

Einen weiteren Ansporn brauchten sie nicht.

Bald türmte sich ein Haufen an Ausrüstung auf dem Gras. Rhus lud sich eine Menge auf, darunter ein langläufiges Krifarm-Gewehr Modell Zweiundzwanzig. Sharon sammelte Kochutensilien und Lebensmittel ein. Hook riß ein Stück Kabel aus der Lichtleitung der Kabine, franste es aus und versuchte, die Enden mit den Kontrollen zu verbinden.

»Mach schnell, Duke!«

»Komme schon.« Er sprang hinaus. Die Kabinentür ließ er offen. Er riß an dem Kabel. Der Flieger stieg auf, als säße ein Mensch an den Kontrollen. Mit einem letzten Ruck stellte Hook den Autopiloten ein. Der Flieger flog sicher auf den Horizont zu.

»Gehen wir!« sagte Rhus. Er streifte Sharon mit einem Blick.

Hook trat an den Rand der Bäume. Die Ebene lag vor ihm wie ein wogendes Grasmeer, eine Savanne, die erfreulich anzusehen war, wenn man auf ihr nicht wie ein wildes Tier gejagt wurde. Jetzt war der Augenblick gekommen, eine Entscheidung zu fällen. Hook sagte: »Bleibt hier.«

Sharon widersprach: »Sie werden den Kurs des Fliegers nach hier zurückverfolgen.«

»Weiß ich. Wir laufen, wenn sie – ah! *Da!*«

Die Mollins Puma explodierte in einem zentralen Feuerkern und einer sich mit zackigen Rändern ausbreitenden schwarzen Rauchwolke. Wrackteile fielen nach unten. Die Schockwellen ließen die Bäume erzittern.

»Lauft!« brüllte Hook.

Er setzte sich in Trab. Ganz bestimmt würde er auf die

anderen beiden nicht warten. Er wollte zur nächsten Baumgruppe laufen und dort in Deckung gehen. Dann würde er vielleicht zurückblicken, was Sharon und Rhus machten.

Sie schafften es. Sharon warf sich keuchend zu Boden. Ihr Gesicht glühte scharlachrot unter der goldenen Sonnenbräune. Auch Rhus rang nach Atem. Hook kam zu dem Schluß, er solle es ihnen lieber gleich tun, und er hechelte ein paarmal sehr kunstvoll.

»Du läufst verdammt schnell, Duke!«

»Eine Waffe in meinem Rücken hat immer diese Wirkung.«

Sie spähten hinaus.

Ein Flieger hielt auf die Baumgruppe zu, die sie eben verlassen hatten. Es war eine gepanzerte, todbringende Maschine. Nach allen Richtungen stachen Waffen aus ihr hervor, oder so kam es ihnen wenigstens vor. Der Flieger kreiste zweimal und flog dann davon.

»Wenn sie uns nun mit homotropischen Spürgeräten entdeckt hätten ...«, sagte Rhus.

»Haben sie aber nicht«, erwiderte Sharon. Sie lockerte die Riemen ihres Packens. Die Riemen drückten den dünnen Stoff ihrer Syntho-Denim-Jacke gegen ihre Brüste. Hook sah weg. Er hatte wichtigere Dinge zu tun, als die Brüste eines hübschen Mädchens zu bewundern – aber andererseits, was konnte es in der ganzen Galaxis Wichtigeres geben als das? Nur das, was darauf folgte, war noch wichtiger, und das brachte ihm das Potenz-Gen ins Gedächtnis zurück ...

Er wußte, der Flieger hatte homotropische Spürgeräte eingesetzt, aber der ihm eingepflanzte Störsender hatte die Instrumente verwirrt. Nun war er froh, nicht noch einmal Filker Fredericks für eine Erklärung an den Haaren herbeiziehen zu müssen.

Ryder Hook hätte sich bessere Gefährten für dies nervenzerfetzende Abenteuer vorstellen können, aber Tayniss Sharon schien immer noch zu glauben, sie habe die Leitung. Hooks Martian Mega hing in Rhus Gürtel, groß und tödlich. Das Disgel-Magazin hatte Rhus entleert. Deshalb gab sich Sharon dieser Täuschung hin.

»Wenn wir jetzt weitergehen, werden sie uns sehen und aufsammeln«, sagte Sharon.

»Ja.« Hook wartete nicht ab, bis Rhus seinen Senf dazugegeben hatte. »Das ist eine Möglichkeit, hineinzukommen.«

»Du willst wirklich hinein? Nach dem, was mit Carshder passiert ist?«

»Hast du eine bessere Idee?«

Sie beantwortete seine Frage nicht, sondern schlug vor: »Essen wir.«

Hook sagte: »Ich hoffe nur, dein Hilfsteam ist der Sache gewachsen, Sharon. Jetzt bekommen wir es mit den wirklich gefährlichen Leuten zu tun.«

»Woher weißt du, daß wir ein Hilfsteam haben?« wollte Rhus wissen.

Hook sparte sich die Antwort. Sharon sagte: »Benimm dich deinem Alter entsprechend, Rhus! Dies Krebsgeschwür Duke ist etwas ganz Besonderes. Das habe ich vom ersten Augenblick an gewußt.«

Wieder sagte Hook nichts.

Sie öffneten die Rationen und aßen sparsam. Vielleicht konnten diese beiden sich doch als nützlich erweisen, dachte Hook kauend.

Die Zeit war noch nicht reif dafür, daß er seine Waffen zurückverlangte. Wenn er sie an sich nahm, machte das Rhus nur den Finger nervös und lieferte ihm einen guten Vorwand.

Eine sehr charmante und reizende junge Dame hatte Ryder Hook einmal einen zwischen Sternen Brücken schlagenden Mann der Zukunft genannt. Was ihm an dieser Beschreibung besonders gefiel, war das Wort »Zukunft«. Hook glaubte daran, eine Zukunft zu haben. Deshalb tat er auch nichts, was unter diese seine Zukunft einen Schlußstrich ziehen würde.

»Wir gehen weiter«, entschied Sharon, als sie gegessen

hatten. »Wir gehen, ohne uns aufzuhalten. Du kennst den Weg, Duke. Geh voran.«

»Das wird MacDuke tun, Tayniss.«

Sogar ein Krif-Mann hätte die Anspielung auf einen Dichter verstanden, der schon fünfundachtzig Jahrhunderte tot war.

Während sie dahinwanderten, überlegte Hook folgendes: Nach dem zu schließen, was Carshder widerfahren war – er mußte irgendeine Dummheit begangen haben ähnlich dem, was sie gerade taten – würden sie von den Shylao nicht an Ort und Stelle niedergeschossen werden. Die Polizisten hatten einen Versuch mit der Mollins Puma gemacht. Das bedeutete, daß Carshder weiter gekommen war als sie bis jetzt. Er mochte an einem anderen Treffpunkt einzudringen versucht haben. Das war wahrscheinlich; es war so gut wie sicher. Hook ging weiter.

Jarhed, die alte F-Typ-Sonne, brannte auf sie herab. Schutzcreme hielt ihnen die Insekten vom Leibe. Die Sonne sank. Wind kam auf. Sie sahen sehr große Herden der sechsbeinigen Wildtiere, und Hook fragte sich, was die entzückende Tayniss Sharon wohl zu einem saftigen Steak sagen würde. Das wollte er heute abend feststellen.

Als sie Lager machten, das Feuer vor Beobachtern hinter einem aus Blättern hergestellten Schirm verborgen, und sich die saftigen Steaks von dem Tier, das Rhus erlegt hatte, schmecken ließen, schrieb Hook Sharon einen weiteren Punkt gut. Sie aß von dem guten, natürlichen Fleisch herzhaft wie ein alter Krieger. Die Bakterien auf diesem Planeten mußten für Menschen verträglich sein, sonst hätten hier überhaupt keine Menschen leben können. Deshalb brauchten sie sich keine Sorgen zu machen.

Früh am nächsten Morgen sahen sie drei Flieger hintereinander über einer fernen Hügelkette, die purpurn und grün im Licht der niedrigstehenden Sonne schimmerte. Später kreiste ein einzelner Flieger niedrig über den runden Kuppen.

»Der versucht, unter dem Radar durchzuschlüpfen«, bemerkte Rhus.

In seine Worte hinein explodierte die Maschine. Ein Feuerblitz und eine schmierige Rauchwolke waren alles, was von ihr übrigblieb.

»Nicht niedrig genug geflogen«, sagte Hook und marschierte weiter.

Bestimmte nicht mißzuverstehende Zeichen summierten sich und machten Hook besorgt. Wenn die Shylao-Polizei den Treffpunkt so scharf bewachte, bedeutete das, daß die Shylao die dauernden Einmischungen satt hatten. Sie verkauften ihr Potenz-Gen zu ungeheuerlichen Preisen an ausgewählte Agenten. Sie bewachten die Stelle, wo die Übergabe erfolgte. Bisher waren keine Wirtschaftsorganisationen auf der Bildfläche erschienen. Aber jeder wußte, sie würden sehr bald kommen, und er selbst, Ryder Hook, von dem verschiedene Leute glaubten, daß er für ZZI arbeitete, war der beste Beweis dafür. GCC und Interstell-Imp waren ebenfalls in die Sache verwickelt. Sechs waren es, wie der Dynamann Selkas gesagt hatte. Dazu gehörte das IRK ... Der einzige Grund, warum Ryder Hook sich hier befand, war, daß Selkas das Konglomerat der Projektmänner erwähnt hatte.

Vielleicht würden sich die Shylao gar nicht die Mühe machen, sie gefangenzunehmen, und so Hook eine Chance geben, das Ganze von innen in die Luft zu jagen. Wenn es notwendig war, würde er es auf die harte Weise tun. Sharon und Rhus waren natürlich nur unwesentliche Figuren. Sie arbeiteten auf eigene Rechnung und waren deshalb Körper, die zwischen den Mühlsteinen zermahlen werden würden.

Ryder Hook, alias Duke Everest, schoß es durch den Kopf, daß auch er ein Einzelgänger war, der auf eigene Rechnung arbeitete. Aber der Gedanke hatte nicht die Macht, ihn zu ängstigen. Er hatte zu lange damit gelebt. Er wollte gar nichts anderes sein als ein Einzelgänger.

In der zweiten Nacht schliefen Rhus und Sharon zusammen, und Hook hörte, wie sie sich im Gras herumwälzten. Zwei Minuten lang ignorierte er das, und dann brüllte er: »Könnt ihr beiden einen Mann nicht in Ruhe schlafen lassen? Ihr habt kein Potenz-Gen geschluckt, also versucht nicht, mit dieser Vorstellung bei mir Eindruck zu schinden. Ihr seid wie ein Flußpferd-Paar, dem der Schlamm ausgegangen ist.«

Sofort wurde es ganz still. Dann flüsterte Rhus etwas, und Sharon kicherte, und Hook wußte, sie versicherten sich gegenseitig, er sei neidisch. Das war er auch – aber nicht auf Sharon und Rhus.

Er wurde also alt. Gut. Wenn Sharon ihm morgen wieder etwas mit dem Hintern vorwackelte, wollte er ihr eine Abreibung verpassen, die sie nicht so schnell vergessen würde. Doch als sie am Morgen weiterwanderten, hatte er Kopfschmerzen und üble Laune wie schon lange nicht mehr.

Im Laufe des Vormittags sahen sie wieder eine Kette von Patrouillenfliegern. Sie kurvten umher, und die drei versteckten sich unter Bäumen. Als die Flieger fort waren, lachte Rhus: »Sie sind direkt über uns weggeflogen und haben uns nicht entdeckt. Sie können für ihre Spürgeräte nicht viel ausgegeben haben.«

Hook ließ ihn in diesem Glauben.

Am Nachmittag hatten sie den Hügel erreicht und begannen mit dem Aufstieg. Jenseits einer Kuppe entdeckten sie einen Wachturm. Wieder ermöglichten es ihnen die in Hooks Schädel eingepflanzten Instrumente, unentdeckt näherzukriechen. Rhus erschoß die beiden Wachposten. Sie hatten zwei Arme besessen, doch das war alles, was man von ihnen sagen konnte, nachdem sie von der Krifarm Modell Zweiundzwanzig getroffen worden waren.

Hook stieg auf den Turm, eine Konstruktion aus Plastik-Fertigteilen, und sah sich die Ausrüstung an. Sie war von höchster Qualität. Er zerschmetterte sie mit seinen Stiefeln. Sharon kam hinterhergekeucht. Ihr Blick war gemein.

»Weshalb hast du das getan, du Vieh!«

»Auch ein Vieh verfügt über zärtliche Gefühle, weißt du, Sharon.«

Er drehte an dem starken Tele-Binocular, das er unbeschädigt gelassen hatte. »Sieh einmal dort hinüber.«

Nach seinen Anweisungen schwenkte sie das Fernrohr über die Flanke des Hügels und ins Tal hinunter. Dort breiteten sich Hütten, Tankstellen, Flieger-Parkplätze aus, und ganz hinten erhob sich ein Hotel aus Fertigteilen, das auch neben dem Privatstrand eines Funktionärs auf einem Vergnügungsplaneten nicht fehl am Platz gewirkt hätte.

Sharon seufzte tief und zufrieden auf.

»Das ist es!«

Auf dem Beobachtungsschirm sahen sie den Verkehr. Tanker trafen ein und sanken auf dem Parkplatz zu Boden. Rohre führten zu Kalibrierstationen, zu Verteilerpumpen und weiter zu Abfüllstationen. Hier wartete eine Reihe von Tankern, die mit verschiedenen Symbolen beschriftet waren, von denen Hook eins oder zwei erkannte.

»Die Wirtschaftsorganisationen werden verrückt, wenn sie das hier sehen!« Sharon war außer sich. Zu Hooks Überraschung war sie auch erregt. Ihre Brustwarzen zeichneten sich deutlich unter dem Syntho-Denim ab. Vielleicht war es der Gedanke an all diese Mengen Potenz-Gen da drüben.

»Ein Milliliter kostet ein Vermögen! Und das sind Tonnen!«

»Ich brauche nichts weiter als einen Tank voll!« japste Rhus.

»Dich habe ich immer schon für kleinkariert gehalten«, bemerkte Hook. Er hatte nicht viel für Rhus übrig. Der Krif-Mann war so von sich überzeugt und hatte doch bereits soviel Dummheit verraten, daß es wehtat.

Rhus holte zu einem gewaltigen Schwinger gegen Hook aus. Hook blockte den Schlag ab. Sharon schrie, aber Hook dachte, jetzt sei die beste Gelegenheit dazu, und trat den Krif-Mann. Er trat kräftig zu. Sofort duckte er sich vor dem instinktiven Vergeltungsschlag und drückte dem Krif-Mann den Daumen ins rechte Auge. Rhus brüllte. Rhus würde immer brüllen, wenn es hart auf hart ging.

Hook begann, Rhus die Leiter hinabzuschleifen, und dann kreischte Sharon: »Leg ihn hin, Duke! Wenn du ihn fallenläßt, schieße ich! Bring ihn hierher zurück!«

Hook wandte den Kopf. Sharon hielt eine Delling auf seinen Rücken gerichtet.

»Wenn du auf mich schießt, Sharon, dann lasse ich entweder Rhus von oben fallen, und dann wird er sich seinen gottverdammten Hals brechen, oder er wird mit mir zusammen geschmolzen.«

»Du legst ihn unverletzt innerhalb des Turms hin!«

»Verletzt ist er allerdings schon.« Aber Hook brachte Rhus wieder ins Innere, stelle ihn aufrecht hin und strich ihm die Kleider glatt. »Sein Stolz ist verletzt.« Rhus war gar nicht zu Bewußtsein gekommen, was ihn getroffen hatte. Er stand da, zitternd, bestürzt, ohne etwas zu sehen, und sein rechtes Auge schmerzte höllisch.

»Er wird darüber hinwegkommen, Sharon. Dann wird der Gonil versuchen, mich zu töten, und ich muß ihm das Handwerk legen. Was dann?«

»Sobald wir das Potenz-Gen haben, könnt ihr es unter euch ausmachen.«

»Du bist eine wirkliche Dame, daran gibt es keinen Zweifel.«

Erst jetzt sah Sharon, was während des kurzen Kampfes mit der Martian Mega geschehen war. Sie steckte in Hooks Gürtel. Hook las ihr ihre Gedanken vom Gesicht ab.

»So ist es, Sharon. Als du mit deiner niedlichen kleinen Disgel-Waffe herumgefuchtelt hast, hätte ich dich wegpusten können.«

»Aber – du hast es nicht getan, Duke. Du hast es nicht getan.«

»Ich habe dir schließlich eine Wiederbelebungsspritze in den Hintern gegeben, Sharon. Vielleicht hat mich das hypnotisiert.«

»Du Pestbeule!«

»Ah, welch glückliche Erinnerungen.«

Rhus atmete stoßweise. Er würde töten, sobald es ihm möglich war, daß war sicher. Hook hatte alles nur schlimmer gemacht.

»Duke ...« Auch Sharons Atem ging unregelmäßig. In stummer Bitte streckte sie ihm halbwegs die rechte Hand entgegen. Die Delling war auf ihren verborgenen Platz an ihrem Handgelenk zurückgerutscht. »Duke – Rhus tötet gern. Er ...«

»Er tut die schmutzige Arbeit für dich. Davon habe ich gehört. Ich vermute, du hast den armen Teufel von einem ZZI-Piloten, der den Flieger brachte, verführt – und Rhus hat ihn umgebracht?«

»Ja – aber ich wollte nicht, daß er ums Leben kam! Ich habe noch nie ...«

»Spar dir das.«

Aber Hook konnte den Blick in Sharons Augen ebenso wenig vergessen wie das Wogen des Syntho-Denims, als sie darum kämpfte, ihren Atem wieder unter Kontrolle zu bekommen. Vielleicht leckte dort drüben ein Tank, und ein spinnwebfeiner Faden von dem Potenz-Gen wehte herüber, und Sharon bekam seinen Einfluß zu spüren. Aber dann hätte er doch ebenso empfinden müssen, oder nicht? Er jedoch hatte bezüglich Tayniss Sharon keinen anderen Wunsch, als sie über das Knie zu legen und sie zu versohlen und sie anzubrüllen, sie solle endlich erwachsen werden. Die sexuelle Leidenschaft, die sie quälte, ließ ihn kalt.

Natürlich war er ein widerwärtiger Bastard. Das war nichts Neues.

Rhus versuchte gurgelnd zu sprechen und hielt die Hand an die Stelle der Kehle, wo ein Daumen ohne viel Rücksicht auf seinen Kehlkopf gedrückt hatte. Hook behielt den Krif-Mann ständig im Auge. Die Disgel-Waffe an Hooks linkem Handgelenk war leer, aber er konnte die Martian Mega früh genug ziehen und abfeuern.

Hook mußte Sharon noch ein bißchen mehr ärgern.

»Du bist hinter dem Geheimnis her. Da drüben liegt es. Auf was wartest du noch?«

»Ich ...« Sie leckte sich die Lippen, sah zu Rhus hin, dann wieder zu Hook. »Wirst du – wirst du mit mir kommen?«

Hook grinste sie an. »Nein, Tayniss Sharon. Ich gehe bis hierher und nicht weiter.«

»Aber Duke ...! Das verstehe ich nicht.«

Hook dachte nicht daran, sie aufzuklären, daß das hier nur ein Treffpunkt war, die Stelle, wo die Shylao das bearbeitete Potenz-Gen ihren Kunden übergaben. Er dachte nicht daran, ihr mitzuteilen, daß der nächste Schritt sein mußte, den Shylao dahin zu folgen, wo das Potenz-Gen hergestellt wurde. Carshder war trotz der schießwütigen Polizisten bis dahin gekommen. Hook meinte, seine Chancen seien ebenso gut wie die des zähen Krif-Manns.

»Mein Job ist hier zu Ende, Sharon. Ich kehre um und erstatte Bericht. Du bist herbefördert worden. Es liegt alles für dich auf einem silbernen Tablett. Nichts kann dich mehr daran hindern, hinzulaufen und dir zu nehmen, was du willst.«

Sie war ganz durcheinander. »So sieht es aus. Aber – ich verstehe das immer noch nicht. Meine Information lautet, der Dynamann Selkas habe dich angeworben, die Quelle des Potenz-Gens festzustellen ...«

Hook zeigte mit großartiger Geste auf das Tal und das emsige Treiben dort.

»Da ist der Beweis, Mädchen. Warum zögerst du?«

Sie schüttelte den Kopf, konnte sich nicht entscheiden.

Normalerweise war Hook ein außergewöhnlich geduldiger Mann. Doch manchmal riß ihm der Geduldsfaden.

»Du hast gesagt, du hättest den Befehl, Sharon. Zum Teufel, worauf wartest du noch? Lauf ins Tal! Nimm dir soviel von dem Potenz-Gen, wie du willst! Lauf doch!«

Ihr Mund wurde fest. »Du kommst mit mir, Duke.«

»Du kannst mich nicht zwingen. In dem Augenblick, wo du ziehen willst, erschieße ich dich.«

»Du kannst eine klobige große Energiewaffe nicht schneller ziehen als ich eine Delling am Handgelenk!«

»Verlaß dich nicht darauf. Willst du es ausprobieren?«

»Nein.« Sie biß sich auf die Lippe. »Nein.«

Und da erkannte Hook eine weitere Wahrheit über Tayniss Sharon. Er wußte ihre anderen Namen nicht. Sie war mutig. Daran gab es keinen Zweifel. Sie mußte ungeheuerliche Reserven an Energie, an Tapferkeit, an weiblicher Nervenkraft haben, daß sie bis hierher gekommen war. Sie hatte keine Angst, es auszuprobieren, ob ihre Delling seine Mega schlagen konnte. Nein – Angst hatte sie nicht. Und in Hooks kaltem Herzen schlug so etwas wie Sympathie für sie Wurzeln. Sie verdiente etwas Besseres als einen Burschen wie Rhus.

Wenn Hook der Meinung gewesen wäre, er könne Sharon helfen, indem er Rhus in diesem Augenblick niedermachte, er hätte es getan. Aber er wußte, daß das keine Lösung war.

»Beim Großen Erlöser«, stieß sie hervor, und die Stimme blieb ihr beinahe in der Kehle stecken. »Ich wollte, ich könnte dir trauen, Duke Everest!«

»Sagen wir: Du traust mir so, wie ich dir traue.«

»Ich bringe den Gonil um!« gelang es Rhus zu gurgeln.

In seinem Elend hatte er noch gar nicht gemerkt, daß Hook sich seine Martian Mega wieder angeeignet hatte.

Hooks eigene Pläne erforderten es, daß er Sharon und Rhus so schnell wie möglich abschüttelte, sich einen Flieger schnappte und die Shylao auf ihrem Rückweg zum Ursprungsgebiet, dem Ort, wo das Potenz-Gen produziert wurde, verfolgte. Für Sharon und Rhus war in diesem Plan kein Platz.

»Lebewohl, Sharon.«

»Lebewohl?«

»Ja. Du machst von hier aus weiter.«

»Aber – aber, Duke ...« Das war alles zu viel für Tayniss Sharon.

Hook stieg die Leiter hinab. Er hielt die Augen auf Rhus gerichtet und kletterte nach dem Gefühl. Als er den Boden berührte, rief er nach oben: »Du solltest dich lieber rar machen. Sie werden den Wachturm auf einem Monitor beobachten.«

Sie antwortete nicht, aber ihr in Syntho-Seide gekleidetes Bein erschien über der Kante. Sie stieg hinab. Rhus folgte ihr zitterig. Hook raste auf die nächste Deckung zu, eine dicht mit ginsterähnlichen Büschen bewachsene Spalte im Lee des Hugels.

Er rannte schnell. Er wußte, Rhus hatte sich inzwischen

genügend erholt, daß er mit diesem langläufigen Krifarm-Gewehr Modell Zweiundzwanzig auf ihn schießen konnte – und Hook wollte rechtzeitig unsichtbar geworden sein, so daß er dem Krif-Mann kein Ziel bot. Hook sprang, um in einen üppig sprießenden Busch einzutauchen.

Er war noch in der Luft, als er es spürte. Es lief durch seine organo-metallischen Knochen, es prickelte in seinem Schädel, es pulsierte in seinen Venen, es pumpte durch seine Arterien. Energien packten ihn und erschütterten ihn und schleuderten ihn wild in den beinahe übermenschlichen Zustand eines Projektmanns.

Er traf auf dem Boden auf und rollte sich ab, und er bewegte sich mit Projektmann-Beschleunigung.

Er war ein Projektmann! Ein vollständiger, hundertprozentiger Projektmann!

Er wußte, in welcher Richtung die Energieströme von dem richtigen Projektmann auf ihn übergriffen. Immer, wenn Hook in die Nähe eines Projektmanns kam, erwachten wie bei zwei aufeinander abgestimmten Schwingkristallen die phänomenalen Eigenschaften auch in ihm. Wie ausgehungert starrte er nach oben. Immer – immer sehnte er sich nach dieser göttlichen Hölle. Er hungerte danach, ein Projektmann zu sein, und doch wußte er, daß sein Begehren, sein innerstes Selbst sich in etwas Böses verwandeln würde, wie die Projektmänner alle dem Bösen unterlegen waren und sich in Nova-Männer verwandelt hatten.

Er rechnete damit, einen Flieger zur Landung ansetzen zu sehen. Doch über den blendend hellen, fremden Himmel segelten nur ein paar Wolken und ein Vogel, und Jarhed brannte herab.

Er suchte den Himmel ab. Er fühlte – oh, er fühlte, wie die Feuer des Himmels und der Hölle ihn verzehrten. Sein Gehirn arbeitete mit unglaublicher Geschwindigkeit, seine Nervenenden zuckten unter dem Strom von Milliarden Botschaften, er war fast göttlich, kein Supermann – das niemals! – aber so nahe daran, daß er wie kein anderes menschliches Wesen verstand, welcher Versuchung die Projektmänner erlegen waren und wie ihre Menschlichkeit vernichtet worden war, so daß sie Finsternis über die Galaxis gebracht hatten.

Als er endlich einen Tanker entdeckte, der sich auf den Parkplatz herabsenkte, als er den Projektmann aussteigen sah, war ihm klar, daß es ein Nova-Mann von unglaublicher Kraft sein mußte. Die Resonanz hatte schon eingesetzt, als der Projektmann noch Kilometer entfernt gewesen war! Hook entsetzte sich vor dieser Kraft. Noch nie hatte er den Übergang von seinem normalen Zustand zu dem eines Projektmanns auf eine so überwältigende Art und auch noch nie auf eine so weite Entfernung erlebt. Er sah und hörte mit übernatürlicher Schärfe, und er konnte mit einer Geschwindigkeit handeln, bei der er die meisten Computer schlagen würde.

Bei dem Projektmann waren ein Mädchen und ein Mann, den Hook erkannte. Michael Michael. Also hatte der von Wing Fareng, einem der Doorn der Projektmänner, ausgewählte menschliche Agent ihn doch noch hier aufgespürt. Aber verhielt es sich tatsächlich so? Hook beobachtete die drei. Der Projektmann bewegte sich in Normalzeit – was für einen Nova-Mann Verlangsamung bedeutete! –, und er lachte und plauderte mit den Wachen und Polizisten, die ihn überprüften. Der Tanker schloß sich der Reihe der anderen Fahrzeuge an. Also hatten die Projektmänner sich entschlossen, Shyle zu übernehmen. Das hier war der Anfang. Sie taten, als seien sie normale Kunden. Hatten sie einmal Zugang gefunden, konnten sie in beschleunigtem Zustand das Geheimnis des Potenz-Gens, das die Shylao hüteten, unschwer aufdecken. Dann würde die böse Macht, die sie in der Galaxis ausübten, um ein riesiges Stück wachsen. Vor dem Schrecken dieser neuen Entdekkung wurde alles andere unbedeutend!

XI

Ryder Hook hatte Verschiedenes zu erledigen, bevor er sich um den Projektmann kümmern konnte.

Wie lange würde der Bastard hier am Treffpunkt bleiben? Doch das wollte er später feststellen. Er mußte die schnell aufgeflammte intuitive Sympathie für Sharon auslöschen. Ryder Hook konnte nicht mit lauter Mitgefühl für dies und jenes Mädchen in der Galaxis umherschlittern. Damit käme er nicht weit.

In Projektmann-Zeit lief er an dem Wachturm vorbei. Sharon stand unten auf der Leiter, einen Fuß in der Luft, den Körper auf entzückende Weise halb zur Seite gewendet. Fünf Sprossen über ihr hatte Rhus sich ganz umgedreht; er stand mit den Absätzen auf der Leiter. Seine große Krif-Mann-Hand ruhte auf dem Kolben des langläufigen Gewehrs. Hook sah die angespannten Sehnen in dieser Hand. Der Gonil war im Begriff, Hook in den Rücken zu schießen. Hook war überzeugt, im Gebüsch verschwunden gewesen zu sein, als er auf Projektmann-Zeit umschaltete. Aber auch, wenn er noch zu sehen gewesen war – Rhus hätte nichts anderes erkannt, als daß Hook auf den Busch loshechtete und plötzlich verschwand. Die Augen des Krif-Mannes würden dem Gehirn melden, Hook sei in Deckung gegangen, und das Gehirn würde es glauben. Die Leute sahen, was sie zu sehen wünschten.

Es wäre ein Spaß, Rhus in diesem Augenblick einen diabolischen Streich zu spielen, zum Beispiel, seine Waffe zu blockieren, so daß sie ihm um die Ohren flog, wenn er den Abzug drückte. Aber Rhus stellte einen gewissen Schutz für Sharon dar, und das Mädchen hatte noch einen langen Weg zurückzulegen, bis sie vor den Shylao in Sicherheit war. Und sie war das weibliche Ungeheuer, das ihn in den Weltraum hinausgestoßen hatte.

Als er den Turm und die Stelle, wo er in den Augen normaler Beobachter verschwunden war, hinter sich hatte, zog Hook seine Kleider aus. Seine alten schwarzen Stiefel behielt er an. Jetzt konnte er sich erst richtig bewegen. Die Reibung hätte seinen blauen Overall in kürzester Zeit in Brand gesetzt, seine Haut dagegen war vollkommen immun, solange er sich im Zustand eines Projektmanns befand.

Er lief ins Tal hinab und hielt dabei ständig nach dem Projektmann Ausschau. Keinem Sterblichen, der sich selbst in Normalzeit bewegte, war es möglich, einen in dieser Geschwindigkeit laufenden Mann zu erkennen. Aber ein anderer Projektmann konnte es. Entdeckte der Projektmann ihn, schoß er ihn augenblicklich nieder. Wenn es auf einem Planeten Schwierigkeiten aus dem Weg zu räumen galt, schickten die Nova-Männer üblicherweise einen oder zwei von ihrer Sorte hin. Hook wußte nicht, was alles in dem Dossier über ihn stand, aber bestimmt hatten die Projektmänner inzwischen ein Dossier über ihn angelegt. Und ein Nova-Mann dachte schneller als die meisten Computer – ebenso schnell wie Hook jetzt dachte.

Die aus dem Tanker ausgestiegene Gruppe hatte ein Gebäude betreten, wo zweifellos über das Verladen und Bezahlen gesprochen wurde. Hook setzte mit einem Sprung über den Drahtzaun, der die Anlage umschloß. Er spürte die Energie, mit der die Drähte aufgeladen waren. Für Fleisch und Blut normalen Ursprungs bedeutete sie den sicheren Tod. Aber auch er malte sich nicht gern aus, was der Strom sogar seiner organo-metallischen Haut antun konnte.

Für seine Augen hatte jede Bewegung auf dem Feld, auf dem Parkplatz und drüben an der Abfüllstation aufgehört. Die Menschen, die dort arbeiteten, standen wir erstarrt. Hook sauste an ihnen vorbei zu einem Platz, wo Kanister aufgestapelt waren. Die Kanister sahen interessant aus. Sie waren mit blumigen Beschreibungen beschriftet, und jeder faßte einen vollen Hektoliter. Sie waren überraschend leicht. Hook nahm einen von der Rückseite des Stapels herab, wo sein Fehlen nicht sofort bemerkt werden würde, hängte ihn sich an dem Tragegurt über die Schultern, hetzte zum Zaun zurück, sprang hinüber, lief weiter und verbrannte auf dem Weg zum Turm das Gras unter seinen Füßen.

Als er den Kanister absetzte, sah er, warum er so leicht war. Unter dem hochgewölbten Boden war ein winziges Antigravgerät angebracht, das in Funktion trat, wenn der Kanister mit seinen ganzen zweiundzwanzig Gallonen angehoben wurde. Hook stellte den Kanister so, wie der rote Pfeil es verlangte, mit dem Antigrav-Gerät nach unten hin, gleich neben den Fuß der Leiter. Sharon würde ihn sehen. Hook trat zurück. Nun, er konnte nur hoffen, daß sie den Rückweg schaffte.

Jetzt mußte er nachsehen, was der Projektmann trieb.

Die Disgel-Waffe, deren Elektronik sich mit den Nervenenden seines Handgelenks verband, war keine Delling. Hook bevorzugte Dellings. Sie war auch keine Parkat. Hook war sich selbst nicht sicher, woher sie stammte. Er hatte sie einem toten Projektmann abgenommen. Wesentlich war, daß sie der Reibungshitze bei schneller Bewegung widerstand. Hook wandte sich Rhus zu, der sich, seit Hook das vorige Mal an ihm vorbeigekommen war, um kaum einen Millimeter weiterbewegt hatte. Hook durchsuchte die Taschen des Krif-Manns nach seinem Disgel-Magazin. Vorsichtig, um das Tuch der Tasche nicht zu versengen, zog er es heraus und steckte es wieder in die Waffe.

Seine eigenen Kleider waren mittlerweile ziemlich schäbig geworden. Er nahm den Waffengürtel und die Martian Mega und band sie sich als Bündel ins Kreuz, wo die Hitze sie nicht schmelzen würde. Dann lief er wieder zum Zaun, übersprang ihn zum dritten Mal und hielt auf das elegante Hotel zu. Wenn der Projektmann zufällig aus dem Fenster des Verladeschuppens sah, hatte er die geparkten Tanker und die Männer, die daran arbeiteten, vor Augen. Und außerdem würde er einen nackten Mann sehen, der mit Höchstgeschwindigkeit über das Feld rannte. Hook verbannte diesen Gedanken und schoß in den Vordereingang des Hotels. Das war eine Luxusherberge – ganz auf Top-Star-Gäste eingestellt.

Hier hatte es keinen Sinn, einen Mann, der ihm oberflächlich ähnlich sah, niederzuschlagen, seine Sachen anzuziehen und sich mit Kosmetika aus dem Laden zurechtzuschminken. Jeder, den er sich aussuchte, würde hier bekannt sein und vielleicht sogar Freunde haben. Die Gewalt der Umstände zwang Hook, ein Einzelgänger zu bleiben.

Das paßte ihm ausgezeichnet.

Neunundneunzig Prozent der Pläne, die sich der arme alte Dynamann Selkas für Duke Everest zurechtgelegt hatte, waren auf der Stelle torpediert worden. Der Grund, warum Hook sich hier befand, war das Instellare-Rakten-Konsortium. Wenn die Projektmänner in der Maske von Einzelgängern oder IRK-Vertretern auf der Bildfläche erschienen, waren sie das allein wichtige Ziel.

Immer noch beschleunigt lief Hook zur Abfüllstation. Er verwandte einige Aufmerksamkeit darauf, sich so weit wie möglich außer Sicht der Fenster zu halten, wo der Projektmann zufällig hinausblicken mochte. Sobald er innerhalb der Station Nummer Drei war, konnte er diese Vorsichtsmaßnahme vergessen, denn der Nova-Mann hielt sich in Nummer Eins auf. Hook spähte über die erstarrten Schultern der Arbeiter nach den Anzeigen und Computer-Terminals. Offensichtlich war der Computer nicht hier. Sein Standort mochte ihm einen wertvollen Hinweis auf das Hauptquartier der Shylao geben. Die Zeit eines Herzschlags verwendete Hook darauf, die Liste mit den Namen der zuletzt Angekommenen durchzusehen. Einen neuen Namen mitten in der Liste einzufügen, erforderte eine unheimliche Geschicklichkeit. Aber Hook war ein Hans Dampf in allen Gassen – obwohl es sich als gefährlicher Irrtum erweisen konnte, sollte jemand glauben, er sei deshalb auf keinem Gebiet Meister. Er ließ Bänder zurücklaufen, gab eine falsche Ankunftszeit an und überzeugte den Computer davon, ein Taynor Ken Zero habe bereits heute morgen einen Hektoliter des Potenz-Gens ordnungsgemäß gekauft. Ob der Hauptcomputer das akzeptierte, blieb abzuwarten. Hook war sich ziemlich sicher, er werde es tun. Er verstand sich auf Computer, und die falschen

Angaben waren so geschickt gemacht, daß sein Instrukteur bei der Armee der Erde seine Freude daran gehabt hätte. Berichtigung. Captain Carpenter hatte an nichts Freude gehabt. Der Mann war genau so eine Maschine gewesen wie seine heißgeliebten Computer. Aus einer Laune heraus und weil es ihn belustigte, setzte Hook dem Namen Zero »Captain a. D.« hinzu.

Jetzt konnte er seine Aufgabe im Hotel zu Ende führen.

Er trug Zeros Ankunft für den frühen Morgen ein und besorgte sich dann aus den Lagerräumen hinter der Hotel-Schneiderei elegante Kleider aus Metallgewebe. Er wählte einen Anzug in gedecktem Grau mit einem gelben Streifen über Schultern und Armen und an den Seitennähten der Jacke und der Hose. Damit war er todschick ausstaffiert. Er nahm sich außerdem passende Handschuhe und einen Hut mit abnehmbarem Schirm, den er sich an den Gürtel hängte. Wenn er in Projektmann-Geschwindigkeit nicht allzu schnell wurde, würden diese Sachen nicht verbrennen.

Rings um ihn stand jede einzelne Person still – was bedeutete, daß sich alle in Normalzeit bewegten. Hook holte tief Atem. Er suchte sich eine Nische im Cafe aus, das ganz in schimmernder Walnuß-Imitations-Plastik und persischen Syntho-Teppichen eingerichtet war, stellte sich eine Tasse auf den Tisch und nahm Platz.

Er schaltete auf Normalzeit um.

Sofort erwachte der Raum zum Leben. Männer lachten, unterhielten sich und tranken. Einige diskutierten über geschäftliche Angelegenheiten. Für einen Einzelgänger war die Umgebung so fremdartig, daß Hook das Gefühl hatte, er sei immer noch in Projektmannzeit und träume. Natürlich gab es Hotels dieser Art überall in den bewohnten Teilen der Galaxis, aber die Gäste waren Leute mit Kreditkarten. Hook bezweifelte, daß sich mehr als ein halbes Dutzend Kreditkarten im Cafe befanden. Diese Einzelgänger waren alle hergekommen, um das Potenz-Gen zu kaufen. Während ihres Aufenthalts wurden sie von den Shylao gut behandelt. Kein Wunder, daß die ganze Sache so hervorragend organisiert war. Hook glaubte nicht, daß es irgendwo einen zweiten Ort wie diesen gab. Da saßen Einzelgänger – und sie benahmen sich, als gehörten sie zur Créme der Galaxis, als trügen sie alle Kreditkarten am Handgelenk! Faszinierend.

Es waren auch ein paar unheimliche Kunden darunter. Das waren richtig schwere Jungs, das waren Ganoven, und sie gaben an wie hohe Funktionäre mächtiger Wirtschaftsorganisationen. Hook hätte am liebsten laut herausgelacht.

Bald darauf wurde er von einem Welpac ins Gespräch gezogen. Er trug Strahlungsnarben im Gesicht, die er sich, wenn er gewollt hätte, leicht operativ hätte entfernen lassen können. Jeder hier wollte soviel von dem Potenz-Gen einkaufen, wie er sich leisten konnte. Die Hektoliter-Kanister waren am beliebtesten. Die wenigen Tanker, die hier gefüllt wurden, gehörten Selbsthilfe-Gruppen, bestehend aus Leuten ohne Kreditkarten. Sie waren selbst embryonale Wirtschaftsorganisationen, Menschen, die sich zusammengeschlossen hatten und versuchten, sich gegen die Macht der Konglomerate zu behaupten.

»Ich werde daran genug verdienen, daß ich mich irgendwo niederlassen kann«, vertraute ihm der Welpac an. »Dies ist meine zweite Reise. Das erste Mal wurde ich auf dem Rückweg überfallen und ausgeraubt.«

»Das tut mir leid für Sie«, meinte Hook mitfühlend. »Es ist schon ohne dies Geschmeiß schwer genug, sich durchs Leben zu schlagen.«

»Ganz meine Meinung, Taynor ...?«

»Zero. Heute morgen angekommen.«

Drüben an der Bar kam es zu einer Schlägerei. Alte Gewohnheiten ließen sich nur schwer unterdrücken, selbst in dieser luxuriösen Umgebung, die die Shylao ihren Gästen zur Verfügung stellten. Der Welpac runzelte die Stirn und strich sich über den Schwanz.

Draußen schrillte kein Alarm los, so daß Hook hoffen konnte, Sharon war unbemerkt davongekommen. Sein frommer Wunsch schloß auch den Idioten Rhus ein, denn wenn er unterging, zog er Sharon mit sich. Wie würden sie sich den Kanister mit Potenz-Gen erklären? fragte Hook sich. Was es war, konnten sie aus der blumigen Beschreibung auf dem Behälter erkennen.

Wenn Sharon nicht davonkam, war es nicht Hooks Schuld. Er hatte für sie getan, was er konnte. Ihr Hilfsteam würde sie und Rhus schon aus der Patsche ziehen. Vielleicht würden sie es das nächste Mal ganz legitim durch die Vordertür versuchen wie die Leute hier im Cafe. Das einzige Problem war, die Galaxis war so groß, daß es einem vielleicht nie gelang, die richtige Verbindung anzuknüpfen. Den Shylao war es gleichgültig. Sie bewirteten die Käufer hier in diesem Luxus-Hotel, das nur für kurze Zeit aus Fertigteilen an diesem Platz aufgestellt worden war, und gleichzeitig erlaubten sie den verzweifelten Projektoren, an der Straße zu dem Raumhafen, wo Hook gelandet war, langsam zu sterben. Das alles setzte sich zu einem bestimmten Bild zusammen, aber es war ein Bild, das Ryder Hook gar nicht gefiel.

Wenn man Geld genug hatte, um das Potenz-Gen zu kaufen, war man vollkommen. Das heißt, wenn man den richtigen Kontakt finden konnte. Diese armen Teufel, die daran glaubten, das Potenz-Gen sei da zu finden, wo auf einer gefälschten Karte ein Kreuz hingemalt war, bezahlten ebenfalls. Es war ihr Pech, wie es Bretts Pech gewesen war, daß sie nicht den richtigen Kontakt gefunden hatten.

Der Sternenstrudel war so groß, daß man den Verstand verlieren konnte, nur indem man darüber nachdachte.

Und die Shylao schützten ihr Hauptquartier. Carshders Tod war der Beweis dafür.

Nachdem sie ihn gefangengenommen und diesem grauenhaften Auflösungsprozeß unterzogen hatten, war er von ihnen zurück nach Wearyville gebracht worden und an der Stelle abgesetzt worden, wo er sich mit Selkas hatte treffen wollen. Eine erschreckende Warnung. Und die Shylao hatten auch nicht den Wunsch, mit den Wirtschaftsorganisationen zu verhandeln. Logisch. Diese Einzelgänger hier würden den verlangten Preis zahlen, denn sie wußten, sie konnten das Potenz-Gen für das Hundertfache verkaufen.

Die Konglomerate würden den Einkaufspreis bald drükken. So gingen sie immer vor.

Hook hatte Michael Michael nicht vergessen, als dieser und das Mädchen und der Projektmann das Café betraten.

Damals auf Sykoris, als er das letzte Mal mit den Nova-Männern aneinandergeraten war, hatte Hook nicht wie Hook ausgesehen. Michael Michael wußte nicht, wie er wirklich aussah. Und wenn Hook sich in acht nahm, was er immer tat, dann würde Michael Michael niemals imstande sein, Informationen zu benutzen, die er hier auf Shyle gewonnen hatte. Man mußte Feuer mit Feuer bekämpfen.

Michael Michael lachte gerade. »Eine gute Tagesarbeit, Sir, sehr ermutigend.« Er war ein zäher Bastard, ein Homo sapiens, bekleidet mit einem korrekten Geschäftsanzug. Er hatte dichtes dunkles Haar, um seine Nasenlöcher spielte ein Zug von Ruchlosigkeit, und in seinen Mundwinkeln nistete Gemeinheit. Aber neben dem Projektmann sah er wie ein quengelndes Kind aus. Hooks Aufmerksamkeit konzentrierte sich auf den Projektmann. Natürlich war er groß und stark. Ein feiner Kopf mit einer sorgfältig gekämmten Masse blonden Haars, perfekt geschnitten natürlich. Ein energisches, kantiges, erfahrenes Gesicht – mit diesem magischen Anflug von Adel, den die Nova-Männer sich stets zu geben verstanden. Natürlich. Natürlich würde Ryder Hook ihn bei der ersten sich bietenden Gelegenheit niederbrennen.

Und dann betrachtete Hook das Mädchen.

Ryder Hook glaubte nicht an die Liebe auf den ersten Blick. Doch er glaubte an etwas, das diesem Phänomen ziemlich nahekam. Er fühlte, daß der Blitz ihn traf wie ein körperlicher Schmerz, direkt ins Herz. Es war ein Schlag in den Solarplexus, der ihm die Luft nahm. Seine Eingeweide verkrampften sich. Es war nicht so, daß sie unglaublich schön gewesen wäre. Ihre Gesichtszüge waren nicht ganz vollkommen, und doch waren sie gerade deswegen bezaubernd und voller Leben. Es war nicht so, daß ihre Figur ihn wie einen brünstigen Hengst hätte reagieren lassen. Es lag auch nicht daran, daß ihre veilchenblauen Augen mit einem Blick, der Belustigung über menschliche Schwächen verriet, über den Raum hinschweiften. Es war keins von diesen Dingen und doch waren sie es alle zusammen – und viele mehr.

Hook begehrte sie.

Sie lachte, und Hook war, als strichen ihm Finger über das Rückgrat. Wenn ein Mann dies Gefühl nie erlebt hat, dann kann er auch nicht darüber reden. Hook wußte jetzt, wie das war.

»Oh, Michael – heute gibt es nicht nur Arbeit für uns, nicht wahr?«

Ihre Stimme – superb! Was sie sagte, hatte im Augenblick nichts als den Klang dieser Stimme zu bedeuten. Hook mußte sich zwingen, sitzenzubleiben und die Tasse mit dem widerwärtigen Kaffee zu umklammern. Ihm war bewußt, daß er sie anglotzte. Bei Dirty Bertie Bashtis riechenden Hosen! Wenn es ihm nicht gelang, diesen Zauber zu brechen, würde der Projektmann zu ihm hinsehen und sich sein Gesicht merken. Er mußte sich unter Kontrolle bekommen.

»Geht es Ihnen gut, Taynor Zero?«

Hook gesellte sich der leidenden Menschheit wieder bei.

»Bestens, danke.« Es gelang ihm, dem Welpac zuzulächeln. »Entschuldigen Sie mich bitte.«

Es waren viele andere Frauen im Hotel, entzückende Geschöpfe aller Rassen waren hier vertreten, und Hook wußte, warum die Einkäufer des Potenz-Gens sie mitgebracht hatten.

Plötzlich wurde ihm eiskalt. War dies Mädchen – er kannte ihren Namen nicht, und doch kannte er sie von jeher und würde sie für den Rest seines Lebens kennen – war dies Mädchen aus dem gleichen Grund hergebracht worden? Und – *von einem Projektmann?*

Michael Michael sprach zu dem Nova-Mann mit äußerster Ehrerbietung. Er nannte ihn immer »Sir«, und gelegentlich ließ er kühn ein »Taynor-Fenshaw« einfließen. Der Name des Bastards war also Fenshaw. Hook schlenderte unbefangen aus dem Café. Sein Verstand kam ihm wie ein siedender Kessel vor, der überkochte, ihn blendete, sein Gesicht glühen und seine Glieder schmerzen und seine Eingeweide grollen ließ. Fenshaw. Und Michael Michael. Und dies wundervolle Mädchen …

Er ging zur Abfüllstation Nummer Eins. Er ging in normalem Tempo und sah sich das emsige Treiben an. Aus dem, was er sah, und aus der Länge der wartenden Tanker-Schlange schloß er, daß die Operation gegen Abend abgeschlossen sein würde. Er trat in das erste Abteil, schaltete auf Beschleunigung um und raste in das Büro. Angetrieben von einem blindwütigen schwarzen Zorn machte er sich an die Arbeit.

Er löschte die Namen Fenshaw und Michael Michael aus den Aufzeichnungen. Während er mit dem Computer arbeitete, mußte er dauernd von Normalzeit auf Projektmann-Zeit schalten und wieder zurück, und ganz bestimmt verursachte er unter dem Bedienungspersonal beträchtliche Verwirrung. Aber er hatte jede Vorsicht über Bord geworfen. Er wußte, er täte besser daran, in aller Ruhe vorzugehen, wie er es getan hatte, als er den Namen Ken Zero einspeiste. Aber er konnte sich nicht beherrschen. Für Ryder Hook war das eine Todsünde.

Als er damit fertig war, die Aufzeichnungen zu manipulieren, verließ er das Büro und schlenderte wieder in Normalzeit zum Flieger-Parkplatz. Das Schlendern verursachte ihm allein schon Qualen. Aber er mußte seine Gefühle wieder unter Kontrolle bekommen, und so zwang er sich herumzuspazieren, als habe er keine einzige Sorge auf der Welt. Auf dieser Welt, dieser Welt Shyle. Auf anderen Welten der Galaxis hatte er unzählige Sorgen. Sie bedeuteten ihm im Augenblick nichts. Im Büro der Abfüllstation waren keine Informationen über das Mädchen vorhanden gewesen. Er sah sich die Flieger an und merkte sich im Geist diejenigen vor, die es wert waren, sie zu stehlen. Dann ging er ins Hotel zurück. Der Projektmann und Michael Michael saßen noch im Café, tranken Schnaps und lachten. Das Mädchen hatte an einem kleinen Seitentisch Platz genommen. Sie hatte ein alkoholfreies Getränk vor sich stehen und studierte ein kleines rotes Notizbuch. Hook ließ solange, wie er es wagte, seinen Blick auf ihr ruhen, und dann begab er sich zum Empfang des Hotels.

Er las die Zimmerreservierungen nach.

Fenshaw ... Michael Michael.

Tayniss Iola Gervase ...

Iola ...

Er blieb lange Zeit dort stehen, lange genug, daß einer der Service-Roboter einen Tentakel einen guten Zentimeter weiterbewegte. Endlich riß er sich loß. Iola ... Er mußte sie aus den Klauen des Projektmanns befreien, das stand fest. Er durfte Fenshaw nicht erlauben, das auszuführen, was er so offensichtlich beabsichtigte. Iola ...

So wie die Ankunft des Nova-Manns Fenshaw es bewirkt hatte, daß Ryder Hook seine Pläne änderte und den Dynamann Selkas vergaß, so hatte wiederum seine Entdeckung der Tayniss Iola Gervase jeden anderen Gedanken als den an sie aus seinem Kopf vertrieben. Er hatte sie zwar nur kurz, aber doch lange genug gesehen, um zu erkennen, daß sie verzweifelt unglücklich war. Sie lachte mit einer erzwungenen Fröhlichkeit, die Hook ins Herz schnitt.

Er ging zurück in das Café. Das Trio war gerade im Aufbruch begriffen, und Hook hörte, wie der Projektmann mit Michael Michael sprach, ganz brüske Autorität und dunkle Macht, und er sah, wie Iola schnell als erste hinausging, weil ihr ein Kontakt mit Fenshaw widerwärtig war. Armes Kind! Ihr Leben mußte die Hölle sein. Nun, damit war bald Schluß. Von nun an würde sich Ryder Hook um sie kümmern, auch wenn sie miteinander streiten und sich gegenseitig wehtun sollten. Hooks Erfahrungen in dieser Art menschlicher Beziehungen waren so beschränkt, daß er sich nicht darauf stützen konnte. Aber er würde lernen. Es würde wundervoll sein, zusammen mit Iola Gervase zu lernen.

Die Sonne, dieser alte F-Typ Jarhed, war inzwischen gesunken. Sehr viel war geschehen, dachte Hook, seit sie den Wachturm entdeckt hatten, doch er meinte damit, daß nur eins geschehen war. Heute morgen hatte er noch nicht gewußt, daß Iola Gervase existierte. Heute abend war sie der Beweggrund für alle seine Handlungen. Und wie völlig verwirrt er war! Aber er hätte es gar nicht anders haben wollen.

Die Shylao packten bereits ein. Die letzten Geschäfte waren abgewickelt, alle Shylao-Tanker waren leer und startbereit, die Kunden würden nur noch das letzte üppige Diner zu sich nehmen und dann in ihren eigenen Transportmitteln abreisen.

Das Diner war eine ganz großartige Angelegenheit, die Feier eines erfolgreichen geschäftlichen Wagnisses. Die Gäste wurden nach einer Tischordnung gesetzt, die der Robot-Oberkellner verlas. Die Namen wurden aufgerufen. Die Gäste kamen lachend und glücklich herein und begaben sich an ihre Plätze. Der Speisesaal erstrahlte in hellem Licht. Die Tische waren Wunder an Damast und Silber und Glas. Alles war höchst vornehm. Die meisten Gäste hatten sich auch vornehm gekleidet, aber dazwischen tauchte hier und da ein alter Einzelgänger auf, der niemals eine Kreditkarte am Handgelenk getragen hatte und sich anzog, wie es ihm paßte. Ein Mal in alten Denim-Hosen ging an Hook vorbei, und nun schlenderte ein Sap in einem ölverschmierten Anzug aus Metallgewebe herein. Hook fand, er sehe in seinem neuen grauen Anzug mit den gelben Streifen ganz passabel aus.

Es mochte ein Gala-Diner sein, aber jeder trug Waffen.

Alte Gewohnheiten lassen sich schwer ablegen.

Hooks verrückter Einfall, dem Namen Zero den Zusatz »Captain a. D.« hinzuzufügen, trug jetzt seltsame Früchte. Gruppen von Leuten fanden sich bei Aufruf ihrer Namen zusammen und nahmen ihre Plätze ein. Gelächter hing in der parfümierten Luft. Nun war die Zeit gekommen, wo man sich unterhielt und vergnügte, die Zeit des Weintrinkens, der Geselligkeit und der Freundschaft. Hook bemerkte Iola und ihre beiden Gefährten. Er verbarg sich vor ihnen hinter einem Arrangement künstlicher Blumen, schaltete auf Beschleunigung, zischte zu dem Roboter hinüber, schnappte sich die Liste, löschte seinen Namen und den von Michael Michael mit einem Spray, schrieb sie von neuem in perfekter Nachahmung des Computer-Ausdrucks, aber tauschte ihre Plätze aus.

Er sprang zurück in sein Versteck und kam auf der anderen Seite in Normalzeit wieder zum Vorschein. In Gemütsruhe strich er sein Hosenbein mit dem gelben Streifen glatt. Niemand hätte in der Zeit, die er fort gewesen war, auch nur einmal blinzeln können.

Der Roboter rief die Namen aus.

»Taynor Argant Del. Tayniss Lornal Fernal.«

Zwei Leute setzten sich, und die Roboter rückten ihnen die mit Gold inkrustierten Plastiksessel zurecht. Die Tische flammten vor Kerzenlicht, der Damast schimmerte, das Silber glänzte.

»Taynor Holt Fenshaw, Tayniss Iola Gervase.«

Hook beobachtete sie mit brennenden Augen. Er zupfte sich die Jacke zurecht. Die Blumen verströmten starke Düfte.

»Captain Ken Zero, Tayniss Rhylla Halmar.«

Er ging auf den Tisch, auf seinen Stuhl zu. Eine Frau trat neben ihn, eine Schaschmiri, üppig und sinnlich auf Schaschmiri-Art. Hook hatte keinen Blick für sie. Er hielt sein Gesicht ausdruckslos, seine Hände locker. Er spürte den Schweiß in seinen Handflächen. Mit Bewegungen, die denen eines rostigen Roboters glichen, zog er der Schaschmiri-Frau den Sessel zurück. Ein Roboter würde ihn anschieben, wenn sie sich setzte. Hook hätte nicht sagen können, welch ein Kleid sie trug. Er faßte die Lehne seine eigenen Sessels. Er blickte auf Iola Gervase hinab.

Sie trug ein weißes Gewand, so daß ihre Haut golden und glatt schimmerte und so schön war, daß Hook sie berühren, sie steicheln, ihre Weichheit spüren wollte. Ihr Haar, von einem satten Braunton wie sein eigenes, fiel ihr auf die Schultern, und die Lichter im Speisesaal fingen sich darin und ließen es wie Leuchtkäfer funkeln. Ihre veilchenblauen Augen blickten erstaunt auf, als Fenshaw sich halb erhob.

»Was ist mit Michael passiert?«

Hook ignorierte ihn. Er sah auf Iola Gervase hinab.

»Ich fühle mich geehrt, Tayniss Gervase.«

Er zog entschlossen seinen Sessel zurück und saß schon, bevor der Roboter zufassen konnte.

Iola sah ihm in die Augen, und Hook erkannte in den ihren den Schreck, den Widerschein seiner eigenen Verwirrung, seines eigenen Identitätsverlustes, seiner eigenen Hilflosigkeit.

»Captain Zero«, sagte Iola Gervase, »ich – ich hatte nicht erwartet ...«

»Ich auch nicht.«

Sie starrten sich an wie zwei verlorene Seelen.

»Das Vergnügen ist ganz auf meiner Seite, Captain Zero«, sagte Iola Gervase, und sanft und lieblich stieg ihr die Farbe in die Wangen.

XII

Hook wurde durch eine Blechflöte aus seinen Träumen geweckt.

Holt Fenshaw, Projektmann, Teufel, sah über Iola Gervase hinweg. Sein Gesicht war heiß und häßlich.

»Was ist mit Michael passiert? Wo ist der Clown?«

»Hinsetzen!« brüllte ein La ćhorit von der anderen Seite des Tisches hinüber, seine Eßwerkzeuge bereits in der Greiftasche. »Welche Rolle spielt es, wer bei einer solchen Gelegenheit wo ist?«

Der Mann mit der Blechflöte ließ einen Triller und dann eine Kadenz erklingen. Die Töne durchdrangen die heiße, glückliche Atmosphäre.

Hooks Augen ruhten immer noch auf Iola Gervase. Er konnte sie einfach nicht abwenden. Sie erwiderte seinen Blick. Beide wußten sie, daß der andere in den Augen seines Gegenübers ertrank. Hook hatte jedes Gefühl dafür verloren, daß er lächerlich wirken könne. Er machte sich zum Narren, na und? Es gab immer noch Romantik im Sternenstrudel der Galaxis, und daran konnte kein blasierter Wüstling mit all seinen Erfahrungen und seinem Spott auch nur ein Tüttel ändern. Es war sehr angenehm, alte Roúes zu verachten, die, wenn ihre Kräfte schwanden, sich bekehrten und jungen Leuten zu predigen begannen, sie dürften es nicht tun. Ryder Hook wußte nichts anderes, als daß er neben Iola Gervase saß und leichte Konversation mit ihr trieb, und alles, was er sich wünschte, während sie plauderten und lachten und die Party rings um sie allmählich lauter wurde, war, daß dies immer so weitergehen sollte.

Sie sprachen miteinander. Sie sprachen von harmlosen Dingen, und er erfuhr nur wenig über sie selbst, und er wußte, welche Gründe das hatte. Es waren die gleichen Gründe, aus denen sie auch nur wenig über ihn erfahren konnte. Aber ihre persönlichen Vorgeschichten hatten wenig zu bedeuten. Sie entdeckten einander. Die lebenden, ahnenden, menschlichen Wesen, die sie in diesem Augenblick waren, nur darauf kam es an. Sie fanden sich auf einer unmittelbaren und rein menschlichen Basis des Glücks, des Lachens und der Freude.

Das Schaschmiri-Mädchen, das von der Hotelleitung an Hooks anderer Seite gesetzt worden war, mußte notgedrungen Unterhaltung bei ihrem Nachbarn zur Rechten suchen. Die weibliche Einkäuferin, sehr charmant und weltgewandt, neben der Hook hätte sitzen sollen, war in ein angeregtes Gespräch mit Michael Michael vertieft. Fenshaw, der sich damit abgefunden hatte, daß er den Fehler der Tischordnung nicht aufklären konnte, versuchte, sich in die Unterhaltung einzuschalten. Jedes Mal, wenn er das Wort ergriff, zuckte Iola zusammen, in ihrer Wange zitterte ein Muskel, und sie wandte sich ihm mit einem erzwungenen Lächeln zu. Sie gab ihm irgendeine höfliche, nichtssagende Antwort, und dann drehte sie sich wieder zu Hook um.

Hook hielt es für völlig überflüssig, sie nach ihrer Beziehung zu Fenshaw auszufragen. Sie berichtete jedoch von sich aus, sie arbeite als seine persönliche Assistentin, und sie seien beide beim IRK. Geboren war Iola auf der Erde, und sie war sich nicht sicher, ob ihre Arbeit ihr gefalle oder nicht, aber sie hatte große Pläne. Dann sprachen sie über all die anderen wundervollen Dinge in der Galaxis, die nichts mit Arbeit und Wirtschaftsorganisationen und Einzelgängern und dem Potenz-Gen zu tun hatten. Hook verstand es, charmant zu plaudern, wenn er Lust dazu hatte, doch jetzt hatte er keine Lust dazu. Er sprach ernsthaft, und er wußte, bei Iola war es ebenso. Das Essen verging ihnen wie im Flug bei ständig neuen Entdeckungen.

Die Nachricht wurde weitererzählt, man habe in einem Wachturm zwei erschossene Posten gefunden, und für eine Weile gewann die Realität wieder die Oberhand. Dann setzten sie ihre Diskussion darüber fort, woran es liege, daß die Musik von Jernitz so erhebend sei, warum Tee ein edleres Getränk sei als Kaffee, ob die Romane von Charles Greyson in einer semantischen Serie zusammengefaßt oder als voneinander unabhängige Texte behandelt werden sollten, ob das Schicksal des unglücklichen Gholan-Systems hätte vermieden werden können, wenn die Gholanesen an einen göttlichen Geist statt an ihre Schamanen geglaubt hätten. Die Zeit verging sehr schnell, und der Brandy wurde serviert, und die Gäste riefen und lärmten, und der Zeitpunkt für die Orgie rückte näher.

»Ich habe keine Ahnung, was ich eigentlich gegessen habe, Captain Zero.«

»Ich auch nicht, Tayniss Iola. Ich glaube nicht, daß ich jemals …« Es war nicht nötig, daß er den Satz beendete.

Ihre veilchenblauen Augen versicherten ihm, daß sie genau das Gleiche empfand.

Doch Ryder Hook hatte seine Aufmerksamkeit nicht zu vollen hundert Prozent auf Iola Gervase konzentriert, wenn auch der fehlende Teil nur winzig war. Von seinem alten Selbst hatte er sich dennoch genug bewahrt, daß er wußte, die forensischen Spürgeräte mußten inzwischen rings um den Wachturm ihre Arbeit getan haben. Sobald die Bedienungsmannschaft genügend Daten beisammen und diese in den Computer eingespeist hatte, würde man feststellen, daß seine Körperemissionen mit denen der einen von den drei Personen am Wachturm identisch waren. Das war ihm klar, aber es machte keinen Unterschied für ihn aus. Man würde ihn bei heftigster Gegenwehr wegzerren müssen, ehe er eine Sekunde der Zeit mit Iola Gervase aufgab.

Die bis zum Wahnsinn erregenden Schwingungen von Fenshaws Projektmann-Körper erreichten Hook durch den zwischen ihnen befindlichen Körper Iolas. Noch nie zuvor hatte Hook eine solche Intensität der Übertragung erlebt, noch nie waren die fast übermenschlichen Fähigkeiten in ihm so ausgeprägt gewesen. Seine Erfahrung mit diesem Projektmann war auf subtile, aber ganz deutliche Weise anders als seine früheren.

Wahrscheinlich, dachte er düster, kam das daher, daß er es noch nie mit Iola an seiner Seite erlebt hatte.

Am anderen Ende des Raums hatten die Roboter Tische und Stühle bereits beiseitegeräumt und Liegen hereingerollt. Männer und Frauen nahmen winzige Proben des Potenz-Gens zu sich und waren eifrig an der Arbeit. Ein Käufer mußte schließlich seine Ware testen.

Die Leute um Hook und Iola standen auf, als die Roboter nach den Stühlen griffen. Michael Michael kam mit der charmanten Einkäuferin herbei und blinzelte Iola zu. Sie antwortete mit einem halben Lächeln. Hooks Gesicht blieb ausdruckslos. Er wurde als Captain Zero vorgestellt, und sein Lächeln wirkte wie eine höfliche Begrüßung, obwohl er in Wirklichkeit darüber grinste, wohin ihn der plötzliche Einfall geführt hatte, sich als »Captain a. D.« zu bezeichnen.

Niemand dachte daran, ihn zu fragen, wo er seinen Rang erworben habe. Das wirklich Komische daran war, daß er dann nur die Wahrheit hätte zu erzählen brauchen. Er hatte während einer seiner Eskapaden vor ein paar Jahren als Captain eines Kreuzers gedient, und das ganz legitim. Und es war eine verhältnismäßig glückliche Zeit gewesen. Jetzt nahmen sie sich alle etwas zu trinken und gingen hin, um sich diese neue Art der Unterhaltung anzusehen.

Hook stand direkt neben Fenshaw, dem Projektmann.

»Werden Sie Ihren Einkauf testen, Taynor Fenshaw?«

»Ich glaube, ja, Captain Zero.« Fenshaw sprach zu ihm, als habe er einen Schlammwurm in einem Dreckloch vor sich.

Hook spürte eine Berührung an seinem Arm und drehte sich um. Das Schaschmiri-Mädchen stand da und lächelte ihm auffordernd zu.

Hook bückte sich, um ihr etwas ins Ohr zu flüstern.

»Für Sie gibt es einen Bonus, wenn Sie Holt Fenshaw beschäftigen.«

Sie hob ihre Augenbrauen. Dann kicherte sie.

»Für einen Bonus bin ich immer zu haben, Süßer. Ich werde ihn sehr gut beschäftigen.«

»Das ist ein Wort.« In seiner neuen, überschwenglichen Stimmung setzte Hook hinzu. »Und sie sehen entzückend aus, meine Liebe, einfach hinreißend.«

Sie mimte Verwirrung und begann, doppelt motiviert, den Angriff auf Fenshaw. Hook legte Iola eine Hand auf den Arm. Die Berührung setzte ihn in Flammen, und er mußte sich zwingen, ruhig zu bleiben. Das hier war keine Augenblicksaffäre. Das war die wichtigste Begegnung seines Lebens.

Soviel Hook wußte, war für einen Nova-Mann ein Mädchen so gut wie das andere, und eine Schaschmiri war immer etwas Besonderes. Hook und Iola gelang es, sich aus der Masse zu lösen. Die Stimmung heizte sich auf; die Orgie mußte gleich beginnen. Dicht nebeneinander gingen sie zum entgegengesetzten Ende des langen Raums und unterhielten sich.

»Reisen Sie ab, sobald das hier vorüber ist, Iola?«

»Ja. Meine berufliche Aufgaben warten. Es gibt immer viel zu tun. Holt Fenshaw ist ein sehr mächtiger Mann beim IRK.«

»Mein Partner hat eine Reise vor, zu der ich keine Lust

habe. Gibt es eine Möglichkeit, daß Sie in Ihrem Büro einen Stuhl für mich finden könnten?«

Sie lächelte ihn an. Ihr Lächeln hätte ihn betört, wäre er nicht sowieso schon völlig hinüber gewesen.

»Das kann ich nicht, Zero. Ich kann es nicht. Es ist – es ist etwas, das Sie nicht verstehen würden.«

Das warf einen Schatten zwischen sie.

Hook konnte nicht sagen: »O doch, Iola, ich verstehe es. Ihr Chef ist ein Nova-Mann. Nicht einmal Sie wissen darüber völlig Bescheid.«

Deshalb erklärte er nur: »Aber ich möchte Sie wiedersehen.«

»Ich Sie auch! Aber ...«

»Nun, was dann?«

Auf der glatten Stirn deuteten sich über ihrer anbetungswürdigen Nase Falten an. »Es gibt Dinge, die ich nicht erklären kann. Oh, ich wünschte, ich könnte es – aber ich kann nicht. Es ist – es ist mir nicht erlaubt ...«

»Die meisten Leute hier sind Einzelgänger ohne Verbindung zu einer Wirtschaftsorganisation, Iola. Sie dagegen schulden dem IRK Loyalität. Das verstehe ich.«

»Das ist nur ein Teil des Problems. Sie könnten ...«

Was war wohl die beste Methode, ihr beizubringen, daß ihr Chef eine Pestbeule der Galaxis war und umgebracht werden würde, sobald Hook eine Gelegenheit dazu sah? Wahrscheinlich würde sie ihm nicht glauben. Es hörte sich gar nicht gut an. Aber es war die Wahrheit.

War Fenshaw einmal aus dem Weg und Michael Michael auch, konnte Iola befreit werden. Es würde kein einfacher Weg sein. Aber ein direkter Weg.

Hook sah darin Moral und Logik.

»Ich weiß, Sie arbeiten nicht gern für Fenshaw ...«

»Nein. Aber ich muß. Ich habe meine Befehle, es ist meine Pflicht ... es ist nicht leicht.« Sie drückte seinen Arm. »Ich glaube, ich werde bald befördert, und dann habe ich meine eigene Abteilung. Dann kann ich Holt Fenshaw Lebewohl sagen.«

Hook ließ sich nichts anmerken. Wenn Ryder Hook

etwas dazu tun konnte, würde Iola viel eher, als sie dachte, Fenshaw Lebewohl sagen.

Er blieb vor einer Samtcouch stehen. Immer noch hielt er Iolas Arm gefaßt. Sie sah zu ihm auf, ihre Augen begegneten sich, ihr Atem war warm und süß. Langsam, sich der Größe des Augenblicks bewußt, beugte Hook sich zu ihr nieder. Er küßte sie. Er küßte sie und fühlte, wie Flammen durch alle seine Glieder liefen und seinen Körper verzehrten. Sie brannte ebenfalls. Sie war die Flamme. Er drückte sie an sich und legte eine Hand auf ihr weißes Gewand, und sie legte ihre schlanke Hand auf seine und drückte sie. Er fühlte ihr Herz schlagen. Sie stöhnte, und ihre Lippen wurden heiß und weich unter seinen.

Als sie sich voneinander lösten, war Hook unfähig zu sprechen.

Iola sagte: »Wir werden bald abreisen. Ich möchte dich vorher kennenlernen, denn da ist etwas – etwas, das ich nicht erklären kann.« Und ihre veilchenblauen Augen bewölkten sich. »Ich hätte nie gedacht, ich könnte – es ist unglaublich – ich hatte mir immer vorgestellt, es müsse einer wie Holt Fenshaw sein. Aber jetzt – ich glaube wirklich ...«

Hook küßte sie von neuem. Sie legte seine Hand auf ihre Brust, und er spürte in ihrem Herzschlag das Versprechen von Sonnenschein und Morgenröte und Frühlingswinden und den Puls des Lebens und all die anderen törichten Dinge, an die ein Mann bei Gelegenheiten wie dieser denkt.

»Ich habe zwei Tabletten von dem Potenz-Gen – wir sollten ...«

»Wir brauchen sie nicht, Iola.«

»Das weiß ich! Aber es würde – es würde ...«

So steckten sie dort auf der Samtcouch die Tabletten in den Mund und liebten sich, und Hook hatte nie bei all seinen Erfahrungen etwas erlebt, das auch nur entfernte Ähnlichkeit damit gehabt hatte. Es ging weiter und weiter, und die Erfahrung wuchs und wuchs. Er behielt jede kleinste Einzelheit im Gedächtnis, und doch lag über allem der romantische rosige Nebel, der ihn zu normalen Zeiten als sentimentaler Unsinn abgestoßen hätte. Das hier war nicht sentimental, und es war kein Unsinn – es geschah wirklich, und es war überwältigend. Und dann kam die Einsicht, daß es ihm verdammt egal war, wenn er sentimental und wenn es Unsinn war. Von ihm aus konnte es das ruhig sein.

Er hatte diese letzte Serie von Abenteuern als Abel Klark begonnen. Dann war er Duke Everest gewesen. Jetzt war er Captain Zero. Und Captain Zero war nur durch eine Laune, durch eine plötzliche Eingebung entstanden. Er bedauerte es sehr, daß Iola ihn nicht unter seinem richtigen Namen kannte. Aber ihm war noch genug gesunder Menschenverstand geblieben, daß er ihr nicht erzählte, er heiße in Wirklichkeit Ryder Hook. Sie arbeitete für einen Projektmann – wenn auch nicht mehr für lange! –, und es bedurfte nur eines unvorsichtigen Wortes, und Ryder Hook wurde aus dem Sternenstrudel der Galaxis entfernt.

Die Orgie näherte sich ihrem Ende. Viele Leute waren bereits gegangen, als Hook und Iola aus ihrem Universum der Leidenschaft in die profane Welt von Shyle hinabstiegen. Hook fühlte sich wundervoll. Iola sah strahlend schön aus. Am anderen Ende des Raums waren Michael Michael und die Schaschmiri-Frau immer noch schwer beschäftigt. Holt Fenshaw hatte sich eine andere Partnerin genommen. Alle sahen wild aus. Aber der Raum leerte sich. Es hing davon ab, wieviel von dem Potenz-Gen sie genommen hatten. Hook und Iola blickten auf die anderen ohne Neid. Eng umschlungen kehrten sie zu der Gesellschaft zurück. Hook kam sich leicht, unstofflich, verjüngt vor. Ihm waren die Augen für die Möglichkeit eines neuen Lebens geöffnet worden, eines Lebens, von dem er für seine Person nie auch nur geträumt hatte.

»Wenn du meinst, ich könnte dich jemals vergessen, Iola – wenn du glaubst, ich würde dich gehen lassen …«

»Ich muß gehen! Du verstehst nicht – und ich kann es dir nicht erklären.«

»Vielleicht weiß ich mehr …« Er brach ab. Erst wenn Fenshaw aus dem Weg war. Dann war noch Zeit genug.

»Du kannst nicht wissen, von was ich spreche. Niemand kann das wissen. Schon eine Andeutung, daß es da etwas zu wissen gibt, ist gefährlich …«

»Es gibt sehr viele Gefahren in der Galaxis, Iola.«

»Hör zu, Zero. Ich muß nach Thalius. Dort haben wir eine Hauptniederlassung.«

»Ich kenne Thalius. Eine hübsche kleine Welt, der Erde nicht unähnlich.«

»Ja. Ich muß dorthin zurück. Sobald ich befördert worden bin, werde ich freier sein, denn dann habe ich meine eigene Abteilung.«

»Ich werde warten«, sagte Ryder Hook. »Ich werde warten. Aber wundere dich nicht, wenn ich plötzlich auf Thalius auftauche …«

»Das darfst du nicht tun! Wage es nicht.«

Er wußte, was sie meinte. Die Nova-Männer würden es gar nicht freundlich aufnehmen, wenn ein Fremder, noch dazu ein Einzelgänger, eine ihrer Angestellten aushorchte, wie sie es ausdrücken würden. Die Nova-Männer benutzten Leute. Sie hatten eine riesige Armee von Zombies, sie hatten die Doorn, in ihren zwischen den Sternen verteilten Agenturen beschäftigten sie Millionen verschiedener Leute, die für das IRK arbeiteten und nicht die leiseste Ahnung hatten, daß das IRK den Projektmännern gehörte. Aber Ryder Hook würde sich davon nicht aufhalten lassen. Er hatte sich noch nie davon aufhalten lassen.

Er lächelte Iola zu. »Und wenn ich sage, für dich würde ich alles wagen, hört sich das wie leere Prahlerei an, wie das Gerede eines liebeskranken Idioten.«

»O nein. Du prahlst nicht.«

Ein Gedanke kehrte in Hooks Kopf zurück, der mit allen anderen Gedanken daraus vertrieben worden war. Ja, er sollte zu dem Welpac Brett zurückkehren und ihm berichten, was geschehen war, aber der Dynamann Selkas sollte daraus keinen Nutzen ziehen. Doch beide, Brett und Selkas, waren unwichtig. Bald war die Zeit zu Ende, die er sich für eine kleine Erholung zugestanden hatte, bevor er sich auf die Suche nach Shaeel und Karg machte. Er mußte feststellen, was die beiden Blödmänner angestellt hatten. Deshalb konnte er, so sehr es ihm widerstrebte, Iola zu ihrer schmutzigen Agentur auf Thalius zurückkehren lassen. Sobald er sich um Shaeel und Karg gekümmert hatte, würde er nach Thalius reisen, und dann – und dann konnte ihn keine verdammte Wirtschaftsorganisation und besonders keine solche, die von Nova-Männern geleitet wurde, mehr aufhalten.

»Du kehrst sofort nach Thalius zurück?«

Iola zögerte. Hook entging dies Zögern nicht. Dann log sie, und er war überzeugt, sie tat es aus Besorgnis um ihn.

»Ja. Auf direktem Weg nach Thalius.«

Er fand es interessant, daß er genau wußte, wann sie log. Aber er liebte sie für diesen Versuch, ihn zu schützen. Natürlich befand sich der Projektmann hier, um genau das zu tun, was auch Hook tun wollte, nämlich den Shylao zu folgen und das Geheimnis des Potenz-Gens aufzuklären. Nun, wenn Hook hinter dem verdammten Potenz-Gen herlaufen mußte, um bei Iola bleiben zu können, dann würde er es tun.

Michael Michael und Fenshaw machten den Eindruck von Schweinen. Als Hook und Iola nähertraten, setzte sich Michael mit rotem Kopf und heftig schwitzend auf. Er schob die Schaschmiri-Frau weg. Wütend starrte er Iola an.

»Wo bist du gewesen, Iola? Du weißt, daß ich dich haben wollte!«

Er kam auf sie zu, und Hook überließ sich seinen Reflexen. Das mußte er an Ort und Stelle erledigen. Fenshaw war aufgestanden und sah der Szene mit unverschämtem Grinsen zu. Wenn Hook sich in die Projektmann-Zeit versetzte, würde der Nova-Mann sofort reagieren.

»Geh mir aus dem Weg, Gonil!« drohte Michael Michael. Hook dachte daran, was diesem Mann in der *Vandeneuf* zugestoßen war. Das zerschmetterte Handgelenk war völlig verheilt. Er bewegte sich nicht.

»Ich glaube nicht, daß Tayniss Iola mit Ihnen zu sprechen wünscht.«

Michael Michaels Gesicht verriet, daß ihm das einen Schock versetzte. Er schlug zu. Hook fing sein Handgelenk ein – es war das gleiche –, fühlte die daran befestigte Disgel-Waffe und bog die Hand zurück. Wieder brach das Gelenk, so daß der rosige Knochen durchschimmerte.

Michael Michael schrie. Hook stieß ihn von sich, ließ jedoch das Handgelenk nicht los. Eine Waffe erschien in Holt Fenshaws rechter Hand und wies auf Hook. Es war eine Tonota Achtzig, und sie konnte ihn, Iola und den ganzen Speisesaal in rauchende Asche verwandeln. Im nächsten Augenblick stand Iola vor Hook. Groß und schön und für Hook in seinem berauschten Zustand alsolut atemberaubend stand sie da.

»Nein, Holt! Nicht Captain Zero!«

»Warum nicht? Ist er etwas Besonderes – dieser Dummkopf von einem Homo sap? Niemand bricht einem meiner Leute das Handgelenk und kommt ungeschoren davon. Tritt zur Seite, Iola!«

Ob er geschossen hätte oder nicht, konnte Hook nicht entscheiden. Seiner Meinung nach gab ein Nova-Man keinen Pfennig um eine persönliche Assistentin. Er würde schießen und ein neues Mädchen anstellen. Iola blieb stehen, auf alles gefaßt. Hook bereitete sich darauf vor, seine Muskeln anzuspannen und die Disgel-Waffe abzufeuern. Wenn er überhaupt daran dachte, daß er hinter den Röcken einer Frau hervor schoß, dann dachte er gleichzeitig, daß das keine Schande sei, wenn es sich bei der Frau um Iola handele.

Fenshaw wartete einen Augenblick darauf, daß Iola sich bewegte.

Iola erklärte: »Ich werde es wiedergutmachen, Holt. Das verspreche ich dir. Aber du darfst dem Captain nichts tun.«

»Du gibst mir Befehle?«

»Nein – ich bitte dich …«

Hook ließ sich laut und deutlich vernehmen: »Ich werde mich bei Michael Michael entschuldigen und die Kosten für die Behandlung tragen. Ich glaube, wir haben alle die Beherrschung verloren.«

»Das nützt dir überhaupt nichts mehr, Gonil ...«

Eine Stimme ertönte vom Ende des Raums.

»Michael Michael und Holt Fenshaw!«

»Da rückt die hiesige Polizei an«, sagte Hook schnell. »Wir wollen doch in diesem späten Stadium nicht noch in Schwierigkeiten mit ihr kommen?«

Holt Fenshaws Waffe verschwand. Er sah so gemein aus, wie ein Mann nur aussehen kann. Hook war der Fehler nicht entgangen, den Fenshaw gemacht hatte, als er Hook einen Dummkopf von einem Homo sap nannte. Der Mann war selbst einmal ein Homo sapiens gewesen, ehe er durch das IRK in einen Projektmann verwandelt wurde. Jetzt sagte Fenshaw mit einer Handbewegung zu Iola:

»Ich will es diesmal übersehen, Iola. Bring Michael zum Behandlungsraum und sorge dafür, daß er verarztet wird.«

Iola warf Hook einen Blick zu, und er erkannte die unendliche Erleichterung in ihren veilchenblauen Augen. Er nickte.

»Ich begleiche die Rechnung.«

Fenshaw leckte sich die Lippen. »Sie werden die Rechnung auf der Stelle begleichen, Captain Zero.«

Iola führte Michael Michael weg. Sie gingen durch die Tür, als die Sicherheitsmänner durch die entgegengesetzte Tür hereintrampelten.

Die Waffen in ihren Fäusten ließen keinen Widerspruch zu. Colonel Roote, ihr Anführer, Chef der Sicherheitskräfte von Shyle an diesem Treffpunkt, schwenkte seine Waffe gegen Hook. Hook kam zu dem Schluß, wenn die forensischen Spürgeräte seine Identität festgestellt hatten, werde er sich etwas ganz Besonderes einfallen lassen müssen, irgendeinen bösartigen Hook-Plan. Aber ...

»Treten Sie bitte zur Seite, Captain Zero.«

Colonel Rootes Blick wanderte zu Fenshaw. »Sie nennen sich Holt Fenshaw? Sie sind sehr dumm gewesen.«

Hook stand dicht neben einem dicklippigen Polizisten in strammsitzender Uniform, dessen Tonota Vierzig auf Fenshaws Mitte zeigte und dessen zu enge Metallgewebe-Sachen krachten. Sein Kiefer rotierte unablässig, da er Stim-Gummi kaute. Er sah nicht schwachsinniger aus, als er mußte, um diesen Job auszuführen.

»Zum Teufel, was meinen Sie überhaupt, Colonel?«

Fenshaw strahlte all die Arroganz, all das Gefühl der Überlegenheit, all das Böse aus, das zu einem Projektmann gehörte. Colonel Roote hätte sich beinahe einschüchtern lassen. Aber er wiederholte seine Worte, und jetzt hatte er seine Freude an dem, was er sagte und was er tat.

»Dumm, habe ich gesagt. Sie mögen sich im Hotel angemeldet haben, aber Sie haben sich nicht die Mühe gemacht, auch Ihre Lieferung an Potenz-Gen eintragen zu lassen. Ihr Tanker ist aufgefüllt worden, aber dazu hatten Sie keine Berechtigung. Wir mögen Leute nicht, die uns bestehlen, Fenshaw.«

Fenshaw blickte erstaunt drein.

»Wir haben unsern Einkauf registrieren lassen ...«

»Heben Sie sich das für die Shylao auf! Jetzt geben Sie mir Ihre Tonota, und seien Sie sehr vorsichtig, wenn Sie Ihre Handgelenkwaffe ablösen – ich möchte Sie nicht niederbrennen, wenn ich es nicht unbedingt tun muß.«

Da ein Dutzend Mündungen auf ihn gerichtet war, gab es nur eins, was ein Projektmann tun würde.

Fenshaw schaltete auf Beschleunigung um.

Für die anderen verschwand er einfach.

Für Hook, der ebenfalls beschleunigte, sah es so aus, als bewege sich der Projektmann mit normaler Geschwindigkeit, und die Zuschauer erstarrten in ihren unnatürlichen Stellungen. Nun tat Fenshaw etwas, das einen interessanten Einblick in seine Mentalität gestattete. Er hätte einfach aus dem Speisesaal laufen können. Soviel er wußte, konnte er ohne weiteres entfliehen, weil niemand da war, der ihn hätte aufhalten können ...

Statt dessen zog er mit teuflischer Freude seine Tonota. Er wollte sie alle vernichten, bevor er sich davonmachte. Er wollte seine Visitenkarte zurücklassen, das Zeichen der Nova-Männer – Tod!

Der Polizist an Hooks Seite, dessen Zungenspitze zwischen seinen Lippen hervorsah, weil er gerade einen Tropfen von dem Saft ablecken wollte, der ihm das Stoppelkinn hinunterlief, verbarg Hook teilweise vor Fenshaws Augen. Mit Höchstgeschwindigkeit streckte Hook die Hand aus, ohne seinen Körper zu bewegen. Ihm fiel die seltsame Tatsache auf, daß Fenshaw sich verhältnismäßig langsam bewegte. Das war wirklich merkwürdig. Hook war so beeindruckt gewesen von der enormen Stärke der Impulse, die die Projektmann-Eigenschaften in seinem eigenen Körper wachriefen. Nie zuvor war er dieser Kraft, dieser Gewalt begegnet. Und doch kam Fenshaw jetzt längst nicht an die Geschwindigkeit heran, die Hook möglich war.

Fenshaw brachte es gerade eben fertig, seine Tonota zu ziehen und zu zielen.

Dann drückte Hook den Zeigefinger des Polizisten gegen den Abzug seiner Waffe, und der Feuerstrahl fuhr aus der Mündung und blies Fenshaw vom Hals bis zu den Knien weg. Überreste fielen zu Boden.

Jetzt standen Hook die schrecklichen Symptome des Erlöschens seiner Projektmann-Fähigkeiten bevor. Der Projektmann war tot, und all diese wunderbaren Kräfte würden mit ihm sterben. Wieder würde Hook zu einem normalen Sterblichen, zu einem Mitglied der Menschheit werden …

Ihm wurde beinahe übel vor dem wilden Verlangen, diese wundervollen Kräfte sollten ihm erhalten bleiben …

Er befand sich wieder in normaler Zeit, und Fenshaws Kopf und Beine prallten auf dem Boden auf, und der Polizist leckte den Saft des Stim-Gummis von seinen Lippen und fing an, überrascht dreinzublicken. Colonel Roote öffnete den Mund, um loszubrüllen, aber Hook brüllte als erster: »Gut gemacht! Sehr gut gemacht! Colonel Roote, Sie können sehr stolz darauf sein, daß so tüchtige Männer unter Ihnen dienen. Wie schnell dieser Fenshaw doch ziehen konnte – wirklich unglaublich schnell!«

Nun, sie alle sahen die vom Feuer verkrümmte Waffe,

die quer durch den Raum geschleudert worden war. Fenshaw hatte gezogen und geglaubt, der Schnellere zu sein.

Colonel Roote sah sich seinen Mann an. »Ich bin überrascht, Korporal, aber Sie haben schnell gedacht. Gut gemacht.« Er fing an, Befehle zu brüllen. Er schickte seine Männer in alle Richtungen. Zu Hook sagte er: »Ich muß mich für eine unerfreuliche Szene entschuldigen, Captain Zero. Aber immer wieder schleichen sich Verbrecher ein, die den Shylao das Potenz-Gen stehlen wollen. Doch wir passen auf. Wir lassen uns nicht zum Narren halten.«

»Ich muß Ihnen gratulieren, Colonel.«

Hook achtete nicht darauf, was der Colonel sagte, was er darauf antwortete. Seine Projektmann-Fähigkeiten waren nicht mit Fenshaw gestorben. Er fühlte sie in seinem Körper kreisen und pulsieren. Er war immer noch ein Projektmann, und der Projektmann, der seine Fähigkeiten auf ihn übertragen hatte, lag tot am Boden. Große Freude und große Furcht erfüllten Hook. War er – endlich – ein vollständiger Projektmann geworden? Und würde er nun den dunklen Gewalten, denen die Projektmänner zum Opfer gefallen waren, erlauben, auch ihn zu zerstören?

Er erschauerte, als das zusammengekehrt wurde, was von Holt Fenshaw übrig war.

Dann erkannte Hook schlagartig die Wahrheit.

Irgendwo mußte hier ein zweiter Projektmann sein. Einer, der sich versteckte, der Fenshaw aus dem Verborgenen heraus hatte helfen sollen. Gleich würde er mit Höchstgeschwindigkeit hereingerast kommen und die Lage klären. Die Einbildungen, die ihn vor einem Augenblick noch umgaukelt hatten, lösten sich in Nichts auf. Er war immer noch ein sterbliches menschliches Wesen, und zu einem Projektmann wurde er nur dann, wenn ein anderer Projektmann in seine Nähe geriet.

Er hätte jauchzen können vor Freude.

Er hätte weinen können vor Kummer.

Es gab immer noch all die Dinge zu tun, die er sich vorgenommen hatte. Alles paßte zusammen, alle Einzelheiten fielen an die richtige Stelle und ergaben ein vollständiges

Bild. Er würde die Sache erledigen und dann nach Thalius gehen. Er würde Iola Gervase nicht wieder aufgeben.

Mit diesem Ziel vor Augen, mit diesem überzeugenden zusätzlichen Grund zum Weiterleben fühlte Ryder Hook sich fähig, alle ihm entgegenstehenden Hindernisse zu überwinden. Er würde dem armen alten Brett helfen, er würde die Wahrheit über Shaeel Karg herausfinden – und dann nichts wie ab nach Thalius und zu Iola. Jawohl.

Dieser subtile Unterschied in der Stärke, der Konzentration, der Qualität der Schwingungen, die er von dem unbekannten Projektmann empfing, dauerte an. Fenshaw, das stand jetzt fest, war ein Projektmann niedrigen Ranges gewesen, für die Arbeit an der Front hergeschickt. Der bessere von den beiden hatte nur beobachtet, und er war es, der den Shylao folgen sollte. Hook konnte ganz deutlich spüren, in welcher Richtung sich dieser Projektmann befand. Wenn der Bastard jetzt hereinkam, um nachzusehen, was mit Fenshaw geschehen war, mußte Hook ihn töten, und er mußte es verdammt schnell tun.

Der Trick mit dem Kundenverzeichnis in der Abfüllstation hatte funktioniert. Hook hatte nicht die Absicht, sein Glück hier noch lange zu strapazieren, auch wenn er bei Colonel Roote einen Stein im Brett hatte. Er konnte jemanden bitten, ihn auf dem Rückweg mitzunehmen, oder er konnte, noch einfacher, einen Flieger stehlen. So oder so, er würde den Projektman wie auch die Shylao unter Beobachtung halten.

Ja, all die dahinwirbelnden Sterne schienen freundlich auf Ryder Hook herabzublicken, als er sich überlegte, ob er Michael Michael gute Besserung wünschen oder ihm die Nase einschlagen solle. Er würde sich nur für kurze Zeit von Iola verabschieden, und dann würden sie sich auf Thalius wiedertreffen. Und dann ...!

Er ging aus der Tür und überquerte eine Plastik-Rampe, um das medizinische Zentrum zu erreichen. Hook spürte, daß sich der Projektmann dort irgendwo aufhielt. Es gefiel ihm nicht, daß er den Gonil erst lange suchen mußte, aber etwas anderes blieb ihm kaum übrig. Er sah, daß Iola aus dem medizinischen Zentrum kam, und er rief und winkte. Sie entdeckte ihn und winkte zurück.

»Michael Michael ist in unseren Tanker gebracht worden. Er wird dir keine Schwierigkeiten mehr machen. Was mit Holt geschehen ist, habe ich gehört.« Nun, die Männer des Colonels waren hinter Michael Michael her gewesen. Es sah aus, als versuche Iola, den Bastard heil und ganz von hier wegzuschaffen.

»Was ist mit den Polizisten geschehen, Iola?«

Sie machte eine beschwichtigende Handbewegung, trat zu ihm, so geschmeidig, so schön, so schlank und stolz. Hook dachte an die Leidenschaft, die sie geteilt hatten. Ihre großen, veilchenblauen Augen ruhten zärtlich auf ihm. »Sie haben ihn gehen lassen. Aber – wir müssen uns jetzt auf Wiedersehen sagen ...«

Und Ryder Hook verstand.

Natürlich glaubte er es nicht, nicht gleich in diesem Augenblick, aber er verstand, und er erkannte die Abgründe seiner eigenen Dummheit.

»Ich will dir nicht auf Wiedersehen sagen, Iola. Nicht jetzt.«

Seine Hand lag auf dem Kolben der Martian Mega. Er wußte, was er tun sollte.

»Es wird nicht für lange sein! Jetzt, wo der arme Holt tot ist, wird meine Beförderung um so schneller kommen. Ich werde an seine Stelle treten. Es wird wundervoll werden, wenn du nach Thalius kommst – aber im Augenblick kann ich dich nicht mitnehmen.«

»Nein, Iola, natürlich nicht.«

Ein Ruf kam von oben. Dort schwebte der Tanker, und eine Antigrav-Plattform wartete darauf, Iola hinauf- und davonzubefördern.

Sie beugte sich vor, schmiegte sich an ihn und küßte ihn. Hook packte sie so wild, daß sie aufkeuchte. Er preßte sie an sich, zerdrückte ihre Lippen mit den seinen, versuchte, mit ihr zu verschmelzen.

»He! Es ist doch nicht das Ende der Welt! Wir haben uns gerade erst kennengelernt – und doch haben wir einander von jeher gekannt. Aber jetzt muß ich gehen, liebster Zero – wir werden uns bald wiedersehen.«

Sie riß sich aus seinen Armen und wandte sich ab. Ganz langsam schritt sie auf die Antigrav-Plattform zu. Sie blickte nicht zurück, und Hook empfand darüber traurige Erleichterung.

Er zog die Martian Mega tatsächlich aus dem Holster und hielt sie in der Hand, die Mündung auf den Boden gerichtet.

Er sollte es tun, das war klar. Hatte er nicht geschworen, es zu tun? Wenn irgendein Idiot in dem Tanker losbrüllte, würde er ihn niederschießen, ohne darüber nachzudenken.

Iola Gervase war an der Antigrav-Plattform angekommen.

Hook sah ihr nach.

Die Plattform stieg nach oben und verschwand im Bauch des Tankers. Im letzten Augenblick lehnte Iola sich über den Rand hinaus und winkte.

Und Ryder Hook winkte zurück.

Er hätte sie erschießen sollen.

Natürlich hätte er es tun sollen.

Hatte er nicht geschworen, jeden einzelnen Projektmann zu vernichten, dem er begegnete?

Aber Iola war eine Projektfrau.

Sollte ihn das hindern?

Der Tanker gewann an Höhe, und die ersten Strahlen der alten F-Typ-Sonne Jarhed fielen auf seine geschwollenen Flanken. Er wendete und raste ins Morgenrot hinein.

Hook blickte auf die Waffe in seiner Faust nieder. Hand in Hand in den Sonnenuntergang war nie ein Spiel für ihn gewesen. Iola Gervase, Projektmädchen.

Ryder Hook wußte, mit diesem Spiel hatte er eben erst begonnen – und wahrscheinlich würde es das Spiel seines Lebens werden.

ENDE DES VIERTEN BUCHES

Was aus Ryder Hook und Ioala Gervase wurde, lesen Sie im neuen, fünften Band der Serie, MISSION GALAXIS (Bastei-Lübbe Taschenbuch 23074), der ab Januar 1988 überall im Buchhandel erhältlich ist. Weitere Abenteuer sind in Vorbereitung.

Band 24 099
Poul Anderson
Das Schwert des Nordens

Vor tausend Jahren kamen die Wikinger aus dem eisigen Norden, ein stolzes, unbeugsames Volk. Ihre Welt war eine Welt der Götter, Elfen und Trolle, die übermenschliche Kräfte besaßen. Doch nun ist eine neue Zeit angebrochen. Neue Mächte drängen ins Licht. Und die letzte Hoffnung der alten Völker des Nordens liegt in dem verfluchten Schwert Tyrfing, geborsten in grauer Vorzeit, nun neu geschmiedet als Waffe in ihrem letzten Kampf gegen den neuen, christlichen Gott.

BASTEI LÜBBE

Sie erhalten diesen Band im Buchhandel, bei Ihrem Zeitschriftenhändler sowie im Bahnhofsbuchhandel.

SCIENCE
FICTION

Band 23 062

Brian M. Stableford

Die Saga vom Raumpiloten Grainger

Grainger war der beste Pilot der Galaxis bis zu seinem schrecklichen Unfall im Halycon-Nebel. Sein Partner starb. Grainger wurde nach Jahren geborgen.
Um die Kosten für seine Rettung zu bezahlen, ist Grainger gezwungen, jeden Job zu übernehmen. Mit seinem phantastischen Raumschiff, der ›Dronte‹, und getrieben von einem unsichtbaren Parasiten, stößt er zu fremden Welten vor, von denen nie ein Mensch zurückgekehrt ist.